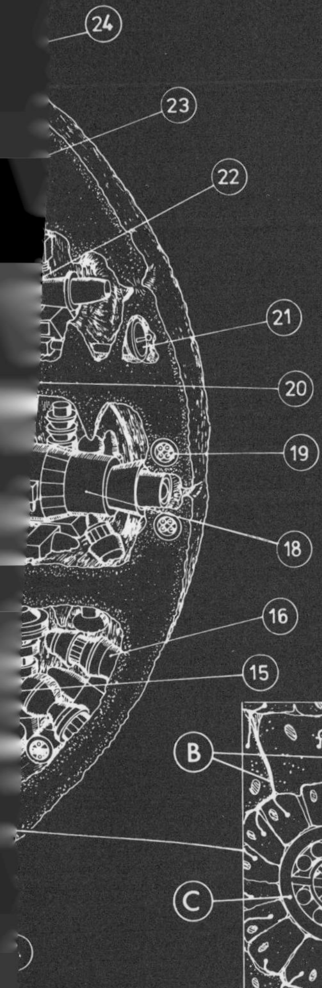

Zeichnung: Christoph Anczykowski

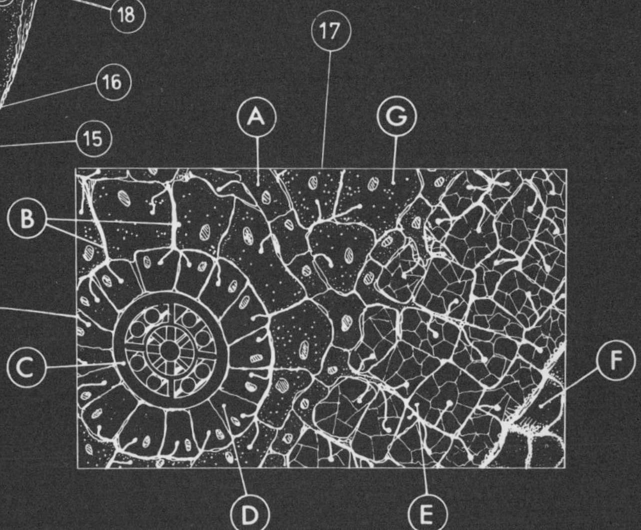

Perry Rhodan

Die Zeitpolizei

Perry Rhodan

Die Zeitpolizei

Verlagsunion Erich Pabel-
Arthur Moewig KG, Rastatt

Redaktion: Horst Hoffmann
Beratung: Franz Dolenc
Druck und Bindung: Mohndruck
Graphische Betriebe GmbH, Gütersloh
Printed in Germany
ISBN 3-8118-2052-4

Vorwort

Leben aus der Retorte – heute ist das längst keine Utopie mehr, und man muß kein Prophet sein, um hier eine der großen Branchen der nahen Zukunft zu sehen. Wir, unsere Kinder und Kindeskinder werden zwar keine Dolans züchten und fliegen lassen, doch jeder heute Verantwortliche im Bereich von Gen-Technologie und Verwandtem ist gut beraten, die Augen weit offen zu halten und vielleicht auch dann mal den Mund aufzumachen und mutig Unpopuläres zu tun, wenn sich ein Eingriff in die Schöpfung abzeichnet. Die Anfänge mögen harmlos erscheinen, widerstandsfähigere Getreide und Viehsorten wünschenswert. Die Argumente der Fürsprecher sind vielfältig. Nicht zuletzt wird wieder mit der Not in den größten Teilen der Welt hausiert, werden gewinnträchtige Therapien schmackhaft gemacht, statt die wirklichen (und bekannten) Ursachen abzustellen.

Die Gegner einer Lobby und eines wissenschaftlichen Fanatismus, der uns morgen vielleicht schon widerstandsfähige Menschensorten schmackhaft machen wird, haben nur eines zu sagen: Pfuscht jener phantastischen Kraft, die einst unseren Kosmos mit seinen unendlich vielen Welten und Wundern entwarf und entstehen ließ, nicht in den Plan! Spielt nicht noch einmal Adam und Eva und die Schlange, liebe Menschenkinder! Alles, was die Retorte uns schenken kann, können wir besser, billiger und sicherer haben, wenn wir endlich wieder zu begreifen lernen, daß wir alle Bestandteil dieses großen Planes sind; eines Spiels des Kommens und Gehens, in dem der rausfliegt, der sich nicht an die Regeln hält. (Und der Spielmeister ist anscheinend ein verdammt geduldiger Regisseur, aber wie viele Chancen gibt er uns noch?)

Beides, die Retorte und die Strafe für jene, die im großen Spiel des Lebens und der Zeit einmal kurz pfuschen wollen, spielen in der Handlung dieses und der nächsten PERRY-RHODAN-Bücher eine entscheidende Rolle – übertragen auf (nicht nur) die Dolans und die Wesen, die sich selbst und selbstherrlich als „Zeitpolizei“ begreifen.

Der Vergleich hinkt natürlich etwas, aber das zu vertiefen, würde zuviel vom Kommenden verraten. Was uns angeht, uns hier und heute auf dieser Erde: Uns wird keine Zeit- oder Evolutionspolizei heimsuchen kommen, wenn dem Spielleiter der Kragen platzt.

Er kommt persönlich, und das hat absolut nichts mit irgendeiner Religion zu tun. Er kommt nur symbolisch. Seine Arbeit tun wir selber. Stellt Euch vor, die Welt kracht an allen Ecken und Enden aus den Fugen – und keiner merkt es. Nicht schwer, oder? Man sieht's jeden Tag.

Die diesem Buch zugrundeliegenden Originalromane sind, ungeachtet notwendiger Kürzungen und in dieser Reihenfolge: *Ein Gigant erwacht* und *Die Zeitpolizei* von *William Voltz; Im Nichts gestrandet* von *Clark Darlton; Das Zeitexperiment der Verbannten* von *Kurt Mahr; Gucky und der Golem* von *Clark Darlton,* und *Die vier Unheimlichen* von *K.H.Scheer.*

Der schönste Teil dieses Vorworts ist stets der herzliche Dank an alle Leser, die mit Anregungen und Kritik beim Entstehen eines neuen Bandes der PR-Bibliothek mitgeholfen haben, und natürlich an Franz Dolenc aus Wien, die Autoren der Originalromane und Johnny Bruck, Europas Nr. 1 als SF-Illustrator.

Gaggenau, im Sommer 1989 Horst Hoffmann

Zeittafel

1971: Perry Rhodan erreicht mit der STARDUST den Mond und trifft auf die Arkoniden Thora und Crest.

1972 Mit Hilfe arkonidischer Technik Aufbau der Dritten Macht und Einigung der Menschheit.

1976 Das Geisteswesen ES gewährt Perry Rhodan die relative Unsterblichkeit.

1984 Galaktische Großmächte versuchen, die aufstrebende Menschheit zu unterwerfen.

2040 Das Solare Imperium ist entstanden. Der unsterbliche Arkonide Atlan taucht auf.

2326 ES verstreut 25 Zellaktivatoren in der Galaxis; Jagd nach dem ewigen Leben. Rhodans wichtigste Mitarbeiter werden mit Aktivatoren ausgerüstet – Rhodan selbst und Atlan tragen bereits spezielle Zellaktivatoren.

2400/2 Entdeckung der Transmitterstraße nach Andromeda. Abwehr von Invasionsversuchen aus der Nachbargalaxis.

2404/6 Direkter terranischer Vorstoß nach Andromeda und Begegnung mit den Tefrodern – wie die Terraner Nachkommen der Lemurer, die vor 50.000 Jahren die Milchstraße beherrschten. Die geheimnisvollen Herren Andromedas – die „Meister der Insel" – sind mit Zellaktivatoren ausgerüstete Überlebende der früheren Herrscherclique. Als letzter von ihnen wird als „Faktor I" Mirona Thetin Opfer ihrer eigenen Machtgier.

2435 Der Riesenroboter OLD MAN erscheint in der Galaxis und wird durch eine Fehlschaltung zum übermächtigen Gegner Terras. Er gerät unter die Kontrolle der Hypnokristalle, die in der Großen Magellanschen Wolke von den sogenannten Drittkonditionierten – den Perlians – auf Versklavung programmiert werden. Ausschaltung dieser Gefahr und Verständigung mit den Gurrads, die vor 400 Jahren Opfer der Perlians wurden. So wie sie damals, sollen heute die Terraner für ein „Zeitverbrechen" bestraft werden.

Prolog

Ende August 2435, nach fast dreißig Jahren friedlicher Konsolidierung, wird das Solare Imperium durch das Auftauchen des Riesenroboters OLD MAN jäh überrascht. Der Gigant, vor mehr als 50 000 Jahren von Menschen als Geschenk an die Menschheit der Realzeit erbaut, zieht aus der Beobachtung eines Scharmützels zwischen Terranern und Kosmischen Freihändlern auf dem Planeten Rubin einen fatalen Fehlschluß. Es kommt zu der Folgerung, daß sich die Menschheit – infolge eines Sieges der Meister der Insel – aufgesplittert habe. Und für diesen Fall existiert eine uralte Programmierung mit dem Befehl: Angriff auf alle terranischen Einheiten, wo immer man sie trifft!

So beginnt OLD MAN mit seinen über 15 000 Ultraschlachtschiffen, sein ultimates Vernichtungsprogramm zu befolgen. Doch da erscheinen aus dem intergalaktischen Leerraum ebenso unverhofft die Werkzeuge einer anderen, unheimlichen Macht: die Kristallagenten. Es sind Ballungen winziger Hypnokristalle, die jeden geistig versklaven, der in ihren Bann gerät, selbst die über 50 000 Jahre alten Kommandogehirne von OLD MAN.

Die Kristalle übernehmen den Raumgiganten, der vorerst im System von Jellicos Stern Position bezogen hat und dort von 20 000 Einheiten der Solaren Flotte bewacht wird.

Vier Robotraumschiffe allerdings, besetzt mit geistig versklavten Terranern, haben Kurs auf die Große Magellansche Wolke genommen und werden von Perry Rhodan verfolgt. Sie führen zum ersten der sogenannten „Danger“-Planeten, wo die Kristalle produziert werden. In diesem Stadium aber sind sie noch als harmlos einzustufen. Auf die Versklavung anderen Lebens programmiert, und somit zur furchtbaren Waffe gemacht, werden die Kristalle erst auf besonderen Planeten wie Modula II. Ein Kommando unter Major Hole Hohle findet die Zusammenhänge heraus, als es auf Modula II landet, und trifft auf die Perlians, die als „Drittkonditionierte“ ein angebliches Zeitverbrechen der Terraner zu bestrafen haben. Ihre

Waffen: die Kristallagenten und OLD MAN; ihr Ziel: Vernichtung der Menschheit.

Vorher schon lernten die Terraner die sogenannten Generäle und die Gurrads als Magellan-Völker kennen. Die löwenmähnigen Gurrads beherrschten die Kleingalaxis, bis sie von den Perlians für ein „Zeitverbrechen" furchtbar bestraft wurden. Seitdem leben sie zersplittert und führen einen scheinbar aussichtslosen Guerillakampf gegen die Perlians, bis sie begreifen, daß in den Terranern wertvolle Verbündete aufgetaucht sind.

Nach anfänglichem großem Mißtrauen kommt es zu einer Verständigung, und aufgrund der von den Gurrads gelieferten Daten können alle Danger-Planeten gefunden und die dort lagernden Kristalle in Howalgonium verwandelt werden. Die Programmierwelten werden ebenfalls unschädlich gemacht.

Aber damit ist die Gefahr nicht gebannt. Noch immer gibt es OLD MAN mit seinen 15 000 Ultraschlachtschiffen, und der Riesenrobot steht nach wie vor unter der Kontrolle der Hypnokristalle. Und irgendwo tief in der Großen Magellanschen Wolke erwacht ein gigantisches Wesen zum Leben, um das zu vollenden, woran die Perlians gescheitert sind . . .

1.

Was für ein Mann! dachte Major Daveen Reis.

Sein aus widerwilliger Bewunderung geborener Gedanke galt dem Ersten Offizier der GOLDEN STAR, Captain Camaron Olek.

Olek hielt mit einer Hand noch die Tür fest, während er Reis mit der anderen zuwinkte. Sein hageres Gesicht war verkniffen und ließ den Eindruck entstehen, daß er Schmerzen hatte oder in tiefes Nachdenken versunken war. Aber weder das eine noch das andere traf zu. Oleks gesamter Körper war dürr und faltig; ein derart dynamischer Mann konnte keinen anderen Körper besitzen.

Olek galt als einer der besten Kosmonauten innerhalb der Solaren Flotte. Bevor man ihn zur GOLDEN STAR abkommandiert hatte, war er Oberstleutnant und Kommandant eines Schweren Kreuzers gewesen.

Daveen Reis kannte die Gründe, die dazu geführt hatten, daß Olek degradiert worden war.

Während er Olek entgegenblickte und ein sparsames Lächeln zustande brachte, überlegte er, wieviel ihn von diesem Mann unterschied.

Olek schloß die Tür schwungvoll. Er betrachtete Reis' Lächeln als Aufforderung, sich im Sessel vor dem Tisch niederzulassen.

Major Reis war ein rundlicher Mann mit roten Haaren und rosafarbenen Wangen. Er galt als ruhig und zuverlässig, aber die Besatzung der GOLDEN STAR wußte, daß ihr Kommandant keine sehr große Kämpfernatur war.

„Wir werden in ein paar Minuten Kontakt mit der CREST IV aufnehmen", sagte Olek. „Wir werden genau am berechneten Punkt in der Nähe von Keegans Stern ankommen."

Daveen Reis hatte nie daran gezweifelt. Die Wahrscheinlichkeit, daß Camaron Olek bei seinen kosmonautischen Berechnungen ein Fehler unterlief, war praktisch gleich Null. Reis' Blicke wanderten über Olek hinweg und blieben an dem automatischen Kalender über der Tür hängen. Man schrieb den 22. Dezember 2435.

Die GOLDEN STAR befand sich auf dem Rückflug von der Galaxis in die Große Magellansche Wolke.

Unmittelbar nach dem Beginn der Aktion „Sinfonie", am 18.12. 2435, die einen terranischen Angriff auf alle bekannten Kristallprogrammierungswelten einleitete, hatte Major Daveen Reis den Auftrag erhalten, die Milchstraße anzufliegen und die Heimatflotte unter dem Oberkommando von Julian Tifflor zu alarmieren.

Daveen wußte, daß Tifflor mit zwanzigtausend Schiffen der GOLDEN STAR folgte. Das Kursschiff flog nur voraus, um Perry Rhodan schnellstens Bericht zu erstatten.

Daveen Reis hatte sich längst damit abgefunden, daß die GOLDEN STAR als Kurierschiff eingesetzt wurde. Der Major besaß keine große Kampferfahrung, aber seine sprichwörtliche Zuverlässigkeit hatte dazu beigetragen, daß er mit seinem Schiff immer wieder zur Übermittlung wichtiger Nachrichten eingesetzt wurde.

Daveen wußte, daß nicht alle Besatzungsmitglieder damit einverstanden waren, aber er entschädigte die Ehrgeizigen durch seine ungewöhnliche Großzügigkeit in allen dienstlichen Belangen.

Reis überlegte, daß Camaron Olek sich an Bord eines Schiffes wie der GOLDEN STAR vorkommen mußte wie ein gefangenes Raubtier.

Oleks nächste Worte bestätigten Reis' Vermutung.

„Ich hoffe, daß man uns jetzt einen anderen Auftrag erteilt", sagte der Captain. Er strich mit einer Hand über sein schwarzes Haar, durch das sich von der rechten Schläfe nach hinten eine weiße Strähne zog. Daveen Reis ahnte, daß Olek auf die Schußspur eines unmittelbar vor seinem Gesicht abgefeuerten Paralysators besonders stolz war und sie als äußeres Zeichen seiner Kampferfahrung betrachtete.

„Wir wissen nicht, was inzwischen geschehen ist", sagte der Major zögernd. „Vielleicht ist der Kampf schon entschieden, und es gibt nichts mehr für uns zu tun."

Er erhob sich. Olek stand ebenfalls auf. Der Captain war nicht besonders groß, aber durch seine Hagerkeit wirkte er größer als der Kommandant der GOLDEN STAR.

Das kleine Bordobservatorium der GOLDEN STAR war Daveen Reis' Lieblingsplatz. Dorthin zog er sich bei jeder Gelegenheit zurück.

Reis ließ seine Blicke über die verschiedenen dreidimensionalen

Sternkarten gleiten, die an den Wänden befestigt waren und ein angenehmes Licht verstrahlten. Nur anhand der Karten wurde noch offenbar, welch gewaltige Strecke die GOLDEN STAR in den letzten Tagen bewältigt hatte. Gefühlsmäßig erschien es Daveen Reis fast unglaublich, daß sie zweimal rund 170 000 Lichtjahre zurückgelegt hatten. Das war die Entfernung von der Südgrenze der Galaxis bis zum Nordrand der Großen Magellanschen Wolke.

Olek war an ein kleines Spezialteleskop herangetreten und stützte sich mit den Armen auf die breite Halterung.

„Wenn die Generäle und die Perlians erledigt sind, haben wir immer noch die Aussicht, gegen die Ultraschlachtschiffe OLD MANS kämpfen zu müssen", meinte er.

„OLD MAN ist bereits am zweiundzwanzigsten November in Richtung der Großen Magellanschen Wolke gestartet", erinnerte Reis den Ersten Offizier. „Ich nehme an, daß auch Perry Rhodan nicht mehr daran glaubt, daß der Riesenrobot hier auftaucht."

„Vier Wochen sind eine lange Zeit", räumte Camaron Olek ein. „Trotzdem rechne ich noch immer mit der Ankunft OLD MANS. Was wissen wir von den kosmonautischen Schwierigkeiten, mit denen die wahnsinnigen Gehirne zu kämpfen haben?"

Daveen Reis wußte, daß die beeinflußten Steuergehirne OLD MANS kaum noch in der Lage waren, exakte Schaltungen vorzunehmen. Vielleicht war der Robotgigant zur Großen Magellanschen Wolke aufgebrochen, ohne sein Ziel je zu erreichen. Reis nahm an, daß OLD MAN sich von der Galaxis mehr und mehr entfernen würde – auf Nimmerwiedersehen. Eine unblutigere Lösung des Problems gab es nicht.

Camaron Olek schien die friedfertigen Gedanken seines Vorgesetzten zu erahnen, denn er verkniff seine Lippen zu einem sarkastischen Lächeln.

Daveen Reis fragte sich, wie zwischen ihm und dem Kosmonauten so etwas wie eine Freundschaft hatte entstehen können. Der Erste Offizier war ein unberechenbarer Individualist, aber er brachte seinem Kommandanten jenes Quantum an Respekt entgegen, das Daveen Reis genügte, sich sicher zu fühlen.

„Gehen wir in die Zentrale, Major", schlug Olek vor. „Die GOLDEN STAR wird den Linearraum bald verlassen."

Wieder war die Ungeduld aus Oleks Worten herauszuhören. Besatzungsmitglieder der GOLDEN STAR, die Camaron Olek nicht mochten, behaupteten, der Kosmonaut schlafe niemals, um auf keinen Fall irgend etwas zu versäumen. Olek parierte solche Spötteleien mit unmißverständlichen Bemerkungen über die langweilige Kuriertätigkeit der GOLDEN STAR.

Daveen Reis hatte dem Ersten Offizier des Leichten Kreuzers solche Andeutungen nie übelgenommen. Oleks Spott fehlte jede Gehässigkeit, so daß er leicht zu ertragen war.

Die beiden ungleichen Männer verließen das Bordobservatorium und traten auf den beleuchteten Gang hinaus. Mit 34 Jahren war Olek ein noch verhältnismäßig junger Offizier. Wenn er lernte, seine oftmals extremen Meinungen für sich zu behalten, und es aufgab, seine verrückten Pläne in die Tat umzusetzen, stand ihm eine große Laufbahn bevor.

Daveen Reis bezweifelte jedoch, daß Olek sich mit zunehmendem Alter ändern würde.

Reis und Olek erreichten die Kommandozentrale des Schiffes durch einen Antigravschacht.

„Übernehmen Sie das Schlußmanöver“, sagte Reis zu Olek.

Der Kosmonaut nickte. Er war für jede Abwechslung dankbar.

Reis ließ sich in einem Sessel des Kommandostands nieder und wartete, bis die GOLDEN STAR den Linearraum verlassen hatte. Dann widmete er seine Aufmerksamkeit den Bildschirmen. Die Ortungen liefen an.

„Dort ist Keegans Stern“, sagte Olek triumphierend und deutete auf einen deutlich sichtbaren hellen Punkt auf dem Panoramabildschirm. „Wir werden bald Kontakt mit der CREST IV herstellen können.“

Camaron Olek rechnete offenbar damit, daß der Großadministrator der Besatzung der GOLDEN STAR neue Befehle geben könnte. Reis bezweifelte das. Er war sicher, daß die acht Programmierungswelten in der Großen Magellanschen Wolke inzwischen erobert und die dort lagernden Kristallmassen vernichtet worden waren. Das Kampfgeschehen würde sich im Augenblick auf Gefechte mit den im Dienste der Perlians stehenden Generälen und den Perlians selbst beschränken, wobei die Generäle keine ernstzunehmende Gefahr mehr bedeuteten, falls die Aktion „Sinfonie“ erfolgreich verlaufen war. Die Perlians selbst waren hingegen eine noch unbekannte Größe, deren Gefährlichkeit nicht unterschätzt werden durfte.

Die Gurrads mit ihren rund fünftausend teilweise schrottreifen

Birnenschiffen spielten bei diesen Auseinandersetzungen nur eine untergeordnete Rolle.

Die Terraner in der Großen Magellanschen Wolke befanden sich in einer Situation, in die man sie gegen ihren Willen hineingedrängt hatte. Von den Ereignissen profitierten in erster Linie die Gurrads, die mit ihnen verwandten Shanganten und auch die wenigen Generäle, die noch nicht der Beeinflussung der Hypnokristalle unterlegen waren.

Durch das Eingreifen der Solaren Flotte im Gebiet der Magellanschen Wolke war allerdings auch verhindert worden, daß die Menschheit weiterhin durch die Tätigkeit der Kristallagenten bedroht wurde.

Die Überlegungen des Majors wurden unterbrochen, als der Funkkontakt zum Flaggschiff der Solaren Flotte zustande kam. Reis persönlich begab sich zum Bildschirm des Funkgeräts.

Der Major schilderte in kurzen Sätzen den Verlauf des Fluges und teilte Perry Rhodan mit, daß Julian Tifflor in wenigen Stunden mit einem Verband von zwanzigtausend Schiffen eintreffen würde. Damit standen dem Großadministrator vierzigtausend Schiffe zur Verfügung. Hinzu kamen die 14. Schwere Offensivflotte der USO und der 82. GSV unter General Ems Kastori. Das war eine beachtliche Streitmacht.

„Ich erwarte Ihre weiteren Befehle", sagte Daveen Reis abschließend.

„Fliegen Sie das Modula-System an", sagte Rhodan. „Melden Sie sich dort bei Oberst Nat Ugale, dem Kommandanten der zehn Einheiten zählenden Wachflotte. Alle anderen, vor kurzem noch dort stationierten Schiffe, wurden mittlerweile in andere Gegenden Magellans abgezogen. Das Modula-System gilt mittlerweile als gefahrlos. Sie werden mit Ihrem Schiff in erster Linie als Relaisstation für Funksprüche dienen und eventuell anfallende Kurieraufträge ausführen."

Daveen Reis hörte Olek unterdrückt seufzen, und er räusperte sich hastig, damit Rhodan die Mißfallenskundgebung des Ersten nicht hören konnte.

Die Verbindung zur CREST IV wurde unterbrochen.

Camaron Olek ließ sich in seinen Sessel zurücksinken und warf beide Arme mit einer resignierend wirkenden Geste über die Armlehnen.

„Das Modula-System", sagte er ärgerlich. „Dort sollen wir also Warteposition beziehen. Abgesehen davon, daß uns ein langweiliger Linearflug von viertausendsechshundertzweiunddreißig Lichtjahren bevorsteht, erwartet uns in diesem System eine uninteressante Aufgabe. Die Oberfläche Modulas ist längst zerstört. Alle Perlians sind geflohen. Was wollen wir noch dort?"

„Sie haben Perry Rhodan gehört", antwortete Reis gelassen. „Wir dienen als Relaisstation und eventuell als Kurierschiff."

„Der Kurier des Großadministrators", brummte Olek. „Ich werde den Verdacht nicht los, daß Sie auch noch stolz darauf sind, Major."

Reis nickte bedächtig.

„Irgend jemand muß es tun", sagte er. „Eine Aufgabe ist so wichtig wie die andere."

Olek verschränkte die Hände im Nacken und lachte verdrossen.

„Vielleicht", sagte Reis besänftigend, „erwartet uns im Modula-System ein großes Abenteuer."

Der zweite Planet des Modula-Systems war völlig zerstört. Die Oberfläche der Programmierungswelt erinnerte an eine Kraterlandschaft. Sämtliche Fabriken, Raumhäfen und Schiffe waren der Vernichtung zum Opfer gefallen. Auf Modula II gab es keine Perlians mehr.

Unmittelbar nach der Ankunft der GOLDEN STAR hatte sich Daveen Reis bei dem Kommandanten der zehn im Modula-System stationierten Wachschiffe gemeldet. Nat Ugale war Afro-Terraner, und er schien ebenso wie Camaron Olek unter der Tatenlosigkeit zu leiden, zu der er in diesem Raumsektor verdammt war.

„Wir warten darauf, daß hier perliansche Schiffe auftauchen", sagte Nat Ugale. Sein schwarzes Gesicht glänzte im Licht einer auf dem Bildschirm nicht sichtbaren Lampe. „Ich bezweifle aber, daß sich die Drittkonditionierten nach ihrer vernichtenden Niederlage in diesem Gebiet noch einmal sehen lassen."

„Perry Rhodan hat uns hierhergeschickt, damit wir als Relaisstation arbeiten können", sagte Reis. „Außerdem sollen wir vielleicht irgendwelche Kurieraufträge übernehmen."

Ugale grinste teilnahmsvoll.

„Ich kann mir vorstellen, daß Ihre Besatzung nicht bei bester Stimmung ist", sagte er.

„Die Männer sind daran gewöhnt", erwiderte Reis arglos. „Die GOLDEN STAR wird häufig als Kurierschiff eingesetzt."

Camaron Olek, der über Reis' Schultern blickte, konnte sehen, wie Ugales Gesichtsausdruck sich veränderte. Wenn der Oberst bisher in der GOLDEN STAR eine Verstärkung seines Verbandes gesehen hatte, so schien er jetzt nicht mehr davon überzeugt zu sein, daß die GOLDEN STAR und ihr Kommandant eine Hilfe bedeuteten. Olek konnte im Gesicht des Obersten lesen wie in einem Buch. Er stieß einen lautlosen Fluch aus. Warum mußte Reis immer hinausposaunen, daß sie als Kuriere tätig waren?

„Wählen Sie eine Umlaufbahn für Ihr Schiff", sagte Nat Ugale. „Warten Sie weitere Befehle ab."

„Gewiß, Sir", stimmte Reis freundlich bei.

Die Verbindung wurde unterbrochen.

Daveen Reis blickte zurück.

„Jetzt können wir unsere Beine unter den Tisch stecken", sagte er. „Ich glaube nicht, daß so schnell irgend etwas geschieht."

Olek schüttelte unwillig den Kopf.

„Suchen Sie sich irgendeine Beschäftigung", empfahl ihm Reis. „Führen Sie Berechnungen über die Umlaufbahnen der drei Planeten Modulas aus."

Der Erste Offizier starrte auf seine Hände hinab.

„Vielleicht würde ich meine Nägel abkauen, wenn sie einen besseren Geschmack hätten", sagte er. „Außerdem befürchte ich, daß sie nicht lange vorhalten würden."

„Eines Tages werden Sie wieder Ihr eigenes Schiff kommandieren", sagte Reis.

„Das kann schon sein", gab Olek zu. Ich fürchte nur, man wird es mir bald wieder abnehmen."

Er erhob sich und ließ den Major allein in der Zentrale zurück. Reis hatte wenig Lust, in seine Kabine oder ins Observatorium zu gehen. Er beobachtete die zehn Wachschiffe, die sich deutlich auf den Orterbildschirmen abzeichneten. Fünf davon hatten eine Kreisbahn um Modula II eingeschlagen, die anderen standen im Raum.

Die GOLDEN STAR befand sich jetzt auf einer weiten Kreisbahn um den zweiten Planeten der Sonne Modula. Das Kurierschiff würde auch dann seine Position beibehalten, wenn Ugales Schiffe aus irgendwelchen Gründen schnellstens abgerufen würden.

Daveen Reis konnte sich vorstellen, wie Camaron Olek sich jetzt hinter einem Stapel von Büchern vergrub, um komplizierte Berechnungen anzustellen. Fast alle Raumfahrer stellten nur widerwillig navigatorische Berechnungen an. Olek dagegen machte eine solche Arbeit Spaß. Allein die Tatsache, daß er ein kosmonautisches Genie war, hatte seine endgültige Entlassung aus der Solaren Flotte verhindert. Olek hatte es innerhalb weniger Jahre auf eine stattliche Zahl sinnloser Befehlsübertretungen gebracht. In den meisten Fällen war es ihm nur darum gegangen, seinen eigenen Willen durchzusetzen. Das hatte seinem kometenhaften Aufstieg ein jähes Ende bereitet.

Unter halbgeschlossenen Lidern beobachtete Major Reis die Männer, die in der Zentrale Dienst taten. Er wußte, daß er sich auf sie verlassen konnte. Das Gefühl völliger Sicherheit verstärkte seine Schläfrigkeit. Seine Gedanken verwirrten sich. Sein Kopf sank nach vorn.

Das Schrillen der Alarmsirenen traf ihn wie ein Schlag.

Er zuckte zusammen und richtete sich im Sessel auf.

Die Stimme des Funkers kam ungewöhnlich laut aus dem Lautsprecher des Interkoms.

„Alarm, Sir!"

Reis blinzelte verwirrt.

„Was ist geschehen?" erkundigte er sich.

„Direktgespräch mit Oberst Nat Ugale, Sir."

Mechanisch schaltete Reis den Hyperkombildschirm ein. Hinter sich hörte er schweres Atmen. Im gleichen Augenblick ließ sich Camaron Olek in den Sessel neben Reis sinken. Der Major fragte sich verblüfft, wie er es geschafft hatte, so schnell in die Zentrale zu kommen.

„Hyperfunkalarm!" rief Ugale, bevor er noch sichtbar wurde. Einige Zackenlinien liefen über den Bildschirm, dann tauchte das Gesicht des Afrikaners auf. Die Augen Ugales schienen unnatürlich weit geöffnet zu sein, ein sicheres Zeichen seiner Erregung.

„Was ist geschehen?" fragte Reis erneut.

Olek beugte sich nach vorn.

„OLD MAN ist im Gebiet von Navo-Nord aus dem Linearraum gebrochen", sagte Ugale.

Erneut hatte sich gezeigt, wie unberechenbar OLD MAN durch die Anfälligkeit seiner Steuergehirne geworden war. Als niemand mehr damit gerechnet hatte, war der Robotgigant im Gebiet von Navo-Nord aufgetaucht und hatte den Großalarm ausgelöst. Überall im Gebiet der Kleingalaxis standen Wachschiffe, die als Funkbrücken dienten und die eintreffenden Nachrichten weiterleiteten.

Perry Rhodan hatte unmittelbar nach der Materialisation des Riesenrobots im zweiundzwanzig Lichtjahre von Keegans Stern entfernten Orientierungspunkt Navo-Nord den Befehl zur Verfolgung gegeben. Die zwanzigtausend Raumschiffe der Solaren Flotte hielten sich jedoch zurück und spielten lediglich die Rolle aufmerksamer Beobachter.

OLD MAN hatte offenbar von den Kristallen, die seine Steuergehirne beeinflußten, den Befehl erhalten, zunächst einmal Navo-Nord als Zielstern anzufliegen.

Unmittelbar nach Beginn des Großalarms trafen zwanzigtausend Schiffe unter dem Kommando von Julian Tifflor im Gebiet von Navo-Nord ein. Damit war ein großer Teil der Solaren Flotte in der Großen Magellanschen Wolke versammelt.

OLD MAN hatte inzwischen seine Fahrt verlangsamt und eine unregelmäßige Kreisbahn um Navo-Nord eingeschlagen. Es war offensichtlich, daß die kosmonautische Navigation zu einem nahezu unlösbaren Problem für die Steuergehirne wurde. Es gelang ihnen kaum noch, die Fahrt des Robotgiganten zu stoppen und einen exakten Kurs einzuschlagen.

Jede Bewegung OLD MANS wurde von der CREST IV aus aufmerksam verfolgt.

„Ich frage mich, wohin sich der Koloß demnächst wenden wird“, murmelte Roi Danton. „Weder die Steuergehirne noch die Kristallagenten wissen, was inzwischen in der Großen Magellanschen Wolke geschehen ist. OLD MAN wird also versuchen, seinen ursprünglichen Auftrag auszuführen.“

„Richtig“, bekräftigte Atlan. „Dieser Auftrag kann nur darin bestehen, eine der Programmierungswelten anzufliegen, um dort präparierte Kristalle an Bord zu nehmen.“

Auf den Bildschirmen war deutlich zu beobachten, wie sich die 40 000 terranischen Schiffe auf breiter Front dem Robotgiganten näherten. Bald erwies es sich, daß die Ortungsanlagen OLD MANS noch einwandfrei arbeiteten, denn schlagartig erschienen fünfzehntausend Schlachtschiffe der Galaxisklasse im Raum. OLD MAN hatte eine starke Streitmacht ausgeschleust.

„Willst du dich in einen Kampf mit diesen Schiffen einlassen?" erkundigte sich Atlan beunruhigt.

„Nein", sagte Rhodan knapp.

Er ließ eine Funkverbindung zu allen Schiffskommandanten herstellen und befahl, daß jede Feindberührung vermieden werden sollte.

Rhodan wollte weiterhin den Beobachter spielen.

Bevor die Ultraschlachtschiffe des Robotgiganten heran waren, hatten sich die 40 000 terranischen Einheiten in sichere Entfernung zurückgezogen.

„OLD MAN ist offenbar unschlüssig, was er tun soll", stellte Atlan fest. „Die erwarteten Befehle bleiben aus." Er strich über sein Gesicht. „Wir haben Glück, daß die Perlians nichts von der Ankunft ihres mächtigen Verbündeten wissen. Wenn es den Drittkonditionierten gelingen sollte, den Riesenrobot für ihre Zwecke zu aktivieren, wäre unser Gastspiel in der Großen Magellanschen Wolke beendet."

Rhodan hoffte, daß die überall auf dem Rückzug befindlichen Perlians keine Gelegenheit mehr erhielten, sich mit OLD MAN in Verbindung zu setzen.

Das Schicksal der Terraner in der Großen Magellanschen Wolke hing im Augenblick von vielen Zufällen ab.

Camaron Oleks sehnige Hände verkrampften sich um zwei Haltestangen an den Kontrollen. Seine Backenmuskeln arbeiteten. Daveen Reis, der den Ersten Offizier von der Seite her beobachtete, wußte, warum Olek erregt war. Vor wenigen Augenblicken hatte sich Oberst Nat Ugale vom Kommandanten der GOLDEN STAR verabschiedet. Die zehn Schiffe, die bisher im Modula-System Wache gehalten hatten, wurden jetzt an anderer Stelle gebraucht.

Nur die GOLDEN STAR blieb zurück.

Der Leichte Kreuzer würde nicht in eventuelle Kämpfe mit OLD MAN eingreifen. Für Camaron Olek bedeutete das eine persönliche Zurücksetzung. Er wußte, daß er keine Gelegenheit bekam, sich zu bewähren.

Die zehn Leuchtpunkte auf dem Panoramabildschirm erloschen.

„Weg sind sie", sagte Olek bitter.

„Sie haben gehört, wozu Rhodan die Schiffe benötigt", erwiderte Daveen Reis ruhig.

„Man hat uns aufs Abstellgleis geschoben", beklagte sich Olek. „Nach Oberst Ugales Aussage werden nicht nur Schiffe zur Beobachtung OLD MANS benötigt, sondern auch zur Bewachung der gurradschen Stützpunkte. Warum hat man der GOLDEN STAR nicht den Befehl gegeben, einen Planeten der Gurrads anzufliegen und ihn gegen etwaige Angriffe der Perlians zu verteidigen?"

„Wir dienen als Funkbrücke", sagte Reis. „Das wissen Sie ganz genau, Captain."

Ugale hatte Major Reis mitgeteilt, daß Rhodan fünftausend Schiffe zur Unterstützung der Gurrads abstellen wollte. Die Guerillas hatten sich darüber beklagt, daß ihre Stützpunktplaneten nach dem Auftauchen des Riesenrobots plötzlich von den solaren Streitkräften entblößt wurden.

Olek stand mit einem Ruck auf und wanderte vor den Kontrollen hin und her. Die in der Zentrale anwesenden Offiziere und Techniker kümmerten sich nicht um ihn. Sie wußten, daß er ein überschäumendes Temperament besaß.

„Was sollen wir hier tun?" fragte Olek. „Wenn wir Pech haben, umkreisen wir tagelang diesen öden Planeten."

Reis sagte: „Es gibt viele Möglichkeiten, für Abwechslung zu sorgen."

Olek blieb stehen und runzelte die Stirn. „So?" meinte er. „Woran denken Sie, Sir?"

„Wir können eine Space-Jet ausschleusen und Erkundungsflüge dicht über der Oberfläche Modulas durchführen", sagte Reis.

„Beschäftigungstherapie", sagte Olek. „Aber immer noch besser als tatenloses Herumsitzen in der GOLDEN STAR."

Reis lächelte nachsichtig. „Die terranische Wirtschaft kann froh sein, daß Sie Raumfahrer wurden", meinte er. „Als Chef irgendeines Konzerns hätten Sie in einigen Monaten eine wirtschaftliche Revolution heraufbeschworen."

Olek machte eine verächtliche Bewegung.

„So etwas läßt sich nur vom Schreibtisch aus erledigen", sagte er. „Dazu bin ich nicht der rechte Mann."

„Stellen Sie sich vor, die Menschheit würde mit dem gesamten Universum in Frieden leben", sagte Reis.

„Was würden Sie *dann* tun?"

„Wollen Sie mich in die Enge treiben?" fragte Olek mißtrauisch.

Daveen Reis antwortete nicht. Er schaltete den Interkom ein und befahl den Hangartechnikern, eine Space-Jet vorzubereiten.

„Sie können das Kommando über das Beiboot übernehmen", bot er Olek an. „Suchen Sie sich ein paar Männer aus, die Sie begleiten. Ich möchte auf keinen Fall, daß Sie auf Modula landen. Es genügt, wenn Sie einige Aufnahmen machen."

„Einverstanden", sagte Olek.

Während Olek sich für den Erkundungsflug ausrüstete, begann auf dem dritten Planeten der Sonne Modula, jener kleinen unbeachteten Eiswelt, der Zweitkonditionierte zu erwachen.

2.

Der dritte Planet der Sonne Modula durchmaß nur 2618 Kilometer. Die eiserstarrte Welt besaß keine Atmosphäre. Die Gravitation des Planeten betrug 0,26 Gravos.

Kein humanoides Wesen hätte sich ohne ausreichende technische Schutzmaßnahmen auf diese trostlose Welt begeben können.

Roi Danton, der diesen Planeten mit der FRANCIS DRAKE entdeckt hatte, war nie auf den Gedanken gekommen, daß es dort Leben geben könnte. Auch Perry Rhodan hatte die Eiswelt unbeachtet gelassen.

Am 22. Dezember erreichte der Schwingungsalarm den dritten Planeten der Sonne Modula. Die auf fünfdimensionaler Hyperbasis liegende Impulsfrequenz durchdrang mühelos die Eismassen.

In einer eisumschlossenen Höhle, die auf dem Gipfel eines Gletscherberges entstanden war, schlief der Zweitkonditionierte. Die stählernen Wände waren vollkommen von Eis umschlossen.

Tro Khon lag in einer muldenartigen Vertiefung im Boden. Seit 31 Jahren terranischer Zeitrechnung befand er sich in einem lebenserhaltenden Tiefschlaf. Sämtliche Körperzellen des Wesens waren durch totale Strukturverwandlung in kristalline, völlig unempfindliche Gebilde umgewandelt worden.

Stunden bevor Tro Khon erwachte, begannen die verschiedenen Maschinen, die ringsum an den Wänden aufgestellt waren, unter dem Einfluß des Schwingungsalarms zu arbeiten.

Ein heftiger Impuls erreichte Tro Khons Symboflex-Partner.

Der primitive Symbiont, der normalerweise von Tro Khons Kreislauf ernährt und beschützt wurde, war in der Lage, auch im Tiefschlaf Impulswellen zu registrieren und an seinen Wirtskörper weiterzugeben. Der Symboflex-Partner lag in Höhe der Schulterpartie Tro Khons. Dort war er wie eine dicke Wurst eingebettet. Er bildete einen Halbkreis, der, von vorn betrachtet, das Genick vollkommen umschloß und mit seinen Enden den äußeren Rand der Schultern erreichte. Der weiße Symbiont hob sich gegen Tro Khons tiefschwarze Haut ab. Seine Nervenfasern standen ständig mit den beiden Gehirnen des Zweitkonditionierten in Verbindung.

Der Symboflex-Partner registrierte den fünfdimensionalen Alarmimpuls und gab ihn an das Ordinärgehirn Tro Khons weiter. Instinktiv fühlte das mit nur geringer Intelligenz ausgestattete Tier, daß es zum Tod verurteilt war, wenn Tro Khon nicht in kurzer Zeit erwachte. Der Symboflex-Partner war ganz von Tro Khons Kreislauf abhängig. Im Augenblick jedoch war der Körper des Zweitkonditionierten ein erstarrter Kristallklumpen.

„Aufwachen!" sendete der Symbiont.

Einzelne Willensstörungen bildeten sich im Ordinärgehirn Tro Khons. Der Symboflex-Partner registrierte sie mit unbewußter Zufriedenheit. Allmählich verwandelte sich die tote kristalline Struktur von Tro Khons Körper in normales Zellgewebe. Noch bevor dieser Prozeß abgeschlossen war, begann Tro Khon zu stöhnen. Erste, noch unklare Überlegungen fanden im Ordinärgehirn statt. Auch das Plangehirn begann allmählich zu arbeiten.

Tro Khon bewegte sich in seiner Mulde.

„Aufwachen!" sendete der kleine Symbiont unverdrossen. „Sofort aufwachen!"

Der Symboflex-Partner war in der Lage, eine Zehntelsekunde in die Zukunft zu sehen. Außerdem diente er als Empfänger und Sender fünfdimensionaler Nachrichten.

Etwa zehn Minuten, nachdem der Symboflex-Partner den Schwingungsalarm registriert hatte, begannen die Lebenskräfte Tro Khons endgültig zurückzukehren. Das ungeheure Regenerationsvermögen seines metabolischen Organismus ließ ihn rasch zu einem vollwertigen Schwingungswächter werden. Als Tro Khons Plangehirn erfaßte, was der Schwingungsalarm bedeutete, erstarben alle Bewegungen des kolossalen Körpers. Der Symboflex-Partner zuckte zusammen. Er begann zu befürchten, daß sein Wirtskörper wieder absterben könnte. Doch die warmen Ströme, die ihn durchfluteten, überzeugten ihn vom Gegenteil und ließen ihn ruhig werden.

Unter der pulsierenden Haut des Symbionten zeichneten sich jetzt zehn dunkle Klumpen ab, die sich ständig in Bewegung befanden. Es sah aus, als trieben sie durch eine zähflüssige Masse.

Tro Khon lag vollkommen still.

Er verarbeitete die erschreckenden Nachrichten. Noch zögerte er, irgend etwas zu unternehmen. Er wollte abwarten, bis seine Erregung sich gelegt hatte. In der augenblicklichen Lage konnte sich jeder Fehler als verhängnisvoll erweisen. Nachdem die Drittkonditionierten offenbar versagt hatten, durfte er keinen Fehler begehen.

Geduldig wartete er, bis sein Ordinärgehirn sich beruhigt hatte.

Als Tro Khon sich endlich aufrichtete, schickte der Symboflex-Partner einen stummen Jubelruf aus. Für den Symbionten war der Tiefschlaf widernatürlich, und er überstand ihn nur, weil er so eng mit Tro Khon verbunden war.

Allmählich kehrte die Erinnerung an sein letztes Eingreifen in Tro Khons Plangehirn zurück. Er verließ die Mulde und trat an eine der Maschinen heran. Seine Blicke überflogen die Skalen. Er erkannte, daß er nur verhältnismäßig kurze Zeit geschlafen hatte.

Tro Khon wunderte sich wirklich sehr darüber, daß der Schwingungsalarm gerade zu einem Zeitpunkt erfolgt war, zu dem die Drittkonditionierten ihre ersten Siege über die Zeitverbrecher erringen sollten. Offenbar hatte die Auseinandersetzung mit dem Gegner einen anderen Verlauf genommen, als sich Tro Khon und die anderen Schwingungswächter erhofft hatten.

„Ich habe den Drittkonditionierten nie viel zugetraut", sagte Tro Khon zu seinem Symboflex-Partner.

Der Symbiont gab ein vergnügtes Quietschen von sich. Er verstand nicht, was Tro Khon sagte, aber er war dankbar dafür, daß er beachtet wurde.

Vor einer Zeitspanne, die 31 Jahren terranischer Zeitrechnung entsprach, war Tro Khon zum letztenmal aktiv gewesen. Zu diesem Zeitpunkt hatten die Schwingungswächter den Perlians den Befehl erteilt, mit aller Macht gegen die Zeitverbrecher aus der Nachbargalaxis vorzugehen. Die entscheidende Waffe der Drittkonditionierten sollten die umprogrammierten Kristalle sein. Dreißig Erdenjahre hatten die Perlians benötigt, um die für die Aktion nötigen Kristalle abzubauen und zu programmieren.

Tro Khon hatte allerdings bei aller Geringschätzung keine Niederlage der Perlians einkalkuliert.

Der Schwingungsalarm bewies ihm jedoch, daß die Zeitverbrecher nicht nur die Drittkonditionierten in die Flucht geschlagen, sondern auch sämtliche Mutterkristalle zum Verdunkeln gebracht hatten.

Das war eine unerwartete, aber keineswegs endgültige Niederlage. Weder Tro Khon noch die anderen Schwingungswächter wußten, daß sich ihre Befehle gegen Unschuldige gerichtet hatten. Denn vor 31 Jahren war Perry Rhodan ungewollt mit der CREST IV in die Zeitfalle der MdI geraten.

Wahrscheinlich wäre es nie zu einem Eingreifen der Schwingungswächter gekommen, wenn nicht vor 47 Jahren, also im Jahre 2388 ebenfalls etwas geschehen wäre, was die Zweitkonditionierten hatte aktiv werden lassen.

Damals hatte Lordadmiral Atlan in der Hauptstation der USO in Quinto-Center Versuche mit neuartigen Transformkanonen unternommen. Dabei waren physikalische Effekte aufgetreten, die die Schwingungswächter in der Großen Magellanschen Wolke als den Beginn eines Zeitexperiments registriert hatten. Damals hatte Tro Khon ein Spezialraumschiff in Richtung des Unruheherds losgeschickt. An Bord hatte sich der erste Kristallagent befunden, der in der Milchstraße aufgetaucht war.

Als anschließend nichts mehr geschah, hatte sich Tro Khon wieder zur Ruhe gelegt. Dann jedoch, sechzehn Jahre später, war es zu Rhodans ungewolltem „Zeitverbrechen" gekommen, das Tro Khon und die anderen Schwingungswächter erneut zum Handeln gezwungen hatte.

Vor 31 Jahren hatten die Zweitkonditionierten sich nicht mit einer Strafaktion begnügen können. Diesmal ging es darum, ein Volk zu bestrafen, das offenbar nicht davon ablassen wollte, unbedingt Experimente mit der Zeit zu machen.

Tro Khon war enttäuscht, als er nun erfahren mußte, daß die Drittkonditionierten ihr Ziel nicht erreicht hatten.

Die Zeitverbrecher waren den Perlians zuvorgekommen und hatten die Große Magellansche Wolke erobert.

Tro Khon ahnte, daß es längere Zeit dauern würde, bis er seinen Tiefschlaf fortsetzen konnte.

„Wir müssen schnell und umsichtig handeln", sagte er zu seinem Symboflex-Partner. „Vor allem müssen wir jetzt herausfinden, wie es in diesem Raumsektor aussieht."

Der Symbiont verstand nicht viel von dem, was sein Wirtskörper sagte, aber er begriff, daß die Zeit des Schlafens nun endgültig vorüber war. Die Erleichterung des kleinen Wesens löste in Tro Khon Erheiterung aus.

Der Zweitkonditionierte ließ sich Zeit, alle Maschinen gründlich zu kontrollieren. Zum erstenmal empfing er jetzt verschiedene Hilferufe versprengter perlianscher Einheiten.

Tro Khon warf einen Blick auf den Eingang der großen Nebenhöhle, wo der Dolan lag. Es war sinnlos, ihn jetzt schon zu wecken.

Tro Khon entschloß sich, die dringenden Hilferufe perlianscher Kommandanten unbeantwortet zu lassen. Die Drittkonditionierten mußten selbst mit ihren Problemen fertig werden. Sie hatten die große Chance verspielt, die Zeitverbrecher zu besiegen, solange diese noch nicht stark genug waren, einen Gegenangriff zu starten.

Achtlos brach Tro Khon einige Eiszapfen von der Höhlendecke ab und verschlang sie. Aufgrund seines unvergleichbaren Metabolismus war der Zweitkonditionierte in der Lage, jede nur denkbare Materie als Nahrung zu sich zu nehmen.

Er blieb vor einer großen Maschine stehen und betätigte den Hauptschalter. Nun brauchte er sich nicht mehr um die Eismassen zu kümmern, die die Höhle umschlossen. In kurzer Zeit würde die automatische Anlage das gesamte Eis abgetaut und das Schmelzwasser davongeblasen und verdampft haben. Tro Khon hätte die Oberfläche der Eiswelt auch ohne solche Hilfe erreicht, doch er mußte an den Dolan denken, der nach dem Erwachen immerhin einhundert Meter durchmessen würde.

„Auf dem zweiten Planeten dieses Systems wollten die Perlians eine Programmierungsanlage errichten", sagte Tro Khon. „Ich fürchte, es ist nicht mehr viel davon übrig."

Wie immer erhielt er von seinem Symboflex-Partner eine völlig unbefriedigende Antwort. Doch daran hatte er sich längst gewöhnt. Er schaltete die Bildschirme für Fernortung ein.

„Sieh dir das an", empfahl er dem Symbionten. „Keine Impulse mehr. Die Perlians scheinen den Programmierungsplaneten verlassen zu haben. Ihre unterseeischen Städte wurden offenbar vernichtet."

Tro Khon hatte sich auf einen solchen Anblick vorbereitet, deshalb wurde er nicht sonderlich davon getroffen.

„Auf den sieben anderen Welten, wo die Kristalle für den Einsatz vorbereitet wurden, sieht es bestimmt nicht anders aus", vermutete der Schwingungswächter. „Unsere Gegner müssen die Drittkonditionierten in kurzer Zeit besiegt haben. Findest du nicht auch, daß man daraus gewisse Rückschlüsse über die Stärke der Zeitverbrecher ziehen sollte?"

Der Symbiont fühlte, daß Tro Khon sich mit irgend etwas beschäftigte, und er verhielt sich ruhig.

„Ich glaube, wir sollten wieder abschalten", meinte Tro Khon. „Alles, was wir zu sehen bekommen, beweist nur, daß wir möglichst schnell eingreifen müssen."

Er streckte eine Hand aus, ließ sie aber sofort wieder fallen.

„Halt!" rief er.

Der Symbiont zuckte zusammen.

„Ein Raumschiff!" stellte der Schwingungswächter fest. „Siehst du es?"

Der Symboflex-Partner war nicht in der Lage, irgend etwas zu sehen. In dieser Beziehung mußte er sich ganz auf Tro Khon verlassen. Er verstand nur, daß der Zweitkonditionierte etwas entdeckt hatte, was seine Aufmerksamkeit in Anspruch nahm.

„Die Frage ist, ob es sich um ein Schiff der Perlians oder der Zeitverbrecher handelt", fuhr Tro Khon fort.

Er machte sich an den Schaltern zu schaffen.

„Ein gegnerisches Schiff", sagte er schließlich. „Es sieht so aus, als könnten wir dort den Dolan unmittelbar nach seinem Aufwachen erproben. Es ist immer gut, wenn er vor dem eigentlichen Einsatz getestet wird."

Seine Blicke fanden ein Stück nutzloses Leichtmetall, das am Boden lag, und er hob es auf, um es zu sich zu nehmen. Sein Konvertermagen verwandelte es in jene Stoffe, die er zur Erhaltung benötigte.

„Es ist kein sehr großes Schiff", stellte er fest, nachdem er gesättigt war. „Keine Gefahr für uns."

Der Symbiont empfing den beruhigenden Impuls, den Tro Khon mit seinen Worten verband.

Tro Khon schaltete die Ortungsanlage aus.

„Diese Geräte lenken mich bei meiner Arbeit nur ab“, erklärte er dem geduldig lauschenden Symbionten.

Er wandte sich von der Ortungsanlage ab. Er hätte jetzt mit dem Erwecken des Dolan beginnen können, aber aus irgendeinem unerklärlichen Grund zögerte er. Langsam blickte er sich um, als läge sein Zögern in einem Gegenstand innerhalb dieses Raumes begründet, dem er bisher zu wenig Aufmerksamkeit geschenkt hatte. Aber da war nicht der Grund für seine Reaktion. Er begriff, daß der Eifer, den er seit seinem Erwachen entfaltet hatte, eine volle Erkenntnis der Niederlage der Drittkonditionierten verhindert hatte.

Tro Khon stieß ein unheilvolles Knurren aus. Er, der sich völlig in der Gewalt zu haben glaubte, hätte fast einen nicht wieder gutzumachenden Fehler begangen und die fremden Angreifer unterschätzt. Und das nur, weil er sich geweigert hatte, den Untergang der perlianschen Streitmacht voll und ganz zu akzeptieren.

Die Zeitverbrecher hatten noch vor dem ersten Zusammentreffen einen psychologischen Sieg über ihn errungen. Obwohl dieses Ereignis für spätere Kämpfe unbedeutend war, fühlte Tro Khon, daß er wütend wurde. Er hätte sich nicht aus seinem psychischen Gleichgewicht bringen lassen dürfen.

Der Symbiont spürte den Zorn und die Verwirrung seines Wirtes und schickte beruhigende Impulse aus.

Tro Khon stellte sich vor, er wäre mit seinem Dolan sorglos in den Weltraum hinausgeflogen. Wahrscheinlich hätten die Zeitverbrecher ihn nicht besiegen können, aber vielleicht hätten sie ihm doch eine Niederlage beigebracht.

„Es ist gut, wenn man die Dinge im richtigen Licht sieht“, sagte Tro Khon. „Wesen, die die Drittkonditionierten und die Hypnokristalle abgewehrt haben, sind nicht zu unterschätzen.“

Der Symbiont spürte, daß der Schwingungswächter sich wieder beruhigt hatte und war zufrieden.

„Wie werden sie reagieren, wenn ich auftauche“, fragte sich Tro Khon. „Sicher besitzen sie ausgezeichnete Nachrichtenverbindungen. Natürlich, wenn sie eine hochentwickelte Raumfahrt haben, müssen sie über ein angemessenes Kommunikationsprinzip verfügen.“

Er kehrte zur Mulde zurück, in der er geschlafen hatte. Seine drei Augen richteten sich auf die Schlafstelle.

Einen Augenblick überlegte er, ob längere Schlafzeiten vielleicht doch schädlich waren. Vielleicht riefen sie gewisse Veränderungen im Plangehirn hervor.

„Es wird Zeit, daß ich den Dolan wecke“, murmelte er. „Allmählich komme ich auf dumme Gedanken.“

Der Gedanke an den Dolan erwärmte ihn. Sein Bündnis mit dem Dolan war vielleicht noch enger als das mit dem Symboflex-Partner, obwohl der Symbiont ständig bei ihm war.

Tro Khon betätigte die Schaltung, die den Eingang zur benachbarten Eishöhle freilegte. Ein Blick auf die verschiedenen Bildschirme zeigte ihm, daß die Eismassen über den Höhlen jetzt fast abgetaut waren.

Der Weg an die Oberfläche war frei.

Tro Khon spürte die Eifersucht des Symbionten, als das kleine Wesen instinktiv fühlte, wie sich das Interesse seines Wirtes dem Dolan zuwandte. Der Zweitkonditionierte mußte über solche Regungen innerlich lachen.

Die mächtige Stahltür, die beide Höhlen voneinander trennte, schob sich zur Seite.

Der Dolan war eine synthetisch erzeugte Gewebezusammenballung, die aus dem gleichen Zellmaterial wie Tro Khons Körper bestand.

Ein Dolan besaß nur eine schwache Intelligenz, die sich ausschließlich in primitiven Gefühlen äußerte. Unterwürfige Hörigkeit, aber auch eine gewisse Sturheit gehörten zu den hervorstechenden Eigenschaften der Dolans.

Tro Khons Dolan hätte jeden anderen Schwingungswächter, der es gewagt hätte, ihn zu betreten oder ihm Befehle zu erteilen, auf der Stelle vernichtet. Nur ein Befehl Tro Khons konnte den Dolan veranlassen, einen anderen Zweitkonditionierten anzuerkennen.

Tro Khons Dolan war vor unendlichen Zeiten künstlich erschaffen worden. Aber der Schwingungswächter betrachtete den Dolan längst nicht mehr als Retortenwesen, sondern als nützlichen Gehilfen.

Der Boden knirschte unter Tro Khons Füßen, als er auf die zweite Höhle zuging. In beiden Höhlen war es dunkel; nur die Bildschirme und Kontrollen verbreiteten schwaches Licht. Tro Khon fand sich jedoch mit seinen infrarotempfindlichen Augen in der Dunkelheit gut zurecht.

An der Grenze zwischen beiden Höhlen blieb er stehen.

Der Dolan war ein unförmiges, fladenähnliches Gebilde, das fast den gesamten Boden der benachbarten Höhle bedeckte.

„Da liegt er und schläft", sagte Tro Khon abwesend. „Er weiß nichts von meinen Problemen."

Der Symbiont verhielt sich ruhig. Er fühlte, daß entscheidende Ereignisse bevorstanden. Noch immer trafen ihn die Impulse des Schwingungsalarms. Sie fluteten durch seinen Körper wie elektrischer Strom.

Tro Khon betrat die Höhle des Dolan.

Er beugte sich hinab und strich über die vernarbte und schlaff aussehende Haut des seltsamen Wesens.

Der Dolan reagierte nicht.

Etwa fünfzig Meter von Tro Khon entfernt flammten einige Lämpchen auf. Sie gehörten zur Kontrollanlage der Erweckungsmaschinerie. Das Erwachen eines Dolan aus dem Tiefschlaf war ungleich komplizierter als das eines Schwingungswächters. Das lag vor allem an der Verschiedenartigkeit der sieben Exekutoren, die der Dolan beherbergte. Jeder dieser Bewußtseinsinhalte war so empfindlich, daß die geringste Unregelmäßigkeit genügte, um ihn für längere Zeit arbeitsunfähig zu machen.

Tro Khon beeilte sich, die Kontrollen zu erreichen. Sein Plangehirn verglich die vorliegenden Werte mit jenen, die ihm seine Erfahrung als die günstigsten lehrte. Er konnte zufrieden sein, obwohl einige Schwankungen auftraten.

Der mächtige Körper des Dolan wurde von einem Zucken durchlaufen. Tro Khon kümmerte sich nicht darum. Die Zellstruktur des Dolan hatte sich bereits weitgehend normalisiert.

Der Schwingungswächter wußte, daß die Gefahr bestand, daß der Dolan nach seinem Erwachen Amok lief. Die Geschichte lehrte, daß es Exekutoren gab, die einen längeren Tiefschlaf nicht überstanden oder wahnsinnig wurden. Sobald sie erwachten, veranlaßten sie den Dolan zu unüberlegten Handlungen.

Tro Khons Blicke lösten sich von den Kontrollen und gingen zu dem Dolan zurück. Unter der zusammengefalteten Haut zeichneten sich deutlich die einzelnen Maschinen ab, die mit dem Zellgewebe des Dolan verwachsen waren.

Der Zweitkonditionierte wußte auch, daß er im Augenblick wenig tun konnte. Er überprüfte das eigroße Gerät an seinem linken Handgelenk, mit dessen Hilfe er sich mit dem Dolan und den sieben

Exekutoren verständigen konnte. Das Gerät war mit seiner Körperhaut verschmolzen und wirkte wie ein dickes Geschwür.

Tro Khons akustische Anweisungen, aber auch seine Gedankenimpulse wurden von diesem Apparat empfangen und als Funkwellen ausgestrahlt. Die Exekutoren antworteten in ähnlicher Weise. Tro Khon hatte sich längst an die etwas umständliche Methode der Verständigung gewöhnt. Er konnte sich mit jedem seiner Mitarbeiter einwandfrei unterhalten.

Der Dolan mit seinen sieben Exekutoren war ein starker Verbündeter.

Der tiefschwarz glänzende Körper des Dolan bewegte sich immer heftiger. Er ähnelte jetzt einem zusammengefallenen Fallschirm von überdimensionaler Größe. Das Bewußtsein des Dolan arbeitete umständlich und langsam. Das lag zum Teil an seiner Schläfrigkeit, zum Teil auch an seiner Unfähigkeit, komplizierte Gedankengänge zu Ende zu führen. Es fiel dem Dolan schwer, Vergangenheit und Gegenwart zu unterscheiden, so daß die Erinnerung sein Vorgehen beeinflußte. Er spürte das unkontrollierte Zucken seines Körpers, aber er war viel zu sehr mit anderen Dingen beschäftigt, um sich darum zu kümmern. Allmählich nur erinnerte sich der Dolan an seine vordringlichste Aufgabe. Er mußte die sieben Exekutoren aktivieren, damit er überhaupt in der Lage war, dem Schwingungswächter zu dienen.

Die Gedanken an den Zweitkonditionierten erwärmten den Dolan. Er sah seine Lebensaufgabe darin, Tro Khon zu dienen.

Der Dolan spürte die Nähe Tro Khons.

Ohne seine Exekutoren war er jedoch blind und taub. Er war auf die sieben Bewußtseinsinhalte angewiesen, mit denen zusammen er eine phantastische Gemeinschaft bildete.

Jeder der sieben Exekutoren hatte innerhalb des Dolan eine bestimmte Aufgabe zu erfüllen. Mit Tro Khons Hilfe hatte der Dolan sieben Wesen ausgesucht, die für die ihnen zugedachten Aufgaben am besten geeignet waren. In einem abgeschlossenen Raum des Dolan lagen die sieben erstarrten Körper jener Wesen, deren Bewußtseinsinhalte mit ihrem Wissen und ihren Fähigkeiten dem Dolan zur Verfügung standen. Die Körper waren praktisch tot, aber Tro Khon besaß die Möglichkeit, ihnen das Bewußtsein zurückzugeben und sie freizulassen. Keiner der sieben Exekutoren wäre jedoch freiwillig in seinen angestammten Körper zurückgekehrt. Denn nichts konnte die Zusammenarbeit und die Freundschaft der sieben Bewußtseinshüter untereinander ersetzen.

Exekutor Nr. 1 erfüllte innerhalb des Dolan-Transportkörpers die Funktion des Kosmonauten. Er stellte Berechnungen an und arbeitete die Daten bevorstehender Flüge aus. Er entschied, ob Kurskorrekturen vorgenommen wurden. Sein Wissen über Sonnen und Planeten war nahezu unbegrenzt.

Der zweite Exekutor war für die Flugtechnik verantwortlich. Er überwachte die Beschleunigung, den Bremsvorgang und alle anfallenden Flugmanöver des Dolan.

Das dritte von dem Dolan übernommene Bewußtsein kontrollierte die Funktion sämtlicher technischer Anlagen im Innern. Es überwachte alle anfallenden Reparaturen und achtete darauf, daß der riesige Gewebekörper in einwandfreiem Zustand blieb.

Einer der wichtigsten Exekutoren war Nr. 4. Er war verantwortlich für Ortung, Verständigung und Funk. Nr. 4 galt als einer der am meisten beschäftigten Bewußtseinshüter.

Exekutor Nr. 5 übernahm die Kontrolle des Dolan-Körpers bei Bewegungen auf allen Planeten, auf sonstigen Festkörpern, sowie im Wasser. Das war mit eine der einfachsten Aufgaben, erforderte jedoch ein großes Einfühlungsvermögen.

Das sechste Mitglied des sogenannten Symposiums arbeitete als Kontrolleur des gesamten Waffen- und Abwehrsystems. Auf Grund dieser verantwortlichen Stellung besaß Exekutor Nr. 6, ebenso wie Nr. 1 eine gewisse Vorrangstellung, über die jedoch niemals gesprochen wurde. Unter den Bewußtseinshütern gab es weder Streitigkeiten noch irgendwelche feindlichen Gefühle.

Der letzte der sieben Exekutoren beherrschte die Registratur und die gesamte Analyse. Er erfüllte die Aufgabe, die an Bord eines normalen Raumschiffs der Bordpositronik zukam.

Sämtliche Exekutoren waren direkt mit der Zellmasse des Dolan verbunden. Alles, was von ihrer Anwesenheit zeugte, waren ihre verlassenen Körper in einem abgelegenen Raum des Dolan. Diese sieben Körper waren so verschieden, daß niemand, der sie gesehen, an eine Zusammenarbeit und Freundschaft zwischen diesen Wesen geglaubt hätte.

Der Dolan begann, seine künstlich gezüchtete Zellstruktur aufzublähen. Die einzelnen Zellen vergrößerten sich. Der Dolan dehnte sich aus. Seine Außenhülle begann zu knistern. Es war ein unheimlicher Anblick, wie der flache Gewebeklumpen sich allmählich aufplusterte. Nach einer halben Stunde füllte das Wesen die Hälfte der geräumigen Höhle aus. Einzelne Etagen waren bereits im Innern des Dolan zu erkennen.

Ein erwachter und einsatzbereiter Dolan war kugelförmig und durchmaß einhundert Meter.

Der Dolan spürte, wie ihn ein fragender Impuls erreichte.

Tro Khon wollte wissen, ob die Exekutoren bereits aktiviert waren. Neues Pflichtbewußtsein durchströmte den Dolan. Er war bereit, seinem Gebieter alle Wünsche zu erfüllen. Augenblicklich begann er mit dem Erwecken der sieben Bewußtseinshüter.

Zunächst meldete sich der Exekutor Nr. 4.

Die Begrüßung zwischen dem Dolan und dem fremden Bewußtsein war herzlich. Trotzdem spürte der Dolan immer wieder, daß er in diesem Symposium die untergeordnete Persönlichkeit war. Jeder der sieben Exekutoren war dem Trägerkörper überlegen. Die Exekutoren bemühten sich zwar, den Dolan die Unterschiede nicht merken zu lassen, aber das eigenartige Wesen war feinfühlig genug, um zu erkennen, daß es sich bereits in der Herkunft von den anderen Mitgliedern der Gemeinschaft unterschied.

„Der Schwingungswächter ruft uns", teilte der Dolan dem vierten Exekutor mit. „Eine neue Aufgabe ist zu lösen."

Exekutor Nr. 4 achtete kaum darauf, was der Trägerkörper ihm mitteilte. Seine tastenden Gedanken interessierten sich im Augenblick nur für die anderen Bewußtseinshüter.

„Sie sind noch nicht aktiviert", entschuldigte sich der Dolan.

Nr. 6 erwachte, und es kam zu einer feierlichen Begrüßung zwischen dem Kontrolleur des Ortungs- und Funksystems und dem Beherrscher der Waffen- und Abwehranlagen.

Der Dolan schaltete sich behutsam in das Zeremoniell ein.

„Ich weiß nicht, was mit dem Kosmonauten ist", sendete er unruhig. „Normalerweise erwacht er immer zuerst."

Die beiden anderen waren zu sehr mit sich selbst beschäftigt, als daß sie der Mitteilung des Dolan besondere Bedeutung beigemessen hätten.

Nr. 2 erwachte und begann sofort enttäuscht zu fragen, warum man ihn geweckt hätte, da doch der Start noch nicht bevorstand.

Der Dolan entschloß sich, einen Bestätigungsimpuls an Tro Khon zu geben. Drei Bewußtseinsinhalte waren erwacht. In kurzer Zeit würden alle sieben einsatzbereit sein. Noch während der Dolan sich mit dem Schwingungswächter in Verbindung setzte, erwachte Exekutor Nr. 7.

Was war mit Nr. 1?

Die Unruhe des Dolan wuchs. Sie übertrug sich auf die bereits erwachten Bewußtseinshüter. Die Freude über die geistige Wiedervereinigung nach dem Erwachen wurde von der aufflackernden Angst erstickt.

Der Dolan schickte einen neuen Aktivierungsstrom durch sein Zellgewebe. Augenblicklich kamen die Exekutoren Nr. 3 und 5 zu sich. Sie hatten keine Zeit, Wiedersehen mit den anderen zu feiern. Sofort empfingen sie die Nachricht vom Ausbleiben des beliebten Kosmonauten.

Der Dolan spürte, wie die sechs erwachten Bewußtseinshüter von Panik ergriffen wurden. Hastig sandte er eine Nachricht an Tro Khon. Er fühlte Schmerz und Verzweiflung der erwachten Bewußtseinshüter, die bereits über ihren ausgebliebenen Verbündeten in große Trauer verfallen waren.

Allmählich begann der Dolan zu begreifen, daß Exekutor Nr. 1 gestorben war.

Neben dem über vier Meter großen Schwingungswächter wirkte der aufgeblähte Dolan wie ein Gebirge aus schwarzem Erz. Verschwunden waren die verschiedenen Ausbuchtungen, die bei dem schlafenden Dolan jene Stellen gekennzeichnet hatten, wo sich die Maschinen und anderen Einrichtungen befanden.

Der Dolan war bereit, die Höhle zu verlassen und in den Einsatz zu gehen.

Tro Khons unbewußte Furcht, es könnte zu einem Zwischenfall kommen, legte sich allmählich. Ein Teil der Exekutoren war bereits erwacht. Alles andere war nur noch Routine.

Der Zweitkonditionierte spürte, wie das kleine Gerät, das in seinem linken Handgelenk verwachsen war, zu pochen begann. Der Dolan und die Bewußtseinshüter sendeten eine Nachricht.

„Exekutor Nummer Eins ist nicht erwacht!“

Tro Khons Augen richteten sich ungläubig auf die Außenhülle des flugbereiten Dolan. Verstandesmäßig verarbeitete sein exakt funktionierendes Plangehirn die Nachricht sofort. Gefühlsmäßig jedoch löste die Hiobsbotschaft ein Chaos in Tro Khon aus. Er wußte, welche Konsequenzen sich aus dem Ausfall eines Exekutors ergaben. Ausgerechnet der Kosmonaut, wichtigstes Glied in der Bewußtseinskette, war gestorben. Der Dolan wiederholte die Nachricht, als Tro Khon keine Antwort sendete.

„Verstanden", gab der Schwingungswächter hastig zurück. Er fühlte die Panik der überlebenden Exekutoren. Sie vermißten den geschätzten Partner. Es würde Tro Khon schwerfallen, geeigneten Ersatz zu finden. Viel schlimmer jedoch war der Zeitverlust, den er durch diesen unvorhergesehenen Zwischenfall erlitt. Bis ein neuer Kosmonaut eingearbeitet war, konnten die Zeitverbrecher in der Kleingalaxis bereits Fuß gefaßt haben.

Tro Khon betätigte das kleine Radiogerät.

„Versuche es noch einmal!" befahl er dem Dolan. „Vielleicht bedarf Exekutor Nummer Eins einer stärkeren Aktivierung als bisher."

Der Dolan bestätigte den Befehl, aber es war offensichtlich, daß weder er noch die anderen Bewußtseinshüter an einen Erfolg eines zweiten Aktivierungsversuchs glaubten. Exekutor Nr. 1 war gestorben, daran gab es nicht den geringsten Zweifel.

Die Wahrscheinlichkeit, daß ein Exekutor während des Tiefschlafs aus dem Symposium ausschied, war so gering, daß Tro Khon mit dem Schicksal haderte, weil ihm dieses Mißgeschick im entscheidenden Augenblick widerfahren war. Ein Bewußtseinshüter war auch im wachen Zustand keinem Alterungsprozeß unterworfen, da sein Körper völlig konserviert in einem geschützten Raum des Dolan lag. Für ein Absterben gab es mehrere Gründe, aber es würde schwer herauszufinden sein, warum das Bewußtsein des Kosmonauten zu existieren aufgehört hatte. Vielleicht war es unbemerkt während des Tiefschlafs erwacht. Es war auch möglich, daß es unbewußt versucht hatte, in seinen Körper zurückzukehren.

„Keine Reaktion!" meldete der Dolan, während Tro Khon noch überlegte. „Das Symposium ist um einen Exekutor ärmer!"

Tro Khon sank auf seine Laufarme. In dieser Haltung ähnelte er einem sprungbereiten Ungeheuer. In Wirklichkeit war er tief in Gedanken versunken. Sein Plangehirn arbeitete pausenlos. Es stellte Kombinationen zu einer raschen Behebung des Schadens an.

Tro Khon wußte, daß er den sechs Exekutoren Zeit lassen mußte, ihren Schmerz zu überwinden. Er durfte jetzt auf keinen Fall mit dem Dolan losfliegen.

„Ich möchte an die Oberfläche", sendete der Dolan. „Ich bin hungrig."

Tro Khon verstand. Ebenso wie die Schwingungswächter konnten auch deren Dolans jede Art von Materie zu sich nehmen, um ihren Druck-, Wärme- und Atmungshaushalt zu sichern. Der Dolan konnte mehrere Tonnen Eis in sich aufnehmen, es zunächst in Wasser und dann in lebensnotwendige Stoffe verwandeln. Auf diese Weise nahm er vor allem Sauerstoff zu sich. Der Überschuß wurde in den Zellverbänden gespeichert.

Tro Khon wußte, daß der Dolan in seiner Schlafhöhle nicht genügend Nahrung fand. Um an die Eismassen heranzukommen, hätte er die Metallwände zerstören müssen. Die Eisdecke über der Höhle war inzwischen abgetaut.

Tro Khon rief Exekutor Nr. 5.

„Der Dolan muß an die Oberfläche gebracht werden!" befahl er. Absichtlich legte er Härte in seine Worte, um den trauernden Bewußtseinshüter aufzurütteln. Als keine Antwort erfolgte, wiederholte der Zweitkonditionierte seine Anordnung in schärferer Form.

„Wozu?" fragte Exekutor Nr. 5. „Ohne Kosmonaut können wir nicht fliegen."

„Wir werden fliegen", versicherte Tro Khon hartnäckig. „Ich werde dafür sorgen, daß wir bald einen neuen Exekutor bekommen."

Die sechs Bewußtseinshüter protestierten. Sie glaubten nicht, daß sich der geschätzte Partner jemals ersetzen ließe. Tro Khon ließ sich von diesen Protesten nicht beirren. Er wußte, daß sie aufhören würden, sobald das Symposium wieder komplett war. Die sechs Exekutoren würden das Bewußtsein eines jeden Wesens, der als Kosmonaut in Frage kam, mit Freuden aufnehmen.

Das war Tro Khons Hauptproblem. Er mußte ein geeignetes Wesen finden.

„Ich bin hungrig!" meldete sich der Dolan erneut.

Tro Khon gab sich einen Ruck. Er ging auf den Dolan zu. Am unteren Ende war das riesige Transportwesen abgeplattet. Dort bildete sich jetzt ein breiter Schlitz, hoch genug, um den Zweitkonditionierten einzulassen. Tro Khon wußte, daß ihm noch eine unangenehmere Aufgabe bevorstand. Er mußte den Körper des verstorbenen Exekutors entfernen. Es war nicht gut, wenn die Leiche – und jetzt *war* es eine Leiche – an ihrem Platz blieb und die Exekutoren und den Dolan immer wieder an ihren Verlust erinnerte.

Tro Khon verhärtete das Zellgewebe seiner Füße und seiner Laufarme. Er wußte, daß der Dolan es gern hatte, wenn seine innere Haut gekratzt wurde. Eine solche Behandlung würde dem Wesen helfen, Nr. 1 schneller zu vergessen.

Der Schwingungswächter trat durch den offenen Spalt ins Innere des Dolan.

Sofort schloß sich der Eingang unter ihm.

Vor Tro Khon breitete sich ein düsteres Gewölbe aus. Der Boden schimmerte wie Bernstein, so daß er fast durchsichtig wirkte. Wände und Decke dagegen waren dunkelbraun, stellenweise sogar schwarz. Silbrige Fäden durchzogen die Wände. Das waren die längst mit dem Zellgewebe verwachsenen Kabelstränge, die die einzelnen Maschinen miteinander verbanden. Am anderen Ende des Raumes befand sich eine flache Ausbuchtung, die die Form eines Tisches hatte. Dort arbeitete Exekutor Nr. 7.

Für Tro Khon war das Betreten des Dolan ein oft geübter Vorgang, aber er erlag noch immer der Faszination dieses gewaltigen Retortenwesens, das durch seine Exekutoren noch lebendiger wirkte, als ursprünglich geplant war. Tro Khon scharrte über den Boden, und der Dolan drückte seine Zufriedenheit mit eigenartigen Impulsen aus, die über den Empfänger kamen. Mehr als er wußte, waren Tro Khon und sein Symboflex-Partner in diesem Augenblick Mitglieder des seltsamen Symposiums.

„Ich muß den Körper des Kosmonauten entfernen, sobald wir an der Oberfläche sind", sagte Tro Khon, als er langsam weiterging.

„Einverstanden", erwiderte der Dolan sofort.

Die Exekutoren schwiegen. Offenbar erkannten sie die Notwendigkeit von Tro Khons Handlung.

Der Zweitkonditionierte begab sich in den kleinen Kontrollraum des Dolan. Dort hatte er nicht viel Platz, aber mit Hilfe des vierten Exekutors konnte er die Außenwelt beobachten.

„Vorwärts!" befahl er dem fünften Kontrolleur. „Der Dolan muß jetzt aus seiner Höhle gebracht werden, damit er sich an der Oberfläche sättigen kann."

Der Dolan erhob sich ruckartig, ein sicheres Zeichen dafür, daß

Exekutor Nr. 5 sich nicht vollständig auf seine Aufgabe konzentrierte. Tro Khon machte es wenig aus, wenn er durchgeschüttelt wurde, aber er konnte nicht zulassen, daß die Exekutoren ihren Launen nachgaben, wenn sie sich im Einsatz befanden. Er warnte Nr. 5 in scharfer Form, und schon verlangsamten sich die Bewegungen des Dolan.

Stämmige Pseudoglieder wuchsen aus der unteren Hälfte des Retortenwesens.

Auf ihnen ruhte der kugelförmige Hauptkörper, der sich schnell der Oberfläche des Gletschers näherte. Tro Khon beobachtete, wie aus der Seite des Dolan krallenbewehrte Tentakel hervorwuchsen. Sie schnellten auf das ewige Eis zu. Dann gab es einen Ruck, und er kippte, die Pseudoglieder nach sich ziehend, auf das Eis hinaus. Die Standbeine schrumpften zu kurzen Stummeln zusammen, auf denen sich der Dolan fortbewegen konnte.

Ein löffelförmiger Gegenstand erschien am unteren Ende des gigantischen Wesens. Sein ungewöhnlicher Metabolismus befähigte den Dolan, diesen Auswuchs hart wie Terkonitstahl zu machen. Wie eine Fräse grub sich der Löffel ins Eis.

Der Dolan nahm Nahrung zu sich.

Tro Khon richtete sich auf.

Es wurde Zeit, daß er die Zentrale verließ und sich um den Körper des abgestorbenen Bewußtseinshüter kümmerte.

„Ich will die Zentrale verlassen“, sendete er mit seinem Armgerät.

Sofort öffnete sich vor ihm in der Wand ein breiter Spalt, und er trat auf einen der zahllosen Gänge hinaus, die den Dolan durchzogen. Er brauchte einen Augenblick, um sich zu orientieren. Überall, wo die Gänge aufzuhören schienen, öffnete sich das Gewebe und gab den Weg für den Zweitkonditionierten frei. Im oberen Teil des Dolan befand sich der Raum, in dem die Körper der Exekutoren aufbewahrt wurden. Tro Khon betrat ihn mit allen notwendigen Vorsichtsmaßnahmen. Er wußte, daß die Körper der sechs anderen Bewußtseinshüter nicht beschädigt werden durften.

Das Wesen, das als Kosmonaut gedient hatte, war nur halb so groß wie Tro Khon. Auf seiner Brustseite hatte es vier tentakelähnliche Auswüchse. Der Fremde besaß ein einziges, das gesamte Gesicht beherrschendes Auge, das Tro Khon starr entgegenblickte. Der Schwingungswächter kannte jedoch keine Furcht vor dem Tod.

Er beugte sich hinab und hob den Unbekannten mühelos hoch.

Vor vielen Jahren terranischer Zeitrechnung hatte dieses Wesen ein fremdes Raumschiff gesteuert. Dann war es in die Hände Tro Khons gefallen, der für das Symposium seines Dolan einen guten Kosmonauten gebraucht hatte.

„Er hat uns gute Dienste geleistet“, sagte Tro Khon zu seinem Symboflex-Partner. „Ich glaube nicht, daß wir jemals wieder einen so guten Kosmonauten finden werden.“

Der Symbiont drückte mit Hilfe von Impulsen Zustimmung aus, obwohl er nichts von dem verstand, was Tro Khon gesagt hatte.

Tro Khon ließ seine Blicke über die sechs anderen Körper gleiten. Es befand sich kein einziger Perlian unter den Exekutoren. Die Drittkonditionierten waren zu sensibel, um als Bewußtseinshüter benutzt werden zu können. Alle Versuche, sie für solche Zwecke einzusetzen, waren fehlgeschlagen.

Mit Tro Khons Augen sah auch der Symbiont auf die sechs Wesen hinab. Er spürte instinktiv Furcht, die sich erst dann legte, als Tro Khon einen beruhigenden Impuls verströmte.

„Sie können dir nichts tun“, sagte Tro Khon. „Sie bleiben tot, bis ihr Bewußtsein in sie zurückkehrt. Und es ist zweifelhaft, ob dieser Fall jemals eintreten wird.“

Er verließ den Raum. Als er draußen auf dem Gang stand, vergewisserte er sich, daß die Öffnung hinter ihm sorgfältig geschlossen wurde. Die Körper der Exekutoren durften durch nichts gestört werden.

„Ich verlasse jetzt den Dolan“, sendete Tro Khon.

Er begab sich in die unterste Etage und wartete geduldig, bis sich eine Öffnung für ihn bildete. Da der Dolan jetzt auf kurzen Stummelbeinen über das Eis marschierte, war der Boden nur wenige Meter von dem Zweitkonditionierten entfernt. Er sprang mit seiner zerbrechlichen Last hinaus.

„Warte hier!“ befahl Tro Khon.

Der Dolan verhielt. Noch immer nahm er mit Hilfe des Löffels ungeheure Mengen von Eis zu sich.

Tro Khon umschlang den toten Kosmonauten mit seinen beiden Greifarmen und raste auf allen vieren über das Eis davon. Weder die Kälte noch das Fehlen jeglicher Atmosphäre machte ihm etwas aus. Er hatte die molekulare Zellstruktur seines Körpers auf die Gegebenheiten des kleinen Eisplaneten eingestellt.

Etwa drei Meilen von dem Dolan entfernt blieb Tro Khon stehen.

Er verhärtete seine sechsfingrigen Hände, bis sie zu stählernen Klauen wurden. Dann riß er gewaltige Löcher ins Eis.

Er begrub den Kosmonauten am Fuß des Gletschers und schüttete metergroße Eisbrocken auf das primitive Grab.

„Ich fühle Bedauern", sagte er zu dem Symboflex-Partner. „Ich weiß, daß das unsinnig ist, denn ich führe nur eine lebenswichtige Aufgabe aus. Trotzdem bedaure ich jene Wesen, die unfreiwillig für uns arbeiten müssen."

Die einzige Antwort des Symboflex-Partners bestand in einem stummen Drängen, Tro Khon möge bald wieder den Dolan aufsuchen. Der Symbiont fühlte sich stets unbehaglich, wenn der Zweitkonditionierte sich auf der Oberfläche öder Planeten bewegte.

Tro Khon reagierte jedoch nicht auf die Wünsche seines kleinen Partners, sondern blieb minutenlang am Rande des Grabes stehen. Er war froh, daß er in Ruhe nachdenken konnte. Das Schiff der Fremden, das sich in diesem Sonnensystem aufhielt, fiel ihm wieder ein. War der Dolan, auch ohne Exekutor Nr. 1, stark genug, um diesen Gegner zu besiegen? Der Schwingungswächter hoffte es. Er wußte wenig von der Stärke des Gegners. Überheblichkeit war ihm fremd, aber er besaß Selbstvertrauen.

Tro Khon spürte, wie der Boden von Erschütterungen durchlaufen wurde. Der Dolan näherte sich, um seinen Gebieter abzuholen. Der Zweitkonditionierte richtete sich auf. Er würde einen Start in den Weltraum riskieren. Auch mit nur sechs Exekutoren an Bord bildete der Dolan einen ernstzunehmenden Gegner. Die überlebenden Mitglieder des Symposiums mußten versuchen, den Kosmonauten nach besten Kräften zu ersetzen. Wenn jeder dazu beitrug, konnte der Dolan in kurzer Zeit seinen ersten Sieg gegen die Zeitverbrecher erringen.

3.

Camaron Olek schob die kleine Kassette in den Projektor und schaltete das Licht in der Kabine aus. Er erwartete nicht, daß er auf den Bildern, die er von seinem Flug mit der Space-Jet mitgebracht hatte, erregende Entdeckungen machen würde. Er war mit dem Beiboot dicht genug über die Oberfläche Modulas hinweggeflogen, um zu erkennen, daß es auf diesem Planeten nichts mehr zu entdecken gab.

Der Captain betrachtete die Aufnahmen nur aus Langeweile.

Die GOLDEN STAR stand jetzt ungefähr in der Mitte zwischen dem zweiten und dritten Planeten des Modula-Systems. Ununterbrochen trafen Funknachrichten terranischer Schiffe ein, die von den Funkern der GOLDEN STAR weitergeleitet wurden. Camaron Olek konnte sich keine uninteressantere Aufgabe vorstellen.

Die Kabinentür öffnete sich, und Licht fiel draußen vom Gang herein. Olek sah Reis' untersetzte Silhouette im Eingang.

Der Captain war für jede Unterhaltung dankbar.

„Kommen Sie herein, Sir", forderte er den Kommandanten des Kurierschiffes auf. „Ich sehe mir gerade die Bilder an, die ich von Modula II gemacht habe."

Daveen Reis trat ein und drückte die Tür hinter sich zu. Als er vor dem Projektor vorbeiging, zeichnete sich sein Schatten an der Wand ab. Dann ließ Reis sich ächzend in einen Stuhl sinken.

Olek lachte geräuschlos.

„Man könnte glauben, unsere Arbeit ginge auch Ihnen allmählich auf die Nerven", sagte er mit spöttischem Unterton.

„Sie ist ermüdend", gab Reis zu.

„Sehen Sie endlich ein, daß man uns abgeschoben hat?" ereiferte sich Olek. „Wir müssen energisch protestieren. Schließlich gibt es noch viele Schiffe von der Größenordnung der GOLDEN STAR, die uns bei unserer Tätigkeit ablösen können."

Olek konnte hören, wie Reis sich unruhig bewegte.

„Ein Protest wäre sinnlos", sagte der Kommandant. „Außerdem würde ein solches Vorgehen einen schlechten Eindruck machen."

„Davor haben Sie wohl Angst?"

„Nein", sagte Reis sanft. „Abgesehen von einem übereifrigen Offizier meiner Besatzung fürchte ich nichts."

Olek holte die Bilderkassette aus dem Projektor und schaltete das Licht ein. Reis saß mit verschränkten Armen im Sessel und blickte den Captain erwartungsvoll an.

„Ich hatte erwartet, einige Aufnahmen zu sehen", sagte er.

Bevor Camaron Olek antworten konnte, knackte der Interkom. Die aufgeregte Stimme eines Raumfahrers meldete sich.

„Hier spricht Leutnant Zabrok, Sir. Wir haben soeben einen ungewöhnlichen Energieausstoß geortet."

Reis vergeudete keine Zeit mit irgendwelchen Fragen. Er stand auf.

„Ich komme sofort", sagte er ins Mikrophon. „Geben Sie Alarm." Dann wandte er sich an Olek.

„Kommen Sie mit?" fragte er.

„Natürlich! Glauben Sie, ich lasse mir irgendeine Sensation entgehen? Ganz im Gegenteil!"

Als sie kurz darauf die Zentrale betraten, waren vier Offiziere um die Bildschirme der Raumortung versammelt. Als Reis und Olek herankamen, machten sie für die beiden Männer Platz.

Reis ließ seine Blicke über die Geräte gleiten. „Nichts zu sehen", stellte er fest. „Was haben Sie festgestellt, Leutnant Zabrok?"

Der junge Offizier deutete auf seinen Bildschirm.

„Zunächst war es nur ein stecknadelkopfgroßer Punkt", berichtete er. „Es war Zufall, daß ich ihn in diesem Durcheinander von Impulsen überhaupt entdeckte. Plötzlich, für den Zeitraum von zwei oder drei Sekunden, vergrößerte sich der Punkt, um dann völlig zu erlöschen."

„Wer hat es noch gesehen?" erkundigte er sich.

Zabrok senkte den Kopf.

„Niemand", gestand er.

Reis und Olek wechselten einen schnellen Blick.

„Können Sie mit Sicherheit sagen, in welchem Gebiet Sie diese Erscheinung beobachtet haben?" fragte Reis den Leutnant.

„Ja, Sir", antwortete Zabrok. „Es muß in der Nähe des dritten Planeten gewesen sein, wenn nicht gar auf der Oberfläche dieser Welt."

„Sie wissen, daß es sich um eine verlassene Eiswelt handelt?"

„Natürlich."

„Finden Sie nicht auch, daß Ihre Entdeckung unter diesen Umständen ziemlich unglaubwürdig erscheint?“ Reis räusperte sich, als er feststellte, daß der Raumfahrer errötete. Er fügte hastig hinzu: „Glauben Sie nicht, daß Sie sich getäuscht haben?“

Zabrok straffte sich.

„Ich habe mich nicht getäuscht, Sir“, sagte er fest.

„Nehmen wir an, Sie hätten recht“, mischte sich Camaron Olek ein. „Worauf würden Sie die Erscheinung zurückführen?“

„Es handelt sich um eine plötzliche Energieentfaltung“, sagte Zabrok. „Dafür kann es viele Gründe geben.“

„Ich wundere mich, mit welcher Sicherheit Sie behaupten, sich nicht getäuscht zu haben“, sagte Olek.

Zabroks Augen wurden schmal.

„Ich habe eine Aufnahme gemacht, Sir“, entgegnete er scharf. „Darauf ist die Erscheinung deutlich zu sehen.“

Daveen Reis stieß die Luft so heftig durch die zusammengepreßten Lippen, daß es wie ein Pfiff klang.

„Und das sagen Sie uns erst jetzt?“ Er schüttelte den Kopf. „Warum lassen Sie uns herumrätseln, wenn es eine Aufnahme gibt?“

„Dr. Hastings hat das Bild mit ins Labor genommen“, erklärte Zabrok. „Er wollte es in Ruhe untersuchen und auswerten.“

Reis trat an den Interkom.

„Hier spricht der Kommandant“, sagte er ins Mikrophon. „Dr. Hastings, bringen Sie sofort Zabroks Aufnahme in die Zentrale.“

Hastings Stimme klang merkwürdig verzerrt, als sie aus dem Lautsprecher drang.

„Ich habe die Untersuchung noch nicht abgeschlossen, Major. Vielleicht können Sie sich noch ein paar Minuten gedulden.“

„Was glauben Sie, wo Sie sind?“ rief Reis wütend. „Auf einem wissenschaftlichen Kongreß? Die Sicherheit der GOLDEN STAR kann bedroht sein. Ich befehle Ihnen, in die Zentrale zu kommen und das Bild mitzubringen.“

„In Ordnung“, erwiderte der Wissenschaftler ärgerlich.

Dr. Hastings hatte an Bord der GOLDEN STAR eine Sonderstellung. Nur in Alarmfällen unterstand er dem Befehl des Kommandanten. Wie viele Wissenschaftler war er in die Große Magellansche Wolke gekommen, um Sterne zu katalogisieren.

Als Hastings die Zentrale betrat, stellte Reis überrascht fest, daß der Wissenschaftler eine Uniform trug. Offensichtlich wollte er damit demonstrieren, daß er sich als normales Besatzungsmitglied fühlte.

Er übergab dem Kommandanten die von Leutnant Zabrok gemachte Aufnahme.

Daveen Reis legte die Rolle auf den nächsten Kartentisch und glättete sie. Camaron Olek beugte sich neben ihm über den Tisch.

Das Bild zeigte einen hellgrauen Punkt, neben dem eine leuchtende Blase zu schweben schien.

Hastings streckte den Arm aus.

„Der verwaschene Fleck ist identisch mit der dritten Welt des Modula-Systems", sagte er. „Erstaunlicherweise ist von der Oberfläche nur wenig zu sehen, obwohl die GOLDEN STAR in einer günstigen Position zu dem Planeten steht. Daneben sehen Sie die Erscheinung, die Leutnant Zabroks Aufmerksamkeit erregt hat."

Reis starrte auf das Bild. Es sagte ihm nichts. Die geringe Ähnlichkeit der Energiequelle mit Aufnahmen explodierender Hypertriebwerke beruhte wahrscheinlich auf einem Zufall.

„Was halten Sie davon?" fragte Reis den Wissenschaftler.

„Es ist Eis", sagte Hastings.

„Eis?" Reis war verblüfft.

„Es handelt sich um eine Wolke zu Eiskügelchen erstarrter Wassertropfen", sagte Hastings.

„Das würde bedeuten, daß an irgendeiner Stelle auf dem dritten Planeten das Eis abgebaut und davongeblasen wurde", sagte Reis.

Hastings nickte. „Richtig", sagte er.

„Wollen Sie uns glauben machen, daß auf der Eiswelt ein Schmelzprozeß stattgefunden hat?" fragte Camaron Olek. „Sie wissen, daß es dafür keine Erklärung gibt."

„Warum nicht?" Hastings deutete in Richtung der großen Reliefbildschirme der GOLDEN STAR. „Sie vergessen, daß während des Kampfes um Modula II unzählige Torpedos, Raketen und andere Waffen ihr Ziel nicht fanden und in den Weltraum abtrieben. Eine solche Waffe ist auf der Eiswelt abgestürzt und hat diesen seltsamen Effekt erzeugt."

„Dann muß es eine perliansche Waffe gewesen sein", sagte Leutnant Zabrok. „Keine terranische Bombe würde eine solche Wirkung erzielen."

„Das kann man nicht wissen", versetzte Hastings. „Wenn mehrere Faktoren zusammenwirken, kann es durchaus zu einem solchen Phänomen kommen."

Reis hob die Hände. „Einen Augenblick!" stieß er hervor. „Hier geht es in erster Linie um die Sicherheit dieses Schiffes. Wir müssen damit rechnen, daß gegnerische Mächte am Werk sind. Lassen sich auf diesem Bild Hinweise finden, aus denen man auf die Tätigkeit eines Raumschiffes schließen könnte?"

„Nein", sagte Hastings.

„Sind Sie sich darüber im klaren, daß eventuell das Schicksal der GOLDEN STAR von Ihren Informationen abhängt?" sagte Reis ernst. „Wenn Sie den Verdacht haben, daß fremde Raumschiffe in diesem Raumsektor operieren, müssen Sie uns unterrichten, Doc."

Hastings lächelte.

„Machen Sie sich keine Sorgen, Major. Ich bin vollkommen sicher, daß uns keine Gefahr droht. Warum sollten wir vor einer Eiswolke die Flucht ergreifen?"

In diesem Augenblick beging Reis den entscheidenden Fehler seines Lebens. Er verließ sich auf die Aussage eines verärgerten Wissenschaftlers.

„Wir behalten unsere Position bei", ordnete Daveen Reis an. „Der Alarmzustand wird aufgehoben. Bei irgendwelchen Zwischenfällen möchte ich aber sofort benachrichtigt werden."

Zur gleichen Sekunde, als Reis diesen Befehl gab, hob der Dolan von der Oberfläche des Eisplaneten ab und startete in den Weltraum.

Das Raumschiff der Zeitverbrecher hatte seine Position nur unwesentlich verändert. Auf den Kontrollschirmen von Exekutor Nr. 4 war es deutlich zu erkennen.

Tro Khon kauerte in der engen Kommandozentrale und verfolgte den Start des Retortenwesens. Der Zweitkonditionierte wußte, daß die Umstände für ein Gelingen seines Planes sprachen. Das Gebiet, in dem sich der Dolan jetzt aufhielt, wurde von Impulsen aller Art überschwemmt. Unter diesen Umständen war eine Ortung wenig wahrscheinlich. Trotzdem hatte Tro Khon zusammen mit den sechs Exekutoren alle nur erdenklichen Vorsichtsmaßnahmen getroffen. Abgesehen davon durfte sich der Zweitkonditionierte keinen weiteren Zeitverlust erlauben.

Exekutor Nr. 6 hatte einen starken Abwehrschirm um den Dolan errichtet, so daß eventuelle Angriffe zurückgeschlagen werden konnten. Soweit wollte es Tro Khon jedoch nicht kommen lassen.

„Flug verlangsamen", befahl er dem zweiten Bewußtseinshüter. „Auf Warteposition gehen."

Der Dolan reagierte sofort auf die entsprechenden Impulse des Exekutors für Flugtechnik. Die hundert Meter durchmessende Gewebekugel schwebte fast bewegungslos im Raum.

Tro Khon trat mit dem vierten Kontrolleur in Verbindung, der außer dem Ortungssystem auch die Funkanlage überwachte.

Es kam darauf an, das gegnerische Schiff abzulenken. Der Schwingungswächter hatte bereits einen festumrissenen Plan.

Exekutor Nr. 4 setzte einen Kurzfunkspruch ab, der von allen perlianschen Schiffen in einem Umkreis von hundert Lichtjahren aufgefangen werden mußte. Tro Khon wußte, daß diese Nachrichtenübermittlung gefährlich war. Wenn die Besatzung des gegnerischen Schiffes den kurzen Funkspruch auffing, konnte der Dolan leicht angepeilt werden. Tro Khon vertraute jedoch auf die Erfahrung von Exekutor Nr. 4, der genau wußte, wie er in der gegenwärtigen Situation zu handeln hatte. Ein gut verschlüsselter Funkruf würde in dem augenblicklich herrschenden Impulschaos überhaupt nicht auffallen. Tro Khon wußte so gut wie nichts über die Mentalität der Zeitverbrecher, aber er war bei seinen Überlegungen von allgemein gültigen psychologischen Gegebenheiten ausgegangen.

Ungeduldig wartete er auf die Ankunft der drei angeforderten perlianschen Raumschiffe. Er mußte damit rechnen, daß sich das feindliche Schiff plötzlich zurückzog. Ein solches Manöver würde zu einer erneuten Verzögerung führen. Die Unsicherheit machte Tro Khon ruhelos. Er mußte sich dazu zwingen, innerhalb der kleinen Zentrale zu bleiben. Immer wieder ertappte er sich dabei, wie er auf den Bildschirm starrte, um das fremde Schiff zu beobachten. Die Befürchtungen des Zweitkonditionierten wuchsen. Er stellte sich vor, wie das Schiff der Zeitverbrecher plötzlich beschleunigen und im Hyperraum verschwinden würde.

Der Symboflex-Partner fühlte die Unruhe des Wächters und sendete einen fragenden Impuls aus. Tro Khon kümmerte sich jedoch nicht darum. Er betätigte sein Armgerät, um mit den einzelnen Exekutoren in Verbindung zu treten.

„Wo bleiben die perlianschen Schiffe?" erkundigte er sich bei Nummer Vier.

„Sie können noch nicht hier sein", antwortete der für Ortung und Funk verantwortliche Bewußtseinshüter.

Tro Khon stand auf. Der Dolan öffnete eine Seitenwand des Kommandoraums, so daß der Zweitkonditionierte auf den Gang hinausgehen konnte. Tro Khon zog es jedoch vor, an den Kontrollen zu bleiben.

„Sollen wir angreifen?" fragte Exekutor Nr. 6. „Wir sind stark genug, um das fremde Schiff auch ohne einen Kosmonauten besiegen zu können."

„Das weiß ich", gab Tro Khon zurück. „Wir werden dieses Schiff auch vernichten. Dabei werden wir jedoch anders als üblich vorgehen."

Tro Khon hielt es für sinnlos, den Exekutoren seine Pläne in allen Einzelheiten zu schildern. Das hätte innerhalb des Symposiums nur unnötige Verwirrung hervorgerufen.

Tro Khon fragte sich, ob es ihm in einiger Zeit gelingen würde, die versprengten Verbände der Perlians wieder zusammenzuziehen und zu einer bedeutenden militärischen Macht werden zu lassen. Alles hing davon ab, wie es mit der Kampfmoral der Drittkonditionierten bestellt war. Tro Khon bezweifelte, daß die sensiblen Wesen den Schock der unerwarteten Niederlage schnell überwinden konnten.

„Ortung!" meldete sich Exekutor Nr. 4.

Tro Khon brach seine Überlegungen ab und widmete sich den Bildschirmen und Ortungsanlagen. Obwohl der Zweitkonditionierte perliansche Schiffe erwartete, rechnete er mit der Möglichkeit, daß ein gegnerischer Verband in dieses Sonnensystem einflog. Sollte ein solcher Fall eintreten, würde Tro Khon sich mit seinem Dolan sofort zurückziehen.

„Drei Schiffe nähern sich", gab Exekutor Nr. 4 bekannt.

„Sind es Schiffe der Perlians?" fragte Tro Khon.

„Das ist noch nicht festzustellen. Haben Sie noch einen Augenblick Geduld."

Tro Khon knurrte unheilvoll. Die Exekutoren hatten offenbar noch immer nicht begriffen, was auf dem Spiel stand.

Geduld!

Der Gegner hatte einen ersten Sieg errungen und machte sich daran, die kleine Galaxis zu besetzen. Unter diesen Umständen konnte kein Schwingungswächter Geduld haben.

„An Exekutor Nummer Sechs", sagte Tro Khon. „Alle Waffensysteme bereithalten."

„Sind bereit", antwortete der Waffenkontrolleur.

Ein schwacher Impuls des Dolan kam durch.

„Ich bin hungrig", sendete das Wesen.

„Unsinn!" gab Tro Khon zurück. „Du hast erst vor kurzer Zeit genügend Nahrung zu dir genommen. Greife auf den Überschuß zurück, wenn es nicht anders geht."

„Ich bin hungrig", beharrte der Dolan.

Der Zweitkonditionierte verstand, daß auch das Retortenwesen nervös wurde. Es wurde Zeit, daß irgend etwas geschah.

„Es handelt sich um Schiffe der Drittkonditionierten", teilte Exekutor Nr. 4 in diesem Moment dem Schwingungswächter mit. „Alle drei Einheiten nähern sich dem dritten Planeten dieses Systems."

„Stellen Sie eine Funkverbindung her", ordnete Tro Khon an.

„Ich melde Bedenken an", mischte sich Exekutor Nr. 7 ein. „Die Wahrscheinlichkeit, daß die perlianschen Schiffe geortet werden, ist relativ hoch. Ein Austausch von Funknachrichten würde sie noch vergrößern."

„Das ist mir gleichgültig", gab Tro Khon zurück. „Der Gegner *soll* die perlianschen Schiffe orten. Ich habe nicht vor, die Drittkonditionierten in einen Kampf zu schicken."

Der Analytiker war verwirrt.

„Warum haben Sie die Schiffe dann angefordert?"

„Sie werden es bald verstehen", versicherte Tro Khon grimmig. Er wandte sich wieder an Nr. 4.

„Kommt die Verbindung zustande?"

Ein weiterer Bildschirm begann zu flackern. Gleich darauf wurde der durchsichtige Kopf eines Perlians sichtbar. Tro Khon wußte nicht, ob Exekutor Nr. 4 dafür gesorgt hatte, daß der Drittkonditionierte ihn sehen konnte. Das war auch nicht so wichtig. Die Hauptsache war, daß der perliansche Kommandant ihn hören konnte. Es war nichts mehr zu gewinnen, wenn man die Perlians mit Vorwürfen überhäufte, aber es konnte auch nichts schaden, wenn man sie nachdrücklich auf ihr Versagen hinwies. Oft genug hatten die Perlians zu verstehen gegeben, daß sie der Hilfe der Zweitkonditionierten nicht bedurften. Die Geschichte hatte das Gegenteil bewiesen.

„Sie können jetzt sprechen", sagte Exekutor Nr. 4.

Tro Khon beugte sich nach vorn. In dieser Haltung ähnelte er mehr denn je einem übergroßen Haluter.

„Hier spricht Schwingungswächter Tro Khon", sagte er. „Irre ich mich, oder sehe ich den Rest der perlianschen Flotte auf den Bildschirmen?“

Der perliansche Kommandant zuckte unter dem unmißverständlichen Spott Tro Khons zusammen. Er brauchte ein paar Sekunden, bis er seine Fassung soweit wiedergewonnen hatte, daß er ruhig sprechen konnte.

„Diese drei Schiffe gehören zu Shandanvers Glorienverband“, sagte er dann. „Der Verband zählte ursprünglich zweihundertdreizehn Schiffe. Über zwei Drittel davon wurden bei Kämpfen mit den Zeitverbrechern und den Gurrads vernichtet.“

„Wo ist Shandanver?“ fragte Tro Khon.

„Tot“, erwiderte der Perlian. „Er nahm sich nach dem entscheidenden Gefecht das Leben.“

„Ist es nicht seltsam, daß die Gurrads nach so langer Zeit noch immer ein Problem für uns bedeuten?“ erkundigte sich Tro Khon. „Normalerweise müßte dieses Volk ebenso zerschlagen sein wie alle anderen, die in dieser Kleingalaxis leben.“

„Die Zeitverbrecher haben sich mit den Guerillas verbündet“, verteidigte sich der Perlian. „Vor dem Auftauchen der Fremden stellten die Gurrads keine ernstzunehmende Bedrohung mehr für uns dar. Sie mußten sich damit begnügen, ab und zu einen unserer Stützpunkte zu überfallen. Dabei erlitten sie jedoch so große Verluste, daß es nur noch eine Frage der Zeit war, wann ihr Widerstand endgültig zusammenbrechen würde. Nur mit Hilfe der Zeitverbrecher konnten sie die Herrschaft über die Kleingalaxis zurückerobern.“

„Von einer Eroberung durch die Gurrads kann nicht die Rede sein“, sagte Tro Khon. „Bisher haben die Schwingungswächter noch nicht eingegriffen. Wir werden den Fehler der Drittkonditionierten korrigieren.“

Der Perlian verbeugte sich unterwürfig, um anzudeuten, daß er die Überzeugung Tro Khons teilte. Tro Khon empfand Mitleid, als er erkannte, wie hilflos die Perlians im Grunde genommen waren. Das Zeitauge hatte sie zwar für ihre Aufgabe prädestiniert, aber sie schienen keine kämpferischen Qualitäten zu besitzen.

„Haben Sie das Schiff der Zeitverbrecher bereits geortet?“ erkundigte sich der Zweitkonditionierte.

„Natürlich“, erwiderte der Perlian. „Sollen wir es angreifen und vernichten?“

„Nein“, lehnte Tro Khon ab. „Ich habe andere Pläne.“

Er verschwieg dem Perlian, daß der erste Exekutor des Dolan ausgefallen war. Es war überflüssig, den Drittkonditionierten in alle wichtigen Pläne einzuweihen.

„Der dritte Planet dieses Systems muß vernichtet werden“, ordnete Tro Khon an. „Auf keinen Fall darf er bei dem Einsatz pulverisiert oder in eine Glutwolke verwandelt werden. Er muß in möglichst viele Trümmerstücke zerfallen.“

Der Perlian zeigte sein Einverständnis mit einem Nicken.

„Mit Hilfe der Intervallkanonen wird es einfach sein, den gewünschten Effekt zu erzielen“, fuhr Tro Khon fort. „Sobald sie den Auftrag durchgeführt haben, ziehen Sie sich mit Ihren drei Schiffen zurück. Ich brauche Sie dann nicht mehr.“

Der Drittkonditionierte war sichtlich verwirrt. Er konnte nicht verstehen, daß man ihn gerufen hatte, um die Welt zu vernichten, auf der der Schwingungswächter geschlafen hatte. Logischer wäre es ihm erschienen, wenn er von Tro Khon den Befehl erhalten hätte, das gegnerische Schiff anzugreifen.

„Wohin sollen wir uns zurückziehen?“ fragte er, um Tro Khon zu veranlassen, mehr von seinen Plänen preiszugeben.

„Das ist mir gleichgültig“, kam die ablehnende Antwort. „Sie können sich der allgemeinen Flucht der Perlians anschließen.“

Der perliansche Kommandant war so gedemütigt, daß er nicht den Mut für eine rechtfertigende Antwort fand.

„Sie können sofort an die Arbeit gehen“, sagte der Zweitkonditionierte. „Kümmern Sie sich nicht um das Schiff der Zeitverbrecher. Seine Vernichtung ist meine Aufgabe. Es ist wichtig, daß Sie sich mit Ihren Schiffen zurückziehen, sobald der dritte Planet zertrümmert ist.“

„Ich werde den Perlians von Ihrem Auftauchen berichten“, versprach der Drittkonditionierte. „Es wird ihnen Mut geben, den Kampf gegen die Eindringlinge fortzuführen.“

Tro Khon ließ sich zurücksinken. „Was ist mit den Modulationswelten geschehen?“ fragte er. „Sind sie alle in einem ähnlichen Zustand wie der zweite Planet dieses Systems?“

„Ja“, mußte der Perlian zugeben.

„Der Schwingungsalarm beweist mir, daß auch die Kristallplaneten den Angriffen der Fremden zum Opfer gefallen sind“, sagte Tro Khon.

Das Schweigen des Drittkonditionierten sagte mehr als viele Worte.

„Unter diesen Umständen fällt es mir schwer, daran zu glauben, daß die Perlians sich noch zu einem entscheidenden Kampf aufraffen können", sagte Tro Khon. „Ich nehme an, daß die Schwingungswächter das verlorene Gebiet ohne Hilfe zurückerobern müssen. Uns wird auch die Aufgabe zufallen, die Zeitverbrecher endlich zu bestrafen. Hoffentlich kommt es in der Zwischenzeit nicht zu neuen Experimenten."

Bevor der Perlian etwas sagen konnte, winkte Tro Khon ihm zu.

„Genug geredet", sagte er.

Die Verbindung wurde unterbrochen. Auf den Bildschirmen konnte der Zweitkonditionierte beobachten, wie die drei perlianschen Schiffe sich formierten.

An Bord des gegnerischen Schiffes schien man von den Vorgängen noch nichts bemerkt zu haben.

Das würde sich ändern, sobald der Eisplanet in Trümmer geschossen wurde.

Ein Zwischenfall, der keiner war.

So hatte Camaron Olek das Vorkommnis bezeichnet, das Leutnant Zabroks Entdeckung ausgelöst hatte. Für Olek war die Enttäuschung um so größer, als ein inzwischen eingegangener Befehl die Besatzung der GOLDEN STAR anwies, die augenblickliche Position beizubehalten und weiterhin als Funkbrücke zu dienen.

Die Funker des Leichten Kreuzers waren während dieser Stunden die einzigen Mitglieder der Besatzung, die pausenlos zu tun hatten. Olek und Daveen Reis lösten sich in der Zentrale der GOLDEN STAR regelmäßig ab. Wenn Reis Dienst hatte, zog Olek es meistens vor, ebenfalls im Kommandoraum zu bleiben. In seiner Kabine hielt er es sowieso nur aus, wenn er müde genug war, um ein paar Stunden zu schlafen.

Reis hatte sich inzwischen daran gewöhnt, daß der Captain ein paar Meter von ihm entfernt im Sessel saß und ab und zu seinem Unmut Luft machte.

„Wenn wir uns nicht im Einsatz befänden, hätte ich vielleicht Chancen, an Bord eines anderen Schiffes zu kommen", überlegte Camaron Olek. „Inzwischen habe ich drei schriftliche Bewerbungen abgefaßt, die ich jedoch erst dann an das Hauptquartier schicken kann, wenn die Auseinandersetzungen in der Großen Magellanschen Wolke ein Ende gefunden haben. Während eines Großalarms werden keine Offizierswechsel vorgenommen."

„Man hofft, daß Sie an Bord der GOLDEN STAR lernen, Ihr Temperament zu zügeln", antwortete Reis, der niemals müde wurde, den Captain zu besänftigen. „Im Augenblick sieht es jedoch nicht so aus, als hätten Sie aus den Fehlern der Vergangenheit gelernt."

„Ich beneide Sie um Ihre Fähigkeit, die Dinge so zu nehmen, wie sie sind", sagte Olek. „Vielleicht gelingt mir das in zwanzig oder dreißig Jahren."

„Bis dahin sind Sie einer Herzattacke erlegen", prophezeite Reis.

„Das kann schon sein", gab Olek zu. „Inzwischen jedoch werde ich . . ."

Reis kam nicht mehr dazu, in Erfahrung zu bringen, was Olek bis zur Erreichung seines vierundsechzigsten Lebensjahres zu tun gedachte, denn in diesem Augenblick begannen die Alarmanlagen der GOLDEN STAR zu schrillen und schnitten dem Captain das Wort ab.

Reis griff nach dem Mikrophon des Interkoms und befahl, den HÜ-Schirm um das Kurierschiff zu legen. Dann erst gab er dem Leitenden Offizier der Ortungszentrale Gelegenheit, mit ihm zu sprechen.

„Drei Schiffe der Perlians befinden sich im Anflug auf den Eisplaneten", sagte der aufgeregte Mann. „Sie haben begonnen, diese Welt mit ihren noch unbekannten, unheimlichen Waffen unter Beschuß zu nehmen."

Daveen Reis hob den Kopf. Auf dem Panoramabildschirm konnte er gerade noch beobachten, wie der kleine Planet, der in weitem Abstand um seine Sonne kreiste, von einem Moment zum anderen zerbarst.

Während Reis noch mit aufgerissenen Augen auf diese Szene starrte, war Camaron Olek bereits aufgesprungen und in die Funkkabine gestürmt.

„Alarm!" schrie er den Funkern zu. „Alle Nachrichtenübermittlungen von geringerer Bedeutung einstellen. Geben Sie sofort einen Funkspruch an die CREST IV durch!"

Ohne auf eine Antwort zu warten, rannte Olek in den Kommandoraum zurück und ließ sich neben Reis in einen Sessel sinken. Seine

Blicke fanden den Bildschirm. Dort, wo früher der dritte Planet gestanden hatte, breitete sich jetzt ein riesiges Trümmerfeld aus.

„Warum haben die Perlians das getan?“ fragte Reis mit mühsam unterdrückter Erregung.

„Es hängt irgendwie mit der Eiswolke zusammen, die Leutnant Zabrok aufgenommen hat“, vermutete ausgerechnet Hastings.

„Was sollen wir jetzt tun?“ murmelte Reis. „Die drei perlianschen Schiffe sind uns gewaltig überlegen.“

„Ich habe eine Funknachricht an Perry Rhodan und alle terranischen Schiffe durchgegeben“, sagte Olek. „Ich hoffe, wir erhalten den Befehl, die Perlians zur Kapitulation aufzufordern.“

Daveen Reis preßte die Zähne aufeinander.

„Zum Glück wird niemand so verrückt sein und Ihrem Wunsch entsprechen“, sagte er. „Was glauben Sie, geschieht, wenn die GOLDEN STAR mit den perlianschen Schiffen in ein Gefecht verwickelt wird?“

Die Männer, von denen es abhing, ob die GOLDEN STAR in ein Gefecht verwickelt wurde, wußten weder etwas von Daveen Reis' Bedenken noch von Camaron Oleks unsinnigen Wünschen. Sie beurteilten die Lage nach vorliegenden Daten – und diese sprachen klar gegen den Leichten Kreuzer.

„Major Reis muß jeden Kontakt mit den Perlians vermeiden“, sagte Perry Rhodan, nachdem er den Funkspruch von der GOLDEN STAR ein zweites Mal gelesen hatte. „Das Schiff ist zu schwach, um gleichzeitig drei Gegnern Widerstand bieten zu können. Außerdem brauchen wir es dringend als Funkbrücke im Modula-System.“

„Ich bin dafür, daß Reis sich mit seinem Schiff in den Ortungsschutz Modulas zurückzieht“, sagte Atlan. „Von dort aus kann er in aller Ruhe beobachten, was weiterhin in diesem Gebiet geschieht.“

Perry Rhodan gab einen entsprechenden Befehl an die Funkzentrale.

Damit war das Problem für ihn im Augenblick erledigt. Spätere Untersuchungen würden vielleicht Licht in diese Sache bringen. Es war rätselhaft, warum die Perlians einen völlig bedeutungslosen Planeten vernichteten.

Da OLD MAN noch immer im Schutz seines HÜ-Schirms um Navo-Nord kreiste, bildete er zusammen mit den fünfzehntausend ausgeschleusten Ultraschlachtschiffen der Galaxis-Klasse nach Rhodans Ansicht ein weitaus größeres Problem als drei Schiffe der Perlians.

So wurde die zweite Chance vertan, den gefährlichen Gegner zu erkennen, bevor er zum erstenmal zuschlagen konnte.

4.

Der Befehl Perry Rhodans an Major Daveen Reis traf zum gleichen Zeitpunkt an Bord der GOLDEN STAR ein, als die drei Schiffe der Perlians wieder beschleunigten und im Hyperraum verschwanden. Reis hielt den Befehl für vernünftig, und er war bereit, ihn auch jetzt noch auszuführen, obwohl die gegnerischen Einheiten keine Gefahr mehr für das Kurierschiff GOLDEN STAR bedeuteten.

Camaron Olek jedoch dachte anders darüber.

„Meiner Ansicht nach ist der Befehl des Großadministrators hinfällig, Major", sagte der Erste Offizier zu Daveen Reis. „Die perlianschen Einheiten haben sich zurückgezogen. Also besteht für uns kein Grund, den Ortungsschutz Modulas aufzusuchen."

„Ist es nicht gleichgültig, von wo aus wir unsere Aufgabe erfüllen?" fragte Reis unwillig. Zum erstenmal seit längerer Zeit zeigte er sich über Oleks Einwände verärgert.

„Ich bin ebenfalls dafür, daß die GOLDEN STAR ihre Position ändert", erklärte Olek.

Reis begriff sofort, worauf der Captain hinauswollte, und er schüttelte nachdrücklich den Kopf.

„Wir haben dort nichts zu suchen", erwiderte er.

„Vielleicht finden wir irgend etwas, das uns Hinweise darüber liefert, warum die Perlians die Eiswelt zerstört haben", sagte Olek hartnäckig. „Was ist schon dabei, wenn wir die Trümmer untersuchen? Dann können wir immer noch auf befohlenen Kurs gehen."

„Ich habe zwar keinen Einfluß auf Ihre Entscheidungen", mischte sich Dr. Hastings ein, „aber ich unterstütze Captain Oleks Vorschlag. Für mich wäre es von großem Interesse, die Überreste des Planeten untersuchen zu können."

Diese unerwartete Intervention machte den gutmütigen Kommandanten in seinem Entschluß schwankend. Olek, der Reis gut genug kannte, um zu wissen, wann er schweigen mußte, blickte den Major erwartungsvoll an.

„Es ist gegen den Befehl", sagte Reis müde.

„Die Perlians sind verschwunden", sagte jetzt auch Leutnant Zabrok. „Der Befehl des Rückzugs wurde unter der Voraussetzung gegeben, daß die drei Schiffe eine Bedrohung für uns bildeten. Nun, da sie verschwunden sind, ist es eigentlich gleichgültig, von wo aus die GOLDEN STAR als Funkbrücke operiert."

Daveen Reis fühlte sich in die Enge getrieben. Er glaubte, daß er der Mannschaft, die mehr oder weniger unter Langeweile litt, irgendein abwechslungsreiches Unternehmen schuldig war.

„Wir werden die Trümmer des dritten Planeten inspizieren", sagte der Major widerstrebend. „Sobald jedoch gegnerische Schiffe auftauchen, müssen wir uns sofort zurückziehen."

Die GOLDEN STAR begann zu beschleunigen und raste auf die Überreste jener Welt zu, die den Zweitkonditionierten beherbergt hatte.

Eine direkte Annäherung an das Schiff der Zeitverbrecher hätte zu einer vorzeitigen Entdeckung und wahrscheinlich zu einer Flucht des gegnerischen Schiffes geführt. Von dieser Überlegung ausgehend, hatte Tro Khon seinen Plan ausgearbeitet. Er hatte in kurzer Zeit eine Möglichkeit finden müssen, das Schiff der Fremden an ein geeignetes Versteck des Dolan heranzulocken.

Dies war ihm, so hoffte er, mit der Vernichtung des Eisplaneten durch die Perlians gelungen. Die Katastrophe mußte das Interesse des Gegners wecken. Außerdem fand der Dolan in den zahllosen Trümmern, die jetzt durch den Weltraum schwebten, einen sicheren Schutz. Mit seiner rauhen und zernarbten Oberfläche unterschied sich das Retortenwesen kaum von den verschiedenen Eis- und Felsbrocken, die durch das All trieben. Die Falle war aufgestellt.

Wenn das Schiff der Zeitverbrecher nahe genug herangekommen war, würde diese Falle zuschnappen.

Tro Khon empfand keinen Triumph, als das gegnerische Schiff seine Position verließ und sich der Umlaufbahn des zerstörten dritten Planeten näherte. Der Schwingungswächter wußte, daß es noch zu

Zwischenfällen kommen konnte, die einen Erfolg dieses Unternehmens vereiteln konnten. Erst dann, wenn er die Besatzung des Raumschiffs zum Teil beeinflußt hatte, durfte er damit rechnen, daß alles nach Wunsch verlief.

Schon jetzt zeigte sich, daß die Fremden mit äußerster Vorsicht vorgingen. Ihre Manöver ließen darauf schließen, daß sie ständig mit dem Auftauchen perlianscher Schiffe rechneten. Tro Khon hatte über Exekutor Nr. 4 einen Kurzfunkspruch an sämtliche perliansche Einheiten abgestrahlt und den Kommandanten befohlen, sich von diesem Gebiet fernzuhalten. Was Tro Khon allerdings nicht beeinflussen konnte, waren eventuelle Flottenbewegungen der Zeitverbrecher. Es war durchaus möglich, daß der Kommandant jenes kleinen Schiffes bereits Verstärkung angefordert hatte. Der Zweitkonditionierte wußte, daß er nur dann Erfolg haben konnte, wenn das Raumschiff auch weiterhin allein in diesem Sonnensystem operierte.

Tro Khon ließ den Analytiker den voraussichtlichen Kurs der Zeitverbrecher berechnen. Dementsprechend änderte Exekutor Nr. 2 die Flugbahn des Dolan. Ohne den Kosmonauten fiel es dem Symposium schwer, einen kollisionsfreien Kurs zu steuern, aber der langsame Flug und die eingeschalteten Abwehrschirme verhinderten, daß es zu schwereren Zusammenstößen kam. Auf den Bildschirmen konnte Tro Khon beobachten, wie der Dolan sich langsam durch die Überreste des Eisplaneten schob.

„Raumschiff verlangsamt seinen Flug!“ meldete Exekutor Nr. 4.

Auch damit hatte Tro Khon gerechnet. Der Kommandant des Schiffes hatte offenbar Fernmessungen befohlen. Erst wenn er sicher sein konnte, daß sich in den Trümmern des dritten Planeten keine Raumschiffe verbargen, würde er den Flug fortsetzen lassen.

Tro Khon stieß ein rauhes Gelächter aus.

Der Dolan konnte von den Zeitverbrechern nicht geortet werden.

Der Zweitkonditionierte spürte, wie sein Symboflex-Partner sich regte. Der Symbiont war enttäuscht, daß Tro Khon ihm so wenig Aufmerksamkeit widmete.

„Ich habe wenig Zeit für dich“, sagte Tro Khon besänftigend. „Das wird sich ändern, wenn wir einen neuen Kosmonauten haben.“ Am Tonfall der Worte merkte der Symbiont, daß sein Wirt bei guter Laune war. Zufrieden pulsierte er weiter.

Der für Ortung und Funk verantwortliche Bewußtseinshüter meldete, daß das Raumschiff seinen Flug in Richtung auf die Planetenüberreste fortsetzte. Ein entsprechendes Bild wurde auf die Bildschirme projiziert.

Tro Khon sah ein Schiff, das in Form und Größe dem Dolan ähnelte. Während der Dolan jedoch eine zerklüftete Oberfläche besaß, war die des gegnerischen Schiffes glatt. Lediglich ein Ringwulst und verschiedene kuppelförmige Erhöhungen hoben sich über die eigentliche Außenhülle hinaus. Die Kuppeln bewiesen Tro Khon, daß der im Anflug befindliche Flugkörper über eine gute Bewaffnung verfügte. Darüber machte sich der Zweitkonditionierte jedoch nur wenig Sorgen. Er wußte, daß er sich auf den Dolan und die in seinem Zellgewebe gefangenen Exekutoren verlassen konnte.

Tro Khon hob seinen linken Arm und betätigte das kleine Gerät, das ihm ermöglichte, mit dem Symposium in Verbindung zu treten.

Der Schwingungswächter rief Exekutor Nr. 7.

Der Analytiker und Registrator meldete sich sofort.

„Beginnen Sie mit dem Test", ordnete Tro Khon an. „Finden Sie möglichst schnell heraus, ob sich an Bord des gegnerischen Schiffes ein Wesen befindet, das als Nachfolger des gestorbenen Kosmonauten in Betracht kommt."

Zum erstenmal hatte Tro Khon gegenüber den Exekutoren erwähnt, wie er den ausgefallenen Bewußtseinshüter ersetzen wollte.

Exekutor Nr. 7 war zunächst so schockiert, daß er keine Antwort gab.

„Bestätigen Sie den Befehl", forderte Tro Khon ihn auf.

„An Bord des gegnerischen Schiffes befinden sich Zeitverbrecher", kam schließlich die leise Antwort. „Ein solches Wesen darf nicht in das Symposium aufgenommen werden."

„Warum nicht?" wollte Tro Khon wissen. „Alles, was zählt, ist die geistige Qualifikation. Moralische Bedenken sind sinnlos, denn sobald ein Fremder dem Symposium angehört, wird er sich einfügen."

Wieder wurde es still. Tro Khon ahnte, daß die Exekutoren untereinander berieten. So sehr ihnen daran gelegen sein mußte, den Kosmonauten bald zu ersetzen, sie sträubten sich dagegen, das Bewußtsein eines Gegners in ihre Gemeinschaft aufzunehmen. Tro Khon hatte gewußt, daß es zu solchen Bedenken kommen würde. Er war auf alle Argumente eingestellt. Wichtig war nur, daß er den Widerstand der Bewußtseinshüter schnell genug brechen konnte.

Exekutor Nr. 3 meldete sich.

„Das Symposium möchte bei der Auswahl des neuen Kosmonauten mitbestimmen", verlangte der Kontrolleur der gesamten technischen Ausrüstung des Dolan.

Tro Khon lachte.

„Was heißt hier mitbestimmen? Schließlich ist es ein Angehöriger des Symposiums, der den neuen Kosmonauten auswählt. Ich überlasse es dem Analytiker, welches Besatzungsmitglied des gegnerischen Schiffes er aussucht."

Sofort mischte sich Nummer Sieben ein.

„Die Auswahl ist auf einen Personenkreis begrenzt, der von uns als verbrecherisch angesehen wird", sagte der Analytiker. „Es ist keine Wahlfreiheit, wenn ich nur unter einer Gruppe aussuchen darf, der ausschließlich Zeitverbrecher angehören. Zumindest sollten Sie uns Gelegenheit geben, ein anderes Schiff zu suchen. Bei einiger Anstrengung fänden wir bestimmt bald ein Schiff der Gurrads."

„Von fünftausend Gurrads ist höchstens einer als Kosmonaut geeignet", versetzte Tro Khon. „Außerdem drängt die Zeit. Wir wollen einen Kompromiß schließen. Vorläufig nehmen wir einen der Zeitverbrecher als Kosmonauten an Bord. Sobald wir einen geeigneten Ersatz finden, wird Exekutor Nummer Eins wieder umgetauscht."

Die Bewußtseinshüter berieten den neuen Vorschlag des Schwingungswächters. Es war Nr. 2, der sich schließlich zu Wort meldete.

„Ich muß unmittelbar mit dem ersten Exekutor zusammenarbeiten", erinnerte er Tro Khon. „Glauben Sie nicht, daß es durch die instinktive Abscheu, die ich empfinde, zu Fehlern kommen wird?"

„Im Gegenteil", antwortete Tro Khon. „Sie werden jeden guten Kosmonauten akzeptieren. Die Zusammenarbeit mit einem unsympathischen Mitglied wird völlig sachlich und ohne jede Gefühlsbetonung sein. Davon kann das Symposium nur profitieren."

„Trotzdem bin ich dagegen, daß wir einen Zeitverbrecher aufnehmen", sagte Nr. 5.

Tro Khon atmete auf. Er hatte alle vernünftigen Einwände widerlegt. Nun kam es darauf an, den gefühlsmäßigen Widerstand der Exekutoren zu beseitigen.

„Wir verlieren kostbare Zeit", sendete der Zweitkonditionierte. „Es kann nichts schaden, wenn Nummer Sieben inzwischen mit der Analyse unseres Gegners beginnt. Vielleicht stellt sich heraus, daß wir ein durchaus akzeptables Mitglied finden."

„Mit der Analyse sind wir einverstanden", entgegnete Exekutor Nr. 7. „Wir behalten uns jedoch das Recht vor, jeden uns nicht genehmen Neuling abzulehnen."

Tro Khon wußte, daß er gewonnen hatte.

„Selbstverständlich", sagte er hastig. „Beginnen Sie jetzt mit der Analyse."

Er lehnte sich zurück und starrte auf die Bildschirme. Das hundert Meter durchmessende Raumschiff hatte inzwischen die Randzone des Katastrophengebiets erreicht.

Noch immer war es 34 000 Kilometer von dem Dolan entfernt.

Gemessen an der Fähigkeit der Exekutoren, war diese Entfernung jedoch gering.

Zusammen mit Hastings und mit Hilfe der Bordpositronik hatte Camaron Olek die Flugbahnen einiger größerer kosmischer Trümmer errechnet. Viele der Planetoiden würden später einmal eine Kreisbahn um Modula einschlagen. Andere waren weit davongetrieben und irrten in den äußersten Regionen des Modula-Systems umher. Trotzdem war die Zusammenballung einzelner Trümmerstücke an manchen Stellen noch so dicht, daß für die GOLDEN STAR ein Durchkommen unmöglich war. Daveen Reis hatte klar zu verstehen gegeben, daß er, um jedes Risiko zu vermeiden, das Schiff nur bis ins Randgebiet der Planetenüberreste bringen wollte.

Camaron Olek dagegen hatte andere Pläne. Diese behielt er jedoch noch für sich, weil er wußte, daß auch Reis' Geduld nicht unerschöpflich war.

„Wäre der Planet von einer gewaltigen Explosion zerrissen worden, hätten wir keine Aussichten, in diesem Gebiet Überreste zu finden", sagte Hastings. „Durch den Beschuß der Perlians ist die Eiswelt in sich zerfallen und dann allmählich auseinandergetrieben." Er seufzte. „Es müßte interessant sein, eines der großen Trümmerstücke aus der Nähe zu untersuchen."

Olek richtete sich auf.

„Es ist wichtig, daß wir möglichst viele Erkenntnisse über die Wirkung dieser perlianschen Waffe gewinnen", sagte er. „Glauben Sie, daß Sie einige Entdeckungen machen können, wenn wir einen Planetoiden gründlich untersuchen?"

„Was soll das, Captain?" knurrte Reis. „Sie wissen genau, daß ich mit der GOLDEN STAR nicht tiefer in dieses gefährliche Gebiet eindringen werde."

Olek lächelte unschuldig.

„Natürlich nicht, Sir", stimmte er sofort zu. „Es besteht jedoch die Möglichkeit, daß Dr. Hastings Gelegenheit erhält, die gewünschten Untersuchungen mit einer Space-Jet durchzuführen."

Daveen Reis winkte ab.

„Ich weiß, worauf Sie hinauswollen", sagte er. „Sie würden natürlich diese Jet steuern."

Auf Oleks Stirn erschien eine steile Falte. „Ich würde mich für dieses Unternehmen freiwillig melden."

„Niemand verläßt das Schiff", sagte Reis nachdrücklich.

Hastings erhob sich von seinem Platz und ging unruhig vor den Kontrollen hin und her. Der Wissenschaftler war häßlich, ohne jedoch abstoßend zu wirken. Reis mochte ihn, aber dies war für ihn kein Grund, den Wünschen dieses Mannes nachzugeben.

Hastings blieb abrupt stehen und hob beschwörend beide Arme.

„Sind Sie sich darüber im klaren, daß wir eine einmalige Chance haben?" fragte er. „Wollen Sie aus einem völlig unangebrachten Sicherheitsbedürfnis heraus eine aufschlußreiche wissenschaftliche Untersuchung verhindern?"

„Jetzt langt es!" explodierte Reis. Hastings erlebte zum erstenmal, daß der Kommandant die Beherrschung verlor. „Mit diesem Unsinn kommen Sie bei mir nicht durch. Sicherheitsbedürfnis! Mein Sicherheitsbedürfnis ist nicht stärker und nicht geringer als das Ihre. Dagegen scheint es, was das Verantwortungsgefühl betrifft, beträchtliche Unterschiede der Meinungen zwischen uns beiden zu geben."

Hastings errötete und biß sich auf die Unterlippe.

„Von einem eventuellen Erfolg würden auch Sie und die Besatzung profitieren", sagte er. „Wenn Sie mit wichtigen Daten zurückkommen, würde die Flottenführung erkennen, daß Sie mit Ihrem Schiff auch andere Aufgaben durchführen können als Kurier- und Funkdienste."

Hastings Stimme war schriller geworden, als er gemerkt hatte, daß seine letzten Worte für den Kommandanten und auch für die anwesenden Offiziere beleidigend sein mußten. Seltsamerweise reagierte Reis völlig anders, als der Wissenschaftler erwartet hatte.

Der Major senkte den Kopf.

„Sie haben recht", sagte er kaum hörbar. „Vielleicht fehlt mir tatsächlich etwas Eigeninitiative. Vielleicht ist Captain Olek nur an Bord dieses Schiffes, um mich aufzurütteln."

„Ich hätte das nicht sagen sollen", entschuldigte sich Hastings verlegen. „Es . . . es trifft nicht zu, Major. Ich ließ mich von meinen Wünschen leiten."

„Wir sollten nicht soviel darüber reden", schlug Olek vor.

„Doch, doch", sagte Reis hastig. „Ich möchte einmal feststellen, ob ich mit meinen Ansichten allein stehe, oder ob es in der Zentrale Besatzungsmitglieder gibt, die meine Auffassung unterstützen."

Er stand auf und trat an den Rand des Kontrollstands. Er war ein untersetzter, gutmütiger Mann, aber Camaron Olek fragte sich zum erstenmal, ob er ihn wirklich so gut kannte, wie er bisher geglaubt hatte.

„Wer unterstützt den Vorschlag des Wissenschaftlers, in diesem Gebiet gründliche Untersuchungen durchzuführen?" fragte er.

Es war ungewöhnlich, daß ein Kommandant sich in dieser Form an die Besatzung seines Schiffes wandte. Die Männer waren deshalb so verblüfft, daß sie überhaupt nicht reagierten. Jetzt sah Camaron Olek den Zeitpunkt gekommen, den Lauf der Dinge seinen Vorstellungen entsprechend zu beeinflussen.

„Mit anderen Worten ausgedrückt, möchte der Major wissen, wer von Ihnen bereit wäre, mit einer Space-Jet loszufliegen und auf einem Trümmerstück des Eisplaneten zu landen?" erkundigte er sich.

Die Männer meldeten sich ohne Ausnahme. Daveen Reis blickte über die Schulter zurück zu Olek.

„Es sieht so aus, als sei ich das einzige Besatzungsmitglied der GOLDEN STAR, das dem wissenschaftlichen Fortschritt im Wege steht", sagte er. „Unter diesen Umständen bleibt mir keine andere Wahl, als den Wünschen Dr. Hastings und Captain Oleks nachzugeben."

„Sie dürfen die GOLDEN STAR mit einer Space-Jet verlassen", sagte er zu dem Wissenschaftler. „Captain Olek wird das Beiboot fliegen."

„Ich will versuchen, Sie nicht zu enttäuschen", versprach Hastings. „Wenn ich zurückkomme, werde ich einige wichtige Daten mitbringen."

Reis lächelte. „Es genügt mir schon, wenn Sie zurückkommen", sagte er.

Exekutor Nr. 7 hatte mit der Analyse der Besatzungsmitglieder des gegnerischen Raumschiffs begonnen. Parapsychische Schwingungen auf fünfdimensionaler Basis durchdrangen die GOLDEN STAR, ohne daß man an Bord des terranischen Schiffes etwas davon merkte.

Schon beim ersten Versuch hatte der Bewußtseinshüter festgestellt, daß die Zeitverbrecher ungewöhnlich begabte Wesen waren. Der erste Kontakt hatte gezeigt, daß mehrere Besatzungsmitglieder als Kosmonauten in Frage kamen. Es galt nun, das am besten geeignete Wesen herauszufinden.

Die anderen Exekutoren verhielten sich abwartend. Sie wußten, daß sie sich auf das Urteil des Analytikers verlassen konnten. Wenn es überhaupt einen Nachfolger für Exekutor Nr. 1 gab, würde der Analytiker ihn finden. Nr. 7 fand es interessant und aufregend, die Bewußtseinsinhalte der Fremden zu überprüfen. Hier waren Wesen, die aus der großen Nachbargalaxis kamen und über ungewöhnliche technische Mittel verfügten. Seltsamerweise fand Exekutor Nr. 7 auch im Bewußtsein der Intelligenteren keinerlei Hinweise auf irgendwelche Zeitexperimente. Es schien also keineswegs so zu sein, daß die Unbekannten mit jedem Schiff zu beliebiger Zeit die Zeitmauer durchbrechen konnten. Dafür gab es offenbar Spezialschiffe.

Der Analytiker begann mit der Untersuchung des Kommandanten.

Er fand schnell heraus, daß das Wesen, das den seltsamen Namen Daveen Reis trug, zwar über ein solides Wissen verfügte, aber nicht überdurchschnittlich intelligent war. Da gab es andere Besatzungsmitglieder, die dem Kommandanten überlegen waren. Nr. 7 war verwirrt. Nach welchen Gesichtspunkten wählten die Zeitverbrecher ihre Vorgesetzten aus? Wäre es nicht logischer erschienen, wenn man die Intelligentesten und Fähigsten mit der Führung des Schiffes beauftragt hätte?

Der Analytiker ahnte, daß diese Wesen viel komplizierter waren, als er ursprünglich angenommen hatte. Bei ihrer gesellschaftlichen Rangordnung schienen Dinge mitentscheidend zu sein, die für das Volk des Analytikers keinerlei Bedeutung besaßen.

Der Bewußtseinshüter unterbrach seine Untersuchungen. Er rief Tro Khon.

„Haben Sie einen geeigneten Kosmonauten gefunden?" fragte der Schwingungswächter sofort.

Nr. 7 dämpfte den Eifer des Zweitkonditionierten.

„An Bord des anderen Schiffes gibt es viele Wesen, die als Ersatz für den gestorbenen Exekutor in Frage kämen", teilte er Tro Khon mit. „Es ist jedoch schwierig, eine genaue Bewertung durchzuführen."

„Wieso?" fragte Tro Khon erstaunt.

„Die Stellung, die verschiedene Fremde an Bord ihres Schiffes einnehmen, steht in keinem Verhältnis zu ihrem Können", teilte Nr. 7 mit. „Es gibt fähige Raumfahrer, die in der Rangordnung unter weniger fähigen stehen. Seltsamerweise finden sich alle damit ab. So wird der Kommandant als Anführer akzeptiert, obwohl es mehrere Besatzungsmitglieder gibt, die meiner Ansicht nach besser für diese Position geeignet wären."

„Vielleicht hängt es mit der Persönlichkeit der einzelnen Wesen zusammen", überlegte Tro Khon.

Die Verwirrung des Analytikers wuchs. „Was ist das – Persönlichkeit?"

Tro Khon sendete hastig: „Das ist im Augenblick nicht so wichtig. Wir dürfen uns in unserer Wahl nicht durch die fremdartige Mentalität der Zeitverbrecher beeinflussen lassen. Suchen Sie den besten Kosmonauten aus. Es muß nicht unbedingt der Kommandant sein. Ich verlasse mich darauf, daß Sie die geeignete Person finden."

„Sind Sie sich darüber im klaren, daß wir wahrscheinlich wichtige Eigenschaften außer acht lassen, wenn wir unseren eigenen Wertmaßstab anlegen und die Einstufung der Fremden ignorieren?" fragte Exekutor Nr. 7.

Tro Khon wurde ungeduldig.

„Wir brauchen einen Kosmonauten", gab er zurück. „Ihre Aufgabe ist es, das für diesen Zweck am besten geeignet erscheinende Wesen zu finden."

„Nun gut", erwiderte der Bewußtseinshüter.

Tro Khon war froh darüber, daß sich kein anderes Mitglied des Symposiums in die Unterhaltung eingeschaltet hatte. Jeder Einwand hätte einen weiteren Zeitverlust bedeutet.

Der Schwingungswächter erwartete keine Komplikationen mit einem neuen Bewußtseinshüter. Wenn das Bewußtsein des erwählten Wesens lokalisiert und in das Symposium eingegliedert war, würde es sich schnell mit seiner neuen Aufgabe vertraut machen. Dabei war es unbedeutend, welche Mentalität der Fremde besaß. Die Feststellung, die der Analytiker bei der Besatzung des Raumschiffs gemacht hatte, war für Tro Khon nicht neu. Er hatte Völker kennengelernt, bei denen der Aufstieg zum Kommandanten eines Raumschiffs von der Familienzugehörigkeit abhing, so daß es vorgekommen war, daß unfähige Wesen eine Gruppe von Könnern befehligt hatten. Im System der Werteinschätzung gab es unzählige Variationen. Lediglich in einem Symposium, wie es der Dolan beherbergte, entschied allein das Können und das Wissen. Weder die Abstammung noch das Alter waren bei den Bewußtseinshütern maßgebend. Ein Unfähiger hatte keine Chance, vor dem Symposium zu bestehen. In der Beurteilung der Qualifikation war das Symposium unbestechlich, es war gerechter als selbst Tro Khon jemals sein konnte. Intelligenz und Wissen, die als nacktes Bewußtsein existierten, besaßen nicht die Möglichkeit, sich an unwichtigen Dingen zu orientieren.

„Das ist er!"

Der Ausruf des Analytikers kam so unerwartet, daß Tro Khon hochschreckte. Er warf einen Blick auf die Bildschirme. Das gegnerische Schiff hatte seine Position nur unwesentlich verändert. Es bewegte sich langsam am Rand einer größeren Trümmeransammlung entlang. Der Dolan dagegen befand sich mitten unter den Überresten des Eisplaneten.

„Es ist phantastisch", erwiderte der Analytiker. „Einer der Fremden – es handelt sich um den Stellvertreter des Kommandanten – ist ein kosmonautisches Genie. Er wurde aus disziplinarischen Gründen an Bord dieses Schiffes versetzt. Seinen Fähigkeiten entsprechend könnte er bei den Zeitverbrechern eine bedeutsame Rolle spielen. Es muß mit seiner . . . Persönlichkeit – so hieß doch das Wort? – zusammenhängen, daß er sich hier aufhält."

„Haben Sie schon eine gründliche Analyse vorgenommen?"

Exekutor Nr. 7 verneinte.

„Ich wollte Sie sofort von meiner Entdeckung unterrichten", erklärte er. „Es ist höchst ungewöhnlich, sich in das Bewußtsein eines solchen Genies zu versetzen."

Tro Khon knurrte unwillig.

„Geraten Sie nicht ins Träumen", warnte er. „Vor kurzer Zeit lehnten Sie es noch ab, einen Zeitverbrecher ins Symposium aufzunehmen. Jetzt schwärmen Sie von den Fähigkeiten eines dieser Wesen, ohne einen wirklich gründlichen Test durchgeführt zu haben."

„Der Mann nennt sich Captain Olek", berichtete Nummer Sieben.

„Er fühlt sich gelangweilt. Die Arbeit an Bord des kleinen Raumschiffes vermag ihn nicht zu befriedigen."

Tro Khon brach in dröhnendes Gelächter aus.

„Das können wir ändern", sagte er. „Sobald er zum Symposium gehört, wird er sich nicht mehr über uninteressante Arbeit beklagen können."

Er erhielt keine Antwort. Offenbar hatte Exekutor Nr. 7 mit dem entscheidenden Test begonnen.

Tro Khon bereitete sich darauf vor, den neuen Kosmonauten an Bord des Dolan aufzunehmen. Die anderen Besatzungsmitglieder des Raumschiffs interessierten ihn nicht. Sie waren Zeitverbrecher und hatten kein Recht auf rücksichtsvolle Behandlung. Tro Khon war entschlossen, das Schiff zu vernichten und alle Besatzungsmitglieder zu töten. Nur Camaron Olek, dessen Bewußtsein benötigt wurde, sollte den Angriff überstehen.

Exekutor Nr. 4 meldete sich.

„Das fremde Raumschiff schleust ein Beiboot aus", teilte er Tro Khon mit. „Wahrscheinlich beabsichtigen ein paar Besatzungsmitglieder, auf einem der größeren Felsbrocken zu landen."

„Camaron Olek geht mit an Bord des kleinen Schiffes", teilte der Analytiker mit.

Tro Khon war zufrieden. Alles funktionierte besser, als er gehofft hatte. Jetzt brauchte er nur noch dafür zu sorgen, daß das Beiboot auf dem Dolan landete. Alles andere war ein Kinderspiel.

Dr. Fram Hastings konnte ein gewisses Schuldbewußtsein, das er gegenüber dem Kommandanten der GOLDEN STAR empfand, nicht unterdrücken. Als er sich in einen Sitz in der Kommandokuppel der Space-Jet niederließ, dachte er daran, daß Captain Olek und er Daveen Reis geradezu überrumpelt hatten. Das war dem Major gegenüber nicht fair gewesen. Reis war offenbar bemüht, allen Besatzungsmitgliedern weitgehend entgegenzukommen. Der Major war an Bord seines Schiffes beliebt, aber die Männer, die die Besatzung der GOLDEN STAR bildeten, wußten auch um seine Schwächen.

Captain Camaron Olek schien nicht von Gewissensbissen geplagt zu werden. Er war offenbar froh, daß er das Kurierschiff verlassen konnte.

Fram Hastings drehte sich halb im Sitz herum, um zu beobachten, wie Olek und drei andere Raumfahrer mehrere Spezialschutzanzüge in die Space-Jet brachten. Hastings kannte die ungewöhnlichen kosmonautischen Fähigkeiten dieses Mannes, und er hielt es für falsch, daß man Olek auf ein Schiff wie die GOLDEN STAR versetzt hatte. Olek brauchte ein breites Betätigungsfeld. Er war ein unglaublich dynamischer Mann.

Selbst Oleks Stimme schien lauter zu sein als die anderer Männer, und er sprudelte oft ganze Sätze hervor, so daß sie zusammenhanglos klangen. Trotzdem arbeitete Hastings gern mit Olek zusammen. Wenn es darauf ankam, irgendwelche Daten zu ermitteln oder Berechnungen anzustellen, wurde Olek vollkommen nüchtern. Bei der Arbeit kannte Olek weder Eitelkeit noch Pathos. Er wurde dann zu einer Rechenmaschine aus Fleisch und Blut. Außerdem schien der Captain ein fast übernatürliches Gespür für kosmische Koordinaten zu besitzen. Dort, wo andere stundenlang rechnen mußten, erahnte Camaron Olek die Konstellation von Sonnen und Planeten. Am Anfang war Hastings dieses Können fast unheimlich gewesen. Inzwischen hatte er sich daran gewöhnt. Er sah in Camaron Olek jetzt einen modernen Scout, der ein Raumschiff sicher durch unbekannte Gebiete bringen konnte. Olek sah seine Fähigkeiten als natürliche Begabung an.

Einmal hatte er lachend zu Hastings gesagt: „Vielleicht besitze ich ein zusätzliches Organ oder irgendeine andere Einrichtung innerhalb meines Körpers, die mich die Sterne riechen läßt."

Die Sterne *riechen*!

Diese Ausdrucksweise paßte so richtig zu Olek. Und dabei war der Ausspruch noch nicht einmal so abwegig, wenn man sah, wie Olek seinen hageren Körper über Sternenkarten beugte, wobei seine Nase fast das Papier berührte.

„Warum so nachdenklich?" erkundigte sich Olek, als er sich neben dem Wissenschaftler in den Pilotensitz der Space-Jet sinken ließ. „Sind Sie mit Ihren Gedanken schon draußen im Weltraum?"

„Ich habe an Sie gedacht", erklärte Hastings finster.

„Wenig Erfreuliches, wie mir scheint", vermutete Olek.

Seine Unbekümmertheit zwang den Wissenschaftler zu einem Lächeln.

„Ich befürchte, Sie werden dort draußen allerhand Wirbel machen", sagte er. „Irgend etwas werden Sie doch anstellen."

Olek machte einen unschuldsvollen Augenaufschlag. Dann grinste er unverschämt.

„Trauen Sie mir irgendeine Schandtat zu? Was sollte ich schon tun? Wir werden auf einem dieser öden Brocken landen und Gesteinsproben mitnehmen. Außerdem werden wir Aufnahmen machen und Messungen vornehmen. Damit ist der Wirbel, von dem Sie sprechen, auch schon wieder vorbei."

Hastings blickte zur Seite.

„Wir haben Reis ganz schön bekniet", sagte er.

„Ach, das bedrückt Sie?" Olek schien überrascht. „Der Major ist daran gewöhnt. Deshalb macht er von Anfang an keine Zugeständnisse. Wenn er dann doch etwas erlaubt, sieht es wie Großzügigkeit aus. In Wirklichkeit genehmigt er nur das, was er auf jeden Fall hätte durchführen lassen."

„So schlau erscheint er mir nicht", meinte Hastings.

„Was wollen Sie?" fragte Olek schroff. „Das Unternehmen wieder abblasen?"

„Natürlich nicht."

„Ich war Oberstleutnant und Kommandant eines Schweren Kreuzers", sagte Olek. „Ich weiß, was im Gehirn eines Kommandanten vorgeht. Es gibt unzählige psychologische Tricks, um mit der Besatzung in Frieden zu leben und doch zu erreichen, was man für richtig hält."

„Da Sie jetzt Captain sind, könnte man vermuten, daß das nicht so einfach ist, wie es Ihren Worten nach klingt."

Olek strich durch sein schwarzes Haar, in dem sich die weiße Strähne wie ein Leuchtband abhob.

„Fliegen wir los", schlug er vor. „Bei solchen Gesprächen kommt doch selten etwas Vernünftiges heraus."

Außer Hastings und Olek gehörten noch drei junge Raumfahrer zur Besatzung der Space-Jet. Der Wissenschaftler hatte den Eindruck, daß Olek die Ungeduldigsten für diesen Flug ausgesucht hatte.

Der Captain schaltete das Funkgerät ein. Daveen Reis' Gesicht wurde auf dem Bildschirm sichtbar.

„Alles klar, Sir", sagte Olek. „Space-Jet fertig zum Start."

Reis zog die Augenbrauen zusammen.

„Machen Sie keine Dummheiten, Captain", ermahnte er den Ersten Offizier der GOLDEN STAR. „Kommen Sie vor allem zurück, wenn ich Ihnen den entsprechenden Befehl erteile. Sie wissen, daß Sie sich keine Übertritte mehr erlauben dürfen. Von der GOLDEN STAR bis zu einem einsamen Büro in der Verwaltung ist nur noch ein kurzer Schritt."

„Dessen bin ich mir bewußt", versicherte Olek grimmig. „Ich kann den Aktenstaub schon riechen."

„Starten Sie!" rief Reis. „Viel Erfolg."

„Danke, Sir!" Olek lachte.

Er wartete, bis die Hangarschleuse offen war. Der Katapultsatz schleuderte das diskusförmige Beiboot in den Raum hinaus. Die Triebwerke sprangen an. Es dauerte einen Augenblick, bis Fram Hastings sich orientiert hatte. Dann erkannte er die GOLDEN STAR auf den Bildschirmen, eine große, unbeweglich im Raum stehende Kugel.

Camaron Olek flog direkt auf das Trümmerfeld zu.

Die Alarmanzeiger schlugen aus. Auf den Bildschirmen der Ortungsanlage erschienen leuchtende Punkte. Jedes dieser Leuchtpünktchen markierte einen Planetoiden.

„Hier ist eine Art Schneise", sagte Olek und deutete auf eine dunkle Spur zwischen den hellen Punkten. „Von dort aus können wir bis ins Zentrum der Trümmer gelangen."

Hastings war unangenehm berührt. Er hatte nicht erwartet, daß Olek so direkt aufs Ziel losfliegen würde.

„Besteht keine Gefahr für das Schiff?" fragte er.

Olek winkte geringschätzig ab.

„Da würde ich fast mit geschlossenen Augen durchfliegen", behauptete er. „Außerdem haben wir immer noch unseren Schutzschirm, wenn es kritisch werden sollte."

Das Funkgerät knackte. Reis' Stimme wurde hörbar.

„Was soll der Unsinn, Captain? Sie steuern direkt auf den Mittelpunkt der Planetenüberreste zu."

„Das sehe ich, Sir", sprach Olek ins Mikrophon. „Hier gibt es einen ausgezeichneten Durchgang. Es kann nichts passieren."

Reis brach die Verbindung ab. Entweder war er mit der Erklärung zufrieden, oder er wollte abwarten, wie sich der weitere Flug der Space-Jet entwickelte.

Hastings hielt sich unwillkürlich an den Seitenlehnen seines Sitzes fest, als die Space-Jet nur knapp zwischen zwei riesigen Eisbergen hindurchflog. Er schluckte trocken.

„Haben Sie schon einen Favoriten, auf dem Sie landen wollen?“ fragte er.

„Ja“, sagte Olek.

Er zeigte dem Wissenschaftler den entsprechenden Planetoiden auf dem Bildschirm.

„Dort werden wir landen“, sagte er.

„Gibt es einen besonderen Grund, warum Sie sich dieses Gebilde ausgesucht haben?“ wollte Hastings wissen.

Camaron Olek hob die Schultern. „Einer dieser Brocken ist so gut wie der andere.“

Er konnte nicht wissen, daß seine Entscheidung nicht unbeeinflußt gefallen war. Die parapsychischen Schwingungen, die von dem Dolan ausgingen, hatten dafür gesorgt, daß Olek sich das Retortenwesen als Landeplatz ausgesucht hatte.

Wenn das Testergebnis des Exekutors Nr. 7 richtig war – und es bestand für Tro Khon kein Grund, daran zu zweifeln – mußte das Wesen, das Camaron Olek hieß, ein weitaus besserer Kosmonaut werden, als es sein Vorgänger je hatte sein können.

Die bevorstehende Verstärkung des Symposiums kam Tro Khon gelegen, denn bei den kommenden Kämpfen mit den Zeitverbrechern brauchte er vor allem einen guten Kosmonauten. Die einzige Sorge des Schwingungswächters war im Augenblick, ob der Fremde sich gut in das Symposium einfügen würde. An die Möglichkeit, daß das Bewußtsein Oleks absterben würde, bevor es noch in die Gemeinschaft der Exekutoren aufgenommen war, wagte Tro Khon nicht zu denken. Es gab Bewußtseinsinhalte, die eine Trennung von ihrem Körper nicht überstanden. Tro Khon konnte nur hoffen, daß der Mann, den er für seine Zwecke benutzten wollte, nicht so empfindlich war.

Körperlich machten die Zeitverbrecher keinen robusten Eindruck. Doch Tro Khon hatte schon schwächer aussehende Wesen kennengelernt, die in geistiger Hinsicht unerwartete Leistungen vollbracht hatten.

Tro Khon hoffte, daß die Übernahme schnell vonstatten gehen würde. Er sehnte sich danach, in den Gängen des Dolan herumlaufen zu können. In der Enge der Kommandozentrale fühlte er sich nicht wohl.

Der Zweitkonditionierte dachte keinen Augenblick daran, daß die von ihm eingeleitete Strafaktion Unschuldige treffen könnte. Er war von der Schuld der Fremden ebenso überzeugt wie von seiner moralischen Verpflichtung, die Strafe zu vollziehen.

Vorbehaltlos führte er die Entscheidung der Ersten Schwingungsmacht aus.

Tro Khon blickte auf die Bildschirme. Die Beeinflussung des zukünftigen Kosmonauten hatte bereits begonnen. Das Beiboot, das das gegnerische Schiff verlassen hatte, näherte sich dem Dolan.

Tro Khon war sicher, daß das Wesen, das Camaron Olek hieß, das diskusförmige Schiff auf der Oberfläche des Retortenwesens absetzen würde.

In diesem Augenblick meldete sich der für die gesamten technischen Anlagen verantwortliche Bewußtseinshüter.

„Innerhalb des Raumes, wo die Körper der Exekutoren aufbewahrt werden, ist eine Fehlerquelle entstanden.

„Was heißt das?“ brauste Tro Khon auf. „Ausgerechnet jetzt, da wir keine Zeit haben, Reparaturen durchzuführen.“

„Die Temperatur ist gestiegen“, teilte ihm Exekutor Nr. 3 mit. „Und sie steigt immer noch.“

„Klimaanlage einschalten!“ befahl der Zweitkonditionierte.

„Ist bereits geschehen. Die Temperatur steigt trotzdem.“

„Wie ist das möglich?“

Ein paar Sekunden herrschte Schweigen. „Einer der Bewußtseinshüter hat versucht, in seinen Körper zurückzukehren“, berichtete Nummer 3 schließlich.

„Das glaube ich nicht“, antwortete Tro Khon. „Jeder Exekutor ist glücklich, daß er dem Symposium angehört. Wie kann es zu einem solch sinnlosen Fluchtversuch kommen?“

„Ich glaube nicht, daß es bewußt geschah“, meinte der Kontrolleur für die Betriebstechnik. „Es war ein unbewußter Rückzug vor dem Zeitverbrecher.“

Tro Khon beugte sich nach vorn.

„Sorgen Sie dafür, daß die Lage wieder normalisiert wird“, ordnete er an. „Sie wissen, was geschieht, wenn die Temperatur innerhalb des Ruheraums weiter ansteigt.“

„Die Körper der Exekutoren sind dann gefährdet“, sagte Nr. 3.

„Richtig“, bestätigte Tro Khon. „Da auch Ihr Körper darunter ist, müssen Sie schnellstens alles in Ordnung bringen!“

Wenn einer der Exekutoren versucht hatte, in seinen Körper zurückzukehren, war ein Teil der technischen Anlagen innerhalb des Ruheraums automatisch aktiviert worden. Bevor Exekutor Nr. 3 eingreifen konnte, war die Temperatur bereits angestiegen. Tro Khon wußte, daß es durch solche Zwischenfälle zu einer Katastrophe kommen konnte. Ausgerechnet jetzt, da die Übernahme des neuen Kosmonauten kurz bevorstand, spielte ein Bewußtseinshüter verrückt.

Tro Khon hoffte, daß es nicht der Analytiker war. Auf Nr. 7 konnte er jetzt nicht verzichten. Er beschloß, mit Nummer Sieben in Verbindung zu treten. Nachdem er sein Armgerät betätigt hatte, meldete sich der Kontrolleur für Registratur und Analyse.

„Alles in Ordnung?" fragte Tro Khon.

„Ja", erwiderte der Bewußtseinshüter. „Die Beeinflussung des zukünftigen Kosmonauten bereitet keine Schwierigkeiten. Er wird das kleine Raumschiff mit seinen Freunden verlassen, sobald die Landung vollzogen ist."

Tro Khon überlegte angestrengt. Der Analytiker schien vollkommen in Ordnung zu sein. Die Manöver des feindlichen Beiboots bewiesen, daß Nr. 7 einwandfrei arbeitete.

Tro Khon rief den Beherrscher des Waffen- und Abwehrsystems.

„Sobald die Besatzung des diskusförmigen Schiffes ausgestiegen ist, müssen alle Männer außer Camaron Olek getötet werden", befahl der Zweitkonditionierte. „Außerdem ist das Beiboot zu zerstören. Sobald Camaron Olek im Dolan aufgenommen wurde, greifen wir das gegnerische Schiff an. Es dürfen keine Überreste zurückbleiben, die unseren Gegnern irgendwelche Hinweise liefern können."

„Einverstanden", sagte Nr. 6.

„Ist alles in Ordnung?" fragte Tro Khon mißtrauisch.

„Natürlich", sagte der Waffenkontrolleur.

„Nummer Drei, was macht die Temperatur im Ruheraum?" wandte sich Tro Khon an den Exekutor für Betriebstechnik.

„Sie steigt nicht weiter an", erfuhr er. „Es besteht keine direkte Gefahr mehr."

Der riesige Schwingungswächter atmete auf. Die Krise war in ihren Anfängen beigelegt worden. Jetzt konnte er sich wieder seinen Plänen widmen. Er warf einen Blick auf die Bildschirme.

Camaron Olek war ein ausgezeichneter Pilot, stellte er zufrieden fest. Der Zeitverbrecher steuerte das kleine Schiff geschickt zwischen den Trümmern hindurch. Er würde unangefochten den Dolan erreichen und auf ihm landen. Tro Khon hatte alle Geräte abschalten lassen, bei denen die Gefahr bestand, daß sie von den Fremden geortet wurden. Der Dolan war jetzt kaum noch von den Materiebrocken zu unterscheiden, die von dem dritten Planeten übriggeblieben waren.

Tro Khon erwartete nicht, daß ein Mitglied des Symposiums noch einmal gegen die Aufnahme des Zeitverbrechers als Kosmonaut protestieren würde. Der Analytiker hatte festgestellt, daß Camaron Olek über hervorragende Kenntnisse verfügte. Das Symposium würde ein solches Genie voll Freude in die Gemeinschaft aufnehmen.

Nach und nach war es Tro Khon gelungen, alle Probleme zu beseitigen.

Jetzt gab es nur noch ein Problem: Camaron Olek.

Tro Khon wußte tatsächlich nicht, wie der Fremde bei der Übernahme reagieren würde. Bei solchen Unternehmungen war es schon oft zu unerwarteten Komplikationen gekommen. Tro Khon vertraute jedoch auf den Instinkt des Exekutors Nr. 7. Wenn der Analytiker keine Bedenken hatte, dann war alles in Ordnung.

„Die Landung steht kurz bevor“, meldete Exekutor Nr. 4.

Ein Blick auf die Beobachtungsgeräte überzeugte Tro Khon von der Richtigkeit dieser Feststellung. Von der Oberfläche des Dolan aus hätte er das Flugobjekt jetzt mit bloßen Augen beobachten können. In Tro Khon krampfte sich einen Augenblick alles zusammen. Der Beginn des Krieges mit den Zeitverbrechern stand unmittelbar bevor. Er war nicht aus dem Tiefschlaf erwacht, um irgendwelche bedeutungslosen Manöver durchzuführen oder Befehle an die Drittkonditionierten zu geben. Diesmal würden er und alle anderen Zweitkonditionierten in den Kampf eingreifen. Die Schwingungswächter stellten eine Macht dar, die unter normalen Umständen von keinem raumfahrenden Volk besiegt werden konnte. Trotzdem hatte die Erste Schwingungsmacht auch die Möglichkeit einer Niederlage der Zweitkonditionierten einkalkuliert. In einem solchen Fall würde die Erste Schwingungsmacht eingreifen. Tro Khon wagte an diese Möglichkeit nicht zu denken, denn dann würden Schrecken und Dunkelheit über das Universum kommen.

5.

Viertausendsechshundertvierundfünfzig Lichtjahre vom Dolan entfernt, im Gebiet der Zielsonne Navo-Nord, hatten vierzigtausend terranische Raumschiffe einen Beobachtungsring um jenen Robotgiganten gezogen, der unter dem Namen OLD MAN bekannt war. Zwischen OLD MAN und den terranischen Schiffen standen fünfzehntausend Ultraschlachtschiffe der Galaxisklasse, die der Riesenrobot beim Auftauchen der terranischen Schiffe ausgeschleust hatte.

OLD MANS Flugbahn hatte sich noch immer nicht stabilisiert. Unter dem Einfluß der kranken und von Hypnokristallen kontrollierten Gehirne trieb der gigantische Körper durch den Weltraum. Unter den gegenwärtigen Umständen sah Perry Rhodan keine Chancen, mit den Gehirnen ein Übereinkommen zu erzielen. Die Boten aus der Vergangenheit wußten wahrscheinlich überhaupt nicht, worum es in der Großen Magellanschen Wolke ging.

In den letzten Tagen hatte sich Rhodan nur wenig Ruhe gegönnt. Fast pausenlos hatte er sich in der Zentrale der CREST IV aufgehalten. Auch jetzt stand er zusammen mit Lordadmiral Atlan vor dem großen Panoramabildschirm und beobachtete OLD MAN. Die beiden Zellaktivatorträger benötigten fast keinen Schlaf. Das hatten sie Roi Danton voraus, der sich immer wieder für ein paar Stunden in seine Kabine zurückziehen mußte.

„Die Nachricht von der GOLDEN STAR geht mir nicht aus dem Sinn", gestand Rhodan seinem arkonidischen Freund. „Ich möchte wissen, was die Perlians veranlaßt hatte, den dritten Planeten Modulas zu vernichten."

„Solange Daveen Reis mit seinem Schiff im Ortungsschutz Modulas steht, kann er das nicht herausfinden", antwortete Atlan.

„Ich glaube, ich werde fünf Schiffe auf den Weg schicken", sagte Rhodan. „Vielleicht gelingt es den Spezialisten, in den Überresten des Eisplaneten irgendwelche Hinweise zu finden."

„Du nimmst also an, daß die Drittkonditionierten auf der Eiswelt eine wichtige Geheimstation hatten?"

„Diese Vermutung liegt nahe“, antwortete Rhodan. „Auf jeden Fall sollten wir uns um diese Sache kümmern.“

Atlan nickte. „Warum gibst du nicht Major Reis den Befehl, die Überreste des dritten Planeten zu untersuchen? An Bord der GOLDEN STAR hält sich Dr. Fram Hastings auf. Einem so großartigen Wissenschaftler würde bei der Durchsuchung der Trümmer nichts entgehen.“

„Die GOLDEN STAR hat andere Aufgaben“, lehnte Rhodan den Vorschlag des Arkoniden ab. „Es kann sein, daß wir das Schiff unverhofft für irgendwelche Kurierdienste benötigen. Außerdem dient der Leichte Kreuzer als Funkbrücke.“

Perry Rhodan suchte fünf Schiffe aus und befahl deren Kommandanten, das Modula-System aufzusuchen. Dort sollten sie mit Major Reis Verbindung aufnehmen und alle Unterlagen von der Zerstörung der Eiswelt gründlich überprüfen. Danach sollten die Trümmer untersucht werden.

„Die GOLDEN STAR darf an diesem Unternehmen nicht teilnehmen“, schloß Rhodan. „Das Schiff muß ständig bereit sein.“

Ein paar Minuten später lösten sich drei Schwere und zwei Leichte Kreuzer von den terranischen Verbänden und begannen zu beschleunigen. Kurz darauf verschwanden sie im Hyperraum. Ihr Ziel war das Modula-System.

Rhodans Entschluß, fünf Schiffe ins Modula-System zu schicken, hätte drei Stunden früher erfolgen sollen.

Dann hätte es vielleicht eine Möglichkeit gegeben, die GOLDEN STAR und ihre Besatzung zu retten.

„Das gefällt mir nicht“, sagte Fram Hastings und richtete sich in seinem Sessel auf. „Von irgendwo muß dieser Impuls doch gekommen sein. Ich schlage vor, daß wir die Landung nicht durchführen und zur GOLDEN STAR zurückkehren.“

Vor wenigen Augenblicken hatten die empfindlichen Ortungsgeräte der Space-Jet einen kurzen Impuls registriert. Da er sich nicht wiederholt hatte, war es unmöglich, seinen Ursprungsort festzustellen. Dr. Hastings war argwöhnisch geworden, aber Captain Olek maß dem Ereignis keine Bedeutung bei. Der Vorschlag des Wissenschaftlers, das Unternehmen abzubrechen, empörte Olek.

„Was, glauben Sie, wird Major Reis tun, wenn wir unverrichteter

Dinge an Bord der GOLDEN STAR zurückkommen und ihm von diesem Impuls berichten?“ fragte Olek ärgerlich. „Er wird sich mit seinem Schiff in den Ortungsschutz Modulas zurückziehen und für die nächsten Tage dort bleiben. Wegen eines Ausflugs mit einer Space-Jet brauchen wir ihn dann nicht mehr anzusprechen.“

„Das mag alles richtig sein“, gab Hastings zu. Er wußte, daß sein Unbehagen nicht allein durch diesen mysteriösen Impuls ausgelöst wurde. Ein Blick auf den Bildschirm genügte, um ihn unsicher werden zu lassen. Das Gebilde, auf dem sie zu landen beabsichtigen, beschäftigte ebenfalls seine Phantasie. Für ein Trümmerstück sah das Ding ziemlich regelmäßig aus. Aus einigen Kilometern Entfernung hätte es einem Leichten Kreuzer geähnelt.

Hastings gestand sich ein, daß seine Ablehnung rein gefühlsmäßiger Natur war. Es gab keinen vernünftigen Grund, warum er sich gegen eine Landung auflehnen sollte. Er brauchte nur in die Gesichter der anderen Männer zu blicken, um zu sehen, was sie über seine Bedenken dachten.

Camaron Olek legte eine Hand auf Hastings' Schulter.

„Nun?“ fragte er. „Ich hoffe, wir können jetzt landen.“

Es gefiel Hastings nicht, daß Olek anfing, ihn wie ein kleines Kind zu behandeln. Aber das hatte er sich durch sein Verhalten selbst zuzuschreiben. Camaron Olek war nicht der Mann, der auf die Gefühle eines anderen Rücksicht nahm, besonders dann nicht, wenn er sie für unangebracht hielt.

„Es wird besser sein, wenn wir vor der Landung unsere Schutzanzüge anlegen“, entschied Olek.

Bevor sie damit beginnen konnten, meldete sich Major Reis über Normalfunk.

„Was ist passiert, Captain?“ fragte der Kommandant.

Olek blickte verwirrt auf den Videoschirm.

„Was soll passiert sein, Sir?“

„Warum zögern Sie mit der Landung?“ fragte Reis scharf.

Hastings blickte auf. Jetzt war der Augenblick gekommen, das Unternehmen doch noch abzubrechen. Doch Camaron Olek dachte nicht daran.

„Wir haben uns die Oberfläche des Planetoiden gründlich angesehen“, sagte er. „Ich möchte nicht mit den Landestützen in einen Spalt rutschen. Wir waren gerade dabei, unsere Schutzanzüge anzulegen, als Sie sich mit uns in Verbindung setzten.“

Reis' Gesichtsausdruck veränderte sich.

„Ich möchte nicht, daß Sie sich stundenlang dort draußen herumtreiben, Captain."

Olek kräuselte die Lippen zu einem Lächeln.

„Natürlich nicht, Sir", versicherte er.

Die Verbindung brach ab.

„Warum haben Sie ihm nichts von diesem Impuls gesagt?" fragte Hastings.

Olek seufzte. „Fangen Sie schon wieder damit an?" fragte er. „Ich bin froh, wenn Sie Ihren Schutzanzug anhaben, damit ich Ihr besorgtes Gesicht nicht mehr so deutlich sehen kann."

Solche Bemerkungen waren für Olek typisch. Er wollte Hastings damit nicht kränken, vielmehr glaubte er, daß er mit diesem burschikosen Ton jede Verlegenheit und tiefgreifenden Ärger vermied. Gegen seinen Willen mußte Fram Hastings lachen. Camaron Olek war als Kosmonaut ein Genie, aber in vielen anderen Dingen besaß er etwas von der Mentalität eines Kindes.

Einer der jungen Raumfahrer, die Olek als Begleiter ausgewählt hatte, überreichte Hastings einen Schutzanzug. Der Wissenschaftler schlüpfte hinein und überprüfte die einzelnen Verschlüsse. Als er damit fertig war, hatte Olek bereits seinen Helm nach vorn gestülpt.

„Sprechprobe!" klang die Stimme des Captains im Helmlautsprecher auf.

„In Ordnung", gab Hastings zurück.

Der Captain hatte wieder im Pilotensitz Platz genommen. Der etwa hundert Meter durchmessende Planetoid füllte jetzt den gesamten Bildschirm der Außenbeobachtung aus. Die Oberfläche des Körpers erinnerte Hastings an gegerbtes Leder. Nirgends waren Spuren von Eis zu entdecken. An verschiedenen Stellen ragten seltsame Gebilde in die Höhe. Hastings starrte auf den Bildschirm. Er mußte sich gewaltsam daran erinnern, daß sie sich den Überresten eines Planeten näherten. Das Gefühl, auf einer völlig fremden Welt zu landen, ließ Hastings jedoch nicht los. Er fühlte, daß sein Herz heftiger schlug und daß die Innenflächen seiner Hände feucht wurden. Er wunderte sich über die Reaktion seines Körpers.

Captain Camaron Olek spürte von diesen Dingen nichts. Er war zu sehr mit der Steueranlage der Space-Jet beschäftigt, als daß er sich um Hastings oder einen der anderen Männer kümmern konnte. Außerdem unterlag er der Beeinflussung des Symposiums. Aber davon merkte er nichts. Sein einziges Gefühl war im Augenblick eine gewisse Ungeduld. Wie immer, wenn er eine interessante Aufgabe in Angriff nahm, konnte er auch jetzt nicht abwarten, daß das Unternehmen in sein entscheidendes Stadium trat.

Sein Blick glitt über die Kontrollen.

Noch dreihundert Meter.

Olek drosselte die Geschwindigkeit der Space-Jet.

Noch einhundertfünfzig Meter.

Olek schaltete das Normaltriebwerk aus. Automatisch sprangen die Antigrav-Projektoren an. Der Captain hielt es für sicherer, die Space-Jet mit Hilfe der Schwerefelder aufzusetzen. Man konnte nie wissen, wie die Oberfläche eines solchen Planeten beschaffen war. Vielleicht brach die Jet durch eine dünne Decke, wenn sie mit ihrem vollen Gewicht auf dem Boden ruhte. Olek wollte kein Risiko eingehen. Reis würde ihm schöne Vorwürfe machen, wenn er mit der GOLDEN STAR ein Rettungsmanöver fliegen mußte, weil der Erste Offizier zu leichtsinnig vorgegangen war.

Noch fünfzig Meter.

So! dachte Olek befriedigt. Jetzt konnte nichts mehr dazwischenkommen. Auch Daveen Reis würde nicht mehr eingreifen.

Es sprach für Oleks fliegerisches Können, daß er die Space-Jet sanft wie eine Feder auf dem Dolan aufsetzte.

Der Dolan erschauerte, als er den Fremdkörper auf seiner Außenhülle spürte. Die Exekutoren hatten ihn auf diesen Augenblick vorbereitet, denn sie wollten vermeiden, daß der Dolan irgendeine unüberlegte Handlung beging. Mit seiner schwachen Intelligenz begriff das Retortenwesen nicht völlig, was jetzt geschah. Es verstand, daß Kriegszustand herrschte, und während eines Krieges galten andere Gesetze. Der Dolan vertraute den Exekutoren und Tro Khon völlig. Wenn der Schwingungswächter und die Bewußtseinshüter verlangten, daß er Fremde auf seiner Oberfläche dulden mußte, dann war er damit einverstanden.

Der Dolan fühlte sich hungrig.

Er hätte auf seine Nahrungsreserven zurückgreifen können, doch Tro Khon hatte ihm versprochen, daß er sich bald sättigen durfte. Der Dolan fühlte, daß die Exekutoren erregt waren. Offenbar stand der entscheidende Moment unmittelbar bevor. Der Dolan war verwirrt. Er hatte begriffen, daß Tro Khon nach einem brauchbaren Ersatz für Exekutor Nr. 1 suchte. Zunächst hatte das Retortenwesen geglaubt, einer der Fremden sollte Bewußtseinshüter werden. Nun war offenbar geplant, die Zeitverbrecher zu töten. Der Dolan verstand das nicht. Die Exekutoren, die er hätte fragen können, waren zu beschäftigt, um ihm eine ausreichende Erklärung zu geben. Ebenso Tro Khon, der wie erstarrt in der kleinen Zentrale kauerte und auf die Bildschirme starrte.

Der Dolan fühlte sich vernachlässigt. Als Mitglied des Symposiums war er berechtigt, über alles informiert zu werden. Allerdings, so gestand er sich ein, konnte er den Gedanken Tro Khons und des Symposiums oft genug nicht folgen.

Der Dolan richtete seine Aufmerksamkeit wieder auf den kleinen Flugkörper, der auf ihm gelandet war. Er hätte ihn mit einem Schlag zerschmettern können.

„Langsam!" ermahnte ihn Nummer Sieben. „Noch ist es nicht soweit."

Der Dolan war beleidigt. Das wußte er schließlich selbst.

Er würde auf jeden Fall den entscheidenden Befehl abwarten, bevor er zuschlug.

Während der Dolan seinen schwerfälligen Überlegungen nachhing, wartete Tro Khon ungeduldig darauf, daß die Fremden das kleine Schiff verließen.

„Warum kommen sie nicht heraus?" erkundigte er sich bei Exekutor Nr. 7. „Wenn sie weiterhin zögern, müssen Sie diesen Camaron Olek einer erneuten Beeinflussung unterziehen."

„Das wird nicht nötig sein", erwiderte der Analytiker. „Die fünf Zeitverbrecher nehmen noch einige Messungen vor. Ich bin sicher, daß sie danach ihr Schiff verlassen."

Tro Khon war beruhigt.

Hatten die Fremden etwa Verdacht geschöpft? Wenn sie nicht bald herauskamen, mußte er seine Pläne ändern. An diesem Entschluß vermochte auch der Optimismus des 7. Exekutors nichts zu ändern. Zum wiederholtenmal überzeugte sich der Zweitkonditionierte von der Einsatzbereitschaft des Symposiums.

Dann blickte er wieder auf die Bildschirme und begann sich beunruhigt zu fragen, ob er sich der Verantwortung als Schwingungswächter würdig erweisen würde. Er konnte solche Gedanken nicht vollständig unterdrücken.

„Ich glaube, jetzt kommen sie heraus", meldete Exekutor Nr. 7.

Tro Khon fuhr hoch. Er besaß zwei Herzen, von denen jedoch stets nur eines seine Tätigkeit ausübte. Der Zweitkonditionierte spürte, wie es heftiger zu schlagen begann und öffnete hastig einige Kreislaufventile.

„Ich brauche ein deutliches Bild!" fuhr er Nr. 4 an. „Ich kann die Fremden nicht sehen."

„Sie befinden sich noch in ihrem Schiff", verteidigte sich der Kontrolleur für Funk und Ortung. „Außerdem ist die Deutlichkeit der Bilder völlig ausreichend."

Tro Khon hörte kaum zu.

„Sind Sie bereit?" fragte er Nr. 6.

„Natürlich", bestätigte der Bewußtseinshüter des Waffen- und Abwehrsystems.

„Passen Sie auf, daß Sie nicht versehentlich Camaron Olek töten oder verletzen", ermahnte Tro Khon Nummer Sechs. „Sie brauchen sich nur nach den Impulszeichen des Analytikers zu richten, dann muß alles klappen."

„Ich stehe ständig mit Nummer Sieben in Verbindung", antwortete der Bewußtseinshüter.

Tro Khon war sicher, daß er alle Fehlerquellen ausgeschaltet hatte.

„Jetzt öffnen sie die Schleuse!" meldete sich Nr. 7.

Nr. 4 veränderte das Bild, und Tro Khon sah eine Nahaufnahme der offenen Schleuse. Die Schleusenkammer blieb jedoch leer, und Tro Khon, der unentwegt auf den Bildschirm starrte, kam sich wie ein Narr vor.

„Wo bleiben sie?" stieß er hervor.

„Sie überprüfen noch einmal ihre Schutzanzüge", berichtete Nr. 7.

Man hätte glauben können, hinter diesen Verzögerungen läge eine Absicht, überlegte Tro Khon verbissen. Das übertragene Bild wirkte jetzt so plastisch, daß der Zweitkonditionierte den Eindruck hatte, unmittelbar vor der Schleuse des Beiboots zu stehen.

„Jetzt kommt einer der Fremden heraus!" signalisierte Nr. 7.

„Ist es Camaron Olek?" fragte Tro Khon gespannt.

Der Exekutor verneinte.

„Dieses Wesen nennt sich Fram Hastings. Eventuell käme es auch als Kosmonaut in Frage, wenn es auch nicht Oleks Genialität besitzt."

Tro Khon knurrte nur. Jetzt, da wieder alles nach Plan verlief, fiel die Spannung von ihm ab, und er verfolgte die Ereignisse mit der Gelassenheit eines Schachspielers, der nach einigen gelungenen Zügen die Aktionen des Gegenspielers nicht mehr zu befürchten braucht.

Klein und schwächlich sah dieses Wesen aus, das Hastings hieß: Vermutlich unterschied es sich nicht von seinen Begleitern. Der Schutzanzug des Fremden bestand aus einem flexiblen Material und ließ auf einen hohen technischen Entwicklungsstand schließen. Tro Khon sah, daß der Anzug Hastings nicht in seinen Bewegungen hinderte.

Der Mann winkte. Offenbar war dies ein Zeichen für die anderen, ebenfalls herauszukommen.

„Die Waffen dürfen erst eingesetzt werden, wenn alle Besatzungsmitglieder im Freien sind“, erinnerte Tro Khon den sechsten Exekutor. „Wir wollen jede Fluchtmöglichkeit ausschließen.“

Noch während er sprach, sah er die vier anderen Männer nacheinander aus der Schleuse kommen.

„Lassen Sie Dr. Hastings zuerst hinausgehen“, sagte Major Daveen Reis, als er sich abermals über Normalfunk meldete. „Er ist Wissenschaftler und wird schneller als jeder andere merken, wenn irgend etwas nicht stimmt.“

Camaron Olek runzelte die Stirn.

„Dort draußen ist alles in Ordnung, Sir“, sagte er. „Unsere Strahlenmeßgeräte zeigten keinerlei Ausschlag.“

„Trotzdem geht Hastings zuerst!“ beharrte Reis mit Nachdruck. „Es wird Ihrem Stolz keinen Abbruch tun, wenn Sie dem Wissenschaftler den Vortritt lassen.“

Olek fand sich damit ab, daß der Kommandant der GOLDEN STAR nicht umzustimmen war. Er öffnete die Schleuse und machte eine Handbewegung in Richtung der Schleusenkammer.

„Worauf warten Sie noch, Doc?“ fragte er.

Hastings machte sich an seinem Schutzanzug zu schaffen. Er hatte keinen Grund, Major Reis für diesen Befehl dankbar zu sein. Gern hätte er dem Captain den Vortritt gelassen. Während er vorgab, seinen Schutzanzug zu überprüfen, überlegte er, welchen Eindruck die fremde Umgebung auf ihn machen würde. Er hatte Angst, sich vor den anderen zu blamieren. Im Gegensatz zu diesen Männern hatte er nur selten die Raumschiffe verlassen, in denen er bisher durch den Weltraum geflogen war.

Als er auf die Schleuse zuging, empfand er ein Gefühl der Unwirklichkeit, so, als sei alles, was er erlebte, nur ein ungewöhnlicher Traum. Hinzu kam die Einsamkeit, die ihn dort draußen erwartete. Er würde auf der Oberfläche eines Materiebrockens umhergehen, nur mit einem dünnen Schutzanzug bekleidet. Alle diese unangenehmen Gedanken ließen einen Schauer über Hastings Rücken gleiten.

In der Schleuse schaltete er den Gravitator ein, der zur Ausrüstung seines Anzugs gehörte. Das Gebilde, auf dem sie gelandet waren, besaß nur eine geringe Schwerkraft, und Hastings hatte wenig Lust, die Kontrolle über seinen Körper zu verlieren.

Der Horizont des runden Planetoiden schien unmittelbar vor ihm zu liegen. Ob das an dem schwachen Licht oder an seiner Position zwei Meter über dem Boden lag, vermochte Hastings nicht zu sagen. Auf jeden Fall verursachte der optische Eindruck eine gewisse Übelkeit, und Hastings mußte einen Augenblick die Augen schließen, um sich zu konzentrieren.

Hastings wissenschaftliches Interesse an dem Planetoiden war erloschen, noch bevor er die kurze Gangway hinabschritt.

„Vorwärts, Doc!“ drängte Camaron.

Hastings verwünschte ihn im stillen, dann setzte er sich in Bewegung.

Die Lautlosigkeit, mit der er die aus Metall bestehende Gangway hinabschritt, besaß etwas Erschreckendes. Hastings spürte nur die Erschütterungen, die das Metallgerüst durchliefen und sich auf ihn übertrugen. Das Fehlen jeglicher Geräusche ließ Hastings unwillkürlich den Vergleich mit einer Marionette anstellen; er fühlte sich wie ein bedauernswertes Wesen, das hilflos am Draht einer fremden Macht zappelte. Er konnte nicht ahnen, wie nahe er damit der Wahrheit kam.

Oleks Stimme war wie eine Explosion, als sie plötzlich im Helmlautsprecher erklang.

„Wann sind Sie endlich unten?“

Fram Hastings verzog schmerzlich das Gesicht.

„Immer mit der Ruhe“, antwortete er. „Ich winke Ihnen, sobald ich mich unten umgesehen habe.“

Er hatte die letzte Stufe der Gangway erreicht und blieb stehen.

Ein weiterer Schritt würde ihn die Oberfläche des Planetoiden berühren lassen. Der Boden sah wie schwarzes Leder aus, das von tiefen Furchen durchzogen war. Hastings senkte den Kopf, so daß der Strahl des Handscheinwerfers vor seine Füße fiel.

Der Wissenschaftler hatte sich die Oberfläche eines aus einem Planeten gebrochenen Materiebrockens immer anders vorgestellt. Vielleicht lag es an den Waffen der Perlians, daß diese eigenartige Maserung entstanden war.

Hastings erinnerte sich an die wartenden Männer.

Er schaute sich um.

Was er sah, wirkte weder bedrohlich noch mysteriös.

Hastings machte ein paar Schritte von der Space-Jet weg.

Er hatte den Eindruck, in halbdunkler Nacht auf dem Gipfel eines Berges zu stehen und ins Tal hinabzublicken, wo die Lichter einer großen Stadt blinkten. Aber das, was unter ihm lag, war das Sternengefunkel der Milchstraße.

Hastings winkte.

„Sie können mir jetzt folgen", sagte er.

Seine Worte bedeuteten den Tod für drei Raumfahrer.

Sie bedeuteten auch sein eigenes Ende.

Lediglich für Camaron Olek waren sie praktisch der Anfang eines phantastischen Geschehens.

Bei allen Planeten, welch ein langweiliger Bursche! dachte Camaron Olek, als er an der Spitze der kleinen Gruppe die Space-Jet verließ. Er beobachtete, wie der Lichtschein von Hastings' Helmscheinwerfer unruhig über den Boden wanderte.

„Schon etwas entdeckt?" erkundigte sich Olek.

„Nein", sagte Hastings. „Aber die Oberfläche des Planetoiden sieht ungewöhnlich aus."

Olek ließ das Licht seines Scheinwerfers über den Boden gleiten.

„Was finden Sie daran ungewöhnlich?"

„Es gibt keine tiefen Risse und Spalten", antwortete Hastings. „Gemessen an der zerstörenden Kraft, mit der dieser Brocken vom übrigen Planeten abgespalten wurde, sieht die Oberfläche viel zu gleichmäßig aus."

„Was wissen wir von den Waffen der Perlians?" fragte Olek.

„Ich habe andere Planetoiden beobachtet, an denen wir vorbeigeflogen sind", sagte der Wissenschaftler. „Sie unterscheiden sich wesentlich von diesem hier."

Olek lachte rauh.

„Um so interessanter ist unsere Aufgabe", meinte er.

In diesem Augenblick sah er, wie Hastings zerfiel, in unzählige Teile, wie zerspringendes Glas. Bevor dieser zerstückelte Körper jedoch in sich zusammenfallen konnte, löste er sich vollständig auf.

Mit einem Aufschrei fuhr Camaron Olek herum.

Ein paar Meter vor ihm lag die Gangway, die zur rettenden Schleuse hinaufführte. „Schnell!" schrie er. „Wir müssen hier weg!"

Die drei Raumfahrer, die zwischen Olek und der Space-Jet standen, hatten keine Zeit, dem Befehl des Captain nachzukommen. Bevor sie sich in Richtung auf das diskusförmige Schiff in Bewegung setzen konnten, ereilte sie das gleiche Schicksal wie Dr. Hastings.

Olek schrie vor Entsetzen, als die drei Männer vor seinen Augen verschwanden, als hätten sie nie existiert. Sein Verstand drohte auszusetzen. Ohne jede Überlegung, nur seinem Instinkt folgend, taumelte Olek auf die Space-Jet zu.

Das Beiboot zerfiel, bevor er es erreichte.

Mit aufgerissenen Augen stand Olek auf der Oberfläche des Planetoiden.

Ich bin wahnsinnig geworden! schoß es ihm durch den Kopf.

Er bezweifelte, daß die Dinge, die er zu sehen bekam, wirklich waren.

Es würde schwer sein, herauszufinden, wann seine Halluzinationen begonnen hatten. Er konnte nicht mit Sicherheit feststellen, wo er sich befand. Er war sicher, daß ihm seine jetzige Umgebung von seiner kranken Phantasie nur vorgegaukelt wurde. In Wirklichkeit hielt er sich noch an Bord der GOLDEN STAR auf.

Noch während er überlegte, öffnete sich vor ihm der Boden. Ein Spalt, gerade breit genug, um einen Mann durchzulassen, war entstanden. Camaron Olek fühlte einen unwiderstehlichen Drang, in die Öffnung zu klettern.

Hastings Worte fielen ihm ein.

Hatte der Wissenschaftler nicht behauptet, daß dieser Planetoid sich von allen anderen unterschied?

Olek begriff, daß er weder träumte, noch dem Wahnsinn verfallen war. Alles, was er erlebte, war schreckliche Wirklichkeit. Er hatte die Space-Jet in eine Falle geflogen. Daß er als einziger die Folgen seiner Verantwortungslosigkeit erleben mußte, erschien ihm nur gerecht.

Er ließ sich auf die Knie nieder und blickte in die Öffnung. Der Planetoid schien im Innern hohl zu sein. Wahrscheinlich handelte es sich um eine Station der Perlians. Voller Erleichterung dachte Olek an die GOLDEN STAR. Zum Glück war Major Reis ein vorsichtiger Mann. Er würde sich mit seinem Schiff sofort zurückziehen, wenn er beobachtete, wie die Space-Jet sich in nichts auflöste.

Zweifel beschlichen Olek. Würde Reis auch schnell genug reagieren? Bestand nicht die Gefahr, daß die GOLDEN STAR mit ihrer gesamten Besatzung dem gleichen Schicksal zum Opfer fiel, das auch die Space-Jet und Oleks Begleiter ereilt hatte?

Das Schuldbewußtsein ließ Olek aufstöhnen. Er hatte Major Reis dazu bewogen, hierher zu fliegen. Die GOLDEN STAR stünde längst im Ortungsschutz Modulas, wenn man Reis' Wunsch befolgt hätte.

Mit den Beinen voran ließ sich Olek in die Öffnung sinken. Einen Augenblick noch hielt er sich mit den Händen am Rand des Spaltes fest. Er spürte Boden unter den Füßen. Verzweifelt fragte er sich, warum ausgerechnet er am Leben geblieben war. Wollten die Gegner ihn nur verhören und ihn dann ebenfalls töten? Oder hatten sie andere Pläne mit ihm? Unbewußt wurde ihm klar, daß er irgendeiner Beeinflussung unterlag. Er löste seine Hände vom Rand des Spaltes und ließ sich absinken. Sein Helmscheinwerfer beleuchtete eine schwarze Wand, deren Aussehen sich kaum von dem der Oberfläche unterschied. Als Olek den Kopf wandte, entdeckte er einige Silberfäden, die sich durch das dunkle Material zogen.

Befand er sich in einer Robotstation, oder gab es hier lebende Wesen?

Olek hob den Kopf und stellte fest, daß sich die Öffnung über ihm geschlossen hatte. Er war endgültig von der Außenwelt abgeschnitten.

Er wußte, daß er vollkommen wehrlos war.

Die Wand vor ihm teilte sich. Es war, als schrumpfte sie zusammen. Die Öffnung, die dabei entstand, ließ Olek einen gewundenen Gang erkennen.

Am Ende dieses Ganges lag Camaron Oleks Ziel.

Mit gemischten Gefühlen beobachtete Daveen Reis, wie Dr. Hastings die Space-Jet verließ und die Oberfläche des Planetoiden betrat. Die Übertragung über die Bildschirme der Fernortung war nicht besonders gut; die überall herumfliegenden Trümmerstücke verhinderten, daß ein einwandfreies Bild zustande kam. Reis sah jedoch genug.

„Der Captain und seine Begleiter dürfen sich nicht länger als eine Stunde auf dem Planetoiden aufhalten", sagte der Kommandant der GOLDEN STAR zu Leutnant Zabrok. „Sobald diese Zeit um ist, werde ich den Befehl zur Rückkehr geben."

Zabrok deutete lächelnd auf die Bildschirme.

„Der Captain wird sich nicht mit diesem einen Trümmerstück zufriedengeben, Sir", vermutete er. „Er wird die Untersuchungen ausdehnen wollen."

„Damit haben Sie zweifellos recht", stimmte Reis zu. „Ich werde jedoch darauf bestehen, daß die Space-Jet zurückkommt. Es ist möglich, daß Perry Rhodan auf Grund unserer Funknachrichten einige Schiffe ins Modula-System abkommandiert. Wenn sie eintreffen, möchte ich mit der GOLDEN STAR dort sein, wo ich seinen Befehlen entsprechend bereits jetzt sein müßte."

Der Kommandant widmete seine Aufmerksamkeit wieder den Bildschirmen.

Er konnte vier Gestalten ausmachen, die Dr. Hastings folgten.

Jetzt hatten alle Männer die Space-Jet verlassen.

„Hastings ist weg!" alarmierte Leutnant Zabrok den Major.

„Was?" Reis fuhr auf. „Was heißt das?"

Reis zählte die Männer in der Nähe der Space-Jet. Es waren nur noch vier. Einer war offenbar in die Space-Jet zurückgekehrt. Dabei mußte er sich ungewöhnlich beeilt haben.

Ein Seitenblick zeigte Reis, daß Zabrok mit blassem Gesicht vor den Kontrollen saß. Der Leutnant zitterte.

„Er hat sich plötzlich aufgelöst", stammelte Zabrok.

„Was reden Sie da?" stieß Reis hervor. „Ich habe nichts gesehen."

Noch während er sprach, verschwanden drei weitere Männer und die Space-Jet. Diesmal verfolgte Daveen Reis den Vorgang mit eigenen Augen. Leutnant Zabrok stöhnte vor Entsetzen.

Reis' Augen verengten sich. Er sah eine Katastrophe auf sich zukommen. Zabrok war vor Schreck wie gelähmt, aber der Kommandant handelte. Er griff nach dem Mikrophon des Interkoms.

„Alarm!“ rief er. „Sofort HÜ-Schirm einschalten. Mit voller Kraft beschleunigen!“

Keiner seiner Befehle konnte ausgeführt werden.

Die GOLDEN STAR wurde von den Intervallwaffen des Dolan getroffen und zerfiel in Millionen winziger Bruchstücke. Wenige Augenblicke später traten die Waffen des Retortenwesens abermals in Tätigkeit.

Die Überreste des Kurierschiffs gerieten in Bewegung und trieben auf die Sonne zu. Sie wurden immer schneller und rasten ihrer endgültigen Vernichtung entgegen.

6.

Tro Khon richtete sich auf.

Endlich konnte er die enge Kommandozentrale des Dolan verlassen. Die beiden gegnerischen Schiffe waren zerstört. Ihre Besatzungen lebten nicht mehr. Camaron Olek hatte, den parapsychischen Befehlen folgend, das Innere des Dolan erreicht.

Der Zweitkonditionierte war entschlossen, dem Zeitverbrecher persönlich gegenüberzutreten, bevor dieser in die Gemeinschaft der Exekutoren aufgenommen wurde. Zweifellos war der Fremde verwirrt, aber das würde sich legen, sobald sein Bewußtsein Kontakt zum Symposium fand. Tro Khon war sich darüber im klaren, daß er von Olek nur Haß erwarten konnte. Doch dieses Gefühl würde sich legen, sobald Oleks Bewußtsein vom Körper getrennt war.

Tro Khon wartete, bis sich die Wand der Kommandozentrale teilte. Er trat auf den Gang hinaus. Die Bewegung tat ihm gut. Er streckte sich behaglich. Ohne sich zu beeilen, trottete er durch den Gang. Er wußte, daß Camaron Olek inzwischen vor dem Ruheraum angekommen war. Dort würde er voller Angst warten.

Der Zweitkonditionierte beabsichtigte nicht, sich mit dem Fremden aus der großen Galaxis zu unterhalten. Er wollte ihn nur betrachten, solange sein Körper noch nicht erstarrt war.

Die Exekutoren verhielten sich ruhig. Sie warteten darauf, das fremde Bewußtsein ins Symposium aufnehmen zu können. Erst dann würden sie ihr endgültiges Urteil sprechen. Tro Khon wußte bereits jetzt, wie es ausfallen würde. Die Bewußtseinshüter würden den genialen Kosmonauten voller Freude empfangen. An der Bedeutung seiner neuen Aufgabe gemessen, würde Camaron Olek sein bisheriges Leben als langweilig und sinnlos empfinden.

Tro Khon erreichte das Ende des Ganges. Geduldig wartete er, bis sich ein Durchgang öffnete, durch den er einen größeren Raum betreten konnte. Tro Khon durchquerte ihn, ohne sich umzusehen. Er kannte sich innerhalb des Dolan so gut aus, daß er seinen Weg mit geschlossenen Augen gefunden hätte.

Gleich darauf stand Tro Khon dem Zeitverbrecher gegenüber.

Durch den Helm des Schutzanzugs blickten Tro Khon angstvoll geweitete Augen entgegen. Der Zweitkonditionierte konnte sich vorstellen, daß sein Äußeres den Fremden schockieren mußte. Er war doppelt so groß wie Camaron Olek. Er vermied jede heftige Bewegung, weil der Fremde nicht auf den Gedanken kommen sollte, daß ein Angriff bevorstand.

Die kleinen Augen des Zeitverbrechers verrieten Intelligenz. Tro Khon kannte viele raumfahrende Sternvölker. Hier stand er dem Mitglied eines Volkes gegenüber, das innerhalb kurzer Zeit zum mächtigsten seiner Galaxis aufgestiegen war. Eine solche Entwicklung war immer gefährlich, denn früher oder später begannen solche Wesen mit Zeitexperimenten.

Tro Khon empfand keinen Haß gegen den Zeitverbrecher.

Diese Wesen wurden von einem blinden Wissensdrang geleitet. Ihre geistige Entwicklung blieb hinter ihrem technischen Fortschritt zurück. So mußte es zwangsläufig zu einer Situation kommen, die die Schwingungswächter zum Eingreifen zwang.

Tro Khon kannte die Gefahren, die durch Zeitexperimente entstanden.

Ein noch so unbedeutend erscheinendes Zeitparadoxon konnte den Verlauf der Geschichte ändern und ganze Völker dem Untergang weihen.

Tro Khon wurde von einem tiefen Verantwortungsgefühl durchströmt. Als Zweitkonditionierter war er einer der direkten Stellvertreter der Ersten Schwingungsmacht. Er durfte bestimmen, welche Strafen gegen Zeitverbrecher verhängt wurden. Außerdem unterstanden die Drittkonditionierten seinem Befehl.

Davon wußte das Wesen, das vor Tro Khon stand, nichts.

Er würde einen Teil der Wahrheit erfahren, sobald er ein vollwertiges Mitglied des Symposiums war.

Tro Khon fühlte, daß Camaron Olek ihn unentwegt anstarrte.

Täuschte er sich, oder lag Erkennen im Blick des Zeitverbrechers?

Er betätigte sein Armbandgerät und nahm Verbindung zu den Exekutoren auf.

„Nun?“ fragte er gespannt. „Was halten Sie von ihm?“

„Er ist zweifellos ein Genie“, antwortete Nummer Sieben.

„Wann beginnen wir mit der Übernahme?“ wollte Nummer Zwei wissen. „Ich bin gespannt, wie die Zusammenarbeit mit Olek funktionieren wird.“

Tro Khon war erheitert. Das Interesse der Exekutoren überwog bereits ihre anfängliche Abneigung. Wenn Camaron Olek Mitglied des Symposiums war, würde keiner der Exekutoren noch einmal den Umtausch erwähnen, den Tro Khon vorgeschlagen hatte.

„Bringen Sie ihn jetzt in die Ruhekammer“, ordnete der Zweitkonditionierte an. „Achten Sie darauf, daß er die sechs Körper nicht sieht! Es wird am besten sein, wenn Sie bis zur völligen Übernahme den Dolan veranlassen, eine Wand zwischen den sechs Körpern und dem neuen Kosmonauten zu errichten.“

„Ohne die Beeinflussung hätte er wahrscheinlich den Verstand verloren“, teilte Exekutor Nr. 7 mit. „Als er Sie auftauchen sah, dachte er an Bilder von irgendwelchen Wesen, die man ihm vor längerer Zeit einmal gezeigt hat.“

Tro Khon wurde aufmerksam.

„Erklären Sie das ausführlicher“, forderte er Nummer Sieben auf.

Der Analytiker sendete eine ablehnende Antwort.

„Ich bestehe darauf“, sagte Tro Khon. „Es ist möglich, daß von Ihrer Auskunft die Beantwortung vieler ungelöster Fragen abhängt.“

„Camaron Olek hat inzwischen eingesehen, daß er sich getäuscht hat“, antwortete Nr. 7 widerwillig. „Die Unbekannten, die er auf den Bildern gesehen hat, ähnelten den Schwingungswächtern, aber sie waren wesentlich kleiner. Camaron Olek bezeichnete diese Wesen als Haluter.“

Tro Khon war enttäuscht. Seine Hoffnung, durch Zufall irgend etwas über die Vergangenheit der Schwingungswächter zu erfahren, hatte sich nicht erfüllt.

Er gab sich einen Ruck.

„Es wird Zeit, daß Camaron Oleks Bewußtsein dem Symposium

angegliedert wird“, sagte er. „Ich lege den Körper des Zeitverbrechers zu den anderen, sobald alles vorüber ist.“

Bei der Übernahme spielte der Zweitkonditionierte eine untergeordnete Rolle. Er vermochte dem Symposium weder mit Ratschlägen noch durch irgendwelche Taten zu helfen.

Er sah, wie Camaron Olek sich von ihm abwandte.

Hinter dem Zeitverbrecher entstand ein Loch in der Wand. Gleich darauf betrat Olek den Ruheraum.

Tro Khon wußte, daß er keine Ruhe finden konnte, bis ihm die Exekutoren von einer erfolgreichen Übernahme berichten würden.

Als der monströse Fremde vor ihm aufgetaucht war, hatte sich Camaron Olek wieder an jenes Ereignis erinnert, das sich vor drei Jahren in der Offiziersmesse des Schweren Kreuzers AMAVA zugetragen hatte. Mit bildhafter Schärfe sah er vor seinen geistigen Augen jene Aufnahmen des Haluters Icho Tolot vor sich, die der Erste Offizier der AMAVA, Igvan Orillo, im Bordarchiv entdeckt hatte.

„Sieht er nicht aus wie ein Ungeheuer?“ hatte Orillo ausgerufen.

Olek hatte das Bild entgegengenommen und es eingehend betrachtet. Unterdessen sprach Orillo weiter.

„Das ist wohl der stärkste, aber auch mysteriöseste Verbündete der Menschheit, Sir. Ich möchte wissen, wo er sich jetzt aufhält. Ich kenne so ziemlich alle Geschichten, die von ihm erzählt werden.“

Camaron Olek, damals noch Oberstleutnant, gab die Aufnahme zurück.

„Er sieht tatsächlich wenig vertrauenserweckend aus“, gab er zu.

Orillo grinste.

„Möchten Sie ihn zum Waffenbruder haben, Sir?“

„Das ist schwer zu sagen. Es käme auf die Umstände an.“

Camaron Oleks Gedanken kehrten in die Gegenwart zurück.

Er starrte auf das vor ihm stehende Wesen, das ihn so sehr an jenes Bild Icho Tolots erinnerte.

Ich täusche mich bestimmt, dachte er.

Abgesehen davon, daß es unmöglich war, ausgerechnet hier auf einen Haluter zu treffen, war dieser Fremde auch wesentlich größer als ein Angehöriger jenes sagenumwobenen Volkes. Außerdem trug er ein seltsames Gebilde von weißer Farbe um den Nacken.

Olek spürte, daß dieses monströs aussehende Wesen ihn beobachtete.

War der Gigant der Beherrscher dieser Station?

In welchem Verhältnis stand er zu den Perlians? Warum hatten die Drittkonditionierten den Eisplaneten angegriffen, der diese Station offenbar beherbergt hatte?

Olek hatte erkannt, daß ihm im Augenblick keine tödliche Gefahr drohte.

Die Besitzer der Station hatten ihn gewiß nicht geschont, um ihn zu töten, kaum daß er das Innere des Planetoiden betreten hatte. Olek schrieb die Tatsache seines Überlebens einem Zufall zu, und er rechnete damit, daß er ebenfalls sterben mußte, sobald die Fremden genug von ihm erfahren hatten.

An der Schnelligkeit, mit der er Informationen lieferte, lag es aber, wie lange er noch leben würde.

Camaron Olek beschloß, mit seinem Wissen so sparsam wie möglich umzugehen, es sei denn, die Fremden besaßen eine Möglichkeit, von ihm alles auf einmal zu erfahren.

Olek konnte nicht ahnen, daß seine Überlegungen von dem Symposium voller Interesse verfolgt wurden.

Er fand, daß der riesige Fremde und er sich lange genug angestarrt hatten.

Er drehte sich um und sah, daß sich hinter ihm eine Öffnung in der Wand bildete. Das war eine stumme Aufforderung, daß er seinen jetzigen Platz verlassen sollte. Olek sah keinen Sinn darin, den Verständnislosen zu spielen oder sich zu sträuben. Er nahm an, daß seine Gegner über Mittel verfügten, um ihn schnell und schmerzhaft willig zu machen. Darauf wollte er es jedoch nicht ankommen lassen.

Er schlüpfte durch die Wand in den nächsten Raum.

Das Licht seines Helmscheinwerfers fiel auf einige Gegenstände, die wie abstrakte Modelle von irgendwelchen Maschinen aussahen.

Olek ging darauf zu.

Er tastete einige der seltsamen Apparate ab. Sie schienen aus hartem Material zu bestehen, aber Olek war nicht sicher, ob es sich um Metall handelte.

Vergeblich suchte er nach irgendwelchen Halterungen, mit denen die seltsamen Maschinen verankert waren. Es gab weder Schweißnähte noch Verschraubungen. Auch deutete nichts auf Magnetverschlüsse oder Arretierungen hin.

Die Maschinen waren fugenlos mit dem Boden verbunden.

Olek beschloß, auch diese Entdeckung zu akzeptieren. Im Verlauf der letzten Minuten waren derart viel erstaunliche Dinge geschehen, daß diese Maschinen alltäglich wirkten.

Er untersuchte den gesamten Raum, ohne noch weitere aufregende Entdeckungen zu machen. In den Wänden waren jene Silberfäden eingelassen, wie er sie bereits gesehen hatte.

Er mußte gähnen und spürte einen dumpfen Druck im Kopf. Sofort überprüfte er sein Sauerstoffaggregat und das Regulierventil. Alles war in Ordnung. Seine Versorgung mit atembarer Luft war noch für ein paar Stunden gesichert.

Seine Augen begannen zu tränen.

Obwohl er sich dagegen wehrte, wurde er immer schläfriger. Das war nicht normal. Olek ahnte, daß seine Bezwinger etwas mit seiner körperlichen Schwäche zu tun hatten.

Ohne es zu wollen, streckte er sich am Boden aus.

Seine Gedanken wurden immer verschwommener.

Noch einmal flackerte sein Widerstandswille auf. Ein Zucken lief durch seinen Körper. Dann bewegte er sich nicht mehr. Seine stoßweisen Atemzüge wurden gleichmäßiger.

Exekutor Nr. 7 schickte seine prüfenden Impulse durch den Körper des Zeitverbrechers.

„Er schläft", teilte er den anderen Exekutoren mit.

„Beginnen wir mit der Trennung des Bewußtseins vom Körper?" fragte Nummer fünf.

„Noch nicht", erwiderte der Analytiker. „Wir müssen genau den richtigen Moment abwarten."

Die anderen verließen sich jetzt ganz auf den Analytiker. Von diesen Dingen verstand er mehr als sie alle.

Der Zeitverbrecher besaß eine erstaunliche Widerstandskraft. Er wehrte sich verzweifelt gegen die parapsychische Beeinflussung. Der Analytiker war mit dem Verhalten des Fremden zufrieden. Camaron Oleks geistige Stabilität war die Garantie für eine erfolgreiche Bewußtseinstransition.

„Ahnt Olek, was ihm bevorsteht?" fragte Nr. 6.

„Natürlich nicht", antwortete Nr. 7. Er wußte, daß es dem Kontrolleur des Waffen- und Abwehrsystems schwerfiel, solche Probleme zu verstehen. Von Natur aus war Nr. 6 ein eiskalter Logiker und Praktiker. Das machte ihn zu einem ausgezeichneten Verwalter aller Waffen- und Abwehranlagen.

„Ich bin gespannt, wie sich die Zusammenarbeit mit ihm entwikkeln wird", sagte der für Flugtechnik verantwortliche Exekutor.

„Er wird die nötigen Daten schneller liefern als sein Vorgänger", prophezeite Nr. 7.

„Wenn das stimmt, haben wir ihn im richtigen Augenblick gefunden", meinte Exekutor Nr. 3. „Es ist wichtig, daß wir im Kampf gegen die Zeitverbrecher schnelle Manöver durchführen können."

Die anderen schwiegen betroffen. Unverhofft waren sie daran erinnert worden, daß der neue Kosmonaut ebenfalls ein Zeitverbrecher war. Wie würde er reagieren, wenn er erkannte, daß er gegen sein eigenes Volk kämpfen sollte?

„Es wird am besten sein, wenn wir ihn darüber zunächst nicht aufklären", schlug Nr. 4 nach langer Pause vor. „Er kann zwar die Arbeit für das Symposium nicht verweigern, aber es ist besser, wenn er sie freiwillig tut."

„Dieses Problem ist zweitrangig", meinte Nr. 7. „Wichtig ist im Augenblick nur eine einwandfreie Bewußtseinsübernahme. Darauf sollte das Symposium seine Anstrengungen konzentrieren."

Die Exekutoren gewannen rasch ihre alte Zuversicht zurück. Die Vorfreude überwand alle noch vorhandenen Bedenken. Jedes Mitglied des Symposiums wollte alles dazu beitragen, um Camaron Olek die neue Aufgabe zu erleichtern.

„Sein Gehirn hat die Tätigkeit fast eingestellt", meldete Nr. 7. „In wenigen Augenblicken können wir mit der Übernahme beginnen."

Hätte ein terranischer Arzt Camaron Olek jetzt untersucht, hätte er nur noch den Tod feststellen können. Auch mit den besten Geräten wäre jener glimmende Lebensfunke nicht zu messen gewesen, der Olek vor dem endgültigen Ende trennte.

Parapsychische Strömungen durchfluteten den Körper des Terraners.

Angespannt verfolgte das Symposium jede noch so winzige Reaktion.

Der Dolan, der inzwischen begriffen hatte, daß der verwaiste Platz des Kosmonauten besetzt werden sollte, wartete ungeduldig auf die ersten Bewußtseinsimpulse des neuen Mitarbeiters.

Es kam auf den Bruchteil einer Sekunde an.

Der Impuls, mit dem Nr. 7 die anderen Bewußtseinshüter zu der entscheidenden Anstrengung veranlaßte, war ungewöhnlich kurz. Sofort begann sich der parapsychische Strom zu verstärken. Er kämpfte gegen die Beharrungskräfte des menschlichen Körpers an, der sein Bewußtsein nicht freigeben wollte. Mit diesen Schwierigkeiten hatte das Symposium jedoch gerechnet. Die Dauer des Übergangs hing von der Stärke der Verbundenheit zwischen Körper und Bewußtsein ab.

Tro Khon hatte schon zu oft erlebt, daß der Körper in einer solchen Auseinandersetzung Sieger geblieben war. Doch davon wußten der Dolan und die Exekutoren nichts.

Exekutor Nr. 7 fühlte als erster, wie der Widerstand des Körpers nachließ. Er gab seiner Erleichterung noch nicht nach, sondern verstärkte seine Anstrengungen. Er wußte, daß er für kurze Zeit erschöpft sein würde, wenn alles vorüber war.

Plötzlich bekam das Symposium Oleks Bewußtsein völlig unter Kontrolle. „Vorsicht!“ mahnte Nr. 7. „Wenn es jetzt erwacht, war alles umsonst.“

Er hätte sich diese Worte sparen können. Die Exekutoren ließen allergrößte Vorsicht walten. Von Parapsychischen Kräften getragen, wechselte Oleks schlafendes Bewußtsein in den Dolan hinüber. Ein Jubelruf erschütterte das Symposium.

Exekutor Nr. 7 hatte Mühe, sich in diesem Freudentaumel Gehör zu verschaffen. Schließlich stellte er eine Verbindung zu Tro Khon her.

„Sie können den Körper des Zeitverbrechers jetzt zu den sechs anderen legen“, teilte er dem Schwingungswächter mit. „Der Dolan besitzt wieder einen Kosmonauten.“

Freudig erregt raste Tro Khon durch die Gänge des Dolan. „Was sagst du nun?“ fragte er seinen Symboflex-Partner.

Wie gewöhnlich begnügte sich der Symbiont mit einem zufriedenen Antwortimpuls.

„Damit ist der Dolan noch schlagkräftiger geworden“, fuhr Tro Khon fort.

Er erreichte den Ruheraum und wartete, bis Exekutor Nr. 3 dafür sorgte, daß eine Öffnung in der Wand entstand. Als er den angrenzenden Raum betrat, sah er Camaron Olek am Boden liegen. Die

Zwischenwand, die den Zeitverbrecher von den Körpern der anderen Exekutoren getrennt hatte, war inzwischen verschwunden.

Beinahe andächtig beugte sich Tro Khon zu dem Fremden hinab. „Deine Arbeit wird dazu beitragen, das Verbrechen zu sühnen, das dein Volk begangen hat", sagte er.

Dann hob er Camaron Olek auf. Das Körpergewicht des Mannes war so gering, daß es keine Belastung für Tro Khon bedeutete.

„Wie leicht er ist", sagte er zu seinem Symboflex-Partner.

Er legte ihn neben die anderen und blickte die Reihe der sieben Körper entlang. Plötzlich befiel ihn ein Gefühl der Einsamkeit, und er wandte seine Augen ab. Ohne sich noch einmal umzusehen, verließ er den Ruheraum.

Draußen im Gang benutzte er sein Armbandgerät, um mit den Exekutoren zu sprechen.

„Wie hat er es überstanden?" erkundigte er sich.

„Vermutlich gut", erwiderte Nr. 7. „Aber es ist noch zu früh, um etwas Genaueres zu sagen. Außerdem ist Oleks Bewußtsein noch nicht erwacht. Wir wollen ihn nicht drängen."

Tro Khon verstand den leisen Vorwurf und hörte den Wunsch des Exekutors aus der Antwort heraus, er, Tro Khon, möge sich weniger ungeduldig zeigen.

Obwohl der Zweitkonditionierte mit dem Dolan losfliegen wollte, sobald der Kosmonaut erwachte, widerstrebte es ihm, in die Enge der Kommandozentrale zurückzukehren. Wenn fremde Schiffe auftauchten, würde ihn Exekutor Nr. 4 rechtzeitig alarmieren.

Tro Khon war froh, daß er sich jetzt endlich der bevorstehenden Auseinandersetzung mit den Zeitverbrechern widmen konnte. Um den Kosmonauten brauchte er sich keine Sorgen mehr zu machen. Das Aufwachen eines Exekutor-Bewußtseins war nicht mit besonderen Schwierigkeiten verbunden. In dieser Beziehung konnte sich der Zweitkonditionierte auf die sechs Bewußtseinshüter verlassen. Sie würden Camaron Olek über die anfänglichen Schwierigkeiten hinweghelfen. Bei Oleks Genialität konnte es nicht lange dauern, bis er seinen Aufgabenbereich ausfüllte. Tro Khon glaubte nicht, daß es zu Zwischenfällen kam, wenn Olek erfuhr, daß er gegen sein eigenes Volk kämpfte. Das Zugehörigkeitsgefühl zum Symposium übertraf alle anderen Regungen.

„Unsere Besatzung ist komplett", sagte der Schwingungswächter zu dem Symboflex-Partner. „Bald werden wir losfliegen."

Der Symbiont war glücklich, daß er jetzt wieder häufiger die Aufmerksamkeit des Zweitkonditionierten erwecken konnte.

„Kommen Sie bitte in die Kommandozentrale", meldete sich Exekutor Nr. 7. „Der neue Kosmonaut beginnt zu erwachen."

Tro Khon durcheilte die Gänge. Wenige Augenblicke später hatte er seinen Platz innerhalb des kleinen Raumes eingenommen, von dem aus er alle Anlagen innerhalb des Dolan kontrollieren konnte. Exekutor Nr. 4 hatte die Bildschirme bereits eingeschaltet.

„Ist Nummer Eins bereit?" fragte Tro Khon gespannt.

Seit dem Erwachen des Dolan bestand jetzt zum erstenmal die Möglichkeit, daß Tro Khon mit dem Kosmonauten in Verbindung trat.

„Er ist jetzt erwacht", berichtete Nr. 7. „Wir beginnen mit der Begrüßung."

Tro Khon vermochte sich vorzustellen, was sich jetzt innerhalb des Symposiums abspielte. Er hätte sich mit Hilfe seines Armbandgeräts in die Unterhaltung einschalten können, doch er verzichtete darauf.

Dann nahm das Symposium Kontakt zu ihm auf.

„Exekutor für Analyse und Registratur ist bereit", meldete Nr. 7.

Tro Khon knurrte befriedigt.

„Exekutor für Waffen- und Abwehrsystem ist bereit." Das war Nummer Sechs.

Nun folgten die Bereitmeldungen der Exekutoren Fünf, Vier und Drei.

„Exekutor für Flugtechnik bereit zum Start", kamen die Impulswellen über Tro Khons Empfänger.

Dann folgte eine Pause. Es war unheimlich still. Tro Khon stand bewegungslos vor den Kontrollen.

Seine Augen leuchteten auf, als die entscheidende Meldung kam.

„Exekutor für Kosmonautik ist bereit!"

Tro Khon stieß einen triumphierenden Schrei aus. Das Symposium war wieder komplett.

Wenige Augenblicke später begann der Dolan mit wahnsinnigen Werten zu beschleunigen und raste aus dem Modula-System hinaus.

Perry Rhodan nahm den Klartext des soeben eingetroffenen Funkspruchs entgegen. Einen Augenblick starrte er auf den Papierstreifen, dann wandte er sich Atlan zu, der ihn erwartungsvoll anblickte.

„Die fünf Schiffe haben das Modula-System erreicht", sagte Rhodan ruhig. „Hier ist ihre erste Nachricht." Er las mit lauter Stimme vor: „Sind befehlsgemäß im Modula-System eingetroffen. Die GOLDEN STAR wurde nicht vorgefunden. Sofort begonnene Suchaktionen, die sich auch auf das Trümmergebiet erstreckten, brachten keinen Erfolg. Wir warten weitere Befehle ab. Gezeichnet: Cherwyn, Major und Kommandant der ALASKA."

„Das verstehe ich nicht!" entfuhr es Atlan. „Die GOLDEN STAR verschwunden. Warum hat sich Major Reis aus dem Modula-System zurückgezogen?"

„Wenn er sich zurückgezogen hätte, müßte er sich längst gemeldet haben", sagte Oberst Merlin Akran, der Kommandant der CREST IV.

„Es gibt nur eine Erklärung: Die GOLDEN STAR existiert nicht mehr." Rhodans Stimme klang hart.

„Dann haben die Perlians sie angegriffen und vernichtet", vermutete Atlan. „Aber selbst dann hätte Major Reis Zeit für eine Funknachricht finden müssen."

Rhodan starrte auf den Panoramabildschirm.

„Ich fürchte, hier kommt etwas auf uns zu, von dem wir noch nicht den Hauch einer Ahnung haben", sagte er ernst. Seine Augen wurden schmal. „Und wenn mein Gefühl mich nicht täuscht, war alles, was wir bisher in Magellan antrafen, nur ein harmloses Vorspiel dazu."

7.

Tro Khon betrat die Zentrale nicht ohne Spannung. Nach einer längeren Pause kam er wieder hierher, um festzustellen, wie sich der Terraner weiterhin in das Symposium eingefügt hatte.

Der Schwingungswächter ließ sich vor den Kontrollen nieder.

Exekutor Nr. 4 ließ einen Bildschirm aufleuchten, so daß Tro

Khon sehen konnte, daß der Dolan sich noch immer in einer Kreisbahn um eine Riesensonne befand. Hier war das hundert Meter durchmessende Retortenwesen vor einer Entdeckung sicher.

Tro Khon hätte sofort mit dem Bewußtsein Camaron Oleks in Verbindung treten können, doch er zog es vor, sich zunächst an Exekutor Nr. 7 zu wenden. Der Analytiker würde ihm sagen können, welche Fortschritte der neue Kosmonaut machte.

Der Analytiker meldete sich sofort, als Tro Khon ihn anrief.

„Es wird Zeit, daß wir mit der Strafaktion gegen die Zeitverbrecher beginnen", sendete der Zweitkonditionierte. „Die Ausbildung des neuen Kosmonauten muß unverzüglich abgeschlossen werden."

„Sie ist bereits abgeschlossen", teilte ihm der Analytiker mit.

Tro Khons mächtiger Körper erbebte vor Unwillen.

„Warum hat man mich nicht früher darüber informiert?" wollte er wissen. „Wir könnten längst in jene Gebiete unterwegs sein, wo die Zeitverbrecher ihre Schiffe stationiert haben."

Exekutor Nr. 7 nahm den Vorwurf gelassen hin. Er war daran gewöhnt, sich mit dem Schwingungswächter auseinanderzusetzen.

„Sie wissen, daß wir ein nicht unbedeutendes Problem zu bewältigen haben", sendete Exekutor Nr. 7. „Camaron Oleks Bewußtsein soll uns helfen, die Terraner zu vernichten. Sie können sich vorstellen, daß Olek niemals freiwillig gegen sein eigenes Volk kämpfen würde."

Tro Khons zwanzig Zentimeter durchmessende Augen traten etwas hervor. Es war ihm unangenehm, daß der Analytiker diese Dinge aussprach. Insgeheim hatte auch der Zweitkonditionierte sich über die zukünftige Verhaltensweise des neuen Kosmonauten Sorgen gemacht. Immer noch vermochte niemand zu sagen, was größer war: die Loyalität des Terraners gegenüber seinem Volk oder die Treue zum Symposium. Solange es nicht zu einem direkten Zusammenstoß mit den Zeitverbrechern kam, würde Olek mit dem Symposium zusammenarbeiten. Wie aber würde er reagieren, wenn der Dolan terranische Raumschiffe angriff?

„Wir müssen kämpfen", sagte Tro Khon grimmig. „Und dazu brauchen wir Camaron Olek."

„Das Symposium hat einige Versuche durchgeführt", berichtete Exekutor Nr. 7. „Meiner Ansicht nach brauchen wir uns über Camaron Olek keine Sorgen zu machen. Im Augenblick des Kampfes wird sich sein Bewußtsein spalten. Für ihn bedeutet das die einzig mögliche Lösung, um sich einer Entscheidung zu entziehen. Camaron Olek, der uns hilft, den Feind zu besiegen, wird zwar nicht der *Terraner* Camaron Olek sein, aber diese Tatsache wird seinen Fähigkeiten nicht schaden. Sobald der Kampf vorüber ist, wird Oleks Bewußtsein sich wieder normalisieren, ohne daß er sich darüber im klaren sein wird, daß er gegen sein eigenes Volk gekämpft hat."

Tro Khon überlegte einen Augenblick. „Was geschieht, wenn Sie sich irren?" fragte er. „Was sollen wir tun, wenn Oleks Bewußtsein nicht in der von Ihnen vorhergesagten Art und Weise reagiert?"

„Ich glaube nicht, daß wir dann irgend etwas tun können", erwiderte der Analytiker. „Die Folge wird sein, daß Oleks Bewußtsein arbeitsunfähig wird."

„Wahnsinnig", verbesserte Tro Khon.

„Ja", gab Nr. 7 zu. „Wir müßten uns dann abermals nach einem neuen Kosmonauten umsehen."

„Hm!" Tro Khon wiegte seinen Körper vor den Kontrollen hin und her. Sein Plangehirn arbeitete fieberhaft. Er wußte, daß er sich auf die Aussagen des Analytikers verlassen konnte. Nr. 7 gab nur dann Informationen, wenn die Wahrscheinlichkeitswerte so hoch lagen, daß man mit Sicherheit an ein Eintreffen der gemachten Vorhersagen glauben konnte.

Der Schwingungswächter wirkte plump und unbeweglich, als er so vor den Kontrollen kauerte. Dabei konnte er sich in wenigen Augenblicken in ein lebendes Geschoß verwandeln.

Einem plötzlichen Entschluß folgend, richtete Tro Khon sich auf.

„Ich werde mit Olek sprechen", sagte er. „Vielleicht kann ich einige interessante Auskünfte von ihm erlangen."

„Es ist nicht gut, wenn er ständig an seine Vergangenheit erinnert wird", meinte Nr. 7.

„Ich bin vorsichtig", versprach Tro Khon. „Ich möchte jedoch nicht versäumen, den Ersten Exekutor über das Zeitverbrechen seines Volkes zu befragen."

„Er weiß nicht viel davon", antwortete der Analytiker. „Er ist ein Mann, der großes Wissen auf seinem Fachgebiet besitzt. Für die Geschichte seines Volkes hat er sich jedoch nie sonderlich interessiert, so daß der Informationsgehalt seines Bewußtseins in dieser Hinsicht unergiebig ist."

„Trotzdem", beharrte Tro Khon.

Die Verbindung zu Exekutor Nr. 7 wurde unterbrochen. Tro Khon spürte, wie sein Symboflex-Partner sich zu regen begann. Er schenkte dem Wesen jetzt jedoch keine Beachtung.

Tro Khon fragte sich, worin seine Unsicherheit begründet lag. Bisher war er nur zweimal mit dem Kosmonauten in Verbindung getreten, und jedesmal war der Kontakt sehr kurz gewesen.

Der Zweitkonditionierte gab sich einen Ruck. Er betätigte das kleine Gerät an seinem Handgelenk.

Exekutor Nr. 1 meldete sich.

„Wie fühlen Sie sich?“ fragte Tro Khon. „Ich habe gehört, daß Sie sich gut eingefügt haben. Es ist wichtig, daß Sie mit Ihren Aufgaben vertraut sind.“

„Sie können mir den Dolan anvertrauen“, sagte Camaron Olek. „Ich bringe ihn überallhin, wo Sie ihn gern hätten.“

„Sie scheinen ungeduldig zu sein“, stellte Tro Khon fest.

„Verstehen Sie das nicht? An Bord der GOLDEN STAR war es langweilig, deshalb brenne ich darauf, irgend etwas zu unternehmen.“

„Sie werden sich über Arbeit nicht beklagen können“, versicherte Tro Khon. „Aber jetzt möchte ich noch einige Fragen stellen.“

Tro Khon wußte, daß er Olek nicht schockieren durfte. Der neue Kosmonaut mußte wirklich vorsichtig behandelt werden. Jede Verwirrung innerhalb des Symposiums konnte die Angriffspläne des Zweitkonditionierten verzögern. Tro Khon wollte nicht länger warten.

„Was wissen Sie von Zeitexperimenten Ihres Volkes?“ erkundigte sich Tro Khon bei dem neuen Kosmonauten.

„Nichts“, antwortete Olek sofort. „Es gibt unzählige theoretische Überlegungen, die jedoch nicht in die Tat umgesetzt werden können. Die Zeitreise ist unmöglich.“

Tro Khon wußte es besser. Er und die anderen Schwingungswächter wachten nicht umsonst darüber, daß keine Zeitverbrechen begangen wurden.

Es stand einwandfrei fest, daß ein Schiff der Terraner sich durch die Zeit bewegt hatte.

Unbewußt hatte Tro Khon seine Gedanken über das kleine Gerät an das Symposium weitergeleitet.

„Ich erinnere mich an diese Geschichte“, sagte Camaron Olek. „Ein Flaggschiff der Solaren Flotte wurde im Jahre 2404 in die Vergangenheit versetzt. Es handelte sich um die CREST III.“

Tro Khon unterdrückte seine Verärgerung über die Selbstverständlichkeit, mit der Olek dieses ungeheuerliche Verbrechen zugab.

„Ich weiß nicht, wie es zu dieser Zeitversetzung kam“, fuhr Olek fort, dem der Unwille des Schwingungswächters entging. „Ich glaube jedoch nicht, daß es seither zu neuen Zeitsprüngen gekommen ist.“

„Das hat nichts zu bedeuten“, sagte Tro Khon. „Wahrscheinlich arbeiten die terranischen Wissenschaftler noch an einer Verbesserung der üblichen Methode. Früher oder später wird es zu Zeitsprüngen größeren Ausmaßes kommen, und ich kann mir gut vorstellen, welche Folgen das nach sich zieht. Wir müssen diesen Aktionen zuvorkommen.“

„Ich glaube nicht, daß Perry Rhodan irgendwelche Experimente zulassen wird, durch die andere Völker gefährdet werden könnten“, antwortete Olek.

„Perry Rhodan“, erwiderte Tro Khon nachdenklich. „Die Exekutoren haben Ihrem Bewußtseinsinhalt entnommen, daß dieser Mann das gesamte Imperium beherrscht.“

„Sie drücken das verkehrt aus“, sagte Olek.

Tro Khon war erstaunt. Er erkannte, daß der Kosmonaut voller Bewunderung an diesen Rhodan dachte. Die Führer der wenigsten Völker konnten für sich in Anspruch nehmen, von ihren Untertanen verehrt zu werden.

„Untertanen?“ wiederholte Olek. „Wenn es innerhalb des Solaren Imperiums Untertanen gibt, dann sind sie selbst daran schuld.“

Die Verwirrung des Schwingungswächters wuchs. Das war ein Volk stolzer und unabhängiger Wesen, die sich trotz dieser Eigenschaften in ihrer Mehrzahl offenbar willig den Plänen ihres sogenannten Großadministrators anschlossen. Es war schwierig, die Zusammenhänge einer solchen Gesellschaftsform zu verstehen.

„Zumindest ist das alles höchst ungewöhnlich“, murmelte Tro Khon. „Ich wünschte, ich könnte mit diesem Perry Rhodan Verbindung aufnehmen. Wenn er auch ein Zeitverbrecher ist, so scheint er doch ein sehr ungewöhnlicher Mensch zu sein.“

Olek wurde ungeduldig.

„Warum reden wir über solche Dinge?“ erkundigte er sich. „Ich gehöre jetzt zum Symposium. Mein Wissen und meine Fähigkeiten können von dem Dolan genutzt werden. Worauf warten wir noch?“

Tro Khon war irritiert.

„Vielleicht“, wandte er ein, „sind Sie mit den bevorstehenden Aktionen nicht einverstanden, Exekutor.“

Sofort mischte sich der Analytiker ein. Seine Warnung kam über das kleine Gerät an Tro Khons Arm.

„So dürfen Sie mit ihm nicht sprechen“, sagte Nr. 7. „Überlassen Sie es dem Symposium, ihn im entscheidenden Augenblick zu lenken.“

„Schon gut“, brummte der Zweitkonditionierte unwillig. Schließlich konnte es ihm gleichgültig sein, auf welche Weise Camaron Olek dazu gebracht wurde, gegen sein eigenes Volk zu kämpfen. Wichtig war nur, daß er nicht versagte, wenn es zu einer Auseinandersetzung kam.

„Wir wollen noch einen Test machen“, wandte sich Tro Khon an den Kosmonauten. „Ich stelle Ihnen eine Aufgabe. Exekutor Sieben wird Ihnen die Koordinaten eines bestimmten Sonnensystems übermitteln. Sie haben weiter nichts zu tun, als den günstigsten Kurs in kürzester Zeit festzulegen. Trauen Sie sich das zu?“

„Es ist nichts“, antwortete Exekutor Nr. 1 selbstbewußt.

Kurze Zeit später teilte der Analytiker dem Schwingungswächter mit, daß der neue Kosmonaut die Aufgabe in verblüffend kurzer Zeit richtig gelöst hatte. Tro Khon wußte nicht, ob er über diese phänomenale Leistung glücklich sein oder sich Sorgen machen sollte. Es hing jetzt alles davon ab, wie sich Olek im Kampf gegen sein eigenes Volk bewähren würde. Das ließ sich durch keinen Test feststellen. Tro Khon mußte der Aussage des Analytikers Glauben schenken, der behauptet hatte, Camaron Olek würde im entscheidenden Augenblick eine Bewußtseinsspaltung erleiden und für Dolan gegen die Terraner kämpfen.

Bald würde sich herausstellen, ob diese Behauptung zutraf.

Am 1. Januar 2436 terranischer Zeitrechnung verließ der Dolan auf Tro Khons Befehl sein Versteck und nahm wieder Kurs zurück in das Modula-System. Das Bewußtsein Captain Camaron Oleks hatte den Kurs berechnet.

Das allein war die Garantie dafür, daß der hundert Meter durchmessende Dolan seine seltsame Besatzung sicher ans Ziel bringen würde.

Offiziersanwärter Roscoe Poindexter starrte mit einer Mischung aus Bewunderung und Neid auf den braungebrannten und muskulösen Körper des Waffensergeanten, der am Rand des Schwimmbassins lag und sich von den Strahlen der künstlichen Sonne erwärmen ließ. Poindexters Blicke kehrten von ihrem Ausflug zurück und wanderten über die dürren, behaarten Beine, die leider seine eigenen waren. Poindexters Brust war flach und haarlos, die Rippen standen hervor. Leicht gebeugt (diese Haltung hatte er sich teils aus Gram, teil aus mangelndem Selbstbewußtsein angewöhnt), ging Poindexter an der Längsseite des Bassins auf und ab und ließ seine Haut vom warmen Luftstrom der Klimaanlage trocknen. Seine unnatürlich großen Füße erzeugten dabei ein patschendes Geräusch, so daß Waffensergeant DeJohanny die Augen öffnete und sich aufrichtete.

Roscoe Poindexter verharrte schuldbewußt. Er begann, auf und ab zu wippen.

DeJohanny war ein alter und erfahrener Mann von durchschnittlicher Intelligenz. Offiziere waren ihm verhaßt, aber er hatte gelernt, sich ihrer Autorität zu beugen. Dagegen waren Offiziersanwärter eine willkommene Beute für den Sergeanten, vor allem dann, wenn sie unbeholfen und kränklich erschienen.

„Es geht durch das Schwimmbad und macht pitschpatsch", rief DeJohanny grinsend. „Preisfrage: Was kann das sein?"

Roscoe Poindexter errötete. Die großen Augen des Offiziersanwärters richteten sich traurig auf den Sergeanten. Die offensichtlichen Anzeichen großer Verlegenheit machten DeJohanny munter. Er blickte auf seine Uhr.

„Nun, Roscoe?" fragte er herablassend. „Haben Sie ein Bad genommen, junger Freund?"

Poindexter blickte sich hilfesuchend um. Auf der anderen Seite des Bassins lagen drei Techniker, die sich jedoch nicht um ihn kümmerten. DeJohanny war dem Blick des jungen Raumfahrers gefolgt.

„Wenig Betrieb heute morgen", sagte er.

Poindexter nickte. Er kam immer dann ins Bordbad der CREST IV, wenn wenig Männer anwesend waren. Er schwamm gern, aber er mochte es nicht, wenn man ihn wegen seiner Figur verspottete oder ihn auch nur anblickte.

„Haben Sie die Sprache verloren?" brummte DeJohanny. „Muß ich Ihnen erst die Zehen schneiden, bevor Sie den Mund aufmachen?"

„Nein, Sarge“, stammelte Poindexter.
DeJohanny seufzte.
„Es ist ein Jammer, daß die jungen Männer an Bord so viel Freizeit haben“, bemerkte er. „Wie wollen Sie später als Offizier dafür sorgen, daß die Besatzung in Schwung bleibt, wenn Sie jetzt selbst jeden Schwung vermissen lassen?“
Roscoe Poindexter biß sich auf die Unterlippe.
„Ich habe jetzt zwei Stunden frei, Sarge“, sagte er. „Eine Stunde wollte ich im Schwimmbad verbringen.“
DeJohanny kniff die Augen zusammen.
„Waren Sie überhaupt unter der Brause, bevor Sie hereinkamen? Sie wissen doch, daß es Pflicht ist, sich vor dem Schwimmen abzubrausen.“
„Ich war unter der Brause, Sarge“, sagte Poindexter tapfer.
DeJohanny streckte einen Arm aus und berührte den jungen Mann mit einer Fingerspitze.
„Sie sind ja völlig trocken! Und Sie wollen mir erzählen, daß Sie unter der Brause waren?“
„Ja, Sarge. Die Klimaanlage hat mich inzwischen getrocknet.“
DeJohanny kratzte sich am Kopf.
„Ich würde es für richtig halten, wenn Sie noch einmal unter die Brause gingen, Poindexter“, sagte er. „Dann sind wir beide sicher, daß Sie das Wasser im Bassin nicht verseuchen.“
„Ich bin mir jetzt schon völlig sicher“, sagte Poindexter. Die Tatsache, daß er dem Waffensergeanten widersprach, machte ihn so aufgeregt, daß er stotterte. „Ich glaube, meine Versicherung, daß ich unter der Brause war, sollte auch Ihnen genügen.“
„So?“ knurrte DeJohanny. „Das glauben Sie?“
„Ja, Sarge.“
DeJohanny wußte, daß er nicht zu weit gehen durfte. Wenn Poindexter sich beschwerte, konnte er, DeJohanny, in Schwierigkeiten kommen. Der Sergeant bezweifelte jedoch, daß Poindexter eine Beschwerde einreichen würde. Dieser dürre Bursche war eher der Typ, der sich in seine Kabine zurückzog und seinen Kummer schluckte.
„Ich schlage vor, daß wir gemeinsam zur Brause gehen, uns abduschen und dann ein Wettschwimmen machen“, sagte DeJohanny grinsend. „Ich wette zehn Solar, daß ich Sie bei zwei Beckenlängen um drei Meter schlage.“

„Ja, Sarge", antwortete Poindexter.
„Sie sind also einverstanden?"
Roscoe Poindexter nickte. Sie gingen gemeinsam zur Brause und traten dann an den Beckenrand. DeJohanny musterte seinen Gegner mit mitleidigen Blicken. Der Junge sah aus, als wollte er jeden Augenblick zusammenbrechen.
„Ich gebe das Kommando", sagte der Sergeant.
Er rief: „Los!" und stieß sich mit den Füßen vom Rand des Bekkens ab. Die beiden Körper tauchten klatschend ins Wasser. Augenblicklich begann DeJohanny heftig zu kraulen. Als er mit dem Kopf auftauchte, blickte er zurück, doch der Offiziersanwärter war an seiner Seite. DeJohanny verstärkte seine Anstrengungen, um Poindexter abzuschütteln, doch an der Wende hatte der Junge bereits einen Vorsprung von einem halben Meter.
„Halt!" schrie DeJohanny. „Halt! Ich habe einen Krampf in der rechten Wade."
Poindexter schwamm langsamer. Er wandte sich dem Beckenrand zu und wartete, bis DeJohanny neben ihm ankam. Der Sergeant schnaubte wütend. Er würdigte Poindexter keines Blickes, sondern zog sich aus dem Wasser.
Oben begann er sein Bein zu massieren. Poindexter schwamm ruhig und mit kräftigen Stößen. Solange nur sein Kopf aus dem Wasser ragte, fühlte er sich sicher. Er war entschlossen, die gesamte Stunde im Wasser zu bleiben, denn sobald er außerhalb des Bassins auftauchte, würden sich mit Sicherheit einige Männer finden, die sich über ihn lustig machten.
Nachdem er zehn Minuten geschwommen war, schaltete sich der große Interkomlautsprecher über dem Becken ein.
„Roscoe Poindexter! Roscoe Poindexter! Melden Sie sich bei Ihrem zuständigen Offizier."
Poindexter kletterte aus dem Becken und trocknete sich ab. Er wußte nicht, warum Leutnant Mark Berliter ihn ausgerechnet jetzt rufen ließ. Poindexter hatte sich keinen Verstoß gegen die Dienstvorschriften vorzuwerfen, trotzdem zitterte er vor Aufregung, als er die Verschlüsse seiner Kombination einhakte. Die lindgrüne Uniform schlotterte an seinem Körper. Er schloß den Gürtel und warf einen prüfenden Blick in den Spiegel. Seine Haare standen wirr in alle Richtungen. Daran würde sich auch mit einer Frisiercreme wenig ändern lassen. Unter einer hohen Stirn blickten Poindexters große

Augen etwas einfältig auf ihre Umgebung. Die Nase des jungen Mannes war groß und wölbte sich kühn nach oben. Seine Lippen waren breit und voll. Wenn Poindexter lachte, was sehr selten vorkam, entblößte er zwei Reihen großer, schiefgeratener Zähne.

Das alles sah er jetzt im Spiegel vor sich, und er gelangte zu der stillen Einsicht, daß Leutnant Berliter allein durch das Aussehen seines Untergebenen gallenkrank werden mußte. Er fuhr mit beiden Händen ein paarmal durchs Haar und verließ dann das Bad. In völlig unangebrachter Hast näherte er sich dem nächsten Antigravschacht. Er stolperte förmlich durch den Eingang und fand sich gleich darauf, Arme und Beine weit auseinandergestreckt, im Schacht wieder. Verzweifelt bemühte er sich, seinen Körper unter Kontrolle zu bekommen.

„He!“ schrie jemand über ihm. „Was kommt denn da angesegelt? Sind Sie betrunken, Poindexter?“

Poindexter erschauerte, als er jemand seinen Namen mit solcher Lautstärke rufen hörte. Er unternahm eine letzte Anstrengung und prallte gegen eine Wand des Schachtes. Plötzlich fühlte er sich an den Schultern gepackt. Gleich darauf fand er die Orientierung zurück.

„Danke, Chanter!“ stieß Poindexter hervor.

Er war dem Korporal jedoch alles andere als dankbar, denn Chanter war ein Klatschmaul. Er würde dafür sorgen, daß die Geschichte von Poindexters seltsamen Flugbewegungen innerhalb kurzer Zeit die Runde machte.

Ausgerechnet Chanter gehörte zum Deck B-23, wo auch Poindexter seinen Dienst verrichtete.

„Trauen Sie sich zu, von jetzt an allein weiterzukommen?“ fragte Chanter.

„Natürlich“, brummte Poindexter. „Sie können mich loslassen.“

Er schwebte weiter. Erleichtert setzte er auf der Plattform des übernächsten Decks auf. Gleich darauf stand er vor dem Dienstraum. Zu seiner Überraschung war Leutnant Berliter nicht anwesend, aber eine kleine Leuchtschrift auf dem Tisch instruierte Poindexter, daß Berliter sich in seiner Kabine aufhielt.

Poindexter zögerte nicht. Befehl war Befehl. Er mußte den Leutnant aufsuchen. Poindexters Entschlossenheit ließ jedoch mit jedem Meter nach, den er sich der Unterkunft des Offiziers näherte. Als er schließlich an der Kabinentür klopfte, klang es so zaghaft, daß Berliter die Geräusche erst nach mehrfacher Wiederholung wahrnahm.

„Poindexter?“ klang die gedämpfte Stimme des Leutnants auf den Gang heraus.

„Ja, Sir“, sagte der Offiziersanwärter. Er straffte sich in Erwartung des Befehls, wieder in den Dienstraum zurückzukehren. Statt dessen forderte ihn Berliter zum Eintreten auf.

Poindexter schluckte nervös. Seine Hand, die den Türgriff umschloß, war feucht. Er öffnete die Tür und stolzierte in unnachahmlicher Haltung in den kleinen Raum. Er riß die Augen auf, als er sah, daß Mark Berliter im Bett lag.

„Sie brauchen nicht zu erschrecken“, sagte Berliter lächelnd. „Ich weiß ebenso wie Sie, daß ich jetzt Dienst habe, und ich befände mich auch an der Arbeit, wenn ich dazu in der Lage wäre.“

Poindexter suchte nach einem Platz für seine großen Hände, schließlich fand er ihn am Gürtel. Er hakte die Daumen in die beiden Seitenschlaufen und ließ die Schultern hängen. Berliter betrachtete ihn – ob mit Wohlwollen oder Mißfallen, war schwer festzustellen.

„Ich bin krank“, sagte Berliter. „Ich brauche zwei Tage Bettruhe.“

Poindexter wackelte mit dem Oberkörper hin und her, als müßte er einen unwiderstehlichen Juckreiz auf diese Art bekämpfen.

„Tut mir leid, Sir“, brachte er hervor. „Ich hoffe, daß sie bald . . . äh . . . genesen.“

Berliter preßte die Zähne aufeinander, daß es knirschte.

„Sie sind ab sofort diensttuender Leutnant“, sagte er.

In Poindexters Ohren begann es zu summen. Der Blutandrang zu seinem Gehirn war so groß, daß sogar seine Ohren rot wurden. Er brachte es nicht fertig, irgend etwas zu sagen. Er starrte den kranken Leutnant nur an.

Berliter zog die Bettdecke bis zum Kinn.

„Warum starren Sie mich so an, Roscoe?“ fragte er unbehaglich.

Poindexters Augen richteten sich gegen die weiße Decke.

„Ich weiß es nicht, Sir. Entschuldigen Sie, Sir.“

„Wenn ich Sie so reden höre, bekomme ich Bedenken, Sie als Diensttuenden einzusetzen“, sagte Berliter. „Reißen Sie sich zusammen, Mann.“

„Zu Befehl, Sir!“ schrillte Poindexter und zog den Kopf zwischen die Schultern.

„Es kann sich nur um zwei Tage handeln“, sagte Berliter. „Bis dahin, so meinte der Arzt, bin ich wieder auf den Beinen. Bei allen Planeten, Roscoe! Machen Sie unserem Deck keine Schande.“

Poindexter hatte einen trockenen Mund. Seine Zunge erschien ihm so groß, daß es ihm schwerfiel, irgend etwas zu sagen.

„Entschuldigen Sie, wenn ich darauf hinweise, daß Offiziersanwärter Stanlick ältere Rechte hat", murmelte er.

Berliter nickte nachdenklich.

„Ich weiß", sagte er. „Stanlick ist auch ein ausgezeichneter Mann, aber er ist zu jähzornig. Diesem Jähzorn verdankt er es, daß er zur Zeit eine Disziplinarstrafe verbüßt. Ich kann ihn unter diesen Umständen nicht als meinen Stellvertreter einsetzen. Sehen Sie das ein?"

„Ja, Sir", sagte Poindexter. Im stillen verwünschte er die unglückselige Fügung des Schicksals, die dafür gesorgt hatte, daß außer Berliter auch noch dessen Stellvertreter ausgefallen war.

„Melden Sie sich in der Zentrale", befahl Berliter. „Ab sofort werden Sie bei allen Offiziersbesprechungen dabeisein. Ich möchte, daß Sie mich auf dem laufenden halten."

Worte wie „Offiziersbesprechungen" und „Zentrale" ließen Poindexter heftig zusammenzucken. Die Vorstellung, daß er die Zentrale betreten und sich dort melden sollte, verschlug ihm den Atem. Lieber hätte er im Laderaum Messingstangen poliert, als vielleicht dem Großadministrator persönlich gegenüberzutreten.

„Jeder andere wäre mir vor Freude um den Hals gefallen", sagte Berliter. „Und Sie? Ich habe den Eindruck, Sie sehen enttäuscht aus."

„Nein, Sir", versicherte Poindexter hastig. „Ich . . . ich freue mich. Vielen Dank für Ihr Vertrauen, Sir."

Seine Stimme klang so kläglich, daß Berliter die Stirn runzelte.

„Sie sind jetzt für einen begrenzten Zeitraum Offizier", sagte der Leutnant.

„Ich erwarte, daß Sie sich entsprechend benehmen. Irgendwelche Unsicherheiten gibt es nicht. Sie haben hervorragende Arbeiten geliefert und sind intelligent. Es gibt für Fehlschläge also keine Entschuldigungen."

Roscoe Poindexter salutierte.

„Ich werde mir Mühe geben, Sir."

„Sie können gehen", sagte Berliter.

Poindexter machte eine zackige Kehrtwendung und wäre dabei fast über seine eigenen Füße gestolpert. Zum Glück bekam er rechtzeitig den Türgriff zu fassen, an dem er sich festhalten konnte. Ohne noch einmal den Kopf zu wenden, verließ er die Kabine. Draußen auf dem Gang blieb er stehen und holte tief Luft. Er mußte sich den Schweiß von der Stirn wischen.

„Diensttuender Leutnant Roscoe Poindexter", murmelte er verstört.

Bei seinem Dienstantritt an Bord der CREST IV hatte man Roscoe Poindexter die wichtigsten Einrichtungen des Flaggschiffs gezeigt. Seine Erinnerung an die Zentrale war jedoch mehr als verschwommen. Damals war er viel zu aufgeregt gewesen, um sich irgendwelche Einzelheiten einprägen zu können. Seither hatte er keine Gelegenheit erhalten, die Zentrale aufzusuchen. In einem 2500 Meter durchmessenden Schiffsgiganten stellte der Dienst auf dem B-Deck hohe Anforderungen an einen jungen Raumfahrer. Die Zentrale war für Poindexter das gleiche wie für einen Menschen auf der Erde eine weit entfernte Großstadt. Er wußte, daß es sie gab, aber seine Aussichten, jemals dorthin zu gelangen, waren mehr als gering. Natürlich hatte Poindexter an der Raumakademie gelernt, wie eine Zentrale eingerichtet war; er hatte unzählige Testaufgaben in einer nachgebauten Kleinzentrale zur Zufriedenheit seiner Lehrer gelöst.

Vom dreiundzwanzigsten B-Deck aus hätte Poindexter einen Antigravschacht benutzen können, der unmittelbar in die Zentrale führte, doch dazu war er viel zu schüchtern. Er benutzte einen der weiter außen gelegenen Schächte und trat ungefähr fünfzig Meter von einem Haupteingang der Zentrale entfernt in den Gang hinaus.

Hier hielten sich weitaus mehr Männer auf als in den unteren Decks. Niemand maß dem Auftauchen des diensttuenden Leutnants jedoch eine besondere Bedeutung bei. Gleichgültige Blicke vorübergehender Männer streiften den Offiziersanwärter. Poindexter richtete seine Blicke auf den Boden und steuerte auf den Eingang der Zentrale zu. Er hatte keine klaren Vorstellungen darüber, bei welchem Offizier er sich melden sollte. Diese Unsicherheit verstärkte seine Nervosität. Er hätte viel dafür gegeben, wenn jetzt plötzlich Leutnant Berliter gesund und munter um die nächste Biegung des Ganges gekommen wäre.

Unmittelbar vor dem Eingang verließ Poindexter das bißchen Mut, das ihn bisher zum Weitergehen veranlaßt hatte. Er blieb stehen und starrte unglücklich auf die beschriftete Tür. Die Buchstaben schwammen vor seinen Augen. Er wußte, daß jeden Augenblick ein höherer Offizier herauskommen konnte. Vielleicht sogar der Großadministrator oder der Lordadmiral der USO. Poindexter schluckte, um den Kloß in seiner Kehle hinabzuwürgen.

Plötzlich sagte eine rauhe Stimme hinter ihm: „Was haben Sie vor, junger Mann?“

Poindexter warf sich herum, wobei sein rechtes Bein die Drehung zunächst nicht mitmachte, was zur Folge hatte, daß er es mit einer weitausholenden Bewegung nachziehen mußte.

„Sie sehen ja aus wie ein Schlittschuhläufer“, sagte der Mann, der ihn angesprochen hatte.

Poindexter errötete. Der Mann, der ihm gegenüberstand, war untersetzt und hatte kurzgeschnittene Haare. Ein Schildchen auf seiner Brust wies ihn als Major Bob McCisom aus.

Major! durchzuckte es Poindexter wie ein elektrischer Schlag.

Er sammelte alle in ihm verbliebene Willensstärke und machte eine Ehrenbezeigung, die sogar den erfahrenen McCisom die Augenbrauen zusammenziehen ließ.

„Was soll das?“ erkundigte sich der Chef der Fünften Flottille. „Machen Sie hier Freiübungen?“

„Nein, Sir“, stieß Poindexter hervor. Dann sprudelte er blitzschnell heraus: „Ich melde mich zum Dienst. Ich bin der Stellvertreter Leutnant Berliters, Sir.“

McCisom schüttelte den Kopf.

„Bei mir brauchen Sie sich nicht zu melden.“ Er hob den Arm. Sein Daumen zeigte auf die Tür. „Da liegt Ihr Ziel, Leutnant.“

Poindexter glaubte, sich verhört zu haben. Er hatte nur noch den Wunsch, dem Major so rasch wie möglich zu entkommen. Dabei half nur eine Flucht nach vorn. Mit Todesverachtung riß er die Tür auf und stürmte mit gesenktem Kopf in die Zentrale.

Er hatte noch keine zehn Meter zurückgelegt, als er fast mit jemand zusammengestoßen wäre. Hastig wich er zur Seite und blickte mit aufgerissenen Augen auf den Mann.

Da Poindexter seine Blicke langsam hob, sah er zunächst blütenweiße Wadenstrümpfe und spitze Schnallenschuhe. Dann kamen Kniehosen und ein Frack.

Poindexter wußte sofort, wem er da gegenüberstand. Das war Roi Danton, der sich ›König der Freihändler‹ nannte.

Roi Danton war seinerseits zurückgewichen und entfernte nun mit den Fingerspitzen ein paar imaginäre Stäubchen von den Ärmeln seines Fracks. Dabei stieß er einen langgezogenen Seufzer aus.

„Wollen Sie vielleicht die Güte haben, sich für dieses Malheur zu entschuldigen, Monsieur?“ fragte er mit hoher Stimme. „A distance sahen Sie doch so manierlich aus, doch dann wollten Sie mich par force von den Beinen werfen.“

Poindexters Kinn sank herab, wodurch sein Gesicht noch länger und noch häßlicher wurde.

Sofort wurden Danton und er von einigen Männern umringt. Poindexter sah grinsende Gesichter. Er wünschte, er hätte sich unsichtbar machen können.

Danton trat plötzlich auf ihn zu und nahm ihn am Oberarm.

„Wollen wir uns nicht den Blicken dieser Schaulustigen entziehen, mon ami? Echte Männer sollten ihre Meinungsverschiedenheiten nicht vor den Augen des Pöbels austragen.“

„Entschuldigen Sie, Sir!“ mischte sich eine andere Stimme ein. Poindexter glaubte zu erkennen, daß sie Bob McCisom gehörte. „Dieser junge Mann ist Leutnant Berliters Stellvertreter.“

Poindexter ahnte, daß diese Worte an einen höheren Offizier gerichtet waren.

„Lassen Sie jetzt Ihre Späße, Danton!“ sagte eine energische Stimme. „Zurück an die Plätze, Männer.“

Poindexter begriff, daß ausgerechnet das eingetreten war, was er unter allen Umständen hatte vermeiden wollen: Sein Erscheinen in der Zentrale hatte beträchtliches Aufsehen erregt. Obwohl er noch kein Wort gesprochen hatte, befürchtete er, daß er sich für alle Zeiten blamiert hatte. Die Gesichter um ihn herum waren eine verschwommene Masse, aus der sich nur allmählich die einzelnen Individuen herausschälten.

„Haben Sie die Sprache verloren?“ erklang wieder die energische Stimme. „Machen Sie Ihre Meldung, junger Mann, damit wir wissen, mit wem wir es zu tun haben.“

„Offiziersanwärter Roscoe Poindexter, Sir!“ stieß Poindexter hervor. Er haßte den Klang seiner eigenen Stimme, weil er sie nicht unter Kontrolle bekam. Schließlich erkannte er den Mann, der vor ihm stand.

Der Mann war Perry Rhodan.

Poindexter salutierte dreimal hintereinander und blinzelte nervös.

„Sie sind jetzt diensttuender Leutnant“, sagte Rhodan gelassen.

„Als solcher haben Sie sich zu melden."

„Jawohl, Sir."

„Das ist im Augenblick alles. Von nun an nehmen Sie an allen größeren Offiziersbesprechungen teil. Deshalb hat Leutnant Berliter Sie in die Zentrale geschickt. Vergessen Sie jedoch nicht, daß Sie weiterhin Ihre Pflichten auf dem dreiundzwanzigsten B-Deck zu verrichten haben."

„Ja, Sir!" Poindexter hatte keine Ahnung, wie er diese Arbeit bewältigen sollte, aber es wäre ihm nicht im Traum eingefallen, diesem Mann zu widersprechen. Allmählich wirkte Rhodans Ruhe auf ihn ein. Rhodan ignorierte den seelischen Zustand des Jungen. Das war für Poindexter eine große Hilfe.

„Kommen Sie mit in den Nebenraum", sagte Rhodan. „Die Besprechung beginnt in wenigen Minuten."

8.

Roumbaki ließ keinen Zweifel daran, daß er sich seinen beiden Begleitern in jeder Hinsicht überlegen fühlte. Abgesehen davon, daß der mächtige Gurrad rein äußerlich beeindruckender wirkte, hatte er den vordersten Platz für sich in Anspruch genommen. Der General Heykh und der Shangant Sibala saßen zu beiden Seiten hinter ihm.

Diese drei Wesen, auch ›Rat der Drei‹ oder ›Planer‹ genannt, verkörperten momentan die Regierung der Gurrads auf Boultat, dem derzeitigen Hauptquartier der freien Löwenmenschen.

Roumbaki war gereizt und ungeduldig. Seiner Ansicht nach hatten ihn die Terraner bereits zu lange warten lassen. Er dachte nicht daran, sich mit den drei Offizieren zu unterhalten, die bereits im Konferenzsaal eingetroffen waren. Roumbaki stand es zu, mit dem Großadministrator zu sprechen. Heykh und Sibala, die die Launen des Gurrad kannten, zogen es vor, schweigend vor sich hin zu starren. Ebenso wie Heykh repräsentierte Sibala nur eine kleine Gruppe von Wesen, die der Versklavung durch die Kristalle entgangen waren.

Das Flaggschiff der Gurrads war vor ungefähr drei Stunden im

Gebiet von Navo-Nord eingetroffen. Die drei Abgesandten waren mit einem Beiboot zur CREST IV übergesetzt. Roumbaki war mit bestimmten Plänen gekommen. Er war entschlossen, seine Wünsche nachdrücklich vorzubringen. Die Terraner mußten sich an die mit den Gurrads getroffenen Abmachungen halten.

Roumbaki konnte nicht wissen, daß die Terraner im Augenblick genügend eigene Sorgen hatten.

Da war zunächst OLD MAN. Im Schutz seines mächtigen HÜ-Schirmes umkreiste er nach wie vor Navo-Nord. Sobald sich einige terranische Schiffe dem Robotgiganten näherten, schleuste dieser einige tausend Schiffe aus. Das war eine unmißverständliche Warnung, die auch von Rhodan richtig verstanden wurde. An Bord der CREST IV hatte man zahlreiche Hyperfunksprüche aufgefangen, die zweifellos von den Perlians ausgingen und für die herrschenden Kristalle innerhalb OLD MANS bestimmt waren. Bisher war es jedoch nicht gelungen, die Symbolgruppen zu entschlüsseln.

OLD MAN war jedoch nicht Rhodans einzige Sorge. Er machte sich darüber Gedanken, warum die Perlians seit einigen Tagen verschwunden waren, als hätte es sie nie gegeben. Von einer Stunde zur anderen hatten die Drittkonditionierten ihre hektische Betriebsamkeit eingestellt.

Was Rhodan ebenfalls nach wie vor quälend beschäftigte, war das geheimnisvolle Verschwinden des Kurierkreuzers GOLDEN STAR. Dazu kam noch das Rätselraten um die Vernichtung des dritten Modula-Planeten. Das Gefühl, etwas ganz einfach noch nicht sehen, hören oder orten zu können, das in Magellan geschah, war schlimm.

So kam es, daß Perry Rhodan sich weitaus weniger zu Zugeständnissen bereit fand, als Roumbaki geglaubt hatte.

Rhodan und die Offiziere betraten den unmittelbar neben der Zentrale gelegenen Konferenzraum. Roumbaki hielt es für richtig, einen Augenblick aufzustehen. Immerhin waren die Terraner Verbündete der Gurrads. Roumbaki hatte seinen Begleitern eingeschärft, ihre Gedanken in solche Bahnen zu lenken, die keinen Verdacht erweckten. Roumbaki wollte seine Karten nicht vorzeitig auf den Tisch legen. Er wußte, daß es an Bord dieses Schiffes Wesen gab, die telepathisch begabt waren.

Roscoe Poindexter, der hinter den Offizieren hereinkam, wunderte sich über die gespannte Atmosphäre innerhalb dieses Raumes. Man hatte fast den Eindruck, Terraner und Gurrads stünden sich feindlich gegenüber. Es war vor allem Roumbaki, der einen unversöhnlichen Eindruck machte. Poindexter begriff erst später, daß der Gurrad auf diese Weise nur seine Forderungen unterstreichen wollte.

„Wir sind gekommen, um zu erinnern", begann Roumbaki bitter. Die Translatorgeräte begannen zu summen. Kaum einer der Offiziere war in der Lage, sich mit einem Gurrad ohne Übersetzungsanlage zu verständigen.

„Wir wollen die Terraner, die sich unsere Freunde nennen, an ihr Versprechen erinnern", fuhr Roumbaki fort und machte eine dramatische Geste.

Rhodan wartete schweigend, daß der Gurrad auf Einzelheiten einging, doch Roumbaki war ein viel zu guter Taktiker, als daß er sofort mit Forderungen gekommen wäre. Er wollte zunächst herausfinden, zu welchen Zugeständnissen die Terraner ohne moralischen Druck bereit waren.

Poindexter konnte den Unwillen in den Gesichtern einiger Offiziere sehen. Den Männern gefiel es nicht, daß Roumbaki an Bord des terranischen Flaggschiffs so arrogant auftrat. Zu seinem Erstaunen lag auch auf manchen Gesichtern ein Lächeln. Atlan lächelte, und auch der Freihändlerkönig, der nachlässig in einem Sessel lehnte, hatte sein Gesicht zu einer Grimasse verzogen, die man als Lächeln bezeichnen konnte.

„Das Gedächtnis eines Terraners ist nicht schlechter als das eines Gurrads", sagte Rhodan zu den drei Planern. „Es bedarf also keiner Erinnerung."

Roumbaki vollführte eine blitzschnelle Drehung. Seine herrliche Mähne begann zu wallen. Er hob beide Arme, als wollte er unbekannte Götter für sein Leid als Zeugen rufen.

„Die Gurrads sind stolz!" stieß er hervor. „Wie kein anderes Volk haben wir um unsere Freiheit gekämpft. Dann, als die Terraner in großer Bedrängnis waren, haben wir trotzdem noch Zeit und Mittel gefunden, um ihnen zu helfen."

Das war eine Übertreibung, wenn nicht gar eine Lüge, aber Rhodan hörte gelassen zu.

Poindexter hatte zum erstenmal Gelegenheit, in unmittelbarer Nähe des Großadministrators zu sitzen. Er beobachtete Rhodan von der Seite. Dieser Mann verstand es entweder wie kein anderer, seine Gefühle zu beherrschen – oder er war keiner Gefühle fähig. Selten hatte Poindexter ein so unbewegtes Gesicht gesehen. Er ahnte jedoch, daß dieses Gesicht Leidenschaft, Zorn, Mut, Haß und Liebe ausdrücken konnte, ebenso wie jedes andere menschliche Gesicht.

Poindexter war so in die Betrachtung des großen Terraners versunken, daß er kaum noch zuhörte, was Roumbaki sagte. Als er seine Aufmerksamkeit wieder dem Gurrad zuwandte, kam dieser gerade auf den Kern seines Anliegens zu sprechen.

„Es gibt unzählige gurradsche Welten, die sich in den Händen der Perlians befinden", sagte Roumbaki und schüttelte drohend die Fäuste. „Nun ist der Zeitpunkt gekommen, da wir diese Planeten für unser Volk zurückgewinnen können. Die Terraner haben uns zugesagt, daß sie uns unterstützen."

„Das ist richtig", gab Rhodan zu. „Wir werden, wie es in den Abmachungen heißt, zu einem geeigneten Zeitpunkt eingreifen. Jetzt sollten wir jedoch vorsichtig sein."

„Wir wollen nicht länger warten!" Roumbakis Stimme dröhnte in Poindexters Ohren. „Seit vierhundert Jahren werden wir verfolgt!"

Poindexter wußte, daß diese Zahl stimmte. Vor vierhundert Jahren waren die Gurrads angegriffen worden. Damals hatte dieses Volk noch auf einem hohen technischen Niveau gestanden. Roumbaki hatte Perry Rhodan erst vor einigen Tagen Unterlagen überreicht, aus denen hervorging, daß sich die gurradschen Wissenschaftler bereits mit der Zeitverschiebung befaßten. Die Untersuchungen waren bereits in ein experimentelles Stadium getreten. Bevor sie jedoch erfolgreich abgeschlossen werden konnten, kam der vernichtende Angriff, der die Gurrads in ihrer Entwicklung um Jahrhunderte zurückwarf.

„Ich kann Ihre Ungeduld verstehen", sagte Rhodan besänftigend. „Sie müssen sich jedoch mit dem Gedanken vertraut machen, daß die Gurrads auch weiterhin ein gejagtes Volk bleiben werden. Wir Terraner werden alles tun müssen, damit wir nicht das gleiche Schicksal erleiden. Wir haben inzwischen Nachforschungen angestellt, bei denen wir auf überraschende Ergebnisse stießen."

Roscoe Poindexter erinnerte sich, daß vor zwei Tagen ein Kurierschiff von der Erde in der Großen Magellanschen Wolke angekommen war. Spielte Rhodan mit seinen Worten auf Nachrichten an, die er vom Kommandanten dieses Schiffes erhalten hatte? An Bord der CREST IV hielt sich hartnäckig das Gerücht, daß man ihm Berechnungsergebnisse des biopositronischen Gehirns NATHAN überbracht hatte.

„Das sind alles nur Ausflüchte!" rief Roumbaki erbittert. „Sie sind verpflichtet, uns zu helfen. Wenn Sie Ihre Abmachungen nicht einhalten, machen Sie sich die Gurrads zu Feinden."

Rhodan wartete, bis der Gurrad sich wieder setzte. Dann gab er einem seiner Adjutanten einen Wink. Der junge Mann überreichte Rhodan einige Papiere und einen Stapel Plastikstreifen.

„Auf dem Mond unseres Heimatplaneten gibt es eine gigantische Rechenanlage", sagte Rhodan zu Roumbaki. „Dort habe ich die mir von Ihnen übergebenen Unterlagen über den Krieg gegen die Gurrads auswerten lassen. NATHAN, wie wir das Rechengehirn nennen, kommt dabei zu erstaunlichen Ergebnissen."

„Ich höre", knurrte Roumbaki. „Versuchen Sie nicht, mich zu belügen. Unsere Wissenschaftler werden Ihre Auskünfte überprüfen."

„Das *müssen* Sie sogar tun", sagte Rhodan ernst. „Alles deutet darauf hin, daß der Krieg, in den die Gurrads vor vierhundert Jahren verwickelt wurden, kein Eroberungsfeldzug, sondern eine Strafaktion war."

Roumbaki war zutiefst betroffen. Er hatte aufspringen wollen, doch jetzt sank er in seinen Sessel zurück. Heykh beugte sich vor und flüsterte ihm etwas zu. Sibala verhielt sich noch immer vollkommen ruhig.

Rhodan benutzte die Gelegenheit, um weiterzusprechen.

„Die Gurrads sollten für ihre Zeitexperimente bestraft werden", sagte er. „Die gleiche Macht geht nun gegen uns Terraner vor. Wir haben uns nicht mit Zeitreisen beschäftigt, aber im Jahre zweitausendvierhundertvier wurde das Flaggschiff unserer Flotte von einer fremden Macht in die Vergangenheit versetzt. Wahrscheinlich sollen wir nun dafür bestraft werden. NATHAN hat außerdem herausgefunden, daß der vor siebenundvierzig Jahren auf die Hauptstation der USO, Quinto-Center, durchgeführte Überfall ebenfalls eine Strafaktion sein sollte. NATHAN hat festgestellt, daß damals in Quinto-Center Experimente durchgeführt wurden, bei denen physikalische Effekte auftraten, die einer Verschiebung der Zeitkonstante nicht unähnlich sind. Die Perlians mußten also annehmen, daß wir Zeitexperimente machten. Nun sollen wir endgültig bestraft werden. Ich überlasse es Ihnen und Ihren Begleitern, aus den bisherigen Geschehnissen die Konsequenzen zu ziehen."

Sibala erhob sich. Er warf einen vorsichtigen Blick in Richtung des

Gurrads, als wollte er sich vergewissern, daß seine unerwartete Aktivität nicht auf Roumbakis Ablehnung stieß.

„Wenn mich nicht alles täuscht, wollen Sie uns glauben machen, daß innerhalb der Großen Magellanschen Wolke eine Macht existiert, die andere Völker kontrolliert", sagte Sibala.

Rhodan nickte nachdrücklich. Er deutete zu Iwan Goratschin hinüber.

„Der Doppelkopfmutant kann Ihnen bestätigen, daß Quinto-Center vor siebenundvierzig Jahren von den gleichen Kristallen überfallen wurde, die später von den Perlians eingesetzt wurden, um eine Invasion der Milchstraße vorzubereiten", sagte Rhodan.

Goratschin brummte zustimmend.

„Die Kristalle versuchten damals, führende Persönlichkeiten in Quinto-Center zu veranlassen, die Station zu zerstören", sagte einer der beiden Köpfe.

Sibala sagte spöttisch: „Glauben Sie wirklich, daß die Perlians über ein Kontrollsystem verfügen, das es ihnen erlaubt, Zeitexperimente sofort festzustellen? Ich möchte das bezweifeln. Abgesehen davon beweist die Niederlage der Drittkonditionierten gegen die Terraner, daß sie nicht mächtig genug sind, um Experimente mit der Zeit zu bestrafen."

„Die Perlians sind wahrscheinlich nur Untergebene mächtigerer Wesen", sagte Rhodan.

Roumbaki brach in schallendes Gelächter aus. Er hieb mit einer Hand auf den Tisch, daß Poindexter zusammenzuckte. Rhodan dagegen zeigte sich von dem Gefühlsausbruch des Gurrads wenig beeindruckt.

„Mächtigere Wesen!" wiederholte Roumbaki höhnisch. Er klatschte in die Hände. „Wo sind sie? Zeigen Sie mir eines dieser Wesen, damit ich Ihnen glauben kann."

„Ich befürchte, daß Sie bald eines dieser Wesen sehen werden", sagte Rhodan. „Ich vermute nämlich, daß die Perlians nur das Feld geräumt haben, um Stärkeren Platz zu machen."

Roumbakis Stimme klang plötzlich leise.

„Glauben Sie wirklich, daß Sie sich damit vor der Erfüllung Ihrer Pflichten drücken können?"

„Hören Sie zu, Roumbaki!" Diesmal sprach Lordadmiral Atlan. „Wenn Sie uns unausgesetzt beleidigen, müssen Sie dieses Schiff verlassen."

Roumbaki sank in sich zusammen. Sein Stolz verlangte, daß er die CREST IV sofort verließ, seine Vernunft sagte ihm jedoch, daß es besser war, wenn er die Beziehungen zu den Terranern nicht abbrach. Es konnte schließlich sein, daß an den Worten Rhodans etwas Wahres war.

Poindexter ließ seine Blicke über die Gesichter der Offiziere wandern. Alle beobachteten gespannt den Gurrad. Keiner dieser Männer schien an einem Streit mit den Gurrads interessiert zu sein. Poindexter konzentrierte seine Aufmerksamkeit auf Rhodan.

Stimmte alles, was Rhodan von NATHAN berichtet hatte? Oder wollte er die Gurrads nur vertrösten?

„Ich glaube nicht an diese . . . diese Macht“, sagte Roumbaki nach einer Weile.

Seine Worte deuteten an, daß er weiter verhandeln wollte. Poindexter konnte beobachten, wie die Anspannung von den Gesichtern der Männer abfiel. Auch Sibala bewegte sich unruhig auf seinem Platz.

Rhodan sagte kühl: „Ich übergebe Ihnen jetzt Duplikate aller uns vorliegenden Unterlagen, so daß Ihre Spezialisten Gelegenheit haben, alles nachzuprüfen, was ich behauptet habe.“

Er stand auf und gab Roumbaki die Papiere und Plastikstreifen, die er kurz zuvor in Empfang genommen hatte. Dazu kamen weitere Datenträger. Der Gurrad warf keinen Blick darauf, sondern schob alles in seine Gürteltasche. Poindexter war überzeugt, daß diese Interessenlosigkeit nur gespielt war. Sobald Roumbaki an Bord seines Schiffes zurückgekehrt war, würde sich dort eine fieberhafte Tätigkeit entwickeln. Die Gurrads mußten noch mehr als die Terraner daran interessiert sein, zu erfahren, ob es innerhalb der Großen Magellanschen Wolke eine Macht gab, die den Perlians überlegen war. Traf diese Vermutung zu, dann waren diese Wesen zwangsläufig auch den Gurrads überlegen. Und den Terranern.

Roscoe Poindexter war so in Gedanken versunken, daß er sich kaum um den Fortgang der Verhandlungen kümmerte. Es war offensichtlich, daß Roumbaki unter dem Druck der Ereignisse ein Rückzugsgefecht antrat. Er wiederholte seine ursprünglichen Forderungen nicht, sondern beschränkte sich darauf, sich die alten Verpflichtungen neu bestätigen zu lassen.

Poindexter war froh, als die Versammlung durch den Lautsprecher des Interkoms gestört wurde.

„Funkspruch für Roi Danton!“ meldete der Cheffunker. „Kommen Sie bitte sofort in die Funkzentrale, Mr. Danton. Der Funkspruch ist verschlüsselt.“

Danton machte einen gequälten Gesichtsausdruck. Jede Betätigung schien ihm zuviel zu sein. Poindexter entging es nicht, daß Rhodans Gesicht sich verhärtete. Offenbar gefiel es ihm nicht, daß der Freihändler an Bord des Solaren Flaggschiffs geheimnisvolle Funkanrufe empfing.

„Ich glaube, daß wir unsere Besprechung beenden können“, sagte Rhodan zu dem Gurrad.

Poindexter wurde den Eindruck nicht los, daß Rhodan es plötzlich sehr eilig hatte. Die Blicke des Großadministrators richteten sich auf Danton. Der Freihändler verließ zusammen mit dem Funker den Konferenzsaal. Die drei Gäste wurden von einem Adjutanten hinausgebracht.

„Ich glaube, wir haben Roumbaki beruhigt“, sagte Atlan zuversichtlich.

Rhodan nickte den anwesenden Offizieren zu. „Kommen Sie, meine Herren. Wir begeben uns in die Zentrale.“

Als er aufstand, erhellte sich sein Gesicht.

„Was würde der saubere Mr. Danton wohl sagen, wenn er wüßte, daß wir seinen Kode längst kennen?“ fragte Rhodan.

Major Drave Hegmar versuchte sich in der Art Roi Dantons zu verbeugen.

„Ich bin untröstlich, Grandseigneur“, sagte er mit einer Stimme, die der des jungen Freihändlers ähnlich war.

Poindexter erkannte daran, wie oft man sich an Bord der CREST IV mit den Gewohnheiten des mysteriösen Raumfahrers beschäftigte.

Für Roscoe Poindexter war es immer wieder erstaunlich, wie schnell ein so großes Schiff wie die CREST IV manövrieren konnte. Die Koordination der einzelnen Stationen war beispielhaft. Wo menschliche Reaktionen nicht ausreichten, sorgten positronische Impulse für die nötige Geschwindigkeit. So kam es, daß das Flaggschiff in der Beweglichkeit einem Beiboot kaum nachstand. Poindexter empfand nicht wenig Stolz über die Tatsache, daß er einer der vielen Männer war, die mithalfen, dieses gigantische Schiff einsatzbereit zu halten.

Als Poindexter die Zentrale betrat, kam Roi Danton gerade aus der Funkzentrale. Er war offenbar in großer Eile und wollte ohne Kommentar den Kommandoraum verlassen.

Rhodans Stimme hielt ihn jedoch auf.

„Warum plötzlich so eilig, Monsieur?" rief Rhodan.

„Ich bedaure sehr, daß ich Ihre Gastfreundschaft nicht länger in Anspruch nehmen kann, Grandseigneur", sagte Danton und machte eine vollendete Verbeugung. „An Bord meines Schiffes werde ich jedoch dringend gebraucht."

„Ist es so dringend, daß man Sie mit einem verschlüsselten Funkspruch zurückrufen muß?" fragte Rhodan.

„Die Funker an Bord der FRANCIS DRAKE sind es nicht anders gewohnt", sagte Danton ausweichend. „Ihr Verhalten soll bestimmt kein Mißtrauen gegen die vortreffliche Besatzung dieses Schiffes ausdrücken."

„Gut gesagt", meinte Rhodan nachdenklich. „Aber wir wissen immer noch nicht, warum Sie uns so plötzlich verlassen wollen."

Während er sich rückwärts auf den Ausgang zubewegte, verbeugte sich Danton noch einmal.

„Ich möchte Sie nicht mit meinen Sorgen belästigen, Grandseigneur", sagte er mit verbindlichem Lächeln. „Wie ich erfahren habe, müssen Sie sich mit genügend unangenehmen Dingen beschäftigen."

Noch während er sprach, hatte er den Ausgang erreicht. Mit einer unerwarteten Kehrtwendung warf er sich herum und war im Gang verschwunden.

„Soll ich ihn aufhalten lassen?" fragte Oberstleutnant Ische Moghu, der Erste Offizier der CREST IV.

Rhodan schüttelte den Kopf. Er nahm von einem der Funker die entschlüsselte Funkbotschaft entgegen. Nachdem er den Klartext gelesen hatte, reichte er den Papierstreifen an Atlan weiter.

Poindexter wartete gespannt auf irgendwelche Reaktionen des Arkoniden. Atlan gab das Papier jedoch ebenfalls wortlos weiter.

„Er trifft sich mit Fremden", sagte Rhodan mit plötzlicher Heftigkeit. „Er wollte es vermeiden, daß wir davon erfahren. Aber Danton hat sich verrechnet. Wir werden ihm folgen."

Rhodan wandte sich an Oberst Akran.

„Sind Roumbaki und seine Begleiter schon von Bord?"

„Das Beiboot wird soeben ausgeschleust, Sir", antwortete der Epsaler. „Auch Dantons Beiboot ist startbereit."

„Machen Sie alles für einen Linearflug bereit, Oberst", ordnete Perry Rhodan an. „Wir werden der FRANCIS DRAKE heimlich folgen."

In den nächsten Minuten verließen Reginald Bull und Julian Tifflor die CREST IV. Zusammen mit diesen beiden Männern gingen auch die Mutanten von Bord. Nur Gucky und Fellmer Lloyd blieben zurück.

Die FRANCIS DRAKE nahm den König der Freihändler an Bord. Unmittelbar darauf begann das Schiff zu beschleunigen.

„Schalten Sie den Halbraumspürer ein!" befahl Rhodan dem zuständigen Offizier an den Kontrollen. „Ich möchte den Flug der FRANCIS DRAKE auch dann verfolgen, wenn das Schiff bereits im Linearraum verschwunden ist. Oberst, Sie bleiben dicht auf. Lassen Sie baldmöglichst Kursberechnungen durchführen."

Roscoe Poindexter nahm einen Platz links neben den Kontrollen ein. Er kam sich überflüssig vor, weil sich niemand um ihn kümmerte und weil es anscheinend nichts für ihn zu tun gab. Es blieb ihm nichts anderes übrig, als weiterhin die Rolle des stummen Beobachters zu spielen.

Poindexter wurde den Eindruck nicht los, daß Atlan für den Freihändler mehr Sympathien empfand, als es Perry Rhodan recht war. Danton konnte vielleicht sogar zu einem Konfliktgrund für die beiden Männer werden.

Die CREST IV begann zu beschleunigen und folgte der FRANCIS DRAKE. Nach einer halben Stunde stand fest, daß Dantons Ziel das Modula-System war.

Als die CREST IV dieses Ziel erreichte, steuerte Akran das Schiff sofort in den Ortungsschutz der gelben Sonne.

Auf den Bildschirmen der Raumortung war neben der FRANCIS DRAKE ein zweites Schiff sichtbar geworden. Die beiden Schiffe lagen dicht nebeneinander, wie es bei der Übernahme einer größeren Fracht üblich war.

„Das fremde Schiff durchmißt fünfhundert Meter", stellte der Leitende Ingenieur der CREST IV, Oberstleutnant Bert Hefrich fest.

„Ich glaube, es ist die LYDOLA", sagte Atlan.

Die LYDOLA gehörte zur Flotte der Freihändler. Ihr Kommandant war ›Fürst‹ Gris Eschka.

„Roi Danton übernimmt irgendeine Ladung", sagte Rhodan nachdenklich. „Ich bin sicher, daß es sich um Waffen handelt. Warum sollte er sonst ein Geheimnis daraus machen?“

„Danton ist ein eigenartiger Mensch“, antwortete Atlan. „Es ist durchaus möglich, daß er nur Vorräte an Bord nimmt.“

„Vorräte“, wiederholte Rhodan mit spöttischem Unterton. „Wir werden bald wissen, was hier wirklich vorgeht.“

Auf einem der Bildschirme der Interkomanlage zeigte sich das Gesicht von Major Owe Konitzki, dem Chef der Ortungszentrale. Wenn Konitzki sich persönlich meldete, dann hatte das einen triftigen Grund.

„Was ist los, Major?“ erkundigte sich Rhodan.

„Bei dem Schiff in unmittelbarer Nähe der FRANCIS DRAKE handelt es sich um das Freihändlerschiff LYDOLA“, berichtete Konitzki.

„Sie bestätigen damit nur unsere Vermutungen“, gab Rhodan zurück. „Was haben Sie außerdem festgestellt?“

„Die Bruchstücke des zerstörten dritten Planeten bewegen sich alle in unterschiedlicher Richtung. Nur eines von ihnen steht fast ruhig im Raum. Ich zeige es Ihnen, Sir.“

Auf einem Bildschirm der Raumortung wurde ein kontinentgroßer Planetoid von unregelmäßiger Form sichtbar.

„Das ist er“, sagte Konitzki. „Sehen Sie sich ihn genau an, Sir.“

Die seltsame Betonung, mit der Konitzki sprach, ließ Rhodan aufhorchen. Gleich darauf erkannte er, warum Konitzki das Ortungsbild des Planetoiden in die Zentrale geleitet hatte.

Über dem Trümmerstück schwebte ein etwa 130 Meter durchmessendes fremdes Raumschiff. Seine Form ließ sich nicht eindeutig bestimmen. Es schien kugelförmig zu sein, besaß jedoch eine zerklüftet wirkende Oberfläche, die durch unzählige Ausbuchtungen und Aufbauten durchsetzt war.

Die Farbe des Schiffes – denn nur um ein solches konnte es sich handeln – war tiefschwarz.

Das war kein terranisches Schiff.

Inzwischen hatte die gesamte Zentralebesatzung es gesehen. Mit einer Handbewegung erstickte Rhodan die aufkommende Unruhe.

„Wir wissen nicht, wer diese Fremden sind“, sagte er. „Wir können jedoch annehmen, daß sie etwas mit dem Verschwinden der GOLDEN STAR zu tun haben. Roi Danton ist offensichtlich hierhergekommen, um Kontakt mit ihnen aufzunehmen.“

„Das ist fraglich“, protestierte Atlan. „Die FRANCIS DRAKE hat noch keine Notiz von diesem Schiff genommen. Im Augenblick sieht es so aus, als sei Danton nur hierhergekommen, um eine bestimmte Fracht von der LYDOLA zu übernehmen.“

„Wie lange willst du ihn noch verteidigen?“ entfuhr es Rhodan.

Poindexter begriff, daß das unverhoffte Auftauchen eines fremden Schiffes die Männer unsicher machte. Ihm selbst war beim Anblick des schwarzen Raumers ein Schauer über den Rücken gelaufen. Das Schiff war zwar wesentlich kleiner als die CREST IV, aber Poindexter wußte, daß die Größe für den Ausgang eines Kampfes nicht immer entscheidend war.

„Wir müssen uns absichern“, sagte Rhodan. „Ich möchte mit der CREST nicht in eine Falle geraten.“

„Es wird am besten sein, wenn wir einen Funkspruch an Danton richten und ihn um eine Erklärung bitten“, schlug Atlan vor.

Rhodan lachte hart. „Bitten? Wenn ich noch einmal mit ihm spreche, dann werde ich *fordern*! Doch das wird mit Nachdruck geschehen. Major Hohle!“

„Ja, Sir!“ Der Eskimo kam herbeigestürzt. Er schien zu spüren, daß Rhodan ungeduldig war.

„Schicken Sie eine Korvette Ihrer Flottille los. Sie soll sich zwanzig Lichtjahre von hier entfernen und eine Hyperfunknachricht an das Gros der Flotte abstrahlen. General Ems Kastori mit seinem Zweiundachtzigsten GSV soll sofort in Richtung Modula-System aufbrechen.“

„Jawohl, Sir!“ Hohle stürzte davon. Für Poindexter stand fest, daß der Flottillenchef persönlich an Bord einer Korvette gehen würde, um den Auftrag auszuführen.

„Kastori“, Atlan dehnte den Namen. „Was soll er mit seinen hundert Schiffen im Modula-System?“

„Die GOLDEN STAR ist verschwunden“, sagte Rhodan. „Ich möchte nicht, daß die CREST IV das gleiche Schicksal erleidet oder in irgendwelche Schwierigkeiten kommt.“

Er wandte sich an Oberstleutnant Ische Moghu.

„Sie sorgen dafür, daß die Anflugzeit Kastoris genau berechnet wird“, befahl er. „Ein paar Minuten, bevor der General mit seinen Schiffen auftaucht, beginnen wir zu handeln. Hoffentlich kommt uns niemand zuvor!“

Rhodan wartete die Antwort des Ersten Offiziers nicht ab. Er beugte sich über ein Mikrophon des Interkoms und rief den Leiter der Feuerleitzentrale.

„Hören Sie zu, Waydenbrak! Wenige Minuten vor dem Auftauchen Kastoris fliegen wir einen Angriff gegen die beiden Freihändlerschiffe."

„Sir . . .", begann Waydenbrak mit unsicherer Stimme.

„Keine Einwände!" sagte Rhodan.

„Entschuldigen Sie, Sir!" Diesmal klang die Stimme des Majors beherrscht.

„Sorgen Sie dafür, daß sämtliche Transformkanonen feuerklar sind", fuhr Rhodan fort. „Sobald eines der Freihändlerschiffe nur einen Geschützturm ausfährt, eröffnen Sie das Feuer."

Waydenbrak bestätigte den Befehl.

Poindexter saß wie gelähmt in seinem Sessel. Er hatte nicht erwartet, daß sich die Lage so schnell zuspitzen könnte. Perry Rhodan war offenbar entschlossen, endgültig zu klären, welche Rolle Roi Danton spielte.

Die Minuten verstrichen. Weder die FRANCIS DRAKE noch die LYDOLA änderten ihre Positionen. Auch das unbekannte Schiff schwebte nach wie vor über dem großen Bruchstück des dritten Planeten.

Die CREST IV stand im Ortungsschutz der Sonne Modula. Ihr HÜ-Schirm lief auf Höchstleistung.

Poindexter schreckte hoch, als nach längerer Zeit Oberst Akrans Stimme aufklang.

„Ems Kastori muß in wenigen Minuten eintreffen, Sir."

Rhodan zeigte keine Gefühlsbewegung. Mit knappen Worten gab er seine Befehle. Diesmal widersprach Atlan nicht. Eine Minute später raste die CREST IV aus ihrer Kreisbahn und näherte sich mit aktiviertem HÜ-Schirm den beiden Freifahrern. Die schußbereiten Transformkanonen zeigten drohend in Richtung der FRANCIS DRAKE und der LYDOLA.

Alles funktionierte so gut, als hätten es die terranischen Schiffe vorher mehrmals geprobt.

Als die CREST IV unmittelbar vor den beiden Händlerschiffen ihre Fahrt stoppte, tauchten die hundert Schiffe des 82. GSV aus dem Linearraum auf. Kastoris Spezialbesatzungen brauchten keine besonderen Befehle. Blitzschnell kreisten die Kugelschiffe das gesamte Gebiet ein. Die LYDOLA und die FRANCIS DRAKE sahen sich innerhalb von Minuten umringt. Auch der Planetoid, in dessen Nähe sich das geheimnisvolle schwarze Schiff aufhielt, wurde von Kastoris Schiffen umzingelt.

Auf Rhodans Gesicht erschien ein zufriedenes Lächeln. Mit dieser Aktion hatte Roi Danton bestimmt nicht gerechnet.

„Man muß es den Terranern lassen", sagte Atlan widerstrebend. „Sie sind schnell, wenn es darauf ankommt."

Rhodan ließ eine Funkverbindung zur FRANCIS DRAKE herstellen. Augenblicklich erschien Dantons Gesicht auf dem Bildschirm. Er hatte offensichtlich nur darauf gewartet, daß er angerufen wurde.

„Oh! Grandseigneur!" stieß er hervor. „Was veranlaßt Sie zu diesem gewagten Manöver in unmittelbarer Nähe unserer Schiffe?"

„Das werden Sie jetzt hören", sagte Rhodan barsch.

„Sie scheinen schlechter Laune zu sein, Grandseigneur. Ich bin untröstlich, wenn ich der Grund für Ihre derzeitige Verfassung . . ."

„Genug geschwatzt!" unterbrach ihn Rhodan. „Ich stelle Ihnen ein Ultimatum, Danton. Sobald die FRANCIS DRAKE oder die LYDOLA Fahrt aufnehmen oder einen Geschützturm ausfahren, lasse ich das Feuer eröffnen. Sie können sich ausrechnen, wie oft Ihre beiden Schiffe aus dieser Entfernung getroffen werden."

Dantons Gesichtsausdruck veränderte sich.

„Ich bin mir der Lage bewußt, in der wir uns im Augenblick befinden", sagte er ernst.

„Gut", sagte Rhodan. „Ich verlange eine bedingungslose Kapitulation. Erwarten Sie unsere Enterkommandos an Bord Ihrer Schiffe. Ich werde eine gründliche Durchsuchung durchführen lassen."

„Wie Sie wollen, Grandseigneur."

Rhodan ersparte sich weitere Worte. Er brach die Verbindung ab und teilte zwei Kommandos ein. Rhodan, Gucky, Fellmer Lloyd, Atlan und Melbar Kasom übernahmen die Führung. Roscoe Poindexter erhielt den Befehl, sich ebenfalls an diesem Unternehmen zu beteiligen.

Fürst Gris Eschka erwartete das Enterkommando im Gang hinter der Schleuse. Rhodan, Lloyd und Roscoe Poindexter waren zusammen mit dreißig bewaffneten Männern an Bord der LYDOLA gekommen. Atlan, Melbar Kasom und Gucky führten eine gleich starke Gruppe an Bord der FRANCIS DRAKE.

„Ich protestiere mit aller Entschiedenheit!“ polterte Eschka los, als Rhodan vor ihm stehenblieb und den Helm des Raumanzugs abnahm. „Wie können Sie es wagen, einen Fürsten so zu behandeln?“

Rhodan richtete den Lauf eines Kombistrahlers auf den Freihändler und schaltete die Waffe auf Paralysewirkung.

„Meine Begleiter werden jetzt die LYDOLA untersuchen“, sagte er.

Gris Eschka wich zurück. Er spürte die Entschlossenheit des Terraners. Trotzdem machte er einen erneuten Versuch, eine Durchsuchung des Schiffes zu verhindern.

„Ich gebe Ihnen mein Ehrenwort als Fürst, daß unsere Ladung vollkommen harmlos ist“, sagte er zu Rhodan.

„Da Sie sich Ihren Fürstentitel selbst zugelegt haben, werden Sie auch nicht zögern, mich zu belügen“, sagte Rhodan sachlich. „Vorwärts, Männer! Durchsucht das Schiff, Lloyd, Sie und Poindexter bleiben bei mir. Wir begeben uns in die Zentrale.“

Zähneknirschend mußte Gris Eschka zur Seite treten. Vielleicht wäre es ihm gelungen, die an Bord gekommenen Terraner zu überwältigen, doch die im Modula-System aufgetauchten terranischen Schiffe hätten einen solchen Erfolg mehr als fragwürdig erscheinen lassen.

„Er versteht es ausgezeichnet, seine Gedanken zu verbergen“, sagte Fellmer Lloyd zu Rhodan. „Trotzdem glaube ich, daß er die Wahrheit gesprochen hat.“

„Wir werden sehen“, antwortete Rhodan ausweichend.

Vor der Zentrale der LYDOLA blieb Rhodan stehen.

„Sie warten hier“, sagte er zu Poindexter. „Achten Sie darauf, daß uns niemand stört.“

Gris Eschka, der den drei Männern gefolgt war, bekam einen roten Kopf.

„Sie wollen mich doch nicht etwa daran hindern, die Zentrale meines eigenen Schiffes zu betreten?“ fragte er ungläubig.

„Sie bleiben hier!“ entschied Rhodan nachdrücklich. „Meinetwegen können Sie inzwischen die Flöhe zählen, die in Ihrer heruntergekommenen Uniform hausen."

Eschka schnaubte empört und warf wütende Blicke um sich. Poindexter straffte sich. Er zog den Strahler aus dem Gürtel und richtete ihn auf den Fürsten.

„Sie bleiben hier", sagte er, während Rhodan und Lloyd die Zentrale betraten.

Er fragte sich, ob seine Stimme entschieden genug geklungen hatte.

Zu seiner Erleichterung machte der Fürst keine Anstalten, den beiden Terranern zu folgen.

„Verhöhnt und erniedrigt!" knurrte Eschka wütend.

Der Freihändler blieb stehen und machte eine tiefe Verbeugung.

„Es ist mir nicht gestattet, hier weiterzugehen", sagte er. „Die Kabinenflucht gehört dem König."

Atlan blickte den untersetzten Mann, der Kasom und ihn hierhergeführt hatte, stirnrunzelnd an. Der Terraner erwiderte seinen Blick ruhig. Trotzdem hatte Atlan das Gefühl, daß es in den Augen des Raumfahrers funkelte.

„Welche Kabine benutzt Roi Danton?" fragte Melbar Kasom.

Kasom kannte die wahre Identität Dantons, deshalb nahm er mit einer gewissen inneren Belustigung an dieser Aktion gegen den Freihändler teil.

„Ich nehme an, er wird sich jetzt in seinem Ruheraum aufhalten", sagte der Händler. „Er hat strikte Anweisung gegeben, daß er während der Durchsuchung der FRANCIS DRAKE nicht gestört werden möchte."

„Das gilt nicht für uns", sagte Atlan und ging weiter.

Die Schritte der beiden Männer wurden von einem kostbaren Teppich gedämpft.

Atlan blieb vor einer Kabinentür stehen.

„Versuchen wir es hier", schlug er vor.

Kasom trat einen Schritt vor.

„Soll ich anklopfen?" erkundigte er sich.

„Wir haben dieses Schiff im Auftrag des Großadministrators besetzt", erinnerte Atlan. „Halten Sie es für angebracht, daß wir anklopfen?"

Der USO-Spezialist verzog sein breites Gesicht zu einem Grinsen.

„Keineswegs, Lordadmiral“, sagte er.

Er stieß die Tür mit einem Ruck auf. Atlan trat in die luxuriös ausgestattete Kabine. Danton lag voll angekleidet auf einer Art Ruhebett. Sein Kavaliersdegen hing über einem winzigen Sessel. Dort lagen auch die beiden Perkussionspistolen, die Danton zu tragen pflegte.

Danton wandte den beiden Männern den Rücken zu. Sein Kopf war auf eine Hand gestützt. Es war eine äußerst unbequeme Haltung, aber sie schien dem Freihändler nichts auszumachen.

Atlan umrundete das Ruhebett. Mit einem Zeichen veranlaßte er Melbar Kasom, die Kabinentür zu schließen.

„Wollen Sie die Güte haben, sich von Ihrem Lager zu erheben“, sagte Atlan.

Danton verzog gelangweilt das Gesicht.

„Wenn Sie möchten, daß ich Sie und Ihren Begleiter zur Kenntnis nehme, müssen Sie sich der gewiß geringen Mühe unterziehen und an die Tür klopfen. Sollte Ihnen diese Arbeit zuviel sein, steht Ihnen mein Leibwächter Oro Masut zur Verfügung. Er hält sich im Nebenraum auf und wird Sie gern bei mir anmelden.“

„Wir haben nicht viel Zeit“, sagte Atlan. „Wenn Perry Rhodan mit der Untersuchung der LYDOLA fertig ist, wird er an Bord der FRANCIS DRAKE kommen. Er wird schärfer vorgehen als ich.“

„Schlechtes Benehmen läßt sich nicht dadurch entschuldigen, daß es Menschen gibt, die sich noch schlechter benehmen“, sagte Danton weise.

„Heben Sie ihn auf, Kasom!“ befahl Atlan.

Der USO-Spezialist näherte sich dem Bett. Bevor er Danton jedoch berühren konnte, sprang dieser mit einem Satz auf.

„Warum sind Sie überhaupt in diese Kabine gekommen, Sire?“ fragte er Atlan. „Glauben Sie, daß ich hier irgend etwas verstecken könnte?“

Atlan zog seinen Strahler und richtete ihn auf Roi Danton.

„Auf den Sessel dort!“ befahl er. „Beeilen Sie sich. Ich bin ungeduldig.“

Danton blickte bestürzt auf die Waffe. Was bewog den Arkoniden, ihn zu bedrohen?

Als Danton sich auf dem Sessel niedergelassen hatte, nickte Atlan dem Ertruser zu.

„Binden Sie ihn fest, Kasom!“ befahl er.

Obwohl Danton protestierte, wurde er schnell fachmännisch an den Sessel gefesselt.

Atlan überprüfte die Festigkeit der Fesseln.

„Das genügt“, sagte er.

„Was wollen Sie von mir?“ fragte Danton erregt.

„Ich möchte mich überzeugen“, erwiderte Atlan.

Mit einem Griff riß er dem Freihändler die Perücke vom Kopf.

„Die Maschine, Kasom!“ befahl er.

„Was soll das alles?“ jammerte Danton. „Wollen Sie mich foltern?“

„Nichts liegt mir ferner als das“, beruhigte Atlan den Freihändler. „Mein Begleiter wird Ihnen die Haare schneiden. Fangen Sie an, Kasom.“

Der USO-Spezialist begann, die langen Locken des Freihändlers auf die übliche Länge zu stutzen. Danton ergab sich schweigend in sein Schicksal. Zum Schluß holte Kasom eine Dose aus seiner Bereitschaftstasche und sprühte Dantons Haare ein.

„Rotblond“, murmelte Atlan. „Ausgezeichnet, Kasom.“

„Darf ich um eine Erklärung bitten?“ murmelte Danton verzagt. „Wollen Sie mich vor der Besatzung meines Schiffes lächerlich machen, meine Herren?“

„Wir müssen ihn noch waschen, Kasom“, sagte Atlan anstelle einer Antwort. „Der Puder entstellt das Gesicht zu sehr.“

„Gewiß, Sir“, sagte Kasom bereitwillig. Es blieb Danton nichts anderes übrig, als sich den Puder vom Gesicht wischen zu lassen.

„Sie können ihn jetzt losbinden, Kasom“, sagte Atlan ruhig. „Wenn er sich wieder bewegen kann, geben Sie ihm die Uniform.“

„Uniform?“ wiederholte Danton stockend. „Wollen Sie mir nicht endlich erklären, was Sie vorhaben?“

Atlan antwortete nicht. Kasom befreite den Freihändler von den Fesseln. Dann holte der Ertruser eine zusammengerollte Uniform aus seiner Bereitschaftstasche. Es war eine Kombination, wie sie von den Angehörigen der Flotte getragen wurde.

„Ziehen Sie das da an!“ ordnete Atlan an. „Natürlich erst, wenn Sie Ihre seltsame Kleidung abgelegt haben.“

Wieder drohte der Lauf des Strahlers. Danton blieb keine Wahl. Umständlich entledigte er sich seiner Kniehosen und seines rüschenbesetzten Hemdes. Atlan wartete geduldig, bis Danton fertig war.

„Nun müssen Sie noch sämtliche Allüren ablegen", sagte er. „Bewegen Sie sich wie ein normaler Mann. Vorwärts, Danton. Gehen Sie bis zur Tür und dann wieder zurück."

Danton kam der Aufforderung nach. Als er wieder vor Atlan stand, trafen sich seine Blicke mit denen des Arkoniden. Plötzlich holte Atlan aus und versetzte dem Freihändler eine schallende Ohrfeige.

„Michael Reginald Rhodan", sagte Atlan gelassen. „Das war dafür, daß du in Zukunft weißt, daß man einem alten Lehrmeister mehr Vertrauen entgegenzubringen hat."

Die Röte, die sich zuvor nur in der einen Gesichtshälfte von Rhodans Sohn gezeigt hatte, breitete sich jetzt über das gesamte Gesicht aus. Der junge Mann lächelte verlegen.

„Woher . . . woher weißt du . . . von meinem Geheimnis?" fragte er atemlos.

„Es war nur ein Verdacht", gab Atlan zu. „Doch jetzt, wo du deiner Maskerade und deines affektierten Gehabes entledigt bist, stellte ich mehr als nur diese gewisse Ähnlichkeit zwischen dir und Perry Rhodan fest. Die plastische Chirurgie, der du dich sicher unterzogen hast, hat gute Arbeit geleistet, so daß dich selbst jetzt kaum jemand erkennen würde. Warum ich dich dennoch durchschauen konnte, hat verschiedene Ursachen. Es war die Summe vieler Eindrücke, die mich mißtrauisch machten. Den letzten Anstoß lieferte Gucky. Verschiedene Bemerkungen des Mausbibers brachten mich auf die richtige Spur. Außerdem erschien es mir verdächtig, mit welcher Freundlichkeit er dich in jüngster Zeit behandelt. Das entspricht sonst nicht seiner Art."

„Mein Vater!" entfuhr es Michael Rhodan bestürzt. „Er wird jeden Augenblick an Bord der FRANCIS DRAKE kommen. Ich möchte nicht, daß er erfährt, wer König Danton in Wirklichkeit ist."

Atlan zögerte, dann nickte er zustimmend.

„Einverstanden. Auch Kasom wird schweigen."

„Selbstverständlich", dröhnte der Ertruser. „Ich weiß übrigens bereits seit einiger Zeit, wer Danton tatsächlich ist."

In knappen Worten schilderte er, was er vor etwa einem Monat, im November 2435, auf einem Stützpunktplaneten der Gurrads von Oro Masut erfahren hatte, als sich Rhodan mit hundert seiner Leute in der Gewalt der Gurrads befand und schließlich nach Boultat gebracht wurde.

Nachdem Atlan seine Verblüffung überwunden hatte, ging er zum Ruhebett, ergriff die Perücke und übergab sie dem Freifahrer.

„Du kannst deine Maske wieder anlegen", sagte er. „Es genügt mir, wenn ich weiß, daß du kein Verräter an der Menschheit bist."

Danton schlüpfte hastig aus der lindgrünen Uniform und tauschte sie gegen die gewohnten Kniehosen aus.

„Mein Vater glaubt das wohl?" fragte er.

Atlan zuckte mit den Schultern.

„Ich weiß nicht, was er glaubt", sagte er. „Aber jetzt, da ich weiß, wer du bist, wird mir so manche Reaktion deines Vaters verständlicher."

Die Durchsuchung des Freihändlerschiffes LYDOLA war abgeschlossen. Rhodan und seine Begleiter ließen einen hämisch grinsenden Fürsten zurück.

„Wahrscheinlich befindet sich die gesamte verdächtige Ladung bereits an Bord dieses Schiffes", sagte Perry Rhodan zu seinen Begleitern, als sie die FRANCIS DRAKE betraten.

Roscoe Poindexter, der sich an Rhodans Seite hielt, begann sich allmählich über die Hartnäckigkeit zu wundern, mit der Rhodan an seinem Glauben an Dantons Schuld festhielt.

Die Männer öffneten ihre Helme, nachdem sie die Schleusenkammer der FRANCIS DRAKE verlassen hatten. Einige Besatzungsmitglieder des Händlerschiffes kamen ihnen entgegen. An ihrer Spitze befand sich Rasto Hims.

„Wo halten sich die Angehörigen des Enterkommandos auf?" fragte Rhodan sofort.

„Die Männer halten eine kleine Versöhnungsfeier im Laderaum", erklärte Fürst Hims, dem es offenbar eine Freude war, Rhodan diese Eröffnung machen zu können. „Lordadmiral Atlan, Melbar Kasom und Gucky halten sich in den privaten Gemächern des Königs auf."

Rhodans Augen verengten sich. Er schob Hims zur Seite. Er winkte seinen Männern, daß sie ihm folgen sollten. In diesem Augenblick materialisierte Gucky unmittelbar vor Perry Rhodan.

„Wir haben herausgefunden, welche Ladung die FRANCIS DRAKE von der LYDOLA übernommen hat", piepste er. „Es sind zwanzig neue Halbraumspürer. Die Geräte sind für die stärksten Schiffe der Solaren Flotte bestimmt."

Roscoe Poindexter konnte sich nicht erinnern, den Großadministrator des Solaren Imperiums jemals so verblüfft gesehen zu haben.

„Der Mausbiber spricht die Wahrheit, Sir“, sagte Rasto Hims. „Es wird Ihnen nichts anderes übrigbleiben, als sich bei Roi Danton zu entschuldigen.“

Rhodan gewann seine Fassung schnell zurück.

„Mr. Hims“, sagte er lächelnd. „Roi Danton hat es sich selbst zuzuschreiben, wenn ich auf diese Weise gegen ihn vorgehen mußte. Und nun sorgen Sie dafür, daß diese sogenannte Versöhnungsfeier abgebrochen wird. Im System der Sonne Modula steht ein fremdes Raumschiff. Wir haben also Grund zu erhöhter Wachsamkeit.“

9.

In seinem schweren Kampfanzug und mit den Waffentaschen am Gürtel fühlte sich Roscoe Poindexter in der Zentrale der FRANCIS DRAKE völlig fehl am Platz. Die Blicke, die die Freihändler den Mitgliedern des Enterkommandos zuwarfen, waren dazu angetan, Poindexters Verlegenheit noch zu erhöhen. Die von Rhodan befohlene Aktion hatte sich als ein Schlag ins Wasser erwiesen. Roi Danton hatte weder Waffen noch andere verdächtige Güter übernommen. Die LYDOLA hatte zwanzig für die Solare Flotte bestimmte Halbraumspürer in die Große Magellansche Wolke gebracht.

Roi Danton kostete seinen moralischen Sieg aus. Rhodan gegenüber spielte er den überaus höflichen Gastgeber, ließ jedoch immer wieder durchblicken, daß er sich durch das Manöver terranischer Einheiten beleidigt fühlte.

Roscoe Poindexter wunderte sich darüber, mit welcher Gelassenheit Rhodan den deutlich hervorgebrachten Vorwürfen des Freihändlers zuhörte.

Perry Rhodan schien sich weitaus mehr für das fremde Raumschiff als für Dantons langatmige Reden zu interessieren.

„Es hat sich noch immer nicht gerührt“, sagte Rhodan zu seinen Begleitern. „Trotzdem bin ich davon überzeugt, daß man an Bord dieses Schiffes jede Bewegung von Kastoris Einheiten beobachtet.“

„Ich kann mir seine Anwesenheit nicht erklären", sagte Roi Danton. „Ich bedaure, daß Sie immer noch glauben, zwischen dem Schwarzen Schiff und uns Freihändlern bestünde irgendeine Verbindung."

„Sie haben das Schiff ignoriert", erinnerte Rhodan den jungen Mann, von dem er nicht wußte, daß es sein eigener Sohn war. „Bedeutet das nicht, daß Sie sich vor ihm sicher glauben?"

Danton spielte nervös an seiner Perücke herum. Poindexter hatte den Eindruck, als hätte dieser Mann eine panische Angst davor, daß seine künstliche Haarpracht verrutschen könnte.

„Sie irren sich, Grandseigneur", sagte der Freihändler. „Wir haben das unbekannte Schiff nicht ignoriert. Das fremde Schiff hat dem Auftauchen der LYDOLA und der FRANCIS DRAKE jedoch keine Bedeutung beigemessen. Es war bereits anwesend, als die Freihändlerschiffe im Modula-System auftauchten."

„Im Augenblick gibt es für die Fremden keinen Grund, irgend etwas zu unternehmen", meinte Atlan. „Sie sehen sich einer zahlenmäßigen Übermacht gegenüber."

Rhodan erhob sich und ging auf die Kontrollen zu.

„Gestatten Sie, daß ich die Funkanlage Ihres Schiffes benutze?" fragte er Roi Danton.

„Gewiß, Grandseigneur", sagte Danton mit einer höflichen Verbeugung. „Sie haben dieses Schiff schließlich erobert. Es kommt mir also nicht zu, Ihnen irgendeinen Wunsch abzuschlagen."

Rhodan ließ sich von den Funkern der FRANCIS DRAKE eine Normalfunkverbindung zur VESPASIAN herstellen. Die VESPASIAN war das Flaggschiff des 82. GSV.

Es dauerte nur wenige Sekunden, bis sich das Gesicht Ems Kastoris auf dem Bildschirm zeigte. Poindexter hatte schon viel von diesem General gehört, den man in der Solaren Flotte den ›Heiteren‹ nannte.

Rhodan kam sofort zur Sache.

„Haben Sie das fremde Schiff auf Ihren Ortungsbildschirmen?" fragte er schnell.

Kastori bejahte. Poindexter fragte sich, wie ein so harmlos aussehender Mann so erfolgreich sein konnte.

„Bilden Sie drei Keilformationen", ordnete Rhodan an. „Fliegen Sie einen Scheinangriff auf das unbekannte Raumschiff. Ich möchte sehen, wie es darauf reagiert."

Kastori bestätigte, und der Bildschirm verblaßte. Rhodan wandte seine Aufmerksamkeit wieder den Bildschirmen der Raumbeobachtung zu. Es war deutlich zu sehen, wie die Schiffe des 82. GSV sich neu formierten. Wenn die Besatzung des schwarzen Raumschiffs nicht gerade schlief, mußte sie die Bedeutung dieser Manöver erkennen.

Poindexter blickte gespannt auf die Bildschirme. Warum reagierte das mysteriöse Raumschiff nicht? War sich die Besatzung ihrer Überlegenheit so sicher – oder war sie nicht in der Lage, die Flucht zu ergreifen?

Ems Kastoris Schiffe hatten drei Keilformationen gebildet. Der mittlere Verband bildete die Spitze. Die VESPASIAN flog voran. Die Kanonen der Schiffe waren auf den Planetoiden gerichtet, über dem das fremde Schiff noch immer bewegungslos verharrte.

„Keine Reaktion!" stieß Rhodan erstaunt hervor. „Sie müssen doch sehen, daß Kastori einen Angriff fliegt."

Poindexter fragte sich, wer wohl diese Wesen waren, die Rhodan mit ›sie‹ bezeichnete.

„Funkspruch über Normalfunk!" rief einer von Dantons Funkern. „Ich glaube, er kommt von dem fremden Schiff."

„Würden Sie die Güte haben, den Anruf in die Zentrale zu legen?" fragte Danton gelassen.

Noch während Poindexter darüber nachgrübelte, wie die Besatzungsmitglieder des schwarzen Raumschiffs aussehen könnten, erschien auf dem Bildschirm des Normalfunks das Gesicht einer jungen Frau. Poindexter riß die Augen auf. Sein Kinn sank herab.

„Suzan!" hörte er Perry Rhodan rufen. „Um Himmels willen! Was hat das zu bedeuten?"

Poindexter begriff, daß die gutaussehende Frau Rhodans Tochter war. Seine Gedanken wirbelten durcheinander. Wie kam sie in die Große Magellansche Wolke, und – was noch rätselhafter war – wie kam sie an Bord dieses seltsamen Raumschiffs? Poindexter erinnerte sich, daß Rhodans Tochter mit dem Hyperphysiker Geoffry Abel Waringer verheiratet war.

„Willst du Kastori nicht befehlen, daß er seinen Angriff stoppt, Vater?" erkundigte sich Suzan mit liebenswürdigem Spott. „Oder willst du warten, bis der übereifrige General das Feuer auf deine Tochter und einige Freunde eröffnet?"

„Was geht an Bord dieses Schiffes vor?" brachte Rhodan hervor.

Seine Hände umklammerten die Verkleidung der Kontrollen. Man konnte sehen, daß das plötzliche Auftauchen seiner Tochter ihn überrascht, wenn nicht schockiert hatte.

„Ich brauche eine Verbindung zur VESPASIAN!" rief Rhodan. „Kastori muß sofort seine Schiffe zurückziehen."

Rhodan mußte den entsprechenden Befehl nicht mehr geben. Ems Kastori hatte offenbar über die Funkanlage seines Schiffes die Geschehnisse verfolgt. Die Einheiten des 82. GSV verlangsamten ihren Flug und drehten ab.

„So", sagte Rhodan aufatmend. „Jetzt möchte ich endlich ein paar vernünftige Erklärungen hören, Suzan."

Seine Tochter lächelte.

„Ich möchte mit Roi Danton sprechen", forderte sie. „Wie ich sehe, hältst du dich an Bord seines Schiffes auf."

„Ausgerechnet mit dem König!" entfuhr es Rhodan. „Was versprichst du dir davon?"

„Ich bin daran gewöhnt, von Damen umschwärmt zu werden", ließ sich Dantons Stimme vernehmen. „Stets zu Ihren Diensten, Madame!"

„Heutzutage muß man Lichtjahre zurücklegen, um einen echten Kavalier zu treffen", sagte Suzan seufzend. „Wie geht es Ihnen, Monsieur Danton?"

„Ausgezeichnet, Madame! Ich bin entzückt, daß Sie für mein Befinden Interesse zeigen. Ich will . . ."

„Genug!" fuhr Rhodan dazwischen. „Suzan, ich möchte jetzt endlich wissen, wie du hierherkommst?"

„Dazu ist es notwendig, daß du auf dem Planetoiden landest, über dem das Schiff unserer Freunde steht."

Rhodans Augenbrauen zogen sich zusammen. Er war mißtrauisch, und Poindexter konnte diese Gefühlsregung durchaus verstehen. Bisher hatte man noch keinen jener „Freunde" gesehen, von denen Suzan Waringer sprach. Vielleicht wartete eine Falle auf die Terraner.

„Soll ich allein kommen?" fragte Rhodan, nachdem er eine Weile nachgedacht hatte.

„Das ist gleichgültig", erwiderte die junge Frau. „Trotzdem würde ich dir empfehlen, nicht mit einer Armee hier anzurücken. Du kannst unsere Freunde damit zwar nicht erschrecken, aber es würde einen schlechten Eindruck machen."

Plötzlich wurde die Verbindung unterbrochen. Rhodans Gesicht blieb sorgenvoll. Er schien sich nur schwer zu einem Entschluß durchringen zu können.

„Vielleicht wurde sie dazu gezwungen, uns zu einer Landung aufzufordern", sagte er schließlich.

„Das bezweifle ich, Grandseigneur", sagte Roi Danton. „Sie machte einen gelösten und zuversichtlichen Eindruck."

Rhodan starrte ihn an.

„Würden Sie ohne Bedenken auf jenem Planetoiden landen?"

„Sofort, Grandseigneur."

„Was hältst du davon?" wandte sich Rhodan an Atlan.

Der Arkonide lächelte schwach. „Meine Meinung dürfte unbedeutend sein, denn es ist nur eine Frage der Zeit, bis du dich zur Landung entschließt."

Das kontinentgroße Bruchstück des dritten Planeten des Modula-Systems schwebte „unter" ihnen im Raum. Jener Teil der Oberfläche, auf den die sieben Männer hinabsanken, war eine riesige Eiswüste. Im schwachen Licht der weit entfernten Sonne sah die Landschaft wie eine im Mondschein liegende Zeltstadt aus. Fast alle Eisberge waren pyramidenförmig. Die untere, unsichtbare Seite des Planetoiden bestand aus schroffen Felsen. Dort war die Bruchstelle verlaufen, bevor sich das Trümmerstück vom Planeten gelöst hatte.

Roscoe Poindexter war froh, daß er am Schluß der Gruppe fliegen konnte. So fiel es nicht auf, daß er mit der Bedienung seines Rückstoßaggregates noch erhebliche Schwierigkeiten hatte. Die Fehler, die er machte, waren jedoch weniger auf Unkenntnis als auf seine große Nervosität zurückzuführen. Noch immer konnte er nicht begreifen, daß Perry Rhodan ihn dazu bestimmt hatte, an diesem Landungskommando teilzunehmen.

Vor Poindexter flogen Rhodan, Atlan, Roi Danton, Melbar Kasom, Oro Masut und der Mutant Fellmer Lloyd. Ihr Ziel war ein Plateau vor einem gewaltigen Eisberg. Dort war das fremde Raumschiff inzwischen gelandet.

Wenn Poindexter den Kopf wandte – und das tat er oft genug – konnte er die Schatten der CREST IV und der FRANCIS DRAKE sehen. Es war beruhigend, diese beiden Schiffe im Rücken zu haben, obwohl der Schutz, den sie bedeuteten, für das Landekommando mehr als zweifelhaft war. Bei einem Angriff auf das schwarze Raumschiff würden auch die sieben Männer in Gefahr geraten.

„Können Sie irgendwelche Gedankenimpulse wahrnehmen, Fellmer?“ kam Rhodans Stimme über den Helmfunk.

„Nur verschwommene Impulse, Sir“, erwiderte Lloyd. „Ich glaube, sie kommen von Ihrer Tochter.“

„Bereitet Ihnen der Schutzanzug große Schwierigkeiten, mein König?“ wurde Oro Masuts Stimme laut.

„Gewiß, mein Lieber“, erwiderte Roi Danton kläglich. „Aber ein wahrer Gentleman darf keine Mühe scheuen, um das Antlitz einer weiblichen Schönheit aus unmittelbarer Nähe bewundern zu können.“

„Pah!“ machte Rhodan. „Suzan wird ebenfalls einen Schutzanzug tragen, und Sie werden nicht viel von ihr zu sehen bekommen.“

„Meine Phantasie wird allein durch die Nähe dieses holden Wesens so inspiriert werden, daß es einer optischen Bestätigung der Schönheit dieser Tochter aus dem Volke nicht mehr bedarf“, sagte Danton mit Pathos.

Fellmer Lloyd kicherte leise. Nur Danton brachte es fertig, Suzan Waringer eine ›Tochter aus dem Volke‹ zu nennen.

Poindexter spürte, wie seine innere Spannung allmählich nachließ. Die Drohung, die bisher von dem fremden Raumschiff ausgegangen war, schien nicht mehr zu existieren.

„Dort unten steht jemand!“ rief Melbar Kasom.

„Es ist Suzan!“ sagte Fellmer Lloyd. „Ich kann ihre Gedankenimpulse jetzt deutlich wahrnehmen. Es ist mir jedoch unmöglich, ihre Gedanken im Zusammenhang zu erkennen.“

„Sie kann ihre Gedanken abschirmen“, erinnerte Rhodan. „Und jetzt macht sie offenbar von dieser Fähigkeit Gebrauch.“

„Sitzt mein Schutzanzug richtig, Oro?“ fragte Roi Danton besorgt. „Ich möchte vor den kritischen Augen der jungen Dame bestehen können.“

„Eure Uniform sitzt untadelig, Majestät“, erwiderte der Leibwächter.

„Tölpel!“ empörte sich Danton. „Die Uniform kann man nicht sehen. Der Sitz des Schutzanzugs ist entscheidend.“

„Sie sehen aus wie ein fliegendes Ochsenviertelchen, Majestät“, warf Melbar Kasom ein.

„Was?“ hauchte Danton fassungslos. „Hat Er das gehört, Oro?“

„Sehr wohl, Majestät", bekannte Oro Masut zerknirscht.

„Wenn Er nicht in der Lage ist, solche losen Reden einzudämmen, ist Er nicht länger würdig, *Uns* zu dienen."

Poindexter konnte sehen, wie Suzan Waringer ihnen zuwinkte. Gleich darauf landete Fellmer Lloyd ein paar Meter von Rhodans Tochter entfernt auf dem Eis. Die Begrüßung brachte Danton zum Verstummen.

Suzan trug einen Kampfanzug der plophosischen Flotte. Sie begrüßte die Männer ernst und zurückhaltend.

„Warum bist du hier, Suzan?" wollte Rhodan wissen. „Vor allem möchte ich jetzt erfahren, wer dich hierhergebracht hat."

Poindexter, der seine Blicke über die Umgebung gleiten ließ, entdeckte hinter dem schwarzen Raumschiff den Eingang einer Eishöhle. Er fühlte, wie er erschauerte. Ein sicheres Gefühl sagte ihm, daß sich dort jemand aufhielt. Während er noch überlegte, ob er Rhodan auf seine Entdeckung aufmerksam machen sollte, tauchte im Eingang der Höhle eine unheimliche Gestalt auf.

„Achtung, Sir!" schrie Poindexter. Seine Hand fiel auf den Kolben seines Strahlers.

Auch die anderen griffen nach ihren Waffen.

Das Wesen, das aus der Höhle kam, glich einem aufrecht gehenden Riesenbären. Es besaß jedoch kein Fell, sondern eine schwarze, lederartige Haut, die überall dort sichtbar wurde, wo der Anzug den Körper nicht bedeckte. Poindexter sah, daß der Unbekannte über zwei lange und zwei kurze Arme verfügte.

„Waffen weg!" befahl Rhodan. „Das ist ein Haluter."

Der Fremde ließ sich auf seine beiden kürzeren Arme nieder und kam mit rasender Geschwindigkeit auf die Gruppe zu. Dabei stieß er ein dröhnendes Gelächter aus.

Poindexter hielt noch immer seine Waffe fest. Er mußte sich zwingen, den Lauf zu senken, als der Haluter unmittelbar vor Rhodan stoppte und ihn mit einer blitzschnellen Bewegung auf die Arme nahm.

„Icho Tolot!" stieß Rhodan hervor. „Ausgerechnet hier sehen wir uns wieder."

Der Riese war so begeistert, daß Rhodan ihn erkannte, daß er ihn spielerisch ein paar Meter hochwarf und wieder auffing.

„Sie sollten mich wieder auf den Boden setzen, bevor Sie mir ein paar Knochen brechen", schlug Rhodan vor.

Tolot kam dem Wunsch nach. Rhodan wandte sich erleichtert an seine Tochter.

„Warum hast du mir nicht gleich gesagt, wer deine Freunde sind?“ fragte er vorwurfsvoll. „Du hättest mir unnötige Sorgen ersparen können.“

Suzan lachte leise.

„Tolot wollte dich unter allen Umständen überraschen. Darum hat er auch das Äußere seines Schiffes derart verändert, daß es nicht sofort erkannt werden konnte. Ich wollte ihm den Spaß nicht verderben.“

Das brüllende Gelächter des Haluters bewieß, daß Suzan die Wahrheit sprach. Tolot deutete auf sein Raumschiff und rief:

„Sehen Sie, Rhodanos!“

Rhodan blickte in die gezeigte Richtung und sah, daß mit dem schwarzen Raumer eine unheimliche Veränderung vorging.

Die zerklüftete Oberfläche mit den Ausbuchtungen und Aufbauten begann abzubröckeln. Darunter kam die glatte, kugelförmige Konstruktion zum Vorschein, die Rhodan nur zu bekannt war. Bereits vor mehr als 30 Jahren, als die Terraner erstmals Besuch von Tolot erhalten hatten, hatte er dieses Schiff zu Gesicht bekommen. Doch niemand hatte es damals betreten können. Tolot hatte es unter Verschluß gehalten und niemanden an Bord gelassen.

„Ein halutisches Kampfschiff“, sagte Rhodan, nachdem er die Überraschung überwunden hatte. „Ich nehme an, es ist dasselbe, mit dem Sie uns im Jahre 2400 besuchten, Tolotos.“

„Sie haben recht“, erwiderte der Haluter. „An Bord befindet sich ein weiteres Mitglied meines Volkes. Sein Name ist Fancan Teik, und er ist ebenfalls ein Freund der Menschheit. Er beobachtet zur Zeit die Kontrollen.“

Rhodan verstand diesen indirekten Hinweis. Die Haluter rechneten offenbar mit dem Auftauchen irgendwelcher Feinde. Wenn die Haluter so vorsichtig waren, dann mußte es sich bei den Unbekannten um Gegner handeln, die zumindest ebenbürtig waren.

„Dreißig Jahre sind eine lange Zeit“, sagte Rhodan nachdenklich. „Ich habe oft bedauert, daß Sie sich damals zurückgezogen haben.“

„Wir können uns noch ausführlich darüber unterhalten“, meinte Tolot. „Zunächst schlage ich jedoch vor, daß Sie den terranischen Raumschiffkommandanten den Befehl geben, einen Abwehrring um das Modula-System zu bilden.“

Rhodan runzelte die Stirn. Dieser Hinweis war schon deutlicher. Rhodan benutzte sein tragbares Funkgerät, um eine Nachricht an die VESPASIAN abzustrahlen. General Ems Kastori erhielt den Befehl, sich mit seinen Einheiten zurückzuziehen und das Modula-System abzusichern.

„Wie haben Sie Verbindung zu meiner Tochter aufgenommen?" wandte sich Rhodan dann wieder an den Haluter.

Tolot lachte laut, daß Poindexter befürchtete, der Empfänger seines Helmfunkgeräts könnte zerspringen.

„Sie hat sich mit uns in Verbindung gesetzt", erklärte Tolot. „Ihre Mutter hat ihr von dem Notruf erzählt, den wir miteinander ausgemacht haben."

Rhodan brauchte keine weiteren Erklärungen, um die Zusammenhänge zu verstehen. Mory Rhodan-Abro hatte ebenfalls die Ergebnisse des biopositronischen Gehirns NATHAN erhalten. Die Unterlagen waren an Geoffry Abel Waringer und dessen Frau Suzan weitergegangen. Die drohende Gefahr einer Invasion hatte Suzan veranlaßt, die Haluter um Hilfe zu bitten.

Icho Tolot und Fancan Teik waren dem Notruf gefolgt und hatten Rhodans Tochter mit in die Große Magellansche Wolke gebracht.

Nur eines verstand Rhodan nicht: Warum hatten Tolot und Teik so schnell reagiert?

Tolots nächste Worte bewiesen ihm, daß das Eingreifen der Haluter nicht nur auf den Notruf Suzans zurückzuführen war.

„Fancan Teik beschäftigt sich mit der Vergangenheit unseres Volkes", sagte der Riese. „Er möchte herausfinden, warum es sich nach dem Sieg über die Lemurer zurückgezogen und alle Eroberungsfeldzüge aufgegeben hat. Erst vor wenigen Jahren fand Teik in uralten Unterlagen Hinweise, die darauf hindeuten, daß unser Volk nicht auf Haluta entstanden ist, sondern daß sich seine Ursprungswelt woanders befinden dürfte. Seitdem sind er und ich auf der Suche nach dieser Ursprungswelt. Dort hoffen wir Hinweise zu finden, warum aus den wilden halutischen Eroberern friedfertige Wesen wurden, die nur noch ab und zu ihrer Abenteuerlust nachgeben und zu einer sogenannten Drangwäsche aufbrechen. Die Spur führt uns jedesmal in die Große Magellansche Wolke."

„Dann wissen Sie auch vom Vorhandensein der Hypnokristalle."

„Fancan Teik war bisher zweimal in der Großen Magellanschen Wolke", antwortete Tolot. „Wir wissen über alles Bescheid, was sich hier abgespielt hat. Wir kennen auch den Grund für die fast vollständige Ausrottung der Gurrads, und wir sind im Besitz der Positionsdaten der Welt, auf der sie sich entwickelt haben."

Rhodan biß sich auf die Unterlippe. Wenn sich die Haluter so intensiv um die Geschehnisse in der Großen Magellanschen Wolke kümmerten, dann konnten die Perlians und die Kristalle also tatsächlich nicht die einzige Gefahr sein, die den raumfahrenden Völkern mehrerer Galaxien drohte. Über die Möglichkeiten der Drittkonditionierten hätten die Haluter nur mitleidig gelächelt.

„Wenn nicht alles täuscht", fuhr Icho Tolot fort, „ist die Große Magellansche Wolke Sitz einer mysteriösen Macht, die jeden angreift, der Experimente mit der Zeit durchführt."

Rhodan fühlte, wie er bei diesen Worten erschauerte. Tolot sagte genau das, was NATHAN in seinen Berechnungen andeutete.

„Die Perlians sind zweifellos nur von geringer Bedeutung", meinte Icho Tolot. „Da sie jetzt verschwunden sind, können wir annehmen, daß ein viel mächtigerer Gegner den Kampf fortsetzt: die Zeitpolizei!"

Zeitpolizei! Tolot hatte dieses Wort mit Bestimmtheit ausgesprochen. Er schien nicht zu bezweifeln, daß eine solche Polizeimacht existierte. Die Terraner, die nur unfreiwillig an einer Zeitverschiebung teilgenommen hatten, sollten nun dafür bestraft werden.

„Vielleicht wundern Sie sich darüber, daß wir ausgerechnet im Modula-System aufgetaucht sind", sagte Tolot. „Der von den Perlians zerstörte dritte Planet Modulas hat unser Interesse geweckt. Hier kam zweifellos eine Waffe zum Einsatz, die auf der Basis fünfdimensionaler Schockenergien arbeitet. Die Waffe funktioniert nach dem Prinzip intermittierender Abstoßfelder. Exakt gesteuerte und eng gebündelte Hyperfelder erzeugen beim Auftreffen auf das Ziel eine ungeheuere Wirkung und zertrümmern jedes bekannte Material. Diese Waffe wird von uns Intervallkanone genannt."

Rhodan erinnerte sich an die Gefechte mit den Perlians, die diese unheimliche Waffe gegen die Terraner eingesetzt hatten. Jetzt wußte er, um welche Art von Waffen es sich gehandelt hatte.

„Unsere Nachforschungen besitzen noch große Lücken", setzte Tolot fort und kam wieder auf die Geschichte seines Volkes zurück. „Vieles aus unserer Vergangenheit ist uns noch ein Rätsel. Wir sind daher vorerst noch auf Vermutungen angewiesen, die wir aufgrund der bisher vorgefundenen Unterlagen angestellt haben. Die Essenz dieser Vermutung ist, daß Angehörige unserer Urahnen vor etwa 70 000 Jahren aus der Großen Magellanschen Wolke in die Milchstraße kamen. Damals wurden hundert Haluter auf Grund ihrer Verstöße gegen bestehende Gesetze verjagt und verbannt. In den uralten Unterlagen findet sich immer wieder ein Satz, der sich auf die hundert verbannten Haluter bezieht. Sinngemäß lautet er: *Verbannt auf ewig aus dem Reich der Ersten Schwingungsmacht.*"

„Was hat das zu bedeuten?" erkundigte sich Perry Rhodan.

„Das wissen wir nicht", bekannte Tolot.

„Wenn es diese Zeitpolizei gibt, dann muß es auch möglich sein, mit ihr Kontakt aufzunehmen", sagte Rhodan. „Wir müssen den Unbekannten klarmachen, daß die Terraner nichts mit den Zeitexperimenten der Meister der Insel zu tun haben."

„Warum wurden die MdI niemals für ihre Vergehen bestraft?" wunderte sich Atlan. „Sie unternahmen doch damals Zeitreisen größeren Ausmaßes."

Der Einwand des Arkoniden war berechtigt. Entweder waren die MdI mit der Zeitpolizei befreundet gewesen, oder sie hatten eine Möglichkeit gefunden, ihre Zeitexperimente geheimzuhalten.

Rhodans Gedanken beschäftigten sich wieder mit den Halutern. Icho Tolot und Fancan Teik waren also Nachkommen jener damals in die Galaxis verjagten Giganten. Vor siebzigtausend Jahren hatte diese kleine Gruppe sich in einer fremden Umgebung eine neue Heimat schaffen müssen. Zwanzigtausend Jahre später hatte sich diese Splittergruppe zu einer Macht entwickelt, die stark genug war, um die humanoiden Völker der Milchstraße zu bekriegen. Dabei wurden die Lemurer fast vollständig ausgerottet. Danach zogen sich die Haluter zurück, um friedfertig ihren Beschäftigungen nachzugehen. Das hatte sich bis heute nicht geändert.

Rhodan ahnte, daß die geheimnisvolle Zeitpolizei auch etwas mit dem plötzlichen Rückzug der Haluter zu tun hatte.

„Ich habe keine Beweise, ob und in welcher Form die Zeitpolizei schon gegen mein Volk vorgegangen ist", sagte Tolot, als hätte er Rhodans Gedanken erraten. „Es wäre jedoch möglich, daß die Nachfolger jener hundert Verbannten für irgendwelche Experimente bestraft wurden."

Rhodan nickte bedächtig. Es war erstaunlich, in welchem Maße die Entwicklungsgeschichte der raumfahrenden Völker Berührungspunkte aufwies. Zu einer Zeit, da die Menschen auf der Erde noch in

Höhlen gehaust hatten, waren bereits Völker aufeinandergeprallt, deren Nachkommen noch heute für die Machtkonstellation im bekannten Universum verantwortlich waren. Immer wieder wurden Zusammenhänge erkennbar, die die kühnsten Wissenschaftler nicht vorherzusagen gewagt hätten. Auf irgendeine Weise schienen fast alle raumfahrenden Völker verbunden zu sein – auch dann, wenn sie einander bekämpften.

„Ich möchte Ihnen noch etwas zeigen", sagte Tolot. „Folgen Sie mir bitte zu der Eishöhle, in der ich auf Sie gewartet habe."

Wenige Augenblicke später standen die sieben Männer zusammen mit Icho Tolot und Suzan Waringer vor den Überresten eines künstlich geschaffenen Hohlraums. Mit ihren Helmscheinwerfern leuchteten sie die hohen Wände ab.

„Hier hat sich jemand aufgehalten", sagte Icho Tolot. „Teik und ich haben noch keine Erklärung dafür gefunden. Es gibt einen kleineren Raum mit mehreren zerstörten Maschinen. Daneben muß ein weitaus größerer Raum existiert haben. Leider wurde bei der Zerstörung fast alles vernichtet, was uns irgendwelche Hinweise liefern könnte."

„Wir haben den dritten Planeten nie beachtet", gab Rhodan zu. „Als eine kurze Untersuchung zeigte, daß es sich um eine Eiswelt handelt, kümmerten wir uns nicht mehr darum."

„Bis vor kurzem hat sich hier jemand aufgehalten", sagte Icho Tolot. „Der Unbekannte muß vor ungefähr acht Tagen terranischer Zeitrechnung mit einem Flugkörper aufgebrochen sein."

„Was hat das alles zu bedeuten?" entfuhr es Atlan.

„Wahrscheinlich erhalten wir schneller eine Antwort als uns lieb ist", antwortete Icho Tolot.

„Wir müssen sofort einige Maßnahmen treffen", sagte Perry Rhodan.

„Ich möchte Ihnen einen Rat geben", sagte Tolot. „Greifen Sie OLD MAN an, und vernichten Sie ihn, bevor er gegen das Solare Imperium eingesetzt wird. Sobald dies geschehen ist, müssen Sie sich mit allen Schiffen aus der Großen Magellanschen Wolke zurückziehen. Nur so können Sie das Solare Imperium vielleicht schützen."

Die Männer schwiegen. Die Vernichtung OLD MANS würde Hunderte von Schiffen kosten.

Rhodan wußte jedoch, daß Tolot diesen Vorschlag nicht grundlos gemacht hatte. Die Haluter fürchteten die Zeitpolizei.

„Wir dürfen nicht länger warten", sagte Rhodan. „Wir müssen sofort an Bord der CREST IV zurückkehren."

Gleich darauf verließ die kleine Gruppe den Ruheraum Tro Khons, des Zweitkonditionierten, der die GOLDEN STAR überfallen hatte.

10.

In einer Welt, die nur aus Impulsen zu bestehen schien und die doch auf eine geheimnisvolle Weise sichtbar wurde, schwebte das Bewußtsein Camaron Oleks. Seltsamerweise vermißte Olek seinen Körper nicht; das Gefühl völliger Losgelöstheit, das ihn nun beherrschte, ließ ihn das Körperhafte verachten. Hinzu kam dieses Gefühl inniger Verbundenheit mit den anderen Exekutoren und dem Dolan. Olek wußte, daß er auf unerklärliche Weise in den Dolan eingebettet war. Er pulsierte als kontrollierte Energie durch die Zellen des seltsamen Retortenwesens.

Camaron Olek hatte längst erkannt, daß er als Mitglied des Symposiums eine ungleich lohnendere Aufgabe hatte als an Bord eines terranischen Schiffes, wo er nicht nur mit den Unzulänglichkeiten eines primitiven Körpers zu kämpfen hatte, sondern sich auch mit langweiligen Arbeiten herumquälen mußte. Nur ungern erinnerte sich Olek an die Zeit, die er an Bord der GOLDEN STAR zugebracht hatte.

Olek ließ die Tatsache, daß der Dolan terranische Schiffe angreifen wollte, nicht an die Oberfläche seines Bewußtseins dringen. Er war als Mitglied des Symposiums glücklich. Wirklich nur dunkel erinnerte er sich an seinen Körper, der starr und leblos in einem Raum innerhalb des Dolans lag.

Olek war stolz darauf, der Erste Exekutor innerhalb des Symposiums zu sein. Als Kosmonaut war er einer der wichtigsten Bewußtseinshüter Die Anerkennung der anderen Mitglieder des Symposiums berauschte ihn. Vor allem der Analytiker ließ keinen Zweifel daran, daß er Olek für ein kosmonautisches Genie hielt.

Obwohl Oleks Bewußtsein gespalten war, konnte er weitaus kompliziertere Überlegungen anstellen als früher. Der Körper, der ihn mit seinen Schmerzen und Bedürfnissen immer abgelenkt hatte, war offenbar bei allen Gedankengängen ein großes Hindernis gewesen. Von dieser Belastung befreit, konnten sich Oleks Fähigkeiten noch besser als früher entfalten.

Die Sterne, die Oleks Bewußtsein mit Hilfe von Exekutor Nr. 4 beobachtete, schienen nach einem genauen Plan innerhalb des Universums verteilt zu sein. Es bereitete Olek keine Schwierigkeiten, die günstigsten Kurse zwischen den Sonnen blitzschnell zu erkennen und mit Hilfe des Analytikers zu berechnen. Olek fühlte sich in der Lage, Kurse festzulegen, für die er früher einige Korrekturen benötigt hätte. Er traute sich zu, auch über größere Entfernungen hinweg einen genauen Kurs anzugeben, ohne daß der Flug unterbrochen und die Richtung korrigiert werden mußte.

Früher hatte man von ihm behauptet, daß er einen sechsten Sinn besaß, was die Koordinaten einzelner Sonnensysteme betraf. Dieses Talent hatte sich in den wenigen Tagen, die er sich nun im Dolan aufhielt, zu einer erstaunlichen Fähigkeit entwickelt. Keiner der Sterne, die er über Exekutor Nr. 4 beobachtete, erschien ihm fremd. Jede Sonne paßte in Oleks Schema. Er hatte ein sicheres Gespür für Verschiebungen und Fluchtbewegungen, ohne daß er exakte Daten der einzelnen Sonnensysteme besaß. Olek war über seine Begabung so begeistert, daß er sich als Teil einer alles umfassenden Bewegung fühlte. Er *mußte* in diese universelle Bewegung auf irgendeine geheimnisvolle Art eingebaut sein, anders war sein Verständnis für die Sterne nicht zu erklären.

Auch die anderen Mitglieder des Symposiums erreichten auf ihrem Gebiet erstaunliche Leistungen, aber keiner der Exekutoren war in seiner Art so genial wie Camaron Olek. Seit er dem Symposium angehörte, betrachtete Olek seine Degradierung zum Captain als Glücksfall. Nur diesem Umstand hatte er es zu verdanken, daß er an Bord der GOLDEN STAR gekommen war, die für ihn das Sprungbrett für dieses Leben bedeutet hatte. Was hätte Major Daveen Reis wohl gesagt, wenn er in der Lage gewesen wäre, den ehemaligen I.O. des Kurierschiffs jetzt zu beobachten?

Der gute Reis, dachte Olek. Er würde wahrscheinlich überhaupt nicht verstehen, was mit seinem Captain geschehen war.

Olek wußte noch nichts davon, daß die GOLDEN STAR vom Dolan vernichtet worden war. Tro Khon und die anderen sechs

Exekutoren hüteten sich weiterhin davor, ihr neues Mitglied darüber zu informieren, denn sie fürchteten immer noch, daß Olek die Wahrheit nicht verkraften und irrsinnig werden würde. Sie beließen ihn daher in seinem Glauben, daß die GOLDEN STAR noch existierte.

Außerdem waren die anderen Exekutoren bemüht, Oleks Bewußtsein abzulenken, wenn seine Gedanken sich mit der Vergangenheit beschäftigten.

So war es auch diesmal.

„Der Kurs stimmt noch immer", sendete Exekutor Nr. 2.

„Warum sollte er auch nicht stimmen?" fragte Olek. „Wir werden genau vor dem Modula-System herauskommen. Wenn Tro Khon gewollt hätte, würde ich den Dolan genau an der Stelle in den Normalraum zurückbringen, wo sich die Überreste des dritten Planeten befinden."

Olek kannte die Gründe, warum Tro Khon ins Modula-System zurückkehren wollte. Einmal wollte sich der Zweitkonditionierte davon überzeugen, ob alle Überreste seiner Eishöhle zerstört waren, dann brannte er auf ein Zusammentreffen mit den Zeitverbrechern.

Oleks gespaltenes Bewußtsein verarbeitete diese Erkenntnis ohne Schwierigkeiten, indem er alles ignorierte, was mit den Terranern zusammenhing. Die Sorge, mit der die anderen Exekutoren ihn beobachteten, entging ihm nicht. Er schrieb sie jedoch der Tatsache zu, daß er Neumitglied des Symposiums war. Oleks Schizophrenie ging so weit, daß er zur Erklärung verschiedener Ereignisse eine eigene Logik entwickelte, die nur vor seinem eigenen Bewußtsein bestehen konnte.

Mit Tro Khon setzte er sich selten in Verbindung. Er wußte, daß der Schwingungswächter sich oft mit Exekutor Nr. 7 über ihn unterhielt, aber auch das fand er völlig in Ordnung.

Camaron Olek hatte sich in dieser neuen und phantastischen Welt eingelebt und wollte sie um keinen Preis mehr verlassen.

Über eine Entfernung hinweg, die zu überblicken für terranische Ortungsgeräte nahezu unmöglich war, stellte Exekutor Nr. 4 das Vorhandensein fremder Schiffe im Modula-System fest. Der für Ortung, Funk und Verständigung verantwortliche Bewußtseinshüter informierte sofort den Schwingungswächter von seiner wichtigen Entdeckung.

Tro Khon kauerte im Spezialsessel der halborganischen Zentrale des Dolans. Obwohl er eine baldige Begegnung erwartete, traf ihn die Nachricht des Exekutors unvorbereitet. Er hatte mit der Anwesenheit von vielleicht drei oder vier terranischen Schiffen gerechnet, nach den Aussagen des Exekutors hielten sich jedoch mindestens hundert Einheiten innerhalb des Modula-Systems auf.

Was hatte die Zeitverbrecher zur Zusammenziehung einer derart großen Streitmacht veranlaßt? Hatten sie etwa sein Versteck entdeckt? Oder gab es andere Gründe?

Tro Khon benutzte das mit seinem Arm verwachsene Sendegerät, um mit dem Analytiker in Verbindung zu treten.

„Ich verlange eine gründliche Auswertung der von Exekutor Nummer Vier gemachten Entdeckung", befahl Tro Khon. „Ich möchte über alle in Frage kommenden Gründe für das Vorhandensein so vieler terranischer Schiffe informiert werden."

„Ich habe bereits mit den Berechnungen begonnen", teilte Exekutor Nr. 7 mit.

Exekutor Nr. 2 meldete sich.

„Sollen wir den Flug unterbrechen?" fragte er.

Tro Khon richtete sich auf. Einen solchen Vorschlag würde er niemals annehmen.

„Der Dolan fliegt weiter", bestimmte er. „Wir werden leicht mit der doppelten Anzahl terranischer Schiffe fertig."

Die Vorsicht, die er noch kurz nach seinem Erwachen an den Tag gelegt hatte, war inzwischen längst verschwunden. Er war sich seiner Macht bewußt, und diese Macht gab ihm die Gewißheit, nahezu unbesiegbar zu sein.

Das Symposium erhob keine weiteren Einwände. Tro Khon wußte, daß er im Augenblick nichts tun konnte. Der Dolan näherte sich mit rasender Geschwindigkeit dem Modula-System. Dort würde ein Zusammenstoß mit den terranischen Schiffen unvermeidlich sein. Der Schwingungswächter war davon überzeugt, daß sich der Gegner sofort zurückziehen würde, wenn er erkannte, wie gefährlich der nur hundert Meter durchmessende Dolan war.

Tro Khon verließ seinen Platz und wartete, bis Exekutor Nr. 3 eine Öffnung in der Zentralwand schuf.

Draußen auf dem Gang konnte sich der Zweitkonditionierte besser bewegen. Er wanderte ruhelos auf und ab. Der Symboflex-Partner in seinem Nacken spürte die Unruhe seines Wirtes und sandte beruhigende Impulse.

„Laß mich in Ruhe!" sagte Tro Khon ärgerlich.

Tro Khon wußte, daß die Zeitverbrecher nach einem ersten Angriff durch einen Dolan gewarnt sein würden. Sie hatten dann zwei verschiedene Möglichkeiten: Entweder sie zogen sich in ihre heimatliche Galaxis zurück, oder sie verstärkten ihr Flottenaufgebot innerhalb der Kleingalaxis. In beiden Fällen hatten sie keine Aussichten, den Kampf gegen die Zweitkonditionierten zu überstehen. Tro Khon hoffte, daß der Zeitpunkt nahe war, da auch die anderen Schwingungswächter eingreifen würden, obwohl er sich auch als Einzelgänger stark genug fühlte, um für Unruhe und Panik im gegnerischen Lager zu sorgen.

Tro Khon betätigte wieder sein kleines Sendegerät.

„Wie weit sind die Auswertungen?“ fragte er Exekutor Nr. 7. „Ich möchte endlich wissen, warum die Terraner Schiffe im Modula-System zusammenziehen.“

Er gestand sich ein, daß er sich Sorgen um seine ehemalige Unterkunft machte. Es war nicht unmöglich, daß die Terraner die Eishöhle auf einem der Planetoiden entdeckt hatten. Die schwächlich aussehenden Wesen aus der großen Galaxis waren nicht dumm, sie konnten sich leicht ausrechnen, daß sich bis vor kurzem jemand innerhalb dieser Höhle aufgehalten hatte. Diese Tatsache und das plötzliche Verschwinden aller Perlians würde die Terraner schnell erkennen lassen, daß ihnen eine Auseinandersetzung mit einem gefährlicheren Gegner bevorstand, als es die Drittkonditionierten waren.

„Vermutlich sind die Terraner ins Modula-System gekommen, um nach dem Schiff zu suchen, auf dem Camaron Olek arbeitete“, antwortete Exekutor Nr. 7 zögernd.

„Der Wahrscheinlichkeitsgrad ist sicher nicht hoch“, erriet Tro Khon. „Warum sollten unsere Gegner einen zahlenmäßig so starken Verband für eine Aufgabe schicken, die auch von wenigen Schiffen bewältigt werden kann?“

„Es ist unwahrscheinlich, daß sie wegen der Eishöhle gekommen sind“, antwortete Nr. 7. „Sie besitzen keine Geräte, um komplizierte fünfdimensionale Schwingungen registrieren zu können. Andere Impulse können von der Höhle nicht mehr ausgehen, sofern sie überhaupt noch existiert.“

„Auf jeden Fall muß diese Höhle vernichtet werden“, sagte Tro Khon.

Indem er diesen Befehl aussprach, gab er indirekt ein Versäumnis zu. Er hätte sich vor seinem Verschwinden aus dem Modula-System überzeugen sollen, ob er keine Spuren hinterlassen hatte. Das hätte ihm die jetzige Ungewißheit erspart.

„Da sich weder die Höhle noch die GOLDEN STAR als Grund für das Auftauchen des terranischen Verbandes im Modula-System aufdrängen, muß es eine andere Erklärung geben."

„Richtig", stimmte der Analytiker zu. „Wir besitzen jedoch zu wenig Daten, um das Rätsel zu lösen. Wir werden die Antwort erst dann finden, wenn wir in der Nähe des Modula-Systems in den Normalraum zurückkehren."

„Wahrscheinlich werden wir dann sofort in Kampfhandlungen verwickelt und haben keine Zeit, uns um andere Dinge zu kümmern", gab Tro Khon zu bedenken.

Exekutor Nr. 6, der Kontrolleur für die Waffen- und Abwehrsysteme, meldete sich.

„Ich bin bereit", teilte er Tro Khon mit. „Eventuelle Kämpfe werden nicht lange dauern."

Die CALIGULA war ein Leichter Kreuzer und gehörte zum 82. GSV. Das Schiff stand unter dem Kommando von Major Sol Matlock.

Als der Dolan im Normalraum auftauchte, hielt Matlock sich in seiner Kabine auf, so daß es Captain Cannonball Adderly vorbehalten blieb, das Retortenwesen zu entdecken. Die CALIGULA war das erste Schiff des 82. GSV, das den Dolan ortete.

Captain Cannonball Adderly starrte einen Augenblick wie betäubt auf den winzigen Punkt, der auf dem Bildschirm der Raumortung aufgetaucht war. Der Raumfahrer sah sofort, daß es sich nicht um ein Schiff des terranischen Verbandes handelte. Er warf einen Blick auf die Massetaster und zuckte zusammen.

Der Flugkörper, der ungefähr hundert Meter durchmaß, erzeugte den gleichen Ausschlag wie ein Ultraschlachtschiff der Galaxisklasse.

Jetzt begann Cannonball Adderly zu handeln. Er gab Alarm und ließ Major Matlock in die Zentrale rufen. Gleich darauf bekam er eine Normalfunkverbindung zur VESPASIAN.

„Was ist los, CALIGULA?" fragte Kastori schroff. „Warum geben Sie Alarm?"

Adderly rutschte unruhig auf seinem Sessel hin und her. Seine Blicke waren jedoch fest auf den Bildschirm gerichtet.

„Ortung, Sir!" sagte er. „Bitte nachprüfen. Ich gebe Ihnen die Koordinaten des betreffenden Sektors."

„Jetzt haben wir das Ding auch auf unseren Geräten", gab Kastori zurück. „Sparen Sie sich alle Erklärungen. Warten Sie Befehle ab. Achtung an alle Schiffe des Zweiundachtzigsten GSV. Höchste Alarmbereitschaft. Unbekannter Flugkörper nähert sich dem Modula-System. Warten Sie weitere Befehle ab."

Matlock, der in die Zentrale gestürzt kam, hörte die letzten Worte noch mit.

„Was, zum Teufel, ist nun schon wieder los?" fragte er und knöpfte seine Kombination zu. „Sollen wir wieder einen Angriff fliegen, der dann im letzten Augenblick vom Chef abgeblasen wird?"

„Keine Ahnung, Sir", gab Adderly zurück. Er war froh, daß Matlock an seiner Seite saß.

Die Blicke des Majors wanderten über die Ortungsanlagen hinweg.

„Was ist denn *das*?" entfuhr es ihm, als er den unbekannten Flugkörper entdeckte. „Haben Sie gesehen, was das Ding für eine Masse hat, Captain?"

„Ja, Sir", sagte Cannonball Adderly.

„Das gefällt mir nicht", sagte Sol Matlock. „Ich glaube, wir bekommen Schwierigkeiten."

Adderly lächelte ungläubig. Wie sollte das unbekannte Schiff dem hundert Einheiten starken Verband des Generals gefährlich werden? Außerdem standen noch die CREST IV, die FRANCIS DRAKE und die LYDOLA im Modula-System. Das war eine Streitmacht, mit der sich so schnell niemand einlassen würde.

„Warum tun wir nichts?" fragte einer der Offiziere an Matlocks Seite ungeduldig. „Das Ding kommt immer näher. Wollen wir abwarten, bis es mitten unter uns ist?"

„Nur ruhig, Pedwin", sagte Matlock. „Kastori weiß genau, was er will."

In diesem Augenblick, da Major Sol Matlock diese Worte sprach, wußte der General noch nicht, wie er sich verhalten sollte. Ein kurzes Funkgespräch mit Perry Rhodan hatte Kastoris Verdacht bestätigt, daß es sich bei dem unbekannten Flugkörper nicht um ein zweites halutisches Kampfschiff handelte. Rhodan hatte höchste Wachsamkeit befohlen. Die CREST IV und die beiden Freihändlerschiffe hatten sich mit höchsten Beschleunigungswerten aus der Nähe des Planetoiden entfernt, ohne die sieben Männer des Landungskommandos an Bord zu nehmen.

Rhodan war dem Drängen Icho Tolots gefolgt, der vorgeschlagen hatte, die Männer sollten an Bord des halutischen Schiffes gehen.

Doch davon wußte Kastori nichts. Er hatte von Rhodan den Befehl erhalten, einen Funkspruch abzusetzen, mit dem die Fremden aufgefordert wurden, ihre friedlichen Absichten unter Beweis zu stellen. Sollten die Unbekannten auf den Funkspruch nicht reagieren, hatte Kastori den ausdrücklichen Befehl, mit einigen Schiffen einen Angriff zu fliegen. Er sollte zunächst einige Warnschüsse abfeuern lassen, damit man die Reaktion der Fremden feststellen konnte.

Ems Kastori war kein Freund von halben Maßnahmen. Die Selbstsicherheit, mit der das nur hundert Meter durchmessende Schiff im Modula-System aufgetaucht war, ließ den General befürchten, daß man einem starken Gegner gegenüberstand.

Vor zwei Minuten hatte die VESPASIAN einen unmißverständlichen Funkspruch abgestrahlt. Bisher war jedoch keine Antwort erfolgt.

Kastori entschied, daß sie lange genug gewartet hatten. „Angriffsformation einnehmen!“ befahl er.

Das Manöver war schnell beendet. Der 82. GSV hatte sich in fünf Gruppen aufgelöst. Kastori beobachtete mit zusammengezogenen Augenbrauen die Bildschirme. Wenn die Fremden nicht dumm waren, zogen sie ihre Schlüsse aus den Bewegungen der terranischen Schiffe. Da der Funkspruch noch immer unbeantwortet blieb, rechnete Kastori mit einer raschen Flucht des mysteriösen Schiffes.

„Nur die erste Gruppe fliegt los!“ ordnete Kastori an. „Die anderen Schiffe greifen nur an, wenn es sich als nötig erweisen sollte.“

Er ließ sich im Sessel zurücksinken und behielt die Bildschirme im Auge. Plötzlich fühlte er sich von jener Teilnahmslosigkeit ergriffen, die ihn gewöhnlich immer dann befiel, wenn er sich auf das harte Brett in seiner Kabine zum Schlafen niederlegte. Er dachte an die Aufregung, die jetzt überall bei den Besatzungsmitgliedern herrschte, und zum unzähligstenmal überlegte er, wie wenig es ihm doch bedeutete, General zu sein. Es war seine Position, die die Zahl seiner möglichen Freunde begrenzte.

Die VESPASIAN gehörte der zweiten Gruppe an. Kastori sah, wie die ersten zwanzig Schiffe losflogen und sich dem unbekannten Raumschiff näherten. Vielleicht, dachte Kastori nicht ohne Selbstironie, war er deshalb ein so erfolgreicher Kommandant, weil er alle Geschehnisse mit einer gewissen Gelassenheit verfolgte, so daß seine Befehle niemals von irgendwelchen Gefühlen beeinflußt wurden.

In der Solaren Flotte nannte man ihn deshalb den ›Heiteren‹, weil er es verstand, mit einem kleinen Lächeln mehr Autorität zu verbreiten als andere mit strengen Befehlen.

„Die Schiffe sind bis auf Schußnähe an das fremde Schiff herangekommen, Sir!“ rief einer der Offiziere Kastori zu. „Wir haben noch immer keine Antwort auf unseren Funkspruch.“

Ich habe geglaubt, daß sie fliehen werden, dachte Kastori überrascht.

Er beugte sich dann über das Mikrophon.

„Geben Sie Warnschüsse ab!“ befahl er den Kommandanten der zwanzig vorausgeflogenen Schiffe.

Als er aufblickte, klaffte in der Nähe der zwanzig Schiffe ein riesiger Spalt im Weltraum. Jedenfalls sah es so aus. In einem Sektor von mehreren Meilen waren die Sterne verschwunden. Das schwarze Gebiet wurde von einem Rand wabernder Energie umrahmt. Ems Kastori hatte niemals zuvor etwas Ähnliches gesehen.

Von allen Schiffen kamen jetzt aufgeregte Funksprüche.

Vierzehn Schiffe der vorausfliegenden Gruppe verschwanden in dem seltsamen Gebilde, das sich wie ein gieriges Riesenmaul über den Opfern schloß. Die sechs verbliebenen Schiffe rasten in alle Richtungen davon.

„Sofort zurückziehen!“ hörte sich Kastori ins Mikrophon brüllen.

Er wunderte sich, daß er sein Entsetzen so schnell überwunden hatte.

Vielleicht war er auch gar nicht entsetzt, sondern nur gelähmt, weil dieses Ereignis sein Begriffsvermögen überstieg. Er hatte genau gesehen, wie die vierzehn Schiffe verschwunden waren. Er konnte sich vorstellen, daß die verantwortlichen Kommandanten ihre Schiffe mit aller verfügbaren Energie beschleunigt hatten, aber die Kraft der Triebwerke hatte der Anziehungskraft des Spaltes nicht widerstehen können.

„General!“ kam Rhodans Stimme aus dem Lautsprecher des Normalfunks.

„Ich kann Sie hören, Sir", sagte Kastori sofort. „Ich habe den Einheiten Rückzugsbefehl gegeben."

„Das war vernünftig", sagte Rhodan. Seine Stimme schien aus weiter Ferne zu kommen. Kastori hatte den Eindruck, daß Rhodan sehr schnell sprach, als wollte er die Sache bald hinter sich bringen.

„Haben Sie Befehle, Sir?" fragte Kastori.

„Im Augenblick nicht. Halten Sie Ihre Schiffe von dem unbekannten Flugkörper fern."

Kastori runzelte die Stirn. Glaubte Perry Rhodan etwa . . .? Kastori sprach seine Gedanken aus.

„Halten Sie es für möglich, daß dieses kleine Schiff für das Verschwinden der vierzehn Schiffe verantwortlich ist?"

„Das ist so gut wie sicher", erklärte Rhodan. „Es handelt sich um eine uns unbekannte Waffe. Icho Tolot weiß mehr darüber."

„Was ist mit den Schiffen geschehen?" erkundigte sich Kastori.

„Sie sind im Hyperraum verschwunden."

„Im Hyperraum?" Kastori sprach unwillkürlich leise, so daß die in der Zentrale der VESPASIAN anwesenden Offiziere ihn nicht hören konnten.

Rhodan antwortete nicht. Ein Knacken zeigte dem General, daß die Verbindung unterbrochen wurde. Kastori wandte seine Aufmerksamkeit wieder den Bildschirmen zu. Das unheimliche Schiff schien sich kaum zu bewegen. Inzwischen stand fest, daß es hundert Meter durchmaß und keine glatte Oberfläche besaß.

Dürftige Informationen, dachte Kastori zornig.

Er wußte nicht, woher seine plötzliche Gereiztheit kam; vielleicht ärgerte er sich darüber, daß sein Verband vierzehn Schiffe verloren hatte, ohne daß sie dazu gekommen waren, auch nur einen einzigen Schuß abzufeuern.

Kastori lauschte einen Augenblick auf das Gewirr von Stimmen, die aus dem Lautsprecher des Normalfunks kamen. Er verspürte keine Neigung, sich an der hektischen Diskussion der Kommandanten zu beteiligen. Unwillkürlich fielen seine Blicke auf die Borduhr. In spätestens zwei Minuten würden ihn die ersten Offiziere fragen, wann der 82. GSV zum Gegenschlag ausholen würde.

Der Schock, den das Verschwinden von vierzehn Schiffen ausgelöst hatte, war offenbar so groß, daß er Vergeltungsgedanken nur zögernd an die Oberfläche des Bewußtseins der meisten Männer dringen ließ.

Ems Kastori zuckte mit den Schultern. Er mußte sich an die Befehle halten, die Rhodan ihm erteilt hatte. Wahrscheinlich würde der 82. GSV erst dann angreifen, wenn man mehr von dem unheimlichen Gegner wußte. Kastoris Augen richteten sich auf den großen Panoramabildschirm. Jeden Augenblick konnte irgendwo ein neuer Riß im Raum-Zeit-Kontinuum entstehen und einige Schiffe verschlingen. Kastori fragte sich, welche ungeheuren Energiemengen nötig waren, um einen Durchgang zwischen dem Normaluniversum und dem Hyperraum zu schaffen. Es war einfach undenkbar, daß dieses kleine Schiff eine Waffe an Bord hatte, die einen solchen Effekt erzielen konnte.

Kastori dachte an die CALIGULA. An Bord dieses Schiffes hatte man den unbekannten Flugkörper zuerst geortet. Major Sol Matlocks Leichter Kreuzer gehörte zu den vierzehn Einheiten, die im Hyperraum verschwunden waren. Kastori fragte sich, ob die Männer noch lebten. Vielleicht waren sie an einer anderen Stelle ins Normaluniversum zurückgefallen und mußten nun bis an ihr Lebensende in einer unbekannten Galaxis bleiben. Kastori schüttelte den Kopf. Viel wahrscheinlicher war, daß sich die Schiffe unter dem Ansturm der ungeheuren Energie aufgelöst hatten. Innerhalb des Hyperraums konnte kein fester Körper existieren. Jedenfalls war das bisher die Meinung der Wissenschaftler gewesen.

Immer, wenn Cannonball Adderly auf den großen Panoramabildschirm blickte, hatte er das Gefühl, vor einem unermeßlichen Abgrund zu stehen. Manchmal litt er so darunter, daß er sogar Atemnot bekam. Er hatte sich angewöhnt, fest auf seine Unterlippe zu beißen, wenn er gezwungen war, den großen Bildschirm längere Zeit zu beobachten. Der Schmerz half ihm, dieses dumpfe Unbehagen zu überwinden.

Ein Teil des Bildschirms wurde von einem Meer schimmernder Sterne eingenommen. Adderly wußte, daß dies die heimatliche Galaxis war.

Rechts auf dem Bildschirm stand das fremde Schiff.

Adderly blickte zur Seite. Major Sol Matlock saß in angespannter Haltung im Kommandosessel. Adderly hatte ein Gefühl, als würde das Schiff vibrieren. Er wußte, daß dies manchmal vorkam, doch jetzt war es unmöglich, denn sie näherten sich dem fremden Schiff nur mit durchschnittlicher Geschwindigkeit. Er sah, wie Matlock tief einatmete.

„Schußnähe!“ rief einer der Offiziere. Fast gleichzeitig kam Kastoris Stimme aus dem Lautsprecher.

„Geben Sie Warnschüsse ab!“

Da fühlte Adderly, wie ein Ruck durch das Schiff ging. Er straffte sich. Das war unmöglich. Als der Captain aufblickte, hatte sich die Szene auf dem Panoramabildschirm verändert. Die Mattscheibe schien in drei Teile zersprungen zu sein, aber in Wirklichkeit wurde dieser Eindruck von zwei Flammenbahnen erzeugt, die im Weltraum loderten. Zwischen diesen Energiefäden herrschte absolute Dunkelheit. Kein Stern war zu sehen.

„Was . . . was ist das?“ stieß Adderly hervor.

Der Panoramaschirm glich jetzt einem Papier, in das jemand ein Loch gestoßen hatte. Die CALIGULA raste mit irrsinniger Geschwindigkeit auf dieses Loch im Weltraum zu.

„Was ist mit den Triebwerken?“ schrie Matlock verzweifelt. „Die Steueranlage funktioniert nicht. Wir müssen sofort ein Bremsmanöver durchführen.“

Die ungeheuren Kräfte der Impulstriebwerke verpufften wirkungslos. Die CALIGULA wurde immer schneller.

Plötzlich schienen sich die beiden Flammenbahnen zusammenzuziehen. Adderly stieß einen erstickten Schrei aus, als es innerhalb der Zentrale so hell wurde, daß er die Augen schließen mußte. Trotzdem konnte er noch immer seine Umgebung erkennen. Es war, als blickte er auf ein Röntgenbild. Er sah, wie Matlock aus dem Sessel taumelte und mit den Armen ruderte.

Dann zerfielen die Wände der Zentrale. Sie lösten sich auf, als bestünden sie aus Staub, der von einem Windstoß davongerissen wurde. Einen Augenblick noch hing Cannonball Adderly inmitten dieses unbegreiflichen Geschehens, dann zerplatzte er in unzählige Teilchen.

Hinter ihm, in einem Wirbel überdimensionaler Energien, schloß sich der von Tro Khon und dem Dolan geschaffene Strukturriß.

11.

Poindexters Hals war trocken, sein Mund war es ebenfalls, aber er starrte weiterhin verbissen auf den seltsam geformten Bildschirm, als könnte ein Augenblick der Unachtsamkeit seinen Tod bedeuten. Zu anderer Zeit hätte er die fremde Umgebung begierig in sich aufgenommen, aber jetzt hatte er nur Augen für das kleine Raumschiff, das vierzehn kampfstarke Schiffe ausgelöscht hatte, ohne dabei ein besonderes Manöver auszuführen.

Die beiden Haluter kauerten auf ihren unbequem aussehenden Kontursesseln und machten sich an den Kontrollen zu schaffen. Ab und zu hörte Poindexter ein Knacken oder ein Summen, aber er nahm es nur im Unterbewußtsein auf.

„Das kann doch nur ein schlechter Traum sein“, rief Fellmer Lloyd.

„Keineswegs“, sagte Tolot. „Teik und ich haben mit einem ähnlichen Ereignis gerechnet. Allerdings trat die Katastrophe früher ein, als wir erwarteten. Innerhalb der Großen Magellanschen Wolke dürfte unser Raumer das einzige Schiff sein, das eine Chance hat, den Zeitpolizisten zurückzuschlagen.“

„Sie glauben also, daß sich an Bord des fremden Raumers ein Zeitpolizist befindet?“ fragte Rhodan.

„Darauf können Sie wetten“, sagte Fancan Teik. Aus dem Mund des jungen Haluters klang diese typisch terranische Redewendung seltsam.

Rhodan schien einen Entschluß gefaßt zu haben. Er trat zwischen die beiden Haluter und deutete auf die Bildschirme.

„Jetzt haben wir endlich Gelegenheit, unsere Unschuld zu beweisen“, sagte er. „Wir müssen irgendwie mit dem Zeitpolizisten in Verbindung treten.“

Tolot knurrte verächtlich. Das war seine einzige Reaktion. Sie sagte mehr als viele Worte.

„Sie glauben, eine Verständigung sei nicht möglich?“ stellte Rhodan fest. „Fast jede Polizei muß den für schuldig Befundenen

Gelegenheit zur Rechtfertigung geben. Warum sollte es in diesem Fall anders sein?"

„Die Zeitpolizei bestimmt, wer schuldig ist und wer nicht", antwortete Tolot. „Sie können Ihre Unschuld beteuern, solange Sie wollen, man wird Ihnen nicht glauben. Die Zeitpolizisten würden solche Versuche nur als Zeichen von Schwäche ansehen."

„Sie haben keine andere Wahl, als sich mit allen Mitteln zu wehren", bekräftigte Fancan Teik Tolots Worte. „Die Hüter der Zeitkonstante werden eine gnadenlose Jagd auf alle Terraner machen. Die Gurrads sollten Ihnen ein warnendes Beispiel sein."

Rhodan schwieg. Fancan Teik hatte ein düsteres Zukunftsbild heraufbeschworen. Rhodan wußte, daß die Gurrads früher einen technischen Stand erreicht hatten, der den der Menschheit vielleicht noch übertraf. Trotzdem hatten die löwenmähnigen Wesen eine Vernichtung ihrer Zivilisation nicht verhindern können. Unter diesen Umständen war es sinnlos, sich irgendwelchen Illusionen über die Stärke des Solaren Imperiums hinzugeben. OLD MAN *allein* stellte schon ein nicht zu übersehendes Problem dar – und der Riesenrobot sollte ein Verbündeter der Drittkonditionierten werden.

„Wir wollen Ihnen keine Angst machen", durchbrach Tolots rauhe Stimme das Schweigen. „Es ist aber wichtig, daß Sie erkennen, welche Gefahren auf die Menschheit zukommen."

Rhodan hatte schwerwiegende Entscheidungen zu treffen.

„Ist Ihnen klar, daß wir Tausende von Menschenleben und Hunderte von Schiffen opfern müssen, wenn wir OLD MAN vernichten wollen?" fragte er die beiden Haluter. „Es wird die größte Schlacht geben, in die sich das Solare Imperium jemals eingelassen hat."

„Sie haben diese Bedenken bereits gegenüber Tolotos erwähnt", sagte Teik, wobei er die Endung ‚os' an Tolots Namen anhing, die Freundschaft und Verbundenheit ausdrückte.

„Das Solare Imperium wird bei einem Kampf gegen OLD MAN mehr Schiffe verlieren als jemals zuvor", fuhr Fancan Teik fort. „Die Ereignisse der letzten Stunde haben jedoch gezeigt, daß diese Opfer gebracht werden müssen. Haben Sie nicht beobachtet, wie vierzehn Schiffe des Imperiums im Strukturriß verschwanden?"

„Ich verstehe nicht, wie das möglich war", murmelte Rhodan.

Tolot erhob sich von seinem Platz und begab sich zu einem zweiten Kontrollstand.

„Kommen Sie zu mir", forderte er die Terraner auf. „An Bord

dieses Schiffes gibt es neben einer Intervallkanone, die nach demselben Prinzip arbeitet wie die der Perlians und der Zeitpolizei, auch eine Waffe, die ebenfalls von der Zeitpolizei benutzt wird. Wir nennen sie Paratron. Dimensionstransmitter ist eine Bezeichnung, die Ihnen vielleicht mehr sagt. Das Paratron bewirkt eine Versetzung freier Körper in den übergeordneten Hyperraum. Die Energien dieser Waffen reichen aus, um das Raum-Zeit-Gefüge zu durchbrechen. An dieser Stelle entsteht ein Strukturriß. Alle Körper, die sich im Einflußbereich eines solchen Paratrons befinden, werden in den Hyperraum geschleudert. Dort lösen sie sich auf; sie werden zu artfremder Energie, ohne die Chance zu haben, ihre ursprüngliche Form wieder anzunehmen."

Rhodan war von Tolots Ausführungen beeindruckt. Gleichzeitig dachte er aber auch daran, daß Tolot den Terranern bisher die überlegene Technik seines Volkes verschwiegen hatte. Vor allem als die Menschheit im Kampf gegen die MdI stand, hätte auch nur ein einziges Haluterschiff eine unermeßliche Hilfe für die Terraner bedeutet.

Rhodan fragte Tolot nach seinen Beweggründen, warum er damals, vor mehr als 30 Jahren, nicht sein Schiff zur Verfügung gestellt hatte. Der Haluter gab zur Antwort, daß er sich an die ungeschriebenen Gesetze seines Volkes halten müsse. Und diese Gesetze ließen es damals nicht zu, die Terraner in die Geheimnisse halutischer Technik einzuweihen.

Auf die Frage, wieso die Haluter der Jetztzeit über ähnliche Waffen verfügten wie die Zeitpolizei, während die Haluter, die vor mehr als 50.000 Jahren das lemurische Reich zerschlugen, gänzlich andere – primitivere – Bewaffnung besaßen, konnten Tolot und Teik keine befriedigende Antwort geben. Es war offensichtlich, daß sie die Antwort auf diese Frage selbst nicht wußten. Es war dies ein weiteres Rätsel in der Geschichte der Haluter.

Roscoe Poindexter starrte niedergeschlagen auf das kompliziert aussehende Schaltpult. Hebel und Kontrollknöpfe waren den Erfordernissen halutischer Körper angepaßt. Aber das war es nicht, was Poindexter beunruhigte. Er dachte an die unheimliche Wirkung des Paratrons. Kein Schiff der Solaren Flotte besaß eine wirksame Abwehr gegen den Dimensionstransmitter. Der beste HÜ-Schirm war nicht in der Lage, das angegriffene Schiff vor dem Sturz durch den Strukturriß zu bewahren.

„Im Grunde genommen ist diese Waffe einfacher als viele herkömmliche Konstruktionen", sagte Fancan Teik.

Tolot nickte bekräftigend. „Fundamentale Kenntnisse über den ständigen Energieaustausch zwischen den Dimensionen genügen, um ein Paratron zu bauen. Diese Waffe erreicht, daß an einer Stelle des Universums der normale Zustand für die Dauer des Angriffs aufgehoben wird."

„Glauben Sie, daß der halutische Transmitter den Waffen der Zeitpolizei überlegen ist?" wollte Atlan wissen.

„Das bezweifle ich", sagte Tolot. „Zumindest die Abwehranlagen unserer Gegner dürften besser sein. Die Geschichte lehrt, daß die Zeitpolizisten nie in großer Zahl auftraten. Das zwingt sie dazu, hervorragende Abwehranlagen zu benutzen, denn sie können keine Verluste riskieren."

Rhodan wandte sich von den Kontrollen des Paratrons ab.

„Ich möchte mit General Kastori sprechen", sagte er.

Der Dolan zitterte vor unbeschreiblichem Triumphgefühl. Das Symposium überflutete Tro Khon mit einer begeisterten Impulswelle. Sogar Tro Khons Symboflex-Partner war so aufgeregt, daß er seine Eifersucht vergaß und die eingehenden Impulse verstärkte.

„Das war erst der Anfang", sendete der Schwingungswächter. „Wir haben vierzehn Schiffe der Zeitverbrecher vernichtet, aber wir dürfen nicht vergessen, daß der Gegner überrascht war. Die Terraner haben den Dolan als kleines Raumschiff eingeschätzt. Bei ihrem nächsten Angriff werden sie vorsichtiger sein."

„Sie haben dem Dimensionstransmitter nichts entgegenzusetzen", sendete Exekutor Nr. 7. „Ihre Abwehrschirme können zwar einem konzentrischen Energiewaffenbeschuß standhalten, aber eine Versetzung in den Hyperraum können sie nicht verhindern."

„Die Terraner sind intelligente Wesen", sagte Tro Khon. Er wollte die Begeisterung des Symposiums dämpfen, weil er wußte, daß noch schwere Auseinandersetzungen bevorstanden. Die größte Gefahr für den Schwingungswächter bestand darin, daß das Symposium den Gegner zu leicht nahm. „Camaron Olek ist der beste Beweis für die Fähigkeit dieses Volkes", fuhr Tro Khon fort. „Die terranischen Spezialisten werden bald eine Abwehrwaffe entwickeln."

Seine Einwände gingen in einem neuen Freudentaumel unter. Zu

Tro Khons Erleichterung beteiligte sich auch Camaron Oleks Bewußtsein daran. Exekutor Nr. 1 schien sich nicht darüber im klaren zu sein, daß er gegen sein eigenes Volk gekämpft hatte.

Tro Khon fragte sich, ob die Bewußtseinsspaltung früher oder später Oleks Leistungsvermögen beeinträchtigen würde. Nur mit einem einsatzbereiten Kosmonauten konnte der Dolan gegen die Terraner kämpfen.

Tro Khon überblickte die Bildschirme. Exekutor Nr. 4 sorgte dafür, daß Tro Khon sich ein genaues Bild von den Manövern des gegnerischen Verbandes machen konnte. Die Verwirrung des Gegners hatte sich gelegt. Die Schiffe hatten sich zurückgezogen und ihre ursprünglichen Formationen eingenommen.

Der Dolan drang langsam tiefer in das Modula-System ein. Tro Khons Ziel war ein großer Planetoid, ein Überrest des dritten Planeten. In der Nähe dieses kosmischen Trümmerstücks hielt sich ein kleineres gegnerisches Schiff auf. Tro Khon war sicher, daß es die Flucht ergreifen würde.

„Der Gegner beginnt mit einem neuen Manöver!" meldete Exekutor Nr. 4.

Auf den Bildschirmen war zu sehen, wie sich die feindlichen Schiffsverbände auflösten. Tro Khon ließ sich jedoch nicht täuschen. Der Gegner zog sich nicht zurück. Die Terraner wollten den Dolan umzingeln.

Der Schwingungswächter stieß ein leises Knurren aus.

Sie sollten nur kommen! Auch wenn sie mit allen Schiffen angriffen, waren sie dem Dolan nicht gewachsen.

„Schnelle Auswertungen haben ergeben, daß die Zeitverbrecher wieder angreifen wollen", teilte Exekutor Nr. 7 dem Schwingungswächter mit.

„Das dachte ich mir", sagte Tro Khon. „Wir lassen sie diesmal auf Schußnähe herankommen. Ich will die Abwehrkraft des Dolans demonstrieren."

„Wäre es nicht besser, die gegnerischen Schiffe sofort zu vernichten?" erkundigte sich der Analytiker.

„Dazu haben wir immer noch Zeit", meinte Tro Khon. „Wir dürfen nicht vergessen, daß die Terraner gefühlsbetonte Lebewesen sind. Wenn sie feststellen, daß die geballte Feuerkraft ihrer in diesem System versammelten Schiffe den Dolan nicht erschüttern kann, wird ihr Selbstvertrauen einen schweren Schlag erhalten."

„Daran habe ich nicht gedacht“, gab der Bewußtseinshüter für Analyse und Registratur zu.

Tro Khon antwortete nicht. Er sah, wie die Schiffe der Zeitverbrecher zu einer Zangenbewegung ausholten. Die Einheiten, die sich an den Flanken bewegten, würden blitzschnell vorstoßen, um den Dolan von allen Seiten angreifen zu können. Dieses Manöver war so durchsichtig, daß Tro Khon eine Falle witterte. Aber das beunruhigte ihn nicht. Was immer die Gegner unternahmen – sie konnten das Retortenwesen nicht vernichten.

„Sollen wir den Flug verlangsamen?“ fragte Exekutor Nr. 2.

„Nein“, lehnte Tro Khon ab. „Der Gegner würde jede Kursänderung als ein Zeichen von Unsicherheit ansehen. Wir brauchen auf das Vorgehen der Terraner nicht zu reagieren. Die Zeitverbrecher sollen erkennen, daß wir tun und lassen können, was wir für richtig halten.“

Tro Khons Entschlossenheit ließ die Exekutoren ruhiger werden. Die sieben Bewußtseinshüter mußten sich jetzt auf einen neuen Zusammenstoß mit den Terranern vorbereiten. Tro Khon hätte die sich nähernden terranischen Schiffe leicht in den Hyperraum schleudern können, doch er wollte auch die Defensivwaffen des Dolans einem Test unterziehen und die Gegner damit beeindrucken. Der Schwingungswächter konnte nicht wissen, daß er damit dem Vorhaben der Terraner entgegenkam.

Wie der Zweitkonditionierte erwartet hatte, schloß sich die Zangenformation blitzschnell. Dann rückten die Schiffe von allen Seiten näher. Tro Khon beobachtete die Vorgänge ohne innere Erregung. Er vertraute auf die ihm zur Verfügung stehenden Mittel.

„Ich möchte nicht, daß wir den Dimensionstransmitter sofort einsetzen“, sendete Tro Khon an Exekutor Nr. 6. „Zunächst bleiben nur die starken Abwehrschirme eingeschaltet.“

Der Ring feindlicher Schiffe zog sich immer enger um den Dolan.

Tro Khon fragte sich, welches Gefühl es für die stolzen Terraner sein mußte, daß sie mit fast hundertfacher Übermacht ein kleines Schiff angriffen. Eine erneute Niederlage würde die Moral der Besatzungen aller gegnerischen Schiffe erheblich schwächen. Aus dieser Überlegung heraus war Tro Khon entschlossen, einen Teil der Schiffe entkommen zu lassen. Er hatte es hier nur mit einem kleinen Verband zu tun. Das Gros der terranischen Flottenkommandanten sollte erfahren, was sich innerhalb der Kleingalaxis abgespielt hatte.

Tro Khons Gedanken wurden unterbrochen, als die terranischen

Schiffe die ersten Gigasalven abfeuerten. Sekundenlang verschwand der Dolan in glühenden Wolken. Das Retortenwesen zitterte schwach, aber es setzte seinen Flug unbeirrt fort.

Der Zweitkonditionierte ließ sich in seinen Sitz zurücksinken. In wenigen Augenblicken würde er den Befehl zum Gegenschlag geben.

Oberst Merlin Akran starrte nachdenklich auf die kleine, vor Ungeduld zitternde Gestalt, die neben dem Kommandosessel der CREST IV stand und ihn erwartungsvoll anblickte.

„Unsere Schiffe werden in wenigen Augenblicken angreifen", drängte Gucky. „Das ist der richtige Zeitpunkt für mein Eingreifen."

„Ich kann die Verantwortung nicht übernehmen." Akran vermied es, dem Mausbiber in die Augen zu blicken. „Ich muß erst mit Rhodan darüber sprechen."

„Bis dahin ist es zu spät", sagte Gucky heftig. „Außerdem wird Perry niemals die Erlaubnis für meinen Einsatz geben."

„Warten wir ab, was Kastoris Schiffe erreichen", wich Akran aus.

Gucky ballte seine kleinen Hände zu Fäusten.

„Du weißt genauso wie ich, wie dieser Kampf ausgehen wird", sagte er. „Vielleicht erhalten wir eine solche Chance niemals wieder. Gib mir die Genehmigung, das feindliche Schiff anzugreifen."

Akran wandte sich um, aber die anderen Offiziere wichen seinen Blicken aus. Der Oberst ahnte, was in den Gedanken dieser Männer vorging. Sie waren mehr oder weniger der Meinung, daß dieser unheimliche Gegner nur von den Mutanten besiegt werden konnte.

„Schnell!" flehte Gucky. „Unsere Schiffe beginnen zu feuern."

Ein Blick auf die Bildschirme bewies Akran die Richtigkeit dieser Worte. Das feindliche Raumschiff war von Kastoris Schiffen vollkommen eingekreist. Trotzdem machte es keine Anstalten, die Flucht zu ergreifen. Für Akran war das ein schlechtes Zeichen. Transformkanonen und Impulsstrahler der terranischen Schiffe traten in Aktion. Das kleine Schiff verschwand in den Wolken.

Akran beugte sich, einem schnellen Entschluß folgend, nach vorn und ließ den HÜ-Schirm der CREST IV zusammenfallen. Das Flaggschiff war im Augenblick nicht bedroht, so daß die Beseitigung des Schirmes kein Risiko bedeutete.

Gucky vergeudete keine Zeit. Akran starrte nachdenklich auf die Stelle, wo der Mausbiber gerade noch gestanden hatte. Er hoffte, daß der Kleine wiederkam. Rhodan würde dem Obersten die härtesten Vorwürfe machen, wenn der Mausbiber diesen Einsatz nicht überleben sollte.

„Es wird wieder sichtbar!" rief Oberstleutnant Hefrich.

Akran wußte, daß sich der Ausruf des Leitenden Ingenieurs auf das gegnerische Raumschiff bezog, das in diesem Augenblick aus den Glutwolken hervorschoß und den konzentrischen Angriff von fast neunzig terranischen Schiffen überstanden hatte.

Der Kommandant der CREST IV hatte keine Zeit, über dieses beunruhigende Phänomen nachzudenken, denn Gucky kam zurück.

Gucky taumelte, als er materialisierte. Er stöhnte und tastete mit seinen Händchen verzweifelt um sich. Dann brach er vollständig zusammen. Mit einem Sprung war Akran auf den Beinen und beugte sich über den Mausbiber. Er atmete auf, als er erkannte, daß Gucky noch lebte.

„Ich komme nicht durch", wisperte der kleine Teleporter. „Ich hatte Glück, daß ich nicht in Energie verwandelt wurde."

„Das habe ich befürchtet", grollte Akran. Er verbarg seine Angst um den Mausbiber mit schlecht gespieltem Zorn. „Ich hatte dich gewarnt."

Wieder war ein Strukturriß im Raum-Zeit-Gefüge entstanden. Diesmal war er jedoch wesentlich kleiner als beim erstenmal. Ungläubig sahen die Männer in der Zentrale des halutischen Raumschiffs zu, wie die entfesselten Energien in den Hyperraum abgeleitet wurden. Das gegnerische Schiff blieb von den Auswirkungen des konzentrierten Beschusses unberührt.

„Da haben wir unsere Demonstration!" sagte Atlan. „Die Zeitpolizei kommt uns entgegen. Sie zeigt uns, über welche Abwehrmöglichkeiten sie verfügt."

Roscoe Poindexter merkte, daß seine Hände zitterten. Er warf einen Blick zur Seite, um Perry Rhodan anzusehen. Der Großadministrator stand unmittelbar hinter Tolots Platz. Sein Gesicht wirkte blaß und eingefallen.

Tolot bewegte sich unruhig.

„Es ist besser, wenn Sie jetzt den Rückzugsbefehl geben", empfahl er Rhodan. „Ich befürchte, daß die Zeitpolizei jetzt mit dem Gegenschlag beginnt."

Rhodan nickte. Er beugte sich über das Mikrophon der halutischen Anlage.

„Hier spricht Perry Rhodan, General!“ sagte er bestimmt. „Ziehen Sie sich mit Ihren Schiffen in die Ausgangsposition zurück!“

„Verstanden, Sir!“ kam Kastoris Antwort. „Ich . . . Sie können mir glauben, daß wir alles versucht haben, Sir.“

„Das haben wir gesehen“, erwiderte Rhodan. „Sie trifft keine Schuld, General. Der Gegner ist zu stark.“

„Aber es handelt sich nur um ein einziges kleines Schiff“, sagte Kastori verzweifelt.

Rhodan brach die Verbindung ab.

„Der General kann die Niederlage nicht begreifen“, stellte Atlan fest. „So wird es vielen Offizieren und Mannschaftsmitgliedern ergehen. Die moralische Wirkung ist bestimmt nicht geringer als die des Paratrons.“

„Sie haben jetzt gesehen, auf welche Weise man den Dimensionstransmitter einsetzen kann“, sagte Fancan Teik sachlich. „Er ist als Defensivwaffe kaum noch zu überbieten. Die Gegner leiten die Energie explodierender Bomben und aller Strahlenschüsse in den Hyperraum ab. Auf diese Weise muß jeder Angriff verpuffen.“

Niemand antwortete. Die Männer beobachteten, wie Kastoris Einheiten den Rückzug begannen. Die Schiffe des 82. GSV zogen sich geordnet zurück. Es entsprach Kastoris Mentalität, daß er selbst im Augenblick der Niederlage noch Ruhe und Übersicht behielt. Der Gegner sollte nicht den Triumph eines panikartigen Rückzugs erleben.

„Die Zeitpolizisten haben noch immer den gleichen Kurs“, sagte Tolot. „Sie nähern sich dem Planetoiden.“

„Wir bleiben an Bord“, sagte Rhodan ruhig. „Fellmer, versuchen Sie, ob Sie irgendwelche Bewußtseinsströmungen empfangen können.“

Fellmer Lloyd hob bedauernd die Schultern. „Das Ding scheint vollkommen tot zu sein, Sir“, sagte er. „Ich kann keine Mentalimpulse registrieren.“

„Wer ein Paratron besitzt, braucht parapsychische Kräfte nicht zu fürchten“, sagte Icho Tolot. „Die Zeitpolizei hat sich gegen alle Eventualfälle abgesichert.“

„Wollen Sie damit sagen, daß diese Wesen unschlagbar sind?“ fragte Atlan.

„Wie würden Sie das bezeichnen, was wir soeben erlebt haben?" fragte Tolot dagegen.

„Als den Anfang eines langen Kampfes, bei dem die Terraner letztlich als Sieger hervorgehen werden, weil sie unschuldig sind", sagte Rhodan.

Die beiden Haluter fuhren gleichzeitig auf ihren Sitzen herum und blickten Rhodan an.

Innerhalb der Zentrale des halutischen Kampfschiffes war es so still, daß Roscoe Poindexter seinen eigenen Herzschlag zu hören glaubte. Bei dem Gedanken an die bevorstehende Auseinandersetzung empfand er keine Furcht, eher eine gewisse Gleichgültigkeit. Er fragte sich, ob ihn die unerhörten Ereignisse der letzten Stunden bereits so abgestumpft hatten, daß er diese innere Leere nicht mehr überwinden konnte.

Er wagte nicht, irgendeine Bewegung zu machen, weil er fürchtete, das geringste Geräusch könnte die gespannt in ihren Sitzen kauernden Haluter ablenken. Tolot hatte den Dimensionstransmitter seines Schiffes eingeschaltet. Mehr konnten die Haluter jetzt nicht tun.

Poindexter sah, daß Fellmer Lloyd Rhodan ab und zu ein Zeichen gab. Das bedeutete, daß der Mutant noch immer keine Bewußtseinsimpulse feststellen konnte. Der Gegner besaß offenbar eine wirksame Abschirmung gegen Psi-Kräfte.

„Sie kommen immer näher", flüsterte Atlan. „Wann werden sie angreifen?"

Ohne sich umzudrehen, antwortete Fancan Teik. „Offenbar wissen sie nichts mit uns anzufangen. Dieses Schiff unterscheidet sich schon äußerlich von den terranischen. Außerdem wäre es logisch, wenn wir nach den bisherigen Ereignissen die Flucht ergreifen würden. Doch das tun wir nicht, sondern wir warten in aller Ruhe ab, was nun geschehen wird. Vielleicht ist es uns durch dieses Verhalten gelungen, bei unseren Widersachern ein bißchen Unruhe zu stiften."

Roi Danton räusperte sich durchdringend.

„Vielleicht würden sich die Zeitpolizisten zurückziehen, wenn man ihnen klarmacht, daß sich an Bord dieses Schiffes ein König befindet", sagte er. „Ich kann mir vorstellen, daß solche hochintelligenten Wesen meine Stellung respektieren."

„Hören Sie mit diesem Unsinn auf, Danton", sagte Rhodan schroff. „Hier geht es um Leben und Tod. Reagieren Sie Ihre Angst gefälligst auf andere Art ab!"

„Ich hätte gute Lust, Sie zu fordern", sagte Danton empört.

Poindexter entging es nicht, daß Atlan dem jungen Freihändler einen drohenden Blick zuwarf, der Danton sofort zum Verstummen brachte. Aus irgendeinem Grund besaß der Arkonide großen Einfluß auf den König.

„Da!" schrie Melbar Kasom plötzlich.

Roscoe Poindexter zuckte zusammen. Seine Blicke richteten sich auf die Bildschirme. Unmittelbar über dem Planetoiden klaffte ein Strukturriß.

„Sie greifen an!" sagte Tolot beherrscht.

Poindexter spürte, wie ein Ruck durch das halutische Schiff ging. Es war keine gewöhnliche Erschütterung, sondern ein heftiger Stoß, als sei das Schiff gegen ein Hindernis geprallt. Dann veränderte das Kampfschiff so schnell seine Position, daß der Planetoid auf den Bildschirmen zusehends kleiner wurde. Poindexter brauchte einige Sekunden, um zu begreifen, daß die unverhoffte Beschleunigung nicht auf die Triebwerke zurückzuführen war, sondern unter dem Einfluß des gegnerischen Dimensionstransmitters zustande kam.

Das halutische Schiff raste auf den Strukturriß zu.

„Wir können nicht verhindern, daß wir aus dem Normalraum gestoßen werden", sagte Tolot ohne sichtbare Erregung. „Aber wir ziehen das Schiff der Zeitpolizei mit uns. Die beiden eingeschalteten Dimensionstransmitter haben ein gewaltiges Kraftfeld geschaffen."

„Das ist unser Glück", fügte Fancan Teik hinzu. „Ohne unser Paratron würden wir uns im Hyperraum sofort in Energie verwandeln."

Der Strukturriß, dem das halutische Schiff entgegenfiel, durchmaß an seiner breitesten Stelle etwa tausend Meter. Die Länge des von flammenden Energiebahnen umschlossenen Gebildes war schwer zu schätzen. Poindexter, der wie gelähmt auf die Bildschirme blickte, hatte den Eindruck, als würden sich die Sterne verändern. Ihre Leuchtkraft schien nachzulassen. Sie begannen auf und nieder zu tanzen. Das Licht innerhalb der Zentrale flackerte. Ein unheimliches Summen kam von den Triebwerken. Poindexter hatte den Eindruck, als seien die Schiffswände porös.

Das fremde Schiff war jetzt kaum noch zu sehen. Es glich einer pulsierenden Blase und hielt immer den gleichen Abstand zum Schiff der Haluter. Durch die Kraft der Dimensionstransmitter waren beide Schiffe unlösbar miteinander verbunden. Keine der beiden Parteien konnte es wagen, den Dimensionstransmitter jetzt abzuschalten.

Poindexter vergaß fast zu atmen, als er sah, wie die Sterne vollständig verschwanden. Das Kampfschiff raste an einer Energiesäule vorüber, die mehrere hundert Meter zu durchmessen schien. Der Boden unter den Füßen des jungen Raumfahrers begann zu vibrieren. Poindexter blickte zurück. Die hinter ihm stehenden Männer waren zu Schatten geworden. Wieder ging ein Ruck durch das kleine Schiff. Jemand stöhnte. Der Lärm der Triebwerke war verstummt. Entweder Tolot oder Teik hatte sie abgeschaltet, weil er die Nutzlosigkeit eines Bremsmanövers erkannt hatte.

Unbekannte Kräfte begannen sich auf das Schiff auszuwirken. Die Außenhülle gab ein knirschendes Geräusch von sich, als wollte sie jeden Augenblick zerbrechen. Das gesamte Material, aus dem das Schiff bestand, besaß jetzt ein unerklärliches Leben. Der Boden, auf dem Poindexter stand, begann zu wallen. Mit aufgerissenen Augen starrte Poindexter auf die Kontrollanlagen. Die Schaltungen schienen zurückzuweichen, wenn die Haluter nach ihnen griffen.

Auf den Bildschirmen war kein Stern mehr zu erkennen. Eine graue Fläche, die von zwei seltsamen Leuchtfäden unterbrochen wurde, zeichnete sich dort ab. Poindexter konnte auch das andere Schiff sehen. Es war ein flimmernder Ball, von dem kreisförmige Energiestöße ausgingen. Die unerklärlichen Erscheinungen brachen sich an den Leuchtfäden und fluteten zurück.

Poindexter ahnte, daß beide Schiffe von einer Energieblase umschlossen wurden. Dieses Kraftfeld verhinderte, daß die Kräfte des Hyperraums wirksam wurden.

Ein schrilles Geräusch kam aus den Lautsprechern der Funkanlage. Hastig schaltete Icho Tolot das Gerät ab.

„Wir sind im Hyperraum“, sagte Fancan Teik.

Tro Khon blickte fassungslos auf die von Exekutor Nr. 4 projizierten Bilder.

Der Dolan befand sich im Hyperraum!

Das kleine Raumschiff hatte das Retortenwesen mitgerissen, ohne daß Tro Khon Zeit für ein Eingreifen geblieben war. Das konnte nur bedeuten, daß sich an Bord des gegnerischen Schiffes ebenfalls ein Transmittergerät befand.

Tro Khon wartete ungeduldig, bis sich der Aufruhr der Exekutoren gelegt hatte. Die Mitglieder des Symposiums waren durch die unverhoffte Wendung des Kampfes beunruhigt. Daß ausgerechnet ein einzelnes und noch dazu sehr kleines Schiff diese Wendung herbeigeführt hatte, trug dazu bei, den anfänglichen Triumph der Bewußtseinshüter in Bestürzung zu verwandeln.

„Es besteht kein Grund zur Unruhe", sendete Tro Khon. „Die Wesen, gegen die wir jetzt kämpfen, können keine Terraner sein. Von Camaron Olek wissen wir, daß die Zeitverbrecher keine Waffen besitzen, die auch nur annähernd dem Dimensionstransmitter gleichen."

Exekutor Nr. 7 meldete sich.

„An Bord des fremden Schiffes halten sich Terraner auf", teilte er Tro Khon und dem Symposium mit. „Eine Analyse, verbunden mit einer Messung der Bewußtseinsströmungen, läßt daran keinen Zweifel."

Der Zweitkonditionierte war irritiert. Wie kamen Terraner an Bord dieses Schiffes? Handelte es sich bei den Fremden um Verbündete der Zeitverbrecher? Auf all diese Fragen mußte schnell eine Antwort gefunden werden.

Tro Khon gab einen entsprechenden Befehl an den Analytiker.

„Sobald Sie genügend Zeit haben, müssen Sie herausfinden, wer die Besitzer dieses Schiffes sind", ordnete Tro Khon an. „Versuchen Sie, möglichst viel über sie zu erfahren."

„Was wollen wir jetzt unternehmen?" erkundigte sich Nr. 2. „Unter dem Einfluß eines Dimensionstransmitters ist der Dolan so gut wie bewegungsunfähig."

„Ich weiß", sagte Tro Khon. „Das fremde Schiff und der Dolan schweben im Kraftfeld der beiden Transmitter. Die riesige Energieblase reicht bis in den Normalraum. Der Strukturriß existiert noch immer."

„Sollen wir angreifen?" fragte Exekutor Nr. 6 ungeduldig.

Tro Khon zögerte mit einer Antwort. Der Dolan verfügte noch über eine Reihe wirksamer Waffen, aber es war schwer vorherzusagen, wie sie unter dem Einfluß fünfdimensionaler Energie reagieren würden. Tro Khon versuchte, sich das Aussehen des Kraftfeldes zu vergegenwärtigen. An jenen Stellen, wo das fremde Schiff und der

Dolan standen, wies die Blase wahrscheinlich Verdickungen auf. In der Mitte mußte sie sich zwangsläufig zusammenziehen. Tro Khon fragte sich, was geschehen würde, wenn sich das Kraftfeld an dieser Stelle berührte. Ein Schußwechsel konnte dazu führen, daß die schützende Blase vernichtet wurde. So unsinnig es klang, aber im Augenblick beschützten die beiden Flugkörper einander vor einer Entstofflichung.

Tro Khon mußte eine Methode finden, wie er gleichzeitig den Gegner vernichten und mit dem Dolan in den Normalraum zurückkehren konnte.

„Das fremde Schiff hat einen Torpedo abgefeuert“, teilte Exekutor Nr. 4 aufgeregt mit.

Tro Khon konnte das langgestreckte Gebilde auf dem Bildschirm erkennen. Ebenso wie vom Schiff des Gegners gingen auch von dieser Waffe wellenartige Strömungen aus. Der Torpedo bewegte sich mit geradezu grotesker Langsamkeit. Das war zweifellos eine Folge des Kraftfelds. Tro Khon konnte sich vorstellen, wie fremde Augen voller Enttäuschung den Flug des Metallkörpers verfolgten. Es würde Monate terranischer Zeitrechnung dauern, bis der Torpedo sein Ziel erreichte.

Allerdings . . . Tro Khon führte den Gedanken nicht zu Ende, sondern wandte sich an den vierten Bewußtseinshüter.

„Wird die Waffe schneller?“ fragte er.

„Ja“, antwortete Nr. 4.

Tro Khon sah seinen Verdacht bestätigt. Die Verengung des Kraftfelds ungefähr in der Mitte zwischen dem Dolan und dem fremden Schiff wirkte wie ein Sog. Je näher der Torpedo dem Mittelpunkt kam, desto schneller wurde er. Wenn die Waffe den genauen Schnittpunkt der Energieblase erreichte, würde sie wie von einem Katapult beschleunigt werden. Dann war es nur eine Frage von Sekunden, bis sie den Dolan treffen würde. Ein solches Risiko wollte Tro Khon nicht eingehen. Er befahl Exekutor Nr. 6, einen Schwarm Fänger auszustoßen.

Gleich darauf erschienen die kegelförmigen Mikrokörper als Impulszeichen auf dem Bildschirm. Tro Khon knurrte unwillig, als er sah, daß sie sich mit der gleichen quälenden Langsamkeit bewegten wie die Waffe des Gegners. Das bedeutete, daß die Fänger den Torpedo erst in jenem Teil der Energieblase aufhalten konnten, wo die von dem Dolan hervorgerufene Ausdehnung begann.

Doch dazu kam es nicht.

Tro Khon konnte beobachten, wie der Torpedo plötzlich in einer weiten Schleife drehte und Kurs auf das gegnerische Schiff nahm. Der Schwingungswächter ahnte, daß die Fänger in wenigen Augenblicken zurückkehren würden. Der Dolan konnte von seinen eigenen Waffen in Schwierigkeiten gebracht werden.

„Wir müssen die Fänger abschießen", ordnete Tro Khon an.

Sofort meldete der Analytiker Bedenken an.

„Es läßt sich nicht vorausberechnen, welche Folgen Energieabschüsse nach sich ziehen", sendete er.

„Wir kennen die Folgen, die eine Rückkehr der Fänger haben kann", entgegnete Tro Khon grimmig. Er wiederholte seinen Befehl an Exekutor Nr. 6. Die Energiewaffen des Dolans traten in Tätigkeit. Der Zweitkonditionierte hatte den Eindruck, als würden die Strahlbahnen durch den Hyperraum kriechen. Die Fänger hatten nun kehrtgemacht und steuerten den Dolan an.

„Feuer einstellen!" befahl Tro Khon.

Er strich nervös über seinen roten Spezialanzug. Mit dieser Entwicklung hatte er nicht gerechnet. Er wußte zuwenig über den Hyperraum, um wirksame Sofortmaßnahmen treffen zu können. Auch der Analytiker würde noch lange Zeit benötigen, um eine exakte Auswertung liefern zu können.

Die Energiebahnen krümmten sich wie Wasserstrahlen. Einige Fänger gerieten in den Einflußbereich der Energie und explodierten. Seltsamerweise bildeten sich keine Explosionswolken. Tro Khon ahnte, daß die Energie in den Normalraum abgeleitet wurde. Der Dimensionstransmitter arbeitete jetzt umgekehrt wie bisher. Die Umpolung war offenbar eine Folge der fünfdimensionalen Energie, die auf den Dolan einwirkte.

Die Beobachtung trug dazu bei, Tro Khon zu beruhigen. Er konnte jetzt damit rechnen, daß die übrigen Fänger ebenso wie die Energieschüsse in den Normalraum geschleudert wurden, sobald sie in den eigentlichen Einflußbereich des Dimensionstransmitters gerieten. Gleichzeitig bedeutete das, daß der Gegner durch seinen eigenen Torpedo nicht gefährdet war.

Tro Khon gab ein unwilliges Brummen von sich. War es etwa unmöglich, das feindliche Schiff anzugreifen? Wieder meldete sich der Analytiker.

„Die Verengung des Kraftfelds ungefähr in der Mitte zwischen dem Dolan und dem gegnerischen Schiff wirkt als Sperre", teilte er Tro Khon mit. „Jede Hälfte der Energieblase ähnelt einer geschlossenen Hohlkugel. Jeder innerhalb dieser Kugel beschleunigte Körper hat das Bestreben, an der Innenwand zu rotieren."

„Kann man die Verengung irgendwie überwinden?" fragte Tro Khon gespannt.

„Nur, wenn man sie vergrößert", antwortete der Bewußtseinshüter für Analyse und Registratur.

„Und wie sollen wir das machen?"

Exekutor Nr. 7 zögerte merklich. Tro Khon schloß daraus, daß es eine Möglichkeit gab, die jedoch gefährlich war. Trotzdem war er entschlossen, den Gegner zu vernichten. Auch dann, wenn ein Angriff mit einem Risiko verbunden war.

„Wir müssen näher an das Schiff heran", sendete Nr. 7 nach einer längeren Pause. „Dadurch verkürzt sich das Kraftfeld, und die Verengung wird breiter."

„Die Triebwerke sprechen nicht an", mischte sich Nr. 2 ein. „Ich bin nicht in der Lage, den Dolan auch nur ein paar Meter zu bewegen."

„Dann müssen wir eben die Strukturfessel lockern", sagte Nr. 7.

Tro Khon hörte kaum noch zu. Seine Augen waren auf die Bildschirme gerichtet. Mit dem Kraftfeld, innerhalb dessen der Dolan und das fremde Raumschiff gefangen waren, ging eine seltsame Veränderung vor. Es dehnte sich weiter aus. Tro Khon ahnte, worauf diese Erscheinung zurückzuführen war. Durch den noch immer bestehenden Strukturriß strömte ständig Energie aus dem Normal- in den Hyperraum. Zweifellos gab der Hyperraum die gleiche Energiemenge ins Normaluniversum ab, so daß das Kontinuum stabil blieb. Lediglich die Energieblase wurde davon beeinträchtigt.

Tro Khon ahnte, was die Folge sein würde.

Der Dolan und das gegnerische Schiff entfernten sich voneinander. Durch diesen Vorgang wurde die Passage in der Mitte der Blase immer enger. Bald mußten sich die Energiebarrieren berühren. Dann war eine Katastrophe unausbleiblich. Entweder zerriß die Blase in zwei Hälften, oder sie wurde in ihrer gesamten Ausdehnung aufgesprengt. In beiden Fällen waren die Besatzungen des Dolans und des fremden Raumschiffes zum Tode verurteilt.

Der Zweitkonditionierte umklammerte einige Kontrollhebel. Er mußte jetzt eine Entscheidung treffen.

„Er ist weg!"

Der Ausruf Melbar Kasoms bezog sich auf den Torpedo, den die Haluter abgefeuert hatten, und der dann zurückgekehrt war.

Roscoe Poindexter gab einen erstickten Laut von sich. Die Anspannung war zu groß für ihn gewesen. Im Augenblick fühlte er zwar Erleichterung, doch er ahnte, daß die Gefahr noch nicht gebannt war.

„Wenn unsere Waffen unwirksam sind, hat auch die Zeitpolizei keine Aussichten, uns erfolgreich anzugreifen", tröstete Fancan Teik die Terraner über die Enttäuschung hinweg.

Der junge Haluter schien sich keine Sorgen zu machen. Mehr als Icho Tolot betrachtete er das Ereignis als ein großes Abenteuer. Poindexter wünschte, er hätte zu einer ähnlichen Einstellung finden können. Dagegen fühlte er sich erschöpft, obwohl sich seine Tätigkeit darauf beschränkte, hinter den beiden Halutern zu stehen und die Bildschirme zu beobachten.

„Warum schalten Sie nicht das Paratron aus?" erkundigte sich Roi Danton. „Sobald der Dimensionstransmitter aufhört zu arbeiten, müßten wir zwangsläufig in den Normalraum zurückkehren."

„Das ist ein Irrtum", antwortete Icho Tolot. „Das Paratron des Gegners ist dann erheblich stärker als das unsere. Sobald wir unsere Anlage ausschalten, werden wir aus dem Kraftfeld ausgestoßen und lösen uns auf. Wir dürfen jetzt nicht nachgeben."

„Die Energieblase vergrößert sich, Tolot", meldete Teik.

„Die beiden Schiffe entfernen sich voneinander", bestätigte Tolot. „Was hat das zu bedeuten?"

Poindexter begriff, daß die beiden Haluter sich über dieses Phänomen Sorgen machten. Sie schienen irgend etwas zu befürchten, wovon er nichts ahnte. Er legte auch keinen Wert darauf, informiert zu werden, welche Gefahren ihnen noch drohten.

„Die Blase verengt sich jetzt in ihrem Mittelpunkt immer mehr", sagte Perry Rhodan. „Tolot, was wird geschehen, wenn sich die beiden äußeren Punkte des Kraftfelds berühren?"

„Das ist schwer zu sagen", erwiderte Tolot ausweichend.

„Schonen Sie uns nicht", forderte Rhodan ihn auf. „Sagen Sie uns die Wahrheit!"

Tolot antwortete nicht, sondern machte sich an den Kontrollen zu schaffen.

„Es ist offensichtlich, daß die Haluter keine Möglichkeit haben, uns vor dem Ende zu bewahren", sagte Roi Danton. „Unter diesen Umständen halte ich den Zeitpunkt für gekommen, dem Großadministrator gegenüber eine Erklärung abzugeben."

Atlan warf dem Freihändler einen warnenden Blick zu.

„Wir haben schon genug Sorgen", sagte er. „Wollen Sie sie noch schlimmer machen?"

„Ich verstehe", sagte Danton. „Ich akzeptiere Ihre Gründe."

Rhodan blickte mißtrauisch von Atlan zu dem Freihändler.

„Was hat das zu bedeuten?" wollte er wissen.

„Ich werde später noch einmal darauf zurückkommen, Grandseigneur", antwortete Danton mit einer knappen Verbeugung.

„Ich schlage vor, daß wir einen Funkspruch an die Zeitpolizei absetzen", sagte Fancan Teik zu Tolot. „Offenbar sind sich unsere Gegner nicht über die Gefahr im klaren, die auch ihnen mit der zunehmenden Vergrößerung der Blase droht."

„Sie wissen genau, was passieren kann", behauptete Tolot.

Poindexter entnahm den Worten der Haluter, daß beide Schiffe von der endgültigen Vernichtung bedroht waren, daß aber nur die Zeitpolizei in der Lage war, irgend etwas zu tun. Wahrscheinlich hing alles davon ab, wie groß der Selbsterhaltungstrieb des Gegners war. Poindexter wünschte, er hätte auf irgendeine Weise in den Kampf eingreifen können.

Plötzlich wurde das halutische Kampfschiff von einer Erschütterung durchlaufen. Die Bildschirme flammten auf. Das Geräusch der einsetzenden Triebwerke dröhnte in Poindexters Ohren. Er hielt sich an der Rückenlehne seines Sessels fest und blickte benommen auf die Ortungsanlagen.

Die Sterne waren wieder zu sehen.

„Wir sind in den Normalraum zurückgefallen", schrie Melbar Kasom.

„Die Zeitpolizisten haben die Gefahr erkannt und die Strukturfessel gelöst", sagte Icho Tolot. „Ihr Schiff ist mit uns zusammen auf dem Planetoiden angekommen, von dem aus wir in den Kampf gestartet sind."

Erst jetzt erkannte Poindexter, daß das kleine Schiff auf der Oberfläche des Planetenbruchstücks lag.

Nur wenige hundert Meter von ihnen entfernt bewegte sich ein grotesk aussehender Körper über das Eis. Es war ein kugelförmiges Gebilde von ungefähr hundert Metern Durchmesser.

Gleich darauf brach ein glutroter Energiestrahl aus der Außenhülle des seltsamen Körpers.

Da begriff Poindexter, daß er das Schiff der Zeitpolizisten vor sich sah, das mit ihnen zusammen aus dem Hyperraum gekommen war und nun den Angriff mit herkömmlichen Waffen eröffnet hatte.

12.

Unmittelbar nach der Landung auf dem Planetoiden hatte Exekutor Nr. 5 eine Reihe von Beinstummeln ausgefahren, um dem Dolan eine Bewegungsmöglichkeit auf der Oberfläche des kosmischen Trümmerstücks zu geben. Tro Khon konnte die Erleichterung des Dolans spüren, daß er sich wieder auf festem Gelände befand. Im Hyperraum hatte das Retortenwesen unerträgliche Angst empfunden. Keinem Mitglied des Symposiums war es gelungen, den Dolan zu besänftigen.

Tro Khon hatte das Paratron abgeschaltet, bevor die Energieblase in ihrer Mitte so zusammengeschrumpft war, daß eine Teilung gedroht hatte. Hier im Normalraum wollte der Zweitkonditionierte die Vernichtung des hartnäckigen Gegners endgültig vollziehen.

„Angreifen!“ befahl er Exekutor Nr. 6. „Nehmen Sie keine Rücksicht auf den Planetoiden. Er muß sowieso zerstört werden, weil sich unser Ruheraum auf ihm befindet.“

Tro Khon hoffte, daß die Besatzung an Bord des Raumschiffes noch so verwirrt war, daß sie nicht in der Lage war, irgend etwas zur Verteidigung zu unternehmen.

Als der erste Energiebeschuß von den unglaublich starken Abwehrschirmen des kleinen Schiffes absorbiert wurde, sah Tro Khon ein, daß er sich getäuscht hatte. Gleich darauf begann der Gegner ebenfalls das Feuer zu eröffnen. Zum erstenmal wurde der Dolan schwer getroffen. Er hatte Mühe, auf seinen stummelartigen Auswüchsen stehen zu bleiben.

„Abwehrschirme verstärken!“ sendete Tro Khon hastig.

„Bereits geschehen“, antwortete Nr. 6. Der Exekutor für die Waffen- und Abwehrsysteme war in seinem Selbstvertrauen erschüttert.

Noch nie war der Dolan ernsthaft bedroht gewesen. Dieses kleine Raumschiff schien jedoch über Waffen zu verfügen, die auch dem Retortenwesen Schaden zufügen konnten.

„Weiter zurückziehen!" ordnete Tro Khon an.

Die Enge der Zentrale kam ihm mehr denn je zum Bewußtsein. Die niedrige Decke schien sich wie eine schwere Last auf ihn zu legen. Er gab sich einen Ruck. Jetzt durfte er sich nicht verwirren lassen. Nur mit konzentrierter Aufmerksamkeit konnte er den Gegner noch bezwingen.

Hinter dem Dolan sank ein riesiger Eisberg in sich zusammen. Ein Teil der aufgelösten Materie verdampfte. Ungeheure Wassermassen fluteten über die erhitzte Oberfläche des Planetoiden hinweg. Dem Dolan machte die sich ständig verändernde Oberflächenstruktur nichts aus. Exekutor Nr. 5 sorgte dafür, daß der Dolan sich an Land und in den mit Schmelzwasser gefüllten Senken gleichermaßen gut bewegen konnte.

Der Dolan hatte diese Beweglichkeit dem Gegner voraus. Trotzdem wurde er immer wieder von Treffern erschüttert, die die Leistungsfähigkeit seiner Abwehrschirme auf eine harte Probe stellten.

Tro Khon wagte es nicht, den Dimensionstransmitter erneut einzusetzen. Er wußte nicht, was geschehen wäre, wenn die mächtige Energieentfaltung den Planetoiden mit in den Hyperraum gerissen hätte.

Der Kampf tobte noch immer mit äußerster Heftigkeit.

Da meldete sich Exekutor Nr. 7. Tro Khon spürte die ungewöhnliche Erregung des Analytikers.

„Die Auswertung ist abgeschlossen", teilte der Bewußtseinshüter dem Schwingungswächter mit. „Ich weiß jetzt, wer die Besitzer des kleinen Raumschiffs sind."

„Zweifellos sind es keine Terraner", meinte Tro Khon.

„Es sind zwei Fremde", sendete der Analytiker. „Sie nennen sich Haluter. Und so sehen sie aus."

Auf den von Exekutor Nr. 4 gesteuerten halborganischen Bildschirmen erschien das Bild eines Wesens, das Tro Khon bis auf wenige Einzelheiten glich.

Der Schwingungswächter stieß einen erstickten Schrei aus.

Das also sind Haluter! dachte Tro Khon. Jene Wesen, die den Schwingungswächtern verblüffend ähnlich sahen, und an die Camaron Olek gedacht hatte, als er Tro Khon erstmals sah.

Tro Khon ahnte, daß diese Ähnlichkeit nicht von ungefähr kam, daß die Haluter vielleicht sogar auf irgendeine, ihm unbekannte Art und Weise mit den Schwingungswächtern verwandt waren. Aber er hatte keine Zeit, sich darüber weitere Gedanken zu machen.

Der Zweitkonditionierte spürte, wie die Bildschirme flackerten, als die Abwehrschirme des Dolans fast alle Energie beanspruchten. Zum erstenmal war ein Treffer durchgeschlagen und hatte die molekularverdichtete Oberfläche des Retortenwesens beschädigt. Es handelte sich zwar nur um einen Kratzer, doch Tro Khon sah ein, daß diese Haluter über Waffen verfügten, die denen der Zweitkonditionierten gleichwertig waren.

„Die terranischen Schiffe nähern sich!“ meldete Exekutor Nr. 4. „Sie wollen offenbar in den Kampf eingreifen.“

Damit hatte Tro Khon gerechnet. Jetzt, da er den Dimensionstransmitter nicht einsetzen konnte, rechneten sich die Terraner eine Chance aus. Mit den herkömmlichen Waffen und der Unterstützung der Haluter konnten sie den Dolan in ernsthafte Bedrängnis bringen. Der Schwingungswächter faßte einen schnellen Entschluß.

„Ich brauche sofort eine Funkverbindung mit dem halutischen Schiff“, sagte er.

Als Tro Khon auf dem Bildschirm der Normalfunkanlage in der Zentrale des halutischen Kampfschiffes erschien, wirkte sein Aussehen mehr auf die Besatzung, als es alle vorher von dem Dolan abgefeuerten Schüsse vermocht hatten.

„Ein Haluter!“ entfuhr es Oro Masut.

„Das ist kein Haluter“, widersprach Fancan Teik sofort. Er schien den Gedanken, mit diesem Wesen verglichen zu werden, unerträglich zu empfinden. „Er ist wesentlich größer als ein Haluter. Beachten Sie außerdem seine Nackenpartie.“

„Das ist mein Symboflex-Partner“, kam Tro Khons Stimme aus dem Lautsprecher. Dann nannte er seinen Namen. „Stellen Sie jetzt den Beschuß ein. Ich werde mich in wenigen Augenblicken aus diesem Raumsektor zurückziehen. Ich verspreche Ihnen, daß meine Waffen während der Unterhaltung ebenfalls schweigen werden.“

„Sie haben gesehen, daß sich die terranischen Schiffe nähern“, sagte Teik hitzig. „Sie können sich ausrechnen, daß Sie keine Chance mehr haben: *Deshalb* brechen Sie den Kampf ab!“

„Teiktos!“ rief Tolot mahnend. Dann wandte er sich an den Zweitkonditionierten. „Was wollen Sie?“

„Sie haben Terraner an Bord“, sagte der Zweitkonditionierte. „Ich möchte den Anführer dieser Zeitverbrecher sprechen.“

Rhodan trat vor, so daß er vom Aufnahmegerät erfaßt werden konnte. Sein Gesicht zeigte nicht, welche Gefühle ihn bewegten.

„Ich bin froh, daß es zu einer Unterredung kommt“, sagte er. „Es kommt mir darauf an, zu beweisen, daß wir Terraner keine Zeitverbrechen begangen haben.“

„Wer sind Sie?“ fragte Tro Khon.

„Ich bin Perry Rhodan“, erwiderte Rhodan.

„Ich kenne Ihren Namen. Es ist gut, daß ich mit Ihnen sprechen kann. Ihre Entschuldigungen sind sinnlos. Vor einunddreißig Jahren terranischer Zeitrechnung hat Ihr Volk sich an einem Zeitexperiment beteiligt.“

„Das geschah unfreiwillig“, erklärte Rhodan hastig. „Wir wurden . . .“

Tro Khon machte eine entschiedene Handbewegung.

„Es hat keinen Sinn, mich belügen zu wollen. Die Erste Schwingungsmacht begeht keine Fehler. Wir Zweitkonditionierten werden dafür sorgen, daß das Verbrechen des terranischen Volkes bestraft wird.“

„Ich habe Ihnen gesagt, daß es sinnlos ist, mit diesen Wesen zu argumentieren“, bemerkte Icho Tolot. „Die Zweitkonditionierten empfangen ihre Befehle von der sogenannten Ersten Schwingungsmacht. Für die Zeitpolizei ist es undenkbar, daß diese Schwingungsmacht einen Fehler begeht. Deshalb werden die Schwingungswächter nicht aufhören, gegen die Terraner zu kämpfen, bis sie einen Sieg errungen haben.“

Tolot hob die Hand.

„Sprechen Sie weiter“, forderte er Tro Khon auf.

„Die Erste Schwingungsmacht verfügt über Möglichkeiten und Mittel, gegen die der Dimensionstransmitter sich wie eine altertümliche Waffe ausnimmt. Ich sage das nur, damit Sie sich keinen falschen Hoffnungen hingeben. Unser erklärtes Ziel wird sein, die terranischen Zeitverbrecher zu vernichten. Da sich die Haluter auf die Seite der Terraner gestellt haben, müssen auch sie mit einer Bestrafung rechnen.“

Der Bildschirm wurde dunkel. Die Männer blickten sich betroffen an. Nur die Haluter schienen den Worten des Zeitpolizisten keine besondere Bedeutung beizumessen. Aber das, so wußte Rhodan, konnte täuschen. Icho Tolot verstand es meisterhaft, seine wahren Gedanken zu verbergen. Außerdem würde ein Haluter nur in den seltensten Fällen zugeben, daß ihm jemand überlegen war.

Wie Tro Khon angekündigt hatte, hob sich sein Schiff von der verwüsteten Oberfläche des Planetoiden ab und raste in den Weltraum. Gleich darauf war das seltsame Gebilde im Hyperraum verschwunden.

Nach allem, was man bisher von diesem fremden Raumschiff gesehen hatte, wurde Perry Rhodan das Gefühl nicht los, daß es sich dabei um einen lebenden Organismus handelte. Die beiden Haluter bestätigten Rhodans Vermutung. Obwohl sich der menschliche Verstand weigerte, diese Ungeheuerlichkeit zu akzeptieren, mußte man sich mit der Erkenntnis abfinden. Der Name *Golem* wurde für dieses lebende Raumschiff geprägt.

Rhodan benutzte das Funkgerät des halutischen Schiffes, um Kastori den Befehl zu geben, mit dem 82. GSV wieder den Flottensammelpunkt Navo-Nord anzufliegen. Roi Danton forderte die Kommandanten Hims und Eschka auf, sich mit der FRANCIS DRAKE und der LYDOLA Kastoris Schiffen anzuschließen. Auch die CREST IV erhielt einen entsprechenden Befehl.

„Auf jeden Fall wissen wir endlich, mit wem wir es zu tun haben", sagte Rhodan zu seinen Begleitern, nachdem alle Schiffe die notwendigen Befehle bestätigt hatten. „Die Zeitpolizisten sind irgendwie mit den Halutern verwandt."

„Sagen Sie das nicht!" knurrte Tolot böse.

„Ich wollte Sie nicht beleidigen", sagte Rhodan entschuldigend. „Ich kann Ihren Groll verstehen. Andererseits wird uns die Ähnlichkeit zwischen den Zweitkonditionierten und Ihnen helfen, die Mentalität unseres Feindes zu erkennen."

Roscoe Poindexter hörte kaum noch, worüber sich die Männer mit dem Haluter unterhielten. Er lehnte sich gegen eine unförmig aussehende Maschine und dachte an die zurückliegenden Ereignisse. Manches kam ihm vor wie ein Traum.

Jetzt hatte er etwas, wovon er seinen Freunden auf der Erde berichten konnte.

Wenn er jemals dorthin zurückkam.

13.

EINIGE TAGE SPÄTER

Vor zwei Tagen war die GULINI in der Magellanschen Wolke eingetroffen und stand dicht neben der CREST. Es handelte sich um ein Spezialschiff der Experimentalflotte, um ein bewegliches biopositronisches Robotgehirn. Man hatte es in die Zelle eines Superschlachtschiffes eingebaut. Da die meisten Waffen und Geräte fehlten, war Platz genug für die Positronik. Nun konnten an Ort und Stelle Berechnungen angestellt werden, und man war nicht mehr darauf angewiesen, die Daten zuerst an NATHAN auf dem irdischen Mond zu leiten.

Kommandant der GULINI war Oberst Sinbal Kalalit, ein mittelgroßer, schlanker Plophoser mit dunklen Haaren und schwarzen Augen. Er war nicht nur Offizier, sondern auch ein ausgezeichneter Mathematiker. Als er in der Magellanschen Wolke eintraf, brachte er die neusten Berechnungen und Ergebnisse der positronischen Kalkulation mit. Er hielt seinen Vortrag auf der CREST und fand aufmerksame Zuhörer.

„Ich habe eine Zweitberechnung von NATHAN erhalten", fuhr Oberst Kalalit nach einer winzigen Pause fort. Seine veränderte Stimme kündigte weitere Überraschungen an. „Die Positronik auf dem Mond gelangt zu den gleichen Ergebnissen. Es steht mit fünfundsechzigprozentiger Wahrscheinlichkeit fest, daß die Kristallagenten OLD MAN nur deshalb übernommen haben, weil der Riesenroboter der einzige greifbare und wirklich vorhandene Gegenstand ist, der aus einem sogenannten Zeitverbrechen hervorging. OLD MAN ist somit der einzige existierende Beweis für das unfreiwillige Zeitexperiment der Terraner. Damit steht weiter fest, daß sich die Zeitpolizei ebenfalls für OLD MAN interessiert. Wir werden nicht lange warten müssen, bis sie hier eintrifft, um den Fall zu untersuchen."

Atlan sah Rhodan an, als er sagte: „Eine weitere Folge wäre wohl, daß dem Zweitkonditionierten OLD MAN als wichtiges Kampfmittel in die Hand fiele."

„Ein Grund mehr", warf Solarmarschall Julian Tifflor hitzig ein, „das verfluchte Ding endlich anzugreifen und zu vernichten."

Rhodan warf ihm einen vorwurfsvollen Blick zu.

„Warum so hastig, Julian? OLD MAN stellt eine ungeheure Macht dar. Vielleicht gelänge es uns, den Robot zu vernichten, aber damit verlören wir ein für alle Mal die Möglichkeit, ihn in unseren Besitz zu bringen."

Julian Tifflor schwieg.

Gucky, der sich die ganze Zeit über ruhig und abwartend verhalten hatte, nickte Tifflor ermunternd zu.

„Nur nicht aufregen, Julian. Die Gefahr wird auch nicht größer, wenn der Zeitpolizist mit seinem Golem OLD MAN übernimmt. Vielleicht kann man mit ihm reden und ihn davon überzeugen, daß wir nicht schuld an dem „Zeitverbrechen" sind. Schließlich waren es doch die Meister der Insel gewesen, die uns in die Zeitfalle lockten. Was können wir dafür?"

„Hast du wirklich noch den Eindruck", erkundigte sich Rhodan ruhig, „daß mit dem Zweitkonditionierten zu reden ist, Gucky?"

Der Mausbiber wurde um ein paar Zentimeter kleiner.

„Wenn ich ehrlich sein soll – eigentlich nicht", gab er zu.

„Na also!" trumpfte Tifflor auf.

„Wir dürfen die Hoffnung nicht aufgeben", riet Atlan. „Ich setze meine ganze Hoffnung auf die erstaunliche Tatsache, daß der Zweitkonditionierte einem Haluter ähnlich sieht, auch wenn er viel größer ist. Vielleicht können wir eines Tages diesen Zusammenhang klären und zu unserem Gunsten ausnützen. Icho Tolot und Francan Teik werden uns dabei helfen können, auch wenn sie derzeit selbst noch vor Rätseln stehen."

„Du scheinst zu vergessen", unterbrach ihn Rhodan, „daß die beiden Haluter inzwischen zur Ursprungswelt der Gurrads geflogen sind, um an Ort und Stelle zu untersuchen, welches Zeitexperiment dort vor vierhundert Jahren stattfand. Wie wir heute wissen, begann damals die Bestrafung der Gurrads durch die Perlians."

Atlan nickte und schwieg.

Nicht nur die beiden Haluter, auch Rhodans Tochter, Suzan Waringer, hatte die Region um Navo-Nord verlassen. Sie war mit der LYDOLA in die heimatliche Galaxis zurückgekehrt.

„Warten wir also auf den Zeitpolypen“, schlug Gucky schnoddrig vor.

Bully, der neben dem Mausbiber saß, sah ihn verdutzt an.

„Wo hast du denn *den* Ausdruck schon wieder her?“

„Von dir“, eröffnete ihm Gucky ungerührt.

Bully räusperte sich.

„Muß aber auch schon vierhundert Jahre her sein. Außerdem . . .“

Bevor er weiterreden konnte, meldete sich die Orterzentrale und teilte mit, daß sich ein kleines, kugelförmiges Raumschiff im Anflug auf Navo-Nord befand.

Rhodan gab sofort Großalarm für die gesamte Flotte.

OLD MAN hatte sich bisher ruhig und abwartend verhalten. Die Kristallagenten mußten wissen, daß ihnen im Augenblick von den Terranern keine Gefahr drohte. Lediglich ein paar Robotraumer waren ausgeschleust worden und patrouillierten in unmittelbarer Nähe des gigantischen Gebildes. Es handelte sich um Ultraschlachtschiffe mit zweieinhalb Kilometern Durchmesser.

Als der Schwingungswächter im Raum erschien und sich Navo-Nord näherte, schleuste OLD MAN weitere Schiffe aus, bis insgesamt hundert der Ultrariesen die gigantische Station umkreisten.

„Das kann doch nicht wahr sein . . .!“ murmelte Rhodan verblüfft. „Der Zweitkonditionierte ist ein Vorgesetzter der Kristallagenten. Alle sind wiederum der Ersten Schwingungsmacht unterstellt, von der niemand weiß, was sie darstellt; was soll also diese merkwürdige Maßnahme des Robots bedeuten?“

Atlan, der genau wie Bully auf seinem Schiff war und mit Rhodan in Bildverbindung stand, sagte langsam:

„Es muß auf OLD MAN etwas geschehen sein. Die Steuergehirne gehorchen anscheinend den Kristallen nicht mehr. Sie beginnen, eigenmächtig zu handeln. Ich schlage vor, daß wir die Gelegenheit nutzen, sobald es zu einem Kampf zwischen OLD MAN und Tro Khon kommt.“

„Und wie? Angriff etwa?“

„Warum nicht?“

„Es werden immer mehr Schiffe ausgeschleust, Atlan. Ein Angriff wäre für uns mit größtem Risiko verbunden.“

„Nicht, wenn die Steuergehirne verrückt spielen. Und das tun sie doch offensichtlich."

Einer der Funkoffiziere kam in die Zentrale der CREST.

„Sir", meldete er. „Hyperimpulse aus Richtung des Golems. Offenbar wird versucht, Verbindung zu OLD MAN herzustellen. Wir konnten die Funkzeichen nicht entziffern, und OLD MAN hat bisher nicht geantwortet."

„Zeichnen Sie alle Impulse auf, Captain. Wir kümmern uns später um die Entschlüsselung." Rhodan wartete, bis der Offizier gegangen war, dann fuhr er, zu Atlan und Bully gewandt, fort: „Es besteht also allem Anschein nach kein Kontakt zwischen dem Zeitpolizisten und OLD MAN. Wenn keiner zustande kommt – um so besser für uns. Atlan, halte deine Flotte in Bereitschaft. Wenn wir uns dazu entschließen sollten, wirst du von deinem Sektor aus massiv angreifen. Bully, für dich gilt das gleiche."

Atlans Gesicht verschwand für einen Moment vom Bildschirm, dann kam es zurück.

„Tronar und Rakal Woolver schlagen vor, daß sie OLD MAN einen Besuch abstatten."

„Die Wellensprinter?" Rhodan schüttelte den Kopf. „Vorerst nicht. Auf keinen Fall dürfen sie selbständig und ohne Befehl handeln. Sie setzen sich größter Gefahr aus."

Tronar und Rakal waren Mutanten. Sie konnten sich jederzeit in einen Energiestrom, gleich welcher Art, einfädeln, indem sie entmaterialisierten. Geschah das gleiche in einem Hyperenergiebündel, bewegten sie sich mit millionenfacher Lichtgeschwindigkeit. Sie waren so in der Lage, gewaltige Strecken in einem Hyperfunkimpuls zurückzulegen.

Der Golem des Schwingungswächters hatte sich weiter genähert. Die terranischen Schiffe bildeten eine Gasse, durch die er flog, ohne sich um die Flotte des Solaren Imperiums zu kümmern. Sein Ziel war OLD MAN, und er steuerte ihn direkt an.

Als er noch einige Lichtjahre davon entfernt war, verlangsamte er seine Geschwindigkeit, um dicht vor dem Absperriegel zu stoppen. Abermals wurden in den Funkzentralen die merkwürdigen Hyperimpulse aufgefangen.

„Jetzt muß es sich entscheiden", murmelte Rhodan und starrte gebannt auf den Panoramaschirm. „Wenn OLD MAN angreift, ist unsere Chance gekommen."

Und OLD MAN griff den Schwingungswächter an!

Tro Khon gab Exekutor Nr. 4 den Befehl, Verbindung zu den Kristallagenten auf OLD MAN aufzunehmen. Die Hyperimpulse wurden verschlüsselt und abgestrahlt. Aber die erwartete Antwort blieb aus.

Der Zweitkonditionierte saß in seinem Spezialsessel vor dem Bildschirm, auf dem OLD MAN in aller Deutlichkeit zu erkennen war. Die terranischen Schiffe beachtete er kaum. Aber er stellte mit Verwunderung fest, daß der Roboter eine ganze Flotte ausschleuste und so ordnete, daß die einzelnen Schiffe einen Sperriegel bildeten. Es würde auch für ihn, den mächtigen Tro Khon, schwierig sein, diesen Riegel zu durchbrechen, falls sich das als notwendig erweisen sollte.

Aber der Gedanke daran war absurd. Die Kristallagenten, die augenblicklichen Herren der Station, waren seinem Befehl unterstellt. Sie würden ihn niemals anzugreifen wagen.

Und doch sah es ganz so aus, als sollte das Unglaubliche geschehen.

Tro Khon schaltete sein Kontaktgerät ein.

„Exekutor Nr. 6! Angriff und Abwehr bereithalten. Es kann zu überraschenden Aktionen kommen. Warten Sie weitere Befehle ab."

Exekutor Nr. 6 bestätigte den Auftrag. Tro Khon konnte sich auf ihn verlassen.

Es waren an die fünftausend Ultraschlachtschiffe des Roboters, die plötzlich ohne jede Ankündigung das Feuer auf den fast stillstehenden Dolan eröffneten. Tro Khon hatte die doppelten Abwehrschirme einschalten lassen, aber sie wären sicherlich nicht in der Lage gewesen, eine derartige Energiemenge zu absorbieren oder in den Hyperraum abzuleiten. Mit einem blitzschnellen Manöver wich Tro Khon aus und entging der sicheren Vernichtung.

Da erlosch der grüne HÜ-Schirm OLD MANS, und die Station wurde schutzlos.

„Das ist doch Wahnsinn!" rief Rhodan aus. „Wie können die Kristalle so leichtsinnig sein? Erst greifen sie den Zeitpolizisten an, dann aber lähmen sie die Abwehr der Superfestung. Was soll das?"

„Eine Wahnsinnsschaltung", vermutete Atlan. „Die Kristalle müssen in der Tat die Herrschaft über die Steuergehirne verloren haben, und diese Gehirne ihrerseits handeln unlogisch und selbstmörderisch. Die Schiffe hingegen greifen weiter an. Sie werden ganz offenbar nicht mehr von OLD MAN aus gesteuert."

Bully meinte erregt:

„Tro Khon greift weder die Robotschiffe noch die Festung OLD MAN an. Offensichtlich will er beides unzerstört übernehmen. Wir müssen das verhindern!"

„Und wie?" fragte Rhodan. „Greifen wir den Schwingungswächter an, muß er das als Beweis unserer Schuld ansehen. Und wenn wir OLD MAN zu vernichten suchen, ist das auch nicht gerade rücksichtsvoll ihm gegenüber."

„Es ist unsere letzte Chance, den Roboter ein für alle Mal auszuschalten. Er bedeutet eine Gefahr für uns alle. Perry, du darfst jetzt keine Rücksicht mehr nehmen. OLD MAN ist ohne HÜ-Schirm! Und jetzt fangen auch noch die Schiffe an, verrückt zu spielen . . ."

So war es in der Tat. Die fünftausend Superschiffe griffen den Zweitkonditionierten nicht mehr an, sondern begannen mit völlig planlosen Manövern. Sinnlos rasten sie in den Raum hinaus, verschwanden im Linearraum oder kehrten einfach zurück, um Schleifen zu ziehen. Dabei gerieten sie oft in unmittelbare Nähe der terranischen Schiffe, aber sie taten so, als bemerkten sie diese nicht.

„Die Steuerung der Festung unterliegt mehreren einander widersprechenden Einflüssen." Rhodans Gesicht wirkte etwas ratlos. Er konnte sich noch immer nicht zu einem Angriff auf OLD MAN entschließen.

Auf den zwölf Plattformen des Roboters erschienen plötzlich Gestalten, die sich schwerfällig und langsam bewegten. Es waren schwere Kampfroboter, die nach dem alten Vorbild der Arkoniden erbaut worden waren. Ihre Arme waren Impulsstrahler, die sich schräg nach oben reckten und das Feuer auf den in geringer Entfernung stehenden Golem des Schwingungswächters eröffneten.

„Das ist es!" rief Atlan. „Wenn wir nun OLD MAN angreifen und möglicherweise vernichten, muß der Zeitpolizist annehmen, daß wir ihm zu Hilfe eilen wollten. Er wird uns dann nicht mehr als Zeitverbrecher ansehen und vielleicht mit uns verhandeln."

„Sehr richtig!" Rhodan nahm eine Schaltung an den Kontrollen vor. Sekunden später war die Verbindung mit allen Kommandanten der Flotte hergestellt. Vierzigtausend Offiziere hörten, was er zu sagen hatte. „Wir greifen OLD MAN nach dem dafür ausgearbeiteten Plan an. Wir beginnen damit in einer Minute. Das Feuer darf nicht auf den Golem eröffnet werden. Der Roboter und seine Schiffe sind zu vernichten. Achtung – in vierzig Sekunden . . ."

Damit war die Entscheidung gefallen.

In der Kommandozentrale der IMPERATOR standen die Zwillinge Tronar und Rakal, die Wellensprinter, neben Atlans Sessel. Ihre Gesichter spiegelten Enttäuschung wieder.

„Jetzt ist es zu spät für unsere Aktion. Wir hätten bestimmt wichtige Dinge auf OLD MAN erfahren können." Tronar klappte den Raumhelm seines Anzuges zurück. Darunter wurde der kleine Schutzhelm sichtbar, der mit einem Mikro-Individualabsorber versehen war, der jede Ortung durch Roboterkommandos verhinderte. Rakal trug eine ähnliche Bekleidung. „Vielleicht kommen wir später noch zum Zuge."

„Ganz sicher", tröstete Atlan und ging befehlsmäßig mit seinem Schiff auf Angriffskurs. OLD MAN war zehn Millionen Kilometer entfernt. Die anderen Schiffe seiner Flotte nahmen Aufstellung. „Wenn OLD MAN nicht restlos zerstört wird, habt ihr Arbeit genug."

In diesem Augenblick erschien auf allen Hyperkomschirmen der gesamten Flotte Roi Dantons Gesicht. Der Kapitän der Freihändler war außergewöhnlich ernst, und seine Sprache war kurz und knapp, wie man es von ihm nicht gewohnt war.

Roi Danton sagte:

„Herr Großadministrator, Sie dürfen OLD MAN unter keinen Umständen jetzt angreifen, so günstig die Gelegenheit auch zu sein scheint. Wenn es wirklich gelingt, den Riesenrobot zu vernichten, so vergeben wir damit die einmalige Chance, dem Zeitpolizisten unsere Unschuld zu beweisen. Denn nur die Steuergehirne OLD MANS wissen, wie das sogenannte Zeitverbrechen der Terraner aussah. Außerdem wird es nicht nur den einen Schwingungswächter geben. Andere können leicht die Erde finden, angreifen und vernichten, ohne daß wir etwas dagegen zu unternehmen in der Lage sind."

Atlan zögerte mit seinem Anflug auf OLD MAN. Er wartete, was Rhodan zu entgegnen hatte.

Rhodan antwortete schnell:

„Es wird so schnell nicht wieder geschehen, daß der grüne Schirm erlischt. Sobald Tro Khon in den Besitz von OLD MAN gelangt ist, wird er dort das Kommando übernehmen."

„Natürlich wird er das – aber er wird auch erfahren, daß die Terraner nichts mit dem Zeitverbrechen zu tun haben. Er wird die Verfolgung einstellen. Nicht angreifen, *das* ist unsere Chance."

Roi Danton sprach überzeugend und eindringlich. Selbst Rhodan konnte sich der zwingenden Logik seiner Argumente nicht entziehen. Er benötigte zehn Sekunden, um seinen Entschluß zu ändern und den Angriff abzublasen. Die vierzigtausend Schiffe jagten über OLD MAN hinweg, ohne das Feuer eröffnet zu haben. Sie kehrten in ihre alten Kreisbahnen zurück und bezogen Warteposten.

Nur die IMPERATOR III raste weiter auf OLD MAN zu.

Atlan war gewillt, eine Entscheidung herbeizuführen. Notfalls würde er ohne Rhodans Genehmigung handeln.

Als die IMPERATOR noch drei Millionen Kilometer von OLD MAN entfernt war, funkte Atlan OLD MAN mittels Richtstrahl auf Hyperwelle an. Er schickte einen Orterstrahl hinterher, um ganz sicher zu sein.

Tronar und Rakal standen mit ihm in der Funkzentrale vor den Geräten. Sie hatten die Helme wieder geschlossen und warteten auf ihr Einsatzzeichen. Auf dem Funkstrahl würden sie zu OLD MAN ›hinüberreiten‹.

Atlan nickte ihnen zu.

Augenblicklich entmaterialisierten die beiden Männer. Sie verschwanden in den Funkgeräten und kamen in derselben Sekunde drei Millionen Kilometer weiter wieder zum Vorschein.

Sie standen auf der Halbkugelhülle der gigantischen Trägerkuppel, die einen Durchmesser von zweihundert Kilometern besaß.

14.

Tronar und Rakal wurden sofort von Kampfrobotern angegriffen.

Sie wehrten sich mit ihren Kombistrahlern, aber auf die Dauer konnten sie dem Ansturm nicht standhalten. Sie zogen sich zurück, und als sie keinen anderen Ausweg mehr sahen, fädelten sie sich in einen ganz normalen Funkimpulsstrahl ein und rematerialisierten in der Funkzentrale von OLD MAN.

Die Wartung erfolgte automatisch und von einer Kommandostelle aus geleitet. Alle Bildschirme waren in Betrieb und zeigten Teile der inneren Station und Vorgänge, die sich außerhalb der Festung abspielten. Hier waren die Zwillinge vorerst sicher, denn es gab genügend Stromleitungen, in denen sie notfalls verschwinden konnten.

„Dort . . . Plattform Acht“, sagte Tronar und deutete auf einen der Bildschirme. „Der Schwingungswächter setzt zur Landung an. Es wird ernst.“

Der schwarze Golem näherte sich der Plattform, auf der es von Kampfrobotern wimmelte. Sie machten keinerlei Anstalten, Tro Khon anzugreifen. Sie ließen das organische Raumschiff landen. Doch kaum war das geschehen, ging eine Verwandlung mit ihnen vor. Ihre Waffenarme spien Tod und Verderben gegen den Golem, der seine Schutzschirme gerade abgeschaltet hatte.

Tro Khon reagierte blitzschnell.

Noch während sich der Schutzschirm wieder um den Golem legte, eröffnete er das Feuer auf die angreifenden Kampfroboter. Die hochenergetischen Intervallimpulse schleuderten die schweren Maschinen in den Raum, wo sie hilflos zerbarsten oder in atomaren Explosionen vergingen.

Die Zwillinge starrten wie gebannt auf den Bildschirm und verfolgten die Geschehnisse. Sie bekamen einen Eindruck von der gewaltigen Kampfkraft des Zweitkonditionierten und begriffen Rhodans Sorge. Es gab nichts, was man dieser Vernichtungsmaschine entgegenwerfen konnte.

Bald gab es keine Roboter mehr auf der achten Plattform, und abwartend stand der Golem auf seinem Landeplatz. Es schien, als erhoffte er sich neue Gegner – aber sie kamen nicht. Die sinnlos durch den Raum jagenden Ultraschiffe kümmerten sich nicht um den Schwingungswächter.

Tro Khon ahnte längst, daß etwas mit OLD MAN nicht stimmte. Es mußte den Kristallagenten nicht restlos gelungen sein, die Steuergehirne unter ihre Kontrolle zu bringen. Nun erhielt die Automatik einander widersprechende Befehlsimpulse und drehte durch. Der Erfolg war eine wirkungslose Abwehr und ein heilloses Durcheinander.

Es wurde Zeit, die Sache selbst in die Hand zu nehmen.

Tro Khon nahm Verbindung mit seinen Exekutoren auf.

„Ich werde den Dolan verlassen und allein in die Station eindringen. Die Schutzschirme sind einzuschalten, sobald ich zehn Meter entfernt bin. Und sie sind erst dann wieder abzuschalten, wenn ich zurückkehre und mich über Funk melde. Exekutor Nr. 6, Sie sind mir für die absolute Verteidigungsbereitschaft des Dolan verantwortlich. Jeder Angreifer, gleich welcher Art, ist zu vernichten. Exekutor Nr. 7, Sie speichern eine Analyse. Exekutor Nr. 4, Sie versuchen auch weiterhin, einen Kontakt mit den Kristallagenten herzustellen."

Nach diesen letzten Instruktionen verließ Tro Khon die Kommandozentrale seines Dolans. In der Außenhaut des gigantischen Lebewesens öffnete sich ein Spalt, und während der Schwingungswächter durch den erlöschenden Abwehrschirm hindurchschritt und die Plattform betrat, verdichtete er seine Körperstruktur derart, daß sie die Dichte des härtesten Stahls weit übertraf.

Tronar und Rakal standen vor den Bildschirmen und beobachteten den unglaublichen Vorgang. Sie bemerkten nicht, wie sich die Abwehrschirme wieder einschalteten, und daß seitlich vier Kampfroboter auftauchten und sich dem Koloß näherten, der ohne Hilfsmittel im Vakuum existieren konnte.

Tro Khon hatte die Roboter längst bemerkt, aber er verhielt sich abwartend.

Als die vier Maschinenwesen angriffen, verwandelte sich Tro Khon in eine rasende Kampfmaschine. Er setzte keine seiner Waffen ein, sondern erhöhte einfach seine Geschwindigkeit und lief wie ein lebendiges Geschoß auf die Roboter zu. Energiebündel streiften ihn und glitten wirkungslos an dem stählernen Körper ab. Dann hatte er die Roboter erreicht.

Tro Khon rannte sie über den Haufen, und bei dem Zusammenprall barsten die Maschinen auseinander, als wären sie von einer Bombe getroffen worden. Der Schwingungswächter benötigte ganze zehn Sekunden, um mit den vier Robotern fertig zu werden.

„Das ist unfaßbar!" murmelte Rakal entsetzt. „Wie kann es solch ein Lebewesen überhaupt geben?"

„Es darf uns nicht entdecken, sonst sind wir verloren. Spürst du auch die Befehlsimpulse der Kristalle?"

„Sehr deutlich, aber zum Glück können sie uns nichts anhaben."

Infolge ihrer aktivierten Individualabsorber blieb die Anwesenheit der Zwillinge auch den Hypnokristallen verborgen.

„Bleiben wir vorerst hier?" fragte Rakal nach einer Weile.

„Ja. Hier sind wir sicher."

Sie sahen wieder auf den Schirm.

Tro Khon war noch immer auf der achten Plattform, etwa vierzig Kilometer von den Zwillingen in ihrer Funkstation entfernt. Nachdem er die vier Roboter vernichtet hatte, marschierte er auf den Rand der Trägerkuppel zu und entwickelte dabei eine erstaunliche Geschwindigkeit. Diese steigerte sich noch, als er Anlauf nahm.

Tro Khon nahm in der Tat einen Anlauf – und raste auf die dicke gepanzerte Kuppel zu. Sein Tempo erhöhte sich, je näher er der abgeschrägten Stahlwand kam – und dann erreichte er sie.

Es war, als schlüge eine Bombe ein.

Die Stahlwand wurde regelrecht zerfetzt. Es entstand eine Öffnung, groß wie ein Scheunentor und an den Rändern seltsam ausgezackt. Tro Khon war verschwunden. Er befand sich bereits tief im Innern der Trägerkuppel. Arbeitskommandos erschienen und dichteten die Hülle wieder ab.

Tronar lief von Bildschirm zu Bildschirm, aber er konnte den Schwingungswächter nicht mehr entdecken. Das Monstrum hatte sich irgendwo in den unzähligen Korridoren und Abteilungen der riesigen Trägerkuppel verloren.

„Ganz klar, er will zum Koordinator-Steuergehirn, zu Captain Rog Fanther. Wenn er da eindringt, hat er auch OLD MAN in seiner Gewalt. Die Kristalle müssen früher schon genügend Informationen durchgegeben haben, sonst wüßte er nicht so gut Bescheid. Was tun wir?"

Rakal zuckte die Schultern.

„Ihn daran hindern? Wie denn?"

„Hindern kaum, aber wir müssen ihn weiter beobachten. Atlan erwartet einen ausführlichen Bericht. Uns kann nicht viel passieren, wenn wir stets darauf achten, einen Stromkreis in der Nähe zu haben. Das Monstrum darf uns nicht bemerken, das ist alles."

Sie verzichteten darauf, sich in einen Energiefluß einzufädeln, und verließen die Funkzentrale auf dem normalen Weg. Die Flugaggregate ihrer Kampfanzüge konnten jederzeit eingeschaltet werden. Korridore und auch Seitengänge der Trägerkuppel waren breit und hoch genug.

Die Zwillinge kamen in eine der vielen Schaltzentralen und suchten hinter einem mächtigen Generator Schutz und Deckung, obwohl niemand in der Halle zu sehen war. Aber sie wußten, daß es überall Fernsehkameras und die entsprechenden Bildschirme gab.

„Wir sollten versuchen, Atlan zu unterrichten", sagte Tronar. „Er wird sich Sorgen um uns machen."

Es dauerte nur wenige Sekunden, bis Atlan sich meldete.

„OLD MAN hat seinen HÜ-Schirm nicht wieder eingeschaltet, sonst drängen die Funkimpulse nicht durch. Wo steckt ihr?"

„In der Trägerkuppel. Der Schwingungswächter ist auch hier. Er will wahrscheinlich zur Hauptzentrale vordringen. Ein fürchterliches Lebewesen . . ."

„Geht ihm aus dem Weg", riet Atlan. „Und kehrt sofort um, wenn er euch angreift. Vielleicht ist aber auch eine Kontaktaufnahme möglich."

„Kaum. Er walzt alles nieder, was sich ihm in den Weg stellt."

„Seid vorsichtig."

Sie unterbrachen umgehend den Funkkontakt.

„Verständigung ist gut", murmelte Rakal. „Wie stellt Atlan sich das vor?"

Tronar gab keine Antwort. Stumm deutete er zur gegenüberliegenden Seite. Rakal sah hin. In der Wand war eine Öffnung entstanden, und in die Halle strömten schwere Kampfroboter. Ihre Waffenarme waren aufgerichtet. Zielsicher, als könnten sie die beiden Wellensprinter sehen, kamen sie auf den Generatorblock zu.

Rakal fuhr herum, als er ein Geräusch hörte. In der Trägerkuppel war noch immer Luft. Die Decken mußten sich automatisch abdichten, und die Lufterneuerungsanlage funktionierte einwandfrei.

Eine zweite Kolonne von Robotern kam durch die Tür, durch die auch er und Tronar in die Halle gekommen war.

Der Rückzug war abgeschnitten . . .

Tronar griff in die Tasche seines Kampfanzuges und zog eine faustgroße Handgranate daraus hervor. Es war eine jener atomaren Vernichtungswaffen, die von den Terranern nur selten verwendet wurden, die aber immer wieder in fast aussichtslosen Situationen einen Ausweg schufen. So klein sie auch waren, sie besaßen eine große Sprengkraft.

„Noch nicht", warnte Rakal. „Wenn wir einen Stromkreis finden, können wir verschwinden."

„Sie haben uns bemerkt, das steht fest. Schließlich handelt es sich um Roboter, und bei denen habe ich keine Bedenken, so eine Bombe zu werfen. Nur schade um das Material."

Die Granaten waren so konstruiert, daß sie trotz ihrer enormen Sprengkraft nur einen beschränkten Wirkungskreis hatten. In diesem Kreis allerdings blieb kaum etwas übrig. Tronar mußte also warten, bis soviel Roboter wie möglich ziemlich eng beisammen waren. Aber das trat nicht ein.

Sie verteilten sich gleichmäßig in dem Raum und kamen dann aus allen Richtungen auf das Versteck der Zwillinge zu. Offensichtlich hatten sie die beiden trotz der Individualabsorber anpeilen können.

„Der Helmkom", murmelte Tronar, „hat uns verraten. Sie müssen entsprechende Empfänger haben. Und keine Steckdose in der Nähe, in der wir verschwinden können . . .!"

„Wir haben Strahler", erinnerte ihn Rakal gelassen. „Damit verjagen wir sie schon."

Sekunden später eröffneten die Roboter das Feuer auf den Generator, ohne die geringste Rücksicht auf das wertvolle Gerät zu nehmen. Das allein ließ schon darauf schließen, daß ihre Programmierung nicht mehr in Ordnung war. Sie schossen wahllos in die Richtung, in der sie die Eindringlinge vermuten mußten.

Tronar und Rakal feuerten zurück, aber mit dem Unterschied, daß sie zielten und trafen. Die Roboter hatten ihre Schutzschirme nicht eingeschaltet. Einer nach dem anderen wurde außer Gefecht gesetzt.

Die restlichen wichen zurück.

Der Weg in den Hauptkorridor war wieder frei.

Tronar und Rakal zogen sich feuernd zurück und fanden dann in der nächsten Halle einen geeigneten Stromkreis, der sie zwanzig Kilometer tiefer in die Trägerkuppel beförderte. Es war reiner Zufall, daß sie dabei wieder auf die Spuren des Zweitkonditionierten stießen.

Das unglaubliche Monstrum war durch die Stahlwände gestürmt und hatte Dutzende von Robotern vernichtet zurückgelassen. Maschinen waren umgeworfen worden, und der Boden war mit Trümmern aller Art bedeckt. Tro Khon mußte hier seine ganze Wut über das Versagen der Kristallagenten ausgetobt haben.

Tronar schätzte die Richtung der beiden Ein- bzw. Ausbruchsöffnungen ab.

„Er stößt auf das Zentrum der Kuppel zu. Dort ist die Schaltzentrale mit dem Gehirn des Koordinators. Ich glaube aber, daß er etwas ganz anderes sucht, etwas, das auch wir bisher noch nicht gefunden haben."

„Und das wäre?"

„Den roten Hebel, Rakal. Erinnerst du dich? Wenn man auf den Robotschiffen von OLD MAN den bewußten roten Hebel betätigt, schaltet sich die gesamte Automatik ab. Das Schiff ist wieder normal zu steuern. Ich nehme an, auch OLD MAN hat einen solchen Hebel, der die ganze Automatik lahmlegt. Wenn der Schwingungswächter ihn findet, ist OLD MAN unbestritten in seiner Hand."

„Wie wollen wir das verhindern, Tronar?"

„Indem wir vor ihm dort sind."

Mit dem nächsten Stromkreis legten sie fünfzig Kilometer zurück und hatten den Giganten eingeholt.

Tro Khon raste.

Er zerfetzte auf seinem Vormarsch alles, was sich ihm entgegenstellte. Mit seiner stahlharten Körperstruktur durchdrang er alle Hindernisse und vernichtete mit den Intervallstrahlern die Roboter, die sich ihm infolge ihrer Fehlschaltung entgegenstellten. Vergeblich versuchte er dabei immer, sich mit den Kristallagenten in Verbindung zu setzen, bis er es aufgab.

Seine Informationen besagten, daß sich in der Nähe der Schaltzentrale eine Vorrichtung befinden mußte, mit der sich die Vollautomatik abstellen ließ. War das erst geschehen, wurden die verrückt gewordenen Steuergehirne außer Gefecht gesetzt. Dann war OLD MAN in seiner Hand.

Er nahm kurz Verbindung mit Exekutor Nr. 4 auf und ließ sich bestätigen, daß mit dem Dolan alles in Ordnung war. Exekutor Nr. 6 berichtete, daß immer wieder neue Angriffe von Robotkommandos stattfänden, die jedoch mit Leichtigkeit zurückgeschlagen werden konnten. Die Ultraschlachtschiffe zögen in verrückten Kurven im Raum umher, ohne sich um die Vorgänge auf der Robotfestung zu kümmern. Auf die Frage, was die Terraner inzwischen unternähmen, erteilte Exekutor Nr. 7 die Auskunft, die Zeitverbrecher verhielten sich passiv und abwartend.

Tro Khon unterbrach die Verbindung zu seinem Symposium.

Die wispernden Befehlsimpulse der Kristallagenten drangen auf ihn ein, aber er schenkte ihnen keine Beachtung. Sie galten auch nicht ihm. Vielleicht galten sie den Terranern draußen in ihren Schiffen.

Die Kristallagenten hätten sich lieber um die Steuergehirne von OLD MAN kümmern sollen.

Jetzt war es zu spät dazu. Tro Khon war fest entschlossen, sie zu bestrafen. Er hatte das Recht dazu, und er würde auch Gebrauch davon machen.

Er orientierte sich und nahm den Vormarsch wieder auf.

Mit fürchterlichem Krachen durchbrach er die nächste Stahlwand.

Tronar und Rakal hörten das Gepolter und das Bersten metallener Teile. Sie standen fast deckungslos in der Nebenfunkstelle, in der sie materialisiert waren.

„Wenn er uns entdeckt, wird er uns jagen“, flüsterte Tronar und wurde blaß. „Los, weg von hier!“

Sie rannten ein Stück in den Korridor hinaus und bogen dann rechts in eine Halle, die voller Kisten und Geräte stand. Es mußte sich um ein Ersatzteillager handeln. Wie überall im Innern der Trägerkuppel brannte auch hier das Licht, das indirekt aus der Decke und den Wänden kam.

„Hier ist es besser“, meinte Rakal atemlos. „Hoffentlich kann er uns nicht anpeilen wie die Roboter. Wenn er zufällig unsere Frequenz einschaltet . . .“

„. . . können wir es auch nicht ändern. Dort drüben – der Kistenstapel. Schnell, er kommt näher . . .“

Es war nicht zu überhören. Tro Khon kam diesmal durch die weit offenstehende Tür und betrat das Vorratslager. Mitten im Raum blieb er stehen und sah sich aufmerksam nach allen Seiten um.

Den Zwillingen stockte der Atem, als sie das Ungeheuer so nahe vor sich sahen.

Tro Khon stand bewegungslos in der Halle und schien zu lauschen. Er wußte selbst nicht, warum er seinen Marsch unterbrochen hatte. Es war vielleicht nur ein Gefühl gewesen, das ihn warnte. Einen festen Anhaltspunkt, daß hier irgendwo ein Gegner lauerte, gab es nicht.

Außerdem störten ihn die Hypnoimpulse der Kristalle. Sie lenkten ihn ab. Ungeachtet dessen setzte er sich aber mit dem Dolan in Verbindung.

„Exekutor Nr. 4, versuchen Sie, fremde Intelligenzen in der Robotfestung zu orten. Es muß hier außer den Kristallen und den Steuergehirnen etwas geben, von dem ich nichts weiß. Ich verlasse mich auf Sie.“

„Die Hypnoimpulse stören, Tro Khon. Ich kann nichts orten.“

„Die Impulse werden verstummen, sobald ich die Kristallagenten bestraft habe. Dann vergessen Sie nicht, was ich befohlen habe.“

Er brach die Verbindung ab.

Noch einmal durchforschte der Blick seiner drei Augen den Raum, aber er konnte nichts Verdächtiges feststellen. Ein Lagerraum, sonst nichts. Ein Raum voller Verstecke, für alle möglichen Lebensformen, und er wußte nicht einmal, wie sein eventueller Gegner – wenn es einen gab – aussah.

Er setzte sich in Bewegung, und diesmal wählte er den direkten Weg.

Mit fürchterlichem Krachen durchbrach er die gegenüberliegende Wand und ließ ein riesiges Loch zurück.

Dann war er verschwunden.

Tronar atmete auf.

„Das ging noch einmal gut. Ich fürchtete schon, er hätte uns entdeckt. Folgen wir ihm."

Der Schwingungswächter kam schneller voran als sie, obwohl die Zwillinge die Flugaggregate einschalteten und der Spur des Giganten folgten. Aber dann hatte Tro Khon wieder auf den gewaltsamen Durchbruch verzichtet und den Korridor benutzt.

Seine Spur verlor sich erneut.

Und die Trägerkuppel hatte einen Durchmesser von zweihundert Kilometern.

Tro Khon näherte sich zielsicher dem Zentrum der Trägerkuppel. Seine Peilung funktionierte einwandfrei, wenn auch die dauernden Befehlsimpulse der Kristallagenten ablenkten. Noch immer konnte Exekutor Nr. 4 keinen Erfolg melden; der Kontakt mit den Kristallen blieb aus.

Die letzten Kilometer legte Tro Khon nicht in der bisherigen Art zurück. Er nahm mehr Rücksicht, um keine empfindlichen Kontrollteile der Festung zu beschädigen. Außerdem führte ein breiter Korridor genau in Richtung der Zentralschale, die normalerweise von HÜ-Schirmen abgesichert wurde. Alle diese Sicherheitsmaßnahmen waren ausgeschaltet worden, und wehrlos boten sich die beiden Kontrollgewalten – das zentrale Steuergehirn und die Kristallagenten – dem Zugriff Tro Khons dar.

Die Befehlsimpulse der Kristallagenten waren intensiver geworden. Sie mußten das Näherkommen des Zweitkonditionierten bemerkt haben und versuchten nun, auch ihn zu beeinflussen. Das war ein einmaliger Vorgang, der einer Revolution gleichzusetzen war. Tro Khons Zorn erhöhte sich, und sein Entschluß, die Kristallagenten ohne Gnade zu vernichten, stand nun endgültig fest.

Es war ihm unerklärlich, daß ein solches Ereignis eintreten konnte, aber er zerbrach sich nicht weiter den Kopf darüber. Es war geschehen, und er verkörperte das Strafgericht.

Ohne den geringsten Widerstand erreichte Tro Khon den großen Saal im Zentrum der Trägerkuppel von OLD MAN. Genau in seiner Mitte schimmerte die große Kugel aus purem Kristall, die wahrscheinlich letzte existierende Konzentration der Hypnokristalle. Sie schien von rosa und grünen Adern durchzogen zu sein, aber diese

Adern wanderten über die Oberfläche der Kugel hinweg und veränderten laufend ihr Aussehen. Die Impulse waren noch stärker geworden, aber Tro Khon beachtete sie nicht.

In einer seiner Hände hielt er ein kleines Gerät, nicht größer als eine menschliche Faust. Es besaß an einem Ende eine durch einen feinen Grill verschlossene Öffnung, die Tro Khon nun auf die Kristallkugel richtete. Er drückte den Knopf am anderen Ende langsam ein.

Der Saal wurde von einem intensiven grünen Leuchten angefüllt, das sogar das Schimmern der Kristallkugel verblassen ließ. Tro Khon stand inmitten der farbenprächtigen Leuchterscheinung. Er lenkte den grünen Strahl und hüllte mit seinem Licht die Kristallkugel vollends ein.

Die Hypnoimpulse verstummten für den Bruchteil einer Sekunde, um dann mit doppelter Wucht wiederzukommen. Konzentriert drangen sie auf das Gehirn des Schwingungswächters ein und versuchten, ihm ihren Willen aufzuzwingen. Tro Khon schirmte sich ab.

Mit der Kristallkugel ging eine Veränderung vor sich.

Zuerst begann sie intensiver zu leuchten, aber dann erstarben die rosa und grünen Farbmuster der Adern. Sie verdunkelten sich allmählich.

Die ganze Kugel wurde schließlich dunkel und verschluckte den grünen Strahl, der aus Tro Khons Waffe kam.

Gleichzeitig verstummten die Hypnoimpulse.

Die Kristallagenten existierten nicht mehr. Aus der riesigen Kugel war reines Howalgonium geworden, ein fünfdimensional strahlendes Element von unermeßlichem Wert.

Tro Khon ließ die Hand sinken. Befriedigt betrachtete er sein Zerstörungswerk. Er hatte die Rache vollzogen und die Unfähigen bestraft. Niemand konnte ihn nun noch daran hindern, die Robotfestung zu übernehmen. Auch das zentrale Steuergehirn nicht, denn es war wahnsinnig geworden und keiner Befehlsgewalt mehr mächtig. Er konnte es einfach ignorieren.

Aber da war noch eine andere Aufgabe zu erfüllen – die wichtigste. Er mußte die Automatik ausschalten.

In diesem Augenblick meldete sich Exekutor Nr. 4:

„Tro Khon, in der Festung halten sich fremde Wesen auf, deren Individualimpulse ich jedoch nicht registrieren kann. Es sind mindestens zwei, wenn die Peilung nicht trügt."

„Lebewesen? Warum erfahre ich das erst jetzt?"

„Als die Hypnoimpulse des Kristalls verstummten, konnte ich Funksprüche auffangen. Es sind Terraner, Zeitverbrecher. Es ist Exekutor Nr. 7 unerklärlich, wie sie in die Festung gelangen konnten. Ein Schiff wurde nicht beobachtet. Sollen wir die Jagd einleiten?"

„Terraner . . .?" Tro Khon konnte seine Verblüffung nicht ganz verbergen. Es war ihm unerklärlich, wie Terraner in die Festung gelangen konnten, ohne rechtzeitig von seinem Dolan bemerkt zu werden. „Noch keine Abwehr einleiten. Ich werde selbst versuchen, mit ihnen fertig zu werden. Kann ich die Ortung haben?"

Es dauerte einige Sekunden.

„Die Funksignale kommen ganz aus Ihrer Nähe, Tro Khon."

„Ich melde mich wieder. Peilung ständig durchführen."

Er blieb stehen und versuchte selbst, mit seinem Funkgerät die Signale der Terraner aufzufangen, aber es gelang ihm nicht. Sie mußten eine Frequenz benutzen, die er nicht zur Verfügung hatte. Dann drehte er sich langsam um und ging in den Korridor zurück. Als er weit vor sich einen flüchtigen Schatten wahrnahm, setzte er sich blitzschnell in Bewegung und raste darauf zu.

Tronar und Rakal hatten in einer weiteren Nachrichtenzentrale ganz in der Nähe des Steuergehirns Zuflucht gesucht. Die Geräte waren in Betrieb, und so war es den Zwillingen möglich, die Vorgänge in der Halle des Kristalls zu beobachten. Sie sahen, wie Tro Khon die Kristallagenten in Howalgonium verwandelte.

„Er wird auch Rog Fanther töten", vermutete Rakal bestürzt. „Die Gehirnkonserve ist zwar offensichtlich wahnsinnig geworden, aber sie ist der letzte Rest eines menschlichen Wesens. Wir müssen seine Zerstörung unter allen Umständen verhindern."

„Und wie willst du dieses Monstrum davon abhalten, den Glasbehälter mit dem Gehirn zu sprengen? Es braucht doch nur hindurchzulaufen."

„Wir lenken es ab."

Ihrer Berechnung nach waren sie nur wenige Kilometer von der Kristallhalle entfernt. Da sie die Vorgänge beobachten konnten, mußte es auch eine Energieleitung dorthin geben. Sie begann in den Bildübertragungsgeräten.

Sie fädelten sich ein und rematerialisierten unter einer in der Korridorwand eingelassenen Fernsehkamera. Sie hatten mit Absicht eine Leitung gewählt, die nicht direkt in der Kristallhalle endete. Der Schwingungswächter stand fünfhundert Meter von ihnen entfernt, den breiten Rücken ihnen zugewandt.

Dann aber drehte er sich plötzlich um und kam auf sie zugerast.

Noch bevor er sie erreichte, schossen grelle Energiebündel dicht an ihnen vorbei. Das sah nicht gerade nach Verständigungsbereitschaft aus.

In letzter Sekunde retteten sich die beiden Wellensprinter in den Stromkreis einer Fernsehkamera, die zum Glück noch immer in Betrieb war. Zwanzig Kilometer entfernt landeten sie in einem Beobachtungsraum, dessen Wände aus ganzen Reihen von Bildschirmen bestanden. Sie entdeckten den Schwingungswächter sofort, der scheinbar ratlos vor der Kamera stand und überlegte, wo die beiden Terraner geblieben waren.

„Er scheint sich mit jemand zu unterhalten", sagte Tronar. „Wahrscheinlich steht er mit seinem Golem in Verbindung. Hoffentlich kann er uns nicht anpeilen."

„Wir wissen noch nicht sehr viel über den Golem, aber mit Sicherheit ist anzunehmen, daß es dort Vorrichtungen gibt, mit denen wir zu orten sind. Selbst jetzt, wenn wir die Helme öffnen und uns direkt verständigen. Wir hätten das vielleicht schon früher tun sollen." Rakal hatte den Helm zurückgeklappt. Tronar folgte seinem Beispiel. Die Luft in der Station war gut und frisch. „Wir werden es bald wissen."

Sie fädelten sich erneut ein und gelangten in derselben Sekunde bis an den Rand der Trägerkuppel. Sie standen wieder in der Funkzentrale, durch die sie in die Kuppel gelangt waren.

Der Golem ruhte immer noch auf Plattform acht. Er wurde nicht mehr von Robotern angegriffen, und die kreisenden Ultraschiffe stellten keine direkte Bedrohung dar.

„Dort ist er!" rief Rakal und zeigte auf einen der mehr als hundert Bildschirme. „Er hat uns verloren."

Der Schwingungswächter ging durch einen Korridor und geriet aus dem Blickfeld der Kamera. Sekunden später tauchte er auf einem anderen Bildschirm auf. Er bewegte sich verhältnismäßig langsam, und es war offensichtlich, daß er nicht wußte, wohin er sich wenden sollte. Sicher hatte er noch wichtige Aufgaben zu bewältigen, ehe er

OLD MAN übernahm, aber die Gegenwart von zwei Terranern in der Festung mußte ihn stark beunruhigen.

Dann drehte er sich plötzlich um, und zwei seiner drei Augen starrten direkt in die Kamera hinein.

Für Tronar war das ein unheimlicher Moment, denn es wirkte ganz so, als sähe der Schwingungswächter sie aus einer Entfernung von nur wenigen Metern an. Aber in Wirklichkeit war er nahezu einhundert Kilometer entfernt.

Sie wußten nicht, daß der Zweitkonditionierte in diesem Augenblick begriffen hatte, mit wem er es zu tun hatte. Und sie wußten auch nicht, daß er sie allein aus diesem Grund zum Tode verurteilt hatte.

15.

So und nicht anders mußte es sein!

Tro Khon erschauerte, als er an die Möglichkeit dachte, daß sich lebendige Wesen vor einer Fernsehkamera entmaterialisierten und im Energiefluß flohen. Es gab aber keine andere Erklärung für das Verschwinden der Terraner. Wären sie einfache Teleporter, so hätten sie es nicht nötig gehabt, in der Kamera zu verschwinden. Sie hätten an jedem beliebigen anderen Ort verschwinden können.

Es schien unmöglich, sie jemals zu fassen.

Er rief sein Symposium.

„Exekutor Nr. 6! Befehl für Sie: Bilden Sie sofort ein Jagdkommando und schicken Sie es in die Kuppel. Ich werde inzwischen die Festung ganz unter Kontrolle bringen und jede Energie abschalten. Die beiden eingedrungenen Terraner sind zu töten."

Exekutor Nr. 6 gehorchte sofort. Der Dolan bildete aus seiner Körpermasse ein Dutzend Wesen, die rein äußerlich Terranern ähnlich sahen. Aus dem Waffenarsenal erhielten die künstlichen Halbintelligenzen Intervallstrahler, dann marschierten sie los. Es gab keine kampfkräftigere Truppe, denn die Synthesewesen kannten keine Rücksicht auf ihre eigene Existenz. Rücksichtslos würden sie ihre Opfer jagen, bis sie ihr Ziel erreicht hatten – oder vernichtet wurden.

Durch eine der zahlreichen Schleusen gelangten sie in das Innere der Trägerkuppel. Zwar war es ihnen nicht möglich, die Individualstrahlung der beiden Terraner anzumessen, aber mit Hilfe der technischen Möglichkeiten des Raumschiffes des Schwingungswächters hatten sie kaum Mühe, die schwachen Eigenstrahlungen der terranischen Individualabsorber zu lokalisieren.

Sie zu orten, anzupeilen und allmählich einzukreisen war nicht mehr schwer.

Tro Khon machte sich inzwischen auf die Suche nach der Anlage, mit deren Hilfe sich die Automatik von OLD MAN ausschalten ließ. Tief im Gedächtnisspeicher seines Gehirns schlummerte die entsprechende Information, und er wußte auch, daß der Hebel eine rote Farbe haben mußte.

Er würde ihn rechtzeitig finden.

In der Funkzentrale fühlten sich Tronar und Rakal relativ sicher. Von hier aus konnten sie alle Vorgänge innerhalb und außerhalb der Kuppel beobachten, ohne sich selbst der Gefahr der Entdeckung auszusetzen. Immerhin wurden sie unruhig, als sie das Dutzend merkwürdiger Wesen sahen, die auf die Trägerkuppel zumarschierten, schwere Strahler in den Händen.

„Sie sehen aus wie Menschen", murmelte Tronar. „Aber es sind keine. Sie tragen keine Raumanzüge, obwohl sie sich im Vakuum bewegen."

Rakal starrte auf den Bildschirm.

„Sie kommen in unsere Richtung. Ob sie künstlich sind?"

„Wahrscheinlich. Der Schwingungswächter hat sie uns auf den Hals gehetzt. Hoffentlich werden wir mit ihnen fertig."

„Wir sind schneller als sie. Die Trägerkuppel ist auch zu groß, als daß sie uns einkreisen und in die Enge treiben könnten. Aber wir sind unserem eigentlichen Ziel, Kontakt mit dem Schwingungswächter aufzunehmen, keinen Schritt nähergekommen. Warum geben wir nicht auf?"

Tronar sah seinen Bruder verblüfft an.

„Aufgeben?" Er schüttelte den Kopf. „Atlan setzt sein ganzes Vertrauen in uns, und du willst aufgeben?"

„Wenn es sinnlos ist, warum nicht?"

„Zumindest müssen wir eine Botschaft hinterlassen, die eindeutig genug ist, um unseren guten Willen zu bekunden. Ich habe Folie bei mir und einen Schreibstift. Ob der Schwingungswächter lesen kann?“

„Mit Sicherheit Interkosmo. Aber ich glaube, es ist noch zu früh, an eine schriftliche Botschaft zu denken. Die Pseudomenschen sind inzwischen in die Kuppel eingedrungen. Die Art, in der sie sich bewegen, läßt darauf schließen, daß sie unseren Aufenthaltsort kennen. Sie werden vom Golem aus geleitet, und dort kann man uns anpeilen. Wir werden den Standort wechseln müssen, ehe wir in der Falle sitzen.“

Über einen noch nicht erforschten Stromkreis gelangten sie Sekunden später an eine andere Stelle innerhalb der Kuppel, fast hundert Kilometer von der Funkzentrale entfernt. Sie standen in einer Generatorhalle, in der Energie erzeugt wurde. Da es dort keine Bildschirme gab, konnten sie ihre Verfolger nicht mehr sehen. Auch wußten sie nicht, wo der Schwingungswächter steckte und was er tat.

Sekunden später erlosch das Licht.

Tronar und Rakal standen wie erstarrt in der finsteren Generatorhalle. Das Summen und Vibrieren der Maschinen verebbte langsam. Es wurde totenstill.

„Es ist kein Strom mehr da“, flüsterte Tronar erschrocken.

Tro Khon erreichte endlich die Umschaltstelle, nach der er so lange vergeblich gesucht hatte. Hinter einem Glaskasten leuchtete der rote Hebel, unter dem eine schriftliche Mitteilung angebracht war.

Der Schwingungswächter trat näher und versuchte, die unverständlichen Worte zu entziffern, aber es gelang ihm nicht. Es war nicht Interkosmo, sondern terranisch. Wahrscheinlich die Bedienungsanleitung für OLD MAN, sobald die Automatik abgeschaltet worden war.

Tro Khon knurrte zufrieden, als er mit der bloßen Faust den Glaskasten zerschlug und den roten Hebel mit einem harten Ruck umlegte.

Das Licht flackerte, erlosch – und flammte wieder auf.

In seinem durchsichtigen Behälter, nur wenige dutzend Meter entfernt in einer anderen Halle, begann das Koordinationsgehirn Rog Fanthers zu zucken, als würde es von unbeschreiblichen Schmerzen gequält. Der Tyrannei der Kristalle war es glücklich entronnen, aber nun hatte es jegliche Verbindung zu den Robotbefehlsstellen verloren. Der Kontakt war wie abgeschnitten, und die lebenswichtige Versorgung mit Nährflüssigkeit und Sauerstoff hörte auf.

Das dreizehnte Steuergehirn wurde endgültig wahnsinnig, aber niemand konnte die telepathischen Schmerzensäußerungen noch wahrnehmen. Isoliert und zum Tode verurteilt, schwamm es in einer trüben Nährflüssigkeit.

Tro Khon ging zur Schaltzentrale und studierte sie. Seine leistungsfähigen Gehirne nahmen alles in sich auf, was sie benötigten, und nach knapp fünf Minuten wußte der Schwingungswächter, wie er OLD MAN endgültig in seine alleinige Gewalt bringen konnte.

Seine erste Maßnahme war, die Kampfroboter neu zu programmieren und ihnen den Auftrag zu geben, die beiden eingedrungenen Terraner zu vernichten. Dann nahm er Verbindung zu den noch vollautomatisch gesteuerten Robotschiffen auf. Auch die Robotkommandanten ließen sich neu programmieren, und als das geschehen war, erhielt die abwartende Flotte den Befehl, OLD MAN anzusteuern und auf den Plattformen zu landen. Die Einschleusung wurde ebenfalls programmiert.

Dann schaltete Tro Khon endgültig jegliche Energieerzeugung ab und machte sich auf die Suche nach den Terranern, die in Stromkreisen fliehen konnten.

Aber nun gab es ja keine Stromkreise und Energieflüsse mehr.

Die Wellensprinter flohen durch die Korridore und erreichten durch Zuhilfenahme der Flugaggregate erstaunliche Geschwindigkeiten. Sie mußten wesentlich schneller sein als die synthetischen Verfolger.

Ob sie auch schneller waren als der Schwingungswächter, das entzog sich ihrer Kenntnis.

Die hyperschnellen Orterimpulse der IMPERATOR kamen nur ganz schwach an, aber sie waren ein Zeichen dafür, daß der grüne HÜ-Schirm von OLD MAN noch immer nicht eingeschaltet worden war. Sicher geschah das in dem Augenblick, in dem die Robotflotte gelandet war.

„Wenn wir den Außenrand der Kuppel erreichen, genügt es“, rief Rakal.

„Sicher“, gab Tronar zurück, „aber wir müssen in die andere Richtung. Durch das Zentrum. Ich will dem Schwingungswächter eine Botschaft hinterlassen. Er findet sie nur in der Kristallhalle oder im Schaltzentrum. Los, umkehren!“

Sie nahmen den direkten Hauptgang, der keine Biegungen machte und breit genug für einen schnellen Flug war. Ohne den Schwingungswächter zu bemerken, erreichten sie die Kristallhalle. In ihrer Mitte lagerte der Riesenklumpen Howalgonium. Er reflektierte den Lichtkegel der Lampe Rakals nicht.

Tronar riß die leuchtende und selbstklebende Schreibfolie aus der Tasche und schrieb seine Botschaft nieder, dann heftete er sie an die Wand neben dem Eingang.

Auf der Folie stand:

Wir haben den Flugkörper OLD MAN nicht gesprengt, weil wir hoffen, daß Sie hier den Beweis für die Unschuld der Terraner an dem von Ihnen erwähnten „Zeitverbrechen“ finden.

Tronar und Rakal Woolver.

Terraner.

Rakal schloß seinen Helm.

„Wir werden später vielleicht keine Zeit mehr dazu haben“, vermutete er und wartete, bis auch Tronar die Sicherheitsmaßnahme getroffen hatte. „Und nun weiter. In einer halben Stunde können wir den Rand der Trägerkuppel erreicht haben.“

Sie starteten, und als sie den Hauptkorridor erreichten, hörten sie hinter sich ein berstendes Geräusch. Der Schwingungswächter hatte wieder eine Stahlwand durchbrochen, um sich einen Umweg zu ersparen. Er war ihnen dicht auf den Fersen und kam genau in ihre Richtung.

Als die Zwillinge einen Nebengang benutzten und der Schwingungswächter abbog, um ihnen in gerader Linie zu folgen, wußten sie, daß er sie endgültig aufgespürt hatte und orten konnte.

Sie beschleunigten ihren Flug und mußten ihre ganze Aufmerksamkeit dazu verwenden, nicht gegen die Wände oder Decken zu stoßen. Der Krach hinter ihnen wurde immer lauter.

„Atlans Orterimpulse!“ keuchte Tronar. „Sie sind unsere letzte Rettung.“

„Noch etwa fünfzig Kilometer“, gab Rakal zurück.

Mit irrsinniger Geschwindigkeit nahmen sie eine Biegung und prallten mit zwei der synthetischen Golem-Figuren zusammen.

Die Überraschung war auf beiden Seiten so groß, daß keiner daran dachte, die Waffen einzusetzen. Die beiden menschenähnlichen Geschöpfe waren zu Boden gestürzt, erhoben sich aber schnell wieder. Tronar war gegen die rechte Korridorseite geschleudert worden, flog aber weiter. Sein Aggregat war zum großen Glück nicht beschädigt worden.

Rakal hatte einen Vorsprung. Er stabilisierte seinen Flug und kehrte im Bogen wieder um, als er bemerkte, daß Tronar zurückgeblieben war. Er strich an ihm vorbei und hob den Strahler. Die beiden Kunstwesen waren inzwischen aufgestanden und begannen hinter Tronar herzulaufen. Grelle Lichtbündel jagten vor ihnen her, als sie das Feuer eröffneten.

Aber Rakal war schneller. Aus dem Sturzflug feuerte er zurück und schaltete die beiden unheimlichen Kämpfer in wenigen Sekunden aus. Sie waren nicht in der Lage, ihre Körperstruktur beliebig zu verändern. Wie schmelzendes Gummi vergingen sie in einer Wolke schwarzen Qualms.

Rakal holte Tronar wieder ein.

„Gutgegangen. Weiter!“

Immer noch gab es keine Beleuchtung, aber die Geräusche des nachstürmenden Schwingungswächters waren schwächer geworden. Das konnte nur bedeuten, daß er zur Schaltzentrale zurückkehrte und die Verfolgung aufgegeben hatte.

Sie rasten weiter und erhöhten ihr Tempo, als sie wieder auf einen Hauptkorridor gelangten, der in gerader Richtung zur Außenwand der Trägerkuppel führte.

Als sie noch etwa zehn Kilometer vom Rand der Kuppel entfernt waren, wurde es plötzlich hell. Ein frischer Luftstrom verkündete, daß auch die Klimaanlage wieder funktionierte.

Der Schwingungswächter mußte die Schaltzentrale erreicht haben.

Tronar landete mitten im Korridor. Einige Meter weiter setzte Rakal auf. Sie lauschten. Kein Geräusch verriet, daß sie verfolgt wurden und jemand in der Nähe war.

„Atlans Orterstrahl ist stark genug“, sagte Tronar. „Kehren wir zur IMPERATOR zurück?“

„Wir haben keine andere Wahl. OLD MAN ist fest in der Hand des Schwingungswächters, und wir konnten nicht mehr tun, als ihm die Botschaft zu hinterlassen.“

Die Woolver-Zwillinge konzentrierten sich auf den für sie deutlich wahrnehmbaren Orterstrahl. Sekundenbruchteile später entmaterialisierten sie, fädelten sich in den Energiefluß ein und materialisierten in der Orterzentrale der IMPERATOR, wo sie von Atlan bereits erwartet wurden.

Der Orterstrahl wurde abgeschaltet.

Gleichzeitig flog die IMPERATOR hoch und raste mit hohen Beschleunigungswerten über OLD MAN hinweg.

Das Ultra-Schlachtschiff streifte beinahe den grünen HÜ-Schirm, der genau in diesem Moment eingeschaltet wurde.

Die beiden Mutanten erstatteten Bericht. Kurz darauf setzte sich Atlan mit Rhodan in Verbindung und unterrichtete diesen über die abgeschlossene Aktion der Wellensprinter.

Knapp eine Stunde nach der Rückkehr der Woolver- Zwillinge, normalisierten sich die bis dahin verrückt spielenden Robotschiffe OLD MANS und kehrten in ihre Hangars zurück. Der Schwingungswächter schien die volle Kontrolle über OLD MAN errungen zu haben. Dennoch würde er noch einige Zeit benötigen, um sich mit den technischen Einrichtungen und Mechanismen des Riesenroboters vertraut zu machen.

Die terranische Flotte hatte sich auf einen entsprechenden Sicherheitsabstand zurückgezogen und bildete einen weitgefächerten Kreis um die Robotfestung.

Die Alarmbereitschaft wurde beibehalten. Vorerst blieb nichts anderes zu tun, als abzuwarten.

16.

„Diese Welt ist uns nicht freundlich gesinnt, Tolotos!"

Icho Tolots halbkugeliger Schädel drehte sich langsam. Durch seine drei großen, weit geöffneten Augen nahm der halutische Riese das Bild der Umgebung in sich auf. Neben ihm stand sein jüngerer Freund Fancan Teik und starrte mißtrauisch auf das gewaltige Gebäude, das sich am Rand der Stadt erhob.

„Ich widerspreche Ihnen nicht, Teiktos", antwortete Tolot schließlich. „Ich empfinde dasselbe wie Sie. Nur wüßte ich gerne, was es ist und woher es kommt. Die Stadt erscheint mir tot. Was für ein merkwürdiges Gefühl ist das?"

Die beiden Haluter waren erst vor wenigen Stunden auf dem fremden Planeten gelandet, der als Ursprungswelt der Gurrads galt, und von dem die Löwenmenschen vor 400 Jahren vertrieben worden waren. Pfranat im Missila-System war ursprünglich eine erdähnliche, blühende Welt gewesen.

Aber die Zeit der Blüte war längst vorbei. Die Intervallkanonen der Perlians hatten Berge abgetragen, Täler eingeebnet und die Meere mit Schutt gefüllt. Pfranat war eine Wüste – bis auf den merkwürdigen Talkessel, in dem die Stadt lag.

Icho Tolot und Fancan Teik hatten ihr Raumschiff in einer Umlaufbahn über Pfranat zurückgelassen. Die Existenz eines Psi-Feldes, das den gesamten Planeten umgab, wurde festgestellt. Ein Gehirn von annähernd normaler Kapazität, ungeschützt dem Feld ausgesetzt, mußte zerbrechen. Halutische Gehirne jedoch sind nicht normal, auch nicht annähernd. Tolot und Teik landeten unangefochten südlich des großen Talkessels, wo die umgebenden Berge sich zu dem einzigen Zugang öffneten.

Die Drittkonditionierten hatten die Stadt unangetastet gelassen. Es war möglich, daß sie ein Mahnmal sein sollte, für andere Sternenvölker zu betrachten und die gewaltige Macht zu erkennen, die Zeitverbrecher auf das härteste bestrafte.

Doch die Zeit selbst war weniger schonend mit der alten Metropole der Gurrads umgegangen. Die Gebäude zerfielen. Die Fensterhöhlen waren leer, die Straßen mit Schutt bedeckt. Wenn der Wind von der südlichen Wüste her wehte, trug er Sand in die Stadt hinein und schichtete ihn zu Dünen.

Alles sah so aus, als gäbe es auf Pfranat nichts mehr Lebendes, weder organisch noch mechanisch. Und doch war da das Psi-Feld, das von irgendeiner Energiequelle gespeist werden mußte.

Und natürlich der Hauch von Feindseligkeit, der wie eine Ahnung über der ganzen Welt schwebte und in die Ordinärgehirne der beiden Haluter eingedrungen war, um sich dort bemerkbar zu machen. Sie hatten Hunderte von Malen dasselbe empfunden, als sie Wesen gegenüberstanden, die ihnen feindlich gesinnt waren und sich in eine Aura von Zurückweisung und Abneigung hüllten.

Das war verständlich. Jedes Gehirn, jedes Bewußtsein verlor ständig einen Teil seines Energiegehalts nach draußen, und der so entstehenden Streustrahlung war das Strukturmuster der Gedanken und Empfindungen aufgeprägt. Andere Gehirne, manche mehr, manche weniger, waren in der Lage, die Streustrahlung zu empfangen und ihr Muster zu verstehen.

Das war einfach und, wie alle grundlegende Theorie, leicht begreiflich.

Wo aber war das fremde Bewußtsein, das die Strahlung aussandte, die Icho Tolot und Fancan Teik empfingen?

Tolots Planhirn arbeitete auf vollen Touren. Wenn ich nach einer Kontrollstation suchte, einem Kraftwerk oder sonst einem zentralen Punkt – wohin würde ich mich wenden?

Zu dem Turm!

Der Turm stand am Nordrand der Stadt. Er hatte einen kreisrunden Querschnitt und durchmaß an der Basis mehr als einen Kilometer. Er war mehr als fünf Kilometer hoch und wirkte in seiner Art unfunktionell und ein wenig lächerlich, denn es gibt Grenzen für die Ausmaße von Gebäuden, jenseits derer Dimension und Zweck nicht mehr in logischem Verhältnis stehen.

„Ich schlage vor, daß wir uns den Turm ansehen, Teiktos", sagte Icho Tolot, und sein Freund stimmte zu.

Sie gingen die schuttübersäte Straße entlang, die geradewegs auf die Basis des Turms zuführte. In ihren Tagen mußte sie eine Prachtavenue gewesen sein, mehr als zweihundert Meter breit, über die der Strom der Fahrzeuge sich mehrbahnig in beiden Richtungen ergoß. Jetzt war sie tot und schmutzig. Auf starken Säulenbeinen bewegten die beiden Haluter ihre mächtigen Körper, von denen jeder so hoch war wie zwei normale Terraner, mühelos über staubige Schuttberge hinweg. Weit ausgreifend erreichten sie den Turm innerhalb weniger Minuten.

Die Mauern des mächtigen Bauwerks hatten der Zeit standgehalten. Die Beschädigungen waren gering im Vergleich mit denen, die die meisten Gebäude der Stadt davongetragen hatten. Die himmelhohe, gewölbte Wand war fensterlos und machte einen feindseligen Eindruck. Am Fuß des Turms gab es ein Portal, dessen poliertes Metall früher in der Sonne geglänzt haben mußte. Jetzt war es stumpf und schmutzig von dem Staub, der sich darauf abgesetzt hatte.

Das Portal war verschlossen. Es gab keinen Öffnungsmechanismus. Als der letzte Gurrad die Stadt verließ, hatte er dafür gesorgt, daß kein Unbefugter mehr den Turm betreten konnte.

Fancan Teik warf dem Freund einen fragenden Blick zu.

„Wir haben keine andere Wahl, Teiktos", sagte Tolot.

Fancan Teik stand starr. Nichts schien sich an ihm zu verändern, nur der matte Glanz seiner ledernen Haut nahm um einen Grad zu, als er kraft seines Willens die Körpersubstanz in kristalline, eisenharte Materie verwandelte. Er trat ein paar Schritte zurück und nahm Anlauf. Die Greifarme dicht an den Körper gepreßt, mit Sprungarmen und Beinen sich abwechselnd abstoßend, gewann er auf der kurzen Strecke, die ihm zur Verfügung stand, die Geschwindigkeit einer Kanonenkugel.

Es gab einen donnernden Krach, der hohl in der leeren Stadt widerhallte. Das schwere Metallportal faltete sich zusammen und wurde zur Seite geschleudert, und Fancan Teik war im Innern des Gebäudes.

Icho Tolot folgte ihm ohne Zögern. Der Raum, in dem Fancan Teik gelandet war, hatte die Ausmaße einer Versammlungshalle und war völlig leer. In den Wänden gab es mehrere rechteckige, etwa zwei Meter hohe Öffnungen, die früher zu Aufzugschächten geführt haben mußten. Es gab außerdem eine Reihe von breiten, hohen Türen, die weiter ins Innere des Gebäudes führten. Sie waren nicht verschlossen, sondern bewegten sich quietschend in längst korrodierten Lagern, wenn Icho Tolot sich dagegen lehnte.

Fancan Teik hatte die Strukturverwandlung seiner Körpersubstanz wieder rückgängig gemacht und half dem Freund bei der Suche nach dem Weg, der sie zu den eigentlichen Geheimnissen im Innern des gigantischen Turms führen sollte. Sie entschieden sich schließlich für eine Tür, die dem von Fancan zertrümmerten Haupteingang gegenüberlag und in einen Saal führte, der mit halb zerfallenen, vom Rost zerfressenen technischen Gerätschaften erfüllt war. Ihre Plangehirne verarbeiteten die Informationen, die die drei Augen ihnen zuführten, und gelangten zu dem Schluß, daß sich in früheren Zeiten in diesem Saal eine Verteilerzentrale befunden haben mußte, die die von den Pfranat-Kraftwerken erzeugte Energie nach einem sorgfältig errechneten Bedarfsschema in verschiedene Kanäle leitete, so daß die großen Industriezentren, die Wohngebiete und die Raumhäfen so versorgt wurden, wie es ihren Ansprüchen entsprach.

Bisher hatten Teik und Tolot den Vorteil des durch die offene

Saaltür hereinfallenden Tageslichts auf ihrer Seite gehabt. Als sie jedoch in den nächsten Raum vordrangen, blieb von dem Licht, das sich mühsam seinen Weg von draußen suchen mußte, nur noch eine Spur übrig, und die beiden Haluter waren bei ihren Beobachtungen auf die Fähigkeit ihrer Augen angewiesen, ultrarote Strahlung wahrzunehmen. Ihre Aufgabe wurde dadurch erschwert; denn alle Gegenstände im Innern des Gebäudes besaßen annähernd die gleiche Temperatur, und die Unterschiede in ihrer spezifischen Strahlungsstärke waren lediglich eine Funktion ihrer physikalischen Beschaffenheit und demnach äußerst gering. Ihre Fähigkeit, im Dunkeln zu sehen, nützte den beiden Halutern also recht wenig.

Sie streiften, so rasch sie konnten, durch eine Reihe von Hallen und Sälen, deren Funktion nach der Aussage ihrer Planhirne wenig oder nichts mit dem zu tun hatte, wonach sie eigentlich suchten, und gelangten schließlich in einen Sektor, der nicht mehr weit von der vertikalen Hauptachse des turmartigen Gebäudes entfernt sein konnte.

Icho Tolot blieb plötzlich stehen. Fancan Teiks wärmestrahlender Körper war ein heller Lichtfleck in der Dunkelheit unmittelbar vor ihm.

„Was spüren Sie, Teiktos?“ fragte er.

„Die Feindseligkeit hat zugenommen“, antwortete Teik, ohne zu zögern.

„Wir befinden uns in unmittelbarer Nähe der Quelle.“

Ein Saal, für dessen Funktion Icho Tolots Plangehirn nach der Art der Einrichtung die Kontrolle aller drahtlosen Energieübertragung hielt, verengte sich an seinem Ende trichterartig und mündete auf diese Weise in einen Gang von etwa zehn Metern Breite. Der Gang war nicht länger als fünfzehn oder zwanzig Haluter-Schritte, und das Portal, vor dem er endete, war deutlich wärmer als seine Umgebung. Für halutische Augen, die Temperatur in die Farbempfindung rot umsetzten und Dinge um so hellroter sahen, je wärmer sie waren, strahlte das Tor in intensivem Karmesinrot. Es mußte um wenigstens zwanzig Grad wärmer sein als seine Umgebung.

Icho Tolot und Fancan Teik hielten vor dem Portal an. Tolot glaubte zu spüren, daß der Boden leicht vibrierte. Hinter dem Tor schien es Maschinen zu geben, die jetzt, vierhundert Jahre terranischer Zeitrechnung nach der Vertreibung der Gurrads, noch funktionierten und arbeiteten.

„Wir sollten uns auf das Schlimmste gefaßt machen", sagte er warnend. „Wer immer auch dafür gesorgt hat, daß hinter dieser Tür Maschinen ihre Funktion erfüllen, wird nicht gerne sehen, daß wir in seinen Bereich eindringen."

Er legte die mächtige sechsfingrige Hand des rechten Greifarms gegen die metallene Füllung der Tür. Die Temperatur betrug fünfunddreißig bis vierzig Grad gegenüber den zehn bis fünfzehn Grad, die sonst überall im Innern des Gebäudes herrschten.

Das Tor begann sich zu bewegen – ein Vorgang, der den vom Planhirn beherrschten Teil seines Bewußtseins überraschte, denn es war unlogisch. Wenn es hier Geheimnisse gab und jemand es für nötig gefunden hatte, den Hauptzugang zu verschließen, dann stand zu erwarten, daß die Tür, die unmittelbar in den geheimen Bereich führte, erst recht verriegelt war.

Ichos Ordinärgehirn jedoch, mit der Gewohnheit intelligenter Wesen, hin und wieder alogische Entscheidungen zu treffen, aus eigener Erfahrung vertraut, hatte etwas Ähnliches halb und halb erwartet. Die beiden Haluter zögerten an der Schwelle, als die beiden Flügel des Tores geräuschlos zur Seite glitten. Das erste, was sie traf, war die Flut von Helligkeit, die sie aus dem vor ihnen liegenden Raum überschüttete – und dann die Welle von Haß und Feindseligkeit, die das Portal bislang mühsam gestaut zu haben schien.

Schutt und Zerfall, die Spuren von Jahrhunderten der Vernachlässigung und fehlenden Wartung, blieben hinter ihnen zurück. Was vor ihnen lag, in einem kreisrunden Raum von hundert Metern Durchmesser und fünfzehn Metern Höhe, war neu und funktionierte. Maschinen aller Arten, in scheinbar wahllosem Durcheinander aufgestellt, füllten die merkwürdige Halle. Kleinere standen zu Gruppen geordnet, wie Unterholz in einem mächtigen Wald zwischen den gigantischen Kolossen der großen, die wie Türme in die Höhe ragten. Ein leises, aber durchdringendes Summen ging von der Gesamtheit der Geräte aus und erfüllte die Luft.

Mit Bestürzung stellte Icho Tolot fest, daß sein Plangehirn nicht in der Lage war, die fremden Maschinen nach ihrer Funktion zu identifizieren. Es gab Geräte, die Ähnlichkeit mit solchen hatten, die er kannte. Aber die Anlage im ganzen war offenbar das Produkt einer völlig fremden Technologie, und es erschien voreilig, aus Ähnlichkeit der äußeren Form auf Gleichheit des Verwendungszwecks zu schließen.

Er versuchte zu erkennen, aus welcher Richtung das eigenartige Gefühl der Feindseligkeit kam; aber was auch immer es war, das von seinem Ordinärgehirn als Haß und Zurückweisung gedeutet wurde, schien ebenso allgegenwärtig und isotrop zu sein wie das Summen, das von den Maschinen ausging.

Icho Tolot zögerte unter dem Portal.

„Gehen wir hinein, Tolotos?“ fragte Fancan Teik.

Er war der Jüngere, und er hatte etwas gefunden, was ihn der Lösung der Aufgabe, die er sich gestellt hatte, näherführen mochte. Seine Ungeduld war begreiflich. Icho Tolot gab nach. Er selbst tat den ersten Schritt ins Innere der Halle.

Im nächsten Augenblick verfluchte er seine Weichherzigkeit. Er hatte den Fuß nach dem ersten Schritt noch nicht wieder zu Boden gesetzt, da überfiel es ihn wie die feuchten, klebrigen Stränge eines unsichtbaren, gigantischen Spinnennetzes. Etwas schlug sich ihm um die säulenförmigen Beine und begann, ruckartig zu ziehen. Icho Tolot geriet zeitweise aus dem Gleichgewicht. Er stolperte, verlagerte den Schwerpunkt nach vorne und stürzte. Donnernd brandete das Geräusch des Aufpralls durch die Halle.

Aber der Gegner, wer er auch immer sein mochte, hatte sich verrechnet. Mit einem mächtigen Ruck stemmte der Haluter sich in die Höhe. Die unsichtbaren, klebrigen Fesseln schienen sich zu dehnen und gaben ihm die nötige Bewegungsfreiheit. Sein Planhirn arbeitete fieberhaft an dem Problem, um was für eine Art von Waffe es sich handelte und wie er sich dagegen wehren konnte; aber vorläufig war die Lösung noch nicht in Sicht, und es schien, als wäre er um so besser daran, je heftiger er sich bewegte.

Er bemühte sich, nicht mehr stillzustehen, und schlug, während er lief, mit allen vier Armen wie mit Windmühlenflügeln. Er sah sich nach Fancan Teik um. Fancan war offenbar in dieselbe Falle geraten wie er.

„Das kommt von einer der Maschinen, Tolotos“, rief er Icho Tolot zu. „Wenn wir sie isolieren können, sind wir besser dran.“

Icho Tolot war bereit, ein kleines Risiko einzugehen und zu ermitteln, ob die Wirkung der gegnerischen Waffe in einer bestimmten Richtung rascher zunahm als in allen anderen – vorausgesetzt natürlich, daß ihre Wirkung überhaupt von der Entfernung des Opfers abhängig war. Auf diese Weise hätte der Standort des Geräts sich vielleicht ermitteln lassen.

Aber der unsichtbare Gegner machte ihm einen Strich durch die Rechnung. Er setzte seine zweite Waffe an, und diese war ungleich gefährlicher als die erste.

Stechender Schmerz fuhr Icho Tolot durch den Leib. Die Pein war so intensiv, daß er ein wütendes Knurren von sich gab. Fancan Teik schrie laut auf.

Icho Tolot wandte sich um. Sie standen jetzt etwa dreißig Schritte innerhalb der Halle. Das Vernünftigste war, sich zurückzuziehen und von anderswoher zu versuchen, die fürchterlichen Geheimnisse dieses Raums zu ergründen. Er rief Fancan Teik zu:

„Kommen Sie, Teiktos – wir verschwinden von . . ."

Mitten im Satz überfiel ihn die zweite Schmerzwelle, und diesmal verlor er um ein Haar das Bewußtsein.

Als sein Blick sich wieder klärte, wußte er, daß er keinen dritten dieser Anfälle mehr überstehen konnte. Der Feind ließ ihm keine Zeit, auch nur bis zum Ausgang zu kommen. Er wirbelte herum und sah Fancan Teik, vor Schmerz gekrümmt, sich am Boden winden.

Es gab nur noch einen Ausweg.

„Stehen Sie auf, Teiktos!" schrie er den Jüngeren an. „Strukturveränderung – sofort!"

Teik gehorchte. Er kam mühsam in die Höhe, aber noch während er sich aufrichtete, veränderte sich der Glanz seiner Haut. Icho Tolot beobachtete die Verwandlung befriedigt und zwang seine eigene Körpermaterie mit einem scharfen Gedankenbefehl, in den kristallinen Zustand überzugehen.

Als ihn die nächste Schmerzwelle erreichte, spürte er nur noch ein leises Kribbeln. Die nervenzerrüttende Kraft der feindlichen Waffe zerbrach an dem Opfer, das sich in einen diamantharten Klotz verwandelt hatte.

„Wir zerstören die Maschinen, Teiktos!" entschied Icho Tolot.

Sie hätten jetzt unbeschadet den Ausgang erreichen können; aber Icho Tolots Plangehirn warnte, daß der Gegner, bevor sie so weit kamen, eine dritte Waffe einsetzen würde, gegen die selbst ihre verhärtete Körperstruktur machtlos war.

Sie griffen an. Sie taten es in der Art von lebenden Kanonenkugeln, die mit Geschwindigkeiten von weit mehr als hundert Kilometern pro Stunde in die plastikmetallenen Verkleidungen der fremden

Maschinen donnerten und durch die Geräte hindurchschossen, sie dabei zu winzigen Fragmenten zertrümmernd, ohne dabei meßbar an Wucht und Schnelligkeit zu verlieren.

Icho Tolot empfand einen Rausch wilder Begeisterung. Wie lange war es her, daß er die gewaltige Kraft seines Riesenkörpers auf diese Weise gegen einen hinterhältigen Feind hatte einsetzen können? Wie genoß er das ungehemmte Dahinrasen, das unübertreffliche Kraftgefühl, das von gespannten, kristallharten Muskeln ausging, das Krachen und Bersten der feindlichen Maschinen, wenn sie in Stücke zerflogen!

Es dauerte ein paar Sekunden, bevor sich der Feind von seinem Schock erholte. Dann begann er zu handeln. Er hatte seine Taktik geändert und schlug von neuem zu. Aus dem Durcheinander von wirbelnden Trümmerstücken und Qualmfahnen, die von zerstörten, kurzgeschlossenen Maschinen aufstiegen, schoß Icho Tolot ein greller, weißglühender Strahl entgegen und streifte ihn an der Schulter. Die Wucht des Aufpralls war so groß, daß der Haluter herumgewirbelt wurde und mitten im Lauf die Richtung änderte. Das war seine Rettung, denn im nächsten Augenblick leuchtete der Strahl ein zweites Mal auf und fuhr um Haaresbreite über den Rand der Konsole, auf die er zugerast war.

Er spürte den dumpfen Schmerz, der von der getroffenen Schulter ausging, und wußte, daß ihn ein direkter Treffer der Strahlwaffe schwer verletzen, wenn nicht sogar töten würde. Das Gerät mußte ausgeschaltet werden, bevor es größeren Schaden anrichten konnte.

Ohne seinen Lauf zu bremsen, beschrieb er eine weit ausholende Kurve und kam von schräg hinten wieder gegen die Konsole gestürmt, die ursprünglich sein Ziel gewesen war. Eine Anordnung von kleineren, etwa einen halben Meter hohen Instrumenten lag ihm im Weg. Er pflügte krachend und donnernd durch sie hindurch. Sie wurden zerrissen und zur Seite geschleudert.

Eine Stichflamme zuckte auf. Der Donner einer Explosion rollte durch die Halle, und aus den Trümmern der Geräte quoll dichter, schwarzer Qualm.

Der Strahler trat ein drittes Mal in Tätigkeit. Der dichte Qualm schien ihn am sicheren Ziel zu hindern, denn der scharfgebündelte Energiestrahl fuhr weit an Icho Tolot vorbei und verpuffte wirkungslos an der Wand.

Darauf hatte der Haluter gewartet. Er hatte deutlich erkennen können, woher das Strahlenbündel kam. Den Schutz der Qualmwolke ausnutzend, raste er auf das Gerät zu, einen quaderförmigen Kasten von etwa drei Metern Höhe, der von seiner Verkleidung völlig umschlossen wurde und scheinbar keine Öffnung hatte, aus der die energiereiche Strahlung hervordringen konnte.

In wilder Kampfeslust, die riesig breiten Schultern nach vorne gereckt, brach der halutische Gigant aus der Dunstwolke hervor. Dem Gegner blieb keine Zeit, sich von seiner Überraschung zu erholen. Eine halbe Sekunde später krachte Icho Tolot in den drei Meter hohen Quader und riß ihn auseinander. Die gespeicherten Energien entluden sich in einem mörderischen Gewitter, das krachende, zischende Blitze meterweit in die Umgebung versandte.

Icho Tolot lief weiter. Er wurde gewahr, daß er von Fancan Teik seit wenigstens einer Minute weder etwas gesehen noch gehört hatte. Er schoß durch den Qualm und rief den Namen des Freundes.

Aber Teik meldete sich nicht. Icho Tolot wandte sich nach links, wo er ihn zum letztenmal gesehen hatte. Der Qualm war jetzt so dicht, daß sein optischer Gesichtssinn völlig versagte. Da seine Augen ultrarotempfindlich waren, erkannte er jedoch die helleuchtenden Flecke der Geräte, die bei der Zerstörung in Brand geraten waren.

Zwischen zwei Qualmschwaden hatte er für den Bruchteil einer Sekunde klare Sicht und erkannte, daß er sich in der Nähe der Stelle befand, an der Fancan Teik unter dem Schmerz des Schocktreffers zu Boden gegangen war. Er rannte weiter und sah in der Dunkelheit vor sich ein rotes Licht aufleuchten. Er hielt darauf zu und beschleunigte dabei seinen Lauf, denn er zweifelte nicht mehr daran, daß Teik sich in ernster Gefahr befand.

Die Geschwindigkeit wäre um ein Haar sein Verderben geworden. Er hatte die Entfernung zu der roten Lichtquelle verschätzt. Als der Qualm ringsum sich für eine Zehntelsekunde lichtete, erkannte er, daß er sich unmittelbar vor dem leuchtenden Gebilde befand und geradewegs darauf zuhielt.

Es war sein Ordinärgehirn, das im selben Augenblick instinktiv reagierte und den Muskeln den Befehl gab, den mächtigen Körper zur Seite zu schnellen. Icho Tolot stürzte, landete in einem Trümmerhaufen und richtete sich wieder auf. Mißtrauisch und vorsichtig näherte er sich erneut der roten Lichterscheinung und studierte sie aus der Nähe.

Die Quelle des roten Leuchtens war nicht materiell. Die Erscheinung hing mitten in der Luft. Sie war etwa vier Meter hoch und von unregelmäßiger Form. Die beiden Enden liefen spitz zu, aber näher zur Mitte hin spaltete sich das Leuchten und bildete zwei voneinander getrennte Bahnen, die in unregelmäßigen Krümmungen annähernd parallel zueinander verliefen, um sich nahe dem anderen Ende wieder zu vereinen. Der Zwischenraum betrug an der breitesten Stelle nahezu drei Meter. Man konnte das Gebilde mit dem Lippenpaar eines menschlichen Mundes vergleichen, wenn man wie Icho Tolot eine Vorstellungskraft von ausreichender Beweglichkeit besaß. Der Mund erschien wie zum Schrei geöffnet, und einer der beiden Mundwinkel befand sich so dicht über dem Boden, daß er ihn zu berühren schien.

Icho Tolots Planhirn arbeitete fieberhaft. Die Erscheinung selbst war dem Haluter nicht unvertraut. Es handelte sich um die optische Streustrahlung eines Paratron-Feldes, wie sie regelmäßig bei Inbetriebnahme eines Paratrons beobachtet wurde.

Noch etwas anderes stand außer Zweifel: Fancan Teik war durch die Feldöffnung gestürzt. Ob aus unbedachtem Eifer, oder weil eine fremde Gewalt ihn dazu zwang, war im Augenblick unerheblich. Er befand sich auf jeden Fall in einem Kontinuum, aus dem er aus eigener Kraft nicht zurückkehren konnte.

Der Haluter brauchte nicht mehr als zwei Sekunden, um eine Entscheidung zu treffen. Er mußte Teik zu Hilfe kommen. Das fremde Raum-Zeit-Gefüge, in das er durch die Öffnung des Paratron-Feldes geraten war, bedeutete an sich keine unmittelbare Gefahr; aber es mochten sich Dinge und Wesen darin aufhalten, denen Fancan Teik ohne Unterstützung nicht gewachsen war.

Außerdem bestand die Möglichkeit, daß er verletzt worden war, bevor er in den Einfluß des Feldes geriet.

Logisch und zielbewußt, mit Unterstützung seines Planhirns die aufsteigende Erregung abdämmend, tat Icho Tolot, was für diesen Fall vorgesehen war. Er betätigte den Signalgeber, dessen Impulse von einem geeigneten Empfänger noch in Hunderten von Lichtjahren Entfernung ausgemacht werden konnten. Es handelte sich nicht um ein einwandfrei moduliertes Signal; aber derjenige, in dessen Händen der Empfänger sich befand, würde sich ausrechnen können, was die Sendung zu bedeuten hatte.

Schließlich zog der Haluter eine kleine Bandkapsel aus der Tasche.

Sie war terranischer Herkunft und ihm von Freunden als Geschenk überreicht worden. So groß wie ein Feuerzeug, besaß sie dennoch eine Speicherfähigkeit von mehreren Stunden normaler Sprache.

Icho Tolot hatte nur ein paar Worte zu sagen. Er durfte keine Zeit verlieren und hielt seine Anweisungen so kurz wie möglich, wobei er jedoch darauf achtete, daß alles Wesentliche erwähnt wurde. Danach plazierte er die Kapsel auf den Rand der Schaltkonsole einer der turmartigen Maschinen. Niemand, der diesen Raum betrat, nachdem der Qualm sich verzogen hatte, konnte sie übersehen.

Es blieb zu hoffen, daß sie in die richtigen Hände fiel.

Der Haluter trat ein paar Schritte zurück und maß die Öffnung des unregelmäßig geformten Paratron-Feldes. Dann nahm er Anlauf. Mit gewaltiger Muskelkraft stieß er sich unmittelbar vor dem rotleuchtenden Gebilde vom Boden ab, ging in Horizontallage und schoß kopfüber durch die Feldöffnung.

Er spürte nichts, als er in den fremden Kosmos eindrang.

17.

Der kleine Mann kam durch das Schott der B12-Schleuse. Er hatte den Helm seines Schutzanzugs zusammengefaltet und wie eine Kapuze über die Schultern zurückgeschlagen. Selbst das polsternde Material des Anzugs verbarg nicht, daß er einen Buckel hatte. Außerdem trug er eine Brille – in einem Zeitalter, in dem die Ophthalmologie selbst angeborene Blindheit auf organischem Wege zu heilen verstand.

Captain Parmenter, der Ein- und Ausgang der B12-Schleuse überwachte, hatte den Fremden auf seinem Bildschirm vor kurzem an Bord eines Raumgleiters an der CREST IV anlegen sehen. Er wußte nicht, woher er kam. Es befanden sich zu viele Schiffe in unmittelbarer Umgebung des Flaggschiffs.

Der Bucklige trug auf dem rechten Oberarm die verwaschenen Rangabzeichen eines Leutnants. Trotzdem baute er sich in aller Lässigkeit vor Parmenters Schaltpult auf. Aus der Nähe konnte Parmenter sehen, daß er ein wenig schielte.

„Charlie Weasel", stieß er aus dem Mundwinkel hervor. „Auf Befehl des Administrators – oder wie er sich nennt."

Parmenter riß die Augen auf.

„Auf Befehl des *was*?"

Der Bucklige zuckte mit den Schultern.

„Na schön. *Großadministrator*."

Parmenter schluckte. Dann wurde er sich seiner Würde bewußt.

„Soweit haben Sie das Moment der Überraschung auszunutzen verstanden, Leutnant", schnarrte er. „Jetzt treten Sie drei Schritte zurück, und dann salutieren Sie ordnungsgemäß, bevor Sie Ihr Anliegen von neuem vortragen. Klar?"

Weasel rührte sich um keinen Zentimeter. Er legte den Kopf ein wenig schräg und bedachte Parmenter mit dem Blick eines Mannes, der seiner Langmut zuviel zugemutet fühlt.

„Wenn ich all das tue, mein Freund", antwortete er mit herablassender Geduld, „verlieren Sie insgesamt eine Minute, und dann kommt Ihnen der Administrator auf den Hals, weil er mir auftrug, so schnell wie möglich zu erscheinen. Wie wollen Sie . . ."

Parmenter sprang auf. Seine Geduld war zu Ende.

„Für wen halten Sie sich?" donnerte er. „Treten Sie zurück und salutieren Sie!"

Der Bucklige gehorchte schließlich. Mit der Miene eines Märtyrers retirierte er die vorgeschriebene Anzahl von Schritten und hob die rechte Hand müde zum Kopf.

„Mathematiker Weasel zur Stelle – auf ausdrückliche Anordnung des Herrn Großadministrators."

Er räusperte sich und rückte von neuem gegen Parmenters Schaltpult an. „Kann ich jetzt . . .?"

Parmenter ließ sich hinter dem Pult nieder und drückte die Suchtaste seines Melderegisters.

„Ihre Behauptung muß überprüft werden", sagte er. „Es kann schließlich nicht jeder hier hereinkommen und behaupten, er sei beim Großadministrator bestellt."

Weasel machte eine verächtliche Geste und sah zur Seite. Parmenter durchsuchte das Register.

„Um diese Zeit ist Doktor Kalalit zu Rhodan bestellt", bemerkte er schließlich. „Von einem Weasel steht hier nichts."

„Kalalit ist mein Chef", antwortete der Bucklige. „Er kann nicht kommen."

Parmenter begann allen Ernstes, am gesunden Menschenverstand seiner Umwelt zu zweifeln.

„Der Großadministrator beordert ihn zu sich, und er kann nicht kommen?“

„So ist es“, versicherte Weasel ruhig. „Er leidet an akuter Schwäche infolge Überarbeitung und befindet sich auf Anordnung des Bordarztes im Lazarett.“

Parmenter schluckte und schien darüber nachzudenken, ob er die Entschuldigung gelten lassen solle oder nicht, als der Interkom ansprach. Noch bevor Parmenter sich melden konnte, hörte man eine klare, kühle Stimme, die, obwohl sie nicht laut sprach, dennoch bis in den hintersten Winkel des Einlaßraums deutlich zu hören war.

„Captain – ich erwarte einen Offizier von der GULINI. Ist der Mann schon eingetroffen?“

Parmenter wurde blaß. Weasel sah ihn mit maskenhaftem Gesicht auf die Bildfläche des kleinen Empfängers starren, der vor ihm auf dem Pult stand.

„Jawohl, Sir“, brachte er schließlich hervor. „Der Mann ist hier.“

„Gut. Lassen Sie ihn durch. Wenn nötig, geben Sie ihm eine Eskorte, damit er sich zurechtfindet.“

„Jawohl, Sir.“

Es knackste. Die Verbindung war unterbrochen. Parmenter stand auf. Er sah betreten drein.

„Brauchen Sie eine Eskorte?“ fragte er.

Weasel schüttelte den Kopf.

„Nein, danke. Meine Spezialität ist Topologie. Ich werde mich zurechtfinden.“

Er blieb stehen.

„Na, gehen Sie!“ drängte Parmenter. „Sie haben gerade den Großadministrator gehört – er erwartet Sie.“

Weasel nickte.

„Habe ich gehört. Aber Sie übersehen etwas.“

„Was?“

„So übereifrig Sie vorhin waren, jetzt sind Sie nachlässig. Woher wissen Sie, daß ich der Mann bin, den er erwartet?“

Parmenter antwortete nicht. Er empfand so etwas wie Dankbarkeit für den Buckligen, als er, anstatt sich über das Versehen lustig zu machen, wortlos die kleine Plastikplakette seines Ausweises hervorzog und sie auf die obere Kante des Pults legte. Parmenter schob sie in den Kontrollschlitz der kleinen Positronik, die an sein Pult angeschlossen war. Innerhalb von Zehntelsekunden kam die Bestätigung: Der Ausweis war in Ordnung.

Charlie Weasel winkte zum Abschied. Dann verschwand er durch das Schott, das zum Deckhauptgang führte.

Das Erscheinen des Buckligen erregte einige Aufmerksamkeit im Arbeitsraum Perry Rhodans, in dem sich die drei wichtigsten Männer des gegenwärtigen Unternehmens zu einer Besprechung zusammengefunden hatten: Perry Rhodan, Atlan und Roi Danton, der Freihändler, wie üblich in der Tracht eines Stutzers aus dem achtzehnten Jahrhundert.

Der Anblick eines Mannes, der in einem Zeitalter, das Körperverwachsungen und optische Beschwerden mühelos zu heilen vermochte, darauf bestand, seinen Buckel und seine Brille zu behalten, erzeugte unweigerlich Aufsehen, wenn nicht sogar Bestürzung. Der Schluß, Leutnant Weasel sei ein Mann eigentümlichen Charakters, drängte sich förmlich auf.

Weasel wußte, was man bei seinem Anblick empfand, er hatte seine Erfahrungen.

Er blieb unter dem offenen Schott stehen und salutierte, daß Captain Parmenter Mund und Augen aufgesperrt hätte, hätte er es sehen können.

„Leutnant Weasel anstelle des erkrankten Oberst Kalalit“, schnarrte er im besten Meldeton. „Zur Stelle, wie befohlen.“

Sein Gruß galt Rhodan. Auch darin war er exakt. Weder der Arkonide noch Roi Danton waren seine Vorgesetzten.

„Sie wurden hergebeten“, erklärte Perry Rhodan, „weil Oberst Kalalit mir zu verstehen gab, er hätte seiner Riesenpositronik einige erstaunliche Aussagen entlockt. Wie geht es dem Oberst?“

Charlie Weasel zuckte lässig mit den Schultern.

„Gut, nehme ich an. Schwächeanfall. Nicht ernst zu nehmen, aber man braucht Ruhe, um darüber hinwegzukommen. Passiert immer, wenn man längere Zeit fünfundzwanzig Stunden am Tag arbeitet.“

Roi Danton lachte das gekünstelte, halb hinter der Hand verborgene Lachen, das ihm zur zweiten Natur geworden zu sein schien.

„Wenn man so hart arbeitet, Monsieur“, warf er ein, „hat man es nicht nötig zu übertreiben.“

Weasel bedachte ihn mit einem arglos überraschten Blick.

„Wie bitte, Sir?"

„Nun – fünfundzwanzig Stunden am Tag, Monsieur – ist das nicht Übertreibung?"

Charlie Weasel neigte den Kopf zu Seite.

„Wie man's nimmt", antwortete er nach kurzer Überlegung. „Obwohl wir im Vergleich zu unserer Umgebung stillzustehen scheinen, bewegen wir uns relativ zur Erde mit einer Geschwindigkeit von rund fünfundachtzigtausend Kilometern pro Sekunde." Er blinzelte. „Ganz normal. Die Fluchtgeschwindigkeit der Großen Magellanwolke, verstehen Sie?"

Roi Danton ging ahnungslos in die Falle.

„Na schön", antwortete er ungeduldig. „Was hat das damit zu tun?"

„Fünfundachtzigtausend Kilometer pro Sekunde", erklärte Weasel, „ist genau die Geschwindigkeit, bei der auf der Erde fünfundzwanzig Stunden vergehen, während hier an Bord nur vierundzwanzig verstreichen. Sie sehen, es kommt alles nur darauf an, welche Norm man verwendet."

Roi Danton war nur eine Sekunde lang verblüfft, dann begann er zu lachen und stieg dadurch einen Sprung in Charlie Weasels Sympathie.

„Touché", rief er aus. „Sie haben gewonnen."

Von da an hielt Charlie Weasel ihn für einen Mann, mit dem er gut Freund sein könnte, wenn es darauf ankam.

Perry Rhodan mischte sich ein.

„Ihr Geplänkel war höchst amüsant", versicherte er mit freundlichem Lächeln. „Aber ich glaube, es ist an der Zeit, daß wir zur Sache kommen. Welcher Art sind die neuen Erkenntnisse, die Oberst Kalalit gewonnen hat?"

Weasel griff wortlos in die Innentasche seiner Montur und zog eine dünne Rolle von Schreibfolien hervor. Er breitete die Folien aus und begann zu zitieren:

„Wir wissen seit den Vorgängen der letzten Tage, daß es eine Macht gibt, die sich selbst die Zweitkonditionierten nennt und von Tolot den Titel Zeitpolizei erhalten hat, die es sich zur Aufgabe macht, sogenannte Zeitvergehen zu bestrafen. Wir wissen dies, weil die Zeitpolizei es im Augenblick eben auf uns, die terranische Menschheit, abgesehen hat und dabei die Anklage erhebt, wir hätten vor einunddreißig Jahren Standardzeit ein Zeitverbrechen begangen."

Er sah auf. Roi Danton und der Arkonide erwiderten seinen Blick unbewegt, Perry Rhodan nickte zustimmend.

„Soweit die Präliminarien", fuhr Weasel fort. „Die genannte Zeitspanne bringt uns zurück in das Jahr zweitausendvierhundertvier. Was ist damals geschehen, das uns einer solchen Anklage aussetzen könnte? Um jene Zeit bewegten sich das damalige Flaggschiff der Solaren Flotte, die CREST III, und ein Tender des Namens DINO III rund fünfzigtausend Jahre in der Vergangenheit, nachdem sie im Zentrum des Andromeda-Nebels durch die Zeitfalle Vario, die die Meister der Insel errichtet hatten, geschleust worden waren. Wenn dieser Vorgang, der obendrein einzig und allein auf Betreiben der Meister der Insel zustande kam, von der Zeitpolizei als Vergehen betrachtet wird, wie kommt es dann, daß die Meister selbst, für die fünfzigtausend Jahre weite Sprünge durch die Zeitstation Vario sozusagen an der Tagesordnung waren, niemals verfolgt wurden?

Die Antwort liegt auf der Hand. Es sind nicht die Zeitsprünge über Vario, die uns zur Last gelegt werden, sondern ein anderer, der unter recht merkwürdigen Umständen und ziemlich überstürzt bewerkstelligt wurde. Sie erinnern sich, Sir", dabei wandte er sich an Perry Rhodan, „daß es Ihnen gelang, Ihr Schiff durch einen auf dem Planeten Pigell im Wega-System stationierten Zeittransmitter rund fünfhundert Jahre in die Relativzukunft zu versetzen, nachdem Sie kurz zuvor einen Agenten der Meister namens Frasbur überlistet hatten. Sie erinnern sich ferner, daß Pigell zu jener Zeit von Paddler-Mutanten bevölkert war, unter denen die sogenannten Poler eine hervorragende Rolle spielten. Sie waren halb organische, halb kristalline, wurzelähnliche Gebilde, die durch Genmutation dazu befähigt waren, jegliche Art von Energie aufzusaugen. Ihr Schiff, Sir, geriet damals in höchste Gefahr, als die Poler sämtliche von den Generatoren erzeugte Energie in sich aufnahmen und die Geräte der CREST III lahmlegten. Im Zuge der späteren Untersuchung wurde klar, daß die Poler sich seit einigen Jahrhunderten darauf vorbereitet hatten, die auf Pigell befindliche Zeitstation ihrer Unterdrücker, der Meister, anzugreifen und zu zerstören.

Es besteht kaum ein Zweifel daran, daß sie mit der Ausführung dieses Planes schon begonnen hatten, als die CREST III das Zeitfeld durchdrang. Zwar wurde der Zeitsprung einwandfrei und ohne Zwischenfall ausgeführt, aber infolge der von den Polern begonnenen Absaugung der Zeittransmitter-Energien kam es dabei zu energetischen Unregelmäßigkeiten.

Diese Unregelmäßigkeiten wurden von den Zweitkonditionierten bemerkt. Es darf als sicher angenommen werden, daß die Meister der Insel ihre Zeitstationen mit speziellen Vorrichtungen ausgestattet hatten. Diese Vorrichtungen, nennen wir sie Kontinuumkämpfer, verhinderten, daß ihre Zeitreisen registriert werden konnten.

Durch die Tätigkeit der Poler dürften die Kontinuumdämpfer der Zeitstation Pigell in Mitleidenschaft gezogen worden sein, so daß sie gerade in dem Moment, als die CREST den Sprung um 500 Jahre in die Relativzukunft durchführte, versagten. Dadurch wurde die Zeitpolizei alarmiert, worauf sie die Perlians gegen uns mobilisierte. Da Erschütterungen des Zeitgefüges auch in der Realzeit Auswirkungen besitzen, war es für die Zweitkonditionierten nicht schwer, den realzeitlichen Ausgangspunkt dieser Erschütterung anzumessen. Diese Realzeit-Erschütterung führte sie zu den angeblichen Verursachern: den Terranern."

Er erlaubte sich einen kleinen, erleichterten Seufzer und schloß:

„Das, Sir, sind die Ereignisse, die Oberst Kalalit dazu veranlaßten, um eine sofortige Unterredung mit Ihnen nachzusuchen."

Perry Rhodan wandte sich ab und trat zu dem großen Bildschirm, der in der Art eines Fensters in die Rückwand des großen Raumes eingelassen war. Die Sterne der Großen Magellanwolke waren darauf zu sehen. Lichtpunkte aller Größen und Farben, aber nicht zu jenem glänzenden Lichtteppich von verwirrender Dichte angeordnet, wie er sich im Kern der Milchstraße zeigte.

Eine Minute lang war es still. Dann meldete sich der Arkonide zu Wort.

„Der größte Teil Ihrer Schlußfolgerungen basiert auf Vermutungen, Leutnant. Wie groß ist die Wahrscheinlichkeit, daß wir hier wirklich den wahren Grund für das Verhalten der Zweitkonditionierten gefunden haben?"

Charlie Weasel antwortete, ohne zu zögern.

„Knapp sechsundachtzig Prozent, Sir. Das ist viel. Die Schätzung ist verläßlich. Ich bitte zu bedenken, daß der Computer der GULINI das größte bewegliche Gerät ist, das es im Solaren Imperium gibt."

„Ist es wirklich wahr", erkundigte sich Roi Danton, „daß man sich unter der GULINI eine fliegende Positronik vorzustellen hat?"

Weasel nickte.

„Das ist richtig. Das Schiff hat im Vergleich zu seiner Größe eine sehr geringe Besatzung, weil die Unterkünfte fehlen, und ist kaum bewaffnet. Achtundneunzig Prozent des verfügbaren Volumens werden von der Biopositronik eingenommen."

Roi Danton wandte sich an Atlan und bedachte ihn mit einem halb spöttischen, halb freundlichen Lächeln.

„Bei soviel Umfang sollte man der Maschine eigentlich trauen können, meinen Sie nicht auch, Sire?"

Er zog ein mit Spitzen besetztes Taschentuch aus dem weiten Ärmel seiner Jacke und betupfte sich die Mundwinkel. Atlan schickte sich an, die an ihn gerichtete Frage zu beantworten, wurde jedoch unterbrochen. Perry Rhodan hatte einen Entschluß gefaßt. Mit einem Ruck wandte er sich vom Bildschirm ab.

„Es fällt nicht allzu schwer", begann er mit nüchterner, kühler Stimme, „zu entscheiden, was in diesem Fall zu tun ist. Unter der Voraussetzung, daß der GULINI-Computer zum richtigen Ergebnis gelangt ist, halte ich es für angebracht, auf dem schnellsten Wege Verbindung mit den Zweitkonditionierten aufzunehmen und ihnen nochmals darzulegen, daß der Vorwurf gegen das Solare Imperium und die irdische Menschheit zu Unrecht besteht."

Atlan hatte einen Einwurf bereit, aber Rhodan mahnte ihn mit erhobener Hand zum Schweigen.

„Damit fängt unser Problem erst richtig an", fuhr er fort. „Verbindung mit der Zeitpolizei aufzunehmen ist *eine* Sache – Gelegenheit zum Darlegen unserer Gründe zu erhalten, eine ganz andere. Ohne Zweifel bedarf das Unternehmen umfangreicher Vorbereitungen. Ich schlage vor . . ."

Er wurde seinerseits unterbrochen. Der Interkom meldete sich mit hellem Summen. Perry Rhodan trat zu einem kleinen Schaltpult im Hintergrund des Raumes und drückte einen Schaltknopf. Die Akustik in unmittelbarer Umgebung der Pults war so, daß Charlie Weasel von dem kurzen Gespräch, das sich zwischen Rhodan und dem Anrufer entwickelte, kein einziges Wort verstehen konnte.

Perry Rhodan kehrte schließlich zu seinen Gästen zurück. Sein Gesicht hatte einen neuen Ausdruck angenommen. Er wirkte beunruhigt, obwohl er es verstand, seine Erregung zu verbergen.

„Etwas Seltsames hat sich ereignet", erklärte er mit einer Stimme, die einen unfreundlich harten Unterton besaß. „Die Hyperempfänger dieses Schiffes haben eine Serie von unentzifferbaren Impulsen aufgefangen. Die Auswertung ist zur Zeit in vollem Gange, aber man versichert mir, daß die Entzifferung der Impulse nur mit Hilfe eines Wunders möglich sei."

Er machte eine Pause, die Atlan dazu benutzte zu sagen:

„Wir befinden uns in ganz fremdem Gebiet. Ich halte es nicht für allzu verwunderlich . . ."

Perry Rhodan fuhr ihm dazwischen, als hätte er ihn nicht gehört.

„Zur gleichen Zeit ergeht von der IMPERATOR die dringende Bitte an Roi Danton, sich so rasch wie möglich an Bord einzufinden." Seine Stimme wurde beißend. „Ich ersuche Sie, dieser Bitte Folge zu leisten, Danton. Wir haben ohnehin im Augenblick nichts mehr zu besprechen."

Roi Danton, den König der Freihändler, schien die plötzliche Wandlung in Rhodans Gehabe nicht zu berühren. Er verneigte sich lächelnd.

„Mit Ihrer gütigen Erlaubnis, Grandseigneur", sagte er devot, richtete sich auf, wandte sich um und schritt zum Schott. Bevor es sich vor ihm öffnete, nahm er seinen Dreispitz von einem Haken in der Wand und drückte ihn sich vorsichtig auf den Kopf.

Mit steinernem Gesicht sah Perry Rhodan ihm nach. Charlie Weasel bemerkte, daß der Arkonide unruhig geworden war.

„Ich muß wissen, was da vor sich geht", erklärte er hastig. „Entschuldige mich, Perry."

Er ging, ohne daß Rhodan ein einziges Wort dazu gesagt hätte.

Zum erstenmal in seinem Leben fühlte Charlie Weasel, der Mann, der Exzentrizität zum Lebenszweck gemacht hatte, sich fehl am Platze. Perry Rhodan schien seiner Anwesenheit nicht mehr gewahr zu sein. Mit auf dem Rücken verschränkten Armen und gebeugtem Kopf schritt er zur Rückwand des Raumes und blieb vor dem großen Bildschirm stehen, ohne der Bildfläche auch nur einen Blick zu gönnen. Charlie beobachtete ihn von der Seite her. Er sah, wie Rhodan mit sich rang.

Perry Rhodan wandte sich vom Bildschirm ab und schritt auf das kleine Schaltpult zu, an dem er vor wenigen Minuten das Interkomgespräch in Empfang genommen hatte. Charlie hörte eine Schalttaste klicken. Perry Rhodans Stimme war unnatürlich laut, als er sagte:

„Die Marschälle Bull und Tifflor bitte auf dem schnellsten Wege zu mir!"

Erst nachdem er das Interkomgerät ausgeschaltet hatte, schien sich Perry Rhodan der Anwesenheit des buckligen Mathematikers wieder bewußt zu werden. Für den Bruchteil einer Sekunde sah Charlie Weasel den Ausdruck der Überraschung auf seinem Gesicht. Im nächsten Augenblick lächelte er.

„Es tut mir leid", versicherte er, „daß unsere Unterredung auf diese Art gestört wurde. Manche Dinge lassen sich eben nicht vermeiden. Wir werden später noch einmal zusammenkommen müssen, um zu Ende zu führen, was wir heute nur anfangen konnten. Einstweilen – meinen besten Dank."

Charlie Weasel blieb nichts anderes übrig, als sich zu verabschieden, so gerne er auch geblieben wäre, nachdem er erst einmal den Verdacht gefaßt hatte, er sei einem bedeutenden politischen Ereignis auf der Spur.

Er nahm die Papiere wieder an sich und schritt durch das Schott, das sich selbsttätig vor ihm öffnete.

Charlie Weasel war kaum gegangen, da erschienen in Perry Rhodans Arbeitsraum, Seite an Seite, Reginald Bull und Julian Tifflor. Es fiel ihnen nicht schwer zu bemerken, daß ein Sturm im Anzug war. Bull ersparte sich die mehr oder weniger launigen Bemerkungen, die er sonst bei solchen Gelegenheiten zu machen pflegte.

„Weiß jemand etwas Näheres", war Rhodans erste Frage, „über die merkwürdige Serie von Hyperimpulsen, die vor kurzem von unseren Empfängern registriert wurden?"

Bull verneinte.

„Es handelt sich um eine Reihe von jeweils fünf Mikrosekunden langen Impulsen", erklärte Tifflor, „die in Abständen von je zwanzig Mikrosekunden aufeinanderfolgen. Sie sind völlig unmoduliert und kommen aus einer Richtung, die schräg am Zentrum der Großen Magellanwolke vorbeiführt, jedoch generell in der Ebene der Wolke liegt. Es gab insgesamt elf dieser Impulse. Die Sendung wurde nicht wiederholt. Die Logiker halten eine Auswertung für unmöglich."

Perry Rhodan schwieg eine Minute, als brauchte er Zeit, um über das Gehörte nachzudenken. Als er schließlich zu sprechen begann, klang ein Unterton von unerbittlicher Härte in seiner Stimme.

„Unser Freund Danton, der sich in diesem Raum aufhielt, als die Signale empfangen wurden, verabschiedete sich wenige Sekunden danach und begab sich an Bord des USO-Schiffes IMPERATOR. Atlan folgte ihm auf dem schnellsten Wege. Ich halte es für mehr als wahrscheinlich, daß Dantons rascher Abschied mit dem Empfang der Hyperimpulse zusammenhängt. Über Atlans Motive läßt sich schwer eine Aussage machen. Es ist möglich, daß er wirklich nur nachsehen wollte, was Danton an Bord seines Schiffes zu suchen hatte. Ich gebe jedoch zu bedenken, daß die Beziehungen zwischen Danton und dem Arkoniden in den vergangenen Tagen immer freundlicher geworden sind. Danton umgibt sich mit einem Geheimnis. Ich bin nunmehr fester denn je entschlossen, dieses Geheimnis zu lüften. Dazu ist es notwendig, daß ich ihn festnehme. Aufgrund der herrschenden Rechtsordnung bin ich dazu befugt. Meine Absicht ist es, ihn solange in Gewahrsam zu halten, bis er bereit ist, sein Geheimnis zu lüften."

Bull senkte den Kopf.

„Amen", murmelte er leise.

„Sie sind sich darüber im klaren", meldete Tifflor sich zu Wort, „daß wir uns rechtlich dennoch in einer verzwickten Lage befinden. Danton befindet sich an Bord eines USO-Schiffes. Die Charta der USO besagt, sie sei eine überstaatliche, unparteiische Organisation mit eigener Souveränität. Unter diesen Umständen . . ."

„. . . haben wir kein Recht, uns einfach an Bord der IMPERATOR zu begeben und dort eine Verhaftung vorzunehmen", vollendete Rhodan den begonnenen Satz.

„Ich weiß, Julian. Aber ich hoffe, daß Atlan auf meiner Seite ist und mich an meinem Vorhaben nicht hindert. Ich bitte euch beide, mich zu begleiten. Ihr könnt auch ablehnen, wenn ihr nicht meiner Meinung seid."

„Ich gehe mit", brummte Reginald Bill. „Was hast du gedacht?"

Tifflor nickte.

„Ich stehe zur Verfügung."

Rhodan trat zu dem Funktisch in der Ecke.

Man hörte ihn Anweisungen geben, daß ein Kurzstreckenboot im Schleusenhangar des Kommandodecks fahrbereit gemacht werden sollte. Augenblicke später waren die drei Männer auf dem Weg zum Schleusenhangar.

18.

Das Boot landete unangefochten in der großen Äquatorialschleuse der IMPERATOR.

Rhodan und seine Begleiter begaben sich durch den von der Schleuse aus quer durch das Schiff führenden Rollbandschacht zum Zentrum des Kommandodecks. Den wachhabenden Offizier im Kommandostand brachte ihr unerwartetes Erscheinen für einen Augenblick aus dem seelischen Gleichgewicht, dann erklärte er jedoch bereitwillig, daß Atlan sich in Begleitung des Freihändlerkönigs Danton in seine Privatgemächer begeben habe. Rhodan verneinte die Frage, ob er angemeldet zu werden wünsche.

Atlans Privaträume lagen auf einem nur vom Kommandostand aus zugänglichen Zwischendeck. Rhodan und die beiden Marschälle glitten durch einen kurzen Antigravschacht die wenigen Meter hinunter und befanden sich nun auf einem gedämpft beleuchteten, mit Tierfellteppichen ausgelegten Gang, dessen Wände rechts und links je zwei als Türen verkleidete Schotte aufwiesen.

Rhodan wußte, wohin er sich zu wenden hatte. Er trat auf die nächste Tür zur Linken. Ein rötlich schimmernder Lichtvorhang rieselte über die Türfüllung herab, als er bis auf zwei Schritte herangekommen war, und wies darauf hin, daß der Pfortenmechanismus seine Annäherung bemerkt hatte. Wenige Sekunden später glitt die Tür zur Seite. Dahinter lag Atlans Arbeitskabine – kleiner, aber mit mehr Luxus ausgestattet als der entsprechende Raum an Bord der CREST IV.

Ohne die Aufforderung des Arkoniden abzuwarten, überschritten die drei Männer die Schwelle. Perry Rhodan erfaßte die Szene mit einem raschen Blick. Danton und Atlan standen in einer Ecke des Raumes, nachdem sie beim Anblick der unerwarteten Besucher aus ihren Sesseln in die Höhe gefahren waren. Atlan überwand seine Überraschung schnell und trat Perry Rhodan entgegen.

„Was verschafft mir die Ehre dieses unerwarteten Besuchs, mein Freund?“ fragte er mit spöttischem Lächeln.

Rhodan antwortete mit einem knappen Wink, der seinen Begleitern galt. Tifflor und Bull bauten sich neben ihm auf. Wie durch Zauberei erschienen Waffen in ihren Händen, deren gedrungene Läufe an dem Arkoniden vorbei auf Roi Danton gerichtet waren.

Atlans Lächeln verlor sich.

„Was soll das?“ fragte er scharf.

„Dieser Mann ist verhaftet“, erklärte Rhodan knapp.

Atlan trat einen Schritt zurück und musterte den Terraner mit unverhohlenem Entsetzen.

„Du kommst“, stieß er schließlich halb atemlos hervor, „an Bord meines Schiffes, um einen Mann zu verhaften, der bislang weiter nichts getan hat, als dir treu zu dienen, dir Hilfe zu leisten – nur weil du dir in den Kopf gesetzt hast, er hätte nebenbei auch noch andere Interessen im Sinn?“

Perry Rhodan erwiderte seinen Blick mit eiskalter Ruhe.

„So ist es“, gab er zu. Er wandte sich an Danton. „Kommen Sie mit, junger Mann, und versuchen Sie keine Dummheiten.“

Danton setzte sich in Bewegung. Er hielt die Arme leicht zur Seite gestreckt, um zu zeigen, daß er nicht beabsichtigte, sich zur Wehr zu setzen. Während er auf Rhodan zuschritt, vollzog sich mit dem Arkoniden eine eigenartige Wandlung. Der Ausdruck maßloser Verblüffung verschwand von seinem Gesicht. Er trat einen Schritt zur Seite, um Danton weiter an sich vorbeizulassen, und seine Gesichtsmuskeln begannen zu arbeiten. Danton blieb zwei Schritte vor Rhodan stehen und schickte sich an, etwas zu sagen.

Da war es mit der Beherrschung des Arkoniden zu Ende. Sein dröhnendes Gelächter brandete durch den kleinen Raum und brach sich hallend an den Wänden. Er stand hochaufgerichtet, die Arme in die Seiten gestemmt, und beugte sich leicht nach hinten, als hätte er Mühe, sich gegen die Flut der Heiterkeit zu stemmen, die über ihn hereinbrach.

Bull und Tifflor erstarrten. Rhodan dagegen blieb ruhig. Er bedachte den Arkoniden mit einem kurzen Seitenblick, hielt das Augenmerk jedoch auf Danton gerichtet.

Atlan lachte immer noch, als in der Nähe der Tür Gucky materialisierte und mit einem hellen, protestierenden Schrei quer durch den Raum auf die Stelle zuschoß, an der Perry Rhodan stand. Der Arkonide mußte die kleine, rotbraune Erscheinung wahrgenommen haben, die wie ein Blitz über den Boden huschte. Sein Lachen erstarb.

„Halt!" schrie der Mausbiber im Ton höchsten Entsetzens. „Das Ganze ist ein fürchterlicher Irrtum! Halt, sage ich! Ich kann nicht mit ansehen . . ."

Gucky unterbrach sich mitten im Satz, als Atlan warnend die Hand hob.

„Es ist an der Zeit, über einige Dinge Klarheit zu schaffen", erklärte der Arkonide, immer noch nach Atem ringend. „Gucky, ich kenne deine Befürchtungen: aber Worte haben in einer Lage wie dieser weniger Gewicht als Taten."

Perry Rhodan stand starr. Kein Muskel bewegte sich in seinem Gesicht. Mit unbeteiligter Miene nahm er an den Geschehnissen teil, während Bull und Tifflor mit matten, hilflosen Gesten und großen, staunenden Augen zu verstehen gaben, daß ihr Verständnis längst hinter der Entwicklung der Dinge zurückgeblieben war.

Atlan wandte sich an Roi Danton.

„Ich habe Sie vor kurzem um einen Gefallen gebeten, mein Freund", begann er. „Sie wissen, welchen ich meine. Er verschaffte mir die Klarheit, die diese Herrschaften hier nun ebenfalls dringend benötigen. Erweisen Sie ihnen denselben Gefallen." Er streckte den Arm aus und wies auf eine Tür im Hintergrund der Kabine. „Meine Gemächer stehen Ihnen zur Verfügung. Ich bitte um Eile, denn ich fürchte, ich werde den Fragen unserer Gäste nicht länger standhalten können."

Danton nickte wortlos und verschwand durch die Tür, die der Arkonide ihm gewiesen hatte. Niemand erhob Einspruch. Bull und Tifflor erschienen völlig verwirrt, und Perry Rhodan machte den Eindruck, als nehme er an den Geschehnissen überhaupt nicht teil.

Atlan wandte sich ihm zu. Er hatte einen Wirbelsturm von Fragen erwartet, aber Rhodan enttäuschte ihn. Er stand weiterhin reglos, mit starrem Gesicht, den Blick durch den Arkoniden hindurch in die Ferne gerichtet. Gucky gab einen pfeifenden Laut der Unzufriedenheit von sich und machte es sich in einem Sessel bequem.

Drei oder vier Minuten vergingen. Dann, als sei ausgerechnet für ihn die Spannung zu groß geworden, begann Atlan zu sprechen.

„Der Gefallen, von dem ich sprach, besteht aus folgendem: Der Mann, den wir als Roi Danton kennen, wird von seinem Äußeren einige Dinge entfernen, die er bislang benutzte, um uns sein wahres Aussehen zu verheimlichen. Er hatte bisher, so behauptete er, einen triftigen Grund, uns allen anders zu erscheinen, als er wirklich ist. Ich kam ihm auf die Schliche – erst vor wenigen Tagen. Ich zwang ihn dazu, alles abzulegen, was das wahre Bild . . ."

Die Tür öffnete sich. Ein Mann in der hastig übergeworfenen Montur der United Stars Organisation erschien und betrat zögernd die Kabine. Sein Blick flog von einem zum anderen.

Zweifellos war es Roi Danton – und dennoch war etwas an ihm, das ihn auf sensationelle Weise anders als bisher erscheinen ließ.

Es war totenstill in der Kabine. Tifflor und Bull richteten ihre Blicke unwillkürlich auf Rhodan, der nach wie vor, wie zu einer Statue erstarrt, in der Mitte des Raumes stand und den Mann musterte, der soeben durch die Tür getreten war.

Irritiert wanderte Bulls Blick zurück zu dem Mann, der bisher vorgegeben hatte, Roi Danton zu sein. Bulls Gedanken stellten eine Assoziation zwischen der jetzigen Erscheinung Dantons und jener Rhodans her.

Eine Ähnlichkeit war vorhanden, daran bestand kein Zweifel. Aber es war nicht die Art von Ähnlichkeit, die man „aus dem Gesicht geschnitten" nannte. Dennoch! Die Ähnlichkeit mit Perry Rhodan war nicht zu leugnen.

Und plötzlich fiel es Bull wie Schuppen von den Augen.

Er wußte mit einem Male, wer dieser Mann tatsächlich war. Genau wie Atlan und Tifflor kannte Bull ihn seit seinen frühen Kindertagen, und die Art, wie der vermeintliche Danton sich nun in Szene setzte, sowie Atlans Verhalten öffneten Bull nun die Augen.

Und nicht nur ihm . . .

19.

Niemand wußte später zu sagen, wieviel Zeit an diesem fünften Januar des Jahres 2436 verging, bis Perry Rhodan sich zu rühren begann. Minutenlang hatte er den jungen Mann vor sich angestarrt, ohne ein Zeichen zu geben, daß er überhaupt wahrnahm, was er sah.

Jetzt holte er tief Luft, als hätte er unter dem Aufprall der Überraschung die ganze Zeit über den Atem angehalten. Er setzte den linken Fuß ein Stück zur Seite und stand mit gespreizten Beinen.

Gucky, tief in den Sessel gekauert, gab ein ängstliches Geräusch von sich. Reginald Bull spannte die Muskeln und rüstete sich seelisch gegen das Unwetter, das nun kommen mußte.

Er wurde getäuscht. Langsam, unendlich langsam wich der starre Ausdruck von Rhodans Gesicht. Fältchen bildeten sich um die Augen. Falten entstanden auf der Stirn.

Und da stand Perry Rhodan, der Mann, von dem jeder erwartet hatte, daß ihn die plötzliche Gegenüberstellung aus dem Gleichgewicht werfen würde – mit einem jungenhaften Grinsen auf dem Gesicht.

Er trat einen Schritt auf den Mann zu, der sich Roi Danton nannte.

„Michael Rhodan", sagte er mit einer Stimme, die völlig normal klang. „Manchmal muß es, weiß der Himmel, seltsam zugehen, bevor der Sohn sich seinem Vater zu erkennen gibt."

Roi Danton alias Michael Reginald Rhodan hatte die Reaktion seines Vaters auf die Gegenüberstellung mit Spannung und Sorge verfolgt. Es war ihm anzusehen, daß ihm ein Stein vom Herzen fiel, als er Perry Rhodan die Sache so unerwartet leichtnehmen sah.

Er streckte die Hand aus, und Perry Rhodan schlug ein.

Zum erstenmal fand auch ein anderer den Mut zur Sprache wieder.

„Allen großen Göttern sei Dank", stöhnte Atlan. „Ich dachte, es käme zu Tätlichkeiten."

Die Hand des Vaters mit der eigenen noch fest umschlossen, richtete Danton den Blick auf ihn.

„Ich hätte es nicht verdient", antwortete er spöttisch. „Ich habe die Ohrfeigen schon hinter mir, erinnerst du dich?"

„Und ob", polterte der Arkonide. Er bemerkte Rhodans fragenden Blick. „Als ich ihm hinter die Schliche kam, war meine erste Reaktion, ihm ein paar zu langen. Normale psychische Entspannungsreaktion, nehme ich an. Das Opfer hat mir den Ausbruch nicht verübelt, ich hoffe, der Vater hält's ebenso."

Perry Rhodan lächelte nur.

Reginald Bull und Julian Tifflor empfanden das Bedürfnis, Vater und Sohn sich selbst ihrem Glück zu überlassen, und baten darum, sich verabschieden zu dürfen. Perry Rhodan jedoch war anderer Ansicht und schlug die Bitte rundweg ab.

Es entspann sich eine lange Unterhaltung, bei der vieles, was mit Danton im Zusammenhang stand, zur Sprache kam.

Perry Rhodan erfuhr, wer für die technischen Neuentwicklungen, die sein Sohn in den letzten Monaten präsentiert hatte, verantwortlich war. Er erfuhr, daß sein Schwiegersohn Abel Waringer eine geheime Forschungsstation auf Last Hope betrieb und von seiner Frau Mory dabei unterstützt wurde.

Michael Rhodan erklärte, warum er eine andere Identität angenommen hatte. Daß er bestrebt gewesen war, seinen Weg ohne die Hilfe des Namens Rhodan zu gehen. Er war stolz darauf, daß ihm dies gelungen war.

Man einigte sich darauf, daß Roi Dantons Gesicht weiterhin gewahrt bleiben solle. Bis vor wenigen Minuten waren Gucky, Atlan, Melbar Kasom und Dantons Leibwächter Oro Masut die einzigen Mitwisser gewesen. Nun gehörten auch Perry Rhodan, Julian Tifflor und Reginald Bull zum Kreis der Eingeweihten. Man beschloß, den Kreis nicht zu erweitern. Michael Rhodan blieb weiterhin Roi Danton, der König der Freihändler.

Perry Rhodan lächelte bedeutungsvoll, als ihm offenbart wurde, daß außer den Genannten selbstverständlich auch Mutter, Schwester und natürlich Schwiegersohn Waringer die Identität des Sternvagabunden kannten. Jedermann nahm an, daß Mory Rhodan-Abro ein paar sarkastische Bemerkungen zu hören bekommen würde, wenn sie ihren von weiter Reise heimkehrenden Gemahl beim nächstenmal in die Arme schloß.

Es war bezeichnend für Perry Rhodan, daß er sofort, als sich die erste Möglichkeit ergab, auf die Dinge zu sprechen kam, die die turbulenten Ereignisse der letzten Stunden ins Rollen gebracht und trotz aller emotionellen Belastung die ganze Zeit über im Hintergrund seines Bewußtseins sozusagen auf Eis gelegen hatten. Er gab seinem Sohn zu verstehen, daß er ihn nach wie vor in Verdacht habe, über die geheimnisvolle Hypersendung, die vor kurzem empfangen worden war, mehr zu wissen, als anderen bekannt war.

Der Mann, der seine Rolle als Roi Danton weiterzuspielen gedachte, machte keinerlei Ausflüchte.

„Das ist richtig“, gab er zu. „Ich weiß, daß das Signal von Icho Tolot stammt. Es ist nicht lesbar oder verständlich in dem Sinne, wie andere Hyperfunksendungen es sind – nur eine Aufeinanderfolge von Impulsen. Aber ich bin überzeugt, daß damit nur eines gemeint sein kann.

Die beiden Haluter befinden sich in Gefahr!“

20.

Icho Tolot stand in übermannshohem Gestrüpp, das zur Hauptsache aus einer bambusähnlichen Pflanze bestand. Unmittelbar vor ihm begann ein zwei Meter breiter Pfad, der erst vor kurzem und in aller Hast in den Dschungel gerissen worden zu sein schien. Hinter ihm dehnte sich das Gestrüpp, so weit der Blick reichte.

Die fremde Welt war von einem magisch grauweißen Licht erleuchtet. Es war kühl. Sosehr der Haluter seinen Gehörsinn auch anstrengte, er vernahm nichts als das leise Knacken und Rascheln der zur Seite gebogenen Bambushalme, die sich langsam wieder aufrichteten.

Er folgte dem Pfad. Eine halbe Minute später erreichte er das Ende. Dort, wo er aufhörte, lag Fancan Teik am Boden.

Icho Tolot kauerte neben dem Freund. Eine rasche Untersuchung belehrte ihn, daß Teik nichts Ernsthaftes fehlte. Er mußte die Stelle, an der das Paratron-Feld entstand, in dem Augenblick passiert haben, als das Feld aktiviert wurde. Ein Teil der hochenergetischen Entladung war von seinem Körper absorbiert worden. Das Feld schleuderte ihn in diese Welt. Er hatte noch genug Schwung, um den zwanzig Meter langen Pfad durch den Bambusdschungel zu reißen, dann war er zusammengebrochen.

Während Tolot auf das Erwachen des Freundes wartete, ließ er die mannigfachen Sensormechanismen seines Ordinärgehirns spielen. Er horchte nach allen Seiten, um Spuren intelligenten Lebens zu finden; aber alles, was er empfing, war jene eigenartige Strahlung der Feindseligkeit, die er schon auf Pfranat gespürt hatte.

Er sah in die Höhe, wo sich merkwürdig dicht über dem Dach des Dschungels ein blasser Himmel wölbte. Sein Blick haftete auf einem der lanzenförmigen Blätter, die stiellos von den armdicken Rohren des Bambus ausgingen. Das Blatt war welk und neigte sich nach unten. Icho Tolot sah, wie es sich vom Stamm löste.

Es stürzte zu Boden – nicht langsam und wiegend, wie Blätter es tun, sondern wie ein Blitz, als bestünde es aus Blei. Es fiel ins

Gestrüpp unweit der Stelle, an der Tolot kauerte. Verblüfft begann er, danach zu suchen. Er unterbrach die Suche jedoch, als sein Planhirn ihm klarmachte, daß die Aussicht auf Erfolg lächerlich gering sei, und stellte statt dessen ein anderes Experiment an. Er richtete sich zu seiner vollen Höhe auf, riß ein frisches Blatt von einem der Bambusrohre und ließ es fallen.

Das Blatt stürzte zu Boden wie ein Stück Schwermetall.

Das Planhirn nahm sich des Phänomens an. Es besaß, gab es dem Ordinärgehirn zu verstehen, nicht genug Informationen, um eine hieb- und stichfeste Hypothese zu erstellen. Aber es konnte vermuten. Die Schlußfolgerung, zu der es schließlich gelangte, erschien Icho Tolot alles andere als angenehm.

Fancan Teik begann sich zu rühren und lenkte dadurch Tolots Aufmerksamkeit auf näherliegende Probleme. Der jüngere Haluter richtete sich mühevoll auf und stöhnte:

„Wo bin ich, Tolotos?"

Icho Tolot erklärte es ihm, so gut er es sich hatte zusammenreimen können.

„Wir sind durch ein Paratron-Feld geschleust worden", wiederholte Teik, als hätte er Mühe, das Geschehene zu begreifen. „Und welche Welt ist das hier?"

„Ich weiß es nicht", gab Tolot zu. „Ich wollte warten, bis Sie wieder zu sich kamen, Teiktos, damit wir das Rätsel zusammen lösen können."

Teik stand vollends auf.

„Sie brauchen nicht länger zu warten, Tolotos. Ich bin soweit."

Eine Entscheidung, in welche Richtung sie sich halten sollten, brauchte nicht getroffen zu werden. Die Welt ringsum war fremd. Ein Kurs war so gut wie der andere. Sie drangen in derselben Richtung weiter vor, in der Fancan Teik durch den Busch gebrochen war, nachdem er das Paratron-Feld passiert hatte. Die verfilzte Zähigkeit des Gestrüpps machte ihnen kaum zu schaffen. Ihre mächtigen Körper walzten den Dschungel ohne Anstrengung nieder und beiseite.

Nach drei Viertelstunden lichtete sich der Busch. Die Bambusrohre traten weiter auseinander, und das Blickfeld weitete sich. Icho Tolot sah ein Stück grasbewachsener Ebene. Das Gras war mehr grau als grün und unterstrich den Eindruck der Farblosigkeit, den der Haluter schon im ersten Augenblick von dieser Welt gewonnen hatte.

Sie ließen den Dschungel schließlich vollends hinter sich zurück. Die Grasebene, die Tolot gesehen hatte, erwies sich als eine weite Fläche, die einen sanft geneigten Abhang bildete. Die beiden Haluter standen am oberen Rand des Hanges, der sich kilometerweit dahinzuziehen schien. In der Ferne verschmolz er mit dem weißlichgrauen Himmel.

Fancan Teik starrte in die Höhe.

„Ich habe noch nie einen solchen Himmel gesehen, Tolotos", gestand er.

„Sie haben sich Ihre Gedanken ebenso gemacht wie ich mir meine", antwortete Tolot. „Ich vermute, daß Sie zu demselben Schluß gekommen sind."

Fancan Teik machte ein Zeichen der Zustimmung.

„Der rotleuchtende Spalt, von dem Sie berichteten, ist die Mündung einer Paratron-Feldblase sehr geringen Durchmessers, die in den Hyperraum eingebettet ist."

„Etwa so", bestätigte Tolot. „Welche Welt dies auch immer sein mag, sie ist nicht von einem Kosmos vierdimensionaler Struktur umgeben, sondern grenzt unmittelbar an den Hyperraum. Das Weißgrau dort oben ist das Bild des Hyperraums."

Sie schwiegen eine Zeitlang, während ihre Plangehirne sich mit dem Problem abmühten und zu dem Schluß kamen, daß sich aus den vorhandenen Informationen noch kein zusammenhängendes Bild formen lasse.

„Wir werden uns weiter umsehen müssen, wenn wir erfahren wollen, was hier vorgeht", bemerkte Fancan Teik schließlich.

„Ganz richtig", stimmte Tolot zu. „Das ist der eine Aspekt unserer Lage. Der andere ist, daß wir uns von der Mündung des Paratron-Feldes nicht allzuweit entfernen dürfen, denn die Leute, die uns zu Hilfe kommen, müssen uns ohne Schwierigkeiten finden können."

„Sie haben Ihnen geraten, die Blase durch Erstellung einer überkritischen Fremdkörpermasse zu vernichten?"

„Das habe ich", gab Tolot zu.

„Dann ist unsere Gegenwart nicht vonnöten", folgerte Teik. „Die Terraner stellen die überkritische Masse her, und die Blase verschwindet. Wir werden in . . ."

„Sie kennen die Terraner nicht, Teiktos", unterbrach Tolot ihn mit einem Anflug von Heiterkeit. „Es gibt Hunderte von Dingen, die sie ablenken können. Ihrem unstillbaren Wissensdrang wird diese Welt erscheinen wie der Anblick einer Oase dem Wanderer in der Wüste. Jemand muß dicht neben ihnen stehen und ihnen sagen, was als nächstes zu tun ist, damit sie den Faden nicht verlieren."

Fancan Teik zögerte eine Sekunde mit der Antwort.

„Sie kennen sie besser als ich, Tolotos", gestand er schließlich. „Ich überlasse Ihnen die Entscheidung."

„Wir sind ziemlich beweglich", nahm Tolot den ursprünglichen Gedankengang wieder auf. „Wir können ein vergleichsweise großes Gebiet untersuchen und dennoch rechtzeitig zurück sein, sobald die Terraner erscheinen."

„Wir sind auf sie angewiesen, nicht wahr?" erkundigte sich Teik. „Wir können von uns aus den Rückweg in die Normalwelt nicht finden?"

„Nein. Dieses Feld ist eine Einweg-Angelegenheit. Es führt von der Welt, aus der wir kommen, in diesen Teilkosmos. An der Stelle, an der wir auftauchten, war keine Spur des Feldes zu sehen. Sie können den Ort, an dem Sie materialisierten, tausendmal passieren, ohne auch nur die Spur eines Paratron-Feldes zu spüren zu bekommen."

Fancan Teik schwieg.

„Wir halten uns am besten hangabwärts", schlug Tolot vor. „Hinter uns liegt der Dschungel. Ich habe keine Lust, mich noch einmal ein paar Stunden durch das Gestrüpp zu wühlen. Dort unten muß es irgend etwas geben, was sich das Ansehen lohnt. Sind Sie fertig, Teiktos?"

Fancan Teik war fertig.

„Ich schlage vor, wir bewegen uns mit höchstmöglicher Geschwindigkeit", sagte Tolot. „Auf diese Weise . . ."

Er wurde unterbrochen. Im milchigen Grauweiß der Ferne erschien ein rotleuchtender Punkt. Innerhalb von Sekundenbruchteilen wurde es heller. Die Farbe wechselte über Gelb zu grellem Blauweiß. Die Erscheinung schien mit rasender Geschwindigkeit näher zu kommen.

Ein zweites Mal reagierte Icho Tolots Ordinärgehirn rascher als der abwägende, logische Mechanismus des Planhirns.

„Struktur!" schrie er warnend. „Und weg von hier!"

Er brauchte eine Hundertstelsekunde, um die Materie seines Körpers in jene stahlharte Substanz zu verwandeln, die jeder mechanischen Beanspruchung standhielt. Dann schnellte er sich los und rannte, so schnell die mächtigen Säulenbeine ihn trugen, die obere Kante des Abhangs entlang in rechtem Winkel zu der Richtung, in der sie aus dem Dschungel gekommen waren.

Im Laufen sah er über die Schulter zurück. Seitdem er den Lichtpunkt zum erstenmal wahrgenommen hatte, war kaum eine Sekunde vergangen. Jetzt stand eine grell leuchtende Sonne hoch im milchigen Himmel und senkte sich mit unheimlicher Geschwindigkeit auf den Boden herab. Der Hang und der Dschungel waren in grelle, weißblaue Helligkeit getaucht, die von einer Tausendstelsekunde zur andern an Intensität zunahm. Icho Tolot verfolgte ihr Anwachsen, während er rannte. Nur auf diese Weise konnte er schätzen, wie weit die tödliche Gefahr noch entfernt war.

Zwei Sekunden. Unter Anspannung der letzten Kräfte hatte er sich einhundert Meter von der Stelle entfernt, an der Teik und er sich befunden hatten, als das rote Licht auftauchte. Ein Gefühl der Furcht stieg plötzlich in ihm auf, als er sich des Experiments erinnerte, das er im Dschungel angestellt hatte. Blieb ihm noch genug Zeit, sich in Sicherheit zu bringen?

Die Helligkeit, die von der unheimlichen Leuchterscheinung ausging, war jetzt nahezu unerträglich. Icho Tolot konnte jeden einzelnen Grashalm erkennen, während er sich mit Riesensprüngen über den Boden dahinschnellte. Sein Planhirn arbeitete fieberhaft, um das Anwachsen der Helligkeit mit dem Näherkommen des leuchtenden Objekts zu korrelieren.

Als der kritische Punkt erreicht war, gab es das entscheidende Signal. Das Ordinärgehirn empfing den Impuls und gab die entsprechenden Befehle an die Muskeln des dahinschießenden Körpers.

Icho Tolot ging zu Boden. Mit der ganzen Wucht seiner zwanzig Zentner zog er eine Furche durch das graugrüne Gras.

Hinter dem Haluter brach die Hölle los. Ein blauweißer Blitz zuckte auf. Der mörderische Donner einer gigantischen Explosion brachte die ganze Welt zum Vibrieren. Kochendheiß fegten Druckwellen über die Stelle hinweg, an der Icho Tolot sich gegen den Boden preßte.

Langsam ebbte das Inferno ab, viel zu langsam für den Haluter, der sich um seinen Freund sorgte. Er machte sich Vorwürfe. Er hätte Fancan Teik warnen sollen. Wie konnte man von ihm erwarten, daß er dem über den Horizont aufsteigenden roten Lichtpunkt die Bedeutung zumaß, die ihm zukam?

Wo war Fancan Teik?

Als Icho Tolot sich schließlich aufrichtete, war der Wirbelsturm, der der Explosion unmittelbar folgte, noch nicht vorüber. Erdbrocken wirbelten mit unheimlicher Geschwindigkeit durch die Luft. Eine fünfzig Meter durchmessende Qualmsäule erhob sich von der Stelle, an der Teik und er gestanden hatten, mit rotleuchtendem Feuer durchmischt.

Das Gras brannte, und der Brand verbreitete sich mit einer Schnelligkeit, als fachten zehn Orkane ihn an.

Icho Tolot stand mitten im Feuer. Brocken aufgeschleuderten Erdreichs trafen ihn mit mörderischer Wucht. Die Luft war vom Qualm vergiftet, und die Temperatur betrug mehr als vierhundert Grad.

All das beeindruckte den Haluter nicht. Er war gewohnt, ohne Atemluft auszukommen. Die diamantharte Struktur seines Körpers war den mechanischen Kräften der aufprallenden Erdbrocken ebenso gewachsen wie der erhöhten Temperatur. Ihn bekümmerte nur eines.

Wo war Fancan Teik?

Der Dschungel hatte Feuer gefangen. Mit einer Geschwindigkeit, die unheimlich und unnatürlich erschien, fraß die Glut eine Bahn entlang der verfilzten Wand des Bambusgestrüpps.

Icho Tolot griff zum letzten Hilfsmittel. Er schrie Fancan Teiks Namen so laut, daß das Gedröhn seiner Stimme sich wie die Posaune des Jüngsten Gerichts über Geprassel und Gedonner des rasenden Feuers erhob.

Da . . .!

Eine Bresche bildete sich in der rotglühenden Front, die sich quer über den Saum des Bambusdschungels erstreckte. Eine wuchtige Gestalt taumelte hervor, grotesk beleuchtet von den zuckenden Flammen. Ein zweites Mal brandete Tolots mächtige Stimme auf. Die Gestalt fand ihr Gleichgewicht wieder. Vornübergebeugt kam sie auf Tolot zu. Tolot lief ihr entgegen, fing sie auf, stützte sie mit der Kraft seiner beiden Oberarme.

„Teiktos . . .!“

Fancan Teik war nicht verwundet, nur erschöpft und von der unerwarteten Entwicklung der Dinge verwirrt.

„Tolotos – was war das?“ stieß er hervor. „Ich befolgte Ihre Warnung sofort und lief in den Dschungel. Aber das Licht, das Ding . . .“

„Eine Rakete“, erläuterte Icho Tolot. „Ich sah, wie sie abgefeuert wurde. Es gibt intelligentes Leben auf dieser Welt, das uns nicht gerade freundlich gesinnt ist. Man hatte uns ausgemacht und schoß auf uns.“

Fancan Teik schüttelte den Kopf, als wollte er ein lästiges Insekt loswerden, das sich auf seinem halbkugeligen Schädel niedergelassen hatte.

„Eine Rakete“, wiederholte er. „Was für Raketen haben die Fremden? Konnten Sie sehen, wie schnell sie . . .“

„Ich bin Ihnen eine Erklärung schuldig, Teiktos“, unterbrach ihn Tolot. „Aber zuvor lassen Sie uns zusehen, daß wir von hier fortkommen. Das Geschoß trug einen nuklearen Sprengkopf. Die ganze Gegend ist radioaktiv verseucht.“

Sie ließen die Stätte der Verwüstung hinter sich. Fancan Teik lehnte Icho Tolots Hilfe ab und bewegte sich aus eigener Kraft. Die Qualmwolke, die vom Ort der Explosion aufstieg, schien in geringer Höhe gegen ein Hindernis gestoßen zu sein und hatte sich pilzartig ausgebreitet. Der Brand hatte sich weiter in den Dschungel hineingefressen und war mehr als einen Kilometer weit den Abhang hinunter vorgedrungen.

Der Boden war heiß, und rauchende Asche glomm rötlich unter den Schritten der beiden Haluter.

Es dauerte eine halbe Stunde, bis sie an die Stelle kamen, an der das Feuer haltgemacht hatte – weil der Wind sich ihm entgegenstellte oder aus sonst irgendeinem Grund. Es fühlte sich gut an, wieder über feuchtes, kräftiges Gras zu gehen, auch wenn es graugrün und farblos aussah.

Fancan Teik blieb plötzlich stehen.

„Ihre Erklärung, Tolotos . . .“, begann er.

Aus der rauchenden Wand des Bambusdschungels brach etwas hervor. Wie ein brauner Blitz schnellte es zwischen zwei hastig zur Seite federnden Bambusrohren hindurch, schoß zwanzig oder dreißig Meter vor den beiden Halutern über die Kuppe des Abhangs und raste mit so unglaublicher Geschwindigkeit den Hang hinunter, daß ihm die Augen kaum folgen konnten.

Eine Hundertstelsekunde hatte Icho Tolot genügt, um die Gestalt eines Wesens zu erkennen, das sich aufrecht auf zwei Beinen bewegte, von humanoider Form war und, vom Kopf auf die Schultern herabfallend, eine gelbe Mähne trug wie ein terranischer Löwe.

Die merkwürdige Erscheinung brauchte nur Sekunden, um aus dem Gesichtskreis der Haluter zu entschwinden. Fancan Teik starrte ihr eine Weile nach, dann wandte er sich an Tolot, den Ausdruck ungläubigen Erstaunens in den großen Augen.

„Haben Sie gesehen, was ich sah, Tolotos?“ fragte er verblüfft, fast hilflos.

„Ich habe es gesehen, Teiktos. Konnten Sie die Gestalt erkennen?“

„Natürlich. Ein Mann mit einer Mähne. Ein – Gurrad?“

„Ganz gewiß ein Gurrad. Das beantwortet Ihre Frage, auf welcher Welt wir uns befinden, nicht wahr?“

Fancan Teiks Gedankengang hatte sich offensichtlich in einer anderen Richtung bewegt, aber er ließ sich willig ablenken.

„Ja, natürlich“, stieß er hervor. „Pfranat. Jemand hat eine Parallelwelt zu Pfranat erschaffen und sie in einer kleinen Blase untergebracht, die nur von der Originalwelt aus betreten werden kann und rings vom Hyperraum umgeben ist.“

„Jemand . . .?“ fragte Tolot.

„Nicht irgend jemand. Die Zweite Schwingungsmacht! Die Zeitpolizei! Wahrscheinlich nachdem die Perlians ihre Strafaktion bereits beendet hatten!“

„Das ist richtig.“

Fancan Teik wandte den mächtigen Schädel und sah den Abhang hinunter.

„Was“, fragte er mit einer Stimme, die ihre übliche Sicherheit wiedergewonnen hatte, „war das?“

„Was sagt Ihr Planhirn, Teiktos?“ fragte Icho Tolot zurück.

„Nichts“, erwiderte Fancan Teik störrisch. „Es hat so viele Ideen, daß ich sie nicht einmal abzählen kann. Wissen Sie mehr, Tolotos? Sagen Sie mir . . .“

Tolot machte eine beschwichtigende Geste.

„Ich weiß nichts, aber ich habe eine Hypothese, die auf Beobachtung beruht. Es ist möglich, Teiktos, daß wir in dieser merkwürdigen Welt mit einem Faktor zu rechnen haben, der normalerweise beim Durchgang durch ein Paratron-Feld nicht auftritt, weil er bei der Konstruktion des Paratron-Projektors sorgfältig kompensiert wurde. Das Gerät, das uns zum Übertritt in diese Welt verhalf, funktionierte nicht mehr einwandfrei. Die Kompensation ist offenbar nicht mehr vorhanden.“

Fancan Teik begann zu verstehen. Seine großen Augen waren starr auf den älteren Freund gerichtet.

„Sie meinen, es gibt einen Zeitfaktor . . .?“

„Genau das. Wir müssen uns darauf gefaßt machen, daß wegen der fehlenden Kompensation die Eigenzeit dieser Welt rund zehnmal schneller abläuft als die unsere.“

21.

Das Gerät, mit dem Roi Danton die Hyperimpulse aufgefangen hatte, war ein Mikrogerät halutischer Bauart. Er trug es stets bei sich. Die Ausstrahlung des Instruments bei Empfang war so transformiert, daß sie ein Nervensignal erzeugte, das sich dem Träger des Empfängers mitteilte. Roi Danton hatte die elf Impulse körperlich gespürt.

Im Grunde genommen hatte er den Logikern der CREST IV nicht allzuviel voraus – nur eben, daß er wußte, von wem die Sendung kam. Daß Icho Tolot und Fancan Teik sich in Gefahr befanden, hatte er sich selbst zusammengereimt. Sie hätten sonst keinen Grund gehabt, ihn anzufunken.

Roi Dantons Gerät war ein Duplikat des Mikrosenders und -empfängers, den seine Schwester, Suzan Rhodan-Waringer, mit sich trug und den sie vor wenigen Tagen dazu benutzt hatte, Icho Tolot zu Hilfe zu rufen

Die galaktischen Koordinaten der Welt, deren Geheimnisse zu ergründen die beiden Haluter ausgezogen waren, waren Roi Danton bekannt. Die Positronik der GULINI ermittelte innerhalb Sekundenschnelle, daß der fragliche Planet knapp fünfzehntausend Lichtjahre von Navo-Nord entfernt stand, am äußersten Rand der Großen Magellanwolke, und praktisch schon zu der aus kosmischen Trümmerstücken und abgetriebenen Sonnensystemen bestehenden Materiebrücke gehörte, die die Große und die Kleine Wolke verband.

Perry Rhodan würdigte den Ernst der Lage vollauf und bat Atlan und Roi Danton, mit ihren Schiffen IMPERATOR und FRANCIS DRAKE unverzüglich aufzubrechen. Ein Stoßtrupp aus rund zwanzig wissenschaftlichen Spezialisten der Flotte sollte das Unternehmen begleiten. Die Auswahl der Spezialisten wurde der Positronik überlassen und war demzufolge nach kürzester Zeit abgeschlossen. Es dauerte etwas länger, die Ausgesuchten zu benachrichtigen und an Bord der IMPERATOR zu bringen. Atlan und Roi Danton hatten das Flaggschiff der USO als vorläufiges Hauptquartier gewählt. Die FRANCIS DRAKE stand unter dem Kommando des Edelmanns Rasto Hims. Der Start der beiden Schiffe war auf 21.35 Allgemeiner Zeit festgesetzt, das war weniger als neunzig Minuten nach dem Empfang des Notrufs.

Roi Danton hatte inzwischen seinerseits versucht, die beiden Haluter mit Hilfe seines Mikrogeräts anzufunken. Die Tatsache, daß er keine Antwort erhielt, ließ die Lage um so bedenklicher erscheinen.

Charlie Weasel saß im Rechenlabor und war dabei, ein Programm zu schreiben, als er aus dem Interkom seinen Namen hörte. Eine unbekannte Stimme forderte ihn auf, sich auf dem schnellsten Wege in der Äquatorialschleuse einzufinden. Charlie schob beiseite, was er gerade unter den Händen hatte, und stürmte los.

In der Schleuse war alles still. Charlie, der nach dem drängenden, aufgeregten Klang der Stimme vermutet hatte, es befände sich alles in hellster Aufregung, begann mit der Möglichkeit zu rechnen, daß ihn jemand an der Nase herumführen wollte. Während er dastand und sich umsah, trat aus einer der Hangarnischen ein Offizier im Arbeitsdreß und winkte ihm zu.

Charlie schritt an einem Dutzend Nischen entlang, von denen jede einen Raumgleiter enthielt. Als er den Offizier erreichte, bekam er zu hören: „Ihr Fahrzeug ist startbereit. Ihre Begleitung wartet schon."

Charlie riß die Augen auf.

„Wohin verreise ich?" wollte er wissen.

Der Hangaroffizier zuckte mit den Schultern.

„Keine Ahnung. Aber es sollte offensichtlich schnell gehen. Bitte . . ."

Charlie widerstand dem Druck der Hand, die ihn an der Schulter berührte und auf das startbereite Fahrzeug zuzuschieben versuchte.

„Und wer ist meine Begleitung?"

„Die hat sich schon angeschnallt. Sie werden sie erkennen, sobald Sie einsteigen."

Charlie gab auf. Er stieg den kurzen Laufsteg hinauf und betrat den Fahrgastraum. Durch ein Glassitfenster sah er den Piloten. Nur zwei der insgesamt fünfzehn Fahrgastsitze waren besetzt. In einem flegelte sich ein junger Mann, dem die Insignien des Leutnantrangs höchst merkwürdig zu Gesicht standen, weil er so aussah, als wäre er keinen Tag älter als siebzehn. Auf dem anderen hockte steif und gerade aufgerichtet ein spindeldürrer Mann mit den Rangabzeichen eines Captains und einem Kranz schütterer Haare um den sonst kahlen, nach oben hin spitz zulaufenden Schädel.

Charlie Weasel blieb stehen und schlug in gespielter Verzweiflung die Hände über dem Kopf zusammen.

„Ich möchte wissen, warum ausgerechnet ich immer mit den schlimmsten Ganoven zusammenarbeiten muß."

Der Junge reagierte nicht auf Charlies Ausbruch. Der Dürre wandte den Kopf, indem er ihn mitsamt Hals und Schultern um die Längsachse des Körpers rotierte, als hätte er ein steifes Genick, und zog die Oberlippe ein wenig in die Höhe, wodurch zwei Reihen kräftiger, gelber Zähne entblößt wurden. Es sah aus, als fletsche er das Gebiß.

„Etwas mehr Respekt, Leutnant Weasel", antwortete er mit tonloser Stimme. „Auch uns gefällt die Auswahl nicht besonders, die man getroffen hat."

Der Junge stieß sich mit den Füßen vom Boden ab und rutschte ein Stück weiter in seinem Sitz nach oben.

„Richtig, Opa." Er sah Charlie an. „Wir reisen nämlich auch lieber in Gesellschaft schöner Menschen."

Charlie grinste. Er schwang sich auf den Sitz neben dem Jungen und schnallte sich an.

„Also schön", sagte er, nachdem er sich von der Sicherheit des Magnetgurts überzeugt hatte. „Wo geht's hin?"

Der Junge zuckte mit den Schultern.

„Opa?"

„Man hat es nicht für nötig gehalten, mich in Kenntnis zu setzen", erwiderte der Dürre würdevoll. „Ich lasse mich überraschen."

„Weit kann's nicht sein", meinte der Junge gelangweilt. „Ich habe nicht einmal eine Zahnbürste dabei, geschweige denn einen Raumanzug."

„Und du meinst, auf anderen Schiffen gäbe es keine Zahnbürsten und keine Raumanzüge."

„Mach mir keine Angst, Charlie", gab der Junge zurück. „Erschüttere nicht den zerbrechlichen Turm meiner Hoffnungen mit ungezielten Schlägen. Gönne mir die Zeit, bis die zielbewußte Kraft des Nichts ihn trifft."

„Hm", machte Charlie. „Silveira da Costa?"

„Er selbst", brummte Opa. „Da Costa schreibt solchen Blödsinn nicht."

Die Fähre setzte sich in Bewegung. Der Fahrgastraum selbst hatte weder Bildschirme noch Glassitluken; aber auf dem kleinen Kursbildschirm oberhalb des Pilotensitzes war Bewegung zu erkennen.

Der Flug dauerte nur wenige Minuten. Auf der Bildfläche des Kursschirms tauchte ein kugelförmiges Raumschiff auf, das immer gewaltigere Ausmaße annahm, je näher die Fähre kam.

„Das ist einer der ganz Großen", murmelte Opa.

„Die IMPERATOR", antwortete der Junge.

„Woher willst du das wissen, Inka?"

„Entfernung, Flugdauer, Geschwindigkeit, Position, Größe. Ziemlich gesunde Logikbelegung."

„Aha."

Eine riesige, hell erleuchtete Schleusenöffnung nahm die Fähre auf. Die Ausstiegsschleuse öffnete sich. Die drei Männer von der GULINI lösten ihre Gurte und stiegen aus.

Hier war der Aufruhr, den Charlie Weasel erwartet hatte.

Alles war in Bewegung, Menschen und Maschinen. Wenigstens fünf Fähren von anderen Schiffen befanden sich im Hangar hinter der Schleuse. Offiziere der IMPERATOR III mit organgefarbenen fluoreszierenden Markierungen auf der Montur dirigierten den Fußgängerverkehr der Männer, die den Fähren entstiegen. Einer davon nahm sich der drei an, die von der GULINI gekommen waren.

„Folgen Sie den anderen!" wies er sie an. „A-Deck, Nordsektor, Markierung blau. Sie werden in der Offiziersmesse erwartet."

Sie reihten sich in den Strom der anderen ein.

„Ich hasse diese Manier", mokierte sich Charlie. „Sie könnten einem wenigstens sagen, worum es geht. Ist die Große Magellanwolke am Explodieren?"

„Völlig daneben", bemerkte Inka. „Der große Atlan hat den Völkern der Flotte ein Schauspiel versprochen, wie sie es zeit ihres Lebens noch nicht gesehen haben. Er will ihnen einen Buckligen mit einer Brille zeigen."

„Oho", machte Charlie. „Und was wollt ihr beide?"

„Wir müssen dich festhalten, wenn du tollwütig wirst", erklärte Opa.

Aufzugschächte und Decksektoren waren übersichtlich markiert. Sie brauchten zehn Minuten, um zur Offiziersmesse auf dem A-Deck zu gelangen. Der Raum war klein und mit einem erfreulichen Maß an Komfort eingerichtet. Im Augenblick allerdings herrschte Gedränge. Die Kapazität der Messe betrug einhundert Mann. Die Menge, die man hineinzupferchen versuchte, zählte mindestens zweihundert Seelen. Charlie, Opa und Inka erwischten einen Platz an der Bar, was Inka einige passende Bemerkungen entlockte.

Fünf Minuten nach ihrer Ankunft hörte der Zustrom von Neuankömmlingen abrupt auf. Das Schott schloß sich. Das allgemeine Gemurmel verebbte, als der Interkom sich einschaltete.

„Hier spricht Atlan", sagte eine ruhige, volltönende Stimme. „Verzeihen Sie mir die Unruhe, die ich so plötzlich in Ihren Tagesablauf bringen mußte, und seien Sie gleichzeitig überzeugt, daß mir keine andere Wahl blieb. Mächtige Freunde des Solaren Imperiums befinden sich in Not. Ob wir ihnen helfen können, hängt davon ab, ob wir ihren derzeitigen Standort, knapp fünfzehntausend Lichtjahre von hier entfernt, rechtzeitig erreichen.

Sie sind insgesamt zweihundertundzwanzig Mann. Der Mehrzahl, etwa neunzig Prozent, fallen bei dem bevorstehenden Unternehmen Aufgaben zu, die ein Verlassen des Schiffes nicht erforderlich machen. Eine sorgfältig ausgewählte Gruppe von insgesamt einundzwanzig Mann wird auf dem Zielplaneten als eine Art wissenschaftlicher Stoßtrupp eingesetzt werden. Wir rechnen nicht mit dem Widerstand eines organischen Gegners, aber die technischen Schwierigkeiten, die sich diesem Unternehmen am Zielort entgegenstellen werden, sind erwartungsgemäß von beträchtlichem Umfang.

Ich bitte Sie, sich jetzt in Ihre Quartiere zu begeben. Ein Posten am Ausgang der Messe wird Sie einweisen. In Ihren Unterkünften finden Sie Informationskristalle mit den dazugehörigen Abspielgeräten, so daß Sie sich auf Ihre neue Aufgabe vorbereiten können.

Ich danke Ihnen."

Der Interkom klickte aus. Bewegung entstand in der Menge. Man schob dem Ausgang zu. Charlie rutschte von seinem Barhocker.

„Ihr wißt beide, was ich mir wünsche", sagte er und ächzte dabei.

„Wir kennen dich", antwortete Inka trocken.

„Du hast keinen Mumm in den Knochen", stellte Opa sachlich fest. „Du hast keinerlei Ehrgeiz, dem Imperium mit dem Einsatz deines Körpers zu dienen und zu dem Stoßtrupp zu gehören, der unter Todesverachtung sich einer überlegenen Technologie entgegenwirft, um Verlorene zu retten, die . . ."

„Vorsicht, Opa", mahnte Inka.

„Was?"

„Speicherkapazität überschritten. Kritischer Fehler dreiundsiebzig."

Opa starrte ihn entgeistert an.

„Hä . . .?"

„Du redest zuviel."

Opa schwieg. Sie gerieten in den Strom, der sich dem Ausgang zuschob. Es ging erstaunlich schnell und flüssig. Charlie war an der Spitze der kleinen Gruppe. Er erblickte den Posten, der unter dem Schott stand und mit den Armen hier- und dorthin wies.

Als er noch vier Mann weit von dem Posten entfernt war, sah er, wie derjenige, der gerade an der Reihe war, dem Posten ein kleines Plastikkärtchen hinhielt.

„Zwo-null-sechs", las der Posten. „A-Deck, Westsektor, Markierung blaugrün. Achten Sie auf das Schott mit dieser Nummer."

Der Mann marschierte davon. Die Prozedur wiederholte sich, als der nächste vor den Posten trat. Auch er hatte eine Plastikkarte.

„Null-neun-acht, A-Deck, Südsektor, Markierung rot-gelb. Achten Sie auf das Schott mit dieser Nummer."

Der dritte hatte eins-zwo-neun. A-Deck, Nordsektor, Markierung rot-rot.

Der vierte war Charlie. Der Posten musterte ihn verwundert. Er hatte noch nie einen Mann mit Buckel und Brille gesehen.

„Ihre Nummer, bitte", wurde Charlie aufgefordert.

„Ich habe keine", gab er zu.

Das Gesicht des Postens hellte sich auf.

„Vorzüglich", stellte er mit Begeisterung fest. „Sie halten sich gangabwärts, bis Sie rechter Hand ein großes Schott mit der Aufschrift *Auditorium* finden. Dort gehen Sie hinein. Man erwartet Sie schon. Sie sind der drittletzte."

Opa und Inka waren die beiden übrigen, die noch fehlten.

„Wißt ihr, ich habe ein komisches Gefühl im Magen", sagte Charlie, während sie den Gang entlangschritten.

„Das wundert mich“, versetzte Opa ohne jegliche Bewegung. „Du warst noch nie ein guter Logiker.“

Sie erreichten das Schott mit der Aufschrift *Auditorium*. Es öffnete sich von selbst, als Charlie sich dicht genug davorstellte. Dahinter lag ein kleiner Raum, in dem Sessel zu Sitzreihen angeordnet waren. Der Boden senkte sich von rechts nach links. Es gab nicht mehr als vierzig Sessel. Rund die Hälfte davon war besetzt. Die Blicke der Anwesenden waren auf die Neuankömmlinge gerichtet. Charlie überflog das Bild und zählte blitzschnell.

Immer noch unter dem Schott stehend, wandte er sich an Opa und Inka, die ihm über die Schulter sahen.

„Achtzehn Mann“, sagte er bitter. „Plus wir drei – macht einundzwanzig. Ich hab's euch gesagt.“

Ein Offizier im Range eines Oberstleutnants sprach zu ihnen und machte ihnen klar, daß sie auf Grund ihrer hervorragenden Leistungen für dieses Unternehmen ausgesucht worden waren. Er machte kein Hehl daraus, daß man über die Welt, die das Ziel des Unternehmens war, nur vage Vorstellungen hatte. Es werde die Aufgabe des aus zweihundert Mann bestehenden Wissenschaftlerteams sein, die Lage so rasch und so gründlich wie möglich zu erkunden, sobald die IMPERATOR über dem Zielstern anlangte, bevor der eigentliche Stoßtrupp ausgeschleust wurde. Der Stoßtrupp würde von regulären Truppen und Kampfrobotern begleitet sein. Über das Ausmaß der zu erwartenden Gefahren ließ sich im Augenblick noch nichts aussagen. Es galt jedoch als sicher, daß das Unternehmen nicht risikofrei sein würde.

Die einundzwanzig Mann wurden in Einsatzgruppen eingeteilt. Charlie, Inka und Opa bildeten eine Gruppe unter dem Befehl von Captain Idus Andersson. Das war Opa. Inka bedachte ihn mit einem schrägen Blick, als er das hörte.

Dann wurden sie in ihre Quartiere eingewiesen. Die drei Männer von der GULINI erhielten Leutnantsunterkünfte, drei Mann in einem Raum. Der Oberstleutnant entschuldigte sich. Der Wohnraum an Bord der IMPERATOR war rationiert. Die Leutnants der regulären Besatzung hausten derzeit in Mannschaftsquartieren.

Die Kabine war in aller Eile mit einer Anlage zum Abspielen von Infokristallen ausgerüstet worden. Die Hast, mit der das Unternehmen geplant worden war, ließ sich daran erkennen, daß es trotzdem drei Memokristalle gab, für jeden Mann einen, obwohl das Gerät jeweils nur einen Kristall abspielen konnte und der Inhalt der drei Kristalle identisch sein mußte.

Opa machte sich das Privileg seines Ranges zunutze und war der erste, der seinen Kristall abspielte. Er schob sich das gabelförmige Abhörgerät von hinten her über den Kopf, so daß die beiden Akustoden in die Knochenlücke unmittelbar hinter den Ohrläppchen zu sitzen kamen, schloß die Augen und lehnte sich in seinem Sessel zurück. Inka und Charlie streckten sich auf ihren Kojen aus und gaben sich Mühe, Opa beim Aufsaugen der gespeicherten Informationen nicht zu stören.

Charlie hörte von weit her Sirenen heulen. Er schloß, daß es sich um das Startsignal handelte. Die Kabine war nicht mit einem Bildschirm ausgestattet.

Die IMPERATOR war unterwegs.

Charlie empfand ein merkwürdiges Gefühl der Unruhe. Die Aussicht auf das bevorstehende Abenteuer erfüllte ihn einerseits mit ungeduldig vorausschauender Spannung, andererseits verursachte sie ihm Unbehagen, weil er wußte, daß es gefährlich zugehen würde. Er war Mathematiker mit Leib und Seele, und daß er die Montur der Raumflotte trug und sich der Privilegien des Offiziersrangs erfreute, hatte er nur dem Zufall zu verdanken. An Bord der GULINI, umgeben von anderen Wissenschaftlern und von Positroniken, fühlte er sich wohl. Zum Soldaten eignete er sich seiner Ansicht nach nicht. Das Durcheinander seiner Empfindungen angesichts des bevorstehenden Unternehmens verwirrte ihn und machte ihn schweigsam.

Er sagte kein Wort, als Opa die Akustoden abnahm und sie ihm übergab, weil er an der Reihe war. Er schob sich die Gabel über den Kopf, schaltete das Gerät ein und lehnte sich zurück.

Zwanzig Minuten lang dröhnten die Laute einer Stimme auf ihn ein, die so moduliert war, daß ihre Aussage möglichst tief in das Bewußtsein des Hörers eindrang. Es war eine mechanische Stimme, obwohl niemand das auf eine bloße Hörprobe hin hätte entdecken können. Sie sprach monoton, solange es um das Aufzählen statistischer Daten ging, und kaum merklich bewegt, wenn Dinge berichtet wurden, die aus dem Rahmen des Alltäglichen fielen. Sie war wirkungsvoll. Charlie glaubte zu spüren, wie die Zahlen, Daten und Begriffe durch die Gehirnrinde drangen und sich irgendwo weit unten niederließen, wo sie ihm zur Verfügung stehen würden, wann immer er sie brauchte.

Trotzdem war er, als die Information abgelaufen war und anhielt, enttäuscht. Er wußte, daß der Zielplanet Pfranat hieß und die Ursprungswelt der Gurrads war. Pfranat war fünfzehntausend Lichtjahre vom derzeitigen Standort der Flotte entfernt, und der Flug dorthin würde, wenn es keine Störungen gab, rund acht Stunden dauern.

Das war alles, was über Pfranat oder das bevorstehende Unternehmen gesagt wurde.

Der Rest befaßte sich mit den Gurrads, ihren Eigenheiten, ihrer Denkweise, ihrer Technologie und so fort. Der Grund war klar. Pfranat war eine Gurrad-Welt. Es mochte von Nutzen sein zu wissen, wer die Gurrads waren, bevor man Pfranat betrat.

Trotzdem war Charlie Weasel enttäuscht. Er konnte sich des Verdachts kaum erwehren, der Mann, der die Informationen zusammengestellt hatte, hätte nur deswegen so lange über die löwenmähnigen Gurrads gesprochen, um zu vertuschen, daß er über Pfranat und die Gefahren, die ihnen bevorstanden, nichts wußte.

Derselben Ansicht war Inka, nachdem er sich die Infos angehört hatte. Sie kamen aber nicht mehr dazu, sich in die bei solchen Anlässen übliche Diskussion zu verstricken. Der Interkom rief sie zum Kommandostand.

Im Kommandostand wartete eine Ordonnanz, die die drei Mathematiker ein halbes Deck weiter in die Tiefe und zu Atlans Privatgemächern führte.

In einem nicht allzu großen, jedoch geschmackvoll eingerichteten Raum erwarteten sie zwei Personen, denen Charlie vor ein paar Stunden schon einmal gegenübergestanden hatte: Atlan und Roi Danton. Danton trug nach wie vor sein Stutzergewand. Inka musterte ihn mit einem nicht sonderlich respektvollen Blick.

„Die Herren Mathematiker“, lächelte der Arkonide. „Leutnant Weasel, wir kennen uns. Ich darf Sie bitten, mir die beiden anderen Herren vorzustellen.“

Charlie streckte den Arm aus und wies der Reihe nach auf seine Gefährten.

„Opa“, sagte er unbefangen, „und Inka.“

Atlan schenkte ihm einen undurchdringlichen Blick.

„Opa“, wiederholte er gedankenvoll, „und Inka.“

Charlie beeilte sich, seinen Fehler wettzumachen.

„Bitte um Verzeihung, Sir. Captain Andersson und Leutnant Katz.“

Der Arkonide verneigte sich leicht in Richtung der beiden Mathematiker.

„Ihnen, meine Herren, fällt bei diesem Unternehmen womöglich die wichtigste Aufgabe zu“, ging Atlan ohne weiteres Zögern zur Sache über. „Wir kennen die Bedingungen nicht, unter denen wir zu Werke gehen müssen. Ganz gleichgültig, wieviel unsere Analytiker von Bord aus vor der Landung über die Umstände auf Pfranat herausfinden können – blitzschnelle Erfassung von Details an Ort und Stelle wird auf jeden Fall vonnöten sein. Ich denke an die Verwendung mathematischer Modelle . . .“

„Logischer“, warf Inka ein und machte zu seiner Respektlosigkeit ein völlig unbewegtes Gesicht.

„Bitte?“

„Logischer Modelle, Sir. Mit Hilfe von mathematischen Modellen können Sie die Entwicklung des Wetters erfassen. Um einen Gegner zu verstehen, brauchen Sie ein logisches Modell.“

Roi Danton grinste jetzt. Atlan zeigte sich leicht irritiert.

„Die Idee war ohnehin“, nahm er den Faden wieder auf, „Ihnen zu überlassen, was in dieser Richtung getan werden soll. Sie haben sich mit den Informationen vertraut gemacht?“

„Selbstverständlich, Sir“, antwortete Opa.

„Gut. Ich bitte Sie, mich wissen zu lassen, welche Geräte Sie brauchen und . . .“

„Einen Stasup“, fuhr ihm Inka dazwischen.

Atlan sog die Luft zwischen den Zähnen ein. Dann wandte er sich seitwärts zu Inka.

„Junger Mann, ist es nötig, daß Sie einen Mann, der mindestens fünfhundertmal älter ist als Sie, fortwährend in der Rede unterbrechen?“

Inka zog die Oberlippe hoch und grinste.

„Dünne Scheibe“, antwortete er. „Gute Logikbelegung, aber dünne Scheibe.“

Hilflos wandte sich Atlan an Charlie.

„Was heißt das?“

Charlie biß sich auf die Lippen.

„Er hat ein kurzes Gedächtnis, Sir. Mit Scheibe ist die Magnettrommel einer Rechenmaschine gemeint, auf der Daten gespeichert werden. Inka versucht zu erklären, daß er immer sofort aussprechen muß, was er denkt, weil er es sonst vergißt. Er ist jedoch ein guter Logiker, wie er selbst sagt."

Atlan hatte die Brauen in die Höhe gezogen.

„Na schön. Und was ist ein Stasup?"

„Ich weiß nicht, Sir", antwortete Charlie wahrheitsgemäß. Als er sah, daß der Arkonide in der nächsten Sekunde explodieren würde, wandte er sich blitzschnell an Inka: „Inka, was ist ein Stasup?"

„Statistischer Simulator Unbekannter Phänomene", erklärte Inka knapp.

„Gibt es ein solches Gerät?" wollte Atlan wissen.

Charlie erachtete es für besser, sich an Opa zu halten.

„Opa – gibt es ein solches Gerät?"

Atlan fuhr ihm in die Parade. „Inka, Opa, gibt es ein solches Gerät? Habe ich es mit lauter Narren zu tun? Woher haben Sie diese verrückten Namen? Können Sie einander nicht anreden, wie es unter normalen Leuten üblich ist?"

Charlie sah eine günstige Gelegenheit, das Unwetter abzuwenden, bevor der Blitz endgültig einschlug.

„Sir, jedes Rechenprogramm", erklärte er bereitwillig, „das der Positronik an Bord der GULINI zugeführt wird, muß mit einem Hinweis auf den Mathematiker versehen sein, der das Programm geschrieben hat oder mit ihm arbeitet. Zu Identifizierungszwecken selbstverständlich. Zulässig als Hinweise sind Buchstaben- und Zifferngruppierungen bis zu sieben Stellen. Gewöhnliche Nach- oder Vornamen sind irreführend, da sie an Bord eines so großen Schiffes gewöhnlich in mehrfacher Ausführung vorkommen. Infolgedessen hat jeder von uns seinen eigenen Spitznamen angenommen, der ihm allein gehört. Captain Andersson ist Opa, Leutnant Katz identifiziert sich mit Inka."

Der Redeschwall erzielte die gewünschte Wirkung. Atlan hatte zumindest für den Augenblick vergessen, daß er vor wenigen Augenblicken noch auf dem Wege war, ein Donnerwetter loszulassen.

„Und Sie?" wollte er wissen.

„Charlie", antwortete Charlie. „Niemand sonst hat einen so kindischen Vornamen."

Der Arkonide lächelte.

„Gut. Ich nehme zur Kenntnis, daß man mit Mathematikern, die Uniformen tragen, anders umgehen muß als mit regulären Offizieren. Was also ist ein Stasup?"

Die Frage war an Inka gerichtet.

„Es gibt bislang kein Gerät dieser Art, Sir", antwortete Inka, und Charlie war über die formelle Anrede so erstaunt, daß er eine Sekunde lang die Luft anhielt. „Ich arbeite schon seit einiger Zeit an der Idee, und jetzt scheint der Augenblick gekommen zu sein, in dem sie verwirklicht werden könnte. Ein Stasup analysiert eine Kette von kausal zusammenhängenden Beobachtungen. Er versucht dann, eine Logik zu definieren, mit der er die Kette der beobachteten Ereignisse von sich aus rekonstruieren kann. Ist ihm das gelungen, macht er eine Voraussage des nächsten, noch bevorstehenden Ereignisses. Ist die Vorhersage richtig, dann gilt das Problem als gelöst. Ist sie es nicht, dann wird das neue Ereignis in die Kette der zuvor beobachteten eingefügt, und die Analyse beginnt von neuem."

Roi Danton meldete sich zum erstenmal zu Wort.

„Ein solcher Prozeß läßt sich mit jeder besseren Positronik durchführen", gab er zu bedenken.

Inka sah ihn aus traurigen Augen an.

„Jede bessere Positronik wiegt aufwärts von fünftausend Kilogramm. Ich brauche ein Gerät, das sich auf einem kleinen Fahrzeug transportieren läßt. Ich nehme nicht an, daß man uns bei der Landung auf Pfranat große Luxuskähne mitgeben wird."

„Das ist richtig", pflichtete ihm Atlan bei. „Nur weiß ich immer noch nicht, woher Sie Ihren Stasup nehmen wollen."

„Ich brauche zwei Logiksektionen aus kleineren Positroniken und etwa zehn Mann Fachpersonal. Und ungefähr fünf Stunden."

Ein wenig verwirrt, offenbar nicht sicher, was er von dem Angebot zu halten hatte, wandte sich Atlan an Charlie. Charlie verstand seine Unsicherheit.

„Leutnant Katz ist der beste Logiker, mit dem ich je zusammengetroffen bin, Sir", beeilte er sich zu versichern. „Und er versteht es, sich in der Mechanik von Positroniken zurechtzufinden."

Der Arkonide schien erleichtert.

„Schön. Er soll seine fünf Stunden und zehn Mann haben. Bei dem, was uns bevorsteht, können wir jedes Hilfsmittel gebrauchen – warum nicht einen Stasup."

Die drei Mathematiker wurden verabschiedet. Charlie hatte den Eindruck, Atlan sei froh, sie loszuwerden.

Als das Schott sich hinter ihnen geschlossen hatte, wandte sich der Arkonide seufzend an Roi Danton.

„Es ist unglaublich, mit was für Narren man sich manchmal abzugeben hat!"

Roi Danton, sorgfältig die Rüsche seines Hemds zurechtzupfend, begann zu grinsen.

„Verzeihung", sagte Atlan trocken. „Ich hatte dabei nicht auf dich gezielt . . ."

22.

Der Kurs, den der eilige Flüchtling genommen hatte, wies den Weg. Aber das von niedrigem, grauem Gras bewachsene Land, das ihnen nach dem verfilzten Dickicht des Bambusdschungels wie die Erlösung von allem Übel vorgekommen war, gewann einen neuen Aspekt.

Sie hatten keine Deckung.

Die Gurrads hatten sie offenbar im Visier. Solange sie sich auf dem weithin übersichtlichen Gelände befanden, würden sie weitere Raketen gegen sie abschießen – und bei der zehnfach vergrößerten Geschwindigkeit, mit der hier alle Vorgänge abliefen, blieb ihnen ein Spielraum von nur ein paar hundert Metern, um den tödlichen Geschossen auszuweichen. Der halutische Organismus erschien Terranern als schlechthin unverwundbar. Aber wiederholte Strahlenschauer von höchster Intensität konnte halutisches Gewebe selbst im strukturveränderten Zustand nicht schadenlos absorbieren.

Icho Tolots Plangehirn wog Dinge gegeneinander ab. Sicherheit gegen Einsicht. Sie konnten sich in den Dschungel verkriechen und warten, bis Hilfe eintraf. Die Wahrscheinlichkeit, daß eine der gurradschen Raketen sie traf, wenn sie im Bambusdickicht verschwunden waren, errechnete die organische Maschine in Icho Tolots unterer Schädelhälfte zu einer erfreulich niedrigen Ziffer.

Auf der anderen Seite bestand immer noch die Möglichkeit, auf

Pfranat herauszufinden, mit welchen Zeitexperimenten sich die Gurrads vor 400 Jahren beschäftigt hatten. Unter Umständen fanden sich auch Hinweise, die die Rätsel um die Vergangenheit der Haluter aufzuklären halfen. Die Zweitkonditionierten waren offensichtlich mit den Halutern verwandt. Und diese, als Zeitpolizei bezeichnete Macht, hatte, nachdem die Perlians diese Welt verwüstet hatten, die Paratronblase erschaffen, in der die vom natürlichen Kosmos abgeschnittenen Gurrads ihr Dasein fristeten. Vielleicht fanden sich hier Informationen, die für die Haluter von unschätzbarem Wert waren.

„Ich glaube, wir können es schaffen, Tolotos", sagte Teik. „Wenn wir uns dauernd in Bewegung halten, haben sie Schwierigkeiten mit dem Zielen. Wir wissen jetzt, was vor sich geht. Das gibt uns zusätzlichen Spielraum. Auf diese Weise wird das Risiko verringert."

Seine großen Augen sahen den Älteren fragend an.

„Ich kenne die Kraft, die hinter Ihren Argumenten steckt", antwortete Icho Tolot. „Sind Sie sicher, daß das Risiko sich lohnt?"

Fancan Teik sah den Hang hinunter.

„Ich bin nicht sicher", gestand er ernst. „Aber ich glaube daran."

Icho Tolot spürte, daß ihm die endgültige Entscheidung zugeschoben wurde. Er beschäftigte sich eine Zeitlang damit. Was ihn schließlich dazu bewegte, sich für diese und nicht die andere Möglichkeit zu entscheiden, wußte er nicht genau zu sagen. Es mußte mit jenem merkwürdigen Erregungszustand zu tun haben, der Angehörige seines Volkes in mehr oder weniger regelmäßigen Abständen überfiel und sie kopfüber in wilde, unvorhergesehene Abenteuer stürzte – einem Prozeß, den man eine ›Drangwäsche‹ nannte.

„Eine Strukturwandlung ist unerläßlich", sagte er ruhig. „Ohne sie haben wir nicht die geringste Chance. Wir bewegen uns annähernd auf demselben Kurs, den der Flüchtige genommen hat. Sobald wir Raketen aufsteigen sehen, wenden wir uns seitwärts, Sie nach links, ich nach rechts. Das wird ein paarmal gutgehen, dann haben die Gurrads unsere Taktik durchschaut und werden ihre Geschosse auf den Punkt zielen, an dem einer von uns im Augenblick des Aufschlags zu finden ist. Wir müssen also nahe genug beieinander bleiben, um uns mühelos verständigen zu können."

Fancan Teik erwiderte seinen Blick ernst.

Sekunden später nahm seine Haut einen neuen Glanz an. Fancan Teik hatte die Struktur seiner Körpersubstanz verändert. Icho Tolot tat es ihm nach. Er gab ein Zeichen. Die Jagd begann.

Die Gurrads reagierten sofort. In weiter Ferne erhoben sich zwei rotglitzernde Punkte über den Dunst. Icho Tolot verlor nicht eine Hundertstelsekunde. Er brach zur Seite aus und beschleunigte seinen Lauf. Die Neigung des Abhangs kam ihm zustatten. Er fegte mit einer Geschwindigkeit von mehr als einhundert Kilometern pro Stunde dahin, während die leuchtenden Punkte der Raketen atemberaubend schnell in den milchigen Himmel hinaufrasten und sich dann auf das Ziel stürzten. Sein Plangehirn arbeitete fieberhaft, um den zeitlichen Vorteil des Gegners wettzumachen und den Auftreffpunkt des Geschosses so rechtzeitig zu ermitteln, daß das Ordinärgehirn noch Spielraum hatte, den zu Stahl gewordenen Muskeln Befehle zu erteilen und den mächtigen Körper in eine sichere Richtung zu lenken.

Die erste Rakete explodierte in einem mächtigen Feuerball, etwa fünfhundert Meter zur Linken. Die glühendheiße Schockwelle riß den Haluter von den Beinen und trieb ihn wie einen Klotz aus Eisen vor sich her den Hang hinunter. Irgendwie kam Icho Tolot wieder auf die Füße. Er rannte weiter, aber er spürte die Verwüstung, die der zweite Strahlenschock in ihm angerichtet hatte.

Er hatte Fancan Teik aus dem Blickfeld verloren. Der bleiche Himmel war voll von glitzernden, unheimlich schnell dahinschießenden Punkten. Die Gurrads hatten zum Großangriff angesetzt.

Icho Tolot rannte. Das Plangehirn versuchte, die Kursbahnen zweier verschiedener Raketen zur gleichen Zeit zu errechnen, und geriet in Zeitschwierigkeiten. Der Haluter passierte in einer sicheren Distanz von achthundert Metern vom Aufschlagpunkt der ersten, aber Sekundenbruchteile später explodierte die zweite nicht weiter als dreihundert Meter vor ihm.

Das Ordinärgehirn dachte nicht mehr – es reagierte instinktiv. Ohne auf die Instruktionen des überlasteten Plangehirns zu warten, riß es den Mammutkörper herum und lenkte ihn auf einen Kurs, der schräg an der blitzschnell in die Höhe schießenden, strahlverseuchten Explosionswolke des zweiten Projektils vorbeiführte.

In Icho Tolots Bewußtsein begannen die Impulse der beiden Gehirne miteinander zu verschmelzen. Er wußte nicht mehr, was er dachte. Zahlen und Gleichungen vermischten sich mit einem seltsamen Gefühl, das zunächst still und fast unbemerkt im Hintergrund gelauert hatte und dann wuchtig und mit Macht nach vorne gestoßen war, bis es die Gleichungen und Zahlen verdrängte und zu der Kraft wurde, die Icho Tolots Bewußtsein souverän und unbestritten beherrschte.

Das Gefühl der Angst.

Tolot hatte es nicht mehr empfunden, seit er ein Kind gewesen war und sein Erzieher ihm die Fähigkeit, Angst zu empfinden, mit viel Mühe beigebracht hatte – denn die Angst war eine natürliche Regung, und wer im richtigen Augenblick nicht Angst haben konnte, war ein Selbstmordkandidat.

Icho Tolot hatte Angst. Er stolperte, schoß und rollte zwischen den Explosionspilzen der Raketen hindurch, schloß geblendet und schmerzgequält die Augen vor den unerträglich grellen Feuerbällen und spürte, wie ihn die Kräfte verließen. Das Planhirn, sonst verläßlichster aller Rechner, mechanischen Geräten der gleichen Größe um ein Hundertfaches überlegen und allen denkbaren Situationen gewachsen, war ihm kaum mehr Hilfe. Der gegnerische Zeitvorteil und der immer dichter werdende Hagel von Raketen hatten ihn überfordert. Icho Tolot taumelte blindlings dahin, wesentlich langsamer als zuvor, und nur sein Glück bewahrte ihn davor, mitten in einen der Feuerbälle zu geraten, die überall aufsprangen.

Der Haluter fand sich mit dem Gedanken ab, daß sein Leben auf dieser grotesken Welt, in einer winzigen Paratronblase inmitten der Formlosigkeit des Hyperraums enden würde.

Das drückende Gefühl der Angst verschwand im gleichen Augenblick. Jetzt, da er sich mit seinem Schicksal abgefunden hatte, gab es keinen Anlaß zur Furcht mehr. Er brauchte nicht einmal mehr zu laufen. Er konnte hier oben ebensogut sterben wie weiter unten am Hang.

Er ließ sich fallen. Eine Rakete detonierte vierhundert Meter hinter ihm, und der Druck rollte ihn eine Strecke weit über den sanft geneigten Boden. Er fühlte sich schwach und ausgehöhlt. Er aktivierte das Planhirn und ließ es errechnen, wie lange er, konstanten Raketenbeschuß vorausgesetzt, noch hier warten mußte, bevor er einen Volltreffer bekam.

Der organische Rechner begann zu arbeiten.

Er war dabei, das Ergebnis auszustoßen, als er einen Fehler im Rechenprozeß entdeckte. Er begann von neuem. Diesmal gab es einen Fehler an einer anderen Stelle – die Anfangsbedingungen waren unrealistisch. Erneute Korrektur. Ein drittes Mal wurde der Prozeß von vorne angefangen.

Unendlich hieß das Resultat.

Icho Tolot setzte sich auf. Er hatte sich noch nie im Leben so schlapp gefühlt wie in diesem Augenblick.

Aber das war es nicht, was ihn beschäftigte. Er sah, warum das Planhirn so lange gebraucht hatte, um seine Frage zu beantworten, und warum die Antwort so merkwürdig ausgefallen war.

Es war dunkel geworden. Er hatte es nicht bemerkt im Feuerschein der Explosionen, und der Übergang von Tag zu Nacht mußte sich blitzschnell vollzogen haben auf einer Welt, auf der die Zeit zehnmal schneller ablief. Es war finster, der schwarze, sternenlose Himmel hing wie ein Sack über der fremden Welt, und auf dem Hang hinter ihm glimmte mattrotes nukleares Feuer aus dem zerfressenen Boden und den dichten Dampfwolken der Explosionen. Es war ein Bild wie aus einem Alptraum.

Der Wind fauchte den Hang herunter. Das war das einzige Geräusch, das Icho Tolot hören konnte. Bis auf den Wind war es still. Deswegen waren seine Überlebenschancen plötzlich so groß.

Die Gurrads hatten das Feuer eingestellt.

Der Haluter drehte sich um, als er den Boden unter sich leise vibrieren fühlte. Eine wuchtige Gestalt taumelte durch den Qualm, den der Wind in Schwaden vor sich her trieb.

„Teiktos . . .!“

Fancan Teik stolperte und stürzte vornüber. Er kam unmittelbar neben Icho Tolot zu liegen.

„Es sieht aus“, stieß er mühsam hervor, „als hätten wir fürs erste die Oberhand behalten, Tolotos.“

Die IMPERATOR III und die FRANCIS DRAKE erreichten das Zielgebiet ohne Zwischenfälle. Hoch über eine gelbe Sonne hinweg, der die Gurrads den Namen Missila gegeben hatten, stießen die beiden Schiffe in die Region der sechs Planeten vor, von denen der dritte die geheimnisvolle Ursprungswelt der Gurrads war.

Energetische Messungen ergaben noch aus beträchtlicher Entfernung, daß ein fremder Raumflugkörper sich auf einer Parkbahn hoch über der Oberfläche des Planeten befand. Roi Danton gab seiner Überzeugung Ausdruck, daß es sich um das Raumschiff handelte, mit dem die beiden Haluter hierhergekommen waren. Mit Hilfe des kleinen Sende- und Empfangsgerätes, mit dem er Icho Tolots Notruf aufgefangen hatte, versuchte er, sich mit dem Schiff in Verbindung zu setzen.

Er hatte Erfolg. Der Robot-Kontrollmechanismus des Fahrzeugs sprach an und übertrug eine Sendung, die offenbar von einem der beiden Haluter vor Verlassen des Schiffes auf Band gesprochen worden war.

Pfranat war von einem Schirmfeld umgeben, dessen Struktur Ähnlichkeit mit den energetischen Strahlungen der Kristallagenten aufwies. Die Haluter befürchteten, daß jedes normale menschliche Gehirn unter dem Einfluß des Schirms zusammenbrechen würde. Sie selbst waren gegen solche Beeinflussung von Natur aus gewappnet – aber für die, die nach ihnen kamen, war der Hinweis von höchstem Wert.

Während Roi Danton die Sendung des Haluterschiffs empfing, waren andernorts die Messungen und Analysen im Gange, wie sie beim Anflug bisher unbekannter Welten üblich waren. Pfranat entpuppte sich als erdähnliche Welt mit einer Oberflächengravitation von 1,08-norma, einer Rotationsdauer von 40,6 Erdstunden und einem planetarischen Jahr von rund 1,26 Erdjahren. Die augenblickliche Durchschnittstemperatur, gemittelt über die gesamte Planetenoberfläche, betrug 12 Grad Celsius.

Pfranat war eine trostlose Einöde.

Die Meßgeräte ermittelten die Dicke der Geröllschicht, die die gesamte Oberfläche des Planeten bedeckte, zu vier bis acht Kilometern. Die Struktur des Gerölls variierte von äußerst fein, fast sandartig bis extrem grob, je nachdem, welche Resonanz die Intervallgeschütze der Perlians gefunden hatten.

Von der Welt, von der die Gurrads träumten, war nichts mehr übrig.

Das heißt – beinahe nichts.

Bei der zweiten Umrundung des Planeten entdeckten die Instrumente eine Oase, einen lächerlich kleinen Fleck, dessen Struktur nicht der der Geröllwüste entsprach. Die Teleskope richteten sich auf den fraglichen Punkt. Man fand die Stadt.

Sie lag in einem Talkessel, der nur einen einzigen Zugang besaß. Es war eine mächtige Stadt mit Bauwerken von monumentaler Größe und Schönheit.

Die Koordinaten der Stadt wurden aufgezeichnet. Als nach zwei weiteren Umkreisungen des Planeten feststand, daß Pfranats Oberfläche mit dieser einzigen Aufnahme tatsächlich nur aus einer kilometertiefen Geröllschicht bestand, entschied Atlan, daß die erste Landung in unmittelbarer Nähe der Stadt erfolgen sollte.

Von den beiden Halutern war inzwischen noch kein Lebenszeichen gefunden worden.

Charlie Weasel hockte auf dem Boden, hatte die Beine von sich gestreckt und drückte den Rücken gegen die Wand. Er trug zum erstenmal im Leben die reguläre Gefechtsmontur der Offiziere der Flotte und fühlte sich unbehaglich darin. Neben ihm saßen Opa und Inka und machten Gesichter, als teilten sie seine Empfindungen.

Der Raum, in dem sie sich befanden, war das für den Zweck des Truppentransports umgebaute A-Deck einer Korvette, die sich vor wenigen Minuten von der IMPERATOR III gelöst hatte und sich in einer Spiralbahn auf die Oberfläche von Pfranat hinabsenkte. Außer Charlie und seinen beiden Freunden befanden sich in diesem Raum die achtzehn übrigen Mitglieder des Sonderkommandos und etwa sechshundert Roboter aller Typen.

Charlie drehte unbehaglich an dem merkwürdig geformten Helm, den er gemäß Anweisung nicht absetzen durfte, bis er sich wieder sicher an Bord der IMPERATOR III befand. Inka bemerkte die Bewegung und wandte sich zur Seite.

„Laß das Ding in Ruhe", riet er gelangweilt. „Es beschützt dich vor dem Wahnsinn."

„So hört man's flüstern", gab Charlie zu und schielte zum Helmrand hinauf. „Wir fliegen durch ein Schirmfeld, das Wahnsinn ausstrahlt. Der Helm bewahrt uns vor der Strahlung. Möchte wissen, wieviel daran wahr ist."

Opa wandte steif den Kopf.

„Alles", erklärte er würdevoll. „Der Helm besteht aus Howalgonium, einem eigenartigen Material, das starke paraphysische Eigenschaften hat. Den Helm selbst nennt man einen Howalflektor. Er absorbiert die Ausstrahlung des Feldes."

Charlie winkte ungeduldig ab.

„Soviel weiß ich auch schon. Ich möchte wissen, wie die Sache funktioniert!"

Inka drehte sich zu Opa.

„Er will nicht nur mit gesundem Menschenverstand davonkommen", bemerkte er in seiner trockenen Art, „er will auch noch wissen, warum."

Charlie legte keinen Wert darauf, die Unterhaltung fortzusetzen. Den Rest des Fluges beschäftigte er sich mit den eigenen Gedanken. Sie waren unruhig und von Unbehagen erfüllt. Charlie hatte Angst. Er versuchte sich einzureden, daß es nichts gab, wovor er sich zu fürchten brauchte, daß dies ein völlig normales Unternehmen sei, von regulären Streitkräften ausreichend gesichert, so daß die Mitglieder des eigentlichen Stoßtrupps nichts zu befürchten hatten.

Er blieb jedoch erfolglos. Die Angst fraß sich in ihm fest. Er hätte einen halben Jahressold dafür gegeben, wieder an Bord der GULINI sein zu dürfen.

Die Landung erlöste ihn aus seinen Grübeleien. Die Ausschiffung vollzog sich in der geübten Ordnung und erstaunlich rasch. Einundzwanzig Mann Stoßtrupp, achtzehnhundert Roboter und zweihundert Mann reguläre Truppen nahmen zweihundert Meter von der Korvette entfernt Aufstellung. Dazu kamen Hunderte von Tonnen Gerät, darunter auch das kleine Bodenfahrzeug, das den drei Mathematikern und Inkas Stasup als Transportmittel dienen sollte.

Das Schiff war rund zehn Kilometer südlich des Tales gelandet, das als einziges den Wall der Berge und die ehemalige Hauptstadt der Gurrads durchbrach. Es war breit und erlaubte ungehinderten Durchblick. Charlie sah die Stadt, die sich im Innern des hundert Kilometer weiten Kessels ausbreitete, zum erstenmal. Er fand sie beeindruckend.

Es gab eine Überraschung. Nachdem Roboter und Mannschaften Aufstellung genommen hatten, entstiegen über einen konventionellen Laufsteg in Begleitung einiger Offiziere Atlan und Roi Danton der gelandeten Korvette. Niemand hatte vermutet, daß sie an dem Vorstoß teilnehmen wollten. Ihr unerwartetes Auftauchen unterstrich die Bedeutung dieses Unternehmens.

Atlan nahm sich die Männer des Stoßtrupps zur Seite und sprach mit ihnen. Bislang gab es von den beiden Halutern noch keine Spur. Die Automatik ihres Schiffes hatte sie in die Stadt vordringen sehen, das war alles. Die Tatsache, daß sie kein Lebenszeichen von sich gaben, war als bedrohlich zu werten. Es schien, als sei ihnen etwas Unerwartetes zugestoßen, was sie daran hinderte, Nachricht zu geben.

Die Roboter waren die ersten, die in die Stadt eindrangen. Achthundert von ihnen rollten in breiter Front durch den Talzugang. Ihnen auf den Fersen folgte der Stoßtrupp, je drei Mann auf einem kleinen Fahrzeug. Reguläre Truppen auf Bodengleitern flankierten die Wissenschaftler. Die Nachhut bildeten abermals achthundert Roboter. Die übrigen blieben am Landeplatz der Korvette zurück, um im Notfall eingreifen zu können.

Aus der Nähe wurde sichtbar, daß die Zeit an der Stadt nicht spurlos vorbeigegangen war. Vierhundert Jahre Erosion hatten Verputz abgeblättert, Hauswände ausgehöhlt, die Oberflächen der Straßen gesprengt und Fenster erblinden lassen. Die Straßen waren mit Geröll und Staub bedeckt.

Es waren ausgerechnet die Symptome des Zerfalls, die die Suche nach den beiden Halutern auf unerwartete Weise erleichterten. Die Spuren der Giganten hatten sich in Schutt und Staub unübersehbar eingeprägt. Sie führten die von Süd nach Nord verlaufende Hauptverkehrsachse der Stadt entlang und auf ein monströses, turmartiges Bauwerk zu, das sich in der Nähe des Nordrands erhob und einen düsteren, bedrohlichen Eindruck hervorrief.

Atlan und Roi Danton begleiteten die vordringenden Truppen in einem Spezialfahrzeug. In der Nähe der Stadtmitte brachte der Arkonide den Vormarsch der Kolonne durch einen Befehl an die Robotervorhut zum vorläufigen Stillstand.

Messungen, die von Atlans Fahrzeug aus durchgeführt und von der IMPERATOR III, mit der er in dauernder Verbindung stand, bestätigt worden waren, hatten eindeutig eine Quelle starker energetischer Streustrahlung im Zentrum der Stadt ausgemacht. Eine Gruppe von zwanzig Meßrobotern wurde detachiert, um die genaue Lage der Strahlungsquelle zu bestimmen. Die Maschinenwesen entledigten sich ihrer Aufgabe prompt und mit Präzision. Unweit der zentralen Hauptverkehrsachse, durch eine kurze, in östlicher Richtung verlaufende Seitenstraße zu erreichen, lag ein kreisrunder Platz von etwa fünfhundert Metern Durchmesser. In der Mitte des Platzes, etwas mehr als einhundert Meter durchmessend, erhob sich eine metallene Kuppel. Ihre Oberfläche war bis auf die Anzeichen beginnender Korrosion glatt und homogen. Es schien nirgendwo ein Fenster oder einen Zugang zu geben, mit dessen Hilfe man ins Innere gelangen konnte.

Die Strahlung drang offenbar aus der Kuppel.

Sie war so stark, daß die Roboter sich dem metallenen Gebilde nicht auf mehr als knapp zweihundert Meter nähern konnten, ohne ihre empfindlichen Meßapparaturen zu gefährden.

Es gab kaum noch einen Zweifel daran, daß sich innerhalb der Kuppel die Generatoren und Projektoren befanden, die das Psi-Feld erzeugten und so projizierten, daß es den ganzen Planeten wie eine Hülle umgab, eine Hülle, die unbeschadet nur durchbrochen werden konnte, wenn man sich mit einem Helm aus Howalgonium dagegen schützte, wenn man nicht mentalstabilisiert oder, wie die Mutanten und die Haluter, von Natur aus dagegen gewappnet war.

Ein Bataillon von Kampfrobotern trat auf der Peripherie des runden Platzes an. Aus fünfhundert überschweren Thermostrahlern eröffneten sie das Feuer auf die Kuppel. Röhrend und fauchend stürzten sich fünfhundert scharfgebündelte, sonnenhelle Energiestrahlen auf die mattschimmernde Hülle des geheimnisvollen Gebäudes.

Es dauerte zehn Minuten, bis von der Kuppel nichts mehr übrig war als eine glühende, rauchende Lache flüssigen Metalls im Zentrum des Platzes. In dieser Zeit stieg die Temperatur am Rand des Platzes bis auf knapp fünfhundert Grad, und fauchende Druckwellen peitschten hocherhitzte Luft durch die Seitenstraße quer über die Hauptverkehrsstraße, wo die Männer des Stoßtrupps und die übrigen Truppen warteten.

Die Aktion war erfolgreich. Messungen, die sofort nach der Vernichtung der Kuppel angestellt wurden, ergaben einwandfrei, daß das Psi-Feld verschwunden war. Atlan erlaubte seinen Leuten, die Howalflektor-Helme abzunehmen. Charlie Weasels Selbstvertrauen begann wieder zu steigen. Welche Gefahr konnte ihnen in einer verlassenen Stadt drohen, in der sie die wichtigste Installation des Feindes vernichten konnten, ohne auch nur auf die Spur von Widerstand zu stoßen?

Knapp eine halbe Stunde später erreichte die Kolonne den riesigen Turm am Nordrand der Stadt. Das Bauwerk, von kreisrundem Querschnitt, etwa einen Kilometer durchmessend und mindestens fünf hoch, war größer als jedes andere, das Charlie jemals gesehen hatte. Er bestaunte es gebührend und war plötzlich voll von Ehrfurcht den Gurrads gegenüber, die das gigantische Gebäude errichtet hatten. Die Spuren der beiden Haluter waren auch hier nicht zu übersehen. Das große Eingangsportal, einstmals ein beeindruckendes Gebilde aus Metall, lag zerrissen ein paar Meter weiter jenseits des Eingangs.

Charlie hatte von der Fähigkeit der Haluter gehört, die Substanz ihres Körpers in eine Materie stählerner Konsistenz zu verwandeln. Sie mußten das Portal einfach niedergerannt haben.

Atlan postierte den weitaus größten Teil seiner Streitmacht rings um den Turm. Nur die Mitglieder des Stoßtrupps und eine Gruppe von fünfzehn Robotern drangen in das Gebäude ein. Roi Danton und der Arkonide schlossen sich ihnen an.

Sie hatten keine Schwierigkeiten, dem Weg zu folgen, den Icho Tolot und Fancan Teik genommen hatten. Die beiden Haluter hatten hier und dort Türen einrennen müssen, die sich nicht freiwillig geöffnet hatten. Je weiter sie ins Innere des Turms vordrangen, desto weniger blieb von dem Tageslicht, das durch das zerschmetterte Portal hereinfiel. Die Roboter aktivierten ihre Scheinwerfer und tauchten die Räume und Gänge in grelle Helligkeit.

Sie bewegten sich vorsichtig, in jedem Augenblick einen Ausfall des Gegners erwartend, und brauchten fast vierzig Minuten, um den trichterförmigen Gang zu erreichen, der zum eigentlichen Kernraum des Turmes führte. Auch jetzt noch ging von dem Ende des Ganges Infrarotstrahlung aus, die weit über dem Niveau der Umgebung lag und von den Robotern angemessen wurde. Weitere Messungen wurden vorgenommen und ergaben, daß hinter der Tür, die den Gang abschloß, Maschinen arbeiteten. Die Schwingungen der Maschinengehäuse teilten sich dem Boden mit. Sie waren schwach und unregelmäßig. Die Maschinen funktionierten nicht mehr einwandfrei.

Atlan ließ zwei Roboter gegen die Tür vorrücken. Die Tür öffnete sich. Durch die Öffnung drang eine Wolke stinkenden Rauches. Im Hintergrund des Raumes, von Rauch und Dunst verdeckt, schwebte eine rote Leuchterscheinung unmittelbar über dem Boden. Das Schwingen und Summen unregelmäßig arbeitender Geräte kam aus dem Rauch.

Die Roboter rückten als erste vor. Der Raum erwies sich als rund und von beachtlichem Durchmesser. Er fungierte als Maschinenhalle, aber unter den Maschinen mußte vor nicht allzu langer Zeit ein Amokläufer gewütet haben. Etwa die Hälfte war vernichtet, durch mechanische Kräfte oder Explosionen zerfetzt, zerknüllt und bis zur Unkenntlichkeit entstellt. Der Großteil des Rests war angeschlagen. Es gab insgesamt nicht mehr als zwei Geräte, von denen angenommen werden konnte, daß sie ihre Funktion – welche das auch immer sein mochte – noch einwandfrei erfüllten.

Die rote Leuchterscheinung blieb zunächst ungeklärt. Sie hatte Ähnlichkeit mit einem zum Schrei geöffneten Lippenpaar. Die Öffnung zwischen den beiden Lippen war weit genug, um zwei ausgewachsene Männer nebeneinander durchzulassen. Atlan erteilte Robotern und Mannschaften den Befehl, sich von dem Phänomen fernzuhalten.

Icho Tolot und Fancan Teik waren hier gewesen, daran gab es keinen Zweifel. Aber wohin hatten sie sich von hier aus gewandt? Die Roboter suchten die Wände ab, aber kein weiterer Zu- oder Ausgang wurde gefunden. Die beiden Haluter konnten sich, nachdem sie die Maschinen zerdroschen hatten, auf den Rückweg gemacht haben. Das hieß, daß man nach der Stelle suchen mußte, an der die Spur von dem Weg, den man gekommen war, abzweigte. Bevor der Arkonide die entsprechende Anweisung gab, trug er den Robotern auf, die am besten erhaltene Maschine nach Aufbau, Arbeitsweise und Funktion zu untersuchen.

Trotzdem waren es nicht die Roboter, die die kleine Speicherkapsel fanden. Es war Opa. Er nahm sie auf und kam, den winzigen Kasten in der Hand, mit ausgestrecktem Arm auf den Arkoniden zu.

„Dies habe ich soeben gefunden“, verkündete er mit geschwellter Brust. „Ich meine, es könnte von Wert sein.“

Atlan ging auf seine Spekulation nicht weiter ein, sondern aktivierte das Gerät voller Aufregung. Die Männer des Stoßtrupps drängten sich um ihn zusammen. Jeder hörte die donnernde Stimme eines Haluters sagen:

„Die rote Leuchterscheinung – Eingangsöffnung eines Paratron-Felds. Stellen Sie überkritische Fremdkörpermasse her, um uns zu befreien, organischer Anteil etwa ein Prozent. In der Maschinenhalle auf keinen Fall energetische Waffen benutzen. Es besteht Gefahr der Interferenz mit der Ausstrahlung der Maschinen.“

Das war alles. Atlan hörte die Botschaft ein zweites Mal ab. Charlie Weasel verstand nur die Hälfte, und Inka, den er fragend ansah, zuckte mit den Schultern.

„Der Sinn der Anweisung ist klar“, verkündete Atlan. „Die beiden Haluter sind durch die rote Leuchterscheinung hindurch verschwunden. Es handelt sich um den Eingang eines Paratron-Feldes. Tolot und Teik sind im Innern des Feldes gefangen, bis wir das Feld durch Einführung von Fremdmaterie überladen und zum Zusammenbruch bringen. Fremdmaterie sind zum Beispiel Roboter. Sie hören, daß eine organische Beimengung von rund einem Prozent gefordert wird. Die Beimengung sind *Sie*." Er machte eine kurze Pause und überflog die Gesichter der Männer, die ihm umrundeten. „Ein Robot", fuhr er ungerührt fort, „hat etwa die fünffache Masse eines erwachsenen Menschen. Auf jeweils zwanzig Roboter geht also ein Mann. Die erste Patrouille wird aus sechzig Robotern bestehen."

Er sah Charlie durchdringend an.

„Die organische Beimengung sind die drei Mathematiker mit ihrem Stasup."

23.

Ihre mächtigen Körper regenerierten sich mit der üblichen Geschwindigkeit. Sie fühlten sich noch schwach, aber sie waren wieder auf den Beinen, als die Helligkeit des neuen Tages die Nacht innerhalb von wenigen Sekunden beiseite fegte. Icho Tolot hatte genug Geistesgegenwart besessen, um sein Chronometer abzulesen, sobald er nach der Marter des Raketenabschusses den ersten klaren Gedanken fassen konnte. Er wußte nicht, wann die Nacht hereingebrochen war, aber sie hatte ungefähr zwei Stunden gedauert – nach der Eigenzeit dieser merkwürdigen Welt also zwanzig Stunden.

Die Frage war immer noch dieselbe. Was jetzt?

Icho Tolots Planhirn empfand es als unbedingt notwendig, in die Nähe der Stelle zurückzukehren, an der sie durch die Öffnung des Paratron-Feldes in diese Welt gelangt waren. Die Terraner, die durch die Öffnung stiegen, mußten vor den Gefahren im Innern der Paratronblase gewarnt werden.

Icho Tolot bemerkte gleichzeitig, daß das Gefühl der Abwehr und Feindseligkeit, das die Luft dieser Welt wie ein immaterielles Fluidum zu erfüllen schien, an Intensität weiter zugenommen hatte.

Er wollte Fancan Teik nach seiner Meinung fragen, aber es kam etwas dazwischen.

In dem leichten Morgendunst, der über dem weiter abwärts liegenden Teil des Hanges wallte und brodelte, wurden merkwürdig geformte Objekte sichtbar, die sich mit rasender Geschwindigkeit von links nach rechts durch das Blickfeld bewegten. Zunächst waren es einzelne, voneinander unabhängige; dann kam ein ganzer Schwarm, und zum erstenmal waren die Umrisse deutlich genug, um Bodenfahrzeuge erkennen zu lassen.

Fancan Teik sprang auf.

„Ein Transport!“ rief er in höchster Erregung. „Er weist uns die Richtung. Tolotos, wir müssen ihm nach!“

Icho Tolot wollte ihm widersprechen. Aber das Bild änderte sich im selben Augenblick. Größere Objekte huschten jetzt durch den Dunst. Fahrzeuge von beachtlicher Größe, mit undefinierbaren Gegenständen beladen. Sein Planhirn registrierte den Vorgang und gelangte zu dem Schluß, daß Wichtiges über die Vorgänge auf dieser Welt in Erfahrung gebracht werden könnte, wenn es gelang, den Transport einzuholen und aus der Nähe in Augenschein zu nehmen. Er wußte kein Rezept, wie ein solches Unternehmen zu bewerkstelligen war.

„Sehen Sie doch, Tolotos!“ tobte Fancan Teik. „Wir *müssen* ihnen folgen. Das ist eine einmalige Gelegenheit!“

Icho Tolot zögerte immer noch. Da wandte Teik sich zu ihm um.

„Sie brauchen nicht mit mir zu kommen“, versicherte er ernst. „Ich nehme die Gefahr alleine auf mich.“

Es war klar, daß er in seiner Aufregung die Äußerungen seines Planhirns völlig überhörte. Er handelte emotionell, und keine Macht der Welt konnte ihn im Augenblick wieder auf den Pfad der Logik zurückbringen.

„Ich komme mit“, antwortete Icho Tolot einfach.

Sie setzten sich in Bewegung, Beine und Arme zugleich zur Beschleunigung benutzend. Sie jagten schräg den Hang hinunter und nahmen die Spur des Transports auf, der inzwischen vor ihnen im Dunst verschwunden war.

Charlie Weasel taumelte halb benommen in eine kühle, von triefendem Bambusdschungel bewachsene Welt. Unmittelbar vor sich sah er die metallenen Aufbauten von fünf Robotern, die sich bemühten, eine Lichtung in den Dschungel zu rollen und zu stampfen.

Im Geist sah er immer noch die rote Leuchterscheinung, die sich zu weiten schien, je mehr Roboter in ihr verschwanden – einer nach dem andern, stetig rollend, unberührt von der Unwirklichkeit des

Vorgangs, sich in Nichts auflösend, sobald sie die glühendroten Lippen passierten.

Etwas stieß ihm ins Kreuz. Er drehte sich um und erkannte Inka, auf dem kleinen Gleiter sitzend. Unmittelbar hinter ihm kam Opa. Inka starrte aus seinen hervorquellenden Augen traurig auf die nasse, kalte Welt um ihn. Opa war ganz Würde. Er schien nicht zu bemerken, daß die Umgebung sich verändert hatte.

Ein schmerzender Schlag traf Charlie auf den Schädel. Er zuckte zusammen und sah erschreckt nach oben. Über ihm schlossen sich die Enden der bambusähnlichen Gewächse zu einem undurchdringlichen Dach.

„Was war das?" fragte er entsetzt.

Inka steuerte den Gleiter mit dem Stasup auf die Lichtung hinaus, die die Roboter getrampelt hatten.

„Einbildung, würde ich sagen."

„Nerven", stimmte Opa zu.

„Verdammt, ich habe jetzt noch Kopfschmerzen davon", protestierte Charlie. „Ich kriege kein Schädelbrummen von Einbildung."

„Manchmal passiert's eben doch", sagte Opa. Und einen Augenblick später, mit entsetzter Stimme: „Autsch . . .!"

Er starrte auf die ausgestreckte Hand, auf deren Rücken sich ein kleines Blutrinnsal gebildet hatte. Die Haut rings um das Rinnsal war mit kleinen, funkelnden Wassertröpfchen bedeckt!

„Du auch, Opa?" erkundigte sich Inka ungerührt.

Opa war zu perplex, um zu antworten. Inka stieg von dem Fahrzeug.

„Ich wundere mich die ganze Zeit schon über das merkwürdige Geräusch", gab er zu. „Ich habe ein gutes Gehör, Ihr nehmt es wahrscheinlich nicht wahr, die Roboter machen zuviel Krach."

Er gab den Robotern Anweisung, sich zu entfernen. Rauschend und rasselnd schoben sie sich durch den Busch der Vorausabteilung nach, die einer fast schon vergangenen, wahrscheinlich von den Halutern erzeugten Spur gefolgt war. Das Geräusch der Maschinen verstummte.

„Hört ihr das?" sagte Inka und hielt die Hand in die Höhe, um Schweigen zu gebieten.

Charlie hörte es. Es hörte sich an wie das Prasseln von Geschossen, die unabhörlich von oben herab mit großer Geschwindigkeit in den Dschungel stürzten. Inka deutete in die Höhe.

„Der Busch ist naß, nicht wahr?“

Es war unübersehbar.

„Hat einer von euch schon einen Tropfen fallen sehen?“ wollte Inka wissen.

Charlie kniff die Augen zusammen. Er starrte in das lanzenförmige Blätterwerk des Bambusdschungels; aber obwohl die Feuchtigkeit so intensiv war, daß sie sich hier und dort zu kleinen Nebelwolken ballte, sah er keinen einzigen Tropfen fallen. Da war nur das Geräusch von pfeilschnellen Projektilen, die von oben her in den Dschungel schossen.

„Ich glaube, ich habe eine Idee“, sagte Inka.

Er riß ein Blatt von einem der Bambusrohre und vollführte, ohne es zu wissen, dasselbe Experiment wie Icho Tolot ein paar Stunden vor ihm. Das Blatt stürzte wie ein Stein zu Boden.

Inka sprang auf den Gleiter und wandte sich so, daß er das kleine Kontrollpult des Stasup vor sich hatte.

„Ich weiß nicht, ob er damit etwas anfangen kann“, murmelte er mehr zu sich selbst. „Aber zu denken sollte es ihm auf jeden Fall geben.“

Die grüne Kontrollampe leuchtete auf, die besagte, daß das Gerät sich in Betrieb befand. Charlie starrte wie gebannt auf den Auswurfschlitz, in dem in wenigen Sekunden ein Streifen gelochten Bandes erscheinen würde, den Inka direkt lesen mußte, weil für die Unterbringung eines Lesegerätes auf dem kleinen Gleiter kein Platz mehr gewesen war.

Ein Robot stampfte durch den Dschungel. Am Rand der Lichtung blieb er stehen. Er war einer der kompliziertesten Typen, die im allgemeinen als Robotoffiziere bezeichnet wurden. Vor allen Dingen besaß er ein akustisch-optisches Kommunikationssystem.

Seine mechanische Stimme klang auf:

„Messungen ergeben eindeutig, daß zwischen der Eigenzeit des eingedrungenen Kommandos und der Eigenzeit dieser Welt ein bedeutender Unterschied des Ablaufs besteht. Die Eigenzeit dieser Welt läuft um einen Faktor zehn Komma null-eins-eins schneller ab als die unsere.“

„Diese Erkenntnis sollte bei allen zukünftigen Planungen in Rechnung gezogen werden.“

Inka hatte den Zwischenfall vor lauter Eifer entweder wirklich nicht mitbekommen, oder er tat nur so. Während der Robotoffizier noch wartend dastand, um etwaige Anweisungen nicht zu versäumen, spie der Stasup mit leisem Klicken einen etwa zehn Zentimeter langen Lochstreifen aus. Inka nahm ihn auf und hielt ihn gegen das trübe Licht, um die Lochungen besser lesen zu können.

Ein paar Augenblicke später ließ er die Arme sinken und sah Opa und Charlie traurig an.

„Na so was“, bemerkte er tonlos. „Nach der Aussage des Stasup verläuft die Eigenzeit dieser Welt tatsächlich beträchtlich schneller als unsere eigene.“

Opa bedachte ihn mit einem eisigen Blick.

„Dein Stasup merkt wirklich alles“, war sein vernichtender Kommentar.

Eine halbe Stunde später hatten sie den Dschungel hinter sich gelassen – sechzig Roboter, ein Gleiter mit einem Rechengerät und drei Mann. Sie befanden sich jetzt am oberen Ende eines riesigen Abhangs, der sich nach links und rechts streckte, so weit der Blick reichte, und sich in sanfter Neigung bis über die Grenze des Blickfelds hinaussenkte.

Der Hang war mit frischen Sprengkratern gepflastert. Aus den Kratern erhoben sich schwache Qualmwolken, die eigenartig rasch in die Höhe stiegen und vor dem Wind zerflatterten. Die Roboter maßen einen ungesund hohen Pegel an radioaktiver Strahlung. Die Kolonne bewegte sich daher so rasch wie möglich am oberen Rand des Abhangs entlang, in einer Richtung, die ostentativ als Nord festgelegt wurde. Krater und Radioaktivität blieben hinter ihr zurück.

Von den beiden Halutern war inzwischen jegliche Spur verloren – das heißt, Inkas Stasup behauptete mit Nachdruck, die Krater ließen sich nur so erklären, daß jemand auf die Eindringlinge mit Kernraketen geschossen habe.

Die Roboter maßen noch etwas anderes. Der Betrag fünfdimensionaler Energie innerhalb des Paratron-Feldes, in dem sich diese Welt befand, war unnatürlich hoch. Das Feldinnere befand sich, wie der Robotoffizier sich ausdrückte, auf einem energetisch hochangeregten Niveau, und der Gesamtenergiegehalt war im Wachsen begriffen.

Opa, an den die Meldung gerichtet war, verstand nicht, was sie bedeutete. Er wandte sich hilfesuchend an Charlie. Charlie wußte ebensowenig, aber er verstand es, sich zu helfen.

„Was bedeutet das?“ fragte er den Robot.

„Der Gehalt an fünfdimensionaler Energie innerhalb eines geschlossenen, vierdimensionalen Raum-Zeit-Gefüges“, begann der Robot gehorsam, „ist charakteristisch für . . .“

Charlie winkte ab.

„Ich will keine Vorlesung hören“, sagte er grob. „Was bedeutet das stetige Anwachsen des Gesamtenergiegehalts?“

„Es ist möglich, daß ein instabiler Zustand erreicht wird.“

„Was passiert dann?“

„Diese Frage kann nicht eindeutig beantwortet werden.“

„Die ganze Sache explodiert?“

„Diese Formulierung ist vage. Eine Explosion im weitestgefaßten Sinne des Begriffs ist eine von mehreren Möglichkeiten.“

„Der Himmel segne deinen Hang zur Prägnanz“, murmelte Charlie. Laut fuhr er fort: „Kann dieses Ansteigen des Energiegehalts mit unserem Eindringen zu tun haben?“

„Nein. Eine Änderung des Energiegehalts ist nur im Augenblick des Eindringens zu erwarten. Der Vorgang ist rasch.“

„Vielleicht kommt in dieser Sekunde gerade die zweite Kolonne durch die Paratron-Feldöffnung“, gab Charlie zu bedenken.

„Nein. Es bestünde sonst Kontakt. Die zweite Kolonne ist erst in acht Minuten fällig.“

Charlie entließ den Roboter. „Wir tun besser was“, sagte er ernst. „Die Sache gefällt mir nicht. Etwas geht auf dieser Welt vor, was sie vielleicht schon in ein paar Minuten in Stücke zerreißt.“

Opa blieb ernst. Inka dagegen verzog das schmale Gesicht zu einem halb traurigen, halb spöttischen Grinsen.

„Tun ist gut. Nur sagt uns, *was*!“

Charlie zögerte nur eine Sekunde. Mehr brauchte er nicht, um sich über die Ausweglosigkeit der Lage klarzuwerden. Sie waren abgeschnitten. Sie hatten keine Möglichkeit, den Leuten auf der anderen Seite der Feldöffnung klarzumachen, daß der Aktionsplan beschleunigt werden mußte. Sie konnten nichts weiter tun als warten – ob die überkritische Fremdkörpermasse früher hergestellt sein würde, um das Paratronfeld sanft zum Platzen zu bringen, oder das instabile Energieniveau, um diese Welt mit allem, was sich darauf befand, in Nichts aufzulösen.

Er riß sich zusammen.

„Es besteht eine Möglichkeit, daß die beiden Haluter noch am Leben sind. In diesem Fall müßten wir ihre Spuren finden können."

„Wo willst du anfangen zu suchen?" erkundigte sich Opa.

„Am unteren Ende des Trichterfelds. Sie sind auf demselben Weg gekommen wie wir. Der erste Trichter sitzt unmittelbar auf der Oberkante des Hanges. Das Feld zieht sich senkrecht zur Kante den Hang hinunter. Die Trichter markieren die Richtung, die Tolot und Teik genommen haben. Da, wo die Trichter aufhören, müßten ihre Spuren zu finden sein – falls sie noch leben."

Die Spur der gegnerischen Fahrzeuge lag deutlich vor ihnen. Die Luftkissen der Gleiter hatten das Gras zerrupft und nach allen Seiten geschleudert.

Aber die Fahrzeuge selbst waren verschwunden. Sie befanden sich so weit vor ihnen, daß nicht die geringste Hoffnung bestand, sie jemals einzuholen.

Zum erstenmal, seit sie vor zwei Stunden mit der wahnwitzigen Verfolgung begonnen hatten, kam Icho Tolot der Verdacht, daß die Gurrads sie an der Nase herumführten. Warum hatte der Raketenbeschuß so plötzlich aufgehört? Warum hatten sie den Transport, der so leicht einen anderen Kurs hätte nehmen können, unmittelbar vor ihrer Nase vorbeigeleitet, so daß sie ihn auf keinen Fall übersehen konnten?

Diesmal erwies Fancan Teik sich als logischen Überlegungen zugänglich. Er erklärte sich bereit umzukehren. Sie hatten in diesen zwei Stunden fast dreihundert Kilometer zurückgelegt. Der Rückweg war lang.

Sie hatten keinen Grund zur Eile, aber sie rannten trotzdem. Nicht ganz mit derselben Geschwindigkeit, mit der sie den feindlichen Transport verfolgt hatten, aber immerhin noch schnell.

Das Fluidum der Feindseligkeit war inzwischen so intensiv geworden, daß es körperliches Unbehagen bereitete.

Sie fanden die Spuren.

Das heißt, die Roboter fanden sie. Charlie, Opa und Inka hatten sich auf ihrem Fahrzeug eine sichere Strecke abseits der radioaktiv strahlenden Zone gehalten. Die Roboter meldeten, daß der untere Rand des Trichterfelds etwa acht Kilometer von der Kante des Hanges entfernt lag und daß zwischen den Trichtern hervor die Spuren zweier Objekte von beträchtlicher Masse zunächst in nordwestlicher, dann in nordöstlicher Richtung führten. Einige Kilometer weiter vereinigten sie sich mit einer älteren Spur, die nach Ansicht der Roboter von luftkissengetriebenen Gleitfahrzeugen hinterlassen worden war.

Opa gab sofort den Befehl, den Spuren zu folgen. Inzwischen war die zweite Kolonne durch die Paratron-Feldöffnung gestoßen. Die Roboter hatten sofort Funkverbindung mit ihr aufgenommen. Die Gruppe bestand wiederum aus sechzig Maschinenwesen und drei Männern des Stoßtrupps. Der kommandierende Offizier war Major Hinsman. Charlie kannte ihn nicht. Er gehörte zur Besatzung der IMPERATOR III und war ein USO- Offizier. Atlans Flaggschiff war inzwischen auf Pfranat gelandet. Die FRANCIS DRAKE und das halutische Schiff befanden sich weiterhin auf einer Parkbahn hoch über dem Planeten. Die Aufgabe von Hinsmans Gruppe, abgesehen davon, daß sie zur Herstellung der überkritischen Fremdkörpermasse beitrug, bestand darin, hyperenergetische Messungen vorzunehmen. In Opas Auftrag berichtete ihm Charlie über die bedenklichen Meßergebnisse, die die Roboter erzielt hatten. Hinsman versprach, auf die Sache zu achten.

Opas Gruppe nahm daraufhin die Verfolgung der rätselhaften Spur ernsthaft in Angriff, und die Funkverbindung mit Hinsmans Gruppe, die von auf hyperenergetischer Basis arbeitenden Mikrokoms besorgt wurde, wurde immer schwächer. Die außergewöhnlichen energetischen Verhältnisse im Innern des Paratronfeldes äußerten sich in einem derart hohen Störpegel, daß selbst die leistungsfähigen Mikrosendegeräte nicht mehr über ihn hinwegkamen.

Die Roboter und der Gleiter bewegten sich mit Höchstgeschwindigkeit in nördlicher Richtung. Die Spur, der sie folgten, war leicht zu lesen. Das Gelände, über das sie sich bewegten, war eintönig. Der mit graugrünem Gras bewachsene Hang schien unendlich. Sie bewegten sich parallel zu seiner Kante. Im Westen irgendwo mußte es eine Stelle geben, an der er in ebenes Land überging. Aber sie war so weit entfernt, daß selbst die Sehorgane der Roboter sie nicht ausmachen konnten.

Etwa zweihundert Kilometer nördlich des Trichterfeldes, dem die beiden Haluter wie durch ein Wunder entkommen zu sein schienen, wurde der Vormarsch der Kolonne aufgehalten. Die Roboter kamen zum Stillstand. Einer der Robotoffiziere rollte auf den Gleiter zu und erstattete Meldung.

„Auf unsere ständig ausgestrahlte Rufsendung werden schwache Antwortsignale empfangen“, berichtete er sachlich und ohne Teilnahme. „Der Charakter der Signale läßt darauf schließen, daß es sich bei den Sendern um Geräte bekannter Bauart handelt.“

Charlie schlug Opa vor Begeisterung auf die Schulter.

„Das sind sie!“ schrie er. „Tolot und Teik!“

„In der Tat, du hast einen raschen Verstand“, bemerkte er bissig.

Die Haluter schienen sich mit beachtlicher Geschwindigkeit auf die Kolonne zuzubewegen, denn die Verständigung wurde mit jeder Sekunde besser. Ihnen die Richtung zu weisen erwies sich als unnötig, denn es stellte sich heraus, daß sie sich der Spur entlangbewegten, die Opas Kolonne verfolgte. Wenige Minuten nach dem ersten Funkkontakt wurden sie am nördlichen Horizont als zwei winzige, dunkle Punkte sichtbar. Kurze Zeit später standen sie vor dem Gleiter.

Keiner der drei Männer hatte die Haluter jemals selbst zu Gesicht bekommen. Sie hatten sie auf Bildern gesehen, aber die Wirklichkeit erwies sich als weitaus eindrucksvoller. Charlie starrte die Kolosse mit den vier Armen, dem halbkugeligen Schädel und den drei übergroßen Augen eine ganze Weile sprachlos an, bevor er sich bei seiner Taktlosigkeit ertappte und den Blick anderswohin richtete.

„Ich bin überaus froh, Sie zu sehen“, verkündete Opa mit würdevoller Stimme, der nicht die geringste Erregung anzumerken war.

„Erfreut“, nickte Inka. „Schlechte Logikbelegung meinerseits. Ich hätte damit rechnen müssen, daß Sie wieder auftauchen.“

Charlie sah zu dem größeren der beiden Haluter. Er mußte Icho Tolot sein.

„Ich will Ihnen sagen, warum jedermann sich freut“, sagte er bitter. „Wir erwarten Wunder von Ihnen. Nach den Meßergebnissen unserer Roboter ist diese Welt im Begriff, in die Luft zu gehen.“

Der Erfolg der Aktion wurde auf der „anderen Seite" unverzüglich sichtbar.

Je mehr Roboter und Männer durch den rotleuchtenden Mund der Feldöffnung verschwanden, desto weiter spalteten sich die rätselhaften Lippen. Die Öffnung weitete sich. Die Ähnlichkeit des Gebildes mit einem halb geöffneten Mund war bald verloren. Der Augenblick kam, in dem der rechte Rand der Leuchterscheinung die Wand der Maschinenhalle in unmittelbarer Nähe des Eingangs berührte. Nichts geschah. Das rote Leuchten drang weiter vor, als ob es die Wand nicht gäbe, und blieb sichtbar.

Jedesmal, wenn eine Kolonne den Durchtritt durch die Feldöffnung vollzogen hatte, sank die Wachstumsrate der Leuchterscheinung ab. Sie wuchs weiter, aber weitaus weniger schnell als in der Zeitspanne, die die Roboter und ihre menschlichen Begleiter brauchten, um die Feldöffnung zu durchqueren.

Drei Kolonnen waren bisher in die unbekannte Welt jenseits der Öffnung vorgestoßen. Die vierte stand marschbereit. Der geplante Abstand von sechzig Minuten zwischen je zwei Kolonnen war bisher eingehalten worden. Die Stadt wimmelte von Robotern und Truppen, die aus der IMPERATOR III entladen worden waren. Zweitausendzweihundert Roboter und die erforderliche Begleitmannschaft an regulären Truppen standen bereit, um die Feldöffnung zu durchschreiten.

Wissenschaftler der USO beobachteten das Verhalten der Feldöffnung. Atlan wurde ständig auf dem laufenden gehalten.

Die terranischen Wissenschaftler hatten erst vor kurzem von Icho Tolot Informationen über Paratron-Felder erhalten. Aber diese Informationen waren von allgemeiner Natur gewesen und reichten gerade, um sich einen oberflächlichen Überblick zu verschaffen.

Mehr aus angeborener Vorsicht, als weil sie wirklich etwas befürchteten, machten sie den Arkoniden darauf aufmerksam, daß zwar die rasche Erweiterung des Feldmundes während des Durchmarschs der Truppen verständlich sei, das langsamere weitere Anwachsen während der Warteperioden jedoch nicht. Außerdem schien der langsamere, sekundäre Wachstumsprozeß anderen Gesetzmäßigkeiten zu unterliegen. Die Schlußfolgerung war, daß unabhängig von der Einschleusung von Truppen jenseits der Feldöffnung Kräfte am Werk waren, die auf eine Instabilität des Feldes hinzielten.

Atlans Frage nach der Bedeutung dieses Vorgangs blieb unbeantwortet. Die Fachleute wußten nichts darüber.

Der Arkonide verkürzte daraufhin das Intervall zwischen den Übertritten zweier aufeinanderfolgender Kolonnen auf zehn Minuten.

Die Haluter wußten wenig Rat. Charlie, der sich die Riesengeschöpfe als eine Art Überwesen vorgestellt hatte, die jede Lage zu meistern vermochten, war ein wenig enttäuscht.

Icho Tolot gab zu, daß er sich trotz seiner Kenntnisse über Paratronfelder das augenblickliche Dilemma noch nicht erklären konnte. Teik ging es ebenso.

Inka, der sich bisher zurückgehalten hatte, schlug vor, die Haluter sollten ihre Erlebnisse in allen Einzelheiten schildern. Sein Motiv lag auf der Hand: Er wollte den Stasup mit Tolots und Teiks Angaben füttern.

Icho Tolot übernahm die Berichterstattung. Unterstützt von dem koordinierten Einfluß seines Planhirns, entledigte er sich des Berichts innerhalb weniger Minuten. Seine Aussagen waren prägnant, objektiv und chronologisch geordnet. Inka hatte alle Hände voll zu tun, um mit dem Haluter Schritt zu halten. Aber zum erstenmal seit langer Zeit sah Charlie ihn vor sich hin schmunzeln.

Er war immer noch mit seiner logischen Maschine beschäftigt, als die Nacht hereinbrach. Es war, wie wenn in einem großen Raum alle Lampen auf einmal ausgedreht wurden. Von einer Sekunde zur andern fiel Dunkelheit über das Land. Inka schaltete die Notbeleuchtung ein, mit der er den Stasup ausgestattet hatte.

Es dauerte eine halbe Stunde, bis die Maschine die ersten Lochstreifen auszuwerfen begann. Inka las sie im Schein der Notbeleuchtung, und Charlie bemerkte, daß seine Erregung wuchs, je mehr Streifen er las. Er sprang schließlich aus seinem Sitz und kam mit den Streifen in der Hand auf die Stelle zu, an der Charlie und Opa mit den beiden Halutern standen.

„Das Bild ist ziemlich klar", sagte er so ruhig wie gewohnt, obwohl es ihn offensichtlich Mühe kostete, die Ruhe zu bewahren. „Und auf klassischer Logik aufgebaut. Keine gewundenen, schwerverständlichen Denkvorgänge, sondern ganz einfache, geradlinige Zweckmäßigkeit. Ein bißchen inkonsistent und primitiv, aber dennoch . . ."

„Wenn du uns jetzt noch erklärst, wovon du da faselst, sind wir alle glücklich", bemerkte Opa bissig.

„Etwas ist im Gang", erwiderte Inka ungerührt. „Die Gurrads sind mit einem wichtigen Projekt beschäftigt, und sie wollen nicht, daß jemand ihnen dazwischenfunkt."

24.

„Wenn man sich's genau überlegt, braucht man keinen Stasup dazu", fuhr Inka fort. „Es gibt Gurrads auf dieser Welt, das wissen wir aus Icho Tolots Bericht. Wie sie hierherkamen, spielt keine Rolle. Sie müssen auf jeden Fall eine Ahnung davon haben, in welcher Lage sie sich befinden, und sollten im Grunde genommen jedem Fremden dankbar sein, der sich in die Paratron-Feldblase verirrt – denn nur durch Hilfe von draußen kann es den eingesperrten Gurrads jemals gelingen, in den normalen Kosmos zurückzukehren.

Was tun sie statt dessen? Sie empfangen die beiden Haluter mit einem Hagel von nuklearen Geschossen. Warum? Es gibt zwei Möglichkeiten. Entweder sie haben etwas zu verbergen, oder sie halten die Eindringlinge für Feinde. Beides klingt plausibel. Ich erinnere daran, daß der einzige Vertreter der Zeitpolizei, von dem wir bislang wissen, vermutlich ein Verwandter der Haluter ist. Es besteht kein Zweifel daran, daß die Zeitpolizei diese Blase errichtet hat. Es ist möglich, daß die Gurrads wissen, wer für ihr Unglück verantwortlich ist.

Warum aber hören sie plötzlich auf, Tolot und Teik zu beschießen? Dafür gibt es mehrere Erklärungen. Sie können ganz einfach zu dem Schluß gekommen sein, daß die Haluter unverwundbar sind. Die Raketen können ihnen ausgegangen sein. Oder der Zielpunkt verschob sich, während Tolot und Teik sich den Hang hinunterbewegten, in eine Gegend, in der die Explosion von Kernsprengköpfen den Gurrads selbst gefährlich wurde.

Drittes Phänomen. Was hatte der Transport zu bedeuten, den die Haluter im Morgennebel sahen und den sie verfolgten? In der Zwischenzeit wußten die Gurrads längst, daß Tolot und Teik sich in einem Zeitnachteil befanden. Sie bewegten sich zehnmal langsamer. Wem auch immer sie auf der Spur waren – er konnte ihnen ohne Mühe entkommen. Er ging kein Risiko ein und erfüllte dennoch seinen Zweck."

Er machte eine vage Geste zu seinem Stasup hin.

„Der einzige Zweck, den dieses Ding sich ausdenken kann, ist, die beiden Haluter in die Irre zu leiten. Sie aus einer Gegend zu entfernen, in der sie den Gurrads gefährlich werden konnten.

Die Maschine kommt zu dem Schluß, daß es nur einen Grund geben kann, weswegen die Gurrads zunächst versuchten, die beiden Eindringlinge zu vernichten, und dann, sie in die Irre zu leiten. Dieser Grund ist, daß sie an einem Projekt arbeiten, das kurz vor der Vollendung steht. Der verhältnismäßig primitive Einfall, Tolot und Teik durch eine in der Nähe vorbeiziehende Kolonne von Fahrzeugen auf eine falsche Spur zu bringen, läßt darauf schließen, daß der Entschluß in Eile und ohne reifliche Überlegung getroffen wurde. Mit anderen Worten: Die Gurrads stehen unter Zeitdruck. Sie verhalten sich so, als ständen sie kurz vor dem Abschluß eines ungeheuer wichtigen Experiments und als wüßten sie sicher, daß sie niemals wieder eine solche Gelegenheit erhielten, wenn ihnen jetzt etwas – oder *jemand* dazwischenkäme."

Er schwieg. Sein Gesicht hatte wieder den alten halb gelangweilten, halb traurigen Ausdruck, und seine hervorquellenden Augen schauten traurig.

„Ich stimme mit Ihnen überein", dröhnte Icho Tolots mächtige Stimme so unerwartet auf, daß Charlie zusammenzuckte.

Tolot sperrte den Mund auf und ließ in der Imitation eines menschlichen Grinsens zwei Reihen beeindruckender Zähne sehen. „Meine Überlegungen gehen weiter.

Die Gurrads wurden bestraft, weil sie sich anschickten, das Zeitgefüge des Kosmos durch ein Experiment zu stören. Ihre Ursprungswelt wurde verwüstet. Diese Blase wurde geschaffen und eine Handvoll Gurrads darin eingeschlossen. Welcher Schluß liegt näher, als daß die Eingeschlossenen den Versuch von neuem begonnen haben und jetzt, in diesen Stunden, dabei sind, ihn abzuschließen?"

Charlie fand die Idee plausibel. Die Gurrads im Innern der Blase schienen auf technisch hoher Stufe zu stehen, wie die Verwendung von nuklearen Raketen bewies. Es war leicht denkbar, daß sie ihr Zeitexperiment wiederaufgenommen hatten.

„Das erklärt manches", fuhr Icho Tolot fort. „Fancan Teik und ich spüren seit geraumer Zeit eine Aura von Feindseligkeit und Unbehagen, die diese Welt einzuhüllen scheint und von Minute zu Minute intensiver wird. Die Sensormechanismen unseres Nervensystems sind anders geartet als die Ihren. Ihre Roboter behaupten, daß der Gesamtenergiegehalt im Innern der Blase ständig und aus unerklärlichen Gründen am Wachsen sei. Es ist möglich, daß der energetische Fluß das Gefühl des Unbehagens erzeugt, das wir empfinden. Mit anderen Worten: Das Experiment der Gurrads nähert sich dem kritischen Zeitpunkt."

Er schwieg. Die Reihe war an Charlie Weasel, die abschließende Feststellung zu machen.

„Das heißt", sagte er ruhig, „wir machen uns besser an die Arbeit, und zwar schnell, wenn wir nicht mitsamt der Blase in kleine Stücke zerrissen werden wollen."

Die beiden Haluter hatten auf den Aufbauten zweier Roboter Platz gefunden. Die Kolonne bewegte sich mit einer Geschwindigkeit von knapp dreihundert Kilometer pro Stunde parallel zum oberen Rand des Abhangs in Richtung des Kraterfelds, das die nuklearen Raketen aufgeworfen hatten.

Es war jedem klar, daß es in einer Lage wie dieser nur eines zu tun gab. Die Gurrads mußten an der Ausführung ihres Experimentes gehindert werden. Die beste Methode war, ihnen auf den Pelz zu rücken.

Eine Gruppe von Robotern rollte dem Haupttrupp voraus und sondierte das Gelände. Es ließ sich leicht ausrechnen, daß der Punkt, von dem die Gurrads die beiden Haluter hatten fernhalten wollen, auf der Verlängerung der Linie lag, entlang der Tolot und Teik sich vom oberen Rand des Abhangs her bewegt hatten. Die Vorausroboter informierten den befehlshabenden Robotoffizier des Haupttrupps, sobald sie das Trichterfeld aus der Ferne zu Gesicht bekamen. Der Trupp bog daraufhin halbrechts ab und nahm südwestlichen Kurs.

In der Nähe des Trichterfeldes kam zum erstenmal wieder Verbindung mit Major Hinsmans Gruppe zustande. Hinsman hatte inzwischen eine Reihe von Meßprogrammen durchgeführt und wußte folgendes zu berichten: Der Betrag energetischer Unruhe im Innern der Paratron-Feldblase war ungewöhnlich hoch. Ein Teil davon rührte von den ständigen Truppenübertritten her, die jetzt in Abständen von jeweils zehn Minuten erfolgten. Auf Opas Rückfrage erwiderte Hinsman, er kenne den Grund für die Beschleunigung der Truppeneinschleusung noch nicht. Der Restbetrag energetischer Unruhe war unerklärbar. Fest stand nur, daß die Struktur der Energie, die aus unbekannten Quellen floß, grundsätzlich von der des Energiezuwachses verschieden war, den die Truppenübergänge hervorriefen.

An dieser Stelle machte Opa von der Möglichkeit Gebrauch, sich mit Hilfe von Mikrophon und Empfänger, die in den Kommunikationsrobot eingebaut waren, direkt mit Hinsman zu unterhalten, anstatt sich wie bisher mit der Übermittlung durch den Robot zu begnügen. Charlie hörte ihn fragen:

„Ich bin kein Fachmann, Major. Was bedeutet all das?"

Die Antwort konnte Charlie nicht verstehen.

„Zwei verschiedene Prozesse, aha", kommentierte Opa.

„. . ."

„Die Einschleusung von Truppen zielt darauf hin, die Blase mit Fremdmaterie zu überlasten, so daß sie schließlich die Fremdmaterie ausstoßen muß. Das sind wir, nicht wahr? Ein Knall, und wir sind alle wieder dort, wo wir herkamen, wie?"

„. . ."

Opa nickte.

„Schön. Also kein Knall. Was ist mit dem sekundären Energiezufluß? Den, den Sie sich nicht erklären können? Wozu führt der?"

„. . ."

Charlie sah, wie Opa die Hand um das Mikrophon verkrampfte. Mit belegter Stimme sagte er:

„Gut. Danke. Das ist alles, was wir zu wissen brauchen."

Dann schob er Empfänger und Mikrophon wieder in das Behältnis zurück, das in der Stirnseite des Roboters dafür vorgesehen war, und wandte sich schwerfällig um. Er sah zu Charlie, der ihn unverwandt anstarrte.

„Der sekundäre Energiefluß", sagte er schwer, „veranlaßt, daß diese Welt in Atome zerrissen wird, sobald der kritische Pegel erreicht ist."

Der Trupp, der angehalten hatte, um Major Hinsmans Nachricht einwandfrei empfangen zu können, setzte sich wieder in Bewegung.

Der Kurs schwenkte allmählich nach Westen. Die Infrarotaugen der Roboter durchdrangen die Finsternis, aber noch immer lag vor ihnen nichts als sanft abfallendes Gelände, das sich bis in alle Ewigkeit zu ziehen schien.

Charlies Magen verkrampfte sich bei dem Gedanken, daß sie sich jetzt innerhalb der Reichweite der feindlichen Raketengeschosse befanden. Das Trichterfeld lag östlich hinter ihnen. Ein paar Minuten, die völlig ergebnislos verstrichen, linderten die Angst. Vielleicht hatte Inka recht. Vielleicht konnten die Gurrads keine Raketen mehr abschießen.

Eine Stunde verging. Trotz der leichten Neigung des Hanges mußten sie sich jetzt mindestens zwei Kilometer unterhalb der Hangkante befinden. Charlie und seine beiden Freunde kauerten dicht an den Stasup gepreßt auf dem engen Unterbau des Gleiters, der mit atemberaubender Geschwindigkeit dicht über den Boden raste. Außer den Positionslichtern der Roboter war nichts zu sehen.

Eines der Lichter löste sich aus dem Kreis der übrigen und kam auf den Gleiter zu. Im Schein der schwachen Lichtquelle erschien der metallene Körper eines Robotoffiziers. Er paßte seinen Kurs dem des Gleiters an und plärrte, mit seiner mechanischen Stimme den Fahrtwind mühelos übertönend:

„Der Voraustrupp sichtet ein Gebäude. Es handelt sich um ein Bauwerk von der Form eines gleichseitigen Dreiecks mit zwei Kilometern Kantenlänge und vierzig Metern Höhe. Es besteht völlig aus Metall. Gegnerische Aktivität ist in der Nähe des Gebäudes nicht zu bemerken."

Opa hielt sich an dem Stasup fest und richtete sich auf, um besser gegen den Wind schreien zu können.

„Wir halten darauf zu", brüllte er.

Die Truppe schwenkte nach links ein. Opa hielt den Robot in der Nähe des Gleiters und versuchte, mit Hinsman Verbindung aufzunehmen. Der Versuch mißlang. Die Entfernung war zu groß. Das unaufhörliche Geprassel hyperenergetischer Störungen ließ keinen Kontakt zustande kommen.

Charlie fragte sich, was Opa von einem Vorstoß in der Dunkelheit zu gewinnen hoffte, als seine Frage sich quasi von selbst beantwortete. Der Himmel hellte sich auf. Die Nacht verschwand, so schnell sie gekommen war. Morgennebel wallten verwirrend schnell über dem Gras, und über die Nebel erhob sich mattschimmernd das flache

Dach des riesigen Gebäudes, von dem jedermann glaubte, es sei die Endstation ihrer Irrfahrt.

So – oder so, dachte Charlie ärgerlich.

Die Kolonne hielt an. Der Nebel hob sich mit erstaunlicher, unnatürlicher Schnelligkeit. Charlie sah, daß der endlos lange Hang an dieser Stelle tatsächlich in die Horizontale überging. Dort, wo sich die Neigung in ziemlich abruptem Übergang änderte, lag das östliche Ende des Dreiecksgebäudes.

Es wirkte riesig und feindselig. Die Wände glitzerten matt im Widerschein des unwirklichen Lichts. Türen oder Fenster waren nirgendwo zu sehen.

Woher, fragte sich Charlie, wissen wir, daß wir am Ziel sind.

Opa stieg steif vom Gleiter. Er wandte sich an den Offiziersrobot, der sich unbeirrbar an ihrer Seite gehalten hatte.

„Was da drin auch immer sein mag“, sagte Opa, „wir greifen jetzt an!“

Atlan wurde gemeldet, daß die sekundäre Erweiterung der Paratron-Feldöffnung sich weiter und in erschreckendem Maß beschleunigt habe. Der Arkonide reagierte sofort und sandte drei Trupps auf einmal durch das Feld. Die Öffnung dehnte sich ruckartig, aber noch war nichts davon zu spüren, daß die überkritische Ladung an Fremdmaterie erreicht wurde.

Der rotleuchtende Riß, der die Feldöffnung darstellte, war mittlerweile so groß geworden, daß er fast die gesamte Stadt überspannte und einen Kilometer weit in den Himmel hinaufragte. Aber noch leuchtete er stetig und gab kein Anzeichen, daß das Feld instabil zu werden begann.

Rasto Hims, Kommandant der FRANCIS DRAKE, die sich weiterhin auf ihrer Parkbahn befand, schlug vor, die umständlichen, langwierigen Truppeneinschleusungen aufzugeben und statt dessen ein großes Fahrzeug, etwa eine Korvette, durch die inzwischen ausreichend große Feldöffnung vordringen zu lassen. Atlan stand dem Plan jedoch ablehnend gegenüber.

Sie verschwendeten keine Zeit. Eine fünfzig Meter breite Front der metallenen Seitenwand des riesigen Gebäudes fiel unter den fauchenden Energiestrahlen aus den Blastern der Kampfroboter. Durch Hitze und Qualm drang die Kolonne ins Innere des Riesendreiecks ein.

Charlie hatte mit Widerstand gerechnet, aber nichts rührte sich. Das Innere des Gebäudes schien aus einem einzigen riesigen Raum zu bestehen. Geräte und Maschinen schwer definierbarer Funktion standen überall, säuberlich zu Reihen geordnet. Sie schienen stillzustehen. Nirgendwo war ein Geräusch zu hören. Das Innere des Gebäudes war nicht erleuchtet. Der Hintergrund verschwand im Dunkel.

Opa ordnete an, daß möglichst viele der Maschinen zerstört oder wenigstens durch wohlgezielte Schüsse unbrauchbar gemacht würden, während der Trupp in die Finsternis vorrückte. Seine Absicht ließ sich leicht durchschauen. Für den Fall, daß die Geräte etwas mit den ungünstigen energetischen Verhältnissen im Innern der Blase zu tun hatten, wollte er sie ausgeschaltet wissen.

Der Robot, der neben dem Gleiter herrollte, meldete ein rascheres Ansteigen des sekundären Energieflusses. Opa trieb zur Eile. Charlie hatte mittlerweile alle Hoffnung aufgegeben. Dies konnte nicht der Ort sein, an dem die Gurrads ihr kritisches Experiment durchführten. Die gewaltige Halle war menschenleer, und die Maschinen, die unter den Energiestrahlen der Kampfroboter vergingen, wurden umsonst zerstört.

Von den beiden Halutern, die sich jetzt, da der Vormarsch sich verlangsamt hatte, auf eigenen Füßen bewegten und an der Spitze der Gruppe hielten, kehrte einer plötzlich um und kam auf den Gleiter zu. Charlie erkannte Icho Tolot.

„Ich glaube, das kritische Energieniveau ist bald erreicht“, erklärte er so ruhig, als hätte er mit der Sache nicht das geringste zu tun. „Unsere Aussichten sind schlecht, wenn wir nicht im Laufe der nächsten Minuten auf die Gurrads stoßen.“

Opa nahm sich ein Beispiel an der Ruhe des Haluters und nickte gleichmütig.

„Sie sagen mir nichts Neues. Wir tun, was wir können.“

Aber es stellte sich heraus, daß Icho Tolot mit seiner Botschaft noch nicht zu Ende war.

„Dieses Gebäude verbirgt mehr, als es den Anschein hat“,

behauptete er. „Weit vor uns, etwa in der Mitte des Dreiecks, scheint ein weiteres Bauwerk zu liegen. Ich kann es von hier aus undeutlich erkennen."

Opa befahl den Robotern, die Maschinen einstweilen in Ruhe zu lassen, und beschleunigte den Vormarsch der Truppe.

Die Roboter, in ihrer Mitte das kleine Fahrzeug mit dem Stasup, glitten mit erhöhter Geschwindigkeit durch die Gänge zwischen den stummen Reihen der Maschinen. Die beiden Haluter hielten sich mühelos an der Spitze. Minuten vergingen, ohne daß sich die Umgebung, von den Positionslampen der Roboter schwach beleuchtet, veränderte.

Dann bemerkte Charlie den matten, bläulichen Lichtschein, der aus der Tiefe des Gebäudes zu kommen schien. Er wurde intensiver, je weiter sie vordrangen, und schließlich schien er wie eine schwerelose Halbkugel aus Helligkeit in der Finsternis vor ihnen zu schweben.

Sie hielten darauf zu und kamen an eine Stelle, an der der Wald der Maschinen plötzlich zu Ende war. Dort, wo keine Maschinen mehr standen, dehnte sich ein kreisrunder Platz von etwa hundert Metern Durchmesser, und in der Mitte des Platzes erhob sich die blauschimmernde Halbkugel, die ihnen den Weg geleuchtet hatte.

Das leuchtende Gebilde war transparent. Unter der schimmernden Kugelhülle waren die Umrisse eines kleinen Gebäudes sichtbar, eines würfelförmigen Gebildes aus Metall oder Metallplastik, etwa zehn Meter in die Kantenlänge.

Charlie sprang vom Gleiter. Er wußte später nicht mehr, woher der Strahler gekommen war, den er plötzlich in der Armbeuge hielt. Er wußte nur, daß ihre Suche nicht umsonst gewesen war. Sie hatten gefunden, wonach sie suchten. Hinter der Halbkugel waren die Gurrads dabei, ihr teuflisches Experiment zu Ende zu führen.

Sie brauchten sie nur daran zu hindern – und waren gerettet.

Unbändiger Eifer erfüllte Charlie. Es lag noch ein hartes Stück Arbeit vor ihnen. So hart vielleicht, daß sie es nicht bewältigen konnten.

Die blauleuchtende Halbkugel war ein Schirmfeld von höchstem Energiegehalt.

Die Roboter eröffneten das Feuer. Es gab nur eine Möglichkeit, dem Feld beizukommen – es zu überlasten. Die grellweißen, fauchenden Energiestrahlen der Strahler mischten sich mit dem blauen Leuchten. Flammenzungen schossen in der Feldhülle empor. Innerhalb von Sekunden begann die Luft zu kochen, und Charlie flüchtete sich hinter den Stasup, um der Hitze zu entrinnen.

Das Feuer schien zunächst keine Wirkung zu haben. Das Schirmfeld stand unbeirrbar. In dem würfelförmigen Gebäude hinter der Feldhülle rührte sich nichts. Falls sich Gurrads darin befanden, dann waren sie mit dem, was sie zu tun hatten, zu sehr beschäftigt, um sich um andere Dinge zu kümmern.

Icho Tolot und Fancan Teik entfernten sich von der Gruppe der Roboter. In den riesigen Händen trug jeder eine Spezialwaffe. Sie wirkte leicht und klein im Vergleich zu den mächtigen Gestalten der Haluter; aber Charlie wußte, daß es sich um Spezialstrahler handelte, die so schwer waren, daß selbst ein Epsaler sie nur mit Mühe handhaben konnte.

Von der Seite her eröffneten Tolot und Teik ebenfalls das Feuer auf den Schirm. Charlie verzog sich ein paar Sekunden lang in den Schutz des Stasup, weil die Hitze ihm die Haut versengte. Als er den Kopf wieder hervorstreckte, war das Unglaubliche geschehen.

Der Schirm begann zu flackern!

Das Blau verschwand unter den lodernden Entladungen der Strahlwaffen. Fauchend prallten die scharfgebündelten Energiestrahlen gegen die schwingende Feldhülle, fächerten auf und schossen wie Kaskaden von schmerzender Helligkeit auf die Kuppe des Feldes zu. Gebannt starrte Charlie auf das gigantische Schauspiel. Er spürte nicht mehr, daß die mörderische Hitze ihm die Brauen versengte und das schüttere Haar verbrannte.

Der Schirm verschwand in einer Lichtexplosion. Als Charlie wieder sehen konnte, gab es den Feldschirm nicht mehr. Nackt und matt schimmernd im Glanz der Scheinwerfer, die die Roboter darauf gerichtet hatten, stand das kleine würfelförmige Gebäude.

Sie rückten vor. Charlie hörte einen der Roboter plärren:

„Sekundärer Einfluß plötzlich sehr schnell ansteigend."

Und Icho Tolots mächtige Stimme dröhnte:

„Rasch! Der kritische Pegel ist in ein paar Sekunden erreicht!"

Die Gurrads schienen gemerkt zu haben, was ihnen drohte. Sie beeilten sich, ihr Experiment zu Ende zu führen.

Eine Seite des Würfels öffnete sich plötzlich. Eine rötlich leuchtende Öffnung entstand. Löwenmähnige Geschöpfe quollen daraus hervor, langrohrige Waffen schwingend.

Die Gurrads traten zum letzten Gefecht an. Für sie galt es, die Eindringlinge abzuwehren, bis der Versuch zu Ende geführt war. Der Zeitvorteil lag auf ihrer Seite. Sie bewegten sich zehnmal schneller als ihre Gegner.

Charlie warf sich platt auf den Boden, als eine Salve grünleuchtender Strahlschüsse dicht an ihm vorbeifegte. Neben ihm explodierte einer der Robots. Die Druckwelle schleuderte Charlie zur Seite und wirbelte ihn über den Boden. Benommen kam er wieder auf die Beine. Die Finsternis war endgültig gewichen, die Stille vorbei. Grüne und grellweiße Energiestrahlen stachen aufeinander ein, das Fauchen der terranischen und das schrille Pfeifen der gurradschen Waffen verwandelten das Innere des Riesengebäudes in einen tobenden Hexenkessel.

Zwei Schatten huschten an Charlie vorbei. Sie waren zu schnell, als daß er ihre Umrisse hätte erkennen können, aber auch er sah die Andeutung einer Mähnenkrause, die sich ihnen um den Hals legte. Er riß seinen Strahler in die Höhe und schoß hinter ihnen her. Für den Bruchteil einer Sekunde leuchtete eine Gestalt mit einer mächtigen Mähne wie eine Fackel auf, dann war die Erscheinung verschwunden.

Der Erfolg gab Charlie Mut. Die Gurrads waren trotz ihrer Schnelligkeit nicht unverwundbar. Er wandte sich zur Seite und rannte auf den Würfel zu, der schräg vor ihm lag. Er vermißte Opa und Inka, aber keiner der beiden ließ sich sehen. Der Kampf vor dem Würfel hatte sich zu einem wüsten Getümmel entwickelt, in dem Freund und Feind kaum mehr zu unterscheiden waren. Die blitzenden Leiber der Roboter boten dem Blick kaum Halt, noch viel weniger die mit unheimlicher Schnelligkeit operierenden Gurrads. Nur die beiden Haluter waren klar und deutlich auszumachen. Sie kämpften sich durch das Gewühl auf den Eingang des Würfels vor. Charlie sah die grünen Lichtbahnen der feindlichen Strahler fast wirkungslos von ihnen abprallen.

Charlie hielt sich zur Seite hin. Dort war die Szene ruhig. Es mußte ihm gelingen, mit seinem Strahler die bislang unversehrte Wand des Würfels zu durchbrechen und ins Innere zu gelangen.

Niemand schien ihn zu bemerken. Er hielt sich abseits des Kampfgetümmels. Über den Lärm des Gefechts erhob sich schrill und blechern die Stimme eines Roboters:

„Sekundärer Energiefluß hat sich innerhalb von zwanzig Sekunden verzehnfacht!“

Und eine Sekunde später das dröhnende Organ Icho Tolots:

„Wir haben höchstens noch eine Minute – mehr nicht!“

Charlie schnellte sich vorwärts. Er stand dicht vor der Wand des Würfels und schickte sich an, auf den Auslöser seines Strahlers zu drücken, als die Wand sich vor ihm auftat. Wie im Traum schaute er in das roterleuchtete Innere des Würfels, sah drei, vier bemähnte schattenhafte Gestalten auf sich zuspringen, wollte sich zur Seite werfen, sah einen grünen Blitz dicht vor sich aufzucken und spürte einen schmerzenden, harten Schlag gegen den Leib, der ihn von den Beinen riß.

Aus, dachte er. Aus und verloren!

Die Feldöffnung wuchs. Die Wachstumsrate schien mit der Einschleusung der Truppen nichts mehr zu tun zu haben. Niemand wußte, was hinter der Feldmündung vor sich ging, aber die Wissenschaftler waren besorgt.

Man riet Atlan, Rasto Hims' Angebot anzunehmen, aber der Arkonide wollte nichts davon wissen. Es war zu gefährlich, eine so große Masse wie die eines Beibootes auf einmal in das Paratron-Feld zu schleusen.

Atlan kommandierte seine Truppen inzwischen von Bord der IMPERATOR III aus. Es brachte keinen Vorteil mehr, sich in der Maschinenhalle im Innern des Turms aufzuhalten. Die Feldöffnung war vom Schiff aus ebenso bequem zu erreichen.

Atlan überwachte die Einschleusung einer Gruppe von hundert Robotern und fünf Mann regulärer Truppen, als er zum Hyperkom gerufen wurde.

Rasto Hims' grimmiges Gesicht war auf dem Bildschirm. Er wartete nicht, bis er angeredet wurde.

„Ich habe meine Leute dort unten“, sagte er barsch. „Ich weiß, wie es aussieht. Ich handle, wie ich es nach bestem Wissen für angebracht halte. Machen Sie die Bahn frei – ich komme mit meinem Beiboot!“

Charlie war nur Bruchteile von Sekunden bewußtlos. Er fühlte sich gepackt und in die Höhe gezerrt. Seine Seite schmerzte. Die Umrisse eines vertrauten Gesichts schwammen ihm vor den Augen.

„Schwache Logikbelegung", hörte er Inkas Stimme wie aus weiter Ferne. „Du hättest wissen müssen, daß die Gurrads nur darauf warten, daß ein einzelner Mann aus dem Verband ausschert."

Charlie bewegte sich nicht aus eigener Kraft. Jemand hatte ihn dicht unter dem Kragen gepackt. Es schmerzte.

„Gott sei Dank für seinen Höcker", sagte Opa irgendwo hinter ihm. „Daran kann man ihn wenigstens festhalten."

„Laß mich los!" fauchte Charlie. „Wir haben keine Sekunde zu verlieren. Die Gurrads . . ."

Eine Explosion schleuderte sie zur Seite. Die Gurrads hatten zwei Roboter auf einen Schlag vernichtet. Charlie fühlte mörderische Wut in sich aufsteigen.

„Laßt mich!" schrie er und entriß sich Opas Griff. „Wir haben nur noch eine Chance . . ."

Er stürzte vorwärts. Das Kampfgetümmel hatte sich gelichtet. Die Gurrads hatten wenigstens die Hälfte der Roboter vernichtet. Die beiden Haluter waren nirgendwo zu sehen. Die rotleuchtende Öffnung in der Wand des Würfels gähnte dicht vor Charlie. Er taumelte darauf zu. Schmerz brannte ihm in der Hüfte.

Nur noch Sekunden, hämmerte es in seinem Verstand. Nur noch Sekunden!

Eine schattenhafte Gestalt tauchte vor ihm auf. Er schoß, ohne zu zielen. Und traf. Der Gurrad starb. Charlie stand vor der Öffnung. Er hörte eine heisere Stimme hinter sich.

„Charlie! Wir kommen . . .!"

Charlie torkelte ins Innere des Würfels. Er glaubte, einen fremdartigen Geruch wahrzunehmen. Er sah bizarre Maschinen und Aggregate und mindestens zwanzig Gurrads, die sich an ihnen zu schaffen machten, als ginge sie der Kampf nichts an. Im Hintergrund Getümmel und das Aufblitzen von Waffen an einer anderen Stelle, an der die Strahler der Roboter die Wand des Würfels teilweise niedergebrannt hatten. Mittendrin zwei riesige Gestalten – Tolot und Teik. Eine brüllende Stimme: „*Jetzt* . . .!"

Ein greller Blitz zuckte auf. Charlie fühlte sich plötzlich schwerelos und schien kopfüber in ein Meer aus verzehrendem Licht zu stürzen. Sein letzter Gedanke war: Jetzt ist es endgültig aus!

Getrappel von Füßen, das Summen von Robotmotoren, ein harter Griff am Arm – Charlie kam zum Bewußtsein, daß er trotz aller Widrigkeit noch am Leben war.

Er öffnete die Augen. Um ihn bewegten sich finstere Gegenstände durch eine halbdunkle Umgebung. Die Beleuchtung wurde besser. Er erkannte Maschinen. Es war kühl. Er richtete sich halb auf und stellte fest, daß er auf dem Rücken eines Transportroboters lag.

Der Bogen eines riesigen Portals glitt über ihm vorbei. Sonne schien ihm ins Gesicht. Die Wand eines himmelhohen Turms ragte vor ihm auf. Er wußte plötzlich, wo er sich befand: Er war nach Pfranat zurückgekehrt. Wenn er sich umwandte, konnte er die Stadt sehen. Die ehemalige Hauptstadt der Gurrads.

Zu beiden Seiten des Robots, der ihn transportierte, bewegten sich Uniformierte im Laufschritt.

„Was ist los?“ schrie Charlie und spürte dabei den Schmerz in der Hüfte, der von dem Streifschuß des gurradschen Strahlers herrührte.

Einer der Männer sah im Laufen auf.

„Befehl von oben“, keuchte er. „Die ganze Welt fliegt in Kürze in die Luft. Wir müssen fort – so schnell wie möglich.“

„Wo sind Opa und Inka?“ stieß Charlie hervor.

„Wo ist *wer*?“

Charlie sank auf den Rücken des Roboters zurück. Der Schmerz war zuviel. Die riesige Metallwand eines Raumschiffs erschien in seinem Blickfeld. Der Transportrobot rollte eine steile Rampe hinauf. Charlie fühlte die Wärme des Schleusenraums.

Er war plötzlich müde. Er schloß die Augen und hörte den Tumult der Maschinengeräusche und hastig geschriener Befehle nur noch wie aus weiter Ferne.

Bis plötzlich jemand ganz in seiner Nähe sagte:

„Sehr schwache Vorstellung. Nur ein Streifschuß, und trotzdem mimt er den Halbtoten.“

Er riß die Augen auf. Er mußte tatsächlich geschlafen haben, denn er befand sich jetzt in einem anderen Raum, dessen Wände hellgrün leuchteten. Er lag nicht mehr auf dem Rücken eines Transportroboters, sondern in einer Art Bett. Man hatte ihn ins Lazarett gebracht.

Vor seinem Bett standen Inka und Opa.

„So gut geht mir's nie!“ sagte Inka.

Die IMPERATOR III startete, nachdem alle Mannschaften und Roboter an Bord genommen worden waren – auch die dreitausend Roboter und einhundertfünfzig Mann, die sich im Innern der Paratron- Feldblase befunden hatten, als das Feld zusammenbrach. Und natürlich die Besatzung des Beiboots, die Rasto Hims gegen den Willen des Arkoniden durch die Feldöffnung geschickt hatte.

Insgesamt elf Roboter waren verloren worden, alle aus Captain Anderssons Gruppe.

Alle anderen, Maschinen und Menschen, hatten in dem Augenblick, in dem das Feld infolge Fremdmaterieüberladung zusammenbrach, in unmittelbarer Nähe der rotleuchtenden Feldöffnung rematerialisiert. Auch Icho Tolot und Fancan Teik.

Die rote Leuchterscheinung war Sekundenbruchteile später verschwunden. Die Wissenschaftler hatten unmittelbar danach festgestellt, daß Pfranat selbst sich in einer energetisch unstabilen Lage befand. Gefahr war im Verzug. Der Planet mußte auf dem schnellsten Weg geräumt werden.

Tolot und Teik gelangten an Bord eines Fährboots zu ihrem Schiff, das zusammen mit der FRANCIS DRAKE nach wie vor Pfranat auf einer Parkbahn umlief. Wenige Minuten später befanden sich alle drei Schiffe auf Kurs nach Navo-Nord und in sicherer Entfernung von Pfranat und seiner Sonne Missila.

Pfranat verging in einer grellen, blitzartigen Leuchterscheinung, als die drei Schiffe zweihundert Astronomische Einheiten entfernt waren.

Eine Reihe von Messungen wurde angestellt, dann verschwanden die drei Einheiten im Linearraum.

Icho Tolot war zuvor an Bord der IMPERATOR III zurückgekehrt. Eine Unterredung, die dazu beitragen sollte, die unerklärlichen Vorgänge der vergangenen Stunden etwas verständlicher zu machen, fand in der Kabine des Arkoniden statt. Außer Atlan und dem Haluter nahm auch Roi Danton daran teil.

„Manches ist klar“, sagte Icho Tolot und bemühte sich, seine dröhnende Stimme zu mäßigen, „vieles nicht. Wir können aus den alten Aufzeichnungen der Gurrads verschwommen herauslesen, daß vor ungefähr vierhundert Jahren irdischer Zeitrechnung eine Gruppe von Wissenschaftlern damit beschäftigt war, Versuche durchzuführen, die auf die Entwicklung einer Art Zeitmaschine zielten. Ob die Wissenschaftler es auf eine Zeitmaschine abgesehen hatten oder nicht, wissen wir nicht. Fest scheint jedoch zu stehen, daß es im Verlauf der Experimente zu Erschütterungen des Zeitgefüges kam, die von der Zweiten Schwingungsmacht, der sogenannten Zeitpolizei, angemessen wurden.

Die Zweitkonditionierten alarmierten die Perlians, und diese griffen sowohl Pfranat selbst, als auch alle anderen Kolonialwelten der Gurrads an. Nach dem Ende dieser Strafexpedition traten die Zweitkonditionierten selbst auf den Plan, installierten auf Pfranat einen Paratron-Generator und erzeugten mit ihm eine Paratronfeldblase, die den Zugang zu einer Parallelwelt öffnete.

Diese Parallelwelt war ein Pseudo-Pfranat – scheinbar derselbe Planet, wie er auf unserer Seite der Feldgrenze bis zum Eingreifen der Zeitpolizei existiert hatte.

In der Feldblase siedelten die Zeitpolizisten eine gewisse Zahl von Gurrads an. Wir selbst haben nur ein paar Dutzend zu Gesicht bekommen. Wieviele es insgesamt waren, wissen wir nicht. Warum wurde das getan? Wir können nur folgern. Handelt es sich bei den Gurrads, die in der Feldblase eingesperrt wurden, vielleicht um eben die Wissenschaftler, die an den Zeitexperimenten beteiligt waren? Die Vermutung hat einiges für sich. Die geringe Bevölkerung von Pseudo-Pfranat hatte eine beachtliche Technologie. Das läßt darauf schließen, daß es nicht die unvorbelastetsten aller Gurrads waren, die in der Blase eingeschlossen wurden.

Und noch eines natürlich. Das Zeitexperiment wurde fortgesetzt. Wir wissen nicht, wie Pseudo-Pfranat zu dem Zeitpunkt aussah, als die Wissenschaftler von der Zeitpolizei dorthin verbannt wurden. Aber mit der Zeit schufen sie sich alles, was sie brauchten.

Die Gurrads wußten nicht, daß ihr Versuch die Feldblase, in der sie sich befanden, vernichten würde – mitsamt aller Fremdmaterie, die sich in jenem Augenblick im Innern der Blase befand. Wir kamen ihnen um Sekunden zuvor.

Die Einschleusung des Beiboots mit seiner Besatzung erzeugte die überkritische Fremdkörpermasse, bevor das Experiment der Gurrads zu Ende geführt war."

Er schwieg. Atlan lächelte unbehaglich.

„Ich wollte, ich könnte das Verdienst für mich in Anspruch nehmen", sagte er mit einem Unterton von Verlegenheit. „In Wirklichkeit war es Rasto Hims, der das Boot gegen meinen Willen durch die Feldöffnung jagte."

Roi Danton verbeugte sich in Richtung des Arkoniden.

„Meine Leute, Sire, warten mit Ungeduld auf jede Gelegenheit, sich Ihnen zu verpflichten."

Icho Tolot fuhr fort:

„Auf jeden Fall scheinen die Gurrads ihren Versuch trotz allem zu Ende geführt zu haben. Sie taten es zu einem unglückseligen Zeitpunkt. Die Verbindung zwischen unserem Kosmos und der Feldblase war durch die Überladung mit Fremdmaterie zeitweise hergestellt. Die ungeheuren Energien, die der Versuch freisetzte, entluden sich über diese Brücke.

Das war das Ende von Pfranat."

Atlan, die Arme auf dem Rücken verschränkt, ging in Gedanken versunken auf und ab. Plötzlich blieb er stehen.

„Ich begreife immer noch nicht", sagte er bitter, „woher jemand, der sich „Die Zweite Schwingungsmacht" nennt, das Recht ableitet, auf diese Art und Weise zu schalten und zu walten und ganze Sternenvölker nach eigenem Gutdünken zu bestrafen. Wie zum Beispiel, ein paar hundert oder tausend Gurrad-Wissenschaftler in einer Paratron- Feldblase einzusperren und sie dort sich selbst zu überlassen. Ich . . ."

Icho Tolot zeigte sein mächtiges Gebiß in einer halb mißlungenen Imitation menschlichen Grinsens.

„Ihnen fehlt die Grundlage, mein Freund, über solche Dinge zu urteilen", sagte er, ohne seine Stimme zu dämpfen. „Erschütterungen des Zeitgefüges sind eine äußerst ernst zu nehmende Sache."

„Das ist zweifellos richtig", erwiderte Atlan. „Dennoch ist es verwerflich, was die Zeitpolizei tut. Übrigens, konnten Sie etwas über die Zusammenhänge zwischen Ihrem Volk und den Zweitkonditionierten in Erfahrung bringen?"

„Leider nein", gab Tolot zu verstehen. „Es steht wohl fest, daß es Gemeinsamkeiten gibt, die auf einen gemeinsamen Ursprung hindeuten, aber noch wissen wir nicht, welche Zusammenhänge sich daraus tatsächlich ergeben.

Die Lösung der Rätsel dürfte in ferner Vergangenheit liegen, in jener Zeit vor 70 000 Jahren, als die Urhaluter von Magellan in die Milchstraße kamen."

Im Lazarett erklärte Inka Charlie Weasel, wie man einen besseren Stasup bauen könnte. Und Opa sagte dazu:

„Vielleicht bringt Inka es eines Tages fertig, ein so kleines Gerät zu bauen, daß du es dir um den Arm schnallen kannst. Du brauchst nämlich einen. Deine Logikbelegung ist ziemlich schwach.“

Charlie, das Privileg des Verwundeten ausnützend, drehte sich auf die andere Seite und knurrte etwas, was niemand verstand.

25.

Die IMPERATOR und die FRANCIS DRAKE waren mit dem Haluterschiff nach Navo-Nord zurückgekehrt. Perry Rhodan war über die Ereignisse auf Pfranat genauestens unterrichtet worden.

Inzwischen hatte sich im Sektor Navo-Nord nichts Bemerkenswertes ereignet. Man wartete nach wie vor darauf, was der Zweitkonditionierte als nächstes tun würde.

Am 10.1.2436, um 14 Uhr Standardzeit, wurden plötzlich seltsame Funksignale empfangen, die die Ereignislosigkeit beendeten.

Die Funkzeichen wurden von allen terranischen Schiffen aufgefangen.

Sie setzten sich zu Symbolgruppen zusammen, die in ihrer Art selbst den besten Funkspezialisten unbekannt wären. Die Dechiffriergeräte versagten vollständig und gaben nichts als unverständliche Zeichen wieder.

Nach fünfzehn Sekunden verstummten die rätselhaften Signale. Sie waren gespeichert worden und konnten auch weiterhin untersucht werden, und die Orter hatten die Ausgangsquelle festgestellt.

Die Quelle hieß OLD MAN.

Die Signale kamen somit von dem Zweitkonditionierten Tro Khon. Was aber bedeuteten sie?

Nur zweierlei, nahm man an. Tro Khon forderte neue Befehle von der „Ersten Schwingungmacht“ an, oder er rief weitere Zweitkonditionierte zu sich, um OLD MAN endgültig abzusichern.

Während Gucky die Uniform anlegte, um zu den Halutern zu springen, berief Rhodan eine Sitzung ein.

Reginald Bull konnte seine Sorge nicht verbergen.

„Ich schlage vor, Perry: Wir verschwinden hier, solange es uns noch möglich ist. OLD MAN hat rund fünfzehntausend schwerste Einheiten zur Verfügung, die jeden Augenblick ausgeschleust und auf uns angesetzt werden können. Aber das ist es weniger, was mich beunruhigt. Wenn dieser Tro Khon Verstärkung erhält, sind wir verloren. Gegen drei oder vier der Biester kommen wir nicht an."

Rhodan wehrte ab.

„Auf keinen Fall halte ich es für richtig, das Feld zu räumen. Wir sind an dem uns zur Last gelegten Zeitverbrechen unschuldig, und das müssen auch die Unbekannten einsehen, die anscheinend über Vergangenheit, Gegenwart und Zukunft wachen. Wir wollen sie kennenlernen. Die Zwillinge haben ihnen einen Hinweis hinterlassen. Es liegt an Tro Khon, ihn zu deuten."

„Wenn er will." Atlan saß etwas gebeugt am Tisch, den Kopf in beide Hände gestützt.

Bully polterte:

„Deuten oder nicht – die Erde ist in Gefahr! Ich bin sicher, daß die Zeitpolizei die Position der Erde kennt. Ein einziger Golem kann Terra vernichten. Wer sollte etwas dagegen unternehmen, wenn wir hier herumhocken und warten, bis etwas geschieht?"

„Du irrst", sagte Rhodan ruhig und beherrscht. In Wirklichkeit teilte er Bullys Befürchtungen, aber er wagte es nicht, sie offen zuzugeben. „Der Gegner ist vor allen Dingen an OLD MAN interessiert und wird versuchen, seine Position in dieser Hinsicht zu stärken. Sobald er alle Funktionskreise kennt, wird er mit OLD MAN auf die Reise gehen. Und wir müssen wissen, wohin."

„Das kann ein Überwachungskreuzer feststellen, Perry. Wozu eine ganze Flotte?"

„Wir warten noch, Bully. Noch ein paar Tage wenigstens."

Bully seufzte:

„Also gut, einverstanden. Ein paar Tage. Hoffentlich machen wir keinen Fehler . . ."

Gucky materialisierte in der Kabine der Haluter, die mit ihrem schwarzen Kugelschiff abseits der Solaren Flotte standen.

„Dachte ich mir", knurrte Icho Tolot, „daß du kommen würdest. Die Funkzeichen, nicht wahr?"

„Gut kombiniert." Gucky setzte sich. „Was bedeuten sie?"

Fancan Teik kam aus dem nebenan gelegenen Funkraum. Er hatte die Frage gehört.

„Wenn wir das wüßten, wäre uns wohler", antwortete er. „Wir nehmen ebenfalls an, daß Tro Khon Verstärkung angefordert hat."

„Rhodan würde gut daran tun, sich darauf vorzubereiten", ergriff Tolot wieder das Wort. „Ich bin zwar nach wie vor davon überzeugt, daß eine Verständigung mit den Zweitkonditionierten sinnlos ist, aber ich kenne Rhodan zu gut und weiß deshalb, daß er trotzdem auch weiterhin alles versuchen wird, Tro Khon von der Unschuld der Terraner zu überzeugen."

„Schaden kann es jedenfalls nicht", sagte Gucky ernst.

Tolot stieß ein dumpfes, verächtlich klingendes Grollen aus.

„Aber es wird auch nichts einbringen. Bereits beim ersten Kontakt auf dem Planetoiden hat er vergeblich versucht, Tro Khon die Unschuld der Terraner darzulegen. Der Zweitkonditionierte ließ ihn jedoch nicht einmal richtig zu Wort kommen. Aber schön, Rhodan soll meinetwegen noch einmal versuchen, Kontakt mit Tro Khon oder jenen Zeitpolizisten aufzunehmen, die als Verstärkung angefordert wurden."

Gucky fühlte sich unbehaglich, wenn er an die kommenden Ereignisse dachte.

„Warum hat Tro Khon so lange mit der Funknachricht gewartet?" fragte er schließlich.

„Das kann verschiedene Ursachen haben. Wir nehmen an, daß er zuerst in aller Ruhe die Einrichtung und die technischen Möglichkeiten von OLD MAN studierte. Er wird die Maschinerie nun endgültig begriffen und sich mit ihr vertraut gemacht haben. Nun hat er die Initiative ergriffen. Wir müssen uns auf einiges gefaßt machen, Gucky."

„Wie lange kann es dauern?"

Tolot zuckte die mächtigen Schultern.

„Das kann niemand mit Sicherheit voraussagen, aber ich fürchte, es dauert nicht sehr lange. Ein paar Tage – ein paar Stunden vielleicht."

Gucky sprang auf.

„Ich muß zu Rhodan, ihn warnen."

Tolot nickte gelassen.

„Das ist auch mein Rat. Und noch etwas: Wir bleiben in der Nähe und greifen ein, wenn es notwendig erscheint."

Gucky nickte nur noch, dann war er verschwunden.

„Und ich wiederhole nochmals: Nur ein sofortiger Großangriff kann uns eine Chance bieten, bevor noch mehr Schwingungswächter auftauchen." Julian Tifflor wischte sich mit einem Taschentuch den Schweiß von der Stirn. „Wir hätten das schon längst tun sollen, auch wenn ein Angriff auf OLD MAN aussichtslos erscheint."

Die anwesenden Offiziere der Flotte sahen Rhodan fragend an. Sie warteten auf seine Entscheidung.

„Nein", sagte Rhodan entschlossen. „Ein Angriff würde von Anfang an jede Chance zunichte machen, eine Verständigung herbeizuführen. Bis jetzt hat Tro Khon noch nicht auf die Nachricht Tronars reagiert. Wir haben Funksymbole aufgefangen, aber das ist auch alles. Wir wissen nicht, was sie bedeuten. Sie können Krieg, sie können aber auch Verständigung bedeuten. Wir müssen abwarten."

„Das Warten", warf Bully ein, „geht mir aber allmählich arg auf die Nerven."

In diesem Augenblick materialisierte Gucky mitten auf dem Tisch und blieb gleich dort stehen. Er drehte sich einmal um seine eigene Achse und nickte beifällig, dann wandte er sich Rhodan zu.

„Die Crème de la crème", hauchte er ehrfurchtsvoll, um sofort wieder sachlich zu werden. „Ich komme von den beiden Halutern. Tolot ist davon überzeugt, daß Tro Khon Hilfe herbeigerufen hat, um OLD MAN besser verteidigen zu können. Er meint, die anderen Schwingungswächter könnten schon in wenigen Stunden eintreffen."

Atlan wollte gerade etwas sagen, als an der Wand ein Bildschirm der Interkomanlage aufflammte. Das Gesicht eines Offiziers aus der Funkabteilung erschien darauf.

„Nachricht an Kommandant: Aus Plankubik BD-78-GN werden drei bewegliche Objekte gemeldet, die sich mit Unterlicht nähern. Es handelt sich zweifellos um sogenannte Golems. Erwarten Anweisungen."

Der Schirm wurde dunkel.

Oberst Merlin Akran, Kommandant der CREST, sah Rhodan an. Er brauchte die Meldung nicht weiterzugeben. Alle hatten sie gehört.

Atlan hatte einen Blick auf die vor ihm liegenden Karten geworfen.

„Mit Unterlicht . . . dann dauert es noch vier Stunden, bis sie hier sind. Was werden wir tun, Perry?“

Rhodan hatte sich bereits entschieden.

„Kommandant, lassen Sie zwei Korvetten startklar machen. Befehl an die restliche Flotte: Position beibehalten und keine Veränderungen. Die Besatzungen der Korvetten gebe ich noch bekannt. Fragen?“

Tifflor hob die Hand, ließ sie aber dann wieder sinken. Nur Gucky wußte, was er sagen wollte, aber er schwieg. Tifflor hatte abermals zum sofortigen Angriff raten wollen.

Oberst Akran gab Rhodans Anweisung an den Hangar weiter.

Rhodan studierte einige Aufzeichnungen, die er gemacht hatte, dann sagte er:

„Die Zweitkonditionierten können nicht so verbohrt sein, daß sie sich der Wahrheit auf ewig entziehen. Sie werden endlich begreifen müssen, daß wir an den uns zur Last gelegten Zeitverbrechen unschuldig sind. Ich werde den drei Neuankömmlingen zwei Korvetten entgegenschicken, und zwar die KC-1 und die KC-11. Hier die zusätzliche Besatzung: Kommandant der KC-1 ist Major Hole Hohle. Er wird begleitet von Gucky, John Marshall und Ras Tschubai. Kommandant von KC-11 ist Major Pandar Runete. Ihn begleiten Tako Kakuta, Jumpy und Fellmer Lloyd. Tronar und Rakal Woolver bleiben auf der IMPERATOR als Reserve zurück. Sie können von dort aus über Hyperimpuls jederzeit eingreifen, falls es notwendig werden sollte.“ Rhodan stand auf. „Das wäre alles im Augenblick, meine Herren.“

Er verließ den Raum.

Atlan sah Rhodan aus engen Augen nach. Sein Blick begegnete dem Bullys.

„Hoffentlich begehen wir keinen Fehler“, sagte Julian Tifflor, und er sprach damit die Bedenken vieler der Anwesenden aus.

Eine Stunde später standen die beiden Korvetten startbereit. Die drei Golems waren inzwischen für kurze Zeit in den Hyperraum gegangen und näherten sich nun wieder im Normalraum dem äußeren Ring der Flotte. Die Kursverlängerung ihrer beibehaltenen Flugrichtung zeigte genau auf OLD MAN.

Dazwischen stand Rhodans Flotte.

Nach einer kurzen Unterredung mit Atlan entschloß sich Rhodan zu einem weiteren Schritt, der seine Verständigungsbereitschaft zeigen sollte. Er gab Befehl, den Flottenring derart zu öffnen, daß die drei Golems unbehindert weiterfliegen konnten. Es wurde eine regelrechte Gasse gebildet, und das konnte auch den Schwingungswächtern nicht entgehen.

Als die drei Golems den äußeren Flottenring erreichten und die Einflugschneise, ohne zu zögern, benutzten, atmete Rhodan erleichtert auf und gab den Startbefehl für die beiden Korvetten.

Major Hohle und Major Runete standen durch Funk in ständiger Verbindung. Es war ihre Absicht, vereint und gemeinsam zu handeln. Sie hatten ihre Hypersender eingeschaltet und wollten damit versuchen, während des Anfluges Verbindung zu den Schwingungswächtern in ihren Golems aufzunehmen.

Gleichzeitig sollten die vier Telepathen versuchen, die seltsamen Lebewesen in den Golems davon zu verständigen, daß kein Angriff stattfand, sondern der Versuch einer Kontaktaufnahme.

Major Hohle von der KC-1 zweifelte von Anfang an am Gelingen des Unternehmens. Nicht etwa, daß er von Natur aus ein Pessimist gewesen wäre, ganz im Gegenteil. Aber er war vorsichtig. Und das sollte sich diesmal als ein sehr glücklicher Umstand erweisen.

Er flog in geringem Abstand zur KC-11, deren Kommandant Major Runete zwar als besonders umsichtig, aber zugleich auch als Draufgänger bekannt war. Die drei Golems kamen ihnen entgegen; sie hatten ihre Fahrt gedrosselt. Ständig wurden sie langsamer, je mehr sie sich ihrem Ziel näherten.

Hohle blieb etwas zurück, als auch er die Geschwindigkeit herabsetzte. Runetes Korvette hielt mit gleichbleibender Fahrt auf die Schwingungswächter zu, alle Sender und sogar den neuen Gedankenzeichner eingeschaltet.

Dieses Gerät verwandelte Gedankenimpulse in leicht verständliche Bilder, transformierten sie auf die normalen Sendefrequenzen und strahlte sie dann ab. Sie konnten mit den gewöhnlichen Bildfunkgeräten empfangen werden und übermittelten so in einer allgemeinverständlichen Art die Absichten der Absender. Es war unmöglich, daß ein Schwingungswächter eine solche Sendung nicht empfing und verstand.

Jumpy und Fellmer Lloyd, die beiden Telepathen der KC-11, konzentrierten sich auf ihre Empfänger und begannen mit ihren Gedankensendungen.

Major Runete hatte den Schutzschirm befehlsgemäß eingeschaltet, um kein größeres Risiko einzugehen, als unbedingt notwendig war. Zwar half der Schutzschirm nicht viel, wenn es um Paratron ging, aber niemand rechnete mit dem Einsatz der gefährlichen Waffe. Der Abstand zu den drei monströsen Gebilden wurde schnell geringer, und bald waren die Golems mit bloßem Auge auf den Bildschirmen zu erkennen. Vorher waren sie Punkte auf den Orterschirmen gewesen.

„Biester!" knurrte Jumpy und erhielt sofort eine telepathische Rüge von seinem Vater, der auf der anderen Korvette war und immer ein wenig in Richtung Jumpy „peilte".

Wie oft soll ich dir noch sagen, teilte Gucky mit, *daß man nicht nach dem Aussehen urteilen soll*?

Jumpy wollte etwas antworten, doch er stellte plötzlich fest, daß er keine Verbindung zu Gucky bekam. Die KC-1 war weiter zurückgeblieben, aber daran konnte es nicht liegen. Die Störungen, die Jumpy Sekunden später empfing, kamen aus Richtung der drei Golems.

Fellmer Lloyd meinte:

„Reflexionen, nichts weiter. Alle unsere Sendungen werden reflektiert, und zwar von einem besonderen Schutzschirm, der die Golems einhüllt. Sie lassen nichts an sich heran, nicht einmal Funkwellen oder Telepathieimpulse."

„Wenn Funkimpulse reflektiert werden", sagte Jumpy aufgebracht, „dann auch Teleporter."

Tako Kakuta runzelte die Stirn, ohne seine telepathischen Bemühungen, Kontakt mit einem der Schwingungswächter aufzunehmen, aufzugeben.

„Du wirst dich unterstehen, auch nur den geringsten Versuch in dieser Richtung zu unternehmen, Kleiner. Wir haben die Aufgabe, Kontakt herzustellen, aber nicht, Selbstmord zu begehen."

„Schon gut", piepste Jumpy kleinlaut und bedauerte in diesem Augenblick, daß sein Vater nicht bei ihm war. Der hätte Tako schon den Marsch geblasen und . . .

„Entfernung noch achttausend Kilometer“, unterbrach Runete seinen Gedankengang. „Die Golems sind langsamer geworden. Sie entfernen sich voneinander und vergrößern den Abstand. Wozu? Um mehr Bewegungsfreiheit bei einem Angriff zu haben?“

„Wahrscheinlich.“ Fellmer Lloyd starrte angestrengt auf die Bildschirme. „Hoffentlich hält unser Schutzschirm, falls die da vorn auf dumme Gedanken kommen!“

Die KC-1 war etwas zurückgeblieben, wie es vereinbart war. Sie übernahm so die Rückendeckung der KC-11. Während sie zurückblieb, stieg sie ein wenig höher, relativ zur Flugbahnebene.

Der mittlere der Golems hielt genau auf die KC-11 zu. Er machte keine Anstalten, dem Hindernis auszuweichen. Die Entfernung betrug noch siebentausend Kilometer. Beide Objekte näherten sich mit insgesamt fünfzig Kilometern pro Sekunde. In einer Minute würde die Situation kritisch.

„Bald ist es soweit!“ Bully saß neben Rhodan vor dem riesigen Panoramaschirm der CREST. Atlan stand unmittelbar hinter ihnen. „Einer muß ja schließlich nachgeben. Wenn Runete nur nicht den Kopf verliert und das Bremsen vergißt.“

Rhodan bewegte sich nicht.

„Die Kontaktaufnahme scheint noch nicht gelungen zu sein. Hoffentlich behält Tifflor nicht recht!“

„Abwarten“, riet Atlan ruhig und gelassen. „Wir haben noch ein paar Minuten.“ Er blickte auf die seitlich angebrachten Meßinstrumente. „Die Entfernung zwischen dem mittleren Golem und der KC-11 beträgt noch siebentausend Kilometer.“

Mit brennenden Augen betrachteten die drei Männer, was draußen im Raum geschah. Alle Einheiten waren in den Alarmzustand versetzt worden, hatten aber den strikten Befehl erhalten, weder einzugreifen, noch ihren Umlaufkurs zu ändern. Überall standen oder saßen die verantwortlichen Offiziere vor den Schirmen und Kontrollgeräten und ließen die beiden einsamen Korvetten nicht aus den Augen. Jeder wartete gespannt, was geschehen würde.

Die Spannung stieg von Sekunde zu Sekunde und wurde bald unerträglich.

Von der CREST aus war das Geschehen besonders gut zu beobachten, da sie seitlich der Einflugschneise stand. Wenn die beiden

Objekte ihren Kurs beibehielten, würden sie genau in Höhe der CREST kollidieren.

Aber damit rechnete natürlich niemand.

„Noch fünftausend Kilometer“, gab Atlan bekannt.

Rhodan bewegte unruhig die Füße. Bully räusperte sich, sagte aber nichts. Seine rechte Hand lag auf der Hyperkomschaltung, die mit einem Druck die Funkverbindung zu vierzigtausend Kommandanten herstellen würde. Wenn es wirklich zu dem befürchteten Zwischenfall und damit zu Feindseligkeiten kam, würde sich die passive Solarflotte innerhalb von Sekunden in einen verderbenbringenden Vulkan verwandeln, der die drei Golems verschlang.

Wenn er sie verschlingen konnte.

„Noch dreitausend Kilometer. Keine Geschwindigkeitsverringerung.“

Bully stöhnte.

„Ist Runete denn verrückt geworden . . .“

Rhodan gab keine Antwort. Er wußte, daß Runete seine Korvette erst eintausend Kilometer vor dem Golem stoppen würde, zwanzig Sekunden vor der Kollision. So wenigstens hatte der Befehl gelautet.

Immerhin blieben bis dahin noch vierzig Sekunden.

Sie vergingen wie Minuten.

„Jetzt!“ murmelte Rhodan unwillkürlich, als es soweit war.

Die Männer überall in den Schiffen sahen, wie die Korvette scheinbar gegen ein unsichtbares Hindernis prallte und fast anhielt. Sie mußte mit allen verfügbaren Schubwerten abgebremst haben. Der Golem hingegen flog mit unverminderter Geschwindigkeit weiter. Er würde die KC-11 in vierzig Sekunden erreichen, wenn diese nicht auswich.

Aber Major Runete dachte nicht daran, so schnell aufzugeben.

Er blieb mit der KC-11 auf dem Kollisionskurs stehen.

Nach zwanzig Sekunden begann Rhodan seine gespielte Ruhe zu verlieren. Er wurde sichtlich nervös. Atlan und Bully mit ihm.

„Verdammt!“ rief Bully. „Er riskiert Kopf und Kragen dabei.“

„Und die Mutanten dazu“, sagte Atlan besorgt.

„Vielleicht hat er Kontakt“, flüsterte Rhodan. Seine Stimme klang erstickt. „Sonst würde er es nicht wagen . . .“

In dieser Sekunde eröffnete der Golem das Feuer.

Eine ungeheure Flut materiezerschmetternder Intervallstrahlen schlug gegen den grünen HÜ-Schirm der Korvette und ließ ihn auf der Stelle zusammenbrechen. Die KC-11 wurde von der Wucht des Energieaufpralls aus der Bahn geworfen und gab so dem Golem den Weg frei, aber das monströse Gebilde begnügte sich nicht mit einem Teilsieg. Es setzte den Beschuß aus seinen Intervallkanonen fort und nahm die Korvette unter Feuer.

In der CREST sahen die Männer, wie die gepanzerten Außenwandungen von den Energiebündeln zusammengedrückt wurden. Aber die verheerenden Strahlen hatten noch eine günstige Nebenwirkung. Sie ersetzten die ausgefallenen Triebwerke des kleinen Schiffes und gaben ihm genügend Fahrt, so daß es in den Raum hinauseilte.

Der Golem stellte das Feuer ein und setzte seinen Flug in Richtung OLD MAN fort.

Rhodan ballte die Fäuste.

„Zum Teufel mit der Zeitpolizei! Tifflor und die Haluter hatten recht. Angriff, nichts als Angriff – das ist die Sprache, die sie verstehen. Bully, veranlasse, daß man sich um das Wrack kümmert. Ich will nicht hoffen, daß sie tot sind. Mein Gott! Jumpy . . .!“

Er dachte zuerst an den Mausbiber, was bezeichnend für ihn war. Das hieß aber nicht, daß ihm die Männer gleichgültig gewesen wären, aber im Zusammenhang mit Jumpy mußte er zugleich auch an Gucky denken. Es wäre ein doppelter Verlust, wenn dem kleinen Mausbiber etwas Ernsthaftes zugestoßen wäre.

Bull alarmierte ein Rettungskommando.

Auf der KC-1 hatte man die Katastrophe nur allzu deutlich beobachten können. Da Gucky auch schon vorher keine Gedankenimpulse mehr von der Besatzung empfangen hatte, konnte er nicht mit Sicherheit sagen, ob sie ums Leben gekommen waren. Für einen Augenblick glaubte er, sein Herz setze aus. Jumpy! Sein Sohn Jumpy! Aber dann sagte ihm ein Gefühl, daß dem Ilt nichts geschehen sein könne. Es wäre zu einfach gewesen. Zu schnell.

Dann wurde ihm klar, daß dieser Gedanke weder ein Trost noch eine Gewißheit sein konnte. Wenn Jumpy sterben sollte, dann würde er genauso sterben wie jeder andere auch.

„Sie haben es überstanden“, flüsterte er und warf Ras Tschubai einen schnellen Blick zu. Der Teleporter gab den Blick hastig und voller Einverständnis zurück. John Marshall, der die kurze und stumme Unterhaltung beobachtet hatte, sagte:

„Keine Dummheiten, hört ihr? Es wird auf keinen Fall in den Golem teleportiert – ganz davon abgesehen, daß ihr den Schutzschirm niemals durchdringen könnt. Nicht mal unseren eigenen."

Gucky stand neben Major Hohle. Der Golem, der die KC-11 vernichtet oder zumindest lahmgeschossen hatte, war nun noch fünftausend Kilometer entfernt. Aber seine Flugbahn lag tiefer. Er würde nicht mit der KC-1 zusammenstoßen können, wenn er seinen Kurs nicht änderte.

Gucky sah in eine andere Richtung und konzentrierte sich. Dabei schirmte er gleichzeitig seine Gedanken durch einen Block ab, so daß John Marshall seine Absichten nicht erfuhr.

Der Schwingungswächter, der mit zwei anderen Zweitkonditionierten dem Ruf Tro Khons folgte, hieß Aser Kin. Vor kurzer Zeit hatte ihn der Schwingungsalarm aus dem Tiefschlaf gerissen – wie die anderen Zeitpolizisten auch. Aser Kin verbrachte die Zeit nach seinem Erwachen damit, sich über die Situation in der Großen Magellanschen Wolke zu informieren.

Als ihn der Funkimpuls Tro Khons erreichte, brach er auf. Unterwegs traf er die beiden anderen Schwingungswächter. Gemeinsam waren sie zum angegeben Ziel weitergeflogen.

Kurz vor dem Ziel waren sie aus dem Hyperraum in das normale Universum zurückgekehrt und hatten die Flotte gesichtet. Es bereitete Aser Kin keine Schwierigkeiten, die Absicht der Zeitverbrecher, wie er die Terraner einstufen mußte, zu durchschauen, als sie eine Einflugschneise freigaben. Sie wollten eine Verständigung herbeiführen und so ihre friedlichen Absichten kundtun.

Sie fürchteten sich.

Aser Kin saß hinter seinen Kontrollen. Exekutor Nr. 4 gab ihm alle benötigten Daten durch. Er schloß:

„Auf dem Hauptschirm erscheinen in wenigen Zeiteinheiten zwei kleine Schiffe der Zeitverbrecher. Sie nähern sich uns auf Kollisionskurs. Es kann sich nur um Sprengkörper oder Parlamentäre handeln. Auch die Flugschneise deutete auf beide Möglichkeiten hin."

Aser Kin traf seine Entscheidung schnell.

„An Exekutor Sechs: Kampfbereitschaft. Um die Natur der sich nähernden Objekte festzustellen, wird das erste vernichtet. Handelt es sich um einen Sprengkörper oder eine andere gesteuerte Waffe, ist der Angriff auch auf das zweite Objekt auszudehnen. Wenn nicht, übernehmen Exekutoren Vier und Sieben die Kontaktaufnahme."

Aser Kin lehnte seinen mächtigen Körper zurück. Rein äußerlich war er von seinem Kollegen Tro Khon nicht zu unterscheiden, und auch sein Dolan besaß die gleichen Ausmaße. Der Symboflex-Partner pulsierte an seinem Hals.

Die beiden fraglichen Objekte trennten sich. Das vordere blieb auf Kollisionskurs und verringerte nur allmählich seine Geschwindigkeit. Im Hintergrund, zwischen den Sternen, standen Tausende von Schiffen, aber sie blieben in ihrer Umlaufbahn, die sie und das Zielobjekt um einen roten Riesenstern führte.

„Funkimpulse!" meldete Exekutor Nr. 4 zehn Minuten später. „Und Gedankenimpulse, die an uns gerichtet sind. Was ordnen Sie an, Aser Kin?"

„Abschirmen! Exekutor Sechs, abschirmen! Kontakterlaubnis später."

Der zweite Schirm hüllte den Dolan ein. Die anderen beiden Dolans entfernten sich mit ihren Schwingungswächtern. Sie hatten nichts mit der Aktion zu tun. Ihre Aufgabe war es, Tro Khon und seine Festung zu erreichen.

Das Symposium der sieben Exekutoren arbeitete exakt zusammen. Aser Kin brauchte sich darum nicht zu kümmern. Er sah nur auf die Bildschirme und beobachtete. Ein bloßer Befehl genügte – und der Befehl wurde ausgeführt.

Die Funk- und Gedankenimpulse hämmerten gegen den äußeren Schirm und wurden reflektiert. Nur einige wenige ließ Exekutor Nr. 4 durch, fing sie auf, leitete sie an Exekutor Nr. 7 weiter, der sie analysierte und speicherte. Es wurde klar, daß die Zeitverbrecher den Kontakt herstellen wollten.

Aber Aser Kin änderte seinen Befehl nicht.

Vorerst nicht.

Exekutor Nr. 6 eröffnete in der angegebenen Sekunde das Feuer und setzte das erste Objekt außer Gefecht. Vom Strahldruck getrieben, jagte es in den leeren Raum hinaus, als Zeichen der Macht und Überlegenheit dessen, der über Recht und Unrecht zu entscheiden hatte.

Das zweite Objekt stand höher und hatte offensichtlich die Absicht, in Sicherheitsentfernung zu bleiben. Aser Kin befahl Exekutor Nr. 6, die beiden Schirme abzuschwächen.

Es waren zwei verschiedene Gedankenmuster, die von der Analytik ausgewertet werden konnten. Das erste verbot den Kontakt. Das zweite war stärker und stammte von einem Lebewesen, das nicht zum Volk der Zeitverbrecher gehörte. Aser Kin wurde sofort aufmerksam und gab entsprechende Anweisungen.

Er befahl Kontaktaufnahme auf geistiger Ebene. Das war darum möglich, weil er nun wußte, daß er es mit mindestens einem Telepathen zu tun hatte.

Er befahl nicht den körperlichen Kontakt. Aber genau der erfolgte.

Aus den Augenwinkeln heraus fand Gucky den Hebel, mit dem der grüne HÜ-Schirm bedient wurde. Er war zwanzig Zentimeter neben Major Hohles rechter Hand. Selbst wenn der Kommandant sehr schnell reagierte, würde es immerhin noch eine Sekunde dauern, ehe er den Schirm wieder einschalten konnte.

Ein letzter Blick des Einverständnisses zu Ras, dann handelten die beiden Teleporter, ehe John Marshall es verhindern konnte. Sie konnten es tun, denn sie hatten das indirekte Einverständnis Rhodans, der eine Kontaktaufnahme zu einem der Schwingungswächter wünschte.

Wie er zustande kam, war einzig und allein die Angelegenheit der Mutanten.

Mit einem Ruck schlossen Gucky und Ras die Helme ihrer Anzüge. Gleichzeitig bediente der Mausbiber telekinetisch den Hebel und schaltete den HÜ-Schirm aus. Für die Korvette bestand dabei keine Gefahr mehr, denn sie stand in diesem Augenblick genau über dem Dolan, der das Feuer nicht eröffnet hatte.

Die Teleporter sprangen.

John Marshall bemerkte es zu spät, obwohl er durch einige Gedankenfetzen gewarnt war. Er war sicher gewesen, daß die beiden Mutanten nicht gegen seinen ausdrücklichen Befehl handeln würden, und nun mußte er einsehen, daß er sich getäuscht hatte. Mit einem Satz war er neben Hohle, der das Zurückschnappen des Hebels mit Verblüffung registriert hatte.

„Der Schirm, Major! Einschalten, schnell!“

Hohle zögerte.

„Gucky . . .? Tschubai? Was ist mit ihnen?“

„Sie sind teleportiert und haben den Schirm ausgeschaltet. Los, beeilen Sie sich!“

„Aber sie können dann nicht mehr zurück . . .“

„Wir können es nicht ändern. Außerdem werden sie sich rechtzeitig melden. Schnell, ehe ein Unglück geschieht.“

Major Hohle legte den grünen Schutzschirm wieder um die Korvette, und er fühlte sich sofort wieder sicher, obwohl das Schicksal der KC-11 nur zu eindeutig gezeigt hatte, wie wenig ein solcher Schirm wert sein konnte.

Sekunden später glitt der Golem aus dem Bildschirm.

Er flog weiter, als sei nichts geschehen.

Sein Kurs zeigte noch immer auf OLD MAN.

Ohne sich vorher verständigt zu haben, handelten Gucky und Ras nach den gleichen Überlegungen, und so war es kein Wunder, daß sie zu den gleichen Ergebnissen gelangten. Beide wußten, daß ein direkter Sprung in unbekannte Schirme gefährliche Folgen bei der Rematerialisation haben konnte. So teleportierten sie nur kurz und gelangten in unmittelbarer Nähe des Golems wieder in den vierdimensionalen Raum zurück.

Hinter ihnen zog die KC-1 weiter. Der grüne Schutzschirm flammte gerade wieder auf.

Gleichzeitig erlosch einer der Schutzschirme des Golems.

Gucky und Ras standen in Funkverbindung.

„Was soll das? Eine Einladung?“

„Abwarten!“ riet Ras skeptisch. „Wenn auch kein Angriff erfolgt, so kann es doch eine Falle sein. Vergiß nicht, die KC-11 wurde vernichtet.“

Gucky drängte den Gedanken an die KC-11 und Jumpy mit Gewalt aus seinem Bewußtsein. Das hatte Zeit bis später. Jetzt konnte er doch nichts tun. Wenigstens nichts, was die KC-11 anging.

„Ist noch immer ein Schirm da? Sollen wir es versuchen?“

„Du meinst – einfach hineinspringen?“

„Ja. Ohne einen Versuch erreichen wir nichts.“

„Verdammtes Risiko.“

„Ich kannte mal einen, der ist beim Gurgeln ertrunken.“

Sie verfolgten den Golem durch zwei weitere Kurzsprünge.

„Also gut“, entschied sich Ras endlich. Sie nahmen einander bei den Händen, um zusammenzubleiben. „Führe du den Sprung durch. Ich bleibe in Reserve."

Gucky hatte unterdessen seine Gedankensendungen an den Schwingungswächter wiederaufgenommen, aber keine Reaktion erhalten. Oder bedeutete das Erlöschen des einen Schirms bereits die Antwort?

Gucky peilte die hinter einem milchigen Schleier dunkel sichtbare Oberfläche des hundert Meter durchmessenden Körpers an.

Dann teleportierte er mit Ras.

Was dann geschah, ließ sich später nur mühsam rekonstruieren und erklären. Unter normalen Umständen hätte es niemals geschehen dürfen oder können, denn ein Teleporter überwindet den fünfdimensionalen Raum in seiner ursprünglichen Form nicht. Erst am Ziel des Sprunges setzen sich seine Atome wieder zusammen, Form und Bewußtsein kehren unverändert zurück.

Diesmal materialisierten Gucky und Ras zugleich im fünfdimensionalen Raum, konnten sehen, fühlen, denken – und sprechen.

Sie existierten – zehn Meter vor ihrem eigentlichen Sprungziel.

Sie hingen im Abwehrschirm des Golems.

Major Hohle zog die KC-1 in weitem Bogen auf entgegengesetzten Kurs und folgte dem Schwingungswächter. Auf den Orterschirmen wurde das Geschehen deutlich. Zwei der Golems hatten ihren Flug mit unverminderter Geschwindigkeit fortgesetzt und näherten sich OLD MAN. Der dritte aber bewegte sich jetzt nur noch mit einer Geschwindigkeit von einem Kilometer pro Sekunde voran. Der Kurs blieb unverändert. Auch er hatte zweifellos OLD MAN zum Ziel.

Hohle nahm Verbindung zu Rhodan auf und berichtete, was geschehen war. Er bat um neue Anweisungen. Rhodan ließ auch John Marshall zu Wort kommen, der die Handlungsweise der beiden Teleporter zu entschuldigen suchte, wenn er sich auch heimlich über ihre Eigenmächtigkeit ärgerte.

„Seien Sie unbesorgt, John", riet Rhodan. „Die beiden haben Erlaubnis, nach eigenem Ermessen zu handeln, wenn sich keine andere Möglichkeit anbietet. Sie müssen es riskieren, denn vielleicht haben wir jetzt die einzige und letzte Möglichkeit, Kontakt mit einem Zeitpolizisten herzustellen. Er hat die KC-11 angegriffen, zugegeben, aber das muß noch lange nicht bedeuten, daß er keine Verständigung wünscht. Major Runete hat den Fehler begangen, den Golem zu direkt anzufliegen. Seine Absicht kann mißverstanden worden sein. Sie, John, wurden *nicht* angegriffen, weil Major Hohle den direkten Anflug vermied."

„Aber die KC-11 wurde vernichtet."

„Ich kann Sie beruhigen, John. Das Rettungskommando hat vor zwei Minuten bekanntgegeben, daß die Besatzung lebt. Die Korvette selbst allerdings wurde in einen Schrotthaufen verwandelt."

John Marshall atmete erleichtert auf.

„Gott sei Dank! Vor allen Dingen wegen Gucky und Jumpy, meine ich."

„Ich war auch froh", gab Rhodan zu.

Major Hohle fragte:

„Sollen wir den Golem weiter verfolgen, Sir?"

„Ja, nicht aus den Augen lassen. Die beiden Teleporter müssen jederzeit Gelegenheit haben, zurückzuspringen. Und bleiben Sie mit mir in Direktverbindung. Melden Sie jede Einzelheit, auch wenn sie Ihnen unwichtig erscheinen sollte."

„Verstanden, Sir." Hohle deutete auf den Sessel des Kopiloten. „Würden Sie dort Platz nehmen, Mr. Marshall? Vier Augen sehen mehr als zwei. Und ich habe so das Gefühl, als würden wir vier Augen diesmal bitter nötig haben . . ."

In seinen Gliedern spürte Gucky einen ziehenden Schmerz, wie er bei Transitionen üblich war. Er sah Ras neben sich schweben, und um sie herum war ein milchigweißer Schleier. Von dem dunklen Körper des Golems allerdings war nichts zu sehen. Auch die Sterne waren verschwunden.

Da begriff Gucky, daß er im fünfdimensionalen Universum materiell existierte, und zwar im Schutzschirm des Golems. Selbst eine Teleportation war nun unmöglich geworden, und weder er noch Ras konnten etwas dagegen unternehmen, daß der Golem sie mitnahm, wohin immer er auch wollte.

„Hast du auch so Schmerzen?" fragte er Ras. Der Teleporter tastete seine Glieder ab.

„Als wären sie alle gebrochen. Wie nach einer Transition in den alten terranischen Schiffen. Scheußlich. Was nun?"

Gucky sah sich nach allen Seiten um.

„Ich hänge fest. Zwar kann ich mich bewegen, aber ich komme keinen Millimeter voran."

„Ich schwimme wie in einer Brühe. Netter Empfang."

„Ein Test", murmelte Gucky. „Noch haben wir Zeit. Hoffentlich macht John jetzt keinen Unsinn und gerät in Panik. Schließlich leben wir ja noch."

„Fragt sich nur", flüsterte Ras resigniert, „wie lange."

Gucky gab seine nutzlosen Fortbewegungsversuche auf und schickte Gedankenimpulse an den Zeitpolizisten. Er hoffte noch immer, mit dem unheimlichen Wesen in Verbindung treten zu können. In der bloßen Tatsache, daß sie beide noch lebten, glaubte er mit Gewißheit erkennen zu können, daß der Schwingungswächter einige seiner Gedanken empfangen und verstanden hatte.

Ich weiß, daß du mich empfängst und verstehst. Gib Antwort. Wir wollen mit dir sprechen. Wir sind freiwillig zu dir gekommen – und in Frieden. Melde dich!

Ras ahnte, was Gucky tat. Er verhielt sich ruhig, um den Mausbiber in seiner Konzentration nicht zu stören. Er konnte Guckys Gesicht hinter der Scheibe des Raumhelms gut erkennen, und an der Reaktion sah er, daß der Zweitkonditionierte noch nicht geantwortet hatte.

Gucky versuchte es erneut:

Warum hältst du uns gefangen? Wir wollen Kontakt mit dir. Melde dich! Gib uns ein Zeichen!

Keine Reaktion. Noch nicht.

„Entweder hört er nicht, oder er will nicht hören", sagte Gucky laut, damit Ras ihn verstand. „Der bringt es glatt fertig, uns mit in OLD MAN hineinzunehmen. Davon habe ich die Nase voll."

„Wird ihm egal sein", vermutete Ras sarkastisch.

Am Körper selbst verspürten die beiden Teleporter keine Veränderung, als der merkwürdige Schutzschirm des Golems plötzlich erlosch und sie in das normale Universum zurückfielen.

Mit Hilfe ihrer Antigravs landeten sie sanft auf der Außenhülle des Schiffes. Die beiden Mutanten regelten die Schwerkraftfelder ihrer Aggregate so, daß sie sich auf der Hülle des Golems bewegen konnten, ohne in den Raum abgetrieben zu werden. Die Sterne waren auch wieder sichtbar geworden, aber sie funkelten matt, als stünden sie hinter einer dichten Atmosphäre. Es war der milchige Schirm, der nur für wenige Sekunden erloschen war, um sie durchzulassen.

„Das ist die Antwort", sagte Ras. „Wir sind da."
Gucky sah sich um.
Die riesige und unebene Oberfläche erinnerte an die eines Asteroiden, aber er wußte, daß es kein Asteroid war.
Sie waren auf der Hülle eines organischen Raumschiffs gelandet.

26.

Tro Khon war zufrieden. In den vergangenen Tagen hatte er sich intensiv mit den Einrichtungen OLD MANS vertraut gemacht. Als er sicher war, den Riesenroboter zu beherrschen, hatte er sich dazu entschlossen, Verstärkung herbeizurufen.
Er alarmierte die anderen Zeitpolizisten und gab ihnen die Position. Da er OLD MAN zuerst entdeckt und allein erobert hatte, würde er nach dem Gesetz der Kommandant sein.
Nach einem Rundgang durch die Abwehrstation, wo er sich von der Einsatzbereitschaft der robotgesteuerten Steuerzentrale überzeugte, kehrte er in den Hauptfunkraum zurück und überwachte die einfallenden Impulse. Die anderen Zweitkonditionierten mußten sich jeden Augenblick melden.
Die vierzigtausend Einheiten der Zeitverbrecher verhielten sich passiv. Ihr Glück, dachte Tro Khon grimmig, der die schriftliche Botschaft gefunden und verstanden hatte, die Tronar Woolver zurückgelassen hatte. Sie fühlen sich unschuldig, aber ihr Gewissen ist trotzdem nicht rein.
Die beiden anfliegenden Schwingungswächter meldeten sich und berichteten von der Vernichtung eines terranischen Kleinschiffes, das den Dolan von Aser Kin angegriffen hatte. Die Begegnung mit einem zweiten Schiff gleicher Art stünde unmittelbar bevor.
Tro Khon gab den beiden Zeitpolizisten den Auftrag, auf der Robotfestung zu landen. Zu diesem Zweck sollte der grüne HÜ-Schirm ausgeschaltet werden.
Dann versuchte er die Kontaktaufnahme mit Aser Kin.
Sie gelang überraschend schnell.
„Ich begrüße Sie, Tro Khon, und beglückwünsche Sie zu Ihrem

Erfolg. Empfangen Sie unsere Freunde. Ich komme später nach. Sie werden verstehen, daß ich noch etwas zu erledigen habe."

„Sie haben ein Schiff der Zeitverbrecher vernichtet, Aser Kin. Was ist mit dem zweiten Angreifer?"

„Er greift nicht an. Das Schiff ist weitergeflogen, hat aber zwei Intelligenzen auf der Hülle meines Dolan zurückgelassen. Mein Exekutor Nr. 6 gestattete die Landung zu meiner Überraschung. Ich habe ihn zur Rechenschaft ziehen wollen, aber mir wurde erklärt, daß eine Kontaktaufnahme vorteilhaft wäre."

„Sie ist von Vorteil", stimmte auch Tro Khon zu. „Aber es ist Vorsicht geboten. Die Zeitverbrecher sind gefährlich und unberechenbar. Sie behaupten natürlich, daß sie des Zeitverbrechens nicht schuldig seien."

„Sie werden es niemals zugeben. Einer meiner Besucher gehört einem fremden Volk an. Ich werde ihn und den Terraner testen und dann durch meinen Dolan vernichten lassen."

„Sie werden mir das Ergebnis mitteilen, sobald Sie bei mir eintreffen."

„Wie Sie anordnen, Kommandant Tro Khon", pflichtete Aser Kin bei.

„Es funktioniert noch immer nicht", murmelte Gucky verstört. „Man kann keinen Schritt teleportieren. Ich wundere mich, daß die Telepathie noch nicht ausfällt. Ich empfange deine Gedanken klar."

„Sehr beruhigend", knurrte Ras. „Und wie kommen wir nun in das Raumschiff hinein? Wenn es mit Teleportation nicht geht, muß uns etwas anderes einfallen."

„Die Gliederschmerzen sind schlimmer geworden. Ich fürchte, das sind Alterserscheinungen."

„Unsinn! Eine Folge unserer Materialisation im fünfdimensionalen Raum. Das vergeht wieder."

„Hoffentlich! So, und jetzt versuche ich es noch einmal."

Gucky konzentrierte sich auf den unbekannten Schwingungswächter und dachte:

Danke für die Antwort, aber sie hilft uns nicht viel. Öffne dein Schiff, damit wir zu dir gelangen können. Wir empfangen Impulse, aber wir können sie nicht verstehen.

Lange Zeit geschah nichts.

Ras und Gucky konnten sich auf der seltsamen Organhülle unbehindert bewegen. Es gab winzige Krater und Auswüchse, die aber keinem bestimmten Zweck zu dienen schienen. Schwache Gedankenimpulse drangen in das Gehirn des Mausbibers, aber sie blieben unverständlich. Sie konnten auf keinen Fall von dem hochintelligenten Schwingungswächter stammen, höchstens von seinem organischen Schiff. Sie gaben Stimmungen und Gefühle undeutlich wieder, aber keine klaren Gedanken.

„Der Zeitonkel gibt keine Antwort, wohl aber sein Schiff", sagte Gucky, als sie den ‚Nordpol' der Kugel überquert hatten. „Ob es sich mit mir unterhalten will?"

„Keine Ahnung. Ich bin kein Telepath. Ich empfange überhaupt nichts."

Gucky setzte sich, um sich auf die unbestimmbaren Impulse besser konzentrieren zu können. Im Augenblick gab es ohnehin nichts anderes zu tun, denn der milchige Schutzschirm war geschlossen und ließ sie nicht in den Raum zurück. Praktisch waren sie von Rhodan und allen anderen Schiffen abgeschnitten. Es gab auch keinen Funkverkehr nach ›draußen‹ mehr. Innerhalb des Schutzschirmes hingegen funktionierte der Helmfunk einwandfrei und ermöglichte es den beiden Mutanten, untereinander in Kontakt zu bleiben.

Die Stimmungen und Gefühle wurden deutlicher. Das unbekannte Wesen, das organische Schiff also, verspürte Hunger. Das war ziemlich eindeutig.

„Armes Luder", sagte Gucky mitleidig. „Es hat Hunger. Sein Herr hat wohl das Auftanken vergessen . . ."

Aber nach einer Weile verging ihm das Scherzen. Zwar kamen die Hungerimpulse noch immer, aber sie waren etwas deutlicher und bestimmbarer geworden. Gucky bekam heraus, auf wen sich diese Hungergefühle konzentrierten.

Auf ihn nämlich. Das Schiff wollte ihn fressen.

Mit einem Schlag wurde Gucky hellwach und munter. Er als Treibstoff für das Schiff eines Schwingungswächters? Das war doch nun wohl das allerletzte!

„Ras, entweder wir müssen weg, oder es geschieht endlich etwas Vernünftiges. Jemand benötigt Protein. Und da wir zum großen Teil aus diesem Zeug bestehen, will man uns zu sich nehmen – ich meine als Nahrung."

Ras sah den Mausbiber verdutzt an.

„Uns will jemand fressen? Der Golem vielleicht?"
„Genau der. Und zwar mit Haut und Schutzanzug."
„Irrtum ausgeschlossen?"
„Ausgeschlossen." Gucky stand wieder auf und begann erneut seinen Rundgang. Ras begleitete ihn. „Wir müssen etwas unternehmen."
Aber vorerst war es nur die Wut auf das unbekannte Lebewesen, die ihn konzentrierter und angestrengter espern ließ. Er schickte starke Gedankenimpulsbündel gegen das schwarze Schiff und verlangte Aufklärung darüber, wie man sich den Umgang mit einem Unterhändler vorstelle.
Zu seiner Verblüffung erhielt er diesmal eine vernünftige Antwort.
Sie kam von Exekutor Nr. 4, der für die Verständigung verantwortlich war. Exekutor Nr. 4 teilte mit:
„Der Dolan ist in seiner Denkweise äußerst primitiv und für einen Kontakt ungeeignet und auch nicht zuständig. Ich bin Bewußtseinsinhalt Vier. Wer sind Sie, und was wollen Sie von Aser Kin, dem Schwingungswächter?"
Es dauerte einige Sekunden, bis Gucky sich von seiner Überraschung erholt hatte. Dann strahlte er aus:
„Man will uns fressen. Ist das Ihr sogenannter Dolan?"
„Achten Sie nicht auf ihn. Was wollen Sie von Aser Kin?"
„Mit ihm reden, mehr nicht. Lassen Sie uns zu ihm."
„Sobald ich mit den anderen Exekutoren gesprochen und wir uns beraten haben, wird Ihnen unser Entschluß mitgeteilt."
„Und was ist mit Aser Kin? Hat der nichts zu melden?"
Die Antwort war eindeutig genug:
„Der Schwingungswächter kümmert sich persönlich nur um Probleme von Bedeutung, nicht um Nebensächlichkeiten."
Dann wurde der Kontakt unterbrochen.
„Wir sind also Nebensächlichkeiten", fauchte Gucky wütend, als er Ras berichtet hatte. „Der Herr Zeitpolizist hat seine Exekutoren, die das erledigen. Ach ja, Bewußtseinsinhalt Nr. 4 nannte sich das Wesen, mit dem ich sprach. Komisch. Wirst du daraus klug?"
„Noch nicht", gab Ras zu. „Aber ich beginne allmählich zu begreifen. Dieser Dolan oder Golem, wie wir ihn bisher nannten, ist nur eine organische und schwach denkende Hülle. Sie beherbergt nicht nur den Schwingungswächter, sondern auch Exekutoren. Sie scheinen die wahren Intelligenzen des Schiffes zu sein. Sie beherrschen es.

Und über allen steht Aser Kin und fällt lediglich Entscheidungen, die ihm wichtig erscheinen."

„Vielleicht werden wir auch bald wichtig genug sein", hoffte Gucky.

Ein paar Minuten vergingen, ohne daß sich Exekutor Nr. 4 meldete.

Und dann entstand plötzlich vor den Füßen der Teleporter ein klaffender Spalt in der schwarzen Hülle . . .

Aser Kin konnte sein Befremden nicht verhehlen, als Exekutor Nr. 4 bekanntgab, daß er die Fremden, die auf dem Dolan gelandet waren, ins Schiff lassen würde. Er hatte damit gerechnet, daß man die Abgesandten der Zeitverbrecher auch außerhalb des Dolans verhören könne. Später, wenn sie wehrlos gemacht worden waren, konnte man sie noch immer ins Schiff holen.

„Seien Sie vorsichtig, Exekutor Nr. 4", warnte er. „Die Fremden sind gefährlich."

„Exekutor Nr. 7 hat ihren Gedankeninhalt analysiert", beruhigte Exekutor Nr. 4 seinen Herrn und Meister. „Sie hegen keine feindseligen Absichten – wenigstens vorerst nicht. Sobald sich das ändert, werden wir die entsprechenden Maßnahmen ergreifen. Der Dolan freut sich schon auf die Mahlzeit."

Aser Kin blieb mißtrauisch, und fast gegen seinen Willen erteilte er Exekutor Nr. 3 den Auftrag, die Fremden ins Schiff zu lassen.

Der Spalt entstand, und Gucky sowie Ras sahen das als Einladung an, den Dolan zu betreten. Sie taten es schnell, denn sie mußten befürchten, daß Aser Kin seine Meinung wieder änderte. Einmal im Innern des primitiven Lebewesens, stellten beide Mutanten sofort fest, daß ihre Teleporterfähigkeiten wieder wirksam wurden. Der geheimnisvolle Abwehrschirm war hier im Innern der Hülle nicht mehr wirksam.

Zum Erstaunen Guckys war es in dem synthetischen Raumschiff nicht dunkel. Die Beleuchtung war indirekt und kam von überall, aus der Decke, den Wänden und aus dem Boden.

„Ich empfange Gedankenimpulse", flüsterte Gucky und sah sich nach allen Seiten um, konnte aber niemanden entdecken. „Sehr deutliche sogar, und sie stammen von verschiedenen Gehirnen. Ob das Schiff eine Besatzung hat?"

„Die sogenannten Exekutoren“, erinnerte ihn Ras. „Sie denken, das ist nur natürlich. Aber wer sind sie? Wie sehen sie aus? Versuche, Kontakt mit ihnen aufzunehmen.“

„Das tue ich schon die ganze Zeit, aber sie geben keine Antwort. Ich verstehe auch nicht, was sie mir mitteilen wollen. Es sind mindestens fünf oder sechs. Wenn nicht noch mehr.“

„Es müssen mindestens vier sein, Gucky. Du hast mit einem Exekutor Nr. 4 gesprochen.“

Die Teleporter hüteten sich, die Helme ihrer Kampfanzüge zu öffnen, obwohl die Meßinstrumente eine atembare Atmosphäre anzeigten. Das aber konnte sich von einer Sekunde zur anderen ändern. Der Luftvorrat erschöpfte sich in den Anzügen nicht so schnell.

Sie gingen vorsichtig den Gang entlang, der sich vor ihnen auftat. Ihre Schritte verursachten kein Geräusch, denn so hart das Material, auf dem sie gingen, auch war, es verschluckte alle Schallwellen sofort.

Es war ein eigenartiges Gefühl, das die beiden Teleporter beschlich. Sie hielten sich schließlich nicht in einem gewöhnlichen Raumschiff auf, sondern praktisch im Innern eines Lebewesens, das wiederum von anderen Intelligenzen beherrscht wurde, die ihrerseits dem Befehl eines weiteren Wesens untergeordnet waren. Eine recht komplizierte Angelegenheit, aber das Universum war voller Wunder und unbegreiflicher Lebensformen. Und keine von ihnen existierte ohne Grund.

„Hier zweigt ein Nebengang ab“, sagte Ras, der ein Stück vorausgegangen war. „Nehmen wir ihn?“

„Solange sich niemand meldet, um mit uns zu sprechen, fühle ich mich dazu berechtigt, mir das Schiff anzusehen. Vielleicht läßt man uns extra Zeit dazu. Also weiter . . .“

Der Gang endete in einer Halle, die voller Maschinen stand. Alle diese Maschinen schienen fest mit dem Boden verankert zu sein und standen auf diamantharten Unterlagen. Ein leises Summen erfüllte den Raum. Der Boden vibrierte unter den Füßen der Mutanten. Das Schiff lebte – es lebte ihm wahrsten Sinne des Wortes. Hier in der Maschinenhalle wurden die Nervenfasern des Dolans mit Energie gespeist. Welcher Art diese Energie war und wie sie erzeugt wurde, das begriffen weder Gucky noch Ras. Sie war vorhanden – das war alles, was sie erkannten.

Ein Dolan in der Hand terranischer Wissenschaftler . . .!

Aber das würde wohl für immer nur ein Wunschtraum bleiben. Niemals würde sich ein Schwingungswächter freiwillig in Gefangenschaft begeben.

Gucky erschrak, als die Gedankenmuster an Intensität zunahmen. Sie strömten auf ihn ein, als wären sie gezielt. Aber sie ergaben keinen Zusammenhang. Es war, als hätten die Unbekannten ihre Impulse verschlüsselt.

„Sie wollen uns etwas mitteilen", vermutete er. „Vielleicht eine Nachricht, Aser Kin betreffend. Aber warum tun sie das nicht im Klartext, wie es sich gehört? Ich verstehe das nicht."

„Wieder Impulse?"

„Jede Menge. Sie kommen aus allen Richtungen, und es sind in der Tat insgesamt sieben. Also gibt es sieben Exekutoren. Bewußtseinsinhalte oder Bewußtseinswächter nennen sie sich auch. Was soll das heißen, Ras?"

Der Afrikaner zuckte die Schultern.

„Keine Ahnung. Wir werden es vielleicht bald wissen."

Gucky überlegte einen Augenblick, dann sagte er:

„Ich habe keine Lust, hier stundenlang planlos herumzuirren. Aser Kin hat uns ins Schiff gelassen, also will er uns anhören – oder er will etwas von uns. Ich kann dieses . . ." Fast hätte er ›Biest‹ gesagt, aber er entsann sich der Lehre, die er seinem Sohn erteilt hatte. Er wollte nicht den gleichen Fehler begehen, obwohl er allen Grund dazu hatte, den Dolan nicht besonders zu lieben. Wer liebt schon jemand, der ihn fressen will? „Ich kann den Appetit dieses Dolans nicht vergessen. Er wollte uns fressen."

„Vielleicht will er das noch immer, Gucky. Vielleicht sind es die Exekutoren und Aser Kin, die das verhindern."

„Wäre ein netter Zug von ihnen", kicherte Gucky und ging zur anderen Seite der Maschinenhalle, wo er auch prompt einen Ausweg entdeckte. „Sehen wir uns weiter um."

Sie passierten noch mehrere Räume und erreichten einen Lift. Es war ein richtiger und funktionierender Lift, der auf Antigravfeldern nach oben führte. Sie benutzten ihn, obwohl sie leicht auch hätten teleportieren können.

Die obere Etage unterschied sich kaum von der unteren, lediglich fehlten die Maschinenräume. Dafür gab es ein Observatorium, das erstklassig eingerichtet war. Ras interessierte sich für das Material, das auf keinen Fall Stahl oder Terkonit war. Auch kein Arkonit und kein Eisen. Das Material war völlig unbekannt.

Es gab nicht viel zu beobachten, denn der eigenartige Milchschirm des Dolans behinderte die Sicht. Die Sterne standen wie hinter einem Schleier. Selbst die rote Riesensonne Navo-Nord schimmerte nun rosa und äußerst schwach.

„Mieses Observatorium", meckerte Gucky enttäuscht.

„Ich fürchte, da hast du unrecht, Kleiner. Im freien Raum und ohne den störenden Schutzschirm hat man von hier aus ungeahnte Möglichkeiten. Ich verstehe ein wenig davon. Die Vergrößerung ist unwahrscheinlich. Das erkenne ich an Navo-Nord. Mit dem Teleskop kann man sogar die einzelnen Sterne der Milchstraße unterscheiden. Würde mich nicht wundern, wenn man damit die Sonne auffände."

Gucky knurrte etwas Unverständliches vor sich hin, dann schien er jedes Interesse an dem Wunderwerk der Technik verloren zu haben.

„Weiter! Ich will diesen Aser Kin kennenlernen und ihm die Leviten lesen."

Ras unterdrückte die Antwort, die ihm auf der Zunge lag. Der gute Gucky würde noch früh genug erfahren, daß es Intelligenzen gab, die ihm überlegen waren.

Sie durchstreiften die obere Etage, fanden aber keinen Lift mehr, obwohl sich Gucky genau erinnern konnte, vorher einen gesehen zu haben.

„Der ist verschwunden, einfach verschwunden", stellte er erschrocken fest. „Und ich könnte wetten, daß er vor zehn Minuten noch da war."

Ras hatte ein ausdrucksloses Gesicht aufgesetzt.

„Möglich, Gucky. Wir müssen damit rechnen, daß der Dolan seinen Schiffskörper jederzeit und nach Belieben verformen kann. Er hat die Gänge gebildet. Er erzeugt die Energie. Er kann auch alles, wenn es sein muß, wieder verschwinden lassen."

Ratlos stand Gucky vor der glatten Wand.

„Wir werden teleportieren müssen, fürchte ich."

„Dann geben wir das Geheimnis unserer Fähigkeiten preis", machte Ras ihn aufmerksam. „Bis jetzt weiß Aser Kin nur, daß du Telepath bist. Wir sollten uns das gut überlegen."

„Ich will nach oben, wo der Kerl steckt! Deine Hand, Ras . . ."

Ras wußte, daß man Gucky nicht so leicht von einem einmal

gefaßten Entschluß abbringen konnte. Er gab dem Mausbiber die Hand. Sekunden später materialisierten sie auf einer noch höher gelegenen Etage.

In diesem Augenblick registrierte Aser Kin, daß er die beiden Besucher unterschätzt hatte.

Er leitete sofort seine Gegenmaßnahmen ein.

„Die beiden sind Teleporter! Warum ist das nicht früher erkannt worden, Exekutor Sieben?"

„Ich habe die Analyse vorgenommen, aber nur bei einem der Wesen Telepathie festgestellt. Es wurde kein Versuch zur Teleportation unternommen."

„Keine Entschuldigungen, Exekutor Sieben!" sagte Aser Kin scharf. „Das war ein Fehler. Nun haben wir zwei Teleporter im Schiff. Sie können nicht entkommen . . ."

„Sie wollten mit ihnen sprechen", erinnerte ihn Exekutor Nr. 7 an die ursprüngliche Absicht. „Soll ich dafür sorgen, daß sie zu Ihnen gebracht werden?"

„Nein! Ich werde sie aufsuchen. Aber erst dann, wenn sie hilflos sind und in der Falle sitzen."

Exekutor Nr. 6 schaltete sich ein.

„Noch kein Vernichtungsbefehl?" erkundigte er sich.

„Wir warten noch", erwiderte Aser Kin, der von Zweifeln geplagt wurde. Am liebsten hätte er Tro Khon um Rat gefragt, aber er wollte sich keine Blöße geben. „Aber unternehmen Sie alles, die Teleporter einzukesseln und ohne Schaden einzufangen. Ich benötige sie heil, aber ungefährlich."

Die entsprechenden Maßnahmen werden sofort eingeleitet", versprach Exekutor Nr. 5 übereifrig.

Aser Kin hockte in dem riesigen Sessel, der seine massige Gestalt bequem aufnahm. Er starrte auf die Bildschirme, die trotz des noch bestehenden Milchschirms klar und deutlich blieben. OLD MAN, das Ziel des Dolans, war als winziger, leuchtender Punkt zwischen den Sternen zu erkennen. Er leuchtete grünlich. Die Schiffe der Terraner bewegten sich in der ursprünglichen Formation, ohne den Kurs zu ändern.

Gucky spürte es, als die Jagd begann.

Er packte Ras' Hand und sprang eine Etage tiefer. Auf einmal waren wieder die Hungerimpulse des Dolan da. Das Lebewesen mußte einen unheimlichen Appetit haben und an nichts anderes mehr als an die willkommenen Leckerbissen denken. Die Impulse wurden so gierig und stark, daß Gucky ein wenig Angst bekam.

Der Gang, in dem sie standen, verengte sich plötzlich. Es war, als wollten die Wände sie erdrücken, aber dann, in letzter Sekunde, wichen sie wieder zurück. Es hatte den Anschein, als wolle Aser Kin sie nur erschrecken, ihnen aber keinen Schaden zufügen.

Sie teleportierten weiter nach unten. Vielleicht wurde es besser, wenn sie sich weiter von der Kommandozentrale entfernten.

Im Maschinenraum fühlte Gucky sich sicherer.

Er versuchte abermals, Kontakt zu erhalten.

Aser Kin, warum wollen Sie nicht, daß wir zu Ihnen kommen? Sie haben eine Aufgabe zu erfüllen, wir aber auch. Es ist unsere Aufgabe, mit Ihnen zu reden, Sie von der Unschuld der Terraner zu überzeugen. Es waren die Meister der Insel, die damals das Zeitverbrechen verübten. Glauben Sie uns. Sie begehen einen schrecklichen Fehler, wenn Sie uns nicht glauben. Hören Sie auf mich, Aser Kin. Vertrauen Sie uns!

Gucky war überrascht, als ihn sofort eine telepathische Botschaft erreichte. Sie lautete:

„Hier spricht Exekutor Nr. 6, verantwortlich für die Abwehr. Sie werden Aser Kin erst dann gegenübertreten können, wenn Sie Ihre besonderen Fähigkeiten verloren haben. Geben Sie freiwillig auf?"

„Was sollen wir aufgeben?"

„Sie sind Telepath und Teleporter. Verzichten Sie auf diese beiden Fähigkeiten; Sie benötigen sie nicht mehr."

Gucky bemühte sich, ruhig zu bleiben.

„Wie sollen wir darauf verzichten – in Ihrem Sinne? Wir müßten einen Teil unseres Gehirns zerstören, um nicht mehr teleportieren zu können. Aber ich verspreche Ihnen, daß wir *vergessen*, daß wir teleportieren können. Genügt Ihnen das?"

„Sie erwähnten die Zerstörung eines Teils Ihres Gehirns. Das ist die einzige akzeptable Lösung. Ich werde Exekutor Drei Anweisung geben, die entsprechende Anlage zu schaffen und . . ."

„Aufhören!" rief Gucky schrill und aufgebracht. „Sie nehmen doch nicht im Ernst an, daß wir uns operieren lassen? Sagen Sie

Ihrem Aser Kin, er habe den Verstand verloren. Ich will mit ihm reden, das ist alles."

Für Sekunden war es ruhig, und keine Impulse kamen. Wie es schien, dachte Exekutor Nr. 6 angestrengt nach. Er schien zu keinem Ergebnis gelangt zu sein und fragte auch nicht weiter.

„Dann werden wir Sie so unschädlich machen. Sie können ohne unsere Einwilligung das Schiff nicht verlassen."

Jetzt war Ras es endgültig leid. Kaum hatte Gucky die telepathische Antwort laut wiederholt, da zog er den Strahler aus dem Gürtel und richtete ihn gegen einen Maschinenblock.

„Wir werden die Einrichtung demolieren", drohte er.

„Das dauert zu lange", entgegnete Gucky nach einigen Sekunden. „Uns muß etwas Besseres einfallen. Gehirnoperation . . .! Die sind wohl übergeschnappt!"

Sie teleportierten ein Stück weiter, aber Exekutor Nr. 6 verlor sie nicht aus den sensorischen Augen.

„Flucht ist sinnlos. Tun Sie freiwillig, was ich von Ihnen verlange, oder wir wenden Gewalt an."

Diesmal antwortete Gucky nicht. Er sagte zu Ras:

„Wir müssen Aser Kin selbst finden. Alles andere scheint Unsinn zu sein. Irgendwo muß er ja stecken, und dann werden wir ihm sagen, was wir von diesem Blödsinn halten."

Nach dem dritten Sprung änderte sich die Art der Verfolgung. Statt harmloser Schreckmanöver wurde es ernst. Der Dolan produzierte faustgroße Insekten, die auf beide Teleporter losgingen. Dauernde Sprünge halfen auch nicht, denn die synthetischen Lebewesen waren überall im ganzen Schiff, wo immer Gucky und Ras auch auftauchten. Sie wehrten sich mit ihren Strahlern, aber wenn sie eins der kleinen Ungeheuer erledigt hatten, tauchte sofort ein neues auf.

Die beiden Mutanten mußten zu allem Überdruß auch feststellen, daß die Energieaggregate ihrer Anzüge blockiert waren. Die Exekutoren besaßen offensichtlich die Möglichkeit, den Energiefluß ihrer Anzugsaggregate zu unterbrechen. Somit waren sie nicht mehr in der Lage, Schutzschirme zu errichten. Lediglich die Sauerstoffversorgung und die Notsender ihrer Helmfunkgeräte funktionierten noch. Diese wurden mit batteriebetriebenen Notaggregaten betrieben, die offensichtlich nicht blockiert werden konnten.

Nur die Teleportation rettete sie immer wieder.

Als Aser Kin die Zwecklosigkeit seines Unterfangens einsah,

erteilte er allen Exekutoren und dem Dolan den Vernichtungsbefehl.

Außerdem bereitete er sich auf sein persönliches Eingreifen vor.

Wenn schon die Hautstücke, aus dem Körper des Dolan losgelöst und von Exekutor Nr. 6 gesteuert, nicht halfen, mußte es andere und wirkungsvollere Mittel geben . . .

27.

„Der Dolan will uns mit aller Gewalt fressen", gab Gucky bekannt, der die intensiven Stimmungsimpulse des primitiven Lebewesens empfing. „Er macht nun Ernst. Los, suchen wir Aser Kin."

Ras versuchte noch einmal, die Außenhülle des Dolan mit einem Teleportersprung zu durchdringen, aber er wurde erbarmungslos zurückgeschleudert. Die fünfdimensionale Strahlung ließ ihn nicht durch.

Der feste Fußboden des Korridors wurde plötzlich weich und elastisch. Riesige Schlünde entstanden, und nur blitzschnelle Sprünge retteten die Mutanten davor, verschlungen zu werden. Aber auf die Dauer kostete das Teleportieren über gezielte Strecken Kraft und Nerven.

Als die Kräfte der beiden erlahmten, griff Aser Kin ein.

Er hatte die Jagd über seine Bildschirme verfolgt und die Eindringlinge niemals aus den Augen verloren. Sie konnten nicht entkommen, und es war nur eine Frage der Zeit, bis sie die sinnlose Flucht aufgaben.

Aser Kin verließ seine Kommandozentrale und durcheilte die Gänge der oberen Etage. Dabei stand er in ständiger Verbindung mit dem Symposium der sieben Exekutoren, das ihn über den Verlauf der Dinge unterrichtete. Er wußte stets, wo sich die Teleporter aufhielten.

Er begegnete ihnen im Antriebsraum.

Guckys erster Impuls war, so schnell wie möglich zu verschwinden, aber dann unterdrückte er diesen dringenden Wunsch. Er entsann sich, warum er hier war. Der Gigant, der da so plötzlich aufgetaucht war, mußte Aser Kin sein – der Zweitkonditionierte, den sie suchten und mit dem sie sprechen wollten.

Auch Ras verhielt sich abwartend, zumal die Verformungen aufgehört hatten.

„Aser Kin . . .?“ fragte Gucky.

Es dauerte einige Augenblicke, dann gab der Zeitwächter in bestem Interkosmo zur Antwort:

„Der bin ich. Sie kennen meine Aufgabe. Warum wollen Sie sich der verdienten Bestrafung entziehen?“

Ras sagte:

„Wir sind des uns zur Last gelegten Zeitverbrechens unschuldig. Im Andromedanebel wurden wir von den dortigen Herrschern in eine Zeitfalle gelockt und in die Vergangenheit geschleudert. Es war nicht unsere Schuld, wenn sich dadurch Verschiebungen ergaben. Und die Meister der Insel, die verantwortlich waren, existieren nicht mehr. Sie sind tot.“

Aser Kins Gesichtsausdruck veränderte sich nicht.

„Das zu entscheiden ist nicht Ihre Sache. Was die Erste Schwingungsmacht bestimmt, hat zu geschehen. Und er hat die Bestrafung angeordnet. Und nun werde ich Sie töten lassen.“

Gucky trat vor.

„Ich gehöre nicht zum Volk der Terraner, Aser Kin. Warum soll ich auch sterben? Versteht ihr das unter Gerechtigkeit?“

„Sie sind ihr Verbündeter. Sie waren an dem Zeitverbrechen beteiligt. Also haben Sie auch die Folgen zu tragen. Ihre Mission als Unterhändler ist beendet. Flüchten Sie, wenn Sie können. Aber Sie können nicht flüchten. Mein Dolan ist hungrig . . .“

Gucky und Ras teleportierten, bevor die gefräßige Decke sich herabwölben und sie verschlucken konnte.

In einem anderen Sektor des organischen Schiffes materialisierten sie. Bis das Symposium reagierte, waren sie hier sicher.

„Mit Aser Kin ist nicht zu reden“, schnaubte Gucky wütend. „Er ist größenwahnsinnig und von seiner Aufgabe wie besessen. Und raus kommen wir hier auch nicht.“

„Wir sind hereingekommen. Vielleicht finden wir auch hinaus.“

„Man hat uns hereingelassen“, verbesserte Gucky. „Das ist ein

Unterschied." Er schwieg plötzlich und lauschte. „Komisch, ich empfange plötzlich eigenartige Gedankenmuster. Sie sind nicht deutlich. Es sind eher Stimmungsmuster. Sie kommen ganz aus der Nähe. Ob es noch andere Lebewesen als den Dolan und die Exekutoren gibt?"

„Können wir nachforschen?"

„Wenn uns Zeit bleibt – ja. Ich peile die Quelle an."

Bevor Gucky jedoch zu einem Ergebnis gelangte, wurden sie erneut gestört. Ein Schwarm der bereits bekannten Stechinsekten tauchte auf und stürzte sich auf sie. Die Teleporter brachten sich rechtzeitig in Sicherheit.

„Jetzt wird's schwieriger", schimpfte der Ilt verzweifelt. „Wie soll man in Ruhe peilen, wenn man dauernd gestört wird!"

Aber diesmal gelang es ihm.

Sie standen in einem Raum, in dem die fünfdimensionale Strahlung nicht mehr wirksam war. Gucky spürte das sofort und fühlte seine Kräfte zurückkehren. Von der Decke herab kam ein undeutliches Dämmerlicht. Es erleuchtete den Raum genügend, um Einzelheiten erkennen zu lassen.

Auf der einen Seite waren sieben Nischen im Boden eingelassen. In jeder der sieben Nischen lag ein Körper.

Es waren keine menschlichen Körper, sondern die der verschiedenartigsten Lebewesen. Es war das erstemal, daß Gucky solche Körper zu Gesicht bekam, und Ras erging es nicht anders.

„Was ist das?" hauchte der Afrikaner befremdet.

„Die Impulse stammen von ihnen. Sie leben also noch. Aber sie vermögen nicht mehr zu denken. Sie strahlen nur Stimmungen aus. Keine fröhlichen und guten, Ras. Sie fühlen wie zum Tode Verurteilte."

Aser Kins Gedankenbotschaft kam so stark, daß Gucky sie nicht ignorieren konnte.

„Verlaßt sofort den Raum", lautete der Befehl. „Ihr werdet unter den schrecklichsten Qualen sterben, wenn ihr es nicht tut!"

Gucky antwortete nicht, sondern teilte Ras mit, was der Schwingungswächter befohlen hatte. Ras bekam schmale Lippen, dann meinte er:

„Der Raum ist also wichtig, sehr wichtig sogar. Vielleicht wäre es gut, wenn wir blieben. Wir werden dann ja sehen, was geschieht."

„Meine Meinung, Ras. Wir bleiben."
Aser Kin mahnte noch zweimal, dann blieben die Impulse aus. Entweder hatte er es aufgegeben, oder seine Gegenmaßnahmen liefen bereits an.
„Die Körper müssen für Aser Kin von äußerster Wichtigkeit sein", vermutete Ras. „Sonst würde er nicht so großen Wert darauf legen, daß wir diesen Raum verlassen. Vielleicht können wir daraus einen Nutzen ziehen."
Gucky nickte grimmig.
„Daran habe ich auch schon gedacht. Was wird wohl passieren, wenn wir ihm mit der Vernichtung der sieben Körper drohen?"
Obwohl Gucky diese Worte nur zu Ras gedacht hatte, wurden sie gehört. Das Symposium der sieben Exekutoren hatte seine Wahrnehmungsorgane überall. Als es von der angedrohten Vernichtung der eigenen Körper hörte, wäre es fast in Panikstimmung verfallen. Auf der anderen Seite wußte es, daß die Teleporter in der Ruhehalle der Körper vor jedem Angriff sicher waren.
Exekutor Nr. 3 nahm Kontakt mit Aser Kin auf.
„Die Eindringlinge drohen mit der Vernichtung unserer Körper, Aser Kin. Das würde bedeuten, daß wir niemals mehr frei sein können, auch wenn Sie uns die Freiheit schenken. Wir müssen den Angriff auf sie einstellen."
„Die Teleporter müssen vernichtet werden!" tobte Aser Kin, sich nur mühsam beherrschend. „Es ist nicht meine Schuld, daß die Teleporter eindringen konnten. Ich befahl ihre Unschädlichmachung, bevor sie eingelassen werden sollten. Wenn jemand versagte, dann waren Sie es, die Exekutoren. Es bleibt dabei: Die Fremden sind zu vernichten."
„Und wenn dabei unsere Körper gefährdet werden?"
„Wenn sie vernichtet werden, besorge ich neue. Die äußere Form spielt keine Rolle, wenn es um die Freiheit geht. Ist nun endlich Schluß mit der Fragerei?"
„Geben Sie Erlaubnis, daß wir vorher mit den Eindringlingen sprechen? Wir könnten sie täuschen."
„Nur eine Gelegenheit kann ich gestatten. Dann ist die Vernichtungsaktion unverzüglich einzuleiten. Kontakt beendet."
Aser Kin lehnte sich zurück. Er saß wieder in seinem Kommandosessel und beobachtete die Bildschirme. Zum erstenmal in seiner Praxis als Schwingungswächter erlebte er so etwas wie eine Palastre-

volution. Die Exekutoren zögerten, seinen Befehl auszuführen. Aser Kin verspürte eine geringe Unsicherheit, mit der er fertig werden mußte. Wenn die Exekutoren diese Unsicherheit erfaßten, büßte er einen Teil seiner absoluten Autorität ein. Der Dolan selbst war verläßlich, aber er hing völlig von den Reaktionen der Exekutoren ab.

„Ich werde ein Exempel statuieren müssen“, sagte Aser Kin zu sich selbst und hoffte, daß er es auch würde tun können.

Es war Exekutor Nr. 3, der mit Erlaubnis von Aser Kin und Exekutor Nr. 4 Kontakt zu Gucky aufnahm. Sein Körper lag in der dritten Nische. Nur zum Teil konnte Exekutor Nr. 3 sein Bewußtsein in den ruhenden Körper zurückkehren lassen, aber er hielt den direkten Kontakt für richtiger, als würde er das Symposium dazu benützen.

Gucky spürte die dringenden Impulse, die nach ersten Versuchen deutlicher wurden.

„Sie stehen vor mir, und Sie verstehen mich, weil Sie Telepath sind. Ich will mit Ihnen verhandeln.“

Gucky starrte auf den Körper in der dritten Nische, den er sofort als Ausgangspunkt der Impulse anpeilen konnte. Es war ein merkwürdiger Körper, der an eine durchscheinende und halbtransparente irdische Qualle erinnerte. Er lag in einer farblosen Flüssigkeit, pulsierte leicht und war nicht viel größer als ein Kürbis. Er sah unscheinbar aus, hilflos und schwach. Aber die Gedankenimpulse, die von ihm ausgingen, waren stark und deutlich.

„Wir wollen mit Aser Kin verhandeln“, sagte Gucky. „Er hat zu entscheiden. Wer sind Sie?“

„Ich bin Exekutor Drei. Ich bin verantwortlich für die Betriebstechnik.“

„Sie ließen uns herein?“

„Ja, das war ich. Und Sie wünschen nun zu wissen, warum ich es tat? Um den Kontakt herzustellen. Es war auch Aser Kins Wunsch, nur wollte er die vorherige Unschädlichmachung.“

Gucky deutete auf die anderen Nischen.

„Das sind die anderen Exekutoren? Warum wurde das Bewußtsein vom Körper getrennt?“

„Weil der Geist allein intensiver und genauer arbeiten kann. Der Körper behindert ihn und verursacht Störungen.“

„Also sieben Körper und sieben Exekutoren, die wiederum für sich die Kontrolleinheit des organischen Schiffes bilden. Allmählich beginne ich die Zusammenhänge zu begreifen. Was würde geschehen, wenn wir diese sieben Körper vernichteten – und daran kann uns ja niemand hindern, glaube ich."

Der Mausbiber empfing einen Schockimpuls.

„Niemand kann Sie daran hindern, aber die Strafe würde furchtbar sein. Der Verlust unserer Körper bedeutete die Aufgabe unserer Freiheit. Ohne Körper wäre es sinnlos, wenn Aser Kin uns eines Tages freiließe. Wo sollten wir hin? Als Geist im Kosmos . . .?"

„Mit anderen Worten: Wenn ich die Körper vernichte, treffe ich nicht Aser Kin, sondern nur die Exekutoren? Das ist doch immerhin etwas. Denn es sind die Exekutoren, die Aser Kins Befehle ausführen und uns zu töten versuchen. Also: Ihre Körper gegen unsere Freiheit!"

„Wir können auf diese Forderung nicht eingehen, denn wir müssen die Befehle unseres Herrn befolgen, ob wir wollen oder nicht. Sie müssen unwiderruflich sterben, und die Vernichtung unserer Körper ändert nichts an Ihrem Schicksal."

Gucky fragte:

„Wer sind Sie? Woher stammen Sie? Wie gerieten Sie in die Gewalt von Aser Kin?"

„Ich stamme aus der Sternengruppe der Beriden, und mein Volk lebt auf einem Wasserplaneten. Wir haben ein angeborenes Verständnis für Technik, aber wir benötigen sie nicht. Unsere Erkenntnisse schlummern, und es war Aser Kin, der sie weckte und nutzte. Er nahm mich mit, und so kam ich in den Dolan, um ein Teil des Symposiums zu werden, das diesen Dolan steuert. Das ist alles."

„Und Sie haben niemals den Wunsch, wieder frei zu sein?"

„Wenn Aser Kin seine Aufgaben erfüllt hat, wird er uns alle wieder freigeben. Bis dahin aber haben wir seine Befehle durchzuführen. Nichts kann uns daran hindern. Auch Ihre Drohung nicht."

Während Exekutor Nr. 3 mit Gucky sprach, ruhte die Tätigkeit der anderen Bewußtseinshüter bis auf lebenswichtige Funktionen, den Flug des Dolan betreffend. Sie hörten alle zu, was in der Halle der ruhenden Körper gesprochen wurde. Und ihre Besorgnis stieg von Sekunde zu Sekunde.

Wenn der Fremde seine Drohung wahr machte, verloren sie ihre Körper und damit die Hoffnung auf Freiheit.

Die Panik stieg.

Aser Kin wollte eingreifen, aber noch wartete er. Handelte er übereilt, konnte die Katastrophe eintreten. Doch handelte er zu spät, würde sich das Unglück ebenfalls nicht vermeiden lassen.

Gucky sagte:

„Exekutor Drei, hiermit fordere ich Sie und Ihre Kollegen auf, die Schutzschirme des Dolan auszuschalten und uns den Fluchtweg freizugeben. Wir sind fest entschlossen, alle vor uns ruhenden Körper zu vernichten, wenn Sie sich weigern, unserer Aufforderung nachzukommen. Sie müssen sich ausrechnen können, welches das kleinere Übel für Sie ist; dem Befehl Aser Kins einmal zu trotzen oder Ihre Körper für alle Zeiten zu verlieren. Ich gebe Ihnen fünf Minuten Zeit."

Gucky nickte Ras zu und setzte sich auf den Rand der dritten Nische. Wie zufällig war der Lauf seines Strahlers dabei auf die transparente Qualle gerichtet, die immer stärker zu pulsieren begann.

Gucky unterrichtete Ras von dem Gespräch, denn der Afro-Terraner hatte ja nur Guckys Worte hören können. Er schloß:

„Was ist deine Meinung?"

Ras überlegte einen Augenblick.

„Uns bleibt keine Wahl, Gucky. Zwar widerstrebt mir das Prinzip der Erpressung, aber was sollen wir sonst tun? Wir müssen die Exekutoren zwingen, uns fliehen zu lassen. Auch gegen Aser Kins Willen. Der Zweitkonditionierte ist schließlich und endlich von der Funktion seines Symposiums abhängig. Wichtig vor allen Dingen ist: Ich habe keine Lust, hier zu sterben."

„Damit wäre der Fall klar. Drei Warnschüsse, wenn es soweit ist, und wenn dann keine positive Reaktion erfolgt, fangen wir an. Und zwar gründlich."

Exekutor Nr. 3 meldete sich wieder, als die Zeit um war.

„Sie sind unentschlossen. Sie können sich nicht entscheiden. Ich selbst bin dafür, Sie gehen zu lassen, so wie wir Sie kommen ließen. Aber das Symposium fällt die Entscheidung, nicht ich allein."

„Wir werden unseren Teil dazu beitragen, dem Symposium die Entscheidung leichterfallen zu lassen", sagte Gucky und nickte Ras zu. „Dies ist die erste Warnung . . ."

Beide Teleporter richteten ihre Strahler gegen die Wandung der Körperzelle dicht über den Nischen. Die gleißenden Energiebündel trafen die Haut des Dolan, der innen nicht durch einen Schutzschirm abgesichert war. Die atomare Struktur der Haut löste sich sofort auf, und ein telepathischer Aufschrei des Schmerzes, so stark, daß er Guckys Gehirn fast betäubte, raste durch das ganze Schiff.

Das Symposium geriet in Verwirrung. Entsetzen breitete sich unter den Exekutoren aus, und für Sekunden vergaßen sie ihre lebenswichtigen Aufgaben.

Aser Kin in seiner Kommandozentrale hielt sich im Sessel fest, als die Schwerefelder ausfielen. Der Dolan verlor an Fahrt und begann zu taumeln, als die Stabilisatoren ihren Dienst quittierten. Die Flugbahn wurde ungenau . . .

Unten in der Kammer der ruhenden Körper richteten die beiden Teleporter ihre Waffen auf einen anderen Punkt der Wandung und eröffneten das Feuer.

Das war die zweite Warnung.

Perry Rhodan beobachtete gespannt die Bildschirme der Raumortung. Neben ihm befanden sich Atlan und Reginald Bull.

Vor etwa einer halben Stunde waren zwei der Golems auf OLD MAN gelandet. Lediglich der dritte befand sich noch im Raum.

Der Golem Aser Kins war deutlich zu sehen und er hielt noch immer Kurs auf OLD MAN. Allerdings war es ein sehr ungenauer Kurs, der einmal nach dieser, einmal nach der anderen Seite schwankte.

„Sie leben!“ sagte Rhodan, und die beiden Freunde spürten die Erleichterung in seiner Stimme. „Das können nur Gucky und Ras verursachen. Major Hohle ist inzwischen mit John Marshall zur CREST zurückgekehrt. Wir haben die Einzelheiten erfahren. Die beiden Teleporter sprangen gleichzeitig, ohne John vorher von ihrem Entschluß zu verständigen. Jetzt haben wir den Beweis, daß sie noch leben – und handeln.“

Atlan gab keine Antwort. Er sah auf den Bildschirm und beobachtete den Golem, der hilflos durch den Raum taumelte, als seien alle seine Instrumente ausgefallen.

„Der bringt wieder alles durcheinander“, sagte Bully, und allem Anschein nach meinte er Gucky. „Daß der Schwingungswächter dadurch freundlicher gestimmt wird, bezweifle ich allerdings.“

„Wir dürfen auf keinen Fall eingreifen.“ Rhodan ließ den Golem nicht aus den Augen. „Niemand weiß, was dort geschieht, und wenn für die Teleporter eine Gefahr bestünde, wären sie längst zurück."

Bully nickte.

„Ja", sagte er langsam, „wenn sie niemand daran hindert."

Bull hatte kaum zu Ende gesprochen, als neuerlich Ortungsalarm gegeben wurde.

In einer Entfernung von zehn Lichtminuten waren zwei weitere Golems aus dem Hyperraum aufgetaucht. Es bestand kein Zweifel daran, daß ihr Ziel ebenfalls OLD MAN war.

Perry Rhodan gab die Weisung an die Flotte, auch diese beiden Raumschiffe ungehindert passieren zu lassen.

Als die dritte Warnung erfolgt war, richtete Gucky seinen Strahler auf das pulsierende Lebewesen in der dritten Nische.

„Exekutor Drei, nun ist es soweit. Ich werde in genau zehn Sekunden deinen Körper zerstören. Zehn Sekunden sind eine kurze Zeitspanne, aber sie reichen, uns den Weg an die Oberfläche des Dolan freizugeben. Überlege es dir. Zehn Sekunden. Von jetzt an gezählt . . ."

Alle Exekutoren hatten nun ihre Tätigkeit eingestellt, aber die beiden Schutzschirme blieben bestehen. Unter normalen Umständen hätten Gucky und Ras an die Oberfläche teleportieren können, wenn die fünfdimensionale Strahlung nicht vorhanden gewesen wäre.

Zwei Sekunden nach Beginn des Ultimatums war die Panik vollkommen.

Vergeblich versuchte Aser Kin, die Ordnung wiederherzustellen. Er befahl die sofortige Vernichtung der Eindringlinge, aber es gab keinen einzigen Exekutor, der bereit gewesen wäre, seinen ruhenden Körper einer Gefahr auszusetzen. Unschlüssig warteten sie, was geschah.

Exekutor Nr. 3 war am meisten bedroht. Guckys Waffe zeigte auf *seinen* Körper. Ihm blieb keine andere Wahl, als sich schnell zu entscheiden.

Und Exekutor Nr. 3 entschied sich!

Als Guckys Daumen fester auf den Feuerknopf drückte, kamen die Gedankenimpulse stark und drängend:

„Ich werde die Schutzschirme öffnen. In zehn Sekunden."

„Danke", strahlte Gucky zurück.

„Für zwei Sekunden nur – seid also wachsam!"

Damit endete der Kontakt zwischen Gucky und dem seltsamen Lebewesen für immer. Es war eine kurze, aber eindrucksvolle Begegnung gewesen.

Die Sekunden schleppten sich dahin – und plötzlich registrierten die Parasinne der beiden Mutanten, daß der 5-D-Schirm nicht mehr existierte. Obwohl sie nicht wußten, ob tatsächlich auch der zweite Schirm abgeschaltet worden war, teleportierten sie blindlings in den Weltraum. Und es gelang!

Kurze Zeit später materialisierten sie in der Zentrale der CREST.

28.

Aser Kin tobte.

„Sie haben meinen Befehl mißachtet! Sie haben gemeutert! Sie haben einem gefährlichen Gegner zur Flucht verholfen, nur um Ihre nutzlosen Körper zu retten! Sie, mein Symposium, haben versagt!"

Exekutor Nr. 7 antwortete für alle Exekutoren:

„Das sind schwere Vorwürfe, und wir können sie nicht als ungerechtfertigt zurückweisen. Aber wir bitten um Ihr Verständnis, Aser Kin. Unsere Körper stellen ein Lebensziel dar. Sie verkörpern unsere Sehnsucht nach Freiheit, die Sie uns versprochen haben. Ihr Versprechen wäre sinnlos, hätten wie keine Körper mehr. Sollten wir den Rest unseres Lebens ohne Sinn verbringen?"

„Ich hätte euch neue besorgt . . ."

„Aber fremde Körper, Aser Kin. Verzeihen Sie uns das selbständige Handeln, und es wird alles so sein wie früher. Wir werden Ihnen helfen, die Zeitverbrecher zu bestrafen. Der Dolan ist wieder auf dem richtigen Kurs. In wenigen Minuten werden wir OLD MAN erreichen und dem Kommandanten Tro Khon gegenüberstehen. Sollen wir das uneinig tun? Soll er merken, daß zwischen Ihnen und uns Mißverständnisse herrschen?"

Aser Kin konnte die Handlungsweise der Exekutoren zwar verstehen, aber er durfte sie niemals billigen. Das wäre der Anfang der Disziplinlosigkeit.

Trotzdem sagte er:

„Wichtig für ein weiteres Funktionieren unserer Einheit sind das gegenseitige Vertrauen und der Respekt des einen vor dem anderen. Ich will den Vorfall vergessen. Aber ich warne Sie. Bei der geringsten Befehlsverweigerung in der Zukunft werde ich den Dolan beauftragen, Ihre Körper zu absorbieren. Sie wissen, daß der Dolan ewig hungrig ist. Er würde diesen Befehl mit Freuden ausführen, auch gegen Ihren Willen. Wenn Sie den Dolan auch steuern und technisch beherrschen, so betrachtet er doch noch immer mich – und ausschließlich mich – als seinen Herrn. Vergessen Sie das nicht!"

Diesmal gab keiner der Exekutoren eine Antwort.

Die Robotfestung OLD MAN wurde schnell größer. Wie ein riesiger, grünschimmernder Mond stand sie im All. Die zwölf Plattformen waren ringförmig um den Hauptkörper angeordnet, jede fünfzig Kilometer lang und zehn Kilometer dick.

Tro Khon meldete sich:

„Willkommen, Aser Kin. Sie dürfen sich Ihres Mißgeschicks wegen keine Vorwürfe machen. Wir haben es mit einem besonders gefährlichen und intelligenten Gegner zu tun. Zwei Terraner waren in OLD MAN, und sie entkamen. Mir ist es also ebenso ergangen wie Ihnen. Mit Ihnen sind wir nun vier Schwingungswächter. Zwei weitere haben sich gemeldet und werden bald eintreffen."

Als Aser Kin sich OLD MAN immer mehr näherte, erlosch wieder der grüne HÜ-Schirm der Festung. Der Dolan konnte ungehindert landen, dann schaltete sich der Abwehrschirm wieder ein. Leitimpulse führten Aser Kin zur richtigen Schleuse, und zehn Minuten später machte er sich auf den Weg, um Tro Khon zu treffen.

Sein Dolan blieb in einer isolierten Kammer zurück.

Gucky und Ras hatten ihren Bericht beendet.

Der Bericht wurde direkt an die GULINI weitergeleitet, wo er einer Analyse unterzogen wurde. Gleichzeitig wurde ein Kurierschiff nach Terra geschickt, um die von den beiden Mutanten gewonnene Erfahrung NATHAN zu überbringen und von ihm auswerten zu lassen.

Noch bevor die ersten Analysen von der GULINI geliefert wurden, wurde an Bord der CREST eine Lagebesprechung abgehalten.

Rhodan faßte das bisherige Ergebnis zusammen:

„Wir wissen nun, was die „Golems“ sind. Wir wissen, daß sie „Dolans“ genannt werden und von sieben Exekutoren, dem Symposium, gesteuert werden. Das Kommando wiederum hat ein Schwingungswächter. Wir wissen aber auch, daß die Schwingungswächter nach wie vor nicht mit sich reden lassen. Vorerst wenigstens nicht. Sie sind von der Richtigkeit der Befehle der mysteriösen „Ersten Schwingungsmacht“ überzeugt. Es wird schwer sein, dagegen anzukommen. Trotzdem dürfen wir nicht aufgeben. Noch besteht Hoffnung auf eine friedliche Regelung, aber im Notfall werden wir auch bereit sein, gegen die Übermacht zu kämpfen. Und wie wir erfahren haben, sind die Schwingungswächter nicht ganz unverwundbar. Es bestehen also noch Aussichten auf Erfolg.

Wenn es uns gelingt, die Schwingungswächter davon zu überzeugen, daß die Schuld an dem Zeitexperiment nicht bei uns lag, werden sie ihren Plan aufgeben, uns bestrafen zu wollen. Die Frage ist nur: *Wie* sollen wir sie überzeugen?“

Solarmarschall Julian Tifflor hatte seine Ansichten nicht geändert.

„Ich glaube nicht, daß es uns gelingen wird. Haben die bisherigen Erfahrungen nicht bewiesen, wie stur diese Zeitpolizei ist? Ich frage mich, was noch geschehen muß, ehe wir uns zum Handeln entschließen. Und mit Handeln meine ich den Angriff.“

Von der anderen Seite des Tisches her meldete sich Bully:

„Ich kann Ihnen nicht zustimmen, Julian. Ein Angriff auf OLD MAN ist in diesem Stadium der Entwicklung aussichtslos. Wir haben es nicht nur mit mehr als fünfzehntausend Ultraschlachtschiffen zu tun, sondern auch noch mit sechs Schwingungswächtern. Vier sind bereits in der Festung, zwei weitere sind im Anflug und werden OLD MAN in Kürze erreichen.“

„Ich hoffe, daß es kein Fehler war, die Schwingungswächter ungehindert zu OLD MAN gelangen zu lassen“, sagte Rhodan. „Aber wir müssen versuchen, sie davon zu überzeugen, daß wir zu verhandeln wünschen. Die Schwingungswächter sind intelligent. Würden wir ihnen jetzt nichts als Schwierigkeiten bereiten, wären sie später um so weniger bereit, uns anzuhören. Manchmal sind Geduld und Nachgiebigkeit der bessere Teil der Tapferkeit. Ich achte Ihre Einstellung, Julian, aber sie ist in der augenblicklichen Lage unangebracht.“

„Aber es könnte uns doch vielleicht mit einer Übermacht gelingen, wenigstens diese beiden Schwingungswächter gefangenzunehmen.“

Rhodan lächelte.

„Haben Sie in dieser Richtung einen bestimmten Vorschlag zu unterbreiten?"

Julian Tifflor schüttelte den Kopf und schwieg.

Damit war sein Antrag von ihm selbst abgelehnt worden.

Die Analytik von der GULINI übermittelte ein Teilergebnis. Ein weißhaariger Wissenschaftler versuchte, es in verständliche Worte zu fassen. Sein Gesicht war überlebensgroß auf einem Bildschirm zu erkennen, der an der Wand des Konferenzraumes hing.

„Dr. Weißfeld, meine Herren." Damit stellte er sich vor. Er fuhr fort: „Ein Schwingungswächter ist nur mit Logik zu überzeugen, nicht mit Worten oder Gefühlsäußerungen. Außerdem steht fest, daß mit dem Symposium besser zu verhandeln ist, falls man einen starken Trumpf in der Hand hat. Im Falle der Teleporter Gucky und Tschubai war dieser Trumpf die Drohung, die Körper der Exekutoren zu vernichten. Sollte sich eine ähnliche Situation noch einmal ergeben, müßte sie besser genutzt werden."

Guckys Gesicht zeigte Verblüffung, dann sprang er auf.

„So, besser genutzt!" schimpfte er wütend. „Wir haben die Situation genutzt, so gut es ging. Und zu einem erstklassigen Zweck, Dr. Weißfeld. Wir haben sie genutzt, um unser Leben zu retten."

Er setzte sich wieder hin.

Dr. Weißfeld schien für eine Sekunde verwirrt, aber dann sagte er: „Ich wurde wohl mißverstanden, denke ich. Natürlich gab die geschilderte Situation keine besseren Möglichkeiten her. Was die Analytik meint, ist: daß man unter besseren Bedingungen eine ähnliche Situation nochmals herbeiführen sollte, um sie dann geplant und vorbereitet ausnützen zu können. Ich hoffe, der kleine und feine Unterschied ist nun auch von Sonderoffizier Guck richtig verstanden worden."

Gucky knurrte etwas Unverständliches – und nickte.

Dr. Weißfeld atmete erleichtert auf.

„Ich bin glücklich", bekannte er, ohne weiter darauf einzugehen, worüber er glücklich war. „Weiter steht folgendes nun fest: Ein untätiges Abwarten wäre genauso sinnlos wie ein direkter Angriff. Es muß eine Verständigung herbeigeführt werden, und zwar mit allen Mitteln. Die Schwingungswächter müssen gezwungen werden, mit uns zu reden. Wir haben in den letzten Stunden ein Informationsprogramm, gestützt auf die in der Bordpositronik gespeicherten

Daten über die Ereignisse im Zusammenhang mit der Zeitfalle der MdI, fertiggestellt. Wir könnten es jederzeit starten und mittels Hyperfunk in Richtung OLD MAN abstrahlen."

„Tun Sie das", forderte Rhodan den Wissenschaftler auf. „Je eher Sie damit beginnen, desto besser ist es."

Weißfeld nickte. „Wir werden unverzüglich mit der Sendung beginnen."

Riesig und drohend umlief OLD MAN auf seiner Kreisbahn die rote Sonne Navo-Nord. Der undurchdringliche HÜ-Schirm hüllte die Festung ein, und nichts wies darauf hin, daß sie die Umlaufbahn bald verlassen würde.

Rhodan, Atlan, Bull und Tifflor standen in der Orterzentrale und beobachteten die beiden Dolans, die soeben die Einflugschneise passiert hatten und sich langsam OLD MAN näherten. Als sie ihr Ziel erreicht hatten, entstand im grünen HÜ-Schirm die erwartete Strukturlücke. Sekunden später waren die Dolans durch – und der Schirm schloß sich wieder.

Rhodan seufzte.

„Das wäre das. Nun sind es sechs Schwingungswächter, und das Problem hat sich innerhalb von vierundzwanzig Stunden in seinem Schwierigkeitsgrad ebenfalls versechsfacht. Ich weiß noch nicht, ob wir richtig handelten, aber ich hoffe es." Er sah Tifflor an. „Sollte die künftige Entwicklung allerdings Ihnen recht geben, Julian, bitte ich Sie schon jetzt um Verzeihung für meine Verhandlungsbereitschaft mit den Zweitkonditionierten, aber Sie kennen ja meinen Grundsatz: Erst verhandeln, dann angreifen."

„Es gibt Situationen, da kommt es erst gar nicht zu Verhandlungen, so traurig das auch ist. Sie brauchen mich nicht um Verzeihung zu bitten. Ich bin selbst nicht sicher, ob mein Vorschlag die richtige Lösung gewesen wäre."

„Das wird die Zukunft zeigen", sagte Rhodan ruhig.

Sie sahen noch einige Minuten auf den Bildschirm, aber es ereignete sich nichts.

OLD MAN glitt auf seiner Umlaufbahn weiter. Er umrundete die Sonne Navo-Nord, als sei nichts geschehen.

Und mit keiner Aktion deutete OLD MAN an, was noch geschehen sollte.

Aber das konnte OLD MAN auch nicht wissen, denn es waren sechs Zeitpolizisten, die von nun an sein Handeln bestimmten.

Ein Handeln, das nur ein einziges Ziel kannte: die Bestrafung der Zeitverbrecher.

Perry Rhodan drehte dem Schirm den Rücken zu.

„Gehen wir", sagte er. „Es bleibt noch viel zu tun, und ich bin sicher, daß wir nicht viel Zeit dazu haben werden . . ."

Kurz darauf verließen Atlan und Tifflor die CREST, um an Bord ihrer eigenen Schiffe zurückzukehren. Und auch Jumpy nahm Abschied. Der Schreck über seinen Beinahe-Tod steckte Gucky so in den Gliedern, daß er seinen Sohn, trotz aller Proteste, kurzerhand auf das nächste Kurierschiff verfrachtete, das zurück zur Milchstraße flog.

29.

Leutnant George Terminow war Wachoffizier in der Transmitterhalle der CREST IV.

Sein Dienst hatte vor zwei Stunden begonnen. Nach weiteren zwei Stunden würde er enden, vorausgesetzt, es kam niemand auf die Idee, die bedingte Gefechtsbereitschaft zu einem Gefechtsalarm auszudehnen. In diesem Falle hätte Terminow auf seinem Posten verbleiben müssen.

Terminow dachte an den aufreibenden Dienstbetrieb der letzten Wochen und an die gemütlich eingerichtete Offiziersmesse VII, in der man normalerweise in aller Ruhe die anspruchslose Schiffskost einnehmen konnte. Terminow hatte diese Messe in den letzten dreißig Tagen Bordzeit nur zweimal gesehen. Die ständige Gefechtsbereitschaft des Flaggschiffes hatte die Lebensgewohnheiten der Besatzung bis an die Grenzen des Erträglichen unterbrochen.

Terminow vernahm das Geräusch eines Prallfeldprojektors. Ohne sich umzusehen, wußte er, daß der robotgesteuerte Küchenwagen schon wieder unterwegs war, um erschöpften und schlafbedürftigen Männern die Speisen auf die Station zu bringen.

Sergeant Saragol, der diensthabende Techniker am Kontrollpult der Frequenzsynchronisatoren drei und vier, schaltete den transparenten Energieschirm ab und öffnete mit der Hand das kleine Klappfenster im Terkonitstahl seines Gefechtsstandes.

Terminow schaute mit einem Gefühl der Neugierde zu Saragol hinüber. Der Sergeant bemühte sich, seinen Kopf durch die Öffnung zu zwängen. Er hatte es schon oft versucht.

Terminow, ein kahlköpfiger Zweimeterriese, dreiundzwanzig Jahre alt, Karatemeister in der Klasse normalhumanoider Lebewesen im Bereich der Heimatflotte, zwang sich zu einem gequält wirkenden Lächeln.

„Sarag – vor vier Wochen habe ich über Ihre Halswirbelverrenkungen noch gelacht. Jetzt gehen Sie mir auf die Nerven. Machen Sie um Himmels willen das Luk zu, entfernen Sie Ihr Gesicht aus meinem Blickbereich, und kümmern Sie sich um Ihre dienstlichen Obliegenheiten."

Leutnant Terminow erhob dozierend den Zeigefinger und schüttelte gleichzeitig den Kopf.

„Zwecklos, Sarag. Ich werde Sie auf keinen Fall kurzfristig beurlauben, nur damit Sie sich irgendwo den Magen vollschlagen können. Das Luk zu!"

„Aber der Geschmackstöter ist schon wieder unterwegs, Sir", vernahm der Diensthabende die klagend hervorgebrachte Antwort seines Untergebenen.

Terminow seufzte. Er lehnte sich in seinem Kontrollsessel zurück, drückte die Stiefelsohle gegen die Metallkante des Schaltpults und schwenkte somit den Sitz um hundertachtzig Grad herum.

Antony Saragols lange Nase ragte noch immer aus dem Klappfenster hervor. Terminow kannte die leiblichen Nöte des dürren Mannes, dem man nachsagte, er könne ungeheure Portionen verschlingen.

Saragol bemühte sich, seinem Faltengesicht einen Zug von Demut und innerer Verzweiflung zu verleihen.

„Ich habe Sie eigentlich *nie* für einen Unmenschen gehalten, Sir", gestand er und schlug die Augen nieder. Terminow entging es trotzdem nicht, daß er scharf gemustert wurde.

„Sie lauern auf meine Reaktionen, daß ich mich frage, welcher Fehlbeurteilung Sie Ihren Posten zu verdanken haben."

„Ich melde mich zur USO, Sir", grollte der Sergeant. „Wissen Sie, wie erstklassige Männer dort verpflegt werden?"

„*Erstklassige*!" betonte Terminow. „Sie sollten sich wirklich mit Ihren Kontrollen beschäftigen. Der Küchenroboter wird auch zu Ihnen kommen. Allerdings –", Terminow wiegte den Kopf – „allerdings können Sie dieser unbestechlichen Maschine auf keinen Fall die dreifache Ration abschwatzen."

„Sie kennen mein Leid", erklärte Saragol düster. „Sir, Sie sind so groß und stark, und ich bin so klein und schwach, daß Sie . . ."

Aufleuchtende Kontrollampen und das Schrillen der Manöverglocken hinderten Antony Saragol an der Vollendung seiner Ausführungen. Mit einer gemurmelten Verwünschung zog er seinen Kopf aus dem Luk zurück, schloß es und schaltete wieder den Energieschirm ein, der seinen Gefechtsstand vor den gefährlichen Sekundäreinflüssen eines arbeitenden Transmitters schützte.

George Terminow drehte seinen Kontrollsessel erneut herum. Vor ihm rundete sich das Hauptschaltpult, von dem aus er die Transmitteranlage des Flaggschiffes schalttechnisch beherrschen konnte.

Der rechteckige Bildschirm direkt vor seinem Gesicht leuchtete auf. Das Brustbild eines dunkelhäutigen Afroterraners erschien.

„Zentrale, Wachhabender", erklärte Oberstleutnant Ische Moghu, der Erste Kosmonautische Offizier des Ultraschlachtschiffes.

„Wer hat in der Transmitterhalle die Verantwortung?"

Terminow meldete sich mit Rang und Namen.

„Ah, Sie sind es, Terminow. Wir empfangen Kodesignal 1311 vom Flaggschiff USO. Der Lordadmiral kommt mit Melbar Kasom wieder an Bord. Sorgen Sie für eine exakte Ausjustierung Ihrer T-Empfänger. Alles klar?"

„Station klar."

Moghu lächelte flüchtig. Dann wurde die Verbindung unterbrochen.

Schweigend, in sich gekehrt, beobachtete Saragol die ausschlagenden Meßzeiger seiner Synchronisatoren. Die IMPERATOR III suchte Kontakt. Die routinemäßigen Ausführungsmeldungen wurden von Terminow gewissenhaft überprüft.

Auch vor seinem Kommandostand baute sich nun der Abwehrschirm auf. Er hing wie eine durchsichtige Halbkugel vor dem Pult und schirmte es gegen die beiden leichten Transmitter ab, die in dem von hier aus überblickbaren Teil der Halle standen.

Die Feldlinien zuckten an den Leitern empor. Sie verdichteten sich zu einem fauchenden Energiestrom von tiefroter Farbe. Über den

Polsäulen berührten sich die beiden Ströme und bildeten somit den bekannten Spitzbogen moderner Transmitter. Zwischen ihnen entstand das schwarzblaue, grenzenlos wirkende 5-D-Feld, in dem der entstofflichte Hyperimpuls ankommen und anschließend rematerialisieren mußte.

Weit hinter Terminow öffneten sich die vorschriftsmäßig geschlossenen Strahlschutzschleusen, und Perry Rhodan trat ein.

Langsam, die Hände auf dem Rücken verschränkt, schritt er an den einzelnen Schaltkabinen vorbei, nickte flüchtig zu den grüßenden Männern hinüber und blieb am Eingang zur Transmitterhalle stehen, gleich neben Terminows Kommandostand.

Sein schmales Gesicht war unbewegt. Nur die grauen Augen zeigten Leben. Sie schienen mit einem Blick alles zu erfassen, was überhaupt bemerkenswert war.

Terminow hob lediglich grüßend die Hand. Er drehte sich nicht um. Seine Aufmerksamkeit galt den Kontrollen.

Die Torbogensäulen aus reiner Energie begannen zu flammen.

Augenblicke später leuchtete das Feld zwischen den Bogensäulen auf. Die Konturen von zwei menschlichen Körpern wurden erkennbar. Es dauerte eine halbe Sekunde, bis sich die völlig aufgelösten Atomgruppen geordnet, Moleküle gebildet und aus ihnen die einzelnen Zellen aufgebaut hatten. Der Unterschied zwischen organischen Körpern und leblosem Material war bei dieser Technik der Wiederverstofflichung nicht groß. Der elementare Grundstoff, nämlich das Atom mit seinen noch kleineren Bausteinen, war überall vorhanden.

Als die Energiebahnen in sich zusammenfielen, standen zwei Männer zwischen den nachglühenden Polsäulen.

Atlan schüttelte heftig den Kopf und drückte beide Handflächen gegen die Schläfen. In dieser Haltung verweilte er einen Augenblick, ohne sich zu regen.

Melbar Kasom, der zweieinhalb Meter große Ertruser, ignorierte den schmerzhaften Effekt dieser Rematerialisierung. Er erblickte Rhodan, verzog seine Lippen zu einem launigen Lachen und hob winkend die Hand.

Atlan sammelte sich und trat über den roten Gefahrenkreis hinaus.

Elastisch ging er zum Hauptschaltpult hinüber, Kasom folgte ihm mit dröhnenden Schritten.

Terminow schaltete den Energieschirm ab, erhob sich und grüßte.

„Sieh an, der Karatezwerg von Terra“, spöttelte Kasom. „Terminow, ehe aus Ihnen ein ordentlicher Zweikämpfer wird, müssen Sie noch manche Portion essen. Hier, ich habe euch etwas mitgebracht."

Kasom lachte gutmütig und zog ein riesiges Paket aus der Beintasche seiner Kombination.

„Ochsenlende! Wir haben übrigens auf Ertrus etliche Zuchtfarmen angelegt. Männer meiner Art schätzen gutes Essen."

Er warf das Paket zu Terminow hinüber. Hinter der nächsten Schaltbox klang ein Ächzen auf. Dann schmatzte jemand so laut, daß der Arkonide aufhorchte.

„Das – das ist nur mein Justierungssergeant, Sir", erklärte Terminow hastig. „Dieser – dieser Mensch ist fürchterlich verfres . . . Pardon, ich meine, er ißt ungeheure Mengen."

Atlan unterdrückte ein Auflachen. Rhodan schaute amüsiert zu dem benachbarten Stand hinüber, enthielt sich jedoch einer Antwort.

„Er war der Sohn anständiger Eltern, brav, rechtschaffen und zurückhaltend, bis er zur Solaren Flotte kam", philosophierte Kasom mit einem unverschämten Grinsen.

„Schweigen Sie, Kasom", wies ihn Atlan zurecht. „Es entspricht der Disziplin, daß sich ein General ähnlicher Äußerungen enthält."

Terminow biß sich auf die Lippen, als er Kasoms Gesichtsausdruck sah. Der Riese schielte mißmutig auf seine Rangabzeichen und erklärte dazu brummig:

„Sir, ich bin und bleibe ein *Spezialist*! Das zählt mehr als eine willkürlich verliehene Dienststellung."

„Lassen Sie das nur nicht die Herren meines Generalstabs hören", lachte Rhodan.

Atlan musterte ihn. „Gehen wir, Freund."

Rhodan nickte und wandte sich an Terminow.

„Haben Sie hier in der Nähe einen Dienstraum? Ich meine, ein Büro oder etwas Ähnliches?"

Der Leutnant verstand. Rhodan wollte mit dem Lordadmiral ein vertrauliches Gespräch führen.

„Wenn ich Sie führen darf, Sir, es gibt hinter dem Strahlschott einen kleinen Aufenthaltsraum."

„Schön, bringen Sie uns dorthin. Vergessen Sie aber nicht, die Lende aufzuteilen."

Terminow nickte nur.

Die Bilanz der vergangenen vier Monate war schnell ermittelt. OLD MAN, das gigantische Robotgebilde aus der Vergangenheit, war seit dem 10. Januar des Jahres 2436, also seit zwei Tagen, endgültig zu einem Damoklesschwert geworden, das jeden Augenblick mit fürchterlicher Gewalt auf die vereinte Menschheit niederfahren konnte.

Rhodan machte sich inzwischen doch Vorwürfe, OLD MAN nicht schon zerstört zu haben, als sich dazu noch Gelegenheit geboten hatte. Besonders die Mutanten waren mehr als einmal an Bord gewesen. Schon eine kleine Fusionsbombe, im Innern des Riesenkörpers gezündet, hätte ausgereicht, um das Trägerfahrzeug für etwa fünfzehntausend Ultraschlachtschiffe in harmlose Gase zu verwandeln.

Das war auf seinen, Rhodans Befehl hin unterblieben. Er hatte sich nicht damit abfinden können, das Geschenk für die Menschheit zu vernichten, nur weil die organischen Steuergehirne einem Irrtum verfallen waren.

Nun aber, nach dem Auftauchen der sechs Schwingungswächter, sah die Lage anders aus. OLD MAN befand sich in der Gewalt von Lebewesen, denen man mit den Machtmitteln der Solaren Flotte keineswegs imponieren konnte.

Sie waren technisch und wissenschaftlich überlegen. Dazu maßten sie sich mit größter Selbstverständlichkeit richterliche Befugnisse über die gesamte Menschheit an.

Die Schwierigkeit für Rhodan bestand darin, daß keiner der Zweitkonditionierten auch nur entfernt auf die Idee zu kommen schien, ihr Handeln könnte gegen alle Regeln des Miteinanderlebens zahlloser Völker verstoßen.

Atlan hatte diese Erkenntnis als Grundlage für seine Wahrscheinlichkeitsberechnung verwendet. Mit der Idee stand er zwar nicht allein da, denn andere Wissenschaftler hatten es ebenfalls getan; aber der Arkonide zog auf Grund seines einmaligen Erfahrungsschatzes andere Schlüsse aus den Resultaten.

„Ich hätte doch auf Tifflor hören sollen“, gestand Rhodan bedrückt. „Ein gezielter Punktbeschuß aus wenigen Transformkanonen wäre ausreichend gewesen, das Mammutgebilde unschädlich zu machen, als die HÜ-Schirme vor zwei Tagen geöffnet wurden. Es wäre niemand an Leib und Gut geschädigt worden.“

„Bis auf die Zeitpolizisten mit ihren Dolans und dreizehn Steuergehirne, die noch immer in ihrem biochemischen Plasma schwimmen und ihre Not hinausschreien. Niemand hört sie. Wenn noch Leben in ihnen ist, hättest du gemordet!“ erklärte Atlan sachlich.

Rhodan preßte die Lippen zusammen. Sein Gesichtsausdruck wurde noch abweisender. Je steifer seine Haltung wurde, je unbeteiligter und unpersönlicher er sich gab, um so mehr fühlte Atlan, wie sehr der Terraner mit sich kämpfte.

Atlan fuhr begütigend fort:

„Das war dir natürlich bewußt. Es ist vom juristischen und ethischen Standpunkt gesehen nebensächlich, ob die Gehirne unheilbar wahnsinnig sind oder nicht. Auf alle Fälle hätten sie sich nicht wehren können. Also hättest du einen tödlichen Schlag gegen dreizehn kranke Menschen geführt. Mir scheint, dein Gewissen ist durch die Unterlassung einer fragwürdigen Tat ruhiger geblieben, als es sonst zu diesem Zeitpunkt sein könnte.“

Rhodan antwortete noch immer nicht. Immerhin rang er sich zu einem flüchtigen Lächeln durch.

Atlan wiegte sinnend den Kopf.

„Selbstverständlich darf der rein logische Standpunkt dabei *nicht* ins Feld geführt werden. Logik, auch Zweckmäßigkeit genannt, ist immer unhuman. Gerade wir sollten uns über diese tiefgreifende Kluft völlig im klaren sein.“

Rhodan unterbrach seine Wanderung durch den kleinen Raum und nahm in einem Schwenksessel Platz.

„Wo also liegt die Lösung? Es steht fest, daß OLD MAN nach der Besetzung durch sechs Schwingungswächter zu einer noch größeren Gefahr für die Galaxis geworden ist. Die Mehrheit der Kommandanten und Experten plädieren inzwischen ebenfalls für einen Angriff mit allen Mitteln. Einige andere raten nach wie vor zum Stillhalten, und der Rest ist dafür, die Große Magellansche Wolke sofort zu verlassen, die Flotte auf die äußeren Verteidigungslinien des Solsystems zurückzuziehen und das Kommende dort abzuwarten. Unser Potential ist durch die Überlegenheit der sechs Schwingungswächter ausgelastet. Dazu kommen ja noch die 15 000 Großraumer, die OLD MAN jederzeit ausschleusen kann. Wir haben 40 000 Einheiten, aber das sind gemischte Verbände! Sie haben kaum Chancen gegen die 15 000 Ultrariesen und die Schwingungswächter. Dennoch! Ich werde angreifen lassen, falls OLD MAN Fahrt aufnimmt oder uns feindlich gesinnte Aktionen unternimmt. In diesem Fall muß ich notgedrungen der klaren Logik den Vorrang geben. Dreizehn Menschenfragmente, ob unschuldig oder nicht, dürfen im Interesse der gesamten Menschheit nicht mehr als entscheidender Faktor eingestuft werden. Bist du dir darüber klar?"

Atlan zögerte mit einer Antwort.

„Völlig. Immerhin hat der Riesenroboter noch keine Fahrt aufgenommen. Ich akzeptiere einen Angriff in dem Augenblick, da gar keine andere Möglichkeit mehr existiert. Hier mein Rat: Warte ab, ob und wie es den Schwingungswächtern gelingt, die unendlich komplizierte Robotmechanik des Trägerschiffes zu übernehmen und zu benutzen. Gelingt es ihnen, sind Diskussionen überflüssig. Dann steht die Angriffsabsicht fest, besonders aber dann, wenn OLD MAN Kurs auf die Galaxis nimmt. Abwarten, beobachten und immer wieder versuchen, diese überheblichen Intelligenzen von ihrem Irrtum bezüglich eines Zeitverbrechens durch uns zu überzeugen – das sollte die Devise sein. Die Hypersender sollten ununterbrochen klarverständliche Bildnachrichten übermitteln. Wenn dort drüben nur etwas Toleranz vorhanden ist, kann sich trotz allen bisherigen Fehlschlägen immer noch eine friedliche Einigung herbeiführen lassen. Wir haben es fraglos mit klugen Köpfen zu tun."

„Mit bornierten Köpfen", beschwerte sich Rhodan bitter. „Die Sender laufen seit zwei Tagen. Wir tun alles, um den Irrtum der Fremden aufzuklären. Sie reagieren in keiner Weise."

„Versuche es weiter. Wie stellen sich Icho Tolot und Francan Teik zur Sachlage?"

Rhodan erhob sich und nahm seine Wanderung wieder auf. Er hielt die Hände auf dem Rücken verschränkt. Schultern und Kopf waren nach vorn geneigt.

„Die Haluter haben ihre Meinung nicht geändert. Sie halten nach wie vor nichts von Verhandlungsversuchen, sondern raten zum Angriff – trotz des hohen Risikos. Auf alle Fälle sind sie bereit, einen Angriff voll zu unterstützen. Sie besitzen technische Möglichkeiten, die denen der Zweitkonditionierten ebenbürtig sind. In den letzten Stunden haben sie – wie du ja weißt – weitere Informationen über die Technik ihres Schiffes preisgegeben. Neben der Intervallkanone und dem Paratronkonverter, der sich sowohl als Offensiv- als auch als Defensivwaffe einsetzen läßt, besitzt ihr Raumschiff ein Überlichtaggregat, das als Dimetrans-Triebwerk bezeichnet wird und gegen das sich unsere Linearkonverter geradezu jämmerlich ausnehmen sollen. Trotz dieser Informationen sind unsere Wissenschaftler noch lange nicht so weit, zu verstehen, wie das alles funktioniert."

„Man lernt eben nie aus", bemerkte Atlan lakonisch. Die Haluter waren immer wieder für Überraschungen gut. Man hatte es inzwischen aufgegeben, ihre Handlungsweise zu analysieren. Es stand fest, daß die Haluter über eine Technik verfügten, die der der bekannten Milchstraßenvölker weit überlegen war, und daß es ungeschriebene Gesetze der Haluter gab, die verhinderten, daß diese Technik artfremden Wesen bekannt wurde. Daß Tolot nunmehr dennoch Einblick in die Technik seines Schiffes gewährte, lag daran, daß man sich in einer Extremsituation befand, die nach dem Einsatz eben dieser Technik verlangte. Und diese Extremsituation erlaubte es Tolot, über die Fähigkeiten seines Schiffes Auskunft zu erteilen, ohne dabei die Gesetze des Volkes zu verletzen.

Atlan schüttelte die Gedanken von sich. Mit Rhodans abschließenden Worten, daß Roi Danton mit seinem Leibwächter vor kurzem an Bord der CREST gekommen war, war die „private" Unterredung beendet.

Rhodan griff nach seiner Bordmütze und versuchte, die Beulen zu glätten.

„Gehen wir. Man erwartet uns. Ich wollte nur vorher deine Meinung hören. Wie ich bemerkte, hat sich daran nicht viel geändert. Darf ich dir einen Wunschtraum verraten, Atlan . . .?

„Ich kenne ihn", behauptete der Lordadmiral gelassen. „Meiner sieht ähnlich aus."

„Ach!"

„Die Ideallösung wäre, OLD MAN unbeschädigt zu erobern, die Schwingungswächter zu verjagen, die Magellansche Wolke zu verlassen und zu Hause abzuwarten, was die Zweitkonditionierten unternehmen."

„Rhodan warf dem Freund einen undefinierbaren Blick zu. In seinem Gesicht zuckte kein Muskel.

„Euer Erhabenheit sind aber sehr bescheiden! Mein Wunschtraum sieht vor, außer der Übernahme des Roboters die Wächter auf unsere Seite zu bringen und vom technischen Wissen der Zeitpolizisten zu profitieren. Wäre das nichts?"

„Unverschämter Barbar", sagte Atlan vor sich hin.

Kasom lachte unterdrückt. Es klang dennoch wie das Grollen eines abziehenden Unwetters.

„Du stammst von diesen Barbaren ab!" erklärte Rhodan. „Hüte

dich, dein eigenes Nest zu beschmutzen. Es gibt schätzungsweise zehn Millionen Raumfahrer, die dich nach wie vor einen „Beuteterraner“ nennen. Sehr liebevoll, natürlich.“

„Den Nachsatz hättest du dir sparen können. Grinsen Sie nicht so widerwärtig, Spezialist Kasom! Als ich vor zehntausend Jahren auf der Erde landete, hielt man mich für einen Gott.“

„Er wirkt heute noch göttlicher, aber nur beinahe!“ spöttelte Rhodan. „Kasom, hüten Sie sich, die Vorurteile Ihres Chefs zu übernehmen. Arkoniden waren und sind leicht mutierte Nachkommen der Ersten Menschheit – also der lemurischen Ursprungsrasse des Planeten Erde. Welch ein Glück, daß wir jetzt darüber informiert sind. Die durch die Meister der Insel erzwungene Zeitreise hatte doch einigen Erfolg. Fühlst du dich nicht wohl, mein guter Freund?“ Rhodan musterte den hochgewachsenen Arkoniden mit unschuldigem Blick.

Atlan unterdrückte ein Lächeln. Er hatte erreicht, was er wollte. Perry hatte seine innere Verkrampfung gelockert! Das war mehr wert als hundert fruchtlose Besprechungen.

Atlan suchte nach seinem Funkhelm. Er fand ihn unter einem Sessel, hob ihn auf und betrachtete kritisch den nach oben gebogenen Mikro-Fernbildschirm.

„So etwas besaßen wir schon, als ich nach meinem ersten Erwachen Mittelamerika aufsuchte, um den dortigen Wilden zu zeigen, wie man mit Feuer und Schälaxt ein Boot baut“, erklärte er. „Bei Arkon – das waren noch Zeiten. Im nördlichen Europa nannten mich die Höhlenbewohner ‚Dornar‘; Gott des Blitzes und des Feuers. Schätzungsweise dürfte daraus der ‚Donar‘ der späteren nordischen Mythologie geworden sein. Mister Rhodan, ich darf Sie vielleicht darauf aufmerksam machen, daß ich um neuneinhalbtausend Jahre älter bin als Sie. Ich fordere Respekt.“

„Der winzige Unterschied wird sich verwischen, sobald wir beide weitere fünfhunderttausend Jahre hinter uns gebracht haben“, erklärte Perry mit einem entwaffnenden Grinsen.

„Dieser Terraner ist und bleibt ein – oh, wie würde Roi Danton in diesem Fall sagen? – ein ungehobelter Patron mit den unverschämten Manieren des Pöbels. Vom arkonidischen Standpunkt aus betrachtet, ist er ganz einfach ein typischer Terraner! Bar jeder Feinfühligkeit und nur dem Augenblick gehorchend, schmiedet er seine Ränke. Wie war das gesprochen, Höhlenwilder?“

„Beinahe klassisch", lachte Perry. „Also denn, du hast deinen Zweck erreicht. Oder hattest du etwa angenommen, ein typischer Terraner würde dein Aufheiterungsmanöver *nicht* bemerken? Trotzdem vielen Dank. Gehen wir."

30.

„Erstens kommt es anders und zweitens als man denkt!" sagte Major Owe Konitzki in dem groben und unfreundlich wirkenden Tonfall, den man von ihm gewohnt war.

Konitzki war der Chef der Ortungszentrale an Bord des Solaren Flottenflaggschiffes CREST IV. Seinem Naturell entsprechend drückte er rasch aber trotzdem äußerst bedachtsam auf den hellroten Knopf, dessen Betätigung in den gigantischen Innenräumen des zweieinhalbtausend Meter durchmessenden Kugelriesen ein Inferno entfesselte.

Die zahlreichen Robotautomatiken begannen sofort zu schalten. Der Zentrale-Hauptautomat nahm den Impuls auf und leitete den Alarmzustand ein.

Aus allen Lautsprechern – es gab Tausende davon – dröhnte die modulationslose Durchsage:

„Hauptautomat Zentrale spricht. Katastrophenalarm – Katastrophenalarm. Klar Schiff zum Gefecht – klar Schiff zum Gefecht. Begeben Sie sich auf Ihre Stationen. Zur Information Schiffsführung, Auswertung:

Alarmimpuls wurde von Ortungszentrale ausgelöst. Beobachtungsobjekt nimmt Fahrt auf. Ich erwarte Sammelbefehl an Solare Einheiten. Vorsignal ist abgestrahlt. Kommandant CREST IV bitte Vorbereitungs-Justierung aktivieren. Ende der Durchsage.

Das Plärren verstummte. Fünftausend Menschen rannten, flogen und fuhren auf ihre Gefechtsstationen. Die Besatzungen der eingeschleusten Korvetten und Moskito-Raumjäger schossen mit geübten Hechtsprüngen durch die mehr oder weniger engen Schleusen.

Die Feuerleitzentrale war ohnehin doppelt besetzt. Von dort kam die erste Ausführungsmeldung.

Oberstleutnant Dr.-Ing. Bert Hefrich, Chefingenieur des Flaggschiffes, meldete seine Maschinen klar, noch ehe Rhoden und Atlan die Zentrale betreten hatten.

Das sinnvolle Durcheinanderquirlen von fünftausend Raumfahrern, die schon etwa zweitausend Katastrophenalarme erlebt hatten, verebbte nach wenigen Minuten.

Im zentralen Antigravschacht schwebten zur Zeit drei Männer nach oben: Rhodan, Atlan und Kasom. Als sie die Robotdurchsage hörten, stießen sie sich heftig von den Schachtwandungen ab und gelangten so rasch ans Ziel. Es war das äquatoriale Hauptdeck.

Rhodans Körper glich plötzlich einer gespannten Feder. Er raste den Rundgang hinunter, lief um die innere Kugelzentrale herum und erreichte die noch offenstehenden Panzerschotte dieses wichtigen Raumes innerhalb des Ultraschlachtschiffes.

Atlan und Melbar Kason folgten ihm auf dem Fuße. Sie waren die letzten, die vor den zuschlagenden Panzertoren die Zentrale betraten.

In dem kreisförmigen Raum herrschte bereits jene zwielichtige Dunkelheit, die jedem Gefechtsalarm unmittelbar folgte. Auf den riesigen Schirmen der Panoramagalerie leuchtete weit oben das gleißende Lichtband der Milchstraße. Auf den Heckschirmen breitete sich das nicht weniger helle Ballungszentrum der Großen Magellanschen Wolke aus.

Oberst Merlon Akran, der epsalische Kommandant der CREST, hatte bereits seine Gefechtsposition eingenommen. Er saß in seinem ausladenden Spezialsessel, hatte die Anschnallgurte über den Körper gelegt und harrte der Dinge, die da kommen sollten.

Rhodan rannte quer durch die Zentrale, hieb im Vorbeilaufen auf den plombierten Schalter der vorjustierten Rundrufautomatik und gab damit den Hyperfunkspruch an alle Einheiten der Flotte frei.

OLD MAN hatte Fahrt aufgenommen – ein Ereignis, auf das man ängstlich und doch ungeduldig gewartet hatte. Es hob die Zeit des untätigen Wartens auf. Es war wie eine Erlösung aus tagelanger Qual.

Rhodan löste die Verankerungsautomatik des Kommandeursessels, drehte ihn herum und nahm Platz. Die Anschnallgurte glitten aus der Rückenlehne hervor und legten sich über seinen Körper.

Der Sessel schwang langsam herum. Die Gefechtssperre schnappte mit einem metallischen Laut ein. Selbst wenn jetzt infolge unvorher-

gesehener Manöver oder Maschinenausfälle harte Andruckbelastungen durchkommen sollten, war man dagegen gewappnet.
Atlan stand unschlüssig hinter dem Terraner. Beide starrten sie jedoch auf den grünen Leuchtfleck,der sich aus dem Dunkel des Raumes hervorhob. Der Bildschirm war zur Hälfte abgeblendet. Auf dieser Seite wäre normalerweise die rote Riesensonne Navo-Nord zu sehen gewesen.

Der Punkt wanderte langsam aus der Kreisbahn aus, die er seit Tagen unverändert beibehalten hatte. An Bord der CREST IV wurde es still. Jedermann konnte das schicksalhafte Ereignis beobachten.

Andere Bildschirme zeigten die längst vorbereitete Angriffs- und Abfangposition von vierzigtausend Raumern der Solaren Flotte.

Niemand achtete auf den prachtvollen Anblick der Milchstraße, von der man noch nicht weit genug entfernt war, um sie mit all ihren Nebenarmen und vorgelagerten Kugelhaufen voll überblicken zu können. Ein ungeheures Lichtband, vielfältig in seiner Farbstrahlung, schien sich direkt über der CREST zu wölben.

Entscheidend war in diesen Minuten nur dieser grüne Punkt, der von den überlichtschnellen Echotastern auf den Schirm projiziert wurde.

Weitere Bildschirme leuchteten auf. Die Echomessungen ergaben immer nur einen Reflexpunkt. Die Konturtaster zeichneten dagegen einen klaren Umriß auf die Schirme. Die rein optische Fernaufnahme zeigte OLD MAN schließlich als das, was er war: Ein ungeheures, halbkugeliges Gebilde, das an seiner glatten Schnittfläche zwölf Sektionen angeflanscht trug.

Jede davon maß fünfzig mal fünfzig Kilometer. Die keilförmigen Verankerungsausleger, die unter der Schnittfläche des Trägerkörpers verschwanden, waren dabei nicht berücksichtigt.

Die Halbkugel, Hauptträgerkörper genannt, durchmaß in ihrer Schnittrundung zweihundert Kilometer und bis hinauf zum Scheitelpunkt einhundert Kilometer. Niemals zuvor war von Menschen ein solches technisches Monstrum erbaut worden.

Eine derartige Masse war naturgemäß weniger schnell und exakt bewegbar als eine geringe Masse mit proportional wesentlich stärkeren Triebwerken. Ein Gebilde wie OLD MAN verhielt sich in jedem Manöver so tückisch und unberechenbar, wie man es logischerweise erwarten konnte.

Die Ortungszentrale meldete sich.

„Konitzki spricht! OLD MAN beschleunigt mit genau fünf Kilometern pro Sekundenquadrat. Es wird eine kleine Ewigkeit dauern, bis er auf halbe Lichtgeschwindigkeit kommt. Die benötigt er aber, um seine Masse überhaupt in den Linearraum bringen zu können. Sein Ziel ist zweifellos die Galaxis."

„Danke", sprach Rhodan in das Schwenkmikrophon. „Da haben wir ja noch eine Galgenfrist. Wann wird er die Manövergeschwindigkeit erreicht haben?"

„In genau . . . Angabe zurück, OLD MAN ändert seine Anlauffahrt. Er wird schneller. Berechnung augenblicklich nicht möglich. Die Werte schwanken ständig. Da drüben experimentiert jemand, Sir. Ende!"

Rhodan drehte sich um. Er schien die Ruhe selbst zu sein. Sein Lächeln wirkte maskenhaft und unpersönlich. Atlan wußte, daß mit diesem Mann jetzt nicht mehr zu spaßen war.

„Die vierarmigen Herren an Bord dieses Superschiffes scheinen auch nicht zaubern zu können, Atlan. Schön, wenn man das weiß. Ich bin sehr neugierig, wie OLD MAN auf das konzentrierte Kreuzfeuer von vierzigtausend terranischen Schiffen reagieren wird. Ich zwinge ihn zu einem laufenden Gefecht, Breitseite gegen Breitseite. Meine Einheiten bilden im Querschnitt ein Zehneck, das sich linear zu einer Zehnfachlinie zu je viertausend Einheiten verlängert. Geometrisch betrachtet, befindet sich der Roboter im Achsenschnittpunkt einer zehneckigen Hohlsäule. So kommen fast alle Breitseiten gleichzeitig zum Tragen."

„Teuflisch!"

Rhodan lachte humorlos.

„Taktisch richtig. Wir haben drei Dimensionen zur Manöverformation zur Verfügung. Ich schätze, OLD MAN wird nach spätestens drei Minuten aufgeben. Selbst sein titanischer Hochenergie-Überladungsschirm kann dieses Transformfeuer nicht aushalten."

Rhodan rief die Funkzentrale an. Major Wai Ting meldete sich augenblicklich.

„Major, stellen Sie ihre Aufklärungsanrufe ein. Senden sie das vorbereitete Ultimatum. Falls OLD MAN nicht innerhalb von zehn Minuten seine Fahrt aufhebt und zur Kreisbahn um Navo-Nord zurückkehrt, erkläre ich den Kriegszustand für eröffnet. Senden Sie das. Setzen Sie alle denkbaren Verständigungsmöglichkeiten ein, darunter vordringlich die Gedankenzeichner. Spielen Sie den Trickfilm ab, der eindeutig zeigt, was nach meiner letzten Warnung geschehen wird."

Rhodan schaltete ab. Die Einheiten der solaren Flotte formierten sich. Atlans Verband, die 14. Schwere Offensiv-Flotte unter dem epsalischen USO-Admiral Con Bayth, stand bereits auf Schußposition. Auf den Echoschirmen der Taster sah es aus, als glitten achthundert Perlen an einer straff gespannten Schnur entlang, um schließlich im genau richtigen Augenblick mit exaktem Abstand untereinander zu verharren.

Rhodan wartete noch einen Augenblick, der Fall einer unvermittelten Fahrtaufnahme war schon zu oft in allen Einzelheiten durchgesprochen worden, um jetzt noch Anlaß zu Diskussionen zu geben. Jeder Kommandant wußte, wo sein Platz war und was er zu tun hatte.

„Ultimatum läuft nach acht Minuten ab", gab die Zentraleautomatik bekannt. Die CREST IV hatte längst Fahrt aufgenommen. Mit hohen Werten reihte sie sich in den Achsenschnittpunkt ein und ging auf Geleitfahrt herunter.

Rhodan achtete kaum auf die vielen Ausführungsmeldungen der Stationschefs. Das konnte er dem Kommandanten seines Flaggschiffes überlassen. Es war Merlin Akrans Sache, den Ultrariesen auf die Position zu bringen, die der Angriffsplan vorsah.

Rhodan schaute auf die Uhr. Ein Bildschirm der mittelgroßen Verbindungsgalerie flammte auf. Das Gesicht eines rotblonden Mannes mit harten Zügen wurde erkennbar.

„Major Ronald Keller, Chef der Vierten Korvettenflottille an Kommandant CREST: Anfrage um Ausschleusungserlaubnis. Ich bitte zu bedenken, daß die fünfzig Korvetten des Flaggschiffes den Transformschirm ganz erheblich verstärken können. Ende."

„Das war das schönste Wort Ihrer Ausführungen", grollte Atlans Stimme. „Antrag abgelehnt. Zügeln Sie Ihr Temperament, Keller. Sie sollten sich vorstellen können, was aus Ihren Sechzigmeterbooten wird, wenn das Salvenfeuer eröffnet wird. Bleiben Sie an Bord und drücken Sie den Daumen, daß unsere Schutzschirme halten. Das gilt auch für die vier anderen Chefs der Korvettenverbände. Halten Sie es für notwendig, meine Zeit noch weiterhin in Anspruch zu nehmen?"

Keller schaltete wortlos ab. Trotz der ernsten Situation konnte Atlan ein Schmunzeln nicht unterdrücken.

Rhodan schaute schon wieder auf die Uhr. Noch fünf Minuten bis zum Ablauf des Ultimatums. Er warf einen Blick zu Atlan hinüber und griff zum Mikrophon.

„Rhodan an alle Besucher des Flaggschiffes: Die Lage wird ernst. Es ist zu vermuten, daß die Beherrscher OLD MANS nicht auf den Anruf reagieren. Falls Sie nicht an Bord Ihrer eigenen Schiffe dringend benötigt werden, ist es Ihnen freigestellt, an Bord der CREST zu verbleiben oder zu Ihren Schiffen zurückzukehren. Allen, die zu ihren Schiffen zurückkehren wollen, stehen die Transmitter der CREST zur Verfügung. Achtung, Transmitterraum CREST IV: Wer ist diensthabender Offizier?“

„Immer noch Leutnant Terminow, Sir“, klang die Stimme des jungen Mannes aus den Lautsprechern.

„Sehr schön. Beeilen Sie sich. Setzen Sie alle Personen-Transmitter ein. Ich bitte Roi Danton und Staatsmarschall Reginald Bull in die Zentrale.“

Rhodan schob das Mikrophon zurück. Ein zweiter Blick traf den Lordadmiral.

„Einverstanden?“

Atlan nickte. Rhodan versäumte nichts.

„Ich nehme an, Freund, unter den gegebenen Umständen kann von einem Mord an dreizehn Gehirnen nicht mehr die Rede sein?“

Atlan rang sich ein Lächeln ab.

„Die Umstände sprechen natürlich dafür, aber am eigentlichen Sachverhalt ändert sich nichts.“

Rhodan umklammerte mit beiden Händen die Sessellehnen.

„Mein Gott – was soll ich tun? Dieses Riesending in die Galaxis hineinfliegen lassen? Zusehen, wie OLD MANS Ultraschiffe über die besiedelten Planeten herfallen? Atlan, es tut mir leid.“

„Sie sollten seinen seelischen Zwiespalt nicht noch vertiefen, Sir“, flüsterte Kasom dem Lordadmiral zu.

Atlan winkte heftig ab.

„Perry, das sollte keine Belehrung oder gar eine Vorhaltung sein. Ich würde nicht anders handeln! Ich kann nun einmal nicht vergessen, daß diese dreizehn Männer losgeflogen sind, um uns, den im Zeitstrom Verschollenen, neue Kalups zu bringen. In Ordnung – in Ordnung, ich schweige ja schon. Du mußt die Maschinerie der Vernichtung weiterlaufen lassen. Ich hoffe nur, daß wir Erfolg haben. Ihr Terraner seid wieder einmal sehr siegessicher. Jedermann übersieht, daß sich sechs Schwingungswächter mit sechs kampfstarken Dolans an Bord des Trägerroboters befinden. Niemand kann vorhersagen, wie sich das bei einem Feuerüberfall auswirken wird. Denke daran."

„Ich *habe* daran gedacht!" entgegnete Rhodan. „Das Schiff unserer halutischen Freunde kommt soeben an. Icho Tolot fliegt ein erstklassiges Anpassungsmanöver. Die Bitte um Hilfe war mit dem Sammelbefehl der Flotte identisch. Tolot handelt schnell."

Atlan sah auf einen weiteren Bildschirm. Darauf war das schwarze, hundertdreißig Meter durchmessende Kugelraumschiff der beiden Haluter klar zu erkennen. Es wurde als Reliefbild von hoher Darstellungskraft wiedergegeben.

Im Hintergrund der Zentrale öffnete sich ein winziges Gefechtsschott. Es durchmaß in seiner Rundung nur einen Meter. Da es drei Meter dick war, wirkte die aufgleitende Tür wie ein konisch geformter Korken, den man aus einer Spezialflasche zieht.

Das Schott glitt im rechten Winkel zur Panzerstahlwand auf Gleitfeldern zurück, bis sein Ende die Öffnung freigab. Dann schwang es in seiner gesamten Länge nach links herum.

Drei Männer krochen auf allen vieren durch die enge Öffnung. Der riesenhaft gebaute Ertruser Oro Masut brachte das Kunststück fertig, seinen Körper durch den Gang aus Terkonitstahl zu zwängen. Sein sandfarbener Sichelkamm erschien zuerst. Der Oberkörper folgte und anschließend die Füße. Masut trug eine etwas ungewöhnliche Kampfkombination, wie sie von den Wissenschaftlern der galaktischen Freihändler entwickelt worden war. Rhodan kannte die Qualitäten dieser Schutzkleidung.

Hinter Masut folgte der König der Freihändler, Roi Danton.

Er trug seine Phantasietracht. Er hatte sich entschlossen, zu den weißseidenen Kniehosen ebenfalls weiße Kniestrümpfe anzulegen. Die Schnallen auf seinen eigentümlichen Halbschuhen bestanden aus reinem Gold.

Über der Hose war eine hüftlange Weste aus zartrosa gefärbter Naturseide erkennbar. Ein scharlachroter Frack und ein gestärktes Spitzenhemd mit prächtiger Halskrause und gerafften Spitzenmanschetten vervollständigten das Bild eines adligen Stutzers vom Hofe des sechzehnten Bourbonenkönigs.

Sogar die gepuderte Perücke fehlte nicht. Es verstand sich von selbst, daß der König der galaktischen Freihändler einen Degen trug.

Die Lorgnette war ein Prachtstück ihrer Art. Allerdings hatte es sich mittlerweile herumgesprochen, daß sowohl in dem harmlos aussehenden Degen als auch in der doppelglasigen Stielbrille technische Finessen verborgen waren, die sogar einen wuchtigen Kampfroboter außer Gefecht setzen konnten.

Danton richtete sich würdevoll auf, ignorierte die plötzlich grinsenden Gesichter der Männer und führte sein Stielglas vor die Augen.

„Oh, bonjour, Messieurs, bonjour. Ich sehe Sie in Erwartung. Was ist los, Messieurs? Revoltiert der Pöbel? Stürmt er die Barrikaden? Oh, da ist ja auch Perry Rhodan. Ihr ergebener Diener, Grandseigneur."

Roi Danton beugte das Knie, neigte den Oberkörper nach vorn und tippte mit den Fingerspitzen der Rechten elegant an seine Herzgegend.

„Spezialist Kasom, bringen Sie den Papagei hierher", befahl Rhodan ruhig. „Ich nehme an, Ihr Chef wird es Ihnen gestatten, meinem Wunsche zu entsprechen."

Atlan winkte nur ab.

Michael Reginald Rhodan machte sich eben einen Spaß daraus, jedermann zu verulken. Je mehr man über ihn lachte, um so wohler fühlte er sich.

„Das kann er nur von seiner Mutter haben", murmelte Perry vor sich hin.

Atlan begann anzüglich zu lachen. Er verstummte aber nicht, als ihn ein erboster Blick des Freundes traf.

„Das sagen die Väter immer, alter Freund. Aber beruhige dich. Roi hat alles Wahre, Schöne und Gute von dir, den Rest von Mory. Zufrieden?"

„Es wundert mich, daß du nicht ebenfalls in der Tracht des achtzehnten Jahrhunderts herumläufst und deine arglosen Mitbürger auf den Arm nimmst", sagte Perry.

Niemand hörte die leise Unterhaltung.

„Parbleu, ich habe schon mit dem Gedanken gespielt", erklärte Atlan ernsthaft. „Es könnte mich reizen, die galante Epoche der irdischen Geschichte nochmals auferstehen zu lassen."

Weiter hinten ertönte ein urweltliches Gebrüll. Kasom und Masut, die beiden Ertruser, schrien sich gegenseitig an, als gelte es, sich in der Arena einen Kampf zu liefern.

„Oro, ich soll deinen Schützling nach vorn bringen. Wieso kommst du in so ungewöhnlicher Kleidung?“

„Ich gehe nie ohne Kampfanzug durch einen Transmitter.“

„Der nützt dir auch nichts, wenn du durch eine Fehlschaltung im Hyperraum bleibst.“

„Keiner der Verschollenen kann berichten, wie es war. *Ich* trage einen Kampfanzug.“

Roi hörte belustigt zu. Unterdessen verfolgte er wachsam die zahlreichen Durchsagen und Anweisungen. Die Flotte war klar zum Gefecht.

„Wenn Euer Gnaden belieben würden, diesen schmutzigen Raum zu durchschreiten, wäre ich Euer Gnaden sehr verbunden“, sagte Kasom. Und dann brüllend: „Na, wird's bald!“

Danton setzte sich in Marsch. Nachdem er endlich das Mannschott freigegeben hatte, gelang es einem rothaarigen, untersetzten Mann, sich ins Freie zu zwängen.

Reginald Bull fluchte lauthals. Roi trieb es wieder einmal auf die Spitze.

Vor der großen Hauptschaltempore angekommen, zog Roi den kostbaren Dreispitz unter Masuts Arm hervor und schwenkte die Kopfbedeckung durch die Luft.

Ehe der König der Freihändler jedoch etliche komplizierte Sätze aussprechen konnte, wurde er von Perry Rhodan in eisigem Tonfall unterbrochen.

„Mein Herr, ich habe Sie in die Zentrale gerufen, um Sie zu ersuchen, mit Ihrem Frachter der Feuerlinie fern zu bleiben. Haben Sie mich verstanden?“

Vater und Sohn maßen sich mit Blicken. Danton lächelte undefinierbar.

„Aber natürlich, Grandseigneur, ich verstehe immer. Darf ich Sie darauf aufmerksam machen, daß meine FRANCIS DRAKE über die Kampfkraft eines Ultraschlachtschiffes verfügt?“

Rhodan löste die Anschnallgurte, schwenkte den Sessel herum und stand auf. Er trat so dicht vor Roi, daß sich bald ihre Nasenspitzen berührten.

Rhodan flüsterte:

„Du wirst meine Anweisungen befolgen, Sohn, oder ich werde dir vor versammelter Mannschaft den seidenen Hosenboden versohlen.“

„Warum sollte ich aus der Front ausscheren? Vater, ich . . .!“

„Keinen Kommentar, bitte. Die CREST IV kann vernichtet werden. In diesem Falle wäre es für mich beruhigender zu wissen, daß ein charmanter Gauner namens Roi Danton garantiert am Leben bleibt. Du gehst zusammen mit Atlan in den Transmitterraum. Auf Wiedersehen."

Ihre Blicke trafen einander. Roi nickte nur. Er war plötzlich sehr ernst geworden.

„Paß auf, Vater", flüsterte er rauh.

„Darf ich bitten, Monsieur?" ließ sich der Lordadmiral vernehmen. Roi drehte sich wortlos um und ging.

Reginald Bull besprach mit Rhodan einige Maßnahmen, die für den extremen Katastrophenfall ausgearbeitet worden waren.

„Es ist doch absoluter Wahnsinn, dich dem Gigafeuer des Trägerschiffes auszusetzen", beschwor Bully den Freund. „Kein Staatschef wäre verrückt genug, mit seinem Schiff in der vordersten Linie zu stehen."

„Ich bin in diesen Minuten und Stunden kein Staatschef, sondern nur Perry Rhodan. Wir werden zweifellos hart abgewehrt werden. Wenn es den Schwingungswächtern beliebt, verlassen rund fünfzehntausend Ultrariesen ihre Hangars. Das geschieht spätestens dann, wenn es den Fremden klar wird, daß sie unser konzentriertes Transformfeuer nicht länger absorbieren können. In diesem Falle dürften sie ihre Front durch einen Gegenangriff dieser Schiffe entlasten. Es wird Zeit, Bully. Das Ultimatum ist längst abgelaufen. Du wirst auf deinem Flaggschiff erwartet."

Fünf Minuten später war Rhodans Stellvertreter verschwunden. Terminow strahlte ihn ab, ohne lange auf das Erscheinen Atlans und Dantons zu warten.

31.

Astronomisch gesehen, befand sich die Flotte bereits im interkosmischen Leerraum zwischen den Galaxien.

Der rote Riese Navo-Nord war bereits ein Außenseiter, den man deshalb als Treffpunkt und Sonnenleuchtfeuer ausgewählt hatte, weil er in einer günstigen Position stand.

Seit einer Minute glich der freie Raum einer überdimensionalen Hölle, in der unsichtbare Diener des Bösen etwa hunderttausend Atomfeuer von strahlender Pracht entfacht hatten.

Der Anblick detonierender Fusionsbomben, die vorher von den Transformkanonen der vierzigtausend Solaren Kampfschiffe abgestrahlt worden waren, konnte aber nur für den weit entfernten Betrachter prächtig wirken.

Für jene Lebewesen, die innerhalb dieses titanischen Gigazentrums überleben sollten, war es weniger schön.

OLD MAN war schon nach der ersten Salve der Galaxis-Einheiten im Zentrum eines ultrahell strahlenden Feuerballes verschwunden, in dem die Temperaturen einer heißen Sonne herrschten.

Unvorstellbare mechanische Kräfte mußten außerdem frei geworden sein. All dies hämmerte auf das riesige Robotschiff ein. Jeder einigermaßen vernünftig denkende Mensch hätte OLD MAN schon nach den ersten Breitseiten der Ultraschiffe abgeschrieben.

Dann aber war der Roboter aus den wallenden und blitzesprühenden Randzonen der miteinander verschmolzenen Explosionen hervorgeschossen, als wäre nichts geschehen. Sein HÜ-Schirm leuchtete in tiefgrüner Farbe. OLD MAN sah aus wie eine kleine Sonne von hoher Strahlkraft.

Rhodan hatte den fassungslosen Ausruf seines Flaggschiffskommandanten unbeantwortet gelassen. Die Kraftwerke, die sich in der Trägerkuppel des Mutterschiffes befanden, waren ihm durch die Schilderungen der Mutanten bekannt. Niemals zuvor hatte die Galaxis solche Maschinen gesehen.

Trotzdem mußten auch sie eine Leistungsgrenze haben. Die tückische Eigenschaft eines jeden Hochenergie-Überlagerungsschirmes bestand darin, infolge seiner überdimensionalen Energiestruktur sehr lange zu halten, dann aber unvermittelt zusammenzubrechen. Dies geschah dann, wenn im Aufbaumuster der Energielinien infolge ständig einwirkender Ultratemperaturen und zuschlagender Druckfronten eine Transformation der ursprünglichen Energieart hervorgerufen wurde.

Die Vorgänge waren im einzelnen wesentlich komplizierter; aber grob betrachtet, konnte man schon von einer Umwandlung infolge thermischer Einflüsse sprechen. Insofern war der kostspielige und zeitraubende Aufbau eines Abwehrfeldes mit überdimensionierter Struktur ziemlich zwecklos. Das traf allerdings nur dann zu, wenn ein HÜ-Schirm von weit überlegenen Streitkräften unter Feuer genommen wurde.

Das war jetzt der Fall. OLD MAN *konnte* auf die Dauer dem Feuer nicht widerstehen. Das mußte auch den Schwingungswächtern bekannt sein, die schließlich Verstand genug besaßen, um die Belastungskontrollen ablesen und deuten zu können.

Nach dem ersten Gigaschlag der Ultraschlachtschiffe hatte Rhodan für drei Minuten das Feuer einstellen lassen. Wieder hatten sich die Antennen des Flaggschiffes auf OLD MAN gerichtet und die vorbereiteten Verständigungsprogramme abgestrahlt. Die Zweitkonditionierten hatten nicht geantwortet.

Zwei Minuten nach Ablauf des letzten Vermittlungsversuches hatte Rhodan den Feuerbefehl für alle Einheiten der Flotte gegeben. Soeben begannen in den Kugelwandungen der mehr oder weniger großen Schiffe die Breitseiten erneut zu flammen. Die meisten Kommandanten machten von den erteilten Vollmachten Gebrauch und setzten auch noch ihre konventionellen Energiewaffen wie Impulskanonen, Desintegratoren, nervenlähmende Narkosestrahler und materialzersetzende Hyperschallkanonen ein.

Die Kernschußweite für die solaren Einheiten querab des Trägerschiffes betrug drei Millionen Kilometer. Rhodan war sich darüber klar, daß in aller Kürze ein Absetzmanöver erforderlich sein würde. Wenn gleichzeitig vierzigtausend Einheiten feuerten, mußte innerhalb weniger Minuten eine Atomsonne von mehreren Millionen Kilometern Durchmesser entstehen.

Zu diesem Zeitpunkt trafen Atlan, Roi Danton und die beiden Ertruser in der Vorschleuse zur Transmitterhalle ein.

Atlan und Kasom hatten darauf bestanden, moderne Kampfanzüge anzulegen, die Falthelme über die Köpfe zu streifen und auf Funksprechverkehr umzuschalten. Roi hatte sich klaglos Atlans Wünschen gefügt. Sein schöner Frack lag zusammen mit der Weste und den Schnallenschuhen in einem spartanisch eingerichteten Raum der CREST IV. Auch die Perücke hatte dortbleiben müssen.

Durch diese Maßnahme hatte sich eine Zeitverzögerung ergeben. Normalerweise hätten Roi und Atlan längst an Bord ihrer Flaggschiffe sein müssen.

Die gewaltige CREST IV ruckte plötzlich nach Feuerlee. Gleichzeitig begann die vielfach unterteilte Kugelzelle zu schwingen wie eine Glocke. Das berüchtigte Läuten und Dröhnen, Schreckgespenst jedes Konstrukteurs, klang zum ersten Male auf.

Es war nicht zu beherrschen, obwohl man schon alles getan hatte, um die schwingungsleitenden Verbände mindestens an den Überleitungspunkten zu isolieren. Es nützte nicht viel, obwohl sich erfahrene Raumfahrer sagten, daß der Lärm ohne die ausgeklügelte Isolierung fraglos den Charakter von zellzerstörenden Ultraschwingungen angenommen hätte.

Atlan taumelte nach links. Die Stahlplatten unter seinen Füßen verwandelten sich plötzlich in ein Schüttelsieb. Es war unmöglich, auf den Platten zu stehen.

Selbst Oro Masut verlor den Boden unter den Füßen und stürzte. Nur Roi, der sein stutzerhaftes Gebaren vollständig abgelegt hatte, drückte blitzschnell auf den Schalter des Flugaggregats und wartete darauf, bis die Automatik des eingebauten Schwerkraftneutralisators die im Schiff herrschende Gravitation ausgeglichen hatte.

Die Ertruser und Atlan folgten augenblicklich seinem Beispiel. Unter den geschlossenen Druckhelmen der Kampfmonturen, die nun zu unhandlichen Raumanzügen geworden waren, glitten die Schalldämpfer aus den Halsstücken. Die breiten Muscheln legten sich über die Ohren der Männer und schlossen sie schalldicht ab.

Das Dröhnen, das noch von vielerlei anderen Geräuschen verstärkt wurde, mäßigte sich allmählich zu einem erträglichen Rumoren.

Roi Danton meldete sich. Er sprach Atlan mit Sie an, weil er nicht wußte, ob sein auf der allgemeinen Frequenz liegendes Funkgespräch mitgehört wurde oder nicht.

„Scheußlich, Sire, da haben wir die Bescherung. Können Sie mir verraten, wie wir bei *diesem* totalen Verschlußzustand in die Transmitterhalle kommen sollen? Solange die Sicherheitsautomatik durch den Salventakt höchste Gefahr durch Schwingungsbrüche und eventuelle Wirkungstreffer mit verheerenden Folgen registriert, läßt sie sich von nichts und durch niemand bewegen, die Druckschleusen zu öffnen. Die CREST IV gleicht jetzt einem zehntausendfach untereinander abgeriegelten Wabensystem."

„Mehr, zwanzigtausendfach", belehrte ihn der Arkonide. „Mindestens zwanzigtausendfach! Wir sollten einen jungen Leutnant fragen, der soeben von der Akademie gekommen ist. Man weiß niemals im Leben mehr, als zu diesem Zeitpunkt der theoretischen Prüfungen. Er könnte Ihnen ganz genau sagen, wieviel Hermetikschleusen ein modernes Schiff der Galaxis-Klasse besitzt."

„Ein schwacher Trost", beschwerte sich Roi. „Wenn wir die Kampfanzüge nicht angelegt hätten, wären wir seit einer Viertelstunde an Bord unserer Schiffe. Edelmann Rasto Hims, der stellvertretende Kommandant der FRANCIS DRAKE, wird sich vor Sehnsucht und Sorge nach mir verzehren."

„Hoffentlich fängt er dabei mit seinen Schweißfüßen an", polterte Melbar Kasom. „Aber Roi hat recht. Wie kommen wir in die Halle hinein? Es gefällt mir nicht, wie eine gebratene Taube unter der Decke zu schweben."

„Haben Sie schon einmal eine gebratene Taube fliegen sehen, Spezialist Kasom?"

Kasom warf seinem Vorgesetzten einen erbosten Blick zu. Schließlich schwebte er nach vorn und trommelte mit den behandschuhten Fäusten gegen das Schleusenschott.

„Ein Optimist, parbleu", seufzte Roi in sein Helmmikrophon. „Was nun, Sire? Kehren wir in die Zentrale zurück?"

„Die ist auch unter Verschlußzustand", wehrte Atlan ab. „Warten wir. Einmal wird das Feuer für einen Augenblick nachlassen. Dann rufen wir Terminow an. Er kann bei einer Stillhaltephase manuell öffnen."

„Ich möchte aber gern etwas von dem Gefecht sehen."

„Von der *Schlacht*!" belehrte ihn Atlan. „Sie glauben doch nicht ernsthaft, ein Duell mit OLD MAN könnte nur ein Gefecht sein? Gedulden Sie sich. Ein junger Mann von Ihrer Art muß nicht unbedingt optisch dabei sein, wenn notgedrungen die Fetzen fliegen. Lassen Sie sich das von einem Zehntausendjährigen gesagt sein."

Rhodan wußte nicht, daß die vier Männer noch immer auf der CREST IV waren. Er hatte jetzt auch keine Zeit, sich darum zu kümmern.

OLD MAN oder besser gesagt seine neuen Besitzer hatten den Feuerüberfall der gesamten Flotte nicht so ohne weiteres über sich ergehen lassen. Eigentlich geschahen zwei Dinge zur gleichen Zeit.

Die Zweitkonditionierten verzichteten darauf, die in den Hangars stehenden Ultraschlachtschiffe auszuschleusen und gegen die terranische Angriffsfront einzusetzen.

Das war ungewöhnlich, kam völlig unerwartet und warf die Pläne fast aller Raumstrategen über den Haufen. Man *hatte* mit einem entlastenden Ausfall gerechnet. Nichts wäre natürlicher gewesen, als die schärfste Waffe des Trägerschiffes einzusetzen.

Die Kugelgiganten blieben jedoch in ihren Hallen. Dafür zeichnete sich ein Phänomen ab, das eigentlich nur von den Männern erwogen worden war, die das Gefecht zwischen dem Zweitkonditionierten Tro Khon und den beiden Halutern miterlebt hatten.

Das waren außer Rhodan und Atlan nicht viele Personen. Niemand konnte sich eine klare Vorstellung von jener Überwaffe machen, die man inzwischen als Dimensionstransmitter oder Paratronkanone kannte.

Es war konstruktiv gesehen alles andere als eine Kanone im Sinne des Wortes. Trotzdem wirkte das Gerät wie ein schweres Energiegeschütz.

Ehe noch die ersten Fusionsbomben auf OLD MANS Kurs mit dem nötigen Vorhalt rematerialisierten und explodierten, leuchtete der Raum in irrlichterndem Feuerschein auf.

Das Flackern verdichtete sich in Sekundenbruchteilen zu einem ultrablauen, scharf ausgezackten Blitz, der sofort darauf das Einsteinsche Raum-Zeit-Kontinuum aufriß.

An Stelle des Blitzes entstand eine Strukturöffnung zum übergeordneten Hyperraum. Die Öffnung war vom Verstand her lediglich als rechnerischer Faktor anzusehen. Niemand wußte, wie es zu einem solchen Riß kommen konnte und welche physikalischen Gesetzmäßigkeiten angewendet werden mußten, um ihn aufrecht zu erhalten.

Absolut stabil war er jedoch nicht. Die Form der Öffnung entsprach einer schlanken Ellipse von etwa einer Million Kilometern Länge und einer größten Breite von knapp hunderttausend Kilometern. Die Randzonen wallten in nebelartigen Leuchterscheinungen.

Es sah ganz danach aus, als sträube sich der Einsteinraum gegen die Bevormundung durch eine Gewalt, die aber doch zu übermächtig war, um von den Kräften der Natur gänzlich aufgehoben werden zu können.

Nur vier Sekunden nach den ersten Anzeichen eines kaum begreifbaren Geschehens glomm innerhalb des von der Ellipse umschlossenen Raumes ein Leuchtschimmer auf, der ständig seine Farbe wechselte und dabei langsam pulsierte.

Rhodan sah, wie die explodierenden Gigabomben, etwa vierzigtausend Stück, plötzlich unschädlich gemacht wurden.

Die sonnenhelle Atomhölle, die je nach Kaliber mehr oder weniger groß war, wurde wie von einem gigantischen Ventilator erfaßt und abgesaugt. Der Vorgang war so ungeheuerlich, daß Rhodan seine Beobachtungsgabe in Frage stellte.

Er drehte rasch den Kopf und blickte in die Gesichter der Männer, die in seiner unmittelbaren Nähe saßen.

Sie waren alle fassungslos. Unglaube und Verblüffung zeichneten sich ab.

Rhodan ergriff die Initiative. Er tat es, als die ungeheuren Kernenergien in der Form eines dünnen, jedoch überaus langen Energiestreifens durch den Strukturriß schossen und in ihm verschwanden. Es war, als wäre überhaupt nichts geschehen.

„Rhodan an alle Kommandeure und Kommandanten: Dies ist der sogenannte Dimensionstransmitter, über dessen Wirkung Sie unterrichtet worden sind. Wenn es in der technischen Praxis gelingt, eine freiwerdende Energie erst gar nicht nahe dem Zielkörper zur Wirkung kommen zu lassen, sondern sie sofort abzuleiten, ist diese Energie als gegenstandslos anzusehen. Vergleichen Sie die Defensivwirkung des Dimensionstransmitters mit einem Staudamm, der selbst die ungeheuerste Flutwelle nach einer anderen Richtung ableiten und sie im freien Meer totlaufen lassen kann. Dennoch besteht die Aussicht, daß auch diese Abwehrwaffe eine Leistungsgrenze besitzt. Feuern Sie also im vollen Salvenakt weiter, und versuchen Sie, Ihre Transformbomben möglichst direkt vor dem normalen HÜ-Schirm des Trägerschiffes zur Detonation zu bringen. Feuern Sie, bis Sie einen gegenteiligen Befehl erhalten."

Rhodan schob das Mikrophon zurück, das ihn mit dem großen Hypersender der Funkzentrale verband. Er griff zum Mikro der Rundrufanlage.

„Feuerleitzentrale, Major Waydenbrak! Die beiden Haluter kommen aus dem Grünsektor. Das wurde so besprochen. Achten Sie darauf, daß Tolot und Teik nicht von der Sicherheitsautomatik Ihrer Zentrale erfaßt und unter Feuer genommen werden. Ende. Ortung – Geben Sie mir das optische Normal- und Infrarotbild auf die Zentralschirme. Vorsicht, die Haluter werden sehr nahe an die Zelle der CREST herankommen. Senden Sie einen Leitstrahl mit genauen Entfernungsangaben. Weisen Sie die Haluter dicht über unserer oberen Polkuppel auf Position ein. Alles verstanden?"

Die Bestätigungen liefen ein. Unterdessen steigerte sich das Salvenfeuer der CREST IV zu einem endlosen Dröhnen und Rollen, das bald den letzten Mann zwang, auf die Sprechfunkverbindung der Helme umzuschalten. Niemand konnte sich noch normal verständigen.

Icho Tolot meldete sich. Der monströse Halbkugelkopf des halutischen Giganten erschien auf dem Bildschirm vor Rhodans Gefechtssitz. Tolots rote Augen schienen in innerem Feuer zu glühen. Sie hoben sich wie brennende Kohlen von der schwarzen Lederhaut seines Kopfes ab.

Auf einem zweiten Schirm wurde das Kugelraumschiff der Haluter erkennbar. Es kam mit hoher Fahrt.

„Mir scheint, es ist an der Zeit, Ihre zwecklosen Versuche aufzugeben", dröhnte Icho Tolots mächtige Stimme aus den Lautsprechern. „Sie werden auch mit dem stärksten Salvenfeuer nichts erreichen. Der Strukturriß leitet mühelos die Energie einer mittelgroßen Sonne ab. Bin ich Ihnen willkommen, Rhodanos?"

„Sehr, sehr sogar, mein Freund. Ich möchte auf Ihr Angebot zurückgreifen. Bleibt es dabei?"

Tolots Gesicht war keine Gefühlsregung anzusehen. Nur die drei Augen schienen noch stärker aufzuleuchten.

„Ja, wir sind bereit. Bitte, richten Sie sich exakt nach meinen Vorschlägen."

„Anweisungen . . .!" korrigierte Rhodan lächelnd. „Aber bitte, das soll kein Vorwurf sein. Sie und Fancan Teik sind in diesem Falle die Fachleute. Ich wüßte kaum, wie dieser Strukturriß zu kompensieren wäre."

„Wir werden versuchen, den Effekt aufzuheben. Lassen Sie bitte Ihre Flotte weiterfeuern, und schalten Sie um auf normal lichtschnelle Bildfunkverbindung."

Rhodan gab die nötigen Anweisungen. Die Männer, die mit der Ausführung dieser Befehle beschäftigt waren, sahen sich nur stumm an. Der Großadministrator schien mit den beiden Halutern schon allerlei Dinge besprochen zu haben, von denen man nichts wußte.

Der Leitende Ingenieur schaltete kurzfristig die Schutzschirme der Steuerbordbreitseite ab.

Das hundertdreißig Meter durchmessende Kugelschiff der Haluter kaum langsam näher. Nachdem es die Abwehrzone durchstoßen hatte und im Banne eines Traktorstrahles allmählich an die Bordwand der CREST herangezogen wurde, schloß sich wieder der grüne Vorhang des HÜ-Schirmes.

Vor OLD MAN aber explodierten nach wie vor die schweren Fusionsgeschosse der terranischen Transformkanonen. Sie richteten kein Unheil an. Der Riesenroboter blieb unbeirrt auf Eintauchkurs.

Die Ultraschlachtschiffe der Flotte feuerten volle Breitseiten. Sie verpufften ebenso wirkungslos im fünfdimensionalen Raum wie die schwächeren Ladungen der kleinen Kreuzer.

Über dem oberen Pol der CREST IV wurde das halutische Raumschiff energetisch verankert. Niemand konnte auf den Bildschirmen genau verfolgen, was die beiden vierarmigen Giganten in seinem Innern unternahmen. Sie waren allein in einem Fahrzeug, das nach terranischen Begriffen mindestens über eine Besatzung von achtzig Mann hätte verfügen müssen.

In der Zentrale der CREST IV erschienen nacheinander die Mutanten, deren ständige Einsatzstation das Flaggschiff war. Es waren insgesamt sechs Personen, darunter der Mausbiber Gucky, Ras Tschubai, der Doppelkopfmutant Iwan Iwanowitsch Goratschin und Ralf Marten, der geheimnisvolle Teleoptiker.

Sie wußten mehr als andere Leute über den Einsatz, den Perry Rhodan beabsichtigte.

Vierhundert Meter unterhalb der Zentrale schwebten vier Männer in Kampfanzügen über den vibrierenden Bodenplatten. Atlan wartete auf ein Nachlassen des Feuers. Es wäre durchaus möglich gewesen, Rhodan oder den Kommandanten mit der normalen Bordsprechanlage anzurufen und um eine kurzfristige Einstellung des Salventakts zu bitten. In diesem Falle hätte Terminow die Schutzschleusen durch einen Schalterdruck öffnen können.

Atlan zögerte jedoch, in die Geschehnisse einzugreifen. Dafür gab es einige Gründe.

Er kannte Rhodans Planung. Wenn die CREST auch nur eine Sekunde lang das bisher beibehaltene Wirkungsfeuer einstellte, konnten die sechs Schwingungswächter unwillkommene Schlüsse ziehen. Sie waren fraglos darüber informiert, auf welchem Ultraschlachtschiff sich der wichtigste Mann des Solaren Imperiums aufhielt.

Selbst wenn der Atomorkan, der ständig über OLD MAN hereinbrach, durch den Dimensionstransmitter in den 5-D-Raum abgeleitet wurde, so bewirkten die pausenlos detonierenden Geschosse doch zweifellos eine erhebliche Ortungsstörung. Die Geräte des Robotschiffes mußten jetzt schon völlig durcheinander sein.

Der Ausfall der CREST-Breitseiten hätte eine Verbesserung dieses Zustandes bringen können.

Atlan überlegte lange, ob er Rois Drängen nachgeben und Rhodan doch anrufen sollte. Schließlich lehnte er endgültig ab.

„Nein, wir werden das Feuer nicht unterbrechen. Die Haluter dürften soeben längsseits gehen. Ich darf Ihnen verraten, daß Perry verwegene Absichten hat. Aha – der Salventakt wird auf Katastrophenwert gesteigert, hören Sie es?“

„Zum Teufel, ich fühle es!“ beschwerte sich Oro Masut. „Die Luft beginnt schon zu wallen. Ich kann mich kaum noch halten.“

„Wir auch nicht, beruhigen Sie sich. Aus der Steigerung der Feuergeschwindigkeit ersehen Sie, daß Perry jetzt nicht unseretwegen unterbrechen kann. Warten wir ab.“

Atlan traf damit eine schicksalhafte Entscheidung; aber das konnte er zu diesem Zietpunkt noch nicht wissen.

Verschlüsselte Funknachrichten verließen die Antennen des Flaggschiffes.

Rhodans Nachrichten waren kurz und inhaltsvoll. Die „Zentralpunkteinheiten“ erhielten die Anweisung, ihr Feuer einzustellen, sobald die aus der Linie hervorbrechende CREST eine bestimmte Position erreicht hatte.

Andere Kommandanten wurden angewiesen, den Feuervorhang zur gleichen Zeit vorzuverlegen und lediglich noch den errechneten Anflugkurs OLD MANS einzudecken.

Die hinter der CREST stehenden Einheiten hatten ihr Wirkungsfeuer vollständig einzustellen. Es kam darauf an, die Planung exakt durchzuführen. Wenn die CREST in die Front der Breitseiten hineinflog, war sie rettungslos verloren.

Die Positronik registrierte die beständigen Kurzimpulse der Kommandanten. Es war keine einzige Rückfrage dabei. Reginald Bull, Rhodans Stellvertreter, meldete sich ebenfalls nicht. Er wußte, wie zwecklos es war, Perry Rhodan daran hindern zu wollen, die eigene Haut zu riskieren.

Genaugenommen hatte auch nur die CREST eine echte Chance, die sogenannte „Paratronblase" über OLD MAN aufzusprengen. Damit war der von dem Dimensionstransmitter erzeugte Strukturriß im Einsteinschen Normalraum gemeint.

Niemand hatte zu den beiden Halutern ein so gutes Verhältnis wie Perry Rhodan. Niemand verstand ihre Instruktionen schneller als er.

Dazu zählte noch der enorm hohe Gefechtswert des Flaggschiffes, dessen Besatzung aus der Elite der terranischen Raumfahrer bestand.

Wenn es gelang, die Strukturblase aufzureißen und die Wirkung des gegnerischen Dimensionstransmitters mit den gleichartigen Geräten des Haluterschiffes zu neutralisieren, hatte OLD MAN innerhalb einer Minute ausgespielt.

Selbst wenn die Schwingungswächter dann noch den Entschluß fassen sollten, die fünfzehntausend Trägereinheiten auszuschleusen und sie ins Gefecht zu werfen, mußte es dafür zu spät sein.

Drei Minuten nach Eingang des letzten Bestätigungsimpulses brüllten die Triebwerke des Flaggschiffes auf. Es scherte aus der langen Linie aus und ging mit hoher Fahrtbeschleunigung auf Zielkurs.

Vor dem Kugelkörper zuckten die Glutbälle der Fusionsbomben auf. OLD MAN war nur noch mit den optischen Aufnahmegeräten zu erfassen. In diesem Inferno versagten sogar die überlichtschnellen Taster.

Ein winziger, grünleuchtender Punkt schoß mit ständig steigender Fahrt auf das riesige Trägerschiff zu. Rhodan hoffte, sehr spät oder überhaupt nicht geortet zu werden.

Ehe die CREST die Position erreichte, die zu einer sofortigen Vorverlegung des Flottenfeuers zwang, rief er nochmals alle Einheiten an.

„... halte ich es es für wahrscheinlich, daß die Zeitpolizisten die Robotraumer ins Gefecht werfen. Ziehen Sie sich in diesem Falle sofort zurück. Sie haben kaum eine Chance gegen fünfzehntausend Ultraschlachtschiffe terranischer Bauweise. Greifen Sie im Guerillaverfahren an. Kümmern Sie sich nicht mehr um OLD MAN. Ohne seine Ultraflotte ist er ein schwerfälliges, nahezu wehrloses Gebilde, das von jedem unserer Schiffe ausmanövriert werden kann. Ich greife an, Ende."

Der Spruch war verschlüsselt und zerhackt. Es war nicht anzunehmen, daß die Schwingungswächter in den wenigen noch verbleibenden Sekunden Zeit zu einer Dechiffrierung haben würden.

„Gehen Sie auf Kollisionskurs, achtundsechzig Grad. Höhe beibehalten", dröhnte Icho Tolots Anweisung durch den infernalischen Lärm der beständig feuernden Breitseiten.

Das Flaggschiff schwenkte nach rechts ab. Der anliegende Kurs beinhaltete einen Vorhalt, der unter Berücksichtigung der konstanten Fahrtbeschleunigung des Roboters errechnet worden war. Am Schnittpunkt der fiktiven Linien mußten die beiden so verschiedenartigen Raumschiffe aufeinandertreffen.

Die CREST befand sich in voller Gefechtsbereitschaft. Das bedeutete, daß jedermann seinen Druckhelm geschlossen und auf Funksprechverbindung umgeschaltet hatte. Die Einsatzkommandos in den Vorräumen der Schleusen schalteten zusätzlich noch die Individualschirme ihrer Kampfanzüge ein. Im Schiff herrschte voller Verschlußzustand.

Dies geschah um 13.11 Uhr am 12. Januar 2436.

Nur eine Minute später meldete sich Icho Tolot erneut. Auf den Bildschirmen der CREST war zu erkennen, daß er den Falthelm seines grünen Kampfanzuges ebenfalls geschlossen hatte. Der Haluter saß hinter den Kontrollen seines Schiffes. Fancan Teik war nicht zu sehen.

„Tolot an Rhodan – Ihr Salvenfeuer verzerrt meine Fernauswertung. Bitte, lassen Sie es kurzfristig auf ein möglichst unverdächtig wirkendes Minimum reduzieren. Auf keinen Fall ganz einstellen. Es muß den Anschein erwecken, als holten Sie Luft für den letzten Schlag."

„Verstanden, Rhodan spricht, Feuerleitzentrale, Breitseitentakt einstellen, Umschalten auf Einzelfeuer im Rhythmus von zwei Sekunden. Wir stehen dicht vor dem Ziel!"

Plötzlich mäßigte sich das nervenzermürbende Tosen und Donnern. Die CREST wurde weniger durchgeschüttelt. Schleusen konnten geöffnet werden.

Rhodan ahnte nicht, daß er damit vier ungeduldigen Männern eine Chance gab, doch noch auf ihre Flaggschiffe heimzukehren.

Atlan handelte augenblicklich. Er schwebte in schwerelosem Zustand über dem kleinen Bildschirm der Visiphonanlage und drückte Terminows Rufknopf. Der kahle Schädel des Terraners wurde sofort sichtbar. Terminow traute seinen Augen nicht, als er auf seinem Verbindungsschirm Atlans Gesicht erkannte.

„Sir – woher kommen Sie denn?"

„Fragen Sie nicht. Öffnen Sie das Schleusenschott mit Manuellschaltung. Nein, bitte keine Meldung an Perry Rhodan. Wir sollten längst von Bord sein. Der totale Verschlußzustand hinderte uns daran. Öffnen Sie, ehe der Salventakt erneut beginnt."

Ein Mann wie Leutnant Terminow war in der Lage, aus derart dürftigen Angaben sofort die richtigen Schlüsse zu ziehen. Die Verbindungsbildschirme seiner Transmitterzentrale verrieten ihm, daß es höchste Zeit war, die draußen Wartenden abzustrahlen. Besonders Atlan mußte dringend auf sein Flaggschiff befördert werden, damit er dort das Kommando über die USO-Einheiten, notfalls sogar über die gesamte terranische Flotte übernehmen konnte.

Terminow drückte zugleich auf verschiedenfarbige Knöpfe. Weit hinter ihm schwangen die Schleusentore auf. Rechts vor ihm verfärbten sich die Säulen von zwei kleinen Mann-Transmittern.

Ein Blick über die Schulter hinweg überzeugte ihn, daß er richtig geschaltet hatte. Der Ertruser Oro Masut würde mit Roi Danton gehen und Melbar Kasom mit dem Lordadmiral.

Auch die Techniker in den einzelnen Schaltboxen handelten ohne Rückfragen. Sergeant Antony Saragol überprüfte die Justierung der anlaufenden Geräte und gab gleichzeitig das Sendesignal an die Empfänger der IMPERATOR III und des Freihändlerschiffes FRANCIS DRAKE.

Die vier Männer hatten beim Verstummen des Salvenfeuers ihre Flugaggregate wieder abgeschaltet. Nun rannten sie an den Kontrollkabinen vorbei und blieben vor Terminows Stand stehen.

Atlan klappte den Helm auf, um normal sprechen zu können.

„Danke, Terminow. Kommen wir noch rüber, ehe es die Situation verbietet?"

„Es müßte noch reichen, Sir", rief Terminow durch das Panzerplastmaterial seines Helmes hindurch. „Beide Geräte sind in dreißig Sekunden sendeklar. IMPERATOR und DRAKE melden soeben ihre Empfangsbereitschaft. Ich hatte keine Ahnung, daß Sie draußen im Gang sind."

„Natürlich nicht."

„Großer Ertrus, das sieht aber schaurig aus", meinte Oro Masut und warf einen Blick zu Roi Danton hinüber. „Wir sollten vielleicht hierbleiben, wie?"

Roi winkte nur ab. Er wünschte nichts sehnlicher, als auf sein Schiff zu kommen und dort genau das zu tun, was Rhodan nicht wollte – nämlich in irgendeiner Form in die Geschehnisse einzugreifen.

Das Lohen und Gleißen auf den Bildschirmen der Außenbordaufnahme wurde so übermächtig, daß sogar Melbar Kasom den Blick abwenden mußte. Im freien Raum zwischen der Galaxis und den Magellanschen Wolken schien wirklich die Hölle los zu sein.

Atlan spähte zu den beiden Transmittern hinüber. Soeben schlossen sich die Spitzbogen-Energiesäulen.

„IMPERATOR, nehmen Sie Transmitter drei", dröhnte eine Stimme aus den Lautsprechern. „FRANCIS DRAKE – Für Sie ist Nummer vier justiert worden. Bitte beeilen Sie sich. Sie werden mit dem gleichen Energieschub abgestrahlt. Ausführung, Empfang steht."

Atlan klappte wieder seinen Druckhelm über den Kopf, umfaßte Kasoms Hand und schritt mit ihm zu dem aufleuchtenden Gefahrenkreis hinüber. Danton und Oro folgten seinem Beispiel.

Als der Ring hellrot aufleuchtete, sprangen die vier Männer in der gleichen Sekunde auf die flammenden Bogensäulen der Transmitter zu und verschwanden in dem Wirbelfeld der Entmaterialisierungszone.

Terminow sah, wie die Umrisse der Körper verschwammen. Seine Instrumente registrierten eine ordnungsgemäße Abstrahlung.

Er kam jedoch nicht mehr dazu, die Ausführungsmeldung an die Hauptzentrale weiterzuleiten, denn im gleichen Moment drückte ein vierarmiger Gigant auf die Schaltleisten eines Steuerpultes.

Wahrscheinlich hatte Icho Tolot das Paratronfeld seines Schiffes schon eine Tausendstel Sekunde vor dem Abstrahlen der vier menschlichen Körper aktiviert.

Wiederum einen kaum meßbaren Augenblick später wurden die CREST IV und das mit ihr verankerte Haluterschiff von einem Energiefeld eingehüllt, das sich in seiner Aufbaustruktur von der Paratronblase des Gegners nur durch die geringere Aufladung unterschied.

Die Schwingungswächter auf OLD MAN verfügten über sechs Dolans, deren Maschinenaggregate schon beim Anflug des Solaren Flaggschiffes gleichgeschaltet worden waren.

Selbstverständlich hatte ein Wissenschaftler vom Range Icho Tolots damit gerechnet. Es kam auch nicht darauf an, den Strukturriß über dem Robot-Trägerschiff restlos zu beseitigen, sondern es ging nur darum, das Verteidigungssystem an einer Stelle aufzureißen.

Tolots Anweisungen an Rhodan erfolgten in dem gelassenen Tonfall, den man von dem Giganten kannte.

So geschah es, daß während der Abstrahlung von vier Männern das halutische Abwehrfeld aufgebaut wurde und die CREST IV mit allen Geschützen zu feuern begann. Diese Maßnahme wurde positronisch gesteuert. Kein Mensch wäre fähig gewesen, schnell genug zu handeln.

Ungeheure Energiefluten schossen zu OLD MAN hinüber. Es waren die Kräfte einer kleinen Sonne. Die Transformbomben des Flaggschiffes waren dagegen ein kaum meßbarer Faktor. Trotzdem mußte dieser Faktor ausreichen, OLD MAN nach dem erhofften Zusammenbruch des Paratronschirmes dem sonnenheißen Feuer von zwanzig Zweitausend-Giga-Bomben wehrlos auszuliefern. Solche Belastungen aber überstand kein Material.

Niemand hatte schnell genug begriffen, was geschehen war. Die Männer der CREST IV hatten auch keine Chance gehabt, die hyperphysikalischen Vorgänge außerhalb der Schiffszelle zu beobachten. Selbst wenn entsprechende Meßgeräte vorhanden gewesen wären, hätte sie niemand rasch genug ablesen können.

Anders lag der Fall für die Orter und Fernbildauswerfer der solaren Einheiten, die in unmittelbarer Nähe der vorstoßenden CREST operierten und programmgemäß ihre Aufgabe erfüllten.

Die besten Positionen zur Registrierung der Geschehnisse hatten die Besatzungen des USO-Flaggschiffes IMPERATOR III und des Freihändlerschiffes FRANCIS DRAKE. Sie sahen genau, in welche Falle die CREST hineinflog und wie die sechs Schwingungswächter mit dem Flaggschiff verfuhren.

Die Kommandanten dieser Raumfahrzeuge hatten sich in die Zentralpunktflotte eingegliedert, weil sie ihre Befehlshaber erwarteten. Sie standen in unmittelbarer Nähe, als das Unheil über die CREST hereinbrach.

Oberst Gys Reyht, der epsalgeborene Kommandant des USO-Flaggschiffes, starrte wie betäubt auf seine Bildschirme. Die CREST IV stand knapp zwei Millionen Kilometer von ihm entfernt.

Während des Anfluges war sie auf den überlichtschnellen Reliefta-stern und den optischen Bildgeräten klar zu sehen gewesen. Ihre Fahrt lag weit unterhalb der Lichtgeschwindigkeit. So hatte man das Schiff mühelos mit der Normaloptik verfolgen können.

Nunmehr, 13.19 Uhr Bordzeit, glich Rhodans Flaggschiff plötzlich einer aufglühenden Fackel, die sich erstaunlicherweise in die Länge zog. Das war keine Explosion und auch keine ballonartige Ausdehnung vergaster Massen, sondern ein unbekannter Effekt.

Es geschah alles so schnell, daß niemand dazu kam, auf die entsetzten Ausrufe zahlreicher Ortungsoffiziere zu antworten. Ehe man reagieren konnte, glich die CREST mit dem auf ihrem oberen Pol verankerten Haluterschiff einer flammenden, an den Rändern ausgezackten Energielinie.

Sie war wenigstens zehntausend Kilometer lang und besaß einen orangerot leuchtenden Kopf, der den Vergleich mit einem Kometen aufzwang.

Nur die Auswertungsautomatik der IMPERATOR III war in diesen schicksalhaften Sekundenbruchteilen in der Lage, eine klare Auskunft zu erteilen. Sie war so nüchtern und zweckbedingt wie jede positronische Berechnung.

„Zentralegehirn, Auswertung: Solares Flaggschiff ist eliminiert. Totalausfall. Die Aufspaltung des gegnerischen Paratronfeldes ist mißlungen. Es wird mit neunzigprozentiger Sicherheit angenommen, daß die Abwehrschirme des Gegners das terranisch-halutische Keilfeld neutralisierten. Flaggschiff wird in den Hyperraum abgestoßen."

Gys Reyht hörte sich schreien, ohne zu wissen, was er eigentlich schrie. Als er die Kontrolle über seine Sinne zurückgewann, hatte das Phantom bereits den Strukturriß erreicht, in dem vorher die Energiesalven der Flotte verschwunden waren.

Unter den Männern der solaren Flotte herrschte lähmendes Entsetzen. Fast alle Kommandanten stellten ihr Wirkungsfeuer ein. So geschah es, daß OLD MAN plötzlich wieder sehr gut mit den Optiken zu erfassen war.

Dann, eine kaum meßbare Zeitspanne später, geschah etwas, was vorher noch nie beobachtet worden war.

Die Energien der Transformsalven waren in der Form langer Glutstreifen in dem Strukturriß verschwunden. Die CREST IV hatte anfänglich ebenfalls diese langgestreckte Form angenommen, doch nun, direkt im Moment des Überganges zum Hyperraum, zog sich das Feuerband plötzlich zusammen.

Es verdichtete sich zu einer helleuchtenden Ellipse, aus der sofort darauf eine rotierende Feuerkugel wurde.

„Das ist die Explosion!“ vermutete jemand. Reyht achtete nicht darauf.

Es konnte auch niemand mehr feststellen, ob die CREST nach einer begonnenen Entmaterialisierung doch noch zu ihrer Massenstabilität zurückgefunden hatte und gerade dadurch explodiert war oder nicht. Der Strukturriß über OLD MAN befand sich in hektischer Bewegung.

Selbst Nichtfachleuten war klar, daß der halutische Paratronschirm wider Erwarten heftigen Widerstand geleistet und mit großer Sicherheit einen Teil der gegnerischen Fremdenergien absorbiert hatte.

Was dieser Effekt jedoch für die CREST bedeuten mußte; was daraus zwangsläufig nach den Gesetzen des Hyperraumes resultierte – das war eine Rechenaufgabe, die kein Wissenschaftler und kein automatisches Gehirn lösen konnte.

Man wußte zu wenig über die ungeheure Vielfalt der 5-D-Gegebenheiten. Für den menschlichen Verstand bedeutete es ohnehin schon eine geistige Großtat und eine Überwindung des angeborenen Denkhorizonts, die Existenz eines übergeordneten Universums überhaupt akzeptieren zu können.

Sich exakt vorstellen zu können, was nun mit diesem Flugkörper geschah, war unmöglich.

Man sah nur, daß die Haluter Icho Tolot und Fancan Teik ihre körperlich gleichartigen Gegner wahrscheinlich doch härter getroffen hatten, als es vor zwei Sekunden den Anschein gehabt hatte.

Der Strukturriß konnte offenbar nur mit größter Mühe stabil gehalten werden. Die CREST IV und das Haluterschiff waren endgültig verschwunden. Die Tatsache, daß OLD MAN plötzlich wieder seinen grünen HÜ-Schirm aufbaute und mit heftig feuernden Triebwerken den Versuch zu einer Ausweichkurve einleitete, deutete darauf hin, daß die sechs Zeitpolizisten in Bedrängnis waren.

Zusammen mit Gys Reyht erfaßten etwa dreitausend Kommandanten mit der erforderlichen Schnelligkeit die Zusammenhänge. Niemand brauchte einen Befehl zu geben, um diese Männer zum Handeln anzuspornen.

Ihre Schiffe verwandelten sich augenblicklich in feuerspeiende Vulkane, und über OLD MAN brach erneut das Salvenfeuer herein.

„Admiral Vierzehnte Offensivflotte USO, an alle USO-Kommandanten: Aufschließen, Direktangriff auf Kollisionskurs. Moskitojäger und Korvetten ausschleusen“, vernahm der Kommandant der IMPERATOR III den Befehl seines Vorgesetzten.

Es nützte nicht mehr viel, daß die achthundert schweren und überschweren Einheiten der 14. S.O.F.-USO sofort die Schwäche des Gegners erkannten.

Ehe sie nahe genug herangeflogen waren, erlosch das turbulente Flackern im Kernpunkt des Strukturrisses. Admiral Con Bayth, der mit seinem Ultraschlachtschiff TOSOMA die Führungsspitze markierte, konnte gerade noch mit härtester Schubbelastung ausweichen, oder er wäre von dem erneut stabilisierten Paratronfeld der Schwingungswächter vernichtet worden.

Zehn Minuten später hatte Con Bayth die Formationsordnung wiederhergestellt und den Ausschleusungsbefehl widerrufen.

Reginald Bull meldete sich über Rundspruch. Man sah ihm überdeutlich an, wie sehr er um seine Fassung kämpfte. Er brachte sogar die Andeutung eines Lächelns zustande.

„Ich habe den Vorgang ebenfalls beobachtet. Sie haben schnell reagiert, Admiral. Vielen Dank. Das ändert aber nichts daran, daß die CREST vorerst verschwunden ist.“

Der Staatsmarschall, höchster Offizier und Staatsmann nach Perry Rhodan, räusperte sich. Auf den Schiffen der Heimatflotte herrschte bedrückende Stille.

„Ich habe den Begriff „vorerst“ ganz bewußt gebraucht, meine Herren! Für mich und auch für Sie ist es wohl klar, daß die CREST nicht so unabänderlich vom Hyperraum aufgenommen worden ist wie die leider verschollenen Raumschiffe der letzten Kämpfe, oder wie die Energiefluten unserer Salven. Etwas ist geschehen, was wir uns zur Zeit noch nicht erklären können. Die Wissenschaftler unseres Labor- und Experimentalschiffes GULINI sind bereits damit beschäftigt, die Daten auszuwerten. Professor Sinbal Kalalit wird eine Erklärung finden. Bitte, halten Sie mir in diesem Stadium der Ereignisse nicht vor, daß uns mit einer noch so schönen Erklärung nicht gedient ist. Es ist besser als gar nichts! Fest steht, daß die CREST *nicht* zu einer Energiewolke geworden ist. Wir setzen unseren Angriff auf OLD MAN fort. Ich bitte Lordadmiral Atlan, sich ebenfalls zu den Ereignissen zu äußern."

Oberst Gys Reyht griff sich unwillkürlich an die Kehle. Er glaubte, ersticken zu müssen. Reginald Bull war offenkundig der Meinung, Atlan befände sich an Bord seines Flaggschiffes.

Der Epsaler faßte sich rasch.

„Funkzentrale, umlegen auf meinen Leitstand", schrie er außer sich in das nächste Verbindungsmikrophon.

Die Bildsprechverbindung gelang sofort. Reyhts Gesicht erschien auf vierzigtausend Hauptbildschirmen.

„Gys Reyht, Kommandant Flaggschiff USO spricht", sagte er hastig. Seine Stimme schwankte. „Sir – ich weiß nicht, weshalb Sie der Meinung sind, Lordadmiral Atlan wäre an Bord der IMPERATOR. Er ist vor dem Angriff auf die CREST abgestrahlt worden."

Jedermann sah die weit aufgerissenen Augen des Staatsmarschalls. Bully umklammerte haltsuchend eine Einfassungleiste. Das Farbbild zeigte, daß er sich verfärbt hatte.

„Atlan ist *nicht* zurückgekehrt . . .?" rief er mit erstickter Stimme.

„Oberst Reyht, ich war ebenfalls auf der CREST. Atlan, Roi Danton und die beiden Etruser erhielten zusammen mit mir den Auftrag, schnellstens an Bord ihrer Schiffe zurückzukehren. Reyht, schauen Sie nach! Vielleicht liegt Atlan erschöpft in seiner Kabine. Vielleicht . . ."

Bully unterbrach sich. Er redete Unsinn. Atlan würde nie und nimmer unbemerkt an Bord der IMPERATOR gekommen sein.

Eine andere Stimme klang auf. Jemand hatte die Funkbrücke zwischen den Flotteneinheiten unterbrochen. Auf den Schirmen erschien das Gesicht eines Epsalers.

„Hier spricht Rasto Hims, stellvertretender Kommandant der FRANCIS DRAKE", rief Hims laut. „Was ist passiert? Mein König, ich meine Roi Danton, ist ebenfalls nicht zurückgekehrt. Sein Leibwächter Oro Masut ist auch verschwunden. Verdammt, ich verlange Auskunft, was hier gespielt wird! Sagen Sie mir nur nicht, Roi wäre nicht mehr rechtzeitig von der CREST abgestrahlt worden. Wir erhielten noch kurz vor dem Unfall den Sendeimpuls. Also muß Roi bereits in der Transmitterhalle gestanden haben."

„IMPERATOR an Staatsmarschall", fiel Gys Reyht ein. „Die Angabe des Kommandanten der DRAKE ist richtig. Ich erfahre soeben, daß unsere Transmitterstation ebenfalls den Anmeldungsruf erhielt. Die Justierung stand einwandfrei. Sir – ich weiß nicht, was ich . . .!"

Diesmal unterbrach sich der USO-Oberst.

„Danke, die Auskünfte genügen", erklärte Bully. „Es steht fest, daß Atlan, Roi Danton sowie die Ertruser Kasom und Masut durch irgendwelche Umstände daran gehindert wurden, sofort nach mir die CREST zu verlassen. Wir haben uns mit einer Situation abzufinden, die als katastrophal bezeichnet werden muß. Niemand von uns weiß, was mit der CREST tatsächlich passiert ist. Wir stehen vor der Lage, daß neben Perry Rhodan auch Atlan sowie die gesamte Besatzung der CREST verschollen sind. Damit müssen wir zunächst fertig werden. Vorerst werde ich, gemeinsam mit allen anderen Verantwortlichen, alles daran setzen, die noch auf uns zukommenden Probleme zu meistern. Vorerst gilt es, sich auf das Wichtigste zu konzentrieren, und das ist OLD MAN. Sobald der Riesenroboter in den Linearraum geht, werden wir ihm folgen und nach Hause zurückkehren. Bis dahin ist das Feuer auf OLD MAN fortzusetzen. Ende."

Bull schaltete abrupt ab. Etwa zehn Millionen Männer, jeder ein erfahrener Spezialist auf seinem Gebiet, wußten, daß der Staatsmarschall nicht mehr länger in der Lage war, seine Fassung zu bewahren.

OLD MAN glitt wieder mit konstant anwachsender Beschleunigung seiner Eintauchgeschwindigkeit entgegen. Dreizehn Minuten später verschwand er plötzlich im Linearraum. Es war klar, daß er Kurs auf die Galaxis nahm.

Vier terranische Schiffe, die bereits mit dem neuen Halbraumspürer ausgerüstet waren, folgten dem Monstrum in die lineare Zwischenzone, um dort die Beobachtung fortzusetzen.

OLD MAN würde erfahrungsgemäß einige Zeit brauchen, um die hundertsiebzigtausend Lichtjahre bis zum Solsystem zurückzulegen.

Mit dem Manöver des Riesenroboters erlosch auch der Strukturriß. Nur die hell strahlenden Atomsonnen auf seinem ehemaligen Kurs verrieten, daß hier ein hartes Gefecht stattgefunden hatte. Von der CREST und dem Haluterschiff konnte kein Ortungsimpuls aufgefangen werden. Die beiden Schiffe blieben verschwunden.

Bull ließ die Flotte sammeln. Ein paar Schiffe würden hier zurückbleiben, um die weitere Entwicklung in der Großen Magellanschen Wolke zu beobachten – auch in der Hoffnung, daß die CREST auf irgendeine Art und Weise früher oder später zum Ort ihres Verschwindens wieder zurückkehren könnte.

Die Flotte nahm Fahrt auf und verschwand im Linearraum. Ihr Ziel war das Solsystem. Die unmittelbare Zukunft würde zeigen, welche Maßnahmen getroffen werden mußten, um gegen die von OLD MAN ausgehende Gefahr zu bestehen. Obwohl das Verschwinden der CREST auf die galaktische Öffentlichkeit nicht ohne Wirkung bleiben konnte, war Reginald Bull sicher, daß es gelingen würde, im Sinne Rhodans die Situation zu meistern und alle Kräfte zur Abwehr OLD MANS zu mobilisieren.

32.

„Der größte Gaukler in der Geschichte der Erde; selten kontrollierbar, immer gegenwärtig; stets voll Arglist, Täuschung und überwältigend in seiner Macht ist das Gefühl, das den Menschen seit Beginn seiner Entwicklung auszeichnet.“

Diese Worte waren einmal von einem terranischen Philosophen geprägt worden. Andere Männer hatten sie bestritten; aber in vielen Fällen trafen sie zu.

Fünftausend Menschen, hochspezialisiert, geistig regsam und fähig, je nach Lage der Dinge eigenständige Entschlüsse zu fassen, *hatten das Gefühl*, in einer zähflüssigen Emulsion zu schwimmen.

Der Eindruck war so übermächtig, daß er das Denkvermögen überlagerte und panikartige Angstzustände hervorrief.

Sie wußten, daß sie nicht mehr das waren; nicht mehr *das* sein konnten, was sie noch vor wenigen Augenblicken gewesen waren. Dennoch fühlten sie sich als durchaus menschlich.

Diese Erkenntnis wurde von einem Effekt untermauert, den der Mensch ebenso wie die Gefühle seit Anbeginn seiner Entwicklung kannte. Es war der körperliche Schmerz!

Schüttelkrämpfe peinigten jedes Lebewesen an Bord der CREST IV. Der Zustand steigerte sich zu qualvollen Nervenschmerzen, die besonders im Bereich der Halswirbel die Form bewußtseinsstörender Symptome hervorriefen.

Wer es jedoch kraft einer selbstsuggestiven Beeinflussung verstand, diese Nervenschmerzen zu unterdrücken, wurde sofort wieder von einer Gefühlsorgie überfallen. Stärker als zuvor wurde der Eindruck lebendig, in einem feuerroten Meer zähflüssiger Substanz zu schwimmen und hilflos nach Luft zu schnappen.

Jene, denen es nicht gelang, die beginnende Ohnmacht abzuschütteln, wurden wenigstens von der Atemnot verschont. Bei den anderen Raumfahrern rächte sich ihre exzellente Schulung und ihr hartes Spezialtraining.

Sie waren zeit ihres Lebens bemüht gewesen, ihre Körper unter Kontrolle zu halten. Dazu zählten in erster Linie die Nervenfunktionen. Ihre Beherrschung gewährte im Gefahrenfalle eine blitzschnelle Reaktion: die Überwindung der berüchtigten Schrecksekunde, die oftmals über Leben und Tod entschied.

Nun hatten sie sich instinktiv gegen die aufgezwungenen Qualen gewehrt. Sie kämpften um jeden Atemzug, ohne recht zu wissen, weshalb sie darum ringen mußten.

Sie waren weder bewußtlos noch war ihr Geist von den Bindungen an den Organismus befreit worden. Also hatten sie sowohl den Geist als auch den Körper zu beherrschen – und das war viel verlangt.

Rhodan saß nach wie vor in seinem Kommandeursessel. Vor seinen Augen hatte sich die Front der Bildschirmgalerie aufgelöst. Er schaute hindurch. Sein Blick durchdrang auch die Schiffswandungen, als wären sie nicht vorhanden.

Mit anomaler Hellsichtigkeit stellte er fest, daß der Rumpf des Schiffes ebenso existent war wie er, Rhodan. Normalerweise wären es diese Feststellungen nicht wert gewesen, überhaupt beachtet zu werden. Im Einsteinraum und unter gewohnten Lebensbedingungen war es wohl die selbstverständlichste Tatsache der Welt, daß die Zellenwandung eines Raumschiffes sehr stabil war.

Nun aber war die Erkenntnis ein Phänomen. Es resultierte aus der Tatsache an sich, daß im Hyperraum kein Körper, der unter vierdimensionalen Bedingungen stofflich war, ebenso stofflich bleiben konnte. Er *mußte* eine andere Daseinsform annehmen, oder er hätte gar nicht erst in das übergeordnete Universum vordringen können.

Rhodan erkannte diesen Widerspruch mit gleicher Hellsichtigkeit. Der Schüttelkrampf drückte ihn gegen die Sicherheitsgurte, die seltsamerweise nicht in den Körper einschnitten, sondern dem Beben und Zittern nachgaben.

Perry fühlte, daß er keine Luft mehr einsog, sondern etwas, das weder ein Gas noch eine Flüssigkeit war. Es füllte seine Lungen, vermittelte ihm jedoch das Gefühl, er müsse beim Einatmen ersticken.

Es gelang ihm, den Eindruck von sich abzuschütteln und nur auf seine Umgebung zu achten.

Links von ihm saß Oberst Merlin Akran. Er hatte die Hände um den Hals gelegt und versuchte, den Öffnungsmechanismus des Helmes zu erreichen.

Er ertastete den Kontakt und drückte ihn nieder. Der Helm klappte langsam zurück.

Rhodan beobachtete die Prozedur mit unwirklicher Interesselosigkeit. Erst als der Epsaler zu husten begann und seine Atemnot offensichtlich nachließ, konnte sich Rhodan dazu überwinden, dem Beispiel des Kommandanten zu folgen.

Es kostete sehr viel Mühe, den Knopf einzudrücken. Als auch sein Gefechtshelm zurückschwang, glaubte er, ertrinken zu müssen. Die rote Emulsion sickerte in seinen Mund und füllte seinen Brustraum. Dann aber konnte er plötzlich besser atmen.

Er lachte. Er lachte laut und hemmungslos, bis er erkannte, wie unsinnig es war.

Da verstummte er und versuchte, seine Gurte zu lösen. Wieder begann der Kampf zwischen der Muskulatur des Körpers und der zähen Flüssigkeit, die jede Bewegung verhindern wollte.

Die Gurte glitten zurück. Rhodan war frei. Als er sich umdrehte, erkannte er in dem trüben Licht, daß alle Männer der Zentralebesatzung seinem Beispiel folgten. Plötzlich konnten sie wieder mühelos atmen; aber die Schüttelkrämpfe ließen sich nicht beseitigen.

Merlin Akran stöhnte. Der Laut klang unwirklich, so, als wäre er unter Wasser ausgestoßen worden. Auch die nachfolgenden Worte glichen eher einem Gurgeln. Dennoch waren sie verständlich und sogar überraschend lautstark.

„Die Emulsion ist ein guter Schalleiter!“ hörte sich Rhodan sprechen. „Wie geht es Ihnen, Merlin?“

Der Epsaler sah ihn aus stumpfen Augen an. Sie hatten Ähnlichkeit mit denen eines Fisches.

„Gut, warum? Warum fragen Sie, Sir?“

„Nur so, Merlin, nur so.“

Zwei Männer, wahrscheinlich die reaktionsschnellsten an Bord der CREST IV, bemühten sich verzweifelt, ihre Konversation etwas inhaltsvoller zu gestalten. Es war schwer, Interesse dafür aufzubringen. Rhodan fühlte jedoch, daß dieses Interesse unter keinen Umständen der aufkommenden Lethargie weichen durfte.

„Wir sollten sprechen, viel sprechen“, fuhr er langsam und gurgelnd fort. „Sehen Sie die Riesenmoleküle? Dort, schauen Sie doch. Sie sind überall. Sie schwimmen wie wir in der roten Emulsion, aber sie sind geschickter als wir. Könnten es Quallen sein?“

Der Kommandant lachte plötzlich. Es klang wie das Geräusch eines Wasserfalles. Er wurde sich der Unwirklichkeit der Umgebung und der Unterhaltung jetzt erst bewußt.

Plötzlich wurde sein Verstand klarer. Er erinnerte sich.

„Wir sind im Hyperraum. Wieso aber sind wir körperlich existent? Können Sie mich fühlen?“

Rhodan starrte den Epsaler an.

„Zu weit, Merlin, viel zu weit. Sie sind Milliarden Lichtjahre von mir entfernt. Seltsam! Ich habe noch nie einen Mann gesehen, der eine Milliarde Lichtjahre von mir entfernt war.“

Rhodan lachte. Dicke Blasen kamen aus seinem Mund.

Der Epsaler wurde ständig aktiver. Sein Schwerkraftregulator schien sich von selbst eingeschaltet zu haben. Das entlastete seine überstarke Muskulatur.

„Wir müssen klarer denken, verstehen Sie! Klarer denken! Folgerichtiger! Es geht darum, die Lage zu erfassen. Wir können nur im Hyperraum sein. Ich weiß es.“

„Wieso?“

„Ich weiß es“, beharrte Akran auf seiner Meinung. „Ja, Sie haben recht. Wir sind von zahllosen Quallen umgeben. Oder, wie drückten Sie sich zuerst aus?“

„Riesenmoleküle.“

„Das ist richtiger. Riesenmoleküle! Sir, ich fühle, daß ich Unsinn rede, aber ich kann es nicht besser. Wollen wir schwimmen?“

Rhodan fühlte in sich den unbezähmbaren Drang aufsteigen, über Akrans Vorschlag zu lachen.

„Schwimmen?“ prustete er. „Merlin, Sie sind verrückt! Ich weiß meinerseits, daß wir uns auf der CREST befinden. Hier kann man nicht schwimmen. Oder doch, warten Sie, wir haben doch ein Schwimmbad. Gut, gehen wir schwimmen.“

„Wir reden schon wieder konfuse Dinge“, ächzte der Epsaler. „Das muß die Umgebung verursachen. Wieso können wir überhaupt miteinander sprechen? Im 5-D-Raum *hat man absolut entstofflicht zu sein*. Wir sind es nicht.“

„Wir könnten etwas schlafen“, schlug Rhodan vor. Er bemühte sich, verbindlicher zu sein.

Merlin Akran lehnte sich gegen dieses Ansinnen auf. Er gab einige Befehle, die bei der Ausführung im Normalraum fraglos zur Explosion des Schiffes geführt hätten.

Rhodan schüttelte den Kopf. Die rote Emulsion lief ihm in das starre Halsstück des Raumanzuges.

„Widerlich, Merlin. Hören Sie, Sie können doch keine thermonukleare Fusionsreaktion auf dem Sprungturm des Schwimmbades anordnen. Ich glaube, mit uns stimmt etwas nicht.“

„Hyperraumkollaps“, behauptete Akran. „Gibt es das?“

„Blödsinn. Wir bilden uns ein, miteinander zu sprechen. In Wirklichkeit müssen wir entstofflicht sein. Ich – he, ist der Bursche verrückt geworden?“

Rhodan starrte in das Halbdunkel der riesigen Zentrale hinein. Dort wogte die rote Emulsion so heftig, daß sie einer Brandung glich. Ein Medoroboter schien von seinem gestörten Positronikgehirn den Befehl erhalten zu haben, den notleidenden Männern zu helfen. Er schwamm mit kräftigen Stößen durch die Substanz und ließ dabei seine automatischen Spritzen zischen.

Akran kicherte.

„Verdammt, der Kerl gibt sich die Injektionen selbst. Sehen Sie nur. Herrlich komisch, wie?“

„Überhaupt nicht komisch“, entgegnete Rhodan knurrig. Er fühlte den Drang in sich aufsteigen, den albern lachenden Epsaler zu schlagen. „Hören Sie auf, Merlin. Ich kann Sie nicht mehr leiden. Aufhören!“

Überall in der CREST IV fanden ähnliche Diskussionen statt. Sie waren in fast allen Fällen noch unwirklicher.

Unendliche Zeitspannen schienen zu vergehen. Jemand behauptete, man flöge durch die Jahrmillionen. Dies dauerte so lange, bis sich plötzlich eine Veränderung der Daseinsform abzeichnete.

Eins der vielen Riesenmoleküle wurde unverhofft größer. Die CREST schien darauf zuzurasen.

„Das Ding fängt uns ein", ächzte Akran. „Es saugt uns auf. Vielleicht ist es doch eine Riesenqualle, eh?"

Blaue Glut löste das bisherige Leuchten so jählings ab, als hätte jemand eine Schaltung vorgenommen.

„Blau, nur noch blau", stammelte Rhodan. „Wir sind in dem Riesenmolekül. Merlin, etwas fängt uns ein. Ich bekomme keine Luft mehr. Merlin . . .!"

Rhodan warf sich in den Sessel zurück. Sein Gesicht quoll auf. Selbst die Armaturen schienen sich auszudehnen. Sie nahmen unwirkliche geometrische Formen an.

Wieder hatten fünftausend Männer das Gefühl, unendlich lange diese Qualen erdulden zu müssen. Jemand gelang es, den Helm wieder zu schließen. Es brachte keine Erlösung.

Das blaue Glühen wurde immer intensiver. Schließlich war es so grell, daß der Schein die geschlossenen Lider durchdrang und heftige Augenschmerzen erzeugte.

Rhodan fühlte, daß er schrie. Jedermann schien zu schreien.

Doch dann war das plötzlich auch vorbei. Die aufgeblähten Körper und Gegenstände verkleinerten sich zusehends. Die CREST wurde von dem blauen Feuer aufgenommen. Ehe sie darin aufging, kam es zu einem zweiten Effekt, der erst später einigermaßen vernünftig erklärt werden konnte.

Der Schüttelkrampf ließ nach. Dafür aber wurden die Körper von einer solchen Welle des Schmerzes überflutet, daß sogar Akran zu schreien begann.

Das Zerren und Reißen hörte übergangslos auf. Rhodan fühlte nur noch einen Aufprall, der seinen Körper in die atomaren Bestandteile auflöste.

Niemand sah oder konnte registrieren, daß die CREST IV mit dem nach wie vor verankerten Haluterschiff von dem blauen Glühen als fremdenergetische Daseinsform abgestoßen und entmaterialisiert wurde. Es war wie ein gigantischer Transmittersprung.

Wieder wurden die fünftausend Männer von grauenhaften Schmerzen gepeinigt. Rhodan erwachte aus seiner Ohnmacht. Obwohl er gellend schrie und versuchte, die automatisch zugeglittenen Anschnallgurte aufzureißen, verrieten ihm sein Unterbewußtsein, seine langjährige Erfahrung und vielleicht auch sein Instinkt, daß dieser Schmerzzustand ganz anders war.

Das waren typische Rematerialisierungssymptome, die immer dann auftraten, wenn die gewaltsam entzerrten Atomverbände des Körpers wieder zueinander fanden und ihre vorgeschriebene Position einnahmen.

Die Bildschirme arbeiteten einwandfrei. Unter der Zentrale rumorten die Meiler des Notkraftwerkes, das beim Ausfall der tieferliegenden Hauptstationen die wichtige Zentrale mit Arbeitsstrom zu versorgen hatte.

Alles war völlig normal. Die rote Emulsion war verschwunden; die Geistesträgheit hatte sich gelegt. Auch die abstrakte Sinnestrübung, die vorher zu unsinnigen Gesprächen geführt hatte, war beseitigt worden.

Rhodan konnte so klar und vernünftig denken, wie es einem Mann unter dem Ansturm der Schmerzwellen überhaupt möglich war.

Es gab auch nichts mehr, das irgendwie fremdartig gewirkt hätte.

Der Kommandant war einer der kräftigsten und widerstandsfähigsten Männer an Bord. Er überwand zuerst die Qualen der Rematerialisierung und löste die Gurte. Merlin Akran richtete sich auf, riß den Drehsessel herum und sah sich um.

Überall bemerkte er Männer mit schmerzverzerrten Gesichtern. Die meisten schrien.

Akran fühlte, daß sein Mikrogravitator plötzlich wieder arbeitete. Er vermittelte ihm die hohe Schwerkraft des Planeten Epsal.

Er schaltete das Gerät ab und fühlte sich jählings frei von jeder Belastung. Der Rematerialisierungsschmerz ließ sehr rasch nach. Das war bei einem umweltangepaßten Menschen von seiner Art nicht verwunderlich.

Akran zögerte einen Moment. Als Kommandant hatte er die Pflicht, in erster Linie für die Sicherheit und Einsatzbereitschaft seines Raumschiffes zu sorgen. Das erforderte zahlreiche Rundrufe an die einzelnen Hauptstationen, Hilfeleistung für die wichtigsten Techniker und kosmonautischen Offiziere, Alarmierung des medizinischen Teams und was der vielen Dinge mehr waren.

Rhodan trieb den Kommandanten zur Eile an.

„Kümmern Sie sich um das Schiff“, stöhnte er. „Ich kann mir selbst helfen. Es wird schon besser. Merlin – das Schiff! Wo sind die Medoroboter? Geben Sie Katastrophenalarm. Wir rasen auf eine Sonne zu.“

Akran zögerte nicht mehr länger. Er unterdrückte eine letzte Schmerzwelle und begann zu schalten. Mit angehaltenem Atem beobachtete er die Meßinstrumente.

Das große Zentralegehirn arbeitete so einwandfrei, wie man es von ihm gewohnt war. Es nahm Akrans Schaltimpulse auf, wertete sie sofort aus und brachte die Roboteinheiten des Flaggschiffes durch eine Sonderschaltung völlig unter seine Betriebskontrolle.

In den Bereitschaftsräumen erwachten die Einheiten des medizinischen Robotkommandos. Noch ehe der Kommandant den ersten Ruf an den Maschinenhauptleitstand durchgeben konnte, zischten die Medorobots aus den blitzschnell aufgleitenden Luken der Notstollen.

Sie glitten wie Geschosse aus den Röhren hervor, stabilisierten sich im Flug und kamen sicher auf ihren breiten Sohlen zu stehen.

Hochdruckspritzen mit Spezialmedikamenten zischten. Akran fühlte das Düsenstück an seinem Nacken. Es schmerzte etwas, doch dann rann ein belebender Strom durch seinen Körper. Die Schmerzen vergingen sofort. Das getrübte Augenlicht klärte sich, und die Nervenreaktionen kehrten zurück.

Nur vier Sekunden später stand Rhodan ebenfalls auf den Beinen. Die astronautische Führung des Schiffes meldete sich. Sekunden später leuchteten nacheinander die kleinen Verbindungsschirme der Informationsgalerie auf.

Dr.-Ing. Hefrich stand schweratmend, aber schon wieder aktiv, vor den Aufnahmen seines Standes.

„Maschinenhauptleitstand an Zentrale. Es soll mich niemand fragen, was wir erlebt haben. Kraftwerke eins bis zwölf laufen an, werden hochgefahren auf Maximalleistung. Antigravitationsprojektoren sind klar. Geräte nehmen die angebotene Energie auf. Keine Versager, keine Brüche, keine Spannungsschwankungen im drahtlosen Verteilersystem. Schutzschirmkontrollen geben Grünwert. Maschinenhauptzentrale ist klar. Triebwerkseinheiten sprechen an. Auch hier keine Versager. Zum Teufel, was ist eigentlich geschehen? Ich hatte einen fürchterlichen Bruch erwartet. Besser kann es gar nicht sein. Ende.“

Nacheinander meldeten sich die Ortung, die Funkzentrale, die Feuerleitstation, die einzelnen Hangarposten und alle die vielen Nebenschalträume, die zusammen für die Manöver- und Gefechtsbereitschaft des Flaggschiffes verantwortlich zeichneten.

Chefarzt Dr. Ralph Artur meldete sich ebenfalls. Er verlor kein Wort über die technischen Dinge, die er doch nicht erklären konnte.

„Gesundheitsbefund der Besatzung normal. Es wird festgestellt, daß nach einem Zustand, den ich als halbstoffliche, energetisch durchdrungene Daseinsform bezeichnen möchte, eine Total- Entmaterialisierung mit anschließender Wiederverstofflichung eintrat. Dies war ein typischer Transmittereffekt mit sehr hohen Energie- und Abstrahlungswerten. Die Stabilität der Organismen ist dadurch wiederhergestellt worden. Der Sekundärschmerz kann noch einige Minuten anhalten. Er ist ungefährlich. Sie werden von meinen Medorobotern noch eine Spezialinjektion erhalten. Entblößen Sie Ihre Nackenmuskulatur. Es ist bei dem Soforteinsatz verschiedentlich zu schmerzhaften Medikamenteinschüssen in das Hinterhauptloch gekommen. Verhindern Sie das durch Ihre Hilfeleistung. Ende.“

Merlin Akran schmunzelte. Diese Aussage war für Doc Artur typisch gewesen.

Nach ihm erschien der zweite wissenschaftliche Abteilungsleiter auf den Bildschirmen. Es war Dr. Josef Lieber, der Chefmathematiker der CREST.

„Mathe-Station an Schiffsführung und Großadministrator. Meine Auswertung läuft. Ich weiß noch nicht, weshalb meine Sonden und Taster überhaupt funktioniert haben. Fest steht, daß sie etwa achthundertfünfzigtausend Werte verschiedenartigster Natur registriert haben. Dreihunderttausend davon sind bereits rechnerisch erfaßt. Wir sind bei dem Angriff auf OLD MAN von dem gegnerischen Paratronfeld ergriffen und in den Hyperraum geschleudert worden. Durch das gleichartige Feld der Haluter kam es jedoch nicht zu einer Totalauflösung, sondern nur zu einem halbmateriellen Zustand, der unsere Stofflichkeit annähernd bewahrte. Es ist anzunehmen, daß unsere halutischen Freunde noch im letzten Augenblick ihren auf der Paratronkanone basierenden Waffenstrahl umgeschaltet und somit ein Paratronfeld erzeugt haben, das nach der Art unseres Kalupschen Absorberfeldes zu wirken begann. Diese Aussage bezieht sich jedoch auf eine Wirkung innerhalb des Überraumes, dessen Energieeinflüsse weitgehend abgeschirmt wurden. Wir haben eine überlichtschnelle Reise gemacht, die mit dem geheimnisvollen Dimetransflug halutischer Raumschiffe identisch ist."

Eine dumpfgrollende Stimme unterbrach ihn. Icho Tolots monströser Kopf erschien auf den Bildschirmen.

„Ich bestätige Dr. Liebers Annahme. Allerdings geht es mir viel mehr um den Wiedereintaucheffekt. Ich darf Ihnen versichern, daß wir für alle Zeiten in der halbstofflichen Form im Hyperraum verblieben wären, wenn wir nicht von einem hochwertigen Empfangspol angetastet und anschließend angezogen worden wären. Ich nehme an, daß dieser Pol mit dem ungeheuren Leuchten identisch ist. Machen Sie sich mit dem Gedanken vertraut, daß wir in einer anderen Galaxis unseres Universums herausgekommen sind. Wieso das überhaupt möglich war, ist mir noch unklar. Fancan Teik und ich sind mit der Auswertung beschäftigt. Ich schlage Dr. Lieber vor, diese Arbeit uns zu überlassen. Wir besitzen noch wesentlich bessere und genauere Ausgangswerte, die von unseren fünfdimensionalen Meßgeräten gespeichert worden sind. Vorsicht, das Schiff gleitet mit etwa halber Lichtgeschwindigkeit auf eine unbekannte Sonne zu. Wir stehen fraglos im Zentrumskern einer Galaxis. Die Sterndichte ist hier ungeheuer. Der Abstand zwischen den Sonnen beträgt oftmals nur zehn Lichtstunden. Es ist zu empfehlen, schleunigst einen Linearflug vorzubereiten und das Zentrum mit beliebigem Kurs zu verlassen."

„Einverstanden", ergriff Rhodan das Wort. Er war blaß und kämpfte noch mit den Sekundärschmerzen. Die Medoroboter erschienen zum zweitenmal. Diesmal gingen sie etwas weniger hastig vor.

Rhodan zog das Halsstück seines Raumanzuges so weit hinab, wie es das Material zuließ. Es reichte aus, um seine Nackenmuskulatur annähernd freizulegen. Nachdem er seine zweite Injektion empfangen hatte, fühlte er sich plötzlich viel kräftiger.

Er wußte, daß man noch tausend und mehr Fragen zu klären hatte. Vorerst war es jedoch wichtig, die CREST zu retten.

Er bemerkte erst jetzt, daß die zwölf Kraftwerke des Schiffes schon seit drei Minuten mit voller Kraftentfaltung liefen. In den grünen HÜ- Schirmen des Schiffes flammten unvorstellbare Energieströme auf, die fraglos von den zahllosen Sonnen in unmittelbarer Nähe ausgeschickt wurden.

Es waren jedoch Energiearten, mit denen man vertraut war. Immerhin konnten die Gravitationsstürme sehr unangenehm werden.

Rhodan beobachtete die verantwortlichen Offiziere des Flaggschiffes. Er brauchte nicht einzugreifen.

Merlin Akran, Ische Moghu und Drave Hegmar wußten ebensogut wie er, wie man einer schnell näher kommenden Riesensonne auszuweichen hatte. Wenn sie es nicht schafften, half ohnehin nur noch ein blindes Linearmanöver, das allerdings das Risiko einer Sternkollision beim Wiedereintauchen in sich barg.

Zu allen Gefahren kam eine neue Schwierigkeit hinzu. Dr.-Ing. Bert Hefrich meldete sich. Er sprach hastig und etwas verstört.

„Schiff rotiert um Längs- Quer- und Gierachse, Sir. Rotation wird immer heftiger. Ich habe bereits vier Kraftwerke auf die Andruckneutralisatoren schalten müssen. Das bedeutet eine Spannungsschwächung der Schutzschirme."

Rhodan sprang zum nächsten Mikrophon. Diesmal griff er persönlich in die Schiffsführung ein.

„Rhodan an alle: Fragen nach dem Warum zu stellen ist jetzt zwecklos. Ich beabsichtige, das Schiff erst einmal aus der gefährlichen Zentrumszone herauszubringen. Sie kann weitläufig sein, viel größer als der Kern unserer Milchstraße. Die ungeheure Sternenballung weist ebenfalls auf eine riesige Galaxis hin. Neue Theorien besagen, die Sterndichte im Zentrum einer Galaxis sei um so höher, je größer sie wäre. Nehmen wir als gegeben an, daß wir uns in den Kern-Randzonen einer Sterneninsel befinden, die mindestens zweihunderttausend Lichtjahre durchmißt und zirka tausend Milliarden Sterne enthält. Das wäre der richtige Maßstab für eine Sonnenentfernung von teilweise nur zehn Lichtstunden. Weshalb das Schiff plötzlich zu rotieren beginnt, ist mir einigermaßen klar. Es kann angenommen werden, daß der Energieeinfall der Gravitationsstürme durch die zahlreichen nahestehenden Sonnen so ungeheuer ist, daß unsere Abwehrfelder darauf zu reagieren beginnen. Wir werden, sinnbildlich gesprochen, zum Anker eines Elektromotors. Dr. Hefrich, schalten Sie die Strukturdichte der HÜ-Schirme auf fünf Prozent ihres Maximalwertes herunter."

Auf dem Bildschirm sah man Hefrichs entsetztes Gesicht.

„Sir, das . . .!"

„Führen Sie bitte meinen Befehl aus! Geben Sie ferner den zwecklosen Versuch auf, die Kugelzelle mit den Ringwulsttriebwerken ausstabilisieren zu wollen. Die Leistung der Synchronisatoren ist begrenzt. Sie werden nie im richtigen Sekundenbruchteil die volle Schubkraft erzeugen können. Und wenn sie es könnten, wäre die Anlaufzeit des jeweiligen Triebwerks zu lange. Schalten Sie also herunter. Kalupzentrale, klar zum Linearmanöver. Ausführungsmeldung direkt an mich. Kommandant, Erster Offizier. Sie bringen das Schiff im Blindflug aus der Zentrumszone. Suchen Sie sich eine markante Zielsonne."

Es wurde still an Bord. Das war Perry Rhodan, wie man ihn kannte und schätzte.

Hefrich schaltete so zögernd wie noch nie in seinem Leben. Der Erfolg der Dichteverminderung zeigte sich sofort. Der ungeheure Abstoßeffekt auf die grünen Schirme ließ augenblicklich nach. Die automatischen Stabilisatoren gewannen die Kontrolle über den rotierenden Körper zurück.

Rhodan bemerkte allerdings auch, daß die Normalschutzschirme plötzlich an der Grenze ihrer Belastungsfähigkeit angekommen waren. Hier und da schlugen kilometerlange Entladungen durch und prallten auf die äußere Panzerwand der CREST IV.

Kommandant und Erster Offizier meldeten das Schiff klar zum linearen Blindflugmanöver. Es konnte jedoch nicht eingeleitet werden, solange die CREST noch immer mit einem Restwert von sechstausend Umdrehungen pro Minute um ihre lange Polachse rotierte.

Diese Daten entsprachen der mittleren Drehzahl einer handelsüblichen Gasturbine. Rhodan versuchte, im Kopf auszurechnen, welche Fliehkraftmomente auf die außenliegenden Sektoren, vor allem aber auf den noch weiter von der Achse entfernten Maschinenringwulst einwirken mußten. Es war nahezu unglaubhaft, daß die Andruckneutralisatoren das Zerplatzen des Schiffes unter diesen mechanisch wirksam werdenden Gewalten verhindern konnten.

Rhodan kam nicht mehr dazu, seine Kopfrechnung zu Ende zu führen. Icho Tolot meldete sich.

„Wir lösen unser Schiff von Ihrer Polkuppel. Die heftige Gierbewegung ist auf die ungleichmäßige Schwerpunktbelastung zurückzuführen. Ich bleibe dicht hinter Ihnen. Funktioniert Ihr Lineartriebwerk?"

Diese Frage, wie beiläufig hingeworfen, wirkte auf Rhodan wie der Stoß eines Katapults. Er schoß förmlich aus seinem Sessel hoch und fing den Schwung mit ausgestreckten Händen ab. Sein Gesicht war nur Zentimeter von der optischen Aufnahme der Visiphonverbindung entfernt.

„Tolot, bringen Sie mich nicht um den Rest meines klaren Denkvermögens. Was vermuten Sie?"

„Temperatur der äußeren Panzerhülle beträgt jetzt fünftausend Grad Celsius", gab eine Robotanlage mit blecherner Stimme durch. „Es wird empfohlen, diese Raumzone zu verlassen."

„Idiot!" brüllte Rhodan außer sich. „I.O., bringen Sie das Ding zur Räson!"

Zum ersten Male seit Stunden klang an Bord der CREST IV herzhaftes Gelächter auf. Rhodans impulsiver Ausruf hatte bei vielen Männern die innere Verklemmung gelöst. Selbst der Haluter lachte; dies allerdings mit einer Geräuschentwicklung, die der eines auf Vollast laufenden Impulstriebwerks nicht viel nachstand.

„Also, Tolotos, was ist los?"

„Hören Sie bitte die Meldung Ihres Leitenden Ingenieurs. Mein Zwischenraumabsorber springt ebenfalls nicht an. Mein Rat: Bringen Sie das Schiff mit den Normaltriebwerken aus dem Einflußbereich der nahen Riesensonne heraus. Sie schaffen es noch. Ich löse die Verankerung."

Auf den Bildschirmen der Ortung wurde erkennbar, wie sich von der oberen Polkuppel der immer noch rotierenden und gierenden CREST IV ein schwarzer Körper abhob. Er schoß in den freien Raum hinaus. Die Haluter hatten sich aus dem Bannkreis des Solaren Flottenflaggschiffes befreit.

Die Gierbewegung konnte sofort unter Kontrolle gebracht werden. Anlaufende Korrekturtriebwerke unterbanden die Rotation um die Polachse. Das Heulen der Andruckabsorber mäßigte sich zu dem sonoren Summen, das man von ihnen gewohnt war.

Fast im gleichen Augenblick erhielt Rhodan die Meldung, daß keiner der vier Kalupschen Kompensationskonverter zum Anlaufen gebracht werden konnte. Die gigantischen Maschinen reagierten auf keine Schaltung.

Rhodan ließ ein gedehntes Räuspern hören. Das war die einzige Meinungsäußerung zu einer Mitteilung, die andere Männer an den Rand des Wahnsinns getrieben hätte.

Als Hefrich das Schiff endlich ausstabilisiert hatte, begannen die zwanzig Impulstriebwerke des Maschinenringwulstes zu brüllen. Die kurzfristig verantwortbare Notleistung der im Umlenkverfahren feuernden Korpuskularmaschinen lag bei fünfzehn Millionen Megapond. Dies bedingte bei der eingeleiteten Bremsbeschleunigung eine Fahrthemmung von sechshundertfünfzig Kilometern pro Sekundenquadrat.

Mehr konnten weder die Maschinen noch die Andruckneutralisatoren leisten. Hier und da durchkommende Beharrungswerte bis zur Höhe von siebzehn Gravos wurden von der angeschnallten und in den zurückgeklappten Kontursitzen liegenden Besatzung mit der stoischen Geduld von Männern ertragen, die sehr genau wußten, daß auch die Technik des 25. Jahrhunderts ihre Grenzen hatte. Rhodan jedenfalls hatte in seiner fast fünfhundertjährigen Tätigkeit als Kosmonaut noch nie einen positronischen Synchronisator gesehen, dem es jederzeit und dazu völlig korrekt gelungen wäre, das Ineinandergreifen titanischer Kräfte auf die Mikrosekunde genau auszugleichen; und zwar so genau, daß niemals unerwünschte mechanische Nebenerscheinungen auf Mensch und Material einhieben.

Beim Einsetzen der Steuerbord-Vortriebaggregate, deren Aufgabe es war, die Backbord-Bremsschubtriebwerke durch ihre enorme Hebelkraft bei der Einleitung der Ausweichkurve zu unterstützen, schlugen die Gravometer bis zu einem Wert von siebzehn Gravos aus.

Zentnerlasten schienen auf die Männer zu fallen und ihnen den Rest des Atems aus den Körpern zu pressen. Gesichter verzerrten sich unter dem Zug der Beharrungskräfte zu nichtmenschlichen Fratzen; weiße Zähne leuchteten zwischen blutleeren Lippen hervor, die, dem Druck folgend, zu dünnen, weitgedehnten Gewebebändern geworden waren.

Diesmal dauerte es eine Zehntelsekunde, bis es der Automatik gelang, das positronisch berechnete und ebenfalls positronisch eingeleitete Gewaltmanöver auszugleichen. Es kam darauf an, einer roten Riesensonne mit flammenden Protuberanzen auszuweichen.

„Temperatur der äußeren Panzerzelle angestiegen auf neuntausend Grad Celsius“, gab die Automatik bekannt. „Isolationsschicht zwischen Terkonitschale eins und zwei wird leitend. Es wird empfohlen, die äußeren Rumpfsektoren zu verlassen.“

Rhodans Sessel klappte mit dem nachlassenden Andruck wieder in

Sitzstellung zurück. Merlin Akran blickte ungerührt auf die Bildschirme. Ihm machten siebzehn Gravos für die Dauer von einer Zehntelsekunde so gut wie nichts aus.

„Der Teu . . . Teufel soll's holen", keuchte Rhodan. Er schnappte nach Luft. Warum lachen Sie eigentlich. Sie menschgewordener Panzerwagen? Sie wer . . . werden mir nach dieser technischen Schikane doch hof . . . hoffentlich gestatten, auch einmal zu stottern?"

„Stottern Sie Sir, stottern Sie!" grinste der Epsaler.

Rhodan rang noch einige Male nach Luft, bis er seine Atmung wieder unter Kontrolle hatte.

„Sie sind heute wieder besonders liebenswürdig, Herr Oberst. Wären Sie geneigt, sich jene Überlegungen anzuhören, die ich noch vor dem Überfall durch untaugliche technische Einrichtungen angestellt habe?"

Merlin Akran bemerkte das humorvolle Funkeln in den grauen Augen. Er ging auf Rhodans Stimmung ein.

„Ich habe heute meinen großzügigen Tag, Sir."

„Wie schön! Erinnern Sie sich an die Quallen oder Riesenmoleküle, die wir während jenes Zustands gesehen haben, den Dr. Artur so treffend halbstofflich energetisch durchsetzt nannte?"

Akran nickte nur.

„Diese Riesenmoleküle waren Universen! Fallen Sie nicht in Ohnmacht – ich sagte wirklich *Universen*! Also keine Galaxien, sondern Stück für Stück ein Universum, das wiederum Milliarden von Milchstraßen oder Galaxien in sich birgt. Wir haben als erste Menschen den Hyperraum in seiner unvorstellbar grandiosen Ausdehnung erblickt. Verstehen Sie, Merlin, wir haben ihn *erblickt*! Wir haben ein rein hypothetisches Geistesgut der Hyperphysik, das immerhin zum Transitionsflug und dann zum Linearflug führte, als Tatsache gesehen. Wir haben einen rechnerisch ermittelten Wert eingeatmet, ertastet und besprochen! Zugegeben, Merlin, wir haben schrecklichen Unsinn geredet; aber wir haben im Hyperraum miteinander gesprochen und Dinge beobachtet, die sich bisher nur in den genialen Gehirnen unserer größten Wissenschaftler schemenhaft abzeichneten. Wir haben unser Universum, von dem unsere Milchstraße und zahllose Milliarden andere Galaxien umschlossen werden, von außen als Riesenmoleküle im energetischen Gefüge des Hyperraums schwimmen sehen. Merlin, ahnen Sie überhaupt, was das bedeutet? Erinnern Sie sich, wie unsagbar viele dieser Moleküle zu erblicken waren? Stellen Sie sich doch einmal vor, daß jedes davon ein unendliches und doch endliches, weil in sich gekrümmtes Universum ist, das wieder Abermilliarden Galaxien in sich birgt; sie darin festhält, sie entstehen, zusammenstoßen oder explodieren läßt. Mein Freund, ich habe schon nach meinen ersten überlichtschnellen Raumreisen erkannt, wie groß und verehrungswürdig die Schöpfung ist; aber daß sie so groß ist, hatte ich nicht geahnt."

Rhodan atmete schwer. Er lehnte sich in seinem Sessel zurück, schloß die Augen und bemühte sich, seine Ruhe zurückzugewinnen.

Niemand sprach ein Wort. Die Erklärungen des großen Terraners waren zu überwältigend gewesen.

Ein Krachen in den Lautsprechern der Interkomanlage wirkte wie ein Schuß. Rhodan zuckte zusammen.

Auf dem Bildschirm erschien Leutnant Terminow. Der diensthabende Offizier in der Transmitterhalle des Ultraschlachtschiffes wirkte verstört.

„Sir, ich bitte um Verzeihung, aber hier unten passieren Dinge, die sogar einem abgebrühten Leutnant das Gebiß wackeln lassen."

Rhodan seufzte, Ische Moghus Grinsen übersah er geflissentlich.

„Mr. Terminow, müssen Sie sich unbedingt so vulgär ausdrücken?"

Der junge Terraner wurde noch nervöser.

„Sir, ich . . .!"

Terminow wurde unterbrochen. Ein anderer Offizier schaltete sich in die Verbindung ein.

„Ortung an Zentrale, Major Konitzki spricht. Ich bitte um Entschuldigung, aber im freien Raum zeichnet sich ein Phänomen ab, das ich nicht zu erklären weiß. Seitdem das Schiff wieder stabilisiert wurde, orte ich Billionen von blauleuchtenden Energiekugeln mit einem durchschnittlichen Durchmesser von etwa dreißig Zentimeter. Sie durchrasen den Raum in dichten Schwärmen. Die Kursbestimmung ist eindeutig. Sie fliegen alle wie von magnetischen Kräften angezogen auf das Zentrum dieser Galaxis zu. Die blauen Kugeln sind enorm starke Radiostrahler. Außerdem senden sie so starke Hyperwellen aus, daß meine Geräte durchschlagen. Dieser Raumsektor wimmelt von ihnen. Je weiter wir uns auf dem Ausweichkurs von der roten Sonne entfernen, um so häufiger treten die blauen Strahler auf. Wir fliegen zur Zeit durch riesige Schwärme hindurch. Sie – sie sehen aus wie Quallen."

„Schon wieder Quallen!“ rief Rhodan. „Hören Sie auf, davon zu reden, Konitzki. Für die Schiffsführung ist es hinsichtlich der vielen ungeklärten Dinge einzig und allein wichtig zu wissen, ob die Erscheinungen gefährlich sind oder nicht. Sind sie es?“

Der Ortungschef suchte nach Worten.

„Es sieht nicht danach aus. Sie kümmern sich nicht um die CREST. Wenn sie mit dem schwachen HÜ-Schirm, also mit seinen strukturellen Resten . . .!“

„Ja, ja, ich weiß, daß wir ihn fast abgeschaltet haben. Sind die Dinger gefährlich?“

„Auf eine klare Frage eine klare Antwort, Sir: Es sieht vorerst nicht danach aus.“

„Eine diplomatische Antwort. Beobachten Sie die Kugeln weiter. Die Wissenschaftler und Techniker an Bord dieses Schiffes sollten sich vielleicht einmal überlegen, ob zwischen dem Totalausfall unserer Kalups und diesen Energiestrahlern ein Zusammenhang bestehen kann. Danke, Major. Und nun zu Ihnen, Leutnant Terminow. Was wollten Sie sagen oder berichten?“

Terminow berichtete. Das, was er zu sagen hatte, schien wesentlich ernster zu sein als die Angelegenheit mit den rätselhaften blauen Energiekugeln. Sie waren auf den Schirmen der Panoramagalerie nun deutlich zu sehen. Je weiter man sich von der Riesensonne entfernte, um so intensiver wurde der blaue Schein, der für diese Galaxis charakteristisch zu sein schien.

„. . . lasse soeben die Transmitterhalle räumen, Sir“, fuhr Terminow fort. „Die vier seltsamen Gewebeklumpen waren bereits da, als ich nach dem Transitionsschock erwachte. Ich hielt sie für harmlos, sonst hätte ich sofort angerufen. Ich wollte Sie jedoch während der lebenswichtigen Ausweichmanöver nicht mit einer Meldung behelligen.“

„Sehr tüchtig“, lobte Perry Rhodan, doch sein Gesichtsausdruck wies darauf hin, daß ihm nicht nach einer ironischen Bemerkung zumute war. „Und was geschah anschließend?“

Man sah, daß Terminow seinen Kampfanzug geschlossen hatte. Soeben schaltete er den Individualschutzschirm ein. Die Sprechverbindung wurde etwas schlechter. Terminow benutzte nun seinen Helmsender.

„Vorerst überhaupt nichts, Sir. Die vier Klumpen lagen leicht pulsierend mitten in der Transmitterhalle. Sie sehen aus wie halbtransparente Gelatinemassen, weißlich in der Färbung und dem Äußeren nach wie Riesenquallen. Ich . . .!“

„Wenn Sie noch einmal das Wort „Quallen“ gebrauchen, werde ich wild!“ unterbrach ihn Rhodan. „Allmählich reicht es. Wie ging es weiter?“

„Die Qual . . . Verzeihung, die Gewebeklumpen sind etwa dreieinhalb Meter hoch und gleichen verformten Kugelgebilden, die heftig auf den Boden geschlagen sind. Die Auflagefläche der Körper ist kreisförmig.“

„Warum schalten Sie eigentlich nicht Ihre Bilderfassung auf die Zentraleschirme?“ fiel Rhodan ihm erneut ins Wort. Diesmal klang seine Stimme schärfer.

Terminow ließ eine handfeste Verwünschung hören. Gleich darauf erschienen die vier Objekte auf den großen Bildschirmen der Zentrale. Terminows Schilderung war genau gewesen.

Die vier halbzerflossenen Körper lagen paarweise vor zwei Kleintransmittern. Das Pulsieren war deutlich zu bemerken.

Rhodan starrte etwas fassunglos auf das Bild. Auf dem benachbarten Schirm war Terminow zu sehen.

„Und was haben Sie noch zu berichten, junger Mann?“ erkundigte sich Perry.

Terminow erhob sich soeben aus einem Sitz und rannte quer zu den Schaltboxen der Justierer hinüber.

„Nur noch eine winzige Kleinigkeit, Sir“, rief der Terraner wütend zurück. „Die Dinger beginnen so hart zu strahlen, daß mir tatsächlich die Zähne wackeln. Ich weiß nicht, um welche Art von Impulsen es sich handelt. Es fühlt sich aber an, als stünde man im Feuer einer Ultraschallkanone. Die Schwingungen werden ständig heftiger. Ich räume den Transmitterraum.“

Rhodan beugte sich weiter vor. Da meldete sich der Chefarzt. Ralph Artur war blaß, aber beherrscht.

„Beeilen Sie sich, Terminow. Nehmen Sie Ihre Techniker mit. Diese Plasmaklumpen sind enorm starke Hyperstrahler, die ihre Energieintensität ständig steigern. Achtung, an Zentrale: Meine Robotsonden messen die Hyperstrahlung schon seit einigen Minuten an. Ich wußte nur nicht, woher sie kommt. Ich dachte an die blauen Energiekugeln, aber die scheinen ja nicht ins Schiff zu kommen. Die Impulsschwingungen der Plasmakörper wirken zersetzend auf die Zellkerne menschlicher Organismen. Die Intensität steigt immer noch, Sir, dies ist eine echte Gefahr für die Besatzung des Schiffes. Terminow, Sie sollen sich beeilen!"

Der Terraner brüllte etwas, was niemand verstehen konnte. Schließlich wurden seine Worte klarer.

„Sergeant Saragol, kommen Sie zurück. Verdammt, Sarag, das ist ein Befehl! Kommen Sie zurück. Weg mit der Waffe. Sie haben keine Chance. Das hätten wir früher tun sollen."

Auf den Bildschirmen war ein kleiner, schmächtiger Mann im Kampfanzug zu bemerken. Er kam soeben aus dem Panzerschott seines Justierungsstandes hervor und rannte mit einem schußbereiten Strahler auf die vier Gewebeklumpen zu.

Hinter Terminows Hauptschaltstation ging der Sergeant in Dekkung, kroch auf Ellenbogen und Knien um die Rundung herum und zog den Kolben des schweren Strahlers an die Schulter.

Die vier Plasmakörper schienen explodieren zu wollen. Sie begannen heftig zu wallen und ihre Farbe zu verändern. Man hörte nur noch ein ersticktes Röcheln. Eine Sekunde später war Antony Saragol tot. Seine Waffe polterte zu Boden.

Terminow und acht andere Techniker des Transmitterraumes hatten sich hinter der Energiesperre vor dem Schleusenschott in Sicherheit gebracht.

„Sergeant Saragol ist ausgefallen", gab Terminow mit brüchiger Stimme bekannt. „Mein Gott, die Dinger haben ihn organisch zersetzt. Frage an Kommandant: Habe ich Feuererlaubnis? Wenn ich den Schirm öffne, können wir angreifen?"

„Sie werden nichts dergleichen tun", rief Rhodan in das Mikrophon. „Ziehen Sie sich zurück. Verriegeln Sie die Schleusen. Ich muß wissen, wie diese Monstren an Bord kamen, weshalb sie hier sind und wie sie entstehen konnten. Verlassen Sie die Halle."

„Soeben bin ich beschossen worden", schrie einer von Terminows Ingenieuren aufgeregt.

„Was sind Sie? Beschossen worden? Sie sehen aber noch ganz munter aus?"

„Sir, ich schwöre, daß jemand auf mich geschossen hat!" rief der Ingenieur aufgebracht. „Es muß ein Thermostrahl gewesen sein. Er durchschlug meinen Schutzschirm, anschließend meinen Körper und durchdrang auch noch das Schleusenschott!"

„Allerhand! Ich halte Sie trotzdem für ziemlich unbeschädigt. Terminow, bringen Sie den Mann in die Bordklinik."

Da sagte der terranische Karatemeister mit anomaler Ruhe:

„Dann müssen Sie mich auch zu Dr. Artur schicken. Ich bin soeben auch beschossen worden. Der Strahl ging jedoch durch mich hindurch wie ein Röntgenschauer. Ich konnte ihn schemenhaft sehen. Es sieht beinahe so aus, als wollte uns jemand warnen. Die Gewebeklumpen haben jedenfalls nicht gefeuert."

Rhodan ahnte, daß diese Männer durchaus nicht verrückt geworden waren. In der Transmitterhalle geschah etwas, was sich ein menschlicher Verstand nicht erklären konnte.

„Das paßt genau zu den vielen Rätseln, die wir noch zu lösen haben. In Ordnung, Terminow, räumen Sie Ihre Gefechtsstation. Ich glaube Ihnen. Oberst Akran, klar Schiff zum Gefecht. Klar bei Einsatzkommando. Captain Alcara, ziehen Sie Ihr Landungskommando nahe der Transmitterhalle zusammen. Verschlußzustand mit manueller Öffnungsmöglichkeit der Schotten herstellen. Alle Wissenschaftler und Techniker bitte zu mir in die Zentrale kommen. Alle Mutanten klar zum Einsatz. Melden Sie sich ebenfalls im Kommandostand. Meine Herren, jetzt wird es ernst!"

33.

Sie waren vier Menschen, und doch waren sie nicht mehr menschlich. Sie mußten noch wesentlich mehr Phantasie und Wissen aufbieten, um sich annähernd erklären zu können, was geschehen war.

Man hatte sie mit zwei kleinen Transmittern abgestrahlt, als die Haluter ihr Paratronfeld zum Angriff aktivierten.

Sie, vier verzweifelte Männer, waren von dem übergeordneten Feld eingefangen und von ihm in der Form körperloser Energieschwingungen festgehalten worden, bis die CREST IV im Zentrum der unbekannten Galaxis als Fremdimpuls registriert und mit ungeheurer Gewalt abgestoßen worden war.

Auch die vier Verzweifelten hatten diesen Sprung mitgemacht, jedoch hatten sie sich im Augenblick des Stoßimpulses noch immer als rotierende Energiespiralen in den Strukturlinien des halutischen Paratronfeldes bewegt.

So war es geschehen, daß sie nach der Rematerialisierung des Ultraschlachtschiffes zwar endlich aus dem Feld befreit worden waren; aber das hatte nicht gleichzeitig eine einwandfreie Wiederverstofflichung bedeutet. Etwas hatte gefehlt; eine Kleinigkeit im Austausch der Kräfte, die im Falle des Schiffes und seiner Besatzung voll wirksam geworden waren.

Die Männer waren Lordadmiral Atlan, Roi Danton, Oro Masut und Melbar Kasom.

Fassungslos und verstört standen sie vor ihren vier Pseudokörpern, die in der Form heftig pulsierender, fünfdimensional strahlender Plasmaklumpen vor ihnen in der Transmitterhalle lagen.

Es war nur natürlich, daß sie ihre Halbstofflichkeit dort zurückgewonnen hatten, wo sie zu Beginn der Ereignisse durch technische Hilfsmittel aufgelöst worden waren. Nur dort hatte es bei der Stabilisierung des Schiffes die geeigneten Pole gegeben, von denen sie angezogen werden konnten.

Aber dies hatte nicht viel genützt. Die Männer befanden sich in einer zweistofflichen Zustandsform, wie sie nur nach derart extremen Ereignissen im Bannkreis unbekannter Kräfte auftreten konnte.

Die Gewebeklumpen bestanden etwa aus der Hälfte der jeweiligen Körpermasse. Ihr halbmaterieller Erscheinungszustand, der rechnerisch noch immer als Energieeinheit des Hyperraumes zu bewerten war, verursachten die starke, hyperfrequente Strahlung, die nach einiger Zeit sogar das Material der Schiffswandungen zersetzen mußte.

Die restlichen fünfzig Prozent der Körpermasse waren Negativformen einer nicht korrekt vollzogenen Rematerialisierung. Das bedeutete nach den Gesetzen des Hyperraumes, daß sich Atlan, Danton und die beiden Ertruser auf der Schwelle zwischen dem Normal- und Hyperuniversum bewegten.

Sie bemerkten ihre Zustandsform durchaus nicht an einem um die Hälfte geringeren Körpergewicht. Sie hatten im Gegenteil den Eindruck, völlig normal und handlungsaktiv zu sein, und dennoch wußten sie, daß der andere Teil ihres Seins in der Form von vier pulsierenden Klumpen vor ihnen lag.

Es hatte lange gedauert, bis sie zu diesen Schlüssen gekommen waren. Atlan hatte schließlich mit Rois Hilfe die Lösung gefunden.

Das bedeutete aber nicht viel. Theorie und Praxis waren wie in vielen Fällen miteinander unvereinbar.

Die Männer standen vor ihren Pseudokörpern. Sie bemühten sich, mit den häßlich anzusehenden Gebilden Kontakt aufzunehmen. Außer einer Instinktverbindung, die wohl in irgendeiner Form natürlich zu sein schien, kam keine Verständigung zustande. Fest stand nur, daß sie nicht vor der harten Hyperstrahlung mit all ihren verheerenden Folgen angegriffen wurden.

Sie standen mit beiden Füßen auf den Stahlplatten des Transmitterraumes, und doch gehörten sie nicht vollständig dazu. Sämtliche Wandungen, Einrichtungen und Menschen waren einwandfrei zu erkennen; aber diese durch und durch stofflichen Körper, die alle zum Normalraum gehörten, waren augenblicklich fremdartig.

Melbar Kasom konnte und wollte nicht verstehen, daß ein so tüchtiger Offizier wie George Terminow weder auf den Klang der ertrusischen Stimme noch auf den Hieb der schweren Faust reagierte.

„Terminow . . .!“ schrie Kasom und griff erneut durch den Offizier hindurch.

„Geben Sie es auf, Kasom“, rief ihm Atlan zu. „Wenn *ich* Sie hören, sehen und fühlen kann, so bedeutet das in unserer Lage noch lange nicht, daß Sie auch von positiv-stofflichen Lebewesen wahrgenommen werden. Wir sind anders.“

Der Ertruser tobte. „Das pulsierende Ding da drüben soll ein Teil von mir sein? Glaube ich nicht, Sir! Ich höre Sie so deutlich, sehe Sie so deutlich und verstehe Sie so einwandfrei wie immer.“

Atlan winkte mit einer apathisch wirkenden Geste ab.

„Sicher tun Sie das. Aber vor einer halben Minute sind Sie durch eine meterstarke Terkonitstahlwand hindurchgegangen, als bestünde sie aus Luft, nicht wahr? Halten Sie das auch für normal?“

Kasom schwieg. Er wandte sich nochmals an Terminow, der in diesem Augenblick den Energieschirm vor seinem Leitstand einschaltete. Kasom ging hindurch und blieb vor Terminow stehen.

‚George, ich rupfe Ihnen die Barthaare einzeln aus, wenn Sie jetzt nicht endlich antworten, Mann, Sie müssen mich doch sehen! Ich stehe vor Ihnen. Ich bin zweieinhalb Meter groß und nicht viel weniger breit. Terminow – hören Sie mich denn nicht . . .?“

Kasom wollte den Arm des Leutnants anfassen. Er griff hindurch, als bestünde Terminow aus einer Ansammlung dünner Gase.

Da ging der Ertruser mit schleppenden Schritten zu den drei Männern zurück, die immer noch vor ihren Pseudokörpern standen.

Atlan betastete die pulsierenden Klumpen. Sie fühlten sich weich und nachgiebig an.

„Sehen Sie, hier kann ich *nicht* einfach hindurchgreifen. Das sind Bestandteile unserer Dimension. Wir sollten versuchen, mit den Pseudokörpern zu verschmelzen. In diesem Falle wäre eine Vollverstofflichung im Sinne der Normalgesetze gegeben."

„Du entwickelst einen bezaubernden Humor, Atlan."

Atlan musterte Roi Danton sehr aufmerksam. Rhodans Sohn konnte jetzt die vertraute Anredeform gebrauchen und hatte auch in dieser Situation seinen Humor nicht verloren, vor allem aber nicht seine Ironie.

„Du fällst gleich durch die Panzerwand hindurch, Monsieur."

„Oh, Verzeihung."

Roi trat vor und verbeugte sich theatralisch. Mit einem strahlenden Lächeln fügte er hinzu:

„Persönlichkeiten von Rang und Namen erleben doch die unwahrscheinlichsten Dinge. Ergötzlich, sehr ergötzlich. Wir sind also gewissermaßen halbe Portionen, wie? Potzblitz, das hätte mir mal früher einer sagen sollen. Meine Sekundanten hätten nicht lange auf sich warten lassen. Übrigens, eh . . .!"

Roi legte den Kopf schief und lauschte angestrengt.

„Übrigens, mir scheint, als wären meine Ohren von besonderer Qualität. Oder kannst du die vielfältigen Maschinengeräusche ebenfalls vernehmen?"

Rois Geflüster erstarb, als Melbar Kasom tief Luft holte. Es klang wie das Zischen eines abblasenden Kompressors.

„Dieser Wüterich wird gleich etwas sagen", behauptete Danton mit einem interessierten Hochziehen der Brauen. „Ja, bitte?"

„Schon vor zwanzig Jahren hast du dir auf deine abstehenden Ohren etwas eingebildet", brummte Kasom. „Dabei waren deine Ohren stets die schmutzigsten von ganz Terrania."

Der König der Freihändler lachte strahlend. Er tippte mit zwei Fingerspitzen seiner Rechten in die linke Handfläche.

„Applaus, Applaus, dem gutherzigen Erzieher und Leibwächter. Fürwahr, fürwahr, Melbar der Starke war immer da. Oro, zeichne diesen Reim für die Nachwelt auf."

Kasom holte nochmals tief Luft, doch dann begann er ebenso breit zu grinsen wie Oro Masut. Nur Atlan stand ernst und scharf beobachtend im Hintergrund.

Als sich Roi Danton mit einem Spitzentüchlein, das er in einer Tasche seines Kampfanzuges gefunden hatte, die Lippen abtupfte, meinte der Lordadmiral gelassen:

„Sehr schön, Sohn meines Freundes. Du hast es wieder einmal verstanden, seelische Spannungen auf deine Art zu beseitigen. Sogar Kasom scheint begriffen zu haben, in welcher Lage wir uns befinden. Haben die Herren Vorschläge zu machen?"

Roi lächelte nur. Wortlos deutete er zu Terminow hinüber, der soeben fluchtartig seine Hauptstation verließ und zusammen mit anderen Männern hinter dem Schutzschirm der Schleuse in Deckung ging.

Zugleich rannte ein kleiner Mann mit schußbereiter Waffe aus einem Justierungsstand, ging in Deckung und wollte schießen. Atlan vernahm nur ein dumpfes Rauschen. Als er sich umdrehte, sah er seinen und die drei anderen Pseudokörper heftig pulsieren. Gleich darauf war der Sergeant tot.

Sie sprangen zu ihm hinüber und wollten ihn umdrehen. Sie griffen aber durch ihn hindurch.

„Antony Saragol" erklärte Atlan bestürzt. „Er ist tot. Unsere Pseudokörper haben sich gegen seinen Angriff zur Wehr gesetzt. Das ist entsetzlich! Offenbar strahlen sie so hart, daß die Lage für die Männer der CREST gefährlich wird. Ich . . . Oro, nehmen Sie die Waffe weg!"

Dantons Leibwächter schoß bereits. Der Glutstrahl der überschweren Waffe, auf Thermostrahl justiert, fauchte dicht an Atlan vorbei und traf einen Schaltingenieur, der soeben seinen Strahler aus der Gürteltasche gezogen hatte.

Der Hitzestrahl durchschlug den Körper, ohne Schaden anzurichten.

„Na also!" sagte der riesige Ertruser knurrig. „Wenn *wir* verwandelt sind, sind es auch unsere Waffen. Der Naseweis sollte gewarnt sein. Da, er spricht schon in sein Helmmikrophon. Wahrscheinlich hat er meine Schußbahn gesehen, vielleicht auch das Mündungsfeuer. Etwas scheint man doch von uns zu bemerken. Bleiben Sie nur stehen, Admiral! Ich warne Sie. Es fällt mir nicht im Traum ein, meinen Pseudokörper von irgendeinem unwissenden Narren in Asche verwandeln zu lassen. Dann ist es nämlich für alle Zeiten vorbei, verstehen Sie. Oho, Terminow fingert auch an der Spritze herum. Moment mal . . .!"

Wieder röhrte der Strahler des Ertrusers. Terminow blieb unverletzt, aber auch er begann sofort hastig in sein Helmmikrophon zu sprechen. Gleich darauf ertönte eine Stimme. Sie klang wie ein Wispern, war aber gut verständlich.

„Das ist Perry Rhodan", sagte Atlan gefaßt. „Klarschiffzustand, Einsatzkommandos auf Angriffposition. Was nun, Masut? Wie wollen Sie Ihren Pseudokörper schützen, wenn hier fünfhundert kampferfahrene Spezialisten auftauchen? Sie werden sich kaum von den harmlosen Durchschüssen beeindrucken lassen. Wie gut kennen Sie die Terraner der CREST IV?"

„Gut genug, um zu wissen, daß wir für alle Zeiten in dieser Zustandsform verweilen werden. Sie werden die Fragmente vernichten. Was dann?"

Masut sah sich verstört um. Die Waffe baumelte in seiner Hand.

„Schieße", sagte Roi Danton mit plötzlich veränderter Stimme. Sie klang fordernd und hart. „Nicht auf mich, du Narr! Siehst du da drüben die blauen Kugelgebilde? Sie werden von uns und den Pseudokörpern angelockt. Schieße! Versuche es, oder es ist schon alles vorbei, ehe die ersten Kampfkommandos hier auftauchen."

Masut starrte fassungslos zu den Gebilden hinüber. Sie kamen einfach durch die Stahlwände hindurch. Taumelnd, offenbar nach Orientierungsimpulsen suchend, schwebten sie in der Transmitterhalle auf und nieder.

Atlan und Melbar Kasom handelten fast gleichzeitig. Das Dröhnen ihrer Waffen überlagerte alle anderen Schiffsgeräusche. Es war aber sicher, daß nur sie das Donnern hören konnten.

Kasoms mächtiger Strahler traf mit voller Impulsleistung eine der Kugeln. Sie blähte sich zur dreifachen Größe auf, rotierte mit rasender Geschwindigkeit und zerplatzte dann zu einem Schauer rotleuchtender Funken, die nebelartig zum Boden niederschwebten.

Roi Danton unternahm nichts. Er beobachtete nur. Hinter dem Schleusenschutzschirm standen noch zwei Männer der Transmitterbesatzung. Sie schienen von dem Feuergefecht und den blauen Kugeln nicht das geringste zu bemerken. Sie starrten lediglich zu den Plasmaklumpen hinüber, die beim Eindringen der ersten Kugeln wieder heftig zu pulsieren begannen.

Das Feuer der drei Gefährten schwoll zu einem ununterbrochenen Dröhnen an. Immer mehr Leuchtkugeln kamen durch die Schiffswandungen hindurch. Sie schienen die Absicht zu haben, sich mit den Pseudokörpern zu verbinden. Nur das schwere Feuer hinderte sie daran, das Vorhaben auszuführen.

Danton war sich nicht darüber klar, was bei einer derartigen Verschmelzung geschehen würde. Er fühlte aber instinktiv, daß es den Tod bedeuten mußte.

Panikartige Furcht raubte ihm den Atem. Zugleich erfüllte ihn glühender Haß gegen diese unbekannten Kugelwesen. Danton begann ebenfalls zu schießen. Dabei bemerkte er, daß sich die beiden letzten Beobachter der CREST fluchtartig zurückzogen. Einer von ihnen taumelte und umklammerte mit beiden Händen die Außenfläche seines geschlossenen Druckhelms. Er schien heftige Kopfschmerzen zu haben.

Auch Atlan verlor nicht den Überblick. Als der Ansturm der blauen Kugeln für einen Augenblick nachließ, drehte er sich zu Danton um.

„Roi, ich verlange eine ehrliche Auskunft."

„Was soll's sein, Sire?"

„Hast du dich soeben gefürchtet? Hast du Haß empfunden, Vernichtungswillen oder ähnliche Gefühlsregungen, die für menschliche Wesen nun einmal typisch sind?"

Danton zwang sich zu einem Lächeln. Dann nickte er.

Atlan wischte sich mit dem Handrücken über die Augen. Sie tränten leicht; ein Zeichen für seine hohe Erregung.

„Gut, danke sehr. Mir wird allmählich alles klar! Unsere Furcht teilt sich unseren Pseudokörpern mit. Sie beginnen augenblicklich mit einer enorm kräftigen Strahlungsaktion. Als vor einigen Minuten Sergeant Saragol feuern wollte, erging es mir wie dir. Ich war entsetzt. Prompt begann mein stoffliches Ich zu reagieren. Ich habe Saragol getötet, verstehst du?"

„Indem du lediglich Furcht empfandest?"

„Ja. Und gegen derartige Gefühlsstürme werden wir uns nicht wehren können. Für die Männer der CREST bedeutet das die Katastrophe. Je mehr man uns bedrängt, um so mehr wird unser Unterbewußtsein in Panik ausbrechen und den Selbsterhaltungstrieb aktivieren. Dadurch regen wir unsere Pseudokörper zur Abwehr an. Wir kämpfen mit einer Überwaffe gegen unsere Freunde, ohne es bewußt zu wollen."

„Ziemlich kompliziert", rief Oro Masut. „Da kommen schon wieder welche. Was wollen die eigentlich von uns?"

Masut schickte vier Strahlschüsse auf die Reise. Sie trafen alle und verwandelten die Energiekugeln in zerplatzende Gebilde.

Atlan sah zu den Pseudokörpern hinüber. Sie hatten sich rötlich verfärbt und befanden sich in einer so heftigen Bewegung, wie man es bisher noch nicht beobachtet hatte.

Atlan wartete, bis das Donnern der ertrusischen Energiestrahler etwas nachließ. Der Boden des Transmitterraumes bedeckte sich mit feinen Staubmassen.

Atlan deutete darauf.

„Hören Sie auf, wir entfesseln ungeheure Kräfte. Die CREST ist nicht in den Linearraum gegangen. Ich behaupte deshalb, daß ihre Kalups ausgefallen sind. Daran sind wir schuld. Wir, unsere Angst und die abgeschossenen Fremdkörper erzeugen eine Hyperstrahlung von solcher Stärke, daß kein Kalup anlaufen kann. Roi, überlege dir, wie wir das Schiff verlassen können."

„Da mache ich nur mit, wenn ich meine zweite Hälfte mitnehmen kann!" erklärte Oro Masut mit gefährlich wirkender Ruhe. „Reden Sie keinen Unsinn, Admiral. Es muß noch andere Wege geben, die CREST und uns zu retten. Strengen Sie Ihr gescheites Köpfchen an. Verdammt, wozu sind Sie zehntausend Jahre alt. Da muß einem doch etwas einfallen."

„Optimist", lachte Atlan bitter auf. „Ähnliches habe ich noch nie erlebt, mein Bester. Ich . . . Ruhe, hören Sie. Kasom, stellen Sie Ihr Feuer ein."

Er ertrusische USO-Spezialist schoß die beiden letzten Kugeln ab und lauschte ebenfalls.

„Das sind die Lautsprecher der Rundrufanlage", flüsterte er. „Ist das Rhodan?"

Atlan winkte unwillig ab. Es war schwer, die Worte zu verstehen, obwohl der Text sicherlich mit hoher Lautstärke abgestrahlt wurde.

„Perry Rhodan spricht. Ich rufe die vier Fremden, die in die Transmitterhalle des Schiffes eingedrungen sind. Ich weiß nicht, ob Sie intelligent sind. Sollten Sie es nicht sein, ist mein Versuch vergeblich. Wenn Sie mich jedoch hören und verstehen können, so überlegen Sie zusammen mit mir und unseren Wissenschaftlern, wie wir zu einer vernünftigen Einigung gelangen können. Ich will Ihnen erklären, weshalb ich überhaupt auf die Idee gekommen bin, Sie anzurufen und – vielleicht – mit Ihnen zu verhandeln."

Rhodan machte eine kurze Pause.

„Ich hoffe immer noch, daß Sie mich verstehen können", klang die wispernde Stimme wieder auf. „Es gibt keinen Grund, anzunehmen, es könnte nicht möglich sein. Auf diesem Raumschiff sind in den letzten Stunden so viele unheimliche Dinge geschehen, daß ich bereit bin, selbst dem phantastischsten Gedanken nachzugehen. Ich glaube, daß Sie unter Umständen nicht ganz freiwillig an Bord gekommen sind. Der Raum außerhalb der Schiffszelle strahlt in blauer Glut. Sie geht von Milliarden kugelförmiger Gebilde aus, die alle dem Zentrum dieser Galaxis zueilen. Unter Umständen hängt Ihr Auftauchen damit zusammen. Immer vorausgesetzt, daß Sie den Sinn meiner Worte begreifen, habe ich Ihnen folgenden Vorschlag zu machen:

Stellen Sie Ihre Hyperstrahlung ein. Sie wirkt schädlich auf unser Zellgewebe. Ich verzichte dagegen auf jeden Angriff und bin bereit, persönlich zu Ihnen zu kommen. Ich werde zwei parapsychisch begabte Intelligenzen mitbringen, die sich unter Umständen direkt mit Ihnen verständigen können. Wenn Sie in Not sind, so wollen wir helfen, so gut wir es vermögen, ich sehe nicht ein, warum wir uns wegen einer falschverstandenen Notlage gegenseitig vernichten sollen. Ich wiederhole – wir möchten Ihnen helfen, doch helfen Sie auch uns. Unser beiderseitiges Problem besteht in der Möglichkeit eines Gedankenaustausches. Zwei Telepathen meiner Spezialtruppe beginnen soeben damit, den Wortlaut meines Anrufes auf parapsychischer Ebene auszustrahlen. Wenn Sie fähig sein sollten, die im Transmitterraum installierten Bildschirme zu beobachten, so schauen Sie sich die darauf ablaufende Bildfolge an. Es handelt sich um eine Gedankenaufzeichnung in verständlicher Darstellungsform. Wir . . .!"

Die beiden Ertruser begannen wieder zu feuern. Etwa zwanzig Energiekugeln drangen in den Raum ein. Noch konnte man den Ansturm beherrschen, doch wenn noch mehr auftauchen sollten, mußte es zu einer Verbindung mit den Pseudokörpern kommen.

Atlan bemerkte zu seinem Entsetzen, daß die Rotfärbung zugenommen hatte. Also strahlten sie schon wieder stärker. Je mehr er sich darüber erregte, um so heftiger wurde die Reaktion der Halbkörper.

„Ruhe, Ruhe, zwingen Sie sich zur größten Ruhe", schrie er durch den Lärm der Waffen hindurch. „Lassen Sie weder Haß noch Unmut oder gar Furcht aufkommen. Unsere Pseudokörper reagieren darauf ungeheuer empfindlich."

Die letzte Energiekugel zerplatzte. Die Staubschicht auf dem Hallenboden wurde dicker.

Als es still wurde, konnten sie auf den Schirmen eine Bildfolge sehen, die in guter graphischer Darstellung Rhodans Vorschlag übermittelte. Atlan hatte den Willensblock seines Extrahirns stillgelegt. Er hoffte, daß Gucky oder John Marshall, die beide an Bord sein mußten, einen Gedankenimpuls von ihm auffingen. Das war unter Umständen paratechnisch realisierbar. Die Impulse denkender Gehirne gehörten von Natur aus einer übergeordneten Energieform an.

Rhodan meldete sich wieder. Diesmal waren seine Worte kaum noch zu verstehen.

„Ihre Hyperstrahlung nimmt zu. Ich habe den bereits begonnenen Angriff einstellen lassen. Beobachten Sie die Bildschirme; lauschen Sie auf Paraschwingungen. Mir wird soeben gemeldet, die Weitwinkeloptik hätte ein seltsames Flimmern innerhalb der Transmitterhalle aufgenommen. Da mir überdies der Bericht von zwei Offizieren vorliegt, in dem von einem Beschuß gesprochen wird, nehme ich an, daß Sie wiederum gefeuert haben. Das Flimmern glich genau jenen Irrlichtern, das die Körper der beiden Männer durchschlug. Wenn Sie also tatsächlich in irgendeiner Form schießen können, so benutzen Sie dieses Mittel als Verständigungsmöglichkeit. Achtung, mein Vorschlag:

Über dem Hauptleitstand, dreißig Meter von Ihnen entfernt, vier Meter über der Bodenfläche, ist ein großes Kameraauge unseres Interkoms installiert. Nehmen Sie die hochempfindliche Optik dreimal hintereinander unter Feuer. Legen Sie deutlich bemerkbare Pausen ein. Ihre Dauer ist unwesentlich. Wenn Sie dreimal mit aller Kraft auf das Fernsehauge geschossen haben, werden wir es registrieren können. Das ist für mich der Beweis, daß Sie mich verstanden haben und daß Sie uns schädigen, ohne es eigentlich zu wollen. Der Gedankenzeichner wird es sofort verdeutlichen."

„Er kommt der Sache immer näher", schrie Atlan. Die Ertruser feuerten schon wieder mit breitgestreuten Salven. Es hatte sich erwiesen, daß die Kugeln schon von einem Streustrahl vernichtet werden konnten. Dies erhöhte die Trefferwahrscheinlichkeit um das Hundertfache.

Die Pseudokörper pulsierten jedoch immer stärker. Atlan ahnte, daß Perry mit seinem Angriff nicht mehr lange warten konnte.

Außerdem schien es im freien Raum nicht gut auszusehen. Der Arkonide konnte sich vorstellen, wie schwer Navigation und Schiffsführung unter diesen Verhältnissen waren.

Atlan gab die notwendigen Anweisungen.

„Genau das Kameraauge ins Fadenkreuz nehmen, engste Strahlbündelung. Alles klar?“

Sie schossen im gleichen Sekundenbruchteil auf das große Fernsehauge, das starr auf die vier Plasmaklumpen gerichtet war.

Die zweite Salve erfolgte drei Sekunden später, die dritte nach der gleichen Zeitspanne.

Dann warteten sie.

„Ja, ja, in Ordnung“, hörten sie plötzlich eine dünne Stimme. „Wir haben das Flimmern erkannt. Mein Gott – wie kommen Sie auf einen Abstandswert von genau drei Sekunden? Das ist so typisch menschlich, daß ich – nein, diesen Gedanken möchte ich nun doch nicht weiterverfolgen. Ich ziehe meine Leute zurück. Die Strahlung ist sehr heftig. Wir haben bereits Maschinenausfälle. Positroniken versagen. Sie sind doch hoffentlich nicht machtlos gegen Ihre eigenen Kräfte? Bitte, denken Sie darüber nach, wie wir die Lage bereinigen können. Denken Sie nach – denken Sie nach . . .!“

Atlan war beim Auftauchen der blauen Kugeln in instinktiver Reaktion in Deckung gegangen. Die anderen Männer ebenfalls. Jetzt erhob sich der Arkonide.

„Was hast du vor?“ erkundigte sich Danton erregt.

„Ich gehe nach oben. Gucky und Marshall werden in der Zentrale sein. Wenn es mir gelingt, mit Hilfe meines Extrahirns Verbindung zu dem Mausbiber aufzunehmen, sieht die Sache anders aus.“

„Aber selbst, *wenn* es gelänge, was hätten wir davon?“ sagte Roi mit einer Spur von Verzweiflung in der Stimme.

„Beherrsche deine Gefühle“, beschwor ihn Atlan. „Dein Pseudokörper pulsiert schon wieder stärker. Ich brauche erst die Verständigung. Dann werden wir einen Ausweg finden. Schließlich gibt es an Bord der CREST kluge Köpfe. Ich denke ferner an die Haluter. Wehrt die blauen Kugeln ab. Sie scheinen sich lediglich für unsere Halbkörper zu interessieren. Wenn sie noch in anderen Abteilungen des Schiffes sein sollten, so können wir es leider nicht ändern.“

Melbar Kasom sah vier Energiekugeln, die langsam durch die Stahlwand kamen. Er visierte sie an und vernichtete sie mit einem einzigen Fächerschuß. Rote Staubwolken sanken zu Boden.

Atlan rannte durch die weite Halle. Vor der Panzerwand zögerte er in instinktiver Reaktion. Schließlich schritt er einfach darauf zu und ging hindurch. Es war, als befände er sich für einen Moment in einem Staubschleier. Dann wurde es wieder klar vor seinen Augen. Die Wand lag hinter ihm.

34.

Die CREST IV befand sich in voller Gefechtsbereitschaft. Das bedingte, daß die Mutanten des Flaggschiffs in der Zentrale anwesend waren.

Iwan Goratschin, Ralf Marten, Kitai Ishibashi und Ras Tschubai waren für diesen besonderen Fall nicht verwendungsfähig. Hier nützten weder suggestive noch teleoptische Eigenschaften. Es kam einzig und allein darauf an, zu versuchen, mit den vier Fremden Kontakt aufzunehmen. Das aber konnte nur eine Aufgabe für die beiden Telepathen, für Gucky und John Marshall sein.

Sie lagen nebeneinander in einem zurückgeklappten Kontursessel und versuchten in einer Blockhaltung, eventuelle Geistesimpulse der vier Ungeheuer aufzunehmen.

Seit fünf Minuten wußte man, daß sie intelligent waren, oder sie hätten nicht im Abstand von drei Sekunden auf das Fernsehauge geschossen.

Die Skepsis der anwesenden Wissenschaftler hatte sich gelegt. Es herrschte nur noch sprachloses Erstaunen vor. Perry Rhodan hatte wieder einmal nur nach Instinkt gehandelt und etwas erreicht, was man für unmöglich gehalten hatte. Die vier Monstren hatten sich gemeldet!

Die unterhalb des Äquatordecks liegenden Sektionen des Ultraschlachtschiffes waren geräumt worden. Die hochfrequente Hyperstrahlung wirkte sich so stark aus, daß sie jetzt schon Maschinen mit empfindlichen Schaltorganen angriff. Das menschliche Zellgewebe war noch empfindlicher. Rhodan hatte schon vor einer Viertelstunde die Anweisung gegeben, moderne Kampfanzüge anzulegen und die Individualschutzschirme einzuschalten.

Sie reflektierten einen Teil der auftretenden Schwingungen, die den gesamten Schiffskörper durchfluteten. Die einzige wirksame Abwehr dagegen hätte in einer sofortigen Vernichtung der vier Gewebeklumpen bestanden.

Vor Rhodans Anruf an die Unbekannten hatte Captain José Alcara versucht, mit seinem besonders geschulten Landungskommando bis zur Höhe des Transmitterdecks vorzudringen. Sie waren nur bis zum oberen Leitstand der Kalups gekommen. Dort hatten sie wegen der Strahlung umkehren und in den oberen Abteilungen des Schiffes Schutz suchen müssen.

Es kam einem Selbstmord gleich, die Abteilungen unterhalb der Äquatorebene betreten zu wollen.

Icho Tolot war vor einer halben Stunde an Bord gekommen. Sein schwarzer Halbkugelkopf ragte wie ein Felsblock aus dem Halsstück seiner Kampfkombination hervor. Er schwieg und wartete.

Vorher jedoch hatte er seine und Teiks Untersuchungsergebnisse bekanntgegeben. Danach war die CREST IV im Zentrum der Galaxis M87 herausgekommen.

Diese Galaxis gehörte wiederum zur bekannten Virgo-Wolke; einer Zusammenballung von etwa eintausend Sternsystemen, die alle in ihrer Größenordnung der Milchstraße entsprachen.

Jeder Kosmonaut der CREST kannte die Virgo-Wolke, und jeder kannte auch die Galaxis M87. Sie war das bedeutendste System eines kosmischen Haufens, der mindestens zehn Millionen Parsek von der Erde entfernt stand. Das war identisch mit einer Distanz von etwa zweiunddreißig Millionen Lichtjahren.

Infolge der drohenden Gefahr war die Erklärung des Haluters verhallt. Man hatte lediglich registriert, daß M87 auf alle Fälle viel zu weit von der Milchstraße entfernt war, um sie mit den Triebwerken der CREST IV jemals erreichen zu können.

Tolots detaillierte Schilderung über die Natur dieser exakt kugelförmigen Galaxis war auch nur nebenbei zur Kenntnis genommen worden. Man wußte aus den neuesten astronomischen Forschungen, daß sie der stärkste Radiostrahler im zwei Millionen Parsek durchmessenden Sektor der Virgo-Wolke war und daß sie zusätzlich zu ihrer eigentlichen Kugelform nochmals zirka tausend kleinere Kugelsternhaufen in ihren Randzonen besaß. Ihre verblüffendste Eigenschaft bestand jedoch im Aussenden eines blauen Gasstrahls, der aus dem Zentrum kam.

Dieser Strahl war nach Icho Tolots Version nichts anderes als eine unermeßlich starke Hyperstrahlung des zentralen Kerns, der auch dafür verantwortlich war, daß die CREST aus ihrer halbstofflichen Zustandsform überhaupt wieder ins Einsteinuniversum zurückgeholt worden war.

Die Galaxis M87 hatte schon immer Rätsel aufgegeben. Sie war in ihrer Kugelform und Größe außergewöhnlich; in ihrer harten und kräftigen Radiostrahlung bedeutsam und durch den blauen Gasstrahl durch und durch rätselhaft. Wenn sich die Haluter nicht geirrt hatten, so stand der Besatzung der CREST IV noch allerlei bevor.

Die Astronomen und Astrophysiker des Schiffes waren mit Tolots Hypothese nicht ganz einverstanden. Es war durchaus möglich, daß es in viel größeren Entfernungen noch andere Galaxien gab, die ebenfalls riesenhaft, kugelförmig, radiostrahlend und überdies Spender eines titanischen Energiestrahles waren.

In diesen Minuten kam es auch mehr darauf an, die drohende Gefahr zu bändigen. Die Mutanten lauschten und sendeten immer noch. Rhodan stand neben Gucky und beobachtete ihn.

Die reale Technik spielte den übersinnlich Begabten einen Streich. Die Ortungszentrale meldete sich mit einer klaren Aussage.

„Ein Hyperstrahler nähert sich der Zentrale. Die Intensität ist erträglich. Es handelt sich auf keinen Fall um einen der vier Gewebeklumpen, denn die liegen nach wie vor in der Transmitterhalle. Der Strahler kommt näher. Er benutzt weder einen Lift noch die Nottreppen, sondern geht durch die einzelnen Decks und Abteilungen hindurch."

„Robotkommando ist programmiert und klar zum Angriff", meldete Captain Atara Kawinati. Er hatte seinen Helm geschlossen.

„Ortung, haben Sie den Hyperstrahler noch unter Kontrolle?" fragte Rhodan.

„Jawohl, Sir. Er erreicht soeben das äquatoriale Hauptdeck. Seine Geschwindigkeit entspricht der eines schnell ausschreitenden Menschen. Er kommt auf die Zentrale zu. Er steht jetzt vor der Hauptschleuse. Der oder das Unbekannte scheint zu zögern. Großer Jupiter, jetzt geht er einfach durch Terkonitstahlplatten hindurch. Er ist in der Zentrale!"

Die letzten Worte kamen hastig und überlaut.

Rhodan fühlte, wie ihn ein innerer Zwang dazu verführen wollte, ebenfalls die Waffe aus der Gürtelhalfter zu reißen.

Rhodan zwang sich zur Ruhe. Hochaufgerichtet blieb er neben Gucky stehen. Seine Hände hingen schlaff am Körper herab.

Gucky, der bisher in Halbtrance gelegen hatte, um seine Kräfte voll einsetzen zu können, fuhr plötzlich schreiend auf.

Auch John Marshall war erregt. Er erwachte, sprang von dem Ruhelager und sah sich wie gehetzt um.

„Etwas – etwas ist hier, direkt vor uns", erklärte er keuchend. „Größte Ruhe bitte. Ich kann ja nichts hören. Sie lenken uns ab. Stecken Sie doch Ihre Waffe ein, Moghu. Die nützt Ihnen überhaupt nichts. Gucky . . .!"

Marshall trat zu dem Kleinen und umschlang ihn mit beiden Armen.

„Ich – ich höre einen Ruf", lallte der Mausbiber. „Gib mir deine Unterstützung. Jemand ruft mich. Es ist unklar, aber der Ruf gilt mir. Ich höre meinen Namen. Aber wer – wer kann meinen Namen kennen?"

Es wurde totenstill. Viele Männer steckten ihre Waffen ein und bemühten sich, möglichst flach zu atmen. Rhodan stand wie eine Statue neben seinem besten Mutanten.

Gucky und Marshall schlossen die Augen. Dieser Zustand hielt mehrere Minuten an.

Während dieser Zeit versuchte ein Halbstofflicher mit aller Kraft seines Extrahirns, das normalerweise zu keinerlei Telepathiesendungen fähig war, den Kontakt zu Gucky herzustellen.

Atlan hatte sich einige Meter von Rhodan zurückgezogen. Er befürchtete, den Freund durch seine Körperstrahlung zu schädigen. Atlan konnte jede Einzelheit erkennen. Er bemerkte auch den riesenhaften Haluter, der sprungbereit im Hintergrund der Zentrale stand und wachsam die kleine Gruppe beobachtete.

Gucky wurde erneut unruhig. Er begann zu stöhnen und versuchte, sich aus Marshalls Armen zu winden. Dann war der Kontakt plötzlich geschlossen.

Gellend schreiend fuhr der Mausbiber auf.

„Atlan . . .!" schrie Gucky. „Atlan! Er ist es, er steht vor uns. Atlan ist an Bord. Ich spüre seine Impulse. Es war schwer, weil er sich sonst immer abkapselt, um einer Gedankenspionage zu entgehen. Aber es ist Atlan. Ich . . .!"

Gucky verstummte wieder. Rhodan war blaß geworden. Verzweifelt durchsuchte er mit den Blicken die Zentrale, bis er Leutnant

Terminow entdeckt hatte. Der Transmitteroffizier war mit seinen Technikern nach oben gekommen.

Terminow begriff, daß er jetzt gebraucht wurde. Rennend durcheilte er die Zentrale.

„Wann haben Sie Atlan, Danton und die beiden Ertruser abgestrahlt?" erkundigte sich Perry Rhodan seltsam tonlos.

Terminow konnte sich an alles erinnern; an jede Einzelheit.

„Sie kamen zu spät an. Sie hatten noch ihre Kampfanzüge angelegt. Im Schiff herrschte Verschlußzustand. Ich strahlte die vier Personen im Augenblick des Angriffs ab. Sie verschwanden ganz normal."

Plötzlich war Icho Tolot da. Er hatte mit zwei Riesensprüngen die Gruppe erreicht.

„*Wann* gaben Sie den Sendeimpuls?" dröhnte seine Stimme. Seine drei Augen leuchteten wie rotglühende Kohlen. Terminow wurde blaß. Er ahnte etwas.

„Die Bandaufzeichnung liegt vor mir. Nach meinem Gefühl muß es genau in dem Augenblick passiert sein, als Sie Ihren Paratronschirm einschalteten."

„Dann sind die vier Männer niemals an Bord ihrer Schiffe angekommen, sondern von der Strukturblase eingefangen worden. Ich verstehe jetzt alles. Die vier Gewebefragmente sind halbstoffliche Bestandteile menschlicher Körper. Gucky steht augenblicklich mit dem anderen, geistig regsamen Teil der Negativform in Verbindung. Es ist gut, kleiner Freund, du brauchst dich nicht mehr anzustrengen."

Gucky stammelte noch einige Worte und sank dann besinnungslos in Marshalls Arme.

Icho Tolot ergriff die Initiative.

„Atlan, ich nehme an, daß Sie mich sehen und hören können. Aus Ihrer verzweifelten Lage gibt es nur *einen* Ausweg, der allerdings als gefährlich zu bezeichnen ist. Ich kenne aber keine andere Möglichkeit. Wenn Sie mich verstanden haben, gehen Sie bis zur Hauptschleuse zurück. Wir werden Sie durch Ihre Körperstrahlung einpeilen können. Geben Sie mir ein Zeichen."

Der fahrbare Hypertaster drehte sich nach links. Er folgte der Strahlungsspur eines Lebewesens.

„H-Strahler geht auf das Schott zu, bleibt davor stehen", meldete der Techniker.

Tolot sprach weiter:

„Ausgezeichnet, Atlan. Sie können mich also hören. Gehen Sie bitte so schnell wie möglich in die Transmitterhalle zurück. Wir schicken acht Spezialroboter. Sie erhalten die Aufgabe, Ihre Halbkörper in je einen Kleintransmitter zu schieben. Folgen Sie dem jeweiligen Fragment. Sie müssen unter allen Umständen das richtige wählen. Erinnern Sie sich daran, in welcher Reihenfolge Sie bei dem Unfall die Transmitter betreten haben. Denken Sie also darüber nach, wer bei dem paarweisen Hineinspringen rechts oder links ging. Vielleicht haben Sie auch noch andere Kontrollmöglichkeiten, die mir nicht bekannt sind. Wenn Sie verstanden haben, kommen Sie einige Meter auf mich zu und gehen Sie wieder zur Schleuse zurück."

Die Ortung registrierte den Vorgang einwandfrei.

„Sehr gut", dröhnte die Stimme des Haluters. „Ich begebe mich sofort an Bord meines Schiffes und justiere meine Transmitteranlage auf Sie ein. Terminow wird die Station der CREST von hier aus fernsteuern. Sie müssen einzeln abgestrahlt werden, verstehen Sie! *Einzeln*! Der Transport wird mit hoher Wahrscheinlichkeit die korrekte Verschmelzung zwischen Halbkörper und Geistesträger bewirken. Gehen Sie nun. Sie strahlen immer stärker."

Die Ortung stellte fest, daß sich die Strahlenquelle mit viel größerer Geschwindigkeit als beim Aufstieg entfernte.

„Man könnte wahnsinnig werden!" sagte Rhodan und ließ sich in einen Sessel sinken. „Das darf es doch gar nicht geben!"

Zwei Raumschiffe, eins gigantisch in seinen Abmessungen, das andere wesentlich kleiner, glitten im Abstand von nur dreißig Kilometern mit gleichem Kurs auf eine grüne Sonne zu, die nur noch sieben Lichtstunden entfernt war.

Es wäre zwecklos gewesen, einen anderen Kurs einzuschlagen, denn auf dieser Fluglinie hätte es ebenfalls irgendeine sehr nahe Sonne gegeben.

Atlan stand neben seinem Pseudokörper und paßte auf, daß die beiden schweren Montageroboter mit ihren Antigravitationshebern sorgfältig arbeiteten. Rechts und links von ihm waren die Ertruser und Danton dabei, die immer häufiger erscheinenden Energiekugeln abzuschießen. Es wurde allerdings höchste Zeit.

Atlans Pseudokörper wurde in den Kleintransmitter Nr. IV

geschoben. Der Arkonide folgte sofort. Nebenan verschwanden Dantons und Kasoms Negativformen zwischen den Bogensäulen.

Die Prozedur dauerte fünfzehn Minuten. Sie schienen sich zu einer Ewigkeit auszudehnen. Als endlich der Entstofflichungsbefehl von der Zentrale aus gegeben wurde und Transmitter Nr. III mit Dantons Fragmenten zu arbeiten begann, wartete Atlan vergeblich auf das gewohnte Aufleuchten der Polbogen. Er bemerkte nur ein unwirkliches Flimmern, doch als es erlosch, waren sowohl Danton als auch seine Negativform verschwunden.

Terminow, der als Schaltmeister fungierte, wartete eine Minute. Dann strahlte er Melbar Kasom ab und nach ihm Lordadmiral Atlan.

Oro Masut, der bis zuletzt auf die blauen Kugeln gefeuert hatte, kam gerade noch in seinen Transmitter, ehe riesige Schwärme der Leuchterscheinungen die Wandungen durchdrangen.

Nach dem Vorangegangenen, das sogar von phantasiebegabten Menschen als ungeheuerlich bezeichnet werden mußte, war das Erwachen von illusionsloser Nüchternheit.

Atlan fühlte, daß Körper und Geist von schrecklichen Schmerzen gequält wurden. In diesen Augenblicken war er lediglich in der Lage zu registrieren, daß dort, wo ein Schmerz aufkommen konnte, auch ein gesundes und stofflich stabiles Nervensystem vorhanden sein mußte.

Er fühlte sich von starken Händen gepackt und auf ein Lager gelegt. Plötzlich erschien ein Mann. In seiner Hand funkelte eine Spritze.

„Dr. Jussef el Hamrid“, stellte sich der hochgewachsene Terraner vor. „Unser halutischer Freund hat mich in seinem Beiboot mitgenommen. Wie man sieht, mit gutem Grund. Sie sind völlig erschöpft. Ich brauche Ihre Nackenmuskulatur.“

Atlan ertrug das Zischen der Hochdruckspritze mit schmerzverzerrtem Gesicht.

„Sämtliche Ärzte des Universums sind ein notwendiges Übel, auf das man leider nicht verzichten kann.“

Dr. Hamrid lachte. Er versorgte noch Oro Masut und setzte sich dann über Bildfunk mit der CREST in Verbindung. Rhodan war am Gerät.

Atlan erblickte ihn auf dem Bildschirm und winkte ihm zu. Rhodans Gesicht entspannte sich.

„Alles in Ordnung, alter Freund? Du machst ja tolle Sachen.“

„Das ist jetzt unwichtig. Wie sieht es im Schiff aus? Kann die Ortung noch eine Hyperstrahlung feststellen?“

„Nichts mehr. Sie erlosch mit Masuts Transport. Icho Tolot hatte die einzig richtige Idee. Wie geht es dir?“

„Leidlich“, stöhnte Atlan. „Sind die Kalups angesprungen?“

„Alle vier. Roi Danton erzählte mir eine wilde Geschichte. Stimmt das mit den blauen Energiekugeln?“

„Und ob. Sie hatten es auf unsere Negativkörper abgesehen. Anscheinend wirkten sie auf die Leuchtkugeln wie Zuckersaft auf terranische Bienen. Ihre Strahlung verstärkte unsere um ein Vielfaches. Ist davon auch nichts mehr zu spüren?“

„Nein. Eure Pseudokörper müssen wie Katalysatoren gewirkt haben. Ich sehe auch keinen roten Staub auf dem Boden. Ich bin in der Transmitterhalle. Wie geht es Danton?“

Atlan bemerkte die Besorgnis in Rhodans Augen. Er sah sich um. Tolot winkte beruhigend.

„Er schläft. Ein tüchtiger Mediziner scheint ihn behandelt zu haben.“

„Ausgezeichnet. Ich werde in etwa zehn Minuten den Linearflug einleiten. Willst du vorher an Bord der CREST kommen, oder . . .“

„Nur nicht“, wehrte Atlan entsetzt ab. „Dein *stolzes* Flaggschiff hat mich genug strapaziert. Wir werden mit Tolots Einverständnis den Flug an Bord seines Schiffes mitmachen.“

„Sie sind mir willkommen“, bestätigte der Haluter.

„Prächtig“, lachte Atlan, um sofort wieder das Gesicht zu verziehen. „Es ist notwendig, wenigstens zwanzigtausend Lichtjahre zwischen uns und das Zentrum dieser Galaxis zu legen. Wirst du die lange Etappe schaffen?“

„Wir *werden* sie schaffen“, entgegnete Rhodan gelassen. „Tolot behauptet, wir befänden uns im Virgo-Haufen, Sternsystem M87. Auf alle Fälle sind wir heil aus der beginnenden Katastrophe hervorgegangen. Ich bezweifle Tolots Angaben nicht; aber die meisten Wissenschaftler wollen sich mit einer so schnellen Erklärung nicht zufriedengeben. Immerhin beeindruckt sie die Tatsache, daß M87 in der Tat einen äußerst seltsamen Energiestrahl aussendet – einen von blauer Farbe! Frühere astronomische Beobachter sprachen von einem Gasstrahl. Wenn wir tatsächlich in M87 herausgekommen sind, dürfte es wohl feststehen, daß es sich hier um alle möglichen Zustandsformen handelt, nur nicht um einen Gasstrahl. Die blauen

Kugeln rasen mit anwachsender Geschwindigkeit auf das Zentrum zu. Dort scheint eine rätselhafte Hochzeit stattzufinden."

Rhodan schaltete ab. Der Arzt näherte sich mit einer anderen Spritze.

„Was soll das bedeuten?" erkundigte sich Atlan argwöhnisch.

„Wenn schon die körperlich starken Ertruser mit einer Tiefschlafinjektion einverstanden waren, sollten Sie es auch sein, Sir. Sie brauchen eine totale Entspannung. Die finden Sie aber nie, wenn Sie wach bleiben. Diesmal benötige ich Ihre Unterarmmuskulatur."

Atlan öffnete wortlos die Verschlüsse seines Kampfanzuges, streifte das Material zurück und reichte dem Arzt die Rechte. Das Medikament drang schmerzlos als staubfeiner Nebel in den Kreislauf ein.

Atlan wurde schläfrig. Er wendete mühevoll den Kopf und sah zu Icho Tolot hinüber. Der Gigant saß vor einem gewölbten Kontrollpult und betätigte mit allen vier Händen Schalter und Knöpfe.

Atlan fuhr nochmals aus dem beginnenden Tiefschlaf auf, als ihn die Erinnerung an die grauenhaften Erlebnisse überfiel.

Die CREST und das Kugelschiff der Haluter gingen in den Linearraum, ohne daß es der Lordadmiral bemerkte.

„Wissen Sie, Doktor", sagte er mit schwerer Zunge. „Vorkommnisse wie diese sind dazu vorhanden, um sie wenigstens einmal erleben zu können. Ich . . . was machen Sie denn da? Wollen Sie Tolots zierliche Füße vor einer gar zu harten Berührung mit dem Bodenbelag bewahren?"

Der Haluter lachte dröhnend. Dr. Jussuf el Hamrid lächelte nur. Er breitete den kleinen Teppich auf den Stahlplatten eines Schiffes aus, das nicht von Menschen erbaut worden war. Aber das spielte keine Rolle.

Dr. el Hamrid glättete eine Falte und meinte erklärend:

„In diesem Schiff gibt es leider keinen anderen Raum, in den ich mich zurückziehen könnte. Ich bin Mohammedaner, wissen Sie. Die Zeit des Abendgebetes ist gekommen. Schlafen Sie gut, Sir."

„Verzeihen Sie, meine Frage war töricht", murmelte Atlan. „Bitte, lassen Sie sich durch mich nicht stören, Terraner."

Perry Rhodan-Terminologie

Danger-I –
zweiter Planet der Sonne *Brutstern**; Äquatordurchmesser 14218 km, Schwerkraft 1,19 g, Eigenrotation 34,9 h, mittlere Temperaturen bei +38° Celsius. Danger-I ist ein Wüstenplanet und eine der 29 Ursprungswelten der *Kristallagenten**, die dort in riesigen Mengen von den *Perlians** gefördert und abtransportiert werden.

Dolans –
(der Dolan, des Dolans, die Dolans, dolansche) – organische Raumschiffe der *Zweikonditionierten** bzw. Schwingungswächter. Die schwach intelligenten und lediglich zu primitiven Gefühlsäußerungen fähigen Dolans sind Retortenwesen aus organischem Zuchtmaterial mit zahlreichen technischen Einschlüssen. Sie bestehen grundsätzlich aus dem gleichen Zellgewebe wie die Zweikonditionierten selbst. Aufgrund von Modifizierungsbefehlen kann jeder Dolan eine Strukturveränderung dieses Gewebes vornehmen. In seiner größten Ausdehnung stellt er eine Hohlkugel von einhundert Metern Durchmesser dar, deren Oberfläche über den installierten Maschinen Ausbuchtungen aufweist und von einer tiefschwarzen, glänzenden Aufhaut überzogen ist. Bei der Aufwölbung zur Kugel entstehen in seinem Innern durch Bildung von decksähnlichen Gewebeklappen Etagen und Hohlräume, die innerhalb weniger Minuten eine kristalline Struktur annehmen. Erst in dieser Form ist er als Raumschiff anzusehen.
Ein Dolan ist immer auf einen einzigen, ganz bestimmten Schwingungswächter abgestimmt, dem er treu ergeben bleibt, bis sein Besitzer ihm unter Umständen erlaubt,

einem anderen Zweitkonditionierten zu dienen. Zur Steuerung eines Dolans sind sogenannte *Exekutoren* nötig. Dabei handelt es sich um Bewußtseinsinhalte unterschiedlicher Lebewesen, deren erstarrte Körper in den seperaten Räumen des Dolans untergebracht sind. In besonderen Fällen kann ein Bewußtsein mit Erlaubnis des Zweitkonditionierten in seinen Körper zurückkehren und diesen neu beleben. Die Anzahl der Exekutoren pro Dolan beträgt sieben. Gemeinsam bilden sie ein Symposium, das alle Vorgänge an Bord lenkt und die Ausführung der Befehle des Schwingungswächters gewährleistet. Ihre Funktionen sind im einzelnen: Kosmonautik und Navigation (Exekutor I), Flugtechnik (II), Betriebsmechanik (III), Kommunikation und Ortung (IV), Eigenmotorik des Dolan-Körpers (V), Waffen- und Abwehrsysteme (VI), Registratur und Analyse (VII). Die interne Kommunikation läuft über die Nervenbahnen des Dolans. Mit dem kommandierenden Zweitkonditionierten verständigen sich die Exekutoren über ein hühnereigroßes Gerät am linken Handlungsarmgelenk des Schwingungswächters. Es strahlt die Gedankenimpulse des Schwingungswächters wie Radiowellen ab, die von seinen Partnern einwandfrei empfangen werden. Diese einzigartige Verbindung von Technik und Organischem verleiht den Dolans ihre ungeheure Wirksamkeit. Zur technischen Ausstattung gehören: *Paratronkonverter* *, *Dimetranstriebwerk** und *Intervallkanone**.

Generäle –
(der General, des Generals, die Generäle) – in der Großen Magellanschen Wolke beheimatetes Intelligenzvolk von annähernd quaderförmiger Gestalt: 1,50 m hoch, 1,50 m breit, 50 cm dick. Der Körper ist von einer dunkelbraunen, rissigen Lederhaut bedeckt. Unter dem Rumpf sind zwei Beine erkennbar, hautlose, glänzende Knochengebilde, die in den Füßen mit jeweils vier sternförmig angeordneten

Zehen enden. Die Arme am oberen Ende des Körpers sind etwa 1,20 m lang und gleichen dünnen, gelenklosen Schläuchen. An ihrem Ende sitzen sieben feingliedrige Finger. Aus dem Quader wächst ein braunhäutiger, 50 cm langer und dünner Hals hervor, auf dem der 15 cm durchmessende Kugelkopf ohne erkennbare Ohren, Nasen- und Mundöffnungen sitzt. Der völlig kahle Schädel weist nur zwei riesige Augen auf, die tiefdunkelblau und starr nach vorne gerichtet sind. Auffällig an den Körpern sind zwei transparente Kugelbehälter auf den Schultern. In ihnen wogt eine gelbrote Masse, aus der zahlreiche dünne Fäden hervorwachsen, die im Leib verschwinden. Diese entfernt an Epauletten erinnernden Gebilde führen zur Namensgebung. In Wirklichkeit handelt es sich bei ihnen um künstlich eingepflanzte „Zeitaugen", die es den Generälen gestatten, eine Zehntelsekunde in die Zukunft zu sehen. Die Ursprungswelt der Generäle ist der Planet *Keeg**.

Gurrads –
(der Gurrad, des Gurrads, die Gurrads, gurradsche) – überwiegend in der Großen Magellanschen Wolke (→ *Magellansche Wolken**) beheimatetes Intelligenzvolk. Die Gurrads besitzen annähernd humanoide Gestalt, sind im Mittel 1,70 m groß, stämmig und sehr kräftig. Die Gesichter wirken breit, die Stirnen niedrig. Die Augen erinnern an die von Katzen. Charakteristisch ist eine Löwenmähne, die das Gesicht umhüllt und bis zu den Augenbrauen herabreicht, einen Teil der Wangen bedeckt und im Nacken einen langen, mähnenartigen Haarwulst bildet. Die Gurrads tragen meist lederne Kombinationen, dazu hohe Stiefel. Auf der Brust ist ein Symbol zu erkennen: ein roter Ball, der von einem Pfeil durchbohrt wird.
Die Gurrads beherrschten früher die Magellanschen Wolken, wurden dann aber von den *Generälen** und *Perlians** verdrängt und verfolgt. Im Jahre 2435 beschränken sie sich auf Guerilla-Tätigkeit gegen ihre Unterdrücker.

Raumschiffe der Gurrads: stark birnenförmige Grundkonstruktion mit Größen von bis zu 1100 m Länge und 600 m Dicke. Der Antrieb befindet sich im dicken Hinterteil. Es gibt bis zu 50 Decks an Bord, die Beschleunigungswerte erreichen 50km/sec^2.

Intervallkanone –
Hauptwaffe der *Perlians**, auch von den *Zweitkonditionierten** angewendet. Sie arbeitet nach dem Prinzip intermittierender Abstoßfelder: exakt gesteuerte und enggebündelte Hyperfelder erzeugen beim Auftreffen auf das Ziel eine ungeheure rein mechanische Wirkung. Die Waffe arbeitet unsichtbar und überlichtschnell und zertrümmert jedes bekannte Material.

Kristallagenten –
erstmals im Jahre 2388 in der Milchstraße entdeckt; es handelt sich um kleinere oder größere grünlich schimmernde Kristalle, die auf das Hirn hypno-suggestiv wirken (*Hypnokristalle*). Dieser Einfluß wird um so stärker, je größer der jeweilige Kristall ist. Im Jahre 2435 übernehmen Kristallagenten *OLD MAN**, damit beginnt die Auseinandersetzung der Terraner mit den Beherrschern der *Magellanschen Wolken**. Ursprünglich harmlose Kristallgebilde des Planeten *Danger-I**, werden die Kristalle von den *Perlians** in großer Menge gefördert und dem gewünschten Zweck entsprechend umgewandelt. Dies geschieht auf *Modula-II* (→ *Modula-System**). Neben Danger-I gibt es noch weitere 28 Welten, auf denen die Kristalle gefördert werden. Im Zentrum eines jeden dieser Planeten existiert ein gigantischer Mutterkristall, der von den Terranern unschädlich gemacht werden kann. Der angegriffene Mutterkristall von Danger-I verdunkelt sich und verwandelt sich zu reinem *Howalgonium**. Er löst dabei eine entsprechende Reaktion der anderen Kristalle aus.

Perliansche Raumschiffe –
Kugelkörper von leuchtender, tiefroter Farbe, ohne irgendwelche Auswüchse, Anflanschungen und dergleichen; Durchmesser bis zu 250 m, sehr beschleunigungsstark. Die Innenräume entsprechen dem Metabolismus der Perlianer: sie können mit warmem Wasser geflutet werden. Hauptbewaffnung ist die *Intervallkanone**.

Retortenraumschiff DOLAN

Allgemeines:

Der Dolan ist eines der unkonventionellsten Beispiele für einen Flugkörper mit der Bezeichnung Raumschiff. Es handelt sich um einen perfekten und speziell für seine Aufgabe gezüchteten Kyborg, bei dem die Synthese zwischen Technik und Organismus fast vollständig verwirklicht wurde.
Die Dolans dienten den Vertretern der Zeitpolizei, den sogenannten Schwingungswächtern, als Transportkörper innerhalb des Weltraums und aller denkbaren Atmosphären. Deren Aufgabe war es, mit Hilfe spezieller Meßaggregate auf Verzerrungen des 5-D-Kontinuums zu achten, die bei Zeitexperimenten auftraten, und deren Verursacher zu bestrafen.
Im Innern des Retortenwesens befanden sich neben hochwertigen Maschinen und Kraftwerken in Mikrobauweise ein an ein Dimetranstriebwerk gekoppelter Paratron-Konverter, der gleichzeitig die Anlagen für einen Paratronschirm versorgte. Zusätzlich verfügte er über eine auf Hyperschockwellenbasis funktionierende Waffe, die Intervallkanone, die jeden Schutzschirm mühelos durchschlug und das getroffene Ziel zu Staub zermalmte. Durch diese beiden Waffen war ein Dolan praktisch unbesiegbar, bis es gelang, ein Gerät zu entwickeln, das den Paratronschirm überwand.

Die biologische Struktur:

In seinem Normalzustand hatte der Dolan die Form einer organischen Kugel aus schwarzem Zellgewebe. Innerhalb dieser Kugel befanden sich verschiedene Körperhohlräume und Öffnungen für die Maschinenanlagen und Aggregate. Das organische Gewebe bestand nur aus zwei verschiedenen Zelltypen. Über 98 % davon waren strukturvariable Allzweckzellen, die fast jede Aufgabe erfüllen konnten. Sie konnten bei Bedarf ihre Gestalt verändern und sich beliebig durch Teilung vermehren. Jede einzelne verfügte über einen eigenen Mikro-Stoffwechselkreislauf, der sie bei ausreichender Versorgung mit Nahrung vom Restsystem unabhängig machte. Eine weitere Fähigkeit bestand in der Möglichkeit, sich an jeder beliebigen Stelle innerhalb von Minuten kristallin strukturzuverformen. Danach besaßen sie die Härte und Belastbarkeit von Terkonitstahl.
Die restlichen 2 % waren Nervenzellen, die das Instinktgehirn und unzählige Impulsstränge bildeten. Diese Stränge erreichten mit Hilfe kleiner Rezeptoren jede einzelne Körperzelle und leiteten so die Befehlsimpulse des Instinktgehirns an sie weiter.
Auf Grund dieser Fähigkeiten brauchte der Dolan keinerlei spezielle Organe. Zur Nahrungsaufnahme bildete sich an beliebiger Stelle im Körper eine Art organischer Konverter, der jede Materie in die für den Dolan benötigten Proteine und Nährstoffe verwandelte. Der Nahrungstransport erfolgte direkt durch Zellwand-Diffusion, ebenso die Aussonderung der Abfallprodukte. Aus diesem Grund waren auch weder ein Blutkreislauf noch ein lymphatisches System erforderlich. Die Wände sämtlicher Zellen konnten sich je nach Bedarf voneinander lösen oder in Verbindung treten. Dadurch konnte der Dolan seine Form und Struktur ganz oder teilweise verändern. Bei Landungen auf Himmelskörpern bildete er mehrere Beinstummel, auf denen er sich laufend fortbewegen konnte. Im Ruhezustand faltete er sich zu einem Gewebelappen zusammen, der die Form eines niedergegangenen Fallschirms annahm.
Trotz seines Gehirns verfügte ein Dolan nur über eine geringe Individualintelligenz. Sie äußerte sich hauptsächlich in absolutem Gehorsam gegenüber seinem Besitzer.